광마회귀
5

광마
회귀

狂魔回歸

5

유진성

문학수첩

목차

226.
이따 깨워라

한참을 웃던 개방 방주가 말했다.

"그래도 문주를 보니까 좋구나. 좋은 음식도 대접받았고, 오랜만에 옛이야기도 꺼내고."

노신도 웃으면서 말했다.

"사부님, 잘 오셨죠?"

"그래."

나는 두 사람을 바라보다가 묘한 기분이 들었으나 정확하게 어떤 느낌인지는 알아차리지 못했다. 방주가 내게 말했다.

"문주, 밥도 먹었으니 좀 걷자고."

"예."

나는 그릇을 대충 주방에 옮긴 다음에 손을 씻고 춘양반점을 나섰다. 방주가 주변을 둘러보면서 말했다.

"조용한 동네로구나. 하오문이 밥을 준비한다던데 어디야?"

"가시죠."

나는 자하객잔으로 향했다. 그러고 보니 객잔 공사가 어느 정도 진행되었는지 나도 모른다. 두 사람을 데리고 자하객잔 근처에 도착해 보니 이미 개방 사람들이 둘러앉아서 밥을 기다리고 있었다. 방주가 등장하자 다들 일어나서 저마다 중구난방으로 떠들었는데 대부분 밥은 드셨냐는 질문이었다. 방주가 고개를 끄덕이면서 대답했다.

"문주가 아주 맛있는 돼지통뼈를 대접해서 나는 그것으로 해결했다."

한 장로가 대답했다.

"어이구, 부럽습니다."

단체로 모인 개방의 고수들은 나도 처음이다. 개방은 문파나 세가와도 분위기가 전혀 달라서 낯설면서도 기이한 느낌을 받았다. 다들 성격이 밝아 보였는데, 어느 정도 방주와 노신의 영향이 있었던 것이라는 느낌을 받았다. 문득 나는 걸음을 멈춘 채로 처음 보는 자하객잔의 임시 간판을 바라봤다. 외관 공사는 거의 완료된 상태였고 내부 공사를 진행하다가 멈춘 것처럼 보였다.

삼 층으로 세워진 건물이었으나 둘레가 넓고, 마차나 말을 세울 수 있는 공간이 제법 크게 마련되어 있었다. 뒤편에도 크고 작은 창고 같은 것이 지어지는 모양인지 담벼락이 뒤쪽으로 길게 뻗어있었다. 내가 예상하던 것보다 자하객잔은 훨씬 커진 상태. 노신도 간판을 발견했는지 손가락으로 가리키면서 말했다.

"사부님, 객잔 이름이 자하객잔이에요. 여기 어디선가 노을 구경하는 것이 좋은가 봅니다."

방주가 대답했다.
"문주 이름 아니야?"
방주의 말에는 내가 대답했다.
"맞습니다."
방주가 처음으로 객잔의 외관을 칭찬했다.
"건물을 운치 있게 잘 짓는구나. 공사를 담당하는 자가 전문가인 모양이다. 하오문이 또 이런 재주가 있었군."
나는 칭찬을 받는 것이 어색해서 잠자코 있었다. 이때 개방의 무리에서 누군가가 큰 소리로 말했다.
"노신, 우리도 문주와 인사할 테니 소개 좀 해주시오."
노신이 고개를 끄덕이더니 돌아서서 나를 가리켰다.
"하오문주 이자하다. 젊지만 하오문을 이끄는 일문의 수장이니까 나를 대하듯이 막말을 하면 안 돼. 예의 없는 거지새끼들아, 알았어?"
"예."
"좋게, 좋게 말하지. 욕을 하고 지랄이세요."
노신이 옆에 있는 사내에게 오른발을 들었다가 내리면서 대답했다.
"어유, 이 썩을 놈아⋯ 방에 있는 것처럼 대화하면 우리가 무시당해. 예의를 모르면 흉내라도 내란 말이야. 부끄럽게 하지 말고."
노신에게 한 소리를 들은 중년의 거지가 내게 다가오더니 손을 내밀었다.
"⋯나는 개방의 취각자醉脚子라 하네. 집법장로일세."
나는 포권을 하려다가 취각자의 손을 바라봤다. 처음 보는 예법이라서 당황스러웠으나 침착한 어조로 물었다.

"아, 손을 붙잡으면 됩니까?"

취각자가 웃으면서 대답했다.

"거지와 인사를 나눠본 적이 없나?"

"없소."

"우리 개방은 이렇게 인사하니까 기억해 두라고. 손을 붙잡아."

속임수여도 달리 방도가 없었다. 나는 개방 방주와 노신, 그리고 다른 개방의 거지들을 둘러봤다가 취각자의 손을 붙잡았다. 취각자가 내 손등을 두드리더니 짤막하게 말했다.

"문주, 이렇게 만나서 반갑네."

"반갑소."

분위기가 실로 어색해서 나는 뻣뻣하게 서있었다. 그러자 마치 다음 서열이 있었던 것처럼 한 사내가 다가오더니 손을 내밀면서 말했다.

"문주, 나는 당개糖丐 장로일세."

"반갑소."

엿과 거지를 조합한 별호여서 당황스러웠으나 내색할 수 없었다. 당개 장로가 나와 눈을 마주치더니 씨익 웃었다. 대체 밥은 언제 준비되는 것일까? 슬슬 이마에서 땀이 흐르는 것 같았다. 이번에도 한 중년 거지가 내 쪽으로 다가왔다.

"하오문주, 나는 원면자圓面子라 하네."

얼굴이 둥근 사내라는 뜻을 가진 별호였는데 얼굴이 실제로 너무 둥글둥글한 데다가 대머리까지 반짝하고 있어서 순간 나는 웃음을 가까스로 참았다.

"원면자 선배, 반갑소."

나는 이 사람과도 손을 붙잡았다. 갑자기 원면자가 손가락으로 나를 가리키더니 웃으면서 말했다.

"자네, 웃음을 잘 참는군. 보통 내 별호랑 내 얼굴을 보면 참기 힘든데 말이야. 제법이야, 아주 제법이야."

나는 진지한 표정으로 원면자에게 포권을 취하면서 말했다.

"별말씀을. 가까스로 참았소."

원면자가 웃음을 터트렸다.

"하하하핫."

원면자가 손을 이리저리 내저으면서 돌아가고, 이어서 다른 중년 거지가 내게 다가왔다. 순간, 나는 등골이 서늘했다. 이러다가 여기에 있는 모든 거지와 손을 맞잡게 되는 것일까. 내가 왜 이래야만 하는 것일까. 나는 대체 누구고, 이곳은 어디인가? 정신이 혼미해지고 있었다. 노신이 말했다.

"하오문주 주화입마 오겠다. 적당히들 해. 그만 놀리라고. 일문의 문주라니까 왜들 그렇게 함부로 대해?"

한 장로가 소리를 버럭 내질렀다.

"시끄러워! 여기까지 와서도 잔소리야."

노신이 경고했음에도 불구하고 중년 거지가 손을 내밀면서 다가왔다. 내가 손을 내밀자, 사내가 내밀었던 손으로 자신의 머리카락을 쓸어 넘기면서 말했다.

"나는 사내놈 손 붙잡는 거 싫어해."

"하하하."

여기저기서 웃음이 터졌다가 내가 가만히 둘러보자, 웃음이 점점 잦아들었다.

"문주님, 화났나 보다."

"그러게 적당히 하자니까."

어처구니없는 무례이기도 했으나 워낙 스스럼없이 장난을 치는 터라 나도 헛웃음이 나왔다. 며칠 안 감은 머리를 만지던 거지가 내게 말했다.

"미안하네. 매번 치는 장난이라서. 하오문주, 나는 용개천龍開川 장로일세."

"강호에서 들어본 별호 중 가장 멋진 별호요. 용 선배."

그러니까 개천에서 용이 나왔다는 뜻의 별호였다. 아마 개천 다리 밑에서 태어난 모양이다. 이제 보니까 다들 별호가 범상치 않았다. 엿 좋아하는 거지, 얼굴이 둥근 사내, 술 취한 다리, 개천에서 나온 용. 여기까지가 개방의 높은 장로였던 셈이다. 나는 개방 방주의 별호를 알 수가 없어서 거지들에게 물었다.

"그런데 방주님의 별호는 뭐요?"

"우리 방주님은 신개神丐라는 별호를 가지고 계시지만 방주님이 싫어하셔서 그런 호칭으로는 잘 부르지 않네. 그냥 방주님이야."

다행히 모든 거지의 손을 붙잡게 되진 않았다. 여기저기서 내게 포권을 취하는 사내도 있었고 눈빛을 교환하거나 살짝 웃는 거지도 있었다. 나는 거지들에게 둘러싸인 채로 묘한 기분을 느끼다가 뒤늦게 이들이 일양현으로 온 이유를 나름대로 예상하게 되었다. 내가 마교를 죽여서 정마대전이 벌어진 줄 알고 몰려온 것일까. 아니면 하오문의 근거지로 알려진 일양현을 보호하기 위해서 온 것일까.

누구 한 명 속내를 밝히지 않고 있었는데, 손을 붙잡고 눈빛을 교환하는 동안에 이들이 목숨을 걸고 온 것 같다는 느낌을 받았다. 특히 나를 대하는 분위기가 무척 당당했다. 전부 당당했기 때문에 그제야 나는 이들이 나를 도와주러 온 것임을 깨달았다. 나는 노신을 바라봤다.

"…"

노신이 내 어깨를 가볍게 두드리더니 편한 어조로 말했다.

"우리는 싸우러 왔는데 별일 없이 밥이나 먹게 되어서 다행이야. 신경 쓰지 말도록. 이곳을 책임지는 단두를 임명하면 무슨 일이 생겨도 개방이 빨리 도울 수 있을 거야. 아무리 봐도 자네는 삼재 둘에게 찍혔는데 우리가 이 정도는 해야지."

"아, 천악한테도 찍혔나?"

"모를 일이지만 그렇지 않을까?"

전쟁이 벌어질 것 같다는 우려에 개방 방주와 장로들까지 전부 달려온 모양새였다. 새삼스럽게 거지들을 바라보고 있자니 마음이 실로 무거웠다. 우리가 애초에 아는 사이도 아닌데 어떻게 이런 일이 벌어질 수 있을까. 당장은 개방의 마음을 헤아릴 수가 없었다.

문득 다리에 힘이 좀 풀리는 느낌이 들어서 고개를 끄덕인 다음에 거지들처럼 바닥에 앉았다. 밥 한 끼를 대접할 수 있다는 사실이 그나마 다행이었다. 내 옆에 개방 방주와 노신도 주저앉아서 아무 말 없이 거지들을 바라봤다. 문득 너무 고요해진 터라 나는 입을 열 수밖에 없었다.

"개방의 형제들, 먼 길 와줘서 고맙소."

여기저기서 잔잔한 어조로 내 말에 대답했다.

"별말씀을…"

"문주님 이야기를 우리도 많이 들었소."

"듣던 것보다 더 젊어서 깜짝 놀랐지 뭐야."

"무슨 용기로 그렇게 마교도를 때려죽이셨소?"

"그러게 말일세."

나는 몇 명의 거지들이 웃는 것을 보다가, 나도 웃었다. 이것이 대체 무슨 분위기인지는 모르겠으나 나는 개방의 거지들이 호법을 서 주는 것처럼 보였다. 개방 방주가 내게 말했다.

"문주는 어떤 사람들이 거지가 되는지 알고 있나?"

"모릅니다."

"일단 집이 없는 자들이야. 재산을 날려 먹었든 빼앗겼든 간에. 일가족이 갑자기 화를 입어서 세상을 등진 사람도 있고. 옛 장로 중에는 역적의 가문으로 찍혀서 살아갈 방법이 마땅치 않은 사내도 있었지. 일하기 싫은 놈도 있고, 배필을 잃은 상처를 안고 모든 것을 버린 채로 거지가 된 사내도 있다. 우리는 집이 없는 거지들이라네."

나는 개방 방주와 눈을 마주쳤다. 하오문과는 또 다른 밑바닥 인생들의 수장이 나를 바라보고 있었다. 방주도 그 점을 알고 있는 모양인지 나를 보면서 말했다.

"대놓고 밑바닥 인생들을 보호하겠다고 나선 사람은 개방 이래 문주가 처음이구나. 하오문은 종종 내가 거지들과 함께 돌볼 테니 문주는 앞으로 하고 싶은 대로 해라.”

“예.”

“내가 다음에 삼재와 싸우게 되면. 그때는 이 대 일을 할 생각이 크지 않다. 임 맹주가 날 돕든 다른 제왕帝王들이 날 돕든 간에 이 대 이를 할 생각이야. 강호에서 벌어지는 일은 선후배가 함께 감당해야 하네. 그때 우리가 삼재에게 패배하면 젊은 문주는 개방을 잊지 말고 도와주도록. 부탁하네. 사마외도와 다시 손을 잡고 싸울 마음은 없어. 그 둘이 기이한 사내들이라서 나를 백도의 고수로 보지 않았기에 내가 이렇게 살아있는 것이지만, 다음에는 사마외도 대 백도로 승부를 내야지. 내 바람이기도 하네.”

나는 개방과 정신적인 동맹을 체결하자마자, 덤덤한 표정으로 약조했다.

“그러겠습니다. 그전에 저도 수련을 더 하겠습니다.”

이 대 이로 싸우게 되면 내가 한 자리를 차지하겠다는 말이었으나, 개방 방주는 아예 고려하고 있지 않은 모양인지 별다른 대답이 없었다. 반응으로 보았을 때. 아직 내 실력이 크게 못 미치는 모양이었다. 그렇다면 전생에 내가 광마라 불리면서 날뛰던 것을 교주도 하찮게 여기고 백도의 최고수들도 어느 정도 묵인했던 모양이다. 그렇지 않았더라면 사마외도에게 죽든가 아니면 백도의 고수들에게 죽었을 테니까. 조금 떨어진 곳에서 득수 형과 홍신의 목소리가 들렸다.

“이쪽으로 오셔서 식사하세요!”

개방 방주, 나, 그리고 노신은 밥을 먹으러 가는 거지들을 지켜봤다. 마음의 상처로 자웅을 겨루면 개방도 하오문에 못지않은 자들이 다. 어쩌면 그저 개방이 좋아서 함께하는 거지들도 있을 터였다. 상념에 빠진 채로 문득 근처에 앉아있는 개방 방주를 볼 때마다 여전히 이 사람이 삼재에 속한 고수라는 게 떠올랐다. 존재감이 여전히 없다는 사실이 이렇게 놀라운 일이었을 줄이야. 개방 방주가 옆으로 비스듬하게 눕더니 한쪽 팔로 팔베개를 한 다음에 눈을 감으면서 말했다.

"이따 깨워라."

노신이 대답했다.

"예, 사부님."

정작 노신은 이따 깨우겠다는 말에 대답한 다음에 자신도 땅에 드러누우면서 밥을 먹으러 가지 않고 있는 거지들에게 말했다.

"이따 깨워라."

거지들이 대답했다.

"예."

나는 고개를 돌린 다음에 배식 중인 홍 사매와 눈을 마주칠 때까지 노려봤다. 홍 사매는 나와 눈을 마주치자마자 눈을 동그랗게 떴다. 나는 홍 사매에게 말했다.

"이따 깨워라."

홍 사매가 고개를 끄덕이면서 대답했다.

"예, 대사형."

나는 거지들의 총대장, 총대장의 제자와 함께 땅바닥에 드러누워서 양팔로 팔베개를 한 다음에 눈을 감았다. 개방, 방주, 노신, 돼지통뼈, 밥, 마교, 백의서생, 득수 형, 땅바닥, 거지, 임소백과 교주를 떠올리다가 너무 졸려서 생각을 이어나갈 수가 없었다. 생각해 보니까 며칠에 걸쳐서 너무 바쁘게 먼 거리를 뛰어다녔다. 따져보니 그 전에는 마교와 싸웠다. 몸도 무겁고, 마음도 무겁고, 생각도 하기 싫어서. 잠을 포기한 다음에 기절을 선택했다. 내 옆에 거지들이 있다고 생각하니까 마음이 평화로웠다.

227.
아무도 내게 관심이 없었다

오래 잤다. 눈을 뜨지 않은 채로 희미하게 정신을 차렸을 때 꿈이 떠올랐다. 방주의 이야기를 들었기 때문일까. 꿈속에서 개방 방주는 여러 사람에게 둘러싸인 채로 운기조식을 하고 있었다. 분위기가 무거운 와중에도 나는 도울 일이 없는지 거지들에게 물었다. 꿈과 현실을 구분하지 않았기 때문이다. 허리에 손을 올린 채로 돌아다니다가 개방 방주에게 말했다.

"선배, 나도 돕겠소."

나는 꿈속에서 심호흡을 깊이 한 다음에 방주의 앞에 앉아서 그에게 내 내공을 전달했다. 천옥에서 끌어올린 정순한 내공을 방주에게 전달하자, 서른여덟 명이 달라붙어도 어찌하지 못했던 방주의 내상이 금세 치료됐다. 어느새 젊은 시절의 신개神丐가 눈을 뜨더니 나를 주시했다. 그가 웃으면서 내게 말했다.

"문주."

"예."

"고맙네. 자네가 천하를 돕지 않으면 천하도 자네를 돕지 않아. 이제 우리가 도와주겠네."

나는 꿈속에서 방주가 건넨 말을 곰곰이 되새기다가 눈을 떴다.

"..."

문득 일어나 보니 거지들의 코 고는 소리가 주변에 가득했다. 이번에도 나는 현실과 꿈을 구분하는 게 힘들었다. 어느새 어두워진 하늘에 반짝이는 별이 가득하고, 주변에는 횃불이 가득했기 때문이다. 새삼스럽게 나를 방문했던 개방의 거지들이 단체로 코를 골면서 평화롭게 잠을 자고 있었다. 거적을 덮은 거지도 있었고, 자신의 겉옷을 덮고 자는 거지도 있었다. 땅에 머리를 대고, 하늘을 이불로 삼는 거지들처럼 보였다.

그나저나 분명히 이따 깨우라고 한 것 같은데 어쩌다가 이렇게 오래 잔 것일까? 적어도 세 시진은 지난 것처럼 느껴졌다. 둘러보니 개방 방주는 누군가가 가져온 거적을 덮은 채로 자고 있고, 노신도 여전히 잠을 자고 있었다. 마치 누군가가 기절하는 독약을 일대에 뿌린 것처럼 잠을 잘 자는 사내들이었다. 다들 숨소리가 안정적이었기 때문에 나는 가부좌를 튼 채로 거지들이 자는 모습을 잠시 구경했다.

'대단히 잘 자네.'

평소에 나는 헛간 같은 곳에서도 평화롭게 잘 수 있는 사내라고 생각했는데, 이들은 밥을 먹은 자리에서 머리를 땅에 붙인 채로 단잠에 빠지는 자들이어서 나보다 수준이 높았다. 나는 잠시 둥그런 달을 구경하다가 품에서 꺼낸 백전십단공白電十段功을 읽었다.

첫 장에는 극양의 내공을 뇌기로 전환하는 묘리가 설명되어 있고 이후에는 단계마다 사용할 수 있는 절기를 설명하고 있었다. 대체로 쉽고, 단순하고, 명쾌한 무학이었다. 반복해서 지적하는 부분은 내공 소모가 빠르다는 점이었다. 또한, 백전십단공을 반복해서 수련할수록 체내에 있는 탁한 기운을 스스로 태울 수 있다는 점을 강조하고 있었다. 신체 내부의 탁기를 백전십단공을 통해 스스로 벌모세수할 수 있다는 게 핵심이었다.

'신기한 무공이네.'

벌모세수는 사실 터럭과 골수까지 깨끗하게 하는 것이어서 쉽지 않은 일이다. 분명히 뇌기를 사용하는 무공 비급인데, 후반부로 갈수록 신체의 완성과 탁기를 배출하는 방법론에 내용을 크게 할애하고 있어서 어느 정도 도가적인 색채가 묻어있었다. 한편으로 도대체 얼마나 많은 내공이 소모되기에 자꾸 막대한 내공이 필요하다는 것인지 궁금했다. 궁극의 십단十段에는 이런 말이 적혀있었다.

내공이 충분하지 않은 상황에서 십단을 운용하면 부족한 양기를 보충하기 위해 진기를 끌어내어 쓰게 되고, 이런 현상이 반복될 경우 시전자의 신체가 소멸할 위험이 있다. 천천히 꾸준하게 수련하되, 내공을 먼저 대해大海처럼 갖추고 나서 십단에 도전하라.

주화입마에 빠지는 것도 아니고 그냥 소멸하는 모양이다. 스스로 벌모세수도 할 수 있고, 스스로 세상에서 사라질 수도 있으니 내가 예상하는 것보다 훨씬 극단적인 무공이었다. 하지만 무공 자체가 홍

미롭고 글 자체가 재미있어서 나는 세 차례나 백전십단공을 반복해서 읽었다. 백의서생의 말에 따르면 투계에서 금구의 경지로 진행할 때 익히는 것이 좋다고 했으니, 지금 내가 익히면 딱 적당한 무공이었다.

설마 백의서생은 이런 것까지 예상하고 내게 백전십단공을 권한 것일까? 알 수가 없었다. 나는 거지들이 자는 모습을 한 차례 둘러본 다음에 백전십단공의 운기조식을 시작했다. 이미 극양의 내공은 충분했기 때문에 일단一段은 어렵지 않을 터였다. 하지만 예상하는 것보다 내가 보유하고 있는 내공이 충분했기 때문에 운기조식이 길어졌다. 일단에서 이단까지 금세 도달하고 삼단까지 마쳤을 때도 운기조식을 계속 이어나갔다.

백전십단공이 언급한 신체의 경로를 따라서 극양의 기를 운반하는 것이라서 어려울 것도 없었다. 뇌기를 운반할 길을 뚫고 닦아서 넓히는 과정에 일단, 이단, 삼단이 전부 포함되어 있었다. 사단에 이르자 비로소 다른 경로로 뇌기를 보내기 시작했고. 오단부터는 서책에서 언급한 벌모세수 기능이 섞여있었다.

그러니까 오단부터는 온몸의 혈맥을 뇌기로 청소하듯이 진행하는 과정이어서 뜬금없는 고통이 간헐적으로 발생했다. 솔직히 오단에서 멈추고 싶었다. 하지만 어찌 된 노릇인지 천옥의 기운은 따로 정제할 필요도 없이 백전십단공의 뇌기로 전환되는 느낌을 받아서 정신을 부여잡은 채로 오단까지 완료한 다음에 겨우 눈을 떴다.

"…후."

이 상태로 육단에 돌입했다가는 눈을 뜨지 못할 것 같다는 생각이

들어서 욕심을 내려놓았다. 순간 정신을 차리자마자 정체를 알 수 없는 악취가 코를 찔렀다. 의복의 팔다리 부분이 갈기갈기 다 찢어진 상태였고, 고개를 들어보니 내 주변에 가림막이 세워져 있었다.

"음."

더군다나 분명 거지들이 자는 밤에 운기조식을 시작했는데 지금은 환한 대낮이었다. 걸인지몽이라도 꾼 것일까. 내가 거지인지, 거지가 나인지 구별할 수가 없었다. 어쨌든 지금 내 꼬락서니는 거지였다. 뜬금없이 백전십단공에 입문하자마자 오단까지 돌파한 터라 나도 어리둥절한 상태. 공격에서 얼마나 뛰어난 무공인지는 모르겠으나, 일단 벌모세수의 특출난 기능은 매우 뛰어난 신공이라는 것을 확인했다.

주변 상황과 내 꼴이 당황스럽긴 했으나… 기왕 이렇게 된 김에 나는 잠시 백전십단공과 내 신체, 금구소요공에 대해 차분하게 생각했다. 전생과 현생을 가릴 것 없이 금구의 영역을 정복하지 못했던 이유는 신체의 격이 무공에 비해 부족하기 때문이 아닐까 싶었다.

그러니까 이것이 내 현실이다. 나는 세가나 문파의 어린 제자들처럼 탁한 기운을 멀리한 채로 무공에 입문한 것이 아니라 객잔에서 술과 안주로 배를 채우면서 자랐다. 또한, 누가 내게 벌모세수를 해준 적도 없다. 벌모세수는커녕, 다른 사람들에게 처맞은 게 더 많았다. 그러니까 벌모세수와 비슷한 일을 겪은 것은 이번이 첫 경험이다.

"염병할…"

전생의 내가 다음 경지로 나아가지 못했던 이유는 몸과 마음이 점소이여서 그랬던 것일까. 그렇다면 정말 슬픈 일이다. 그 경지를 뚫기 위해 미쳤었던 것도 어느 정도 광기의 큰 지분이었으니 말이다. 어찌 보면 광마라 불리던 시절의 나는 내게 주어졌던 천박함으로 올라설 수 있는 최고의 경지였던 것 같다. 나는 거지 같은 냄새를 풀풀 풍기면서 가림막 바깥으로 나왔다.

"…"

거지들이 나를 바라보고 있었다. 냄새나는 거지와 전통 있는 거지들의 만남이랄까.

"문주님!"

"와, 방주님 말대로 살아계셨네."

"승천한 줄 알았잖아."

방주와 노신은 보이지 않았으나 딱 봐도 호법을 서고 있는 것처럼 보이는 장로들과 거지들이 보였다. 나는 거지들보다 더 냄새가 나는 상태로 거지들에게 물었다.

"…형제들, 내가 언제부터 아니, 며칠 흘렀소?"

"오늘이 팔 일째입니다."

"아니야. 구 일째야."

"그렇다네요. 아흐레가 지났습니다."

내 인생의 아흐레가 백전십단공의 오단과 뒤바뀌었다.

"황당하군."

"저희도 황당합니다. 냄새도 황당하구요."

아흐레를 바치고 백전십단공의 오단을 얻었으면 이득인가 실인가 알 수가 없었다. 어쨌든 이전과는 다르게 기분 좋은 배고픔이 느껴졌다. 이 상태로 술이나 안주부터 먹었다간 바로 골로 갈 것 같은 심정이었다. 차갑지 않은 물과 미음 같은 것을 먹어야 할 것 같은 상태랄까. 얼굴이 둥글둥글한 원면자 선배가 내게 다가오면서 말했다.

"문주, 괜찮아?"

"예."

"다행이야. 방주님께서 무아지경에 빠진 채로 운기조식을 하는 것 같으니 되도록 조용히 떨어져서 지켜보기만 하라고 하셨어. 그래서 장로들이 번갈아 가면서 지켜보고 있었지. 이놈들 말대로 오늘이 아흐레째야. 큰 깨달음이 있었나 보군. 축하하네."

아흐레 동안 개방의 고수들이 주변에서 호법을 서준 셈이었다. 나는 일단 원면자 선배에게 포권을 취했다.

"선배, 고맙소. 덕분에…"

"됐어. 뭘 그런 닭살 돋는. 포권 좀 하지 마. 우리 그런 거 잘 안 해."

"그렇습니까."

"일단 씻고 오게. 냄새가 너무 나. 냄새로 따지면 이미 개방이야. 나도 거지들보다 냄새 더 심한 사람은 오랜만이라서 조금 당황스럽군."

주변에 있는 거지들이 원면자의 말에 동시에 웃었다. 원면자는 거지들이 웃자, 더욱 신이 난 모양인지 말을 이어나갔다.

"아, 그리고 방주님이 나더러 일양현 단두직을 임시로 맡으래. 사실 내가 그럴 급은 아닌데 존경하는 방주님이 까라면 까야지. 그렇게 알고 있어. 자네가 사마외도의 암살 대상이 되었으니까 개방에서도 강하고 멋진 사내가 단두를 맡는 것이로구나, 그렇게 생각하면 될 거야. 이야, 내가 단두라니?"

나는 고개를 끄덕이면서 그제야 정신을 좀 차렸다.

"보름달 선배, 고맙소. 든든하군."

"보름달? 맞아. 그리고 내 성격이 평소에도 둥글둥글해서 아마 나한테 단두를 맡겼을 거야. 자네랑도 허물없이 잘 지낼 것이라고 방주님이 믿고 계셔."

원면자가 말을 마치더니 손으로 자신의 대머리를 쓰다듬으면서 웃었다. 나는 정신이 혼미해져서 마음을 단단하게 먹었다.

"그럼 태양 선배, 나는 일단 씻고 오겠소."

"맞아. 자네는 좀 씻어야 해. 보름달인지 태양인지 하나만 해. 둥글다고 다 갖다 붙이지 말고."

"그럽시다."

"그럽시다는 뭐야?"

나는 원면자의 말을 무시한 다음에 씻으러 갔다. 뒤에서 거지들이 속삭이는 말이 평소보다 더 잘 들렸다.

"왜 보름달이라고 하는 거야?"

"대머리잖아. 멍청한 새끼야."

원면자가 호통을 내질렀다.

"닥치지 못해?"

나는 걸으면서 상의를 벗고, 하의까지 벗으려다가 자하객잔에서 나오는 홍신을 보자마자 다시 입었다.

"대사형."

나는 바지 허리춤을 붙잡은 채로 대답했다.

"어, 그래. 좀 씻어야겠다. 비켜라."

홍신이 코를 붙잡은 채로 비켜섰다.

"예."

"저기 휘영청 밝은 달 선배가 이끄는 거지들에게 식사 잘 대접하고 있나?"

"그럼요. 득수 오라버니가 매일 맛있는 음식을 만들어서 배식했습니다. 매화루에서도 돕고 있습니다."

"좋았어. 나 없는 동안에도 하오문이 척척 잘 돌아가고 있었구만."

"냄새나니까 빨리 씻으세요."

"알았다."

나는 내부 공사를 하는 자하객잔에 들어갔다. 이 층에서 일을 하던 연자성이 나를 내려다봤다.

"문주님!"

"응?"

"뒤에 우물가 가서 씻으세요."

"어, 그래. 자성아, 반갑다."

"반갑습니다. 거기 더러우니까 밟지 마시고."

"아이씨."

나는 자하객잔에서 쫓겨난 다음에 건물을 돌아서 우물가로 갔다. 주방의 뒤쪽 문에서 나온 장득수가 고기를 손질하다가 내게 말했다.

"와, 이제 일어났냐?"

"운기조식이 이제 끝이 났지. 죽을 뻔했어."

내가 얼마나 대단한 아호레를 보낸 것인지 말해주고 싶었으나 말이 통하는 새끼들이 전혀 없었다. 장득수가 건성으로 대답했다.

"대단하네."

나는 엄청난 양의 고기를 쌓아둔 채로 식칼을 휘두르는 장득수에게 말했다.

"뭐 준비하는 거야?"

장득수가 착착착- 소리를 내면서 고기를 써는 와중에 대답했다.

"그냥 고깃국이야. 따뜻한 국물에 고기 썰어서 넣고, 파도 큼직큼직하게 잘라 넣고. 들어보니까 방주님이 이런 음식을 가장 좋아하시더라고. 개방 사람들도 국물 있는 음식을 좋아하고."

"그렇구만."

내가 웃으면서 고개를 끄덕이자, 장득수가 손을 내저었다.

"근데 자하야, 냄새가 좀 심하니까 저쪽으로 가서 씻어라. 음식에 부정 탄다."

"아, 확인."

나는 우물가로 쫓겨나서 오래 씻었다. 냄새가 나면 사람들이 싫어하기 때문이다. 문득 씻다가 자괴감이 들었다. 백전십단공이라는 대단한 무공을 아흐레에 걸쳐서 입문과 동시에 오단까지 돌파하는 기적을 이뤄냈는데 아무도 내게 관심이 없었다. 그냥 아흐레를 내리 처자다가 일어난 줄 아는 모양이다. 나는 몸에 우물 깊숙한 곳에서 끌어올린 차가운 물을 뒤집어쓰면서 중얼거렸다.

"세상 외로운 거. 아무도 몰라주고. 냄새가 좀 날 수도 있지, 거지 새끼들이."

나는 그제야 병신 같은 백의서생 놈의 마음을 조금이나마 이해했다. 제 딴에는 대단한 무공을 엄청 많이 익히고, 연구하고, 분석하고, 그림도 그리고, 새로운 경공도 창안했는데 알아주는 사람이 한 명도 없었던 모양이다. 그래서 온전한 정신이 아니라는 생각이 들었다.

그렇다면 이런 결론에 도달한다. 백의서생의 본질도 관심종자가 아니었을까 하는 결론. 관심종자가 이렇게 위험하다. 물론 그것은 나도 마찬가지. 한참을 홀딱 벗은 채로 씻다가 깨달아 보니, 갈아입을 옷이 없었다. 나는 음식을 준비하느라 바쁜 장득수에게 말했다.

"득수 형, 갈아입을 옷 좀 가져와."

장득수가 식칼을 붙잡은 채로 나를 노려봤다. 확실히 득수 형은 요리가 아니라 무공을 파고들었으면 고수가 될 자질이 있는 사내라는 생각이 들었다. 제법 살기가 흉흉했다.

228.
자하서생의 마음가짐

잘 씻었다. 새 옷을 입고, 잠도 자고, 운기조식까지 했더니 새롭게 태어난 기분이다. 아흐레 만에 거지에서 탈출한 느낌이랄까? 이제 내가 등장해도 사람들이 코를 막지 않았으며 자하객잔을 드나들어도 연자성에게 잔소리를 듣지 않았다. 나는 자하객잔 앞에 탁자를 하나 놓은 다음에 문방사우와 무공 비급, 그리고 백지서책 묶음을 준비해서 옆에 쌓아놓았다. 내게 들어온 무공 비급이 여러 개여서 나도 정리할 필요가 있었다.

일단 맑은 정신으로 백전십단공을 복습하면서 사본을 하나 만들었다. 신기하게도 백전십단공은 뺄 것도 더할 것도 없어서 그대로 베꼈다. 하나의 완성된 무학이라서 검劍을 익히는 제자에게 줄 필요는 없을 것 같다. 일단 병장기에 뇌기雷氣를 휘감는 것 자체가 막대한 내공을 소모하기에 불필요한 것도 있고, 백전십단공을 창안한 사람도 맨손을 권하고 있었다. 권拳과 장법掌法, 금나수법과 조합해야 위력이 발휘되는 무공이었다.

워낙 내공과 밀접한 무공이어서 여러 제자를 거느리는 문파에도 어울리지 않았다. 영약을 한 사람에게 집중하는 것이 낫기 때문이다. 되도록 은밀하게 일인전승이 되는 무공으로 만들어야 의미가 있어 보였다. 나는 내가 더 강해지려는 의도보다 제자를 잘 가르치기 위해서 백전십단공을 반복해서 외웠다. 필사筆寫하는 와중에 연자성이 옆에 와서 말했다.

"문주님, 무공 비급입니까?"

"그래. 자하객잔에 금고나 비급 같은 것을 보관할 곳이 있나?"

연자성이 옆에 와서 속삭였다.

"애초에 지하실을 뚫어서 대피 장소를 만들어 놨습니다. 그곳에 금고 하나를 놓고 보관하면 되지 않을까요."

"알았다."

나는 움직이지 않고 있는 연자성을 바라보면서 물었다.

"왜? 무공에 관심 있어?"

연자성이 고민이 된다는 표정으로 대답했다.

"어렵습니까? 오래 걸리죠?"

"원하면 가르쳐 주고. 고생스럽겠지만. 대신에 한번 시작하면 평생 익혀야 해."

"중간에서 멈추면요?"

나는 필사를 하면서 대답했다.

"원한이 없으면 중간에서 멈춰도 돼. 원한이 생겼으면 계속 익혀야지. 네 적이 너보다 더 강해지고 있을 테니까. 한번 발을 담그면 빠져나갈 수가 없어. 애초에 원한을 만들지 않고 사는 게 마음 편한 삶이지. 원한 있어?"

"없어요."

나는 슬쩍 강호에 관심을 가지는 연자성에게 말했다.

"그럼 발도 들이지 마. 무공 몇 개 익힌다고 살아남을 수 있는 곳이 아니다. 축문으로 명성을 얻으면 하오문이 아니더라도 부르는 곳이 많을 거야."

연자성이 고개를 끄덕였다.

"알겠습니다. 아, 그런데 문주님은 적이 많으세요?"

나는 고개를 끄덕였다.

"나야 뭐 외출 한 번 하면 수십 명씩 생기지. 산책이라도 하면 아주 그냥 난리가 난다."

연자성이 내게 엄지를 치켜들었다.

"저는 일하러 갑니다."

"가라."

나는 붓을 든 채로 하품을 늘어지게 했다. 서책 한 권 필사하는 데 이렇게 시간이 오래 걸릴 줄이야. 잠을 많이 잤는데도 졸음이 쏟아지는 것을 보면 내 성미에 맞는 일은 아니었다. 아마 내가 이런 짓을 삼 일 정도 하다 보면 나도 자하서생紫霞書生이 될 터였다. 마침 장득수가 직접 등장하더니 책상 위에 고깃국과 밥을 내려놓았다.

"먹으면서 해라."

나는 국물을 마시면서 장득수를 바라봤다. 장득수는 오늘도 거지들에게 배식 준비하느라 바빠 보였다. 장득수가 없었더라면 하오문은 개방과 깊이 친해지기 어려웠을 터였다. 밥을 떠먹으면서 바라보고 있으려니 인상 깊은 장면들이 많았다. 개방은 장득수를 은인, 개방의 장로, 위대한 숙수, 개방 방주 다음가는 권위자처럼 극진하게 대하고 있었다.

밥을 차려주는 것이 저렇게 위대한 일이다. 나마저도 득수 형이 저렇게 위대해 보일 줄은 몰랐다. 이렇게 보고 있으려니 개방과 하오문의 동맹이 아니라 개방과 장득수의 동맹처럼 보였다. 나는 국과 밥으로 든든하게 배를 채운 다음에 백전십단공을 마저 옮겼다.

* * *

독고중검도 옮겼다. 생각해 보니 구양무극 검법의 이름이 무극중검武極重劍이다. 대장군들이 전쟁터에서 익혔다는 독고중검과 강호인이 익힌 무극중검은 무엇이 다르고, 무엇이 비슷할까. 내가 만들어서 다듬고 있는 매화검법이나 유성검과는 무엇이 다른지 궁금했다. 독고중검은 의외로 마상검법馬上劍法으로 시작하는 무공이었다.

육중한 병장기를 다루는 검법이어서 외공 수련법이 자세히 적혀 있고. 병장기의 무게로 압박하는 법, 공격 거리를 늘리는 마상 자세, 각종 병기에 대한 제압법이 적혀있었다. 그러니까 무극중검과는 궤가 전혀 달랐다. 도무지 검마 정도 되는 검객이 익힐만한 수준의 검법이 아니었다. 기초적이고 단순한 무학이었기 때문이다. 백의서생의 의도를 알면서도 의아했다.

'이걸 왜 줬을까.'

이 정도 무학으로는 강호인을 이길 수 없다는 게 내 결론이다. 그러다 문득 갑주甲冑를 뚫는 방법까지 설명된 것을 보고 애초에 방어를 전혀 염두에 두지 않는 검법임을 알았다. 검마는 광명검 때문에 어느 정도 도검불침의 상태를 유지할 수 있기에 공격 일변도의 검법을 건넨 셈이었다. 더 파고들 마음이 없어서 독고중검의 묘리만 기억해 둔 다음에 필사를 마치자마자 백지의 서책을 바라봤다.

제자는 없지만, 제자들에게 전할 비급의 첫 문장을 고민했다. '이것으로 사마외도를 죽여라' 아니다. '몰래 혼자 봐라' 이것도 아니다. 새삼스럽게 나는 문장이나 창작에 소질이 없음을 깨달았다. 첫 문장을 고민하다가 백의서생이 아니라 백발서생이 될 것 같다는 느낌을 받았다. 나는 코를 후비면서 재빨리 포기했다.

'나랑 안 어울려.'

말로 설명하는 게 편하다는 느낌. 더군다나 자하신공 같은 경우에는 내가 문장이 뛰어나더라도 설명할 방법이 없다. 내가 생각해도 이상한 무공이기 때문이다. 매화검법이든 자하신공이든 간에 일단 가르치고 나서 제자가 직접 비급을 집필하는 게 맞겠다는 생각이 들었다. 어차피 대종사의 역할도 제자들이 해야 하기 때문이다. 이렇게 된 이상 빠르게 포기했다.

나는 붓을 내려놓은 다음에 일어나서 전방을 주시했다. 차성태를 비롯한 흑묘방의 수하들이 몰려오고 있었다. 자세히 보니 차성태는 바로 알아보겠는데 수하들의 얼굴이 낯설었다. 살펴보니, 모르는 자들에게 차성태가 끌려오는 중이었다. 차성태가 쥐어 터진 얼굴로 내게 말했다.

"문주님, 저 왔습니다."

"많이 다쳤어?"

"괜찮습니다."

나는 차성태의 얼굴을 보면서 속으로 생각했다.

'이야, 운이 좋았네.'

이들이 차성태를 죽이지 않았으니 나도 죽이진 않아야겠다는 생각을 하면서 정체불명의 사내들을 둘러봤다.

"누군데 내 수하를 때려서 데리고 왔어? 내가 하오문주야."

사내들이 차성태를 내 쪽으로 밀면서 말했다.

"문주, 제천맹주께서 호출하십니다. 바쁜 일 없으면 함께 가시지요. 물론 바쁜 일 있어도 함께 가시고요."

"제천맹주가 나를 왜?"

말을 한 사내가 손가락질을 하자, 다른 놈이 무언가를 들고 와서 가슴께로 올리더니 보자기를 올렸다. 어쩐지 예전에도 비슷한 상황을 겪은 것 같은데 어차피 강호에서 벌어지는 일은 비슷하다. 눈을 감고 있는 사람의 수급이 담겨있었는데 나는 이것이 누군지 알아볼 수 없었다.

"이게 누구냐?"

"원가성 당주입니다."

"원가성? 안타깝구나."

나는 그제야 죽은 자의 얼굴을 천천히 살폈다. 내가 천리객잔에서 살려줬었던 제천맹 소속의 당주였다. 나는 제천맹의 무인들에게 물었다.

"말이 좀 통해서 살려 보냈는데 왜 죽였나?"

이놈이 내 말을 무시하더니 제가 하고 싶은 말로 대답했다.

"원 당주의 말에 따르면 문주께서 제천맹과 전쟁이 벌어지면 제천맹의 팔 할을 직접 죽이시겠다고… 맞습니까? 맹주께서 그 말씀을 들으시고 정말 전쟁을 일으키기 전에 문주님을 불러오라고 하셨습니다."

"회담이야?"

"그런 셈이죠. 맹주께서는 홀로 하오문 전체를 죽일 수 있다고 하셨습니다. 그렇게 하시겠습니까? 협박도 대상을 가려가면서 해야지요."

나는 손으로 내 입을 살짝 때렸다.

"내 입이 문제네."

"그렇습니다."

"맹주가 부르면 내가 가야지. 이 후배가 달려가야지. 그나저나 여기 내 수하 차성태는 누가 때렸나?"

여태 나랑 이야기하던 사내가 피식 웃으면서 대답했다.

"접니다."

"아."

나는 웃으면서 걷다가 사내의 앞에 등장해서 뺨따귀를 후려친 다음에 정강이를 발로 차고, 이어서 놈의 머리통을 양손으로 붙잡은 다음에 백전십단공의 뇌기를 다짜고짜 주입했다. 사내의 입에서 이상한 비명이 터졌다.

"끄하아아아악!"

순식간에 머리카락 타는 냄새가 나더니 사내가 허연 거품을 문 채로 바로 혼절했다. 뇌기를 더 주입하면 죽을 것 같아서 손을 뺐다. 문득 손바닥을 바라보니 뭉텅이로 뜯긴 머리카락이 녹고 있었다. 백전십단공을 처음으로 실전에서 사용해 봤는데 위력이 나쁘지 않았다. 일단 맞은 놈은 심각하게 괴로운 모양이었다. 나도 평소에 남을 괴롭히는 것을 좋아하는 터라, 어느 정도 궁합이 맞는 무공이었다. 함께 왔던 놈들이 동시에 칼을 뽑더니 나를 포위했다. 나는 손에 묻은 머리카락을 털어내면서 제천맹의 무인들에게 말했다.

"…가자. 얘는 좀 너희가 업어라. 아직 안 죽었다. 아, 그리고 성태야."

차성태가 억울한 표정으로 나를 바라봤다.

"예."

"흩어져서 나 찾아다니고 있었나?"

"예."

"고생했다. 넌 요양 좀 하고 있어. 누가 나 찾으면 제천맹에 갔다고 하고. 저기 탁자 위에 서책 좀 챙겨 놔라."

차성태는 별생각 없이 책상에 있는 비급들을 바라봤다.

"알겠습니다."

제천맹의 무인들과 함께 이동하는데 원면자 선배가 앞을 막아섰다.

"멈춰라."

나는 원면자 선배에게 말했다.

"보름달 선배, 나 제천맹에 다녀오겠소."

원면자가 대답했다.

“제천맹은 왜? 노신에게 말해서 함께 가게. 아니면 나랑 같이 가든가.”

나는 잠시 멈춰서 원면자를 바라봤다.

‘그럴까?’

사실 개방 방주의 위세를 빌리면 제천맹주도 나를 함부로 대하지 못할 것이다. 물론 제천맹은 이미 내가 임소백과 친분이 있는 사실도 파악했을 터였다. 하지만 나는 타인의 위세를 빌려서 일을 해결하고 싶은 생각이 없었다. 내 성격상 그렇게 못한다. 원면자에게 말했다.

“…아무래도 수하들 몇 대 때린 일로 이야기만 나눌 생각이니까 혼자 다녀오겠습니다. 대신에 백응지에 있는 풍운몽가 차남에게 제 행선지를 좀 알려주십시오. 문제가 생기면 그쪽에서 지원을 받겠습니다. 그래도 걱정이 되면 무림맹에도 제 행선지를 알려주세요. 그럼 별일 있겠습니까?”

원면자는 재차 나를 만류하려다가 선을 지켰다.

“아, 그래? 그럼 되도록 빨리 전달할게.”

“선배, 고맙소. 일양현에 별일 없게…”

원면자가 웃었다.

“별일 없어. 내가 있으니까.”

“알겠습니다.”

제천맹은 한번 방문해 봐야 하는 곳이다. 아직 흑도맹으로 변하지는 않았기 때문이다. 아마 제천맹주나 그 아래에 있는 간부 일부는 나보다 실력이 좋을 터였다. 조금 있으면 시기상 임소백과 붙었다가 흑도를 더 규합해서 난장판이 벌어지고. 이후에 마교가 국지전을 벌여서 더 혼란스러워질 테니. 이런 시기에 방문하는 것도 나쁘지 않은 일이었다. 어디까지나 나는 외교관外交官이 된 심정으로 제천맹을 방문할 생각이었다. 나는 옆에서 걷고 있는 제천맹 무인에게 어깨동무를 하면서 말했다.

"너는 이름이 뭐야?"

"능곤이외다."

"너도 당주야?"

"아니요. 부당주요."

"부당주? 그런 것도 있구나. 그래. 아직은 나도 제천맹에 별다른 감정이 없다. 그리고 원가성은 나를 기습했다가 실패했는데도 내가 살려서 보내줬잖아. 왜 너희가 때려죽여 놓고 내게 화를 내는지 모르겠네. 너희는 원가성이 죽을 때 화가 안 났나? 그렇다면 이상한 일이야. 내가 너희들과 함께 제천맹에 복귀해서 원가성을 왜 죽였는지 제천맹주에게 따지겠다. 가자."

"…"

문득 주변을 둘러보니 제천맹의 무인들이 전부 입을 다물고 있었다. 나는 어쩔 수 없이 혼자 떠들었다.

"좀 멀지 않아?"

누군가가 존댓말로 대답했다.

"예, 멉니다."

"그래. 별일 없이 가자. 가다가 내가 맛있는 것도 사줄 테니까. 식도락食道樂 여행하듯이 가보자고. 왜? 혹시 가다가 나 죽이라고 그랬나? 아니지? 너희들 실력으로 어림없으니 그러지 말아라. 나는 함부로 사람을 때리는 사람은 맞지만, 이유 없이 마구잡이로 죽이진 않는다. 앗!"

"뭐요?"

나는 소리를 버럭 내지른 다음에 멈춰 섰다. 제천맹 무인들이 나를 바라봤다. 나는 이놈들을 둘러보다가 말했다.

"기다려라. 전낭을 안 챙겨 왔다. 내가 돈도 많은데 안 챙겨 왔네. 금방 다녀올게."

"그럴 필요 없소. 무슨 돈을…"

"입 닥치고 기다려."

나는 순식간에 공중으로 솟구쳤다가 자하객잔으로 복귀했다. 객잔 뒤쪽에 덩그러니 놓여있는 거지발싸개 의복에서 전낭을 찾아낸 다음에 다시 제천맹의 무인들에게 순식간에 합류했다.

"가자."

"…"

다들 내 경공을 지켜보고 있었는지 말수가 더욱 줄어들었다. 사실 내가 백의서생보다 느리긴 하나, 내 경공 자체가 느린 것은 절대 아니다. 나는 무인들의 어깨를 툭툭 쳐대면서 말했다.

"다들 과묵한 친구들이네. 가면서 친해지자고."

나랑 친해지기 싫은 모양인지 대답해 주는 이가 한 명도 없었다. 하오문도 그렇고 제천맹도 그렇고 대체로 내게 별 관심이 없었다. 나는 심심한 나머지 무인들에게 물었다.

"혹시 경공 좋아하는 사람? 없어?"

"…"

"없으면 됐어."

백의서생이 혼잣말을 오래 해서 미쳤다는 게 내 결론이다. 내가 그 마음을 알 것 같았다.

229.
나도 나를
이해하지 못함

제천맹으로 끌려가는 도중에 친해진 놈들이 없었다. 나랑 말을 섞으면 큰일이라도 나는 모양인지 대체로 과묵했다. 자기 생각을 말하지 못하는 자들과의 여행은 심심할 수밖에 없다. 그나마 내가 가끔 데리고 간 곳에서 밥 먹는 것까지 간섭하거나 거부했더라면 더 재미없었을 터였다. 다행히 특정 지점부터는 마차를 이용했기 때문에 밥을 먹은 다음에는 마차에서 명상하거나 쪽잠을 잘 수 있었다.

이동하는 감옥에 스스로 갇힌 채로 제천맹에 끌려가고 있었지만, 마음은 평온했다. 나도 내 마음이 때때로 평온한 이유는 잘 모른다. 잠을 많이 자서 그런 것일까. 아니면 여행 때문일까. 전생에는 가본 적이 없었던 제천맹이지만, 제천맹에서 흑도맹으로 변한 다음에는 그곳에 속한 고수들과 싸우거나 죽인 적이 있었다. 어쨌든 나는 백도보다 흑도를 더 많이 죽였고, 흑도보단 사마외도를 더 많이 죽였다.

큰 범위에서는 흑도도 사마외도 취급을 받을 때가 있으나, 자신을 흑도라 규정하면서 사마외도와 선을 긋는 자들도 있었기 때문에 이것은 애매한 문제다. 제천맹이 그렇다. 가끔 정의롭고, 자주 다투며, 항상 분위기를 잡는 원숭이 새끼들이다. 마차는 줄곧 평탄한 길을 달렸는데, 몇 번째인지 모를 끼니를 때우고 출발했을 때부터 길이 울퉁불퉁했다.

다시 평탄한 길로 접어들었을 무렵… 마차가 멈추더니 내리라는 말이 들렸다. 나는 그 어느 때보다 잘 먹고, 잠도 많이 잔 상태로 마차에서 내렸다. 버려진 옛 성을 점거해서 보수공사를 한 모양인지 무림맹에 버금가는 위세를 자랑하는 제천맹의 정문이 눈앞에 있었다. 그 어느 곳을 봐도 제천맹이라는 소개는 없었지만. 경계를 서거나 돌아다니는 자들 모두 감청색의 무복을 입고 있었다. 그나마 반말을 하던 자들이 여행 동안에 말투가 바뀌어서 내게 존댓말로 말했다.

"문주님, 들어가시죠."

나는 여기까지 동행한 제천맹의 무인들을 둘러봤다.

"다들 고생 많았다. 대머리도 괜찮나?"

내 백전십단공에 당해서 뜻하지 않게 대머리가 된 놈이 나를 못마땅한 표정으로 바라봤다.

"안 괜찮소."

나는 피식 웃으면서 놈을 바라봤다.

"안 죽인 게 어디야?"

"그건 맞소."

나는 웃음을 터트린 다음에 제천맹의 입구로 들어갔다. 나를 끌고 온 놈들이 정문 위사衛士에게 보고했다.

"맹주님의 부름을 받은 하오문주다."

"동행이 더 있습니까?"

"보다시피 없잖아. 왜 쓸데없는 것을 묻나?"

"절차니까 묻습니다."

"너 말투가 왜 이래?"

이 병신들이 저희끼리 말다툼을 하기에 나도 끼어들었다.

"닥쳐라, 병신들아. 파벌이 있나? 저희끼리 싸우네."

위사도 나를 노려보고, 호송하는 놈도 나를 노려봤다. 생각해 보니 여기까지 오는 동안에 가장 불손한 표정을 자주 지었던 놈이어서 뺨따귀를 한 대 선물했다.

"표정…"

내가 손을 또 치켜들자, 위사 놈이 웃음을 참으면서 외쳤다.

"문을 열어주십시오!"

성벽 위에 있는 놈이 신호를 보내자, 금세 정문이 요란한 소리와 함께 열렸다. 맹이라는 이름으로 이런 옛 성을 불법 점거해도 되는 것일까. 안으로 들어가 보니 병력이 꽤 많아서 그렇게 해도 되는 것처럼 보였다.

"이야, 대단하네."

이 정도면 오래된 지방 토호 세력이나 관직에 있었던 자가 가문의 위세를 이용해서 강호인으로 전향한 게 아닐까 싶었다. 새삼스럽게 맹盟이라는 표현을 사용하는 단체이지만, 임 맹주와 쳤던 남악녹림맹과는 분위기가 전혀 달랐다. 마치 널리 알려지지 않은 소국小國을 방문하는 느낌을 받으면서 중앙길을 걸었다.

* * *

“하오문주를 데려왔습니다.”

대청 입구의 위사가 막아섰다.

“대기하세요. 회의 중이니.”

먼 거리를 거쳐 제천맹에 입성한 다음에 대청인지 뭔지 모를 곳에서 문전박대를 당했다. 호송 책임자가 내게 말했다.

“문주, 좀 기다려야겠소. 여기 있지 말고 우리와 함께.”

나는 몇 걸음을 걸어가서 대청의 정문을 발로 찼다. 뻥- 소리와 함께 튼튼한 대청 문이 좌우로 열리더니 기다란 탁자에 나란히 앉아 있는 제천맹의 고수들이 놀란 표정으로 벌떡 일어났다.

“뭐야?”

나는 입구에 서서 제천맹의 고수들에게 말했다.

“하오문주 이자하, 맹주가 불러서 왔다.”

한 놈이 바로 검을 뽑더니 내 앞으로 다가오는 것을 누군가가 말렸다.

“맹주님 손님이다. 죽일지 말지 맹주님이 결정하셔야지.”

젊은 놈이 검을 내밀더니 이렇게 말했다.

“이거 완전 미친놈이네?”

나는 검을 무시한 다음에 걸어가서 길쭉한 탁자 끝에 섰다. 여기에 앉으면 전방 태사의에 앉을 제천맹주를 마주 보고 이야기할 수 있을 것 같은데 의자가 없었다.

“의자 하나 가져와.”

단체로 내 말을 무시하는 형국이어서 나는 직접 벽 쪽에 덩그러니 놓여있는 의자로 향했다. 의자를 가지러 가면서 바라보니 제천맹 고수들의 시선이 내게 찰떡처럼 달라붙어 있어서 고개가 천천히 움직이고 있었다. 나는 열렬한 관심을 받은 채로 의자를 직접 들고 와서 제천맹주와 마주 볼 수 있는 자리에 놓고 앉았다. 이쯤 되자 웃는 놈들도 있었고, 헛웃음과 한숨을 내뱉는 자들도 보였다. 딱히 할 말이 없어서 제천맹의 간부들을 차례대로 바라봤다.

"..."

나는 손을 든 채로 간부들에게 물었다.

"통성명할 사람?"

"..."

"없으면 됐어."

손을 내린 다음에 대청 내부를 살피는데 누군가가 내게 물었다.

"자네가 이곳까지 왜 온 줄 아나?"

"잘 모르겠네."

"자네가 제천맹의 팔 할을 직접 죽일 수 있다는 그 한마디 때문에 불렀네. 맹주님이 오시면 정중하게 사과하게. 작은 일을 크게 만들지 말고."

제천맹주가 오면 했던 말을 또 반복해야 하는 귀찮음이 예상되어서 입을 다물었다. 대신에 간부들을 둘러보면서 무공 실력을 가늠했다. 대체로 보자마자 실력을 파악할 수 있다는 것은 거짓말이다. 더군다나 간부가 십여 명이 넘을 때는 일일이 파악하는 게 어렵다. 눈싸움도 몇 번 하고. 얼굴 생김새도 살피고. 마차를 타고 오느라 뻐근

했던 허리와 목을 움직이면서 제천맹주를 기다렸다. 내가 입을 다문 채로 있자, 늘 그렇듯이 나를 향한 조롱의 말이 흘러나왔다.

"권 단주, 하오문이 뭐 하는 세력이오?"

"잘 모르겠네. 남화 일대의 흑도 세력 같은데."

틀린 말이어서 내가 정정해 줬다.

"마교와 싸우고 있는 세력이라서 흑도는 아니야."

간부들이 일제히 나를 노려봤다. 나는 잠시 코를 후비느라 내 손가락을 바라봤다. 딱히 지저분한 게 나오지는 않았지만, 이놈들의 썩은 얼굴을 바라보는 것보다는 코를 후비는 내 손가락이 더 아름다웠다.

"맹주님 나오십니다."

간부들이 일제히 일어나면서, 일어나지 않는 나를 바라봤다. 가장 가까이에 있는 오른쪽 놈이 내게 말했다.

"일어나라."

나는 한쪽 팔로 턱을 괸 채로 우측 놈을 바라보다가 눈을 감았다. 누군가가 내게 잔소리를 하려다가 급히 입을 다물자, 발소리가 들렸다. 일정한 보폭에 가벼운 발소리와 허리에서 검과 바지가 스치는 소리도 일정하게 섞여있었다. 입을 다문 채로 걸어온 제천맹주가 태사의에 앉는 소리까지 들은 다음에 눈을 떴다. 제천맹주가 내게 물었다.

"누구냐?"

간부가 대신 대답했다.

"하오문주 이자하입니다."

"왜 여기에 있나? 나가서 대기해."

간부들이 나를 노려보는 와중에 나는 제천맹주를 노려봤다. 나이는 임소백과 비슷하고, 전생에서도 임소백과 자주 싸운 사내로 주극朱克이라는 이름을 가지고 있다. 직접 보니 혼혈처럼 생긴 사내였다. 강호인들은 은근히 혼혈이 섞여있다. 주극은 그중에서 돌궐에 속하는 사타족의 분위기를 가지고 있었는데 나는 사람의 생김새나 출신은 신경 쓰지 않는다. 하지만 못되게 생긴 놈이어서 신경이 쓰였다. 못되게 생긴 것과 못생긴 것은 다르다. 나는 바깥으로 나갈 것처럼 자리에서 일어났다가 다시 앉았다.

"…불렀으면 말을 해. 대기해라, 나가 있으라 하지 말고. 내가 당신 수하도 아니고. 하오문이 제천맹에 소속된 세력도 아닌데 내가 직접 여기까지 왔으면 예의를 갖춰야지."

내가 너무 황당한 소리를 한 것일까. 간부 몇 명이 그제야 힘 빠진 표정으로 웃었다. 제천맹주 주극도 웃으면서 말했다.

"듣던 대로 미치광이가 따로 없구나. 하오문주 이야기부터 하자."

"예, 맹주님."

나는 다른 사람들이 들리게끔 혼잣말을 했다.

"…협박이 시작되나 이제."

이렇게 되면 혼잣말이 아니게 된다. 주극은 좀 황당한 모양인지 턱을 든 채로 웃다가 내게 말했다.

"하오문주, 임소백과 친해서 내게 이렇게 불경한가? 자네가 그래도 임소백에겐 예의를 갖춘다고 들었는데 나는 그 정도 취급을 안 해주는 모양이군."

그래도 맹주라서 그런지 말재주가 있어 보였다. 나는 고개를 끄덕이면서 대답했다.

"격이 다르지. 무공도 임 맹주가 더 뛰어나고. 세력도 더 크고. 민생을 살피기 위해 무림맹을 운영하고 있으니 뜻도 더 훌륭해. 반면에 제천맹은 못된 상인들의 부정과 야합을 눈감아 주는 대신에 막대한 돈을 챙기고. 새롭게 시작한 사업에 끼어들어서 돈을 갈취하거나, 돈으로 사업을 사서 부를 쌓아가고 있으니 감히 임소백 맹주에 비할 바는 아니지. 염치가 없네. 그래도 돈은 제천맹이 임 맹주보다 많을 거야."

간부들이 입을 다물더니 제천맹주를 바라봤다. 웃음기가 사라진 제천맹주가 내게 물었다.

"자네는 이곳에서 살아남을 자신감이 있어서 그렇게 막말을 하는 것인가."

"내게 그런 계산적인 행동은 없어. 죽이고 싶으면 덤비고. 서로 흑도 기질이 있는 건 맞으니까, 싸운 후에 이야기를 이어나가도 늦지 않아."

"난폭한 친구로군."

나는 고개를 끄덕였다.

"고수들이 많아 보이는데 싸울 텐가?"

제천맹주 주극이 나를 물끄러미 바라보더니 여유로운 어조로 말했다.

"이야기를 더 해보세."

"그럴까? 내가 홀로 제천맹 고수 팔 할을 죽일 수 있다는 말을 해서 나를 불렀나? 맹주, 그 말이 그렇게 불쾌하고 불편했나? 왜 제천맹의 고수가 마교의 대공에게 달라붙어서 나를 죽이러 왔지? 돈이면 의뢰자를 신경 쓰지 않나 보군. 이미 나는 마교의 병력을 죽여서 교주에게 잔뜩 찍힌 상황인데 제천맹이 계속 마교의 명령을 받으면서 강호 활동을 이어나갈 생각이면."

나는 말을 하다가 뺨이 간지러워 긁었다.

"..."

"이어나갈 생각이면 뭐? 말을 하게."

나는 뺨을 다 긁은 다음에 대답했다.

"이 자리에서 전쟁이야. 나를 치러 왔던 원가성 당주를 분명 살려 보냈는데 그따위 말실수에 발끈해서 원 당주를 죽이고 나를 호출하다니… 내가 그렇게 병신으로 보였나?"

제천맹주 주극이 나를 물끄러미 바라봤다. 아무래도 무공 수위를 가늠하는 눈빛이었다. 주극이 미간을 좁히더니 입을 열었다.

"아무리 봐도 자네 실력은 나보다 높지 않은데 무슨 자신감으로 이렇게 나오는지 도통 이해할 수 없군."

나는 손으로 탁자를 가볍게 두드렸다.

"나도 나를 이해 못 하니까 나를 이해하려고 하지 마. 그냥 이 자리에서 딱 말해. 나는 마교의 적이다. 제천맹이 마교의 주구 노릇을 계속하겠다면 전쟁이다."

나는 간부들을 노려보고, 제천맹주도 바라본 다음에 말했다.

"약조한 대로 제천맹의 팔 할은 내 손으로 죽인 다음에 운 좋으면 도망치고, 운 나쁘면 나도 이 자리에서 죽겠다. 일대일도 받겠다. 대신에 반드시 한쪽이 죽는 생사결로만 받는다. 다 덤비든지, 간부들부터 일대일 생사결로 내 힘을 빼놓든지 아니면 맹주가 직접 덤비든지 좋을 대로 해. 나한테 협상과 협박으로 무언가를 기대하지 마."

나는 문득 대청의 분위기가 너무 달라져서 움찔했다. 무슨 탁한 공기가 갑자기 대청 안에 휘몰아치는 기분이었다. 살펴보니 다들 살기를 내뿜고 있어서 그런 모양이다. 제천맹주 주극이 웃었다.

"자네 자신감이 있는 사내로구나. 그렇다면 가장 좋은 해결방식은 내가 일대일에 나서는 것이겠군. 괜찮겠나?"

나는 양손으로 탁자를 짚은 다음에 일어섰다.

"나쁘지 않아. 상대가 제천맹주라면 힘껏 싸워봐야지. 여기까지 온 보람이 있네."

간부들도 조용히 일어서고, 제천맹주도 태사의에서 몸을 일으켰다. 나는 뒷짐을 진 채로 돌아서서 다시 대청 입구를 발로 차서 열었다. 문득 하늘이 맑은 것 같아서 호통을 내지른 다음에 넓은 곳으로 향했다.

"날씨, 좋… 다!"

나는 제천맹주와 간부들에게 등을 내보인 채로 걸어가다가 돌아선 다음에 양팔을 허리에 올렸다. 아무리 생각해도 '제천맹주가 나보다 강하지 않을까?' 하는 의구심을 뇌리에서 지울 수가 없었다. 그렇다면 일단 제천맹부터 박살 내야겠다는 마음가짐으로 임했다. 어차피 내 공격은 요란하다. 제천맹의 살림살이를 죄다 박살 내면서 도망치다 보면, 제천맹주도 생각이 달라지지 않을까. 아님 말고. 내가 언제 그렇게 계획적인 사람이었던가? 나는 턱을 올린 채로 걸어 나오는 제천맹주를 노려봤다.

230.
아무 일도 없었다

제천맹주가 중앙에 서고, 간부들이 좌우로 늘어섰다.

“이렇게 당당하게 도전하는 사람은 무척 오랜만이야.”

뒤늦게 아첨하는 놈의 말이 나왔다.

“맹주님, 제가 먼저 하오문주와 자웅을 겨뤄보겠습니다.”

제천맹주가 짤막하게 대답했다.

“이미 내뱉은 말이다.”

“예.”

제천맹주는 위에 걸친 두툼한 겉옷을 벗어서 간부에게 내민 다음에 내게 물었다.

“날붙이는 사용하지 말았으면 하는데 어떤가?”

나는 고개를 끄덕였다.

“그러자고.”

내가 있는 곳으로 천천히 걸어오는 제천맹주의 입술 한쪽이 위로 올라갔다. 주극이라는 이름은 비실비실한 놈이 쇠꼬챙이를 잔망하게 휘두를 것 같은 느낌을 주는데, 가까이서 보니 주극의 덩치는 꽤 컸다. 주극이 간부 한 명을 보면서 말했다.

"바깥에 지원군 없는지 확인하고 경계해라."

"예."

"다들 물러나. 하오문주가 일부러 날뛰면서 제천맹의 기물을 부술 위험이 있다."

"예, 맹주님."

제천맹주가 나를 바라봤다.

"장소는 이곳도 충분하게 넓으니까 도망치면서 싸우지는 않았으면 좋겠군. 미리 말하게. 이 정도면 충분하지 않은가?"

주극은 침착한 어조로 변수를 다 차단했다. 싸우기 전에 이렇게 잔머리를 잘 굴리는 사내는 나도 오랜만이었다.

"마음대로 해."

"그 말투도 예의를 갖춘다면 목숨을 빼앗지 않겠네. 마음 한쪽이 불편한 것을 보면 자네를 죽일 필요까진 없다고 느껴지네."

점잖은 어조로 내 투기까지 가라앉히는 말을 꺼냈다. 내 성향을 다 파악한 것일까? 어쩌면 흑도의 고수들을 짓밟아서 올라간 사내가 제천맹주였기 때문에 나 같은 놈은 자주 상대해 본 분위기였다. 나는 전부 받아들였다.

"그러자고. 말투는 원래 이러니까 넘어가고."

"임 맹주에게도 이러나?"

"그쪽에는 예의를 조금 더 갖췄지. 불철주야 고생하는 무림맹주에게 함부로 말할 수는 없지."

주극이 한숨을 내쉬더니 뜻밖의 말을 꺼냈다.

"확실히 하고 넘어가세. 수하들이 임무를 종종 실패했다고 죽여대면 내가 이 많은 수하를 어찌 거느리겠나? 보고하지도 않은 채로 마교의 공자에게 의뢰를 받아서 문제를 일으켰으니 죽은 것이야."

"아하."

"사정을 자세히 알아보니 자네 이름도 나왔고. 문제의 발언도 내 귀에 들어오게 된 것이네. 알겠나? 당주들이 사업을 자유롭게 하는 편이어서 가끔 문제가 생기는 편이지. 그러나 제천맹에도 규율이라는 게 있네. 사업을 감추고 보고하지 않은 것은 큰 문제를 불러오지. 선을 넘어도 내가 제지할 수 없기 때문이야. 이해했나?"

"확인."

"다행이군. 그렇다고 해도 자네의 말은 선을 넘었어. 그것을 확인하려고 부른 셈이지. 일단 내가 마교의 주구가 아니라는 점은 믿게나. 나는 그 누구의 밑에도 있기 싫은 사람이야. 그래서 무림맹에 들어가지 않은 채로 맹주를 하는 게 아니겠나. 하오문주, 이자하."

나는 고개를 끄덕였다. 이렇게 논리정연하게 나오면 나도 할 말이 떨어지고, 할 말이 떨어지면 투쟁심이 수그러지면서 전투력도 떨어진다. 일단 주둥아리로 반격에 나섰다.

"좋았어. 사정은 접수했다. 그렇다면 이제 내가 한 가지만 증명하면 되겠네."

"뭔가?"

"내가 제천맹의 팔 할을 죽일 수 있다는 말에 대한 증명. 사실을 사실대로 말한 것은 문제가 될 수 없지."

제천맹주가 콧바람을 내뿜으면서 웃었다.

"그 증명은 간단하네."

"뭘까?"

"내 손에 죽지 않으면 돼. 내가 못 죽이는 사내라면 충분히 제천맹의 팔 할을 몰살할 수 있다고 생각하네. 이 정도면 서로 증명이 되겠지?"

때려죽이겠다는 말을 이렇게 고상하게 하다니, 재수 없는 놈이었다. 나는 손을 비비면서 말했다.

"확인."

양손에 백전십단공을 일으킨 채로 손을 비비자, 파지직- 하는 기분 좋은 소리가 터졌다. 마음이 평온해지는 비 내리는 밤에 듣는 천둥벼락 소리와 같았다. 문득 간부 한 놈이 망언을 내뱉었다.

"맹주님, 기개가 있는 사내이니 목숨은 살려주시지요. 미쳤다는 소리가 자자한 인간입니다. 예의와는 무관해 보입니다."

주극이 이제 입을 열지 말라는 것처럼 손을 올렸다. 좌중이 고요해진 가운데 주극이 다시 말했다.

"듣자 하니 큰 피해를 주는 절기를 익힌 것 같던데. 사용하기 어려울 거야. 어디까지나 자네와 나. 일대일 대결. 이외의 잔머리는 굴리지 말도록. 하오문주, 알겠나?"

이쯤 되니 나도 넋이 조금 나갔다.

"…"

마치 내가 장기 말을 어디에 둘 것인지 모두 파악한 채로 제천맹주가 천재 흉내를 내고 있었다. 그런데 왜 이렇게 좀 웃기지? 나는 제천맹주의 말을 듣다가 혼자 웃음이 터져서 낄낄댔다. 심각한 분위기에서 혼자 웃으려니 더 웃겼다. 간부가 내 상태를 정확하게 파악했다.

"실성했나?"

나는 삼자三者의 처지에서 나를 평가했다.

"그런 것 같군. 실성한 모양이야. 알겠으니까 주둥아리 그만 나불대고 도전해라. 제천맹주."

여태 평정심을 유지하던 제천맹주의 이마에 힘줄이 불끈 솟더니 나를 향해 달려들었다.

'장법? 권법? 각법?'

나는 제천맹주의 기세에 밀려서 뒷걸음을 치다가 장력을 맞받아쳤다. 뒤로 물러나면서 장력을 교환한 어리석음을 느끼면서 나는 뒤편으로 멀찍이 날아갔다. 순간 공중에서 몸을 비틀다가 내려서자, 눈앞에 제천맹주가 있었다.

'장법? 권법?'

손날이 목으로 날아오고, 발차기는 복부로 밀려오고, 주먹을 발견하는 순간 장력에 못지않은 권풍拳風이 보였다. 나는 쌍장으로 권풍을 맞받아치는 순간 버티고 있었던 자세가 좋지 않았음을 깨달으면서 뒤로 밀려났다.

'장법? 권법? 아, 날아 차기?'

나는 얼굴에 밀려드는 제천맹주의 발을 연달아 피하면서 움직이는 동안에 담벼락이 무너지는 소리를 들었다. 깨달음이 갑자기 여기서? 어떻게든 버티면 제천맹주의 무공도 높아서 제천맹의 살림살이가 전부 박살 난다는 것을 깨달았다. 그러니까 세상을 살아가는 동안에 난폭한 사람은 나뿐만이 아니라는 증거다. 제천맹주도 아주 난폭한 놈이었다. 순간 복부에 제천맹주의 주먹이 밀려들었다. 이거 맞으면 내장이 다 파열될 것 같다는 싸늘함을 느끼면서 나는 쌍장을 교차해서 주먹을 겨우 막아냈다.

파악!

버틸 만하구나! 다행이다, 라는 생각은 하지 못한 채로 발차기를 막다가 담벼락을 뚫고 아까 통과했었던 외원에 예고도 없이 도착했다. 내 의지는 아니었다. 먼지를 뒤집어쓴 채로 구르다가 일어나서 제천맹주를 바라봤다. 정녕 내가 뚫고 나왔던 동굴이 저 동굴인가? 사람 대신에 호랑이 한 마리가 여유로운 태도로 동굴에서 등장하고 있었다. 나는 호랑이의 진격을 막기 위해서 짐짓 여유로운 어조로 말했다.

"제법이군. 후후후."

나는 몸에 묻은 먼지를 털어내면서 호흡할 시간을 잠시 벌었다. 털어냈던 먼지가 내 코로 흡입되고 있어서 좋은 판단은 아니었다. 이때 공중에서 등장한 제천맹의 간부 한 명이 담벼락에 내려섰다가, 와르르 소리와 함께 담벼락을 무너뜨렸다. 이미 쪼개지고 갈라진 상황인데 그 위에 올라섰으니 바로 무너질 수밖에. 깜짝 놀란 간부가 땅에 내려서자마자 매몰차게 꾸짖었다.

"멍청한 새끼, 살림살이 다 부수는구나. 원가성은 말실수를 했다가 죽었는데 너는 제천맹 본진의 담벼락을 무너뜨렸으니 이 정도면 사형이야."

간부 놈이 대답했다.

"닥쳐라."

나는 아직 여유로운 태도를 내보이는 제천맹주에게 말했다.

"그대 성격상 저놈부터 죽이고 다시 붙는 게 옳겠군. 기다려 주겠다. 처리해."

제천맹주가 한숨을 내쉰 다음에 대답했다.

"…문주, 실력이 이 정도밖에 안 되나? 이 실력으로는 제천맹의 팔 할을 감당할 수 없네."

"왜? 아니? 나는 아직 내 실력의 이 할도 발휘하지 않았다. 팔 더하기 이는 십팔 놈아 빨리 덤벼."

나는 시간을 벌기 위해서 목검을 뽑았다. 내가 검을 뽑자, 제천맹주가 말했다.

"병장기를 뽑으면 죽을 확률이 더 커지지 않겠나?"

"그런가?"

나는 다시 천천히 검을 집어넣었다.

"…"

그사이에 호흡이 정상으로 돌아왔다. 호흡을 제대로 하는 것이 이렇게 힘들다. 산전수전을 두루두루 겪은 나 정도의 싸움 경험은 있어야지만 평정심을 유지할 수 있는 법. 나는 거리를 벌리는 와중에 양손을 다시 파리처럼 비벼대면서 주변을 구경했다. 물론 양손에 백전십단공을 휘감고 있어서 파지지직- 하는 굉음이 일상의 소음처럼 자연스럽게 발생하고 있었다.

'떨린다.'

나는 손을 비벼대는 와중에 제천맹주에게 의사를 타진했다.

"다시 내원으로 들어가서 싸울까?"

"시간 끌지 말게. 안 통하니까."

"똑똑하군."

순간, 간부 한 명이 웃음을 터트렸다가 급히 손을 올려서 입을 틀어막았다.

"음…"

나는 깜짝 놀란 표정으로 간부를 바라봤다.

"웃어? 감히 맹주가 싸우는데 웃음이 나와?"

다행히 제천맹주도 불쾌한 표정으로 고개를 돌리더니 입을 막고 있는 사내를 죽일 듯이 노려봤다.

"…!"

나는 제천맹주의 눈빛에 담긴 속마음을 대신 통역해 줬다.

"넌 뒤졌어. 이제 승진은 물거품이다. 애처롭군. 충성을 다 바친 세월이 이렇게 허망하게 날아가다니 인생의 쓴맛이야. 자결해라. 내가 방금 싸워봐서 아는데 제천맹주는 무서운 사내다. 말꼬투리를 잡아서 원가성이 죽었지. 생각해 보니까 내가 한 말인데 왜 원가성이 죽었지? 맹주가 이렇게 잔인한 사내다."

여태 수하를 노려보던 제천맹주가 고개를 돌리더니 나를 향해서 소리를 버럭 내질렀다.

"닥쳐라!"

호랑이가 포효했다. 그 틈에 이미 나는 양손을 버릇처럼 비비고 있었는데, 물론 백전십단공은 아니다. 계속 손을 비비고 있었기 때문에 내 행동이 이상하다는 것을 알아차린 사람도 없었다. 물론 파지지직- 소리도 비슷했다. 하지만 이것은 금구소요공과 월영무정공을 조합해서 만들어 낸 괴음怪音이었다. 당연히 백전십단공으로 만들어 냈던 손바닥 비비기와는 차원이 다르고 격이 다르다. 나는 일월광천의 태극을 주조해서 구체의 형상을 빚어내자마자, 그 위에 백전십단공의 뇌기까지 휘감았다. 강호 실험실을 제천맹의 본진에서 열게 될 줄이야.

빠지지지지지지직!

이 무슨 놀라운 효과음이란 말인가? 극양의 기와 극음의 기가 충돌하고, 그 위에 돼지통뼈의 양념을 뿌리듯이 백전십단공의 뇌기가 꿈틀거리고 있어서 볼거리가 충만했다. 딱 봐도 예전 일월광천보다 위력이 뛰어난 것처럼 보이는 외형을 갖췄다.

"맛 좋은 일월광천이 왔다. 몸에 좋지 않은 일월광천이 왔다 이 말입니다."

농담도 재미없고, 분위기도 무서워서 아무도 웃지 않았다. 사실 나는 안 웃길 때가 더 많은 사람이라서 개의치 않았다. 한 걸음을 내 쪽으로 내딛던 제천맹주가 눈을 크게 뜬 채로 멈춰 섰다. 나는 제천맹주에게 경고했다.

"눈치가 좀 있네. 마교의 사천왕을 동시에 날려 보낸 절기가 바로 이것이지. 이미 늦었어. 그 말은 무슨 의미냐? 나도 이것을 감당할 수 없다는 뜻이지."

순간, 술렁술렁대는 제천맹의 분위기를 나도 감지했다. 제천맹주가 심각한 어조로 내게 경고했다.

"그걸 펼치면 자네는 반드시 죽을 것이네."

나는 고개를 끄덕였다.

"나는 죽지만 너희도 팔 할은 넘게 죽어. 특히 가까이 있는 놈은 반드시 죽는다. 피할 수 없다. 우리는 같은 날 태어나지 않았지만, 같은 날 죽는다. 저세상에 가서 도원결의나 하자고. 마교도 그랬다. 시체가 겹치고 우연에 우연이 겹친 운 좋은 놈들만 겨우 살아남더군. 그게 아마 이 할 정도? 내가 다시 말해주마. 어떤 병력이 오든 간에 팔 할은 내 손으로 끝장낼 수 있다. 그것이 마교든 제천맹이든 간에 내 알 바 아니다."

누군가가 내 뒤에서 접근하려고 한 모양인지 제천맹주가 외쳤다.

"멈춰라!"

적진에서 홀로 일월광천을 양손에 휘감고 있는 사내, 그것이 나다. 나는 주변을 둘러보면서 말했다.

"자신 있으면 나를 쳐라."

이때, 공중에서 누군가의 목소리가 들렸다.

"자네를 죽게 할 수는 없지."

이어서 허름한 의복을 입은 개방 방주가 공중에서 갑작스럽게 등장하더니 대치하고 있는 제천맹주의 앞에 떨어졌다. 나는 개방 방주를 노려봤다.

"선배…"

개방 방주 신개神丐가 내게 물었다.

"자멸할 셈이냐? 내가 허락하지 않겠다."

나는 당연히 자멸할 생각은 눈곱만치도 없었는데 딱히 대꾸할 말이 마땅치 않았다. 다행히 제천맹주는 상거지의 정체를 알아차리지 못한 모양인지 무엄한 말을 내뱉었다.

"넌 누구냐?"

순간, 개방 방주가 돌아서면서 손등으로 제천맹주를 후려쳤다. 화들짝 놀란 제천맹주가 오른손을 높이 들어서 자신의 팔뚝으로 얼굴을 보호했다.

콰아아아아아아아앙!

빛줄기가 번뜩이는가 싶더니, 제천맹주가 담벼락을 무너뜨리고도 더 날아가서 못난 꼴로 굴러다녔다. 개방 방주가 둘러보자, 제천맹의 병력 전체가 빙공에 당한 것처럼 비슷한 표정을 짓고 있었다. 개방 방주가 입을 열었다.

"주극아."

담벼락 너머로 날아갔던 제천맹주가 벌떡 일어나서 급하게 달려오더니, 개방 방주 앞에서 두 손을 공손하게 모았다.

"예, 선배님."

개방 방주가 말했다.

"오랜만이구나."

"은퇴하신 줄 알았습니다."

"은퇴는 번복해야 제맛이야. 그리고 정확하게는 은거였지. 은퇴가 아니다. 왜 네 멋대로 은퇴야?"

"예."

"넌 잠시 대기해."

개방 방주가 문득 두 손을 내민 채로 내게 다가오면서 말했다.

"문주, 함부로 죽으면 안 돼. 가만히 있어라."

나는 이미 일월광천을 완성한 채로 두 손에 쥐고 있었는데, 다가온 개방 방주가 빛에 휩싸인 두 손을 내밀더니 내 양쪽 팔목을 가볍게 붙잡았다.

"자하야, 이걸 대체 어찌한다는 말이냐?"

"…"

삼재라 불리는 사내도 문득 곤란하다는 것처럼 웃었다.

"이렇게 터지면 나도 다칠 것 같으니 어떻게 좀 해봐라. 내가 도와주마."

절기를 거두는 방법은 한 차례 성공했었기 때문에 별다른 걱정은 없다. 다만 이제껏 존재감이 없었던 개방 방주의 모습이 너무 뜻밖이어서 나도 좀 놀란 상태였다. 나는 덤덤한 표정으로 개방 방주와 눈빛을 교환하다가 짤막하게 대꾸했다.

"…확인."

231.
그 나이를 처먹고도 몰라?

나는 개방 방주가 지켜보는 와중에 일월광천을 바라봤다. 뇌기가 더해져서 그런 것일까. 이것은 이미 세상에 등장한 상태라서 내 단전으로 흡수되거나, 소멸하는 것을 원하지 않았다. 나는 내 팔목을 잡고 있는 개방 방주가 당황하는 모습을 지켜봤다.

"자하야, 이러다 다 죽겠다."

"선배님, 손을 뗀 다음에 물러나세요. 해결하겠습니다."

개방 방주가 물러나자마자, 나는 슬쩍 웃은 다음에 일월광천에 역천의 묘리를 더해서 광막光幕으로 전환했다.

"..."

일월광천의 빛이 광막으로 전환되면서 모든 공격을 일순간에 온전하게 튕겨내는 빛의 장막이 내 양손에서 길게 펼쳐졌다. 공력이 많이 담겨있었던 모양인지 면발을 뽑아내듯이 길쭉하게 펼쳤다가 공중에 살짝 띄웠다. 빛이 흩날렸다. 어찌 보면 전생과 현생을 통틀어서 내가 해낼 수 있는 가장 높은 경지의 무공이자 절기가 바로 이 광막이었다. 비장의 한 수를 들킨 것이라서 아쉽긴 했으나. 개방 방주를 다치게 할 수 없었기에 일월광천을 광막으로 전환한 나를 칭찬할 수밖에 없었다. 개방 방주가 놀란 표정으로 말했다.

"신기하구나. 나도 이런 절기는 구경하지 못했는데."

"그렇습니까?"

"앞서 펼친 무공은?"

"일월의 기를 조합한 일월광천입니다."

"그것을 온전하게 전환해서 만들어 낸 저 빛은 무엇이고?"

"단순하게 광막이라 이름을 붙였습니다."

"황당하구나. 방어 절기인가?"

"예."

삼재가 황당하다고 했으니, 황당한 게 맞다. 그제야 개방 방주가 주변을 둘러봤다. 다들 사색이 되었다가 얼굴빛이 점차 되돌아오는 중이었다.

"다들 궁둥이 붙이고 앉아라. 너도."

개방 방주가 제천맹주에게 말하자, 제천맹 전체가 엉덩이를 땅에 붙였다. 수많은 강호 고수들이 학당의 소년들처럼 얌전했다. 신개가 내게 말했다.

"앉자."

"예."

나도 앉고, 개방 방주도 바닥에 털썩 주저앉았다. 신개가 제천맹주에게 말했다.

"죽은 사람은?"

"없습니다."

"다행이로군. 네 수하들이 날 아느냐?"

제천맹주가 간부들을 둘러본 다음에 대답했다.

"모르지만 눈치는 챘을 겁니다."

개방 방주가 제천맹을 둘러보면서 말했다.

"주극이 성공했구나. 맹주도 되고, 제천맹도 훌륭하고 수하들도 뛰어난 인재가 많은 것 같고. 성공했어."

"..."

"너처럼 돈을 잘 벌고 있는 후배는 드물 것이다. 임소백은 아직도 맹에서 지급하는 월봉을 받는다던데 너는 아니지?"

"예."

"그렇다면 세가의 가주家主도 네 앞에서 부를 자랑하진 못할 거다. 은거하고 있을 때 강호의 소식을 들었는데 특히 용맹한 성격을 가진 후배들이 종종 죽었다는 안타까운 소식을 들었다. 그 소식에 너는 없어서 내가 종종 물어봤었다. 주극, 이놈은 뭘 하면서 지내느냐고. 잘 지내고 있었구나."

"예."

"돈을 좀 적당히 벌어야지."

나는 개방 방주와 제천맹주를 번갈아 가면서 봤다. 개방 방주가 제천맹주에게 다시 물었다.

"여기서 더 벌어야 해?"

"적당히 벌겠습니다."

"강호에서 가장 용맹한 후배를 꼽으라면 너도 열 손가락 안에 들어갈 것이다. 성격이 난폭해서 혹시나 나중에 내가 삼재들과 다시 승부를 낼 때, 네가 성장해서 한자리를 차지하진 않을까 기대한 적도 잠깐 있었다. 내가 네게 기대한 것은 무인의 모습인데. 오랜만에 보니까, 웬 욕심 가득한 상인들의 우두머리가 앉아있구나. 대상大商이 되겠다고 강호에 투신했느냐? 언제까지 이렇게 상인들 뒤치다꺼리만 하면서 지낼 것이냐."

제천맹주가 입을 다물었다. 개방 방주가 주변을 둘러보면서 말했다.

"이봐, 제천의 후배들."

제천맹의 무인들이 일제히 대답했다.

"예, 선배님."

"나는 지난날 다른 삼재와 승부를 내지 못했던 개방 방주다. 너희에게 솔직히 말하자면 나도 이제 삼재와 한 번 정도만 더 싸울 수 있는 상태야. 그 무서운 자들과 늙은 내가 다시 싸우게 되면. 이기든 지든 간에 내 수명이 얼마나 많이 남아있겠느냐?"

"…"

"다음번 결전 때는 이 대 이로 싸우고 싶었다. 그 한자리를 차지할 후배가 한 명만 등장한다면 삼재와 승부를 가릴 수 있지 않을까. 오래 고민했지. 쉽게 찾을 수가 없었다. 내가 오랜 은거를 택한 이유야. 제자에게 신경을 집중해서 내가 뒤처지게 되면 지독하게 수련하는 다른 삼재가 나를 훌쩍 넘어설 수도 있기 때문이다. 이래저래 고민이 많았다. 내가 나중에 교주와 천악에게 쓰러지면 너희는 그 두 사람을 감당할 수 있을까. 젊은 후배들아, 나는 이제 늙어서 싸움이

한 번 남았어. 그것을 내가 어떤 식으로든 감당하면 다음 차례는 너희야."

"…"

개방 방주가 제천맹주에게 말했다.

"네 차례도 곧 온다는 말이다."

"예."

"돈이나 벌다가 교주에게 죽으면 이 많은 재물을 어디다 쓰려고? 돈이 그렇게 중요하단 말이냐? 아니면 너도 교주에게 무릎을 꿇은 다음에 입교할 생각이냐? 그러면 재산의 절반 정도는 건사할 수 있을 테니 미리 축하한다."

제천맹주가 대답했다.

"그럴 마음은 없습니다."

"그렇다면 맹주님, 맹주님 하면서 너를 두려워하고, 너를 따르는 자들과 함께 전부 맞아 죽을 생각이구나. 이것 참 잘난 맹주로다."

그제야 제천맹주의 안색이 창백해지고 있었다. 나는 호랑이 놈이 뭘 잘못 먹고 체한 것처럼 보였다. 개방 방주가 나를 바라봤다.

"어느 날, 마교의 일부 병력이 등장했다가 몰살당했다는 소식을 접했다. 내심 임소백이나 제천맹주 아니면 다른 제왕일 것이라 예상했는데 하오문주라더구나. 아니, 그게 대체 누구냐? 하오문은 또 무엇이고? 내 제자인 노신만 어느 정도 아는 상태였는데 제대로 아는 자들이 없었다."

개방 방주가 제천맹주에게 물었다.

"왜 네가 아니었지? 거상 후배는 변명을 해보도록."

"변명할 게 있겠습니까. 없습니다."

순간 눈을 크게 뜬 개방 방주가 제천맹주의 머리통을 후려쳤다. 퍽- 소리와 함께 제천맹주의 고개가 돌아가자 그야말로 싸늘한 정적이 흘렀다. 개방 방주가 말했다.

"네가 쌓아 올린 부와 명예는 네가 대단해서가 아니야. 수하들의 희생이 있었음을 항상 기억해야지. 이들을 데리고 함께 죽는 것이 맹주의 역할이냐? 너는 수하들이 없으면 맹주도 아니야. 이놈아, 그 나이를 처먹고도 몰라? 거지들이 없으면 나도 방주가 아니고. 하오문도가 전부 죽으면 자하도 하오문주가 아니다. 우두머리라는 놈이…"

"…"

"교주에게 전부 패배하면 강호도 사라진다. 그게 어찌 여러 군상과 호걸들과 협객들이 뒤섞여 살아가는 강호란 말이냐. 통째로 이상한 종교 단체의 교도가 되는 것이지. 아첨이나 떨다가 효수되어서 죽는 폭군의 신하들이 될 것이다. 흑도에서 살든 백도에서 활약하든 대의는 잊지 말아야지. 이 못난 새끼, 내 손에 죽고 싶은 게야? 세상 사람들은 나를 잘 알지도 못해. 거지한테 맞아 죽는 최초의 맹주가 돼볼 테냐."

제천맹주가 겨우 대답했다.

"아닙니다. 선배님에게 맞아 죽느니 교주에게 죽겠습니다."

제천맹에서 제천맹주의 머리통을 후려갈길 수 있는 사내, 그것이 개방 방주였다. 나는 웃음을 참은 채로 훈훈한 대화를 나누는 두 사람을 바라봤다. 최악의 상황이 닥치면 제천맹의 팔 할을 몰살한 다음에 도망쳐서 임소백에게 힘을 실어줄 생각이었는데 나도 계획을 그르치게 되었다. 사실 계획을 그르치게 된 것인지 이들과 내가 동시에 또 다른 삶의 기회를 얻게 된 것인지 당장은 알 수가 없었다. 어쨌든 나도 개방 방주의 말은 존중하기 때문이다. 개방 방주가 다소 성난 어조로 말했다.

"후배들!"

"예, 선배님."

"당장 내가 오늘내일 다른 삼재와 맞붙게 되면 비어있는 한 자리는 누가 나설 생각인가. 임소백이 나설까? 누가 나서든 간에 너희 맹주는 글렀어. 돈이 안 되니까 나서지 않을 거다. 한때는 임소백과 더불어서 맹장猛將이라는, 강호에 지극히 어울리지 않는 별호를 가진 사내였는데 어쩌다 이렇게 되었나? 수하랍시고 아첨의 말이나 했더냐? 너희 책임도 가볍지 않다."

이번에는 개방 방주가 제천맹의 무인들을 단체로 꾸짖었다. 제천맹 무인들의 얼굴이 단체로 벌겋게 익어가는 와중에 나는 그제야 개방 방주의 말에 끼어들었다.

"선배님, 그 한 자리는 제가 끼겠습니다."

개방 방주가 내게 호통을 쳤다.

"넌 부족해! 백여 합도 못 버티고 일월광천이나 던졌다가 교주와 천악이 힘을 합쳐서 일월광천을 단박에 소멸시킬 것이다. 나는 다른 삼재와 해와 달이 번갈아 뜨는 것을 여러 차례 지켜보면서 싸웠다. 자하, 네가 감당할 수 있겠느냐?"

"음."

개방 방주가 일어서더니 제천맹과 나를 보면서 말했다.

"강호가 멀쩡해야 맹주가 있고 맹원이 있는 것이다. 멍청하게 세월을 보내지 말도록. 주 맹주."

"예, 선배님."

"또 보자."

제천맹주가 그래도 사람 새끼인 모양인지 일어나서 말했다.

"선배님, 며칠 머물다가 가시지요."

"어림없는 소리는 네 수하들에게 하고. 간다. 수하들 지키려면 더 혹독하게 수련해라. 일도 안 하는 네가 할 일이 뭐가 있어? 예전에 처맞을 때와 실력이 크게 다르지 않구나."

"수련에 매진하겠습니다."

개방 방주가 나를 쳐다봤다.

"문주야, 가자."

"예."

나는 개방 방주와 나란히 서서 제천맹의 본진을 천천히 걸었다. 이때, 공중에서 웃음소리가 들리더니 노신이 날아와서 방주 옆에 섰다. 이 세상 눈치 없는 새끼를 내가 노려보자, 노신이 입을 다물었다. 개방 방주가 말했다.

"왜 이제 와?"

노신이 대답했다.

"사부님이 빠르시니까요. 벌써 다 끝났습니까?"

개방 방주가 한숨을 내쉬더니 이렇게 말했다.

"오랜만에 달렸더니 허리 아프다."

"앗!"

노신이 경망스럽게 외치더니 개방 방주 앞으로 가서 업는 자세를 취했다.

"업히세요, 사부님. 고생하셨습니다."

문득 나는 생각나는 대로 행동했다. 노신의 어깨를 친 다음에 턱짓을 하면서 말했다.

"노신 형, 비켜봐."

"왜?"

"방주님, 업히세요."

개방 방주가 고개를 끄덕였다.

"그래. 하오문주에게도 업혀봐야지."

내가 등을 내밀자, 개방 방주가 적토마에 올라타는 것처럼 짓누르듯이 업혔다. 순간, 이마에 땀이 나는 것 같아서 말했다.

"뭐야? 왜 이렇게 무거워? 방주님?"

개방 방주가 싸늘한 어조로 말했다.

"닥치고 달리거라. 이놈아, 모든 게 다 수련이야. 노신, 앞장서."

"예, 사부님. 하하하하. 멍청한 문주가 업는 게 무슨 장난인 줄 알았나 봅니다. 가자, 하오문주."

노신이 앞으로 달려 나가자, 개방 방주가 뒤에서 내 뒤통수를 툭 쳤다.

"쫓아가, 이놈아. 경공 실력 좀 보자."

"어?"

내가 당황하자, 개방 방주의 몸무게가 더 무거워졌다. 순간, 개방 방주가 왼팔로 내 목을 휘감더니 협박의 말을 내뱉었다.

"좋아. 경공 수련 좀 시켜볼까. 뒤처지면 목을 조를 테다. 가자."

"잠시만요."

"협상하자고? 노신을 따라잡으면 풀어주마. 빨리 가."

순간, 나는 광승이 떠올랐다. 이게 무슨 상황이지? 광승에게 괴롭힘을 당했던 전생이 주마등처럼 스쳐 지나갔다. 어쩐지 광승에서 개방 방주로 그 역할이 교체된 기분이랄까.

'이건 좀…'

생각해 보니 지금 내 실력으로는 삼재의 목 조르기를 피할 방법이 없었다. 다행히 개방 방주의 몸무게가 조금 가벼워졌다.

"이 정도면 되겠지? 빨리 따라잡아라."

나는 한숨을 길게 내뱉은 다음에 노신을 따라서 경공을 펼쳤다. 점점 속도를 끌어올리자, 등에서 삼재의 감탄 섞인 칭찬이 이어졌다.

"오… 제법 빠른데? 그래도 노신보다 빠르진 않아. 이래서 언제 따라잡겠어?"

나는 달리면서 방주에게 물었다.

"노신 형이 어디로 가는 겁니까?"

개방 방주가 웃으면서 대답했다.

"우리 같은 거지가 알 게 뭐냐? 달려라. 달려라, 하오문주!"

순간 거리가 너무 멀어졌다고 생각한 모양인지 노신이 되돌아와서 나를 약 올렸다.

"이거 뭐 경공이 형편없네. 무산협곡에서는 제법 잘 달리는 줄 알았는데."

이놈의 스승과 제자 놈들이 동시에 나를 겁박하고 조롱했다. 이

상거지 새끼들이… 나는 노신에게 소리를 버럭 내질렀다.

"이 거지 같은 새끼가…"

노신이 낄낄대면서 대답했다.

"거지 같은 새끼가 아니라 이미 거지다. 멍청한 문주 놈."

등에 업힌 거지들의 대장도 황당했던 모양인지 너털웃음을 내뱉었다. 나는 상황을 타개할 방법을 찾지 못한 채로 거지 사부와 거지 제자에게 붙잡힌 채로 경공을 펼쳤다. 나는 누구고, 여긴 어디인가? 호의를 베풀었다가 거지들에게 붙잡혔다. 인생 거지 같은 거…

232.
거지와 나

삼재에 속하는 개방 방주를 논외로 치면 어쨌든 노신도 개방에서 가장 발이 빠른 사내다. 쉽게 따라잡을 수가 없었다. 더군다나 등에 업고 있는 개방 방주의 몸무게가 계속 변하고 있어서 달리는 게 더 힘들었다. 하지만 시간이 약간 흐르자. 까불대던 노신도 입을 다물고, 개방 방주도 아무 말을 하지 않았다. 나도 경공에 집중할 수밖에 없었다. 시간이 좀 흐르자, 개방 방주의 몸무게가 들쑥날쑥 변하는 것에서 백의서생의 제운종이 떠올랐다.

'음?'

그놈도 상체를 숙이는 자세로 달리면서 자신의 몸에 담기는 경중輕重을 조절했기 때문이다. 대체 자신의 몸무게를 어찌 변화한다는 말인가? 평범한 자들에겐 불가능한 일이겠지만 강호인이기에 당연히 내공을 떠올릴 수밖에 없었다. 어쩔 수 없이 나도 개방 방주를 업고 있어서 상체를 약간 숙일 수밖에 없었다.

어느 순간, 내가 방주의 몸무게를 자연스럽게 지탱하고 저항하면서 달리고 있었다. 가벼워지면 멀리 도약하고, 방주의 무게 때문에 땅을 밟게 되면 그것을 이겨내기 위한 공력을 주입해서 솟구쳤다. 그러니까 나는 개방 방주의 몸무게 때문에 강제로 제운종과 비슷한 경공을 펼칠 수밖에 없었다. 잠시 후에 개방 방주가 입을 열었다.

"이제 좀 무게에 적응했구나. 문주, 이것은 몸으로 익히는 거라서 쉽지 않은 영역이야. 지칠 때까지 달려서 몸에 새기도록 해. 탈진해도 상관없다. 몸이 기억하면 다음에는 혼자 해도 쉬울 거야."

"알겠습니다."

솔직히 말해서 개방 방주가 무거워질 때는 커다란 쇳덩이를 등에 짊어진 것처럼 묵직했다. 그 무게를 견디려면 내공을 적절하게 다리에 주입해서 버텨야만 했다. 그 무게가 굉장히 묵직해서 전신에서 땀이 비 오는 것처럼 흐르고 있었으나, 나뿐만이 아니라 개방 방주와 노신도 진지했기 때문에 힘들다는 소리를 입 밖으로 꺼낼 수가 없었다. 그렇게 나는 커다란 쇳덩이를 등에 업은 채로 두 시진을 넘게 쉬지 않고 달렸다. 노신이 빨랐기 때문에 나도 전속력으로 달렸다. 이미 지친 상태에서 다시 두 시진을 내리 더 달리자, 어느새 해가 뉘엿뉘엿 지고 있었다.

'환장하겠다.'

이제 어디로 가는지 나도 개의치 않았다. 그러고 보니 절강의 앞바다로 달리든, 한 번도 가보지 못한 곳으로 달리든 간에 목적지는 필요 없었다. 강철의 다리를 가질 수 있다는 목표점이 목적지보다 더 중요했기 때문이다. 이 수련으로 경공에 대한 이해가 깊어져서 이전보다 빨라질 수만 있다면 나는 밤새 달릴 준비가 되어있었다. 나는 해가 온전하게 떨어지고, 주변이 어두워질 때까지 달렸다. 문득 달리는 것조차도 힘들 정도로 어두워진 상태에서 방주의 목소리가 들렸다.

"배는 안 고프냐?"

"괜찮습니다."

"너는 괜찮아도 우리는 배가 고파. 이제 밥 좀 먹자."

방주가 내게 한 말이었는데, 앞에서 달리고 있는 노신이 대답했다.

"예, 사부님. 국수나 먹으러 갈까요?"

"그러자."

잠시 후 노신이 불빛을 내뿜는 번화가 근처에서 멈추자, 등에 업혀있었던 방주가 그제야 내려섰다. 나는 의연하게 대처하려고 했으나 무거운 짐이 등에서 사라지자마자 휘청거렸다. 방주가 내 팔을 붙잡으면서 말했다.

"…고집이 제법 있구나. 잘 버텼어."

나는 고개를 끄덕이면서 숨을 골랐다. 노신이 다가오면서 말했다.

"문주의 내공과 체력이 얕지 않습니다. 지구력과 속도를 봐도 또래에선 적수가 없을 겁니다. 다른 성과도 있습니까?"

방주가 나를 보면서 고개를 끄덕였다.

"나름 깨달은 게 있는 모양이야."

노신이 내게 다가오더니 어깨를 툭 쳤다.

"고생했어. 사부님을 업고 이 정도 달리는 것은 쉬운 일이 아니야. 이마에 홍수 났네. 몸의 무게를 더하는 묘리는 경공에만 국한된 게 아니야. 공격이나 방어에도 필요한 일이지. 이것 자체가 호신공이 될 수도 있고, 단순한 동작으로 적을 날려버리는 수법이 될 수도 있지. 이게 어떻게 가능할까?"

나는 노신의 말을 해석한 다음에 대답했다.

"내공과 외공의 조합인가?"

노신이 나를 보면서 고개를 끄덕였다.

"맞아. 강호에는 내공과 외공이 따로 노는 자들이 수두룩해. 이런 자들도 자신이 고수라고 착각하고 있지. 물론 둘을 긴밀하게 섞어 쓸 수 있는 고수도 많아. 하지만 그것이 끝은 아니지. 내공과 외공이 자네의 일월처럼 신체 내부에서 온전하게 조화로울 때, 예상을 뛰어넘는 폭발력을 가질 수 있어. 이것은 결코, 얕은 무학이 아니야. 남이 가르쳐 주는 것도 한계가 있지. 이 느낌을 잘 기억하도록 해."

"확인."

"땀이 줄줄 나는군."

나는 얼굴과 머리에서 허연 김이 올라가는 것을 느끼면서 노신을 바라봤다. 그러고 보니 노신은 얼굴에 땀 한 방울이 없었다. 나는 이마의 땀을 손으로 훔친 다음에 대답했다.

"날씨가 더워서 그래."

"전혀 덥지 않아. 문주 혼자 더운 것이지. 하하하."

노신이 번화가로 앞장서고 방주와 내가 뒤따라갔다. 거지들과 함께하는 중이어서 내가 먼저 권했다.

"내가 살 테니까 맛있는 곳으로 가자고."

노신은 어이가 없다는 웃음소리를 내뱉었다.

"그럼 거지한테 얻어먹으려 했나?"

방주도 우스운 모양인지 콧소리를 내면서 웃었다.

* * *

진수성찬을 대접하려고 했더니 막상 들어온 곳은 허름한 국숫집이었다. 주문하려고 오른손을 들었더니, 노신이 내 손을 내렸다.

"국수밖에 없는데 무슨 주문이야? 술도 없어 여긴."

"아하."

딱히 놀랄 틈도 없이 잠시 후에 안쪽에서 소매를 걷은 사내가 커다란 그릇에 담긴 무지막지한 양의 국수를 탁자에 내려놓았다. 별말 없이 슬쩍 웃더니 도로 주방으로 향했다. 팔뚝과 등의 모양을 보아하니 외공을 익힌 고수였다. 노신이 말했다.

"사부님, 드시죠."

"그래."

우리 셋은 젓가락을 그릇에 넣은 다음에 국수를 먹었다. 어떻게 만들었는지 면은 물론이고 국물도 시원했다. 면은 보통 국숫집의 세 배였고, 국물은 맑은 편이어서 아무런 맛이 없었다. 담백한 찻물에 면발을 집어넣은 것처럼 심심한 맛이었는데, 시원하고 담백해서 끝맛이 매우 깔끔했다.

나도 보통 국숫집에 가면 두 그릇에서 세 그릇을 먹는데 이것은 한 그릇을 먹어도 배가 불렀다. 우리 셋은 국물까지 깔끔하게 마신 다음에 그릇을 내려놓았다. 내가 품에서 전낭을 꺼내자, 노신이 일어나서 주방으로 가더니 돈을 건네면서 잡담을 나눴다. 몇 차례 웃음소리가 들리더니 주방의 사내가 고개를 내밀면서 말했다.

"방주님, 살펴 가십시오."

"그래."

주인장이 나를 보더니 고개를 살짝 끄덕였다.

"또 오시오."

나는 국수가 생각날 것 같아서 바로 대답했다.

"또 오겠소."

나는 바깥으로 나와서 노신에게 물었다.

"개방 사람인가?"

"아니야. 강호를 등진 사내지."

"유명했나?"

노신이 방주에게 물었다.

"나름 유명했습니까?"

방주가 고개를 끄덕였다.

"한때는 그랬으나 지금은 찾는 이가 없으니 그가 원한 삶이다. 내버려 두자. 국수 맛이 점점 좋아지는구나. 문주는 어땠나?"

"이런 국수는 처음입니다."

"어떤 점에서?"

"보통은 맛을 내기 위해서 무언가를 추가하기 마련인데, 이 국수는 덜어낼 수 있는 것을 모두 덜어낸 다음에 맛을 내는군요. 은퇴한 강호인이 만드는 국수답습니다."

"맛있게 잘 먹었군."

우리는 사람들이 많이 오고 가는 다리 위를 지나면서 대화를 나누는 중이었다. 문득 다리의 중간 지점에서 개방 방주가 난간에 등을 댄 채로 털썩 주저앉았다. 누가 봐도 다리 위에서 동냥을 시작할 거지처럼 보였다. 노신이 방주에게 말했다.

"저는 둘러보고 오겠습니다."

"다녀와."

나도 개방 방주의 옆에 앉아서 노신에게 같은 말을 전했다.

"다녀오라고."

개방의 총대장과 다리 위에 앉아있으려니, 호연지기가 넘치는 거지가 된 느낌을 받았다. 방주는 다리를 지나는 사람들을 구경했다. 나도 딱히 할 일이 없어서 사람들을 구경했다. 모처럼의 휴식이었다. 개방 방주는 이곳에서도 유명하지 않은 모양인지 아는 체를 하는 사람이 아예 없었다. 사람들을 구경하던 방주가 입을 열었다.

"문주, 개방의 시작을 알려줄게."

"예."

"아주 오래되었고 전해지는 이야기도 제각각이지만 큰 틀의 이야기는 같아. 아주 옛날에, 몸이 불편해서 구걸로 연명하던 거지들이 있었는데 사람들이 이들을 아무리 도와주고 동냥을 해도 항상 배고파 보이고 몸도 불편해 보였지."

"음."

"어느 날, 몇 차례 거지들을 도와주던 사내가 이상하게 생각해서 몸이 불편한 거지들을 살펴보고 어디로 가는지 조용히 뒤따라갔더니. 그 몸이 불편한 거지들이 그날 동냥한 것까지 누군가에게 바치더라는 거야. 그자는 몸이 불편한 놈도 아니었는데, 이 거지들을 이용해서 돈을 벌고 있었던 셈이지. 거기까지 알아낸 강호인이 결국 거지들에게 상납을 받던 놈을 때려죽인 다음에 거지들을 보호했다. 이 사람이 초대 개방 방주야. 규율도 없고, 문파도 아니고. 그냥 거지들에게 관심을 보인 한 사내 때문에 개방이 탄생한 셈이지. 이 초대 방주가 한 말이 있어."

"뭡니까."

"인간의 악함은 약자에게도 충만하다. 때려죽인 놈은 무공도 모르는 평범한 인간인데 자신보다 더 약한 자들의 고혈을 쥐어짜고 있었지. 최초의 개방은 거지가 만든 게 아니라 거지를 도우려는 사내가 만들었어. 이 사람이 둘러보니까 이렇게 고생하는 거지들이 한둘이 아니었던 거지."

"그렇군요."

"한 사내가 거지들의 세계에 뛰어들었다. 어떤 곳에서는 무공을 익힌 자들이 거지들을 노예처럼 부리고 있었고. 또 다른 곳에서는 평범한 놈들이 거지들에게 먹다 남은 밥이나 던져주면서 동냥을 시키고 있었지. 법도 온전치 않았던 시절이라서 초대 개방 방주가 천하를 돌아다니면서 이런 놈들을 때려죽였다. 그 와중에 제자가 생기고, 그 제자가 다시 제자를 맞이하면서 개방이 된 것이지."

개방 방주 신개가 다리 위를 지나는 평범한 사람들을 보면서 말했다.

"개방에서 벌어졌던 일은 천하에서 벌어지는 일과 같다. 나는 네가 만들었다는 하오문도 우리 개방의 시작과 크게 다르지 않다고 생각한다. 이것이 내가 너를 보러 갔던 이유야. 마교 병력을 몰살했다는 것은 관심을 끌었을 뿐이고.”

나는 그제야 왜 삼재라 불리는 인간이 직접 나를 찾아온 것인지 이유를 뒤늦게 알게 되었다. 문득 방주가 내게 물었다.

“문주, 우리가 여기에 얼마나 앉아있었지?”

“한 이각二刻(30분)쯤 되려나요.”

“아무도 우리에게 적선하지 않는구나. 보통 내가 다리 위에 앉아 있으면 적선을 꽤 많이 받아. 왜 그럴까?”

나는 그제야 일양현에 나타났었던 개방 방주의 존재감이 떠올랐다. 그러니까 이상하리만치 존재감이 느껴지지 않았다. 그렇다면 다리 위에서 적선을 받지 못하고 있는 이유는 내게 있다.

“제 살기 때문에 그렇습니까?”

개방 방주가 고개를 끄덕였다.

“아무래도 그렇겠지. 네 살기, 눈빛, 존재감… 적선이 필요 없는 사내라고 여길 테지.”

“이것도 무공의 일종입니까?”

“마음가짐이기도 하고 기도를 감추는 방법이기도 하다. 적선을 받으려면 존재감을 지워야 해. 살수가 기도를 감추는 것과 조금 다른 방식이지. 종일 달리느라 네 꼴도 말이 아닌데 한번 동냥질을 해보겠느냐?”

거지들의 총대장이 내게 동냥질을 권했다.

“해보겠습니다.”

개방 방주가 일어나더니 맞은편 난간으로 걸어가서 앉은 다음에 나를 쳐다봤다. 나는 옷깃을 좀 세우고, 무릎을 당겨서 양팔로 감싼 다음에 최대한 거지 흉내를 내보았다. 하지만 다시 이각이 흘렀음에도 불구하고 아무도 내게 적선을 하지 않았다. 반면에 천하의 삼재에 속한 개방 방주는 다리 위에 가만히 앉아있는데도 불구하고 종종 지나가는 사람들이 자그마한 철전鐵錢을 적선하거나 보자기에 싼 만두 몇 개를 놓고 갈 때도 있었다. 그때마다 개방 방주는 적선한 사람을 보면서 아무 말 없이 슬쩍 웃었다.

"…"

나는 동냥을 포기한 채로 개방 방주를 물끄러미 바라봤다. 어떻게 천하의 삼대고수가 동냥을 받을 수 있는 것일까. 어떻게 아무런 존재감 없이 다리 위에 앉아있을 수 있는 것일까. 사람들은 왜 개방 방주의 존재감을 눈치채지 못하는 것일까. 사람들 너머에서 개방 방주는 나와 눈을 마주칠 때마다 슬쩍 웃었다.

"자하야."

"예."

"쉽지 않지?"

나는 웃으면서 대답했다.

"쉽지 않네요."

233. 우리의 운명은 어디서 바뀌었나?

나는 곰곰이 생각하다가 체념한 다음에 건너편에 있는 방주에게 말했다.

"…저는 포기하겠습니다."

"벌써? 이유는?"

이를 어떻게 설명해야 할까. 사실 나는 개방 방주를 따라 할 수 없다. 존재감을 지우려면 먼저 마음을 비워야 하는데… 내 마음에는 이미 자하객잔이 있고, 불꽃이 있으며, 광증도 있다. 나는 마음을 비워낼 수 없는 사내이자, 절대로 잊지 않는 사내다. 결정적으로 이 감정들 때문에 자하신공을 만나게 되었는데 내가 마음을 비우면 자하신공도 사라지게 될 것이다.

그럴 수는 없다. 제천맹주와 싸울 때는 자하신공을 쓰지 않았으나, 만약 끝까지 싸웠다면 어떤 식으로든 자하신공으로 결판을 냈을 터였다. 나는 마음을 비워서 내 최후의 보루인 자하신공을 포기할 생각이 전혀 없었다. 이런 솔직한 마음을 전달하려고 애를 써봤다.

"전 감정적인 사람입니다. 옛일을 잊지 않습니다. 담아두고, 기억하고, 복수하는 사람입니다. 그것이 접니다."

맞은편에서 개방 방주가 웃음을 짓더니 고개를 끄덕였다.

"그것이 너구나. 각자 잘할 수 있는 것을 해야지. 좋다."

문득 나는 다리 주변을 둘러보다가 방주에게 물었다.

"그런데 노신 형은 종종 이렇게 사라집니까?"

"그런 편이지. 둘러보고 참견하길 좋아하니까."

나는 움츠리고 있었던 자세를 푼 다음에 바로 앉아서 팔짱을 꼈다. 어차피 허리춤에 있는 목검 때문에라도 동냥은 이미 글렀다. 무언가 불편한 마음이 꿈틀대고 있어서 깊이 고민해 봤다.

'…내가 착각한 것일까?'

팔짱을 낀 상태에서 내 본연의 분위기에 휩싸이자, 평범하게 지나가던 행인들이 나를 보자마자 조금 떨어져서 걸었다. 이 평범한 자들이 개방의 총대장에게서는 아무런 위험을 감지하지 못하고. 나한테는 살기를 감지하고 있었다. 방주도 내 모습이 의아했는지 궁금하다는 것처럼 물었다.

"무슨 생각을 하기에 그리 살기가 흉흉한가?"

"저 원래 이렇습니다."

나는 개방 방주와 잠시 눈을 지그시 마주친 다음에 말했다.

"…생각을 조금 더 해보고 말씀드리지요."

"그래."

삼재에 속한 백도의 최고수에게 불경을 저지르는 것일 수도 있어서 나도 나름 신중했다. 내가 방주를 존중하는 것은 이 사내가 이미 강호를 한 차례 구했기 때문이다. 나는 문득 이런 게 궁금했다. 이런 사내도 실수를 하면서 사는 것일까? 개방 방주도 사람이기에 어쩔 수 없이 실수라는 것을 하는 것일까.

내가 입을 다물고 있자, 종종 사람들이 지나면서 개방 방주에게 적선했다. 내가 보기에 개방 방주는 기본적으로 약자들에게 호의를 가진 사내다. 이 사람은 겉과 속이 다르지 않다. 그러니 저런 적선을 받는 것이겠지. 나는 시간을 따져서 개방 방주, 노신, 그리고 내가 내뱉었던 말을 순차대로 재차 점검했다.

'앞서 펼친 무공은?'

'일월의 기를 조합한 일월광천입니다.'

제천맹에서 방주가 묻고, 내가 답했었다.

'왜 이제 와?'

'사부님이 빠르시니까요. 벌써 다 끝났습니까?'

제천맹에서 방주가 묻고, 노신이 답했었고…

'내공과 외공이 자네의 일월처럼 신체 내부에서 온전하게 조화로울 때, 예상을 뛰어넘는 폭발력을 가질 수 있어.'

경공을 마친 다음에 노신은 내게 이렇게 말했었다.

나는 춘양반점과 일양현에서 나눴던 대화도 기억에서 끄집어내서 복기해 봤다. 착각일까, 아닐까. 개방 방주나 되는 사람이 "왜 이제 와?"라고 물은 것은 근처에 노신이 대기하고 있지 않았다는 뜻이다. 일월이나 일월광천이라는 표현은 개방 방주에게 먼저 했고 방주는 이 이야기를 처음 듣는 눈치였다. 그런데 어째서 경공에 대한 조언을 하면서 노신이 내게 일월을 언급했지?

이번에는 내가 너무 앞서나간 것일까. 광증에서 비롯된 의심병이 도진 것일까. 일월이나 일월광천의 명칭을 분명하게 아는 사람은 사대악인과 백의서생 정도다. 노신도 쾌당에 속해서 백의서생과 접점이 있으니까 들었을 가능성은 있다. 하지만 내가 백의서생을 만나고 일양현으로 복귀하는 사이에 두 사람이 만났다고 가정하면 조금 뜬금없는 전개다. 나는 내 의심병을 경계하면서 개방 방주를 바라봤다.

"…"

생각해 보니까 전생에 마교가 국지전을 펼쳐서 강호의 고수들을 죽이고 다녔을 때 임소백 맹주가 동분서주하면서 고생했었다. 그때, 개방 방주는 무엇을 하고 있었을까. 나는 방주의 활약에 관해서는 들은 바가 없다. 그때도 수련 중이었을까? 광마라 불리면서 활개를 치고 다닐 때도 삼재는 이미 전설이 된 고수인 것처럼 만날 수 없었다. 확실히 나란 인간은 안 좋은 쪽으로 상상력이 더 발휘되는 유형인 모양이다. 문득 나는 개방 방주와 눈을 마주쳤다가 생각나는 대로 물었다.

"선배, 노신 형은 제가 일월의 기를 다룬다는 것을 어찌 압니까?"

개방 방주는 내 말을 듣더니 아무런 대답 없이 나를 바라봤다. 시선은 나를 향해 있었지만, 방주는 내 말을 곱씹고 있었다. 문득 적선

받은 것을 챙겨서 일어난 개방 방주가 내 옆에 와서 앉은 다음에 대답했다.

"그전에 네가 말한 것은 아니고?"

"첫 만남 때 제가 음양지체라는 것은 알았을 테지만. 아시다시피 말투나 어조는 그때 들었던 음양지체에서 추론한 말이 아니고 확신이었습니다. 근래 들은 내용입니다. 그리고 제천맹에서는 선배님보다 늦게 왔었죠. 근처에서 대기 중이었습니까?"

"아니."

개방 방주가 문득 고개를 돌리더니 나를 바라봤다. 이제 내 말을 얼추 이해했다는 표정을 짓고 있었다.

"혹시 서생과 붙어먹었다는 말이냐? 일부러 쾌당에 들어가서 서생 측의 정보를 내게 공유했었는데."

나는 개방 방주가 당황하는 것을 보고 솔직하게 말했다.

"제게 화를 내셔도 됩니다. 괜한 의심일 수도 있죠. 그러나 서생 측도 개방 방주의 행적을 잘 파악하려면 노신에게 물어볼 수밖에 없습니다. 혹시 쾌당주를 아십니까?"

"그것은 노신도 모르겠다 하더군. 경공으로 다 꺾으면 등장한다는 말이 있다던데 백의서생도 꺾진 못했어."

여기서 내가 궁금한 부분도 있다. 과연 서생 측은 총력을 기울여서 개방 방주를 죽일 수 있는 상황일까? 서생 측 총전력이 교주와 방주가 힘을 합친 것보다 더 강해야만 가능하다. 쉽지 않을 것이다. 그러나 불가능한 것은 아니다. 예를 들면, 천악과 백의서생이 힘을 합치고 각자의 수하들이 더해진다. 여기에 정체가 밝혀지지 않은 쾌당주가 백의서생보다 빠를 것이라 예상하면 적어도 또 다른 서옥書獄을 책임지는 우두머리일 가능성이 있다.

이 정도면 개방 방주를 감당할 수 있지 않나? 거기에 만약 노신이 방주의 무공을 세밀하게 파악하고 있다면? 사실 방주의 무공을 가장 잘 알고 있는 사내는 노신이다. 제자이기 때문이다. 나는 개방 방주가 제자의 배신을 심적으로 감당할 수 있는 사내인지도 궁금했다. 온갖 악수를 조합하면 아무리 생각해도 개방 방주가 버텨내기 힘들다는 결론에 다다른다. 이들의 예상보다 개방 방주가 더 뛰어났다고 하더라도 양패구상이었을 것이다.

그 상황에서 마교가 전면에 나섰던 것일까? 교주는 마치 자신도 꺾지 못하는 대상이 존재하는 것처럼 천옥을 준비했다. 현재도 강한데, 천옥을 먹어야지만 상대할 수 있는 고수? 방주와 천악을 동시에 죽이려거나, 방주와 천악이 힘을 합친 것 같은 고수가 있지 않았을까… 굳이 백의서생이 내게 쾌당주의 정체를 밝히지 않은 것이 계속 마음에 걸리는 상황이었다. 혼돈과 혼란이 가득한 추측을 이어나가던 나는 생각을 멈췄다. 다리 너머에서 노신이 걸어오고 있었기 때문이다.

"…아, 국수가 양이 정말 많긴 하네요. 이제 좀 배가 꺼졌습니다. 문주는 어때?"

나는 고개를 끄덕이면서 노신을 바라봤다.

"나는 금방 내려가는데?"

"참나, 젊어서 부럽다. 부러워."

노신이 내 옆에 털썩 주저앉았다. 이렇게 개방 방주, 나, 노신이 나란히 앉아있자, 우습게도 우리에게 적선하려는 사람이 아무도 없었다. 아마도 내 분위기 때문일 것이다. 노신이 나를 쳐다보면서 말했다.

"자네는 천생 거지가 될 팔자는 아니야. 타고난 기세가 흉흉해서 구걸에 어울리지 않아. 일단 그 눈빛부터가 정상이 아니란 말이지."

나는 낄낄대면서 웃다가 일어나서 방주와 제자를 바라봤다.

"…그나저나 저도 돈 좀 벌어보겠습니다."

개방 방주가 웃으면서 대답했다.

"어찌 번다는 말이냐?"

나는 개방 방주를 가리켰다.

"가르침을 주셨으니 하오문의 방식으로 벌어야지요."

나는 반대편으로 걸어가서 난간 위에 엉덩이를 올려놓는 위태로운 자세로 지나가는 사람들을 바라봤다. 성질이 있어 보이는 놈들이 지나갈 때마다 일부러 비웃는 표정을 짓거나 지그시 노려봤다. 대부분 인상을 쓰다가 내 허리에 있는 목검을 확인한 다음에 조용히 지나갔다. 나는 일부러 실실대다가 성질 더러워 보이는 놈들이 다리 위에 나타났을 때 목검을 이리저리 흔들면서 말했다.

"…도전해서 이기면 통용 은자 한 개를 준다. 대신에 도전하려면 철전 열 냥이야."

내가 주시하고 있었던 한심한 놈들이 멈춰 서더니 내게 물었다.

"무슨 도전? 검으로 하나?"

"뭐 주먹도 좋고."

"얼마라고?"

"도전비는 열 냥, 나 이기면 은자 한 개."

"은자는 있고?"

나는 품에서 전낭을 꺼낸 다음에 입구를 열어서 놈팡이들에게 보여줬다.

"돈은 많아."

놈팡이들이 서로를 보더니 한 놈이 내게 와서 열 냥을 건넸다. 나는 전낭에 돈을 넣으면서 물었다.

"누가 도전하나?"

허리에 칼을 찬 사내가 웃으면서 앞으로 나서더니 손가락으로 자신을 가리켰다.

"내가 먼저 하지."

"좋았어."

나는 난간에서 내려선 다음에 몸을 풀었다. 몸을 다 풀지도 않았는데 예고도 없이 놈팡이가 달려들었다. 나는 평범한 주먹질을 피한 다음에 엉덩이를 발로 차서 덤빈 놈을 다리 밑으로 날려 보냈다. 풍덩 소리와 함께 놈팡이가 개천에 빠졌다.

"하하하하…"

내가 웃음을 터트리면서 일행을 바라보자, 이놈들이 동시에 전부 칼을 뽑았다. 순간 나는 소름이 돋았다. 방주의 말이 떠올랐기 때문이다.

'인간의 악함은 약자에게도 충만하다.'

그것은 맞는 말이다. 물에 빠트려서 어디 다친 곳도 없을 텐데, 다짜고짜 칼을 뽑은 이유는 내 전낭 때문일 테니까. 나는 표정을 굳힌 다음에 말했다.

"내가 말했지. 도전비는 열 냥이라고. 그것이 예의다. 그냥 덤비면 뒤질 위험이 있다는 것을 알아둬."

물에 빠졌던 놈이 다리 밑에서 악을 썼다.

"뭘 구경하고 있어!"

이 미친 새끼들이 칼을 휘두르면서 동시에 덤볐다. 가장 먼저 도착한 칼을 피하면서 놈의 팔목을 붙잡은 다음에 개천으로 던졌다. 그다음 팔목은 손날로 쳐서 부러뜨리고, 왼발로 한 놈의 무릎을 차서 넘어뜨린 다음에 마지막 놈의 가슴에 월영무정공을 주입한 지법을 적중했다. 너무 허약한 놈들이라서 멱살을 붙잡은 다음에 개천으로 집어 던졌다. 나는 개천에 빠진 놈들을 보면서 말했다.

"맞아 죽고 싶으면 다시 올라와서 덤벼라."

팔 부러진 놈이 비명을 질러대고 있어서 다시 덤빌 것 같진 않았다. 나는 웃는 얼굴로 돌아서서 새삼스럽게 개방 방주와 노신을 바라봤다. 내가 앉아있었던 자리가 비어있었는데, 이렇게 보고 있으려니 두 사람의 거리가 꽤 멀어 보였다. 생각해 보면, 사부이자 방주가 동냥질하고 있을 때… 제자이면서 동시에 개방에 속한 거지는 어디를 돌아다니고 온 것일까. 누가 더 거지답냐고 물어본다면. 노신이 아니라 개방 방주가 본연의 거지였다. 내가 미소를 짓자 개방 방주와 노신도 웃으면서 나를 바라봤다. 노신이 내게 물었다.

"그것이 하오문이 돈을 버는 방식인가? 그래도 열 냥이나 벌었네."

나는 고개를 끄덕였다.

"아무래도 하오문은 이런 식이지."

같은 밑바닥이지만 하오문은 개방과 다르다. 나는 물에 빠졌었던 놈들을 향해 손가락질한 다음에 개방 방주에게 말했다.

"보셨습니까?"

개방 방주 신개가 웃으면서 고개를 끄덕였다. 나는 방주와 눈을 마주치면서 이렇게 말했다.

"…인간의 악함은 약자에게도 충만합니다. 선배도 방심하지 마세요."

문득 개방 방주의 얼굴에서 웃음기가 사라지는 순간, 노신은 옆에 있는 사부의 표정을 확인한 다음에 나를 쳐다봤다. 나는 노신에게 말했다.

"뭘 봐?"

노신이 갑자기 활짝 웃으면서 말했다.

"하하하… 그 말은 사부님이 종종 하시던 말씀이야. 신기하네."

나는 난간에 걸터앉으면서 스승과 제자를 바라보다가 대답했다.

"나도 신기해."

노신이 웃는 얼굴로 내게 물었다.

"뭐가 신기해?"

"개방에서 벌어지는 일은 천하에서 벌어지는 일과 같다. 선배들과 내가 만난 것은 천운天運이야."

내가 자꾸 선문답 같은 말을 내뱉자 노신의 표정에서 웃음기가 조금씩 사라지고 있었다. 속으로 나는 이렇게 생각했다. 일이 어떻게 흘러가든 간에 개방 방주가 나를 만나러 왔기 때문에 운명은 변했다. 방주의 운명도 변할 것이고, 그에 따라 내 운명도 변할 것이다.

그렇다면 전생과 달리 개방 방주가 나를 만나러 온 이유는 무엇일까. 아마도 그것은… 내 마음가짐이 전생과 달라졌기 때문이 아닐까? 아니면 말고가 아니라, 그것 이외에는 이유를 찾을 수가 없었다.

234.
너 배신할 거야?

나는 문득 다리 좌우를 둘러봤다.

"…"

어쩐지 다리를 오고 가는 사람들이 줄어든 것 같았다. 다리 밑으로 떨어졌던 놈들이 칼잡이 동료를 데리러 가서 그런 것일까. 아니면 평범한 사람들이 또 다른 싸움을 예상하고 본능적으로 몸을 피한 것일까. 다리 위는 점점 한적해졌다. 어쨌든 나는 노신이 배신자든 아니든 간에 개방 방주 신개를 보호할 생각이다.

인생은 이래서 어처구니가 없다. 점소이를 하던 내가 방금 강호에서 가장 강한 사내를 보호하겠다고 결심했기 때문이다. 웃음이 절로 나왔다. 심지어 사대악인의 맏형인 검마보다 강하고, 무림맹주 임소백보다도 강하며, 교주조차도 죽이지 못했던 사내를 보호하겠다는 말이다.

강호에서 가장 강력한 고수를 보호하겠다는 사내, 그것이 나다.

…

내 인생도 웃기고 나도 우스워서 홀로 웃었다. 내가 갑자기 웃자, 노신도 황당한 모양인지 함께 웃었다. 내 말에 뼈가 있음을 알아차린 개방 방주도 미소를 지었다. 우리는 잠시 다리 위에서 각자 의미가 다른 웃음을 터트렸다.

"하하하하하하!"

웃음에도 슬픔이 느껴질 때가 있는데 방주의 웃음이 그랬다. 나는 난간에서 내려온 다음에 스승과 제자 사이로 가서 다시 털썩 앉았다. 오른손으로 거지들의 총대장인 늙은 방주의 거친 손을 붙잡고. 왼손으로는 노신의 손을 아무렇지도 않게 붙잡았다.

"선배, 그리고 노신 형."

개방 방주가 나를 바라보고, 노신이 대답했다.

"왜?"

"우리 방주 선배께서는 이미 강호를 한 차례 구하셨소. 누군가가 방주님에게 고맙다는 말을 했는지 안 했는지 모르겠지만. 이 후배가 대신 고맙다는 말을 전하리다. 고생 많으셨소."

노신이 슬쩍 손을 빼면서 말했다.

"자네는 정말 이상한 사람이야. 왜 이렇게 닭살 돋는 말을 아무렇지도 않게 할 수 있는 거지? 안 그렇습니까, 사부님?"

개방 방주는 오히려 다른 손으로 내 손등을 두드렸다.

"문주, 그런 얘기는 처음 듣는구나. 하지만 나만 고생한 것이 아니다. 그리고 지금은 임 맹주가 더 고생하고 있지. 싸울 힘이 있으면 응당 약자들을 돕는 일에 써야 하는 법. 생각해 보면 그리 대단한 일도 아니었다. 나를 주화입마에서 구해준 사람들과 같이 싸웠던 셈이니까.”

“그래서 더 대단한 일이었습니다. 어느 방파가 그걸 해냈겠습니까? 거지라서 재물에 구애받지 않았고, 심지어 자신의 무공마저 집착하지 않았기에 얻은 기연입니다.”

아무리 내가 돌았어도 거지들의 손을 계속 붙잡고 있는 것은 나도 부담스러웠다. 나도 개방 방주의 손등을 두드린 다음에 손을 빼내었다. 이렇게 상거지들과 함께 거지처럼 앉아있으려니 세상의 부귀영화도 부럽지 않았다. 다만 앞으로 노신을 어떻게 할 것인지. 서생 쪽과의 연관성은 어떻게 알아낼 것인지. 큰 문제나 위험이 닥쳤을 때 개방 방주는 어떻게 보호할 것인지 두서없이 생각하고 상상했다.

그나저나 노신과 개방 방주의 손은 느낌이 전혀 달랐다. 개방 방주의 손은 뼈마디가 굵고 거칠다. 반면에 노신의 손은 나보다도 멀쩡했다. 차가운 물에 걸레를 빨고, 주먹질이나 하고, 잡다한 짐을 나르고, 식칼을 쓰다가 베이기만 해도 나처럼 거칠어지기 마련인데 말이다. 대체 왜 노신은 거지임에도 불구하고 손이 나보다 깨끗한 것일까? 고민해 봤으나, 만족할 만한 답을 찾지 못했다.

일단 개방 방주의 힘을 빌려서 노신을 잡은 다음에 고문이라도 해서 붙어먹은 놈들을 더 알아낼까? 아니면 이대로 노신을 내버려 두다가 강력한 적들이 몰려와서 개방 방주를 칠 때, 내가 사대악인을 끌고 와서 서생들과 맞붙을까. 인생에는 정답이 없고, 지금 내게도 정답은 없었다. 내가 정답을 고민하는 사이에 노신이 개방 방주에게 말했다.

“사부님.”

"말하거라."

"제가 생각하기에 당대의 강호에서 문주 또래의 고수들을 찾아보자면 세가의 후계자들이나 제왕들의 제자가 있습니다. 그러나 그중에서도 문주가 확실히 군계일학입니다."

개방 방주가 고개를 끄덕였다.

"젊은 나이에 혼자 제천맹주와 겨루고 있었으니 네 말이 옳다. 실력도 그렇지만 성격도 특이하구나."

노신이 덤덤한 어조로 말했다.

"사부님의 신공神功을 문주에게 전수해 주시는 것은 어떻겠습니까? 후계자를 오래 찾았지 않습니까."

"…"

나는 팔짱을 낀 채로 이게 무슨 개소리인가 싶어서 노신을 곁눈질로 바라봤다.

'무공? 갑자기 무공 이야기를?'

당연하게도 백의서생이 떠올랐다. 전생에 백의서생은 임소백의 육전대검을 얻기 위해서 무림맹에 갔었던 게 아닐까 하고 추측하는 상황이다. 그런 관점으로 풀면 육전대검보다 더 중요한 게 개방 방주의 무공이다. 임소백보다도 뛰어난 백도 최고수의 무공이기 때문이다. 생각해 보면 개방 방주의 무공을 알아내는 것은 제자가 아니면 불가능한 상황이다. 어쨌든 과거에도 개방 방주를 죽일 수 있는 사내나 세력이 없었기 때문이다. 개방 방주가 덤덤한 표정으로 대답했다.

"문주에게 필요한 것은 그저 시간이다."

나는 고개를 끄덕였다.

"맞습니다."

"새로운 무공이 아니다. 내가 늘 말하지만, 너무 다양한 무공을 익히는 것도 좋지 않아. 한 가지의 무공을 완벽하게 완성하고 대성하는 것이 더 낫다. 자하도 잘 들어라."

"예."

개방 방주가 진지한 어조로 말했다.

"나는 대성大成에 관한 생각 자체가 다른 자들과 다르다. 무공의 창안자가 생각했던 틀을 벗어날 수도 있고. 창안자가 만들었던 무공의 깊이보다 더 파고들어서 경지를 더 높일 수도 있다. 끝을 본다는 것은 그런 것이야. 무엇을 익히든 간에 깊이와 완벽을 추구하는 것이 수련인데 대성을 이루고 나면 수련을 안 하겠다는 뜻이냐? 세상의 잡다한 무공을 두루 익힌다고 반드시 강자가 되는 것은 아니라고 생각한다. 그렇게 강해진 사람도 있으나 내 길은 아니다."

나는 문득 왼쪽 시야에서 노신이 씁쓸하게 웃는 것을 발견했으나 내색하진 않았다. 개방 방주가 내게 말했다.

"무공은 지금 자네가 익힌 것만 해도 충분해. 문주 생각은 어떤가?"

나도 내 생각을 밝혔다.

"그간 이상하게도 강호에서 천하제일인이라 불렸던 사내들은 전부 다른 무공을 익힌 것으로 압니다. 특정 문파에서 계속 일인자를 배출한 적도 없고, 굉장한 신공을 익힌 자만이 천하제일인이 되는 것도 아니었죠. 일정 수준에 오르면 어느 정도 비슷해질 테니, 그다음 경지는 오성이나 개인의 기량으로 올라가야 할 겁니다. 혹은… 기연이나 사연이 더해져야겠죠. 무공의 종류는 부차적입니다.”

개방 방주가 고개를 끄덕였다.

“내 생각도 비슷하다. 깊이 있는 무공을 완벽하게 익히고, 개인의 역량에 따라서 완성되었다고 생각한 것을 더욱 다듬는 게 중요하지.”

나는 노신에게 물었다.

“노신 형은 생각이 다른가?”

노신이 대답했다.

“상위 무공이 그렇게 차이가 없다고 하면, 강호인들이 왜 그렇게 신공절학에 집착하겠나? 출발이 다르고, 익히는 속도가 다르고, 효율이 다르기 때문이겠지.”

내 관점에서는 개방 방주의 말도 맞고, 노신의 말도 맞다. 새삼스럽게 스승과 제자의 거리가 내 눈에 멀어 보였던 것은 이런 생각의 차이 때문이 아니었을까. 나는 두 사람의 차이점도 알 것 같다. 개방 방주는 정말로 천하제일인들이나 생각할 법한 높은 수준의 마음가짐을 지녔고. 노신은 그보다 수준이 낮은 무인들의 마음가짐을 가지고 있었다. 만약 노신이 내 제자였다면 나는 노신에게 신공절학을 가르쳐 주지 않았을 것이다.

이유는 딱히 없다. 그냥 저런 생각을 하는 태도 자체가 마음에 안 들기 때문이다. 반면에 개방 방주는 개방 소속이 아니었더라도 다른 문파 혹은 누군가의 제자가 되어서 천하제일급의 고수가 됐을 터였다. 사람의 생각은 쉽게 바뀌지 않고, 마음가짐의 차이가 결국 인생이라는 시간을 만나서 다른 결과를 낳는다. 결국에는 그 마음가짐의 격차가 곧 천하인이 되느냐 마느냐의 차이. 나는 돌려 말하는 성격이 아니라서 노신에게 대놓고 물어봤다.

"노신 형은 아직 방주님의 모든 무공을 배우지 못했나?"

노신이 웃으면서 말했다.

"나는 아직 사부님의 진전을 이어받기엔 여러모로 부족하네."

궁금한 것을 바로 물어보는 성격이라서 신개를 바라봤다.

"방주님이 익히는 무공이 뭡니까?"

"나는 본래 개방의 여러 고수에게 장법을 배웠고. 그것에 순서를 붙이고 다듬으면서 익혔을 뿐이다. 오히려 이것이 완성된 것은 삼재와 싸웠을 때였지. 교주와 겨룰 때는 항마장降魔掌을 썼고, 천악과 겨룰 때는 항룡장降龍掌을 썼다. 둘과 동시에 겨룰 때는 양손으로 각기 펼칠 수밖에 없었지. 결국에 내 무공의 근간을 거슬러 올라가면 옛 개방의 장로들이 가르쳐 줬던 잡다한 장법에 닿는다. 오래 썼기 때문에 익숙한 것이지. 남이 익힌다고 잘 쓸 수 있는 무공도 아니야."

방주는 아무렇지도 않게 말하지만… 일단 분심공分心功을 익혀야 하고, 각기 다른 무공을 펼치면서도 손발이 어지럽지 않아야 하며, 내공의 운용도 마음먹은 대로 자유로워야 한다. 듣고 보니 아무나 펼칠 수 있는 무공이 아니었다. 노신의 오성이 얼마나 뛰어난지는 모르겠으나 평범한 오성을 가진 자가 배웠다간 금세 손발이 어지러워지면서 피를 토할 수 있는 무학이었다.

더군다나 가장 중요한 점은 두 가지의 장법을 동시에 사용하면서도 지치지 않을 정도의 심후한 내공을 보유해야 한다는 점이다. 그래서 나는 개방 방주가 노신에게 두 가지의 장법을 전수하지 않은 것이라고 홀로 추측했다.

'사부의 마음도 몰라주는 못난 새끼.'

나는 엉덩이를 살짝 털고 일어나서 다리의 중앙에 선 다음에 노신에게 물었다.

"노신 형."

"응?"

"방주님을 배신할 생각이야?"

너무 뜻밖의 질문이었는지 노신이 웃으면서 대답했다.

"…대체 그게 뭔 개소리인가?"

"개소리이긴 한데 궁금해서 물어보는 거야."

"진심으로 묻는다고?"

노신은 여전히 웃음기가 남은 표정으로 나를 바라봤다. 나는 고개를 끄덕였다.

"진심이지."

"너무 무례한 질문이라는 생각은 안 드나?"

"아니야. 그렇게 심각하게 이야기를 전개하지 말자고. 이것은 아직 벌어지지 않은 일에 관한 이야기야. 노신 형은 사부를 배신한 적이 없거든."

"그런데?"

나는 진지한 표정으로 말했다.

"나는 백의서생의 본질을 알아. 서생들의 목적도 알지."

노신이 고개를 갸웃했다.

"나도 모르는 것을 자네가 안다고?"

"놈들은 박해를 받았던 자들이라서 그런지 목표가 기괴해. 무학을 수집하고, 수집한 걸 집대성하고 있을 거야. 왜냐고? 서생들은 본래 그래. 더군다나 박해를 피해서 숨어있었으니 책을 들여다보는 일 외에는 할 짓도 없었겠지. 그러다가 복수라는 감정에 불을 지피며, 무학을 더 깊게 파고들었을 테고. 개방 방주의 무공에도 관심을 가질 수밖에 없다."

개방의 스승과 제자가 한마디도 하지 않은 채로 내 말을 경청했다. 나는 말을 이어나갔다.

"그들은 노신 형을 극진히 대해주고, 인정해 주고, 칭찬할 수밖에 없겠지. 왜일까?"

노신이 답했다.

"나 말고는 사부님의 무공을 빼낼 수 있는 사람이 없을 테니까."

"맞아. 사실 이놈들은 노신 형에게 관심이 없어. 이들이 관심을 가지는 것은 오로지 개방 방주의 무학이기 때문이야. 돈과 명예, 차기 방주 자리 뭐 이딴 것은 관심사가 아니겠지. 그 말은 뭐겠나?"

노신이 입을 다문 채로 나를 노려봤다. 나는 내키는 대로 노신에게 말했다.

"네 사부님이 쓰러지면 너도 죽은 목숨이다. 노신 이놈아, 그걸 모르겠어? 이 멍청한 새끼."

내가 반말에 욕지거리까지 해도 노신은 아무런 대꾸가 없었다. 나는 노신을 노려보면서 말을 이어나갔다.

"어쩌면 서생 쪽은 마교나 무림맹에 버금가는 강호 최대 세력이라고 해도 과언이 아니다. 그들이 널 존중해 주니까 뭐라도 된 줄 알았나? 네 사부가 쓰러지면 개방은 전적으로 네게 맡긴다더냐? 서생들은 노예 부리는 것에 익숙한 놈들이다."

나도 그렇게 당했었지…라는 말은 물론 생략했다. 노신이 안색을 굳힌 채로 대답했다.

"이봐, 하오문주. 실로 모욕적인 말이군. 어떻게 사람을 그렇게 똑바로 바라보면서 배신자로 낙인찍을 수 있나? 그것도 사부님 앞에서. 옆에 사부님이 계시지 않았다면 자네에게 지금 당장 생사결을 신청했을 거야. 적당히 하라고."

나는 고개를 끄덕였다.

"그렇게 나와야지. 그러나 나도 매일매일 목숨을 걸고 있다. 그렇지 않았더라면 내가 왜 혼자 제천맹에 쳐들어갔겠나? 내가 제천맹주보다 강해서? 아니야. 그냥 성질이 뻗쳐서 쳐들어갔을 뿐이야. 뒷일은 모른다. 생사결이니 뭐니 하는 협박은 애초에 내게 안 통한다는 뜻이지."

"겁을 상실한 놈이로군."

노신이 개방 방주를 바라봤다.

"사부님."

"응?"

"제가 서생 쪽에 붙었다고 생각하십니까?"

개방 방주가 제자를 물끄러미 바라보다가 고개를 저었다.

"그렇지 않다."

"그런데 몇 번 보지도 않은 문주가 저를 의심하고 있습니다."

개방 방주는 덤덤한 어조로 대답했다.

"그렇구나."

"예?"

"배신은 하지 않았으나 네 마음에 싹트는 생각을 경계하라고 지적하는 것이다."

이상하고 버티기 힘든 정적이 흘렀다가 노신의 입에서 실로 황당한 말이 흘러나왔다.

"…대체 사부님, 왜 제게 항룡장과 항마장을 전수하지 않으십니까."

나는 멀쩡히 서있다가, 갑자기 다리에 힘이 풀려서 땅에 주저앉았다.

'아, 저 멍청한 새끼가…'

개방 방주의 안색이 급격하게 창백해졌다.

"…"

교주와 천악의 합공까지 막았던 사내도 마음의 충격에는 쉽게 대처하지 못하는 것을, 나는 확인했다. 실은 누구나 그럴 것이다. 정녕 이것 때문이었나 하는 충격과 안타까움이 겹쳐서 정신적으로 타격을 받은 모양이었다. 하지만 그 충격의 의미는 방주가 그만큼 제자를 아끼고 있었기 때문에 찾아온 마음의 상처라는 것을 노신이 과연 알고 있을까? 개방 방주가 무어라 말을 하려다가 지친 기색으로 입을 다물었다.

"…"

나는 주저앉아서 사부와 제자를 노려봤다. 이렇게 두면 사부의 마음은 주화입마로 향하고, 제자의 마음은 증오로 빠지게 된다. 둘 다

멈춰야만 했다.

"노신 형."

노신이 살기 어린 눈빛으로 나를 노려봤다.

"너는 잠시 닥치고 있어. 사부님과 이야기 중이다."

기왕 이렇게 된 거 끝까지 난장판으로 가자는 마음을 먹은 다음에 대답했다.

"그렇게는 못 하지. 이 병신 같은 놈. 멍청한 거지새끼. 너 같은 놈에겐 아직 무리야. 내공도 부족하고, 마음가짐도 부족해. 그리고 이미 선배의 말대로 네게 어울리는 무공은 이미 배웠을 것이다. 네가 올바른 마음을 가지고 기다렸다면 네 사부께서 옛 장로들이 그랬던 것처럼 지니고 있었던 내공까지 다 퍼줬을 것이다. 이 못난 새끼… 역량도 부족한데 많은 것을 바라다니. 선배가 너를 아껴서 잘 대해주고, 기다려 주고 있었음을 모른단 말이냐?"

노신은 어금니 턱 쪽이 튀어나올 정도로 이빨을 꽉 물었다가 나를 가리켰다.

"너…"

나는 두 눈을 부릅뜬 채로 외쳤다.

"닥쳐! 이 거지새끼야!"

235.
산 넘어, 산 넘어,
산

병신에겐 사실 좋은 말을 해줄 필요가 없다. 고사성어를 읊어가면서 비유를 들 필요도 없고, 허물을 일일이 거론하면서 꾸짖어도 아무 소용 없다. 병신에겐 그냥 병신이라고 하는 게 가장 좋다. 대신에 확실하게 말해야 한다. 너는 병신이라고 말이다. 무언가를 깨닫고 스스로 고칠 수 있는 사람이었다면 애초에 병신도 아니었겠지. 더불어서 나는 일부러 큰소리로 외쳐서 개방 방주의 마음이 주화입마로 향하는 것을 막고 싶었다.

노신 같은 병신 따위가 나를 죽일 것처럼 노려보는 건 아무 일도 아니다. 방주를 지키려면, 먼저 그의 마음부터 지켜야 하기 때문이다. 그것이 방주에게도 옳고, 강호 전체를 봤을 때도 옳은 일이다. 전생에 교주와 천악을 상대로 버틸 수 있는 사내가 백도에 계속 있었다면 마교에게 그렇게 밀리진 않았을 테니까. 나는 재차 노신 놈을 욕으로 죽이려다가 입을 열지 못한 채로 다리 끝을 바라봤다.

"…"

어느새 행인들이 사라진 다리 너머에서 뜬금없는 사내가 등장하고 있었다. 다름 아닌 국숫집 주인장이었다. 내가 국숫집 주인장을 보면서 놀란 이유는 식칼이 아닌 길쭉한 칼을 오른손에 쥐고 있었기 때문이었다. 내가 물었다.

"주인장, 무슨 일이야? 외상값 받으러 가?"

사십 살은 넘어 보이는 주인장이 덤덤한 표정으로 개방 방주를 바라봤다.

"아니외다. 방주님."

개방 방주도 놀란 표정으로 대답했다.

"왜 그러나?"

국숫집 주인장이 대답했다.

"방주님을 도우려고 왔습니다."

"자네는 은퇴하지 않았나?"

주인장이 웃으면서 말했다.

"…방주님은 도와야지요."

아직 아무 일도 벌어지지 않았지만, 분위기가 지극히 혼란했다. 나는 노신을 노려봤다.

"이게 무슨 일이냐?"

순간, 반대편 다리를 확인해 보니 이곳에도 사람이 없었다. 그러고 보니 제천맹에서 이곳으로 유도한 사람은 노신이다. 경공을 수련한답시고 이놈이 앞장을 섰기 때문이다. 황당한 일이었다. 나는 아직 죽을 생각이 없다. 나뿐만이 아니라 개방 방주도 죽게 할 생각이 없다. 대체 국숫집 주인장이 어떻게 알아차리고 나선 것인지는 모르겠으나, 개방 방주를 죽이겠다고 오는 자들이라면 평범한 인간들이 아닐 터였다. 나는 노신에게 다시 물었다.

"무슨 일인지 묻잖아. 이 거지새끼야. 서생 일당을 불렀나?"

노신이 대답했다.

"부르지 않았다."

"그런데?"

"사부님의 무공을 포기했다고 말했을 뿐이야. 내가 배울 수 있는 무공이 아니라고 전했다. 그다음은 나도 몰라."

나는 국숫집 주인장이 다가오는 것을 보자마자 손을 내밀었다.

"너, 멈춰라."

"나는 적이 아닐세."

"알았으니까 일단 거기 서있어."

아직 주인장을 믿을 수가 없었다. 내가 모르는 고수이기 때문이다. 나는 개방 방주의 표정도 확인했다. 노신 때문에 마음이 흔들린 것은 사실이나 경험이 많은 터라 눈을 감은 채로 차분하게 호흡을 가다듬고 있었다. 확실히 노신 때문에 안색이 창백해질 정도로 타격이 있었던 모양이다. 다시 눈을 마주친 노신이 내게 말했다.

"누가 오는지 나도 정말 모른다."

"그래?"

나는 방주가 호흡을 가다듬고 눈을 뜨면 어서 자리를 피하고 싶었다. 방주와 내가 다리 위에서 동냥질하는 동안에 노신이 자리를 비웠었기 때문에 아직은 이놈의 말을 믿을 수가 없었다. 나는 그제야 고개를 오른쪽으로 돌려서 반대편 다리를 주시했다.

"…"

눈가리개를 한 맹인盲人이 등장하더니 고개를 천천히 움직였다. 모습이 보이지 않는 낯선 목소리가 다리 위 상황을 맹인에게 설명했다.

"검객인 하오문주가 중앙에 서있고 다리 난간에 노신과 개방 방주가 앉아있습니다. 그 너머에 정체를 알지 못하는 중년 도객이 칼을 쥐고 있습니다."

맹인이 고개를 끄덕였다.

"…알았다."

천하제일이나 다름이 없는 삼재를 죽이겠다고 맹인 고수가 등장해? 나는 두 눈이 멀쩡한데도 현재 상황을 믿을 수가 없었다. 노신은 맹인의 정체를 아는 모양인지 조용한 어조로 입을 열었다.

"실명서생失明書生, 무슨 일로 여기까지 오셨소."

나는 별호를 듣자마자 탄식이 흘러나왔다.

"하…"

맹인의 기도, 분위기와 별호의 의미를 봤을 때 백의서생과 동등한 위치에 있는 사내였다. 실명서생이 고개를 살짝 갸웃하면서 대답했다.

"노신 아우, 기회를 여러 차례 줬는데 여전히 갈팡질팡하는구나. 중독시켰느냐?"

노신이 대답했다.

"사부님에겐 애초에 독이 통하지 않소. 쓸데없는 짓은 하지 않겠다고 했을 텐데."

실명서생의 입꼬리가 위로 살짝 올라갔다.

"일이 성사되기 전에 넘어오면 공신 대우를 하고 일을 그르친 다음에 우리에게 잡히면 노예 대우를 하겠다고 경고했지 않나. 기대가 컸는데 여럿 피곤하게 하는구나."

나는 노신의 표정을 구경했다. 확실히 서생 측의 접근은 평범한 것이 아니었을 터였다. 협박은 물론이고 온갖 정신적인 공격이 더해졌을 터였다. 눈을 뜬 개방 방주가 실명서생에게 말했다.

"싸우러 온 것이냐? 너 같은 놈이 당당하게 혼자 왔을 리가 없지. 빛을 잃고 지낸 세월에 대한 소감은 어떠한가?"

실명서생이 웃었다.

"좋을 리 있겠소. 빛을 잃은 다음부터는 당신밖에 떠오르지 않았으니. 어차피 다시 만나게 되리라는 것은 당신이 더 잘 알고 있었겠지."

개방 방주도 웃으면서 대답했다.

"이번에는 빛 이외의 것도 잃겠구나."

보아하니, 방주 선배에게 맞아서 눈을 잃은 서생이었던 모양이다. 예전에 일어났던 일을 내가 전부 알 수는 없었으나 개방 방주는 서생들과 한 차례만 겨뤘던 것이 아니었음을 알게 되었다. 개방 방주가 엉덩이를 털고 일어나더니 고개를 살짝 들었다.

"천악은 아직 도착하지 않았나? 기다리기 지루하구나."

나는 괜히 옆에서 한숨이 절로 나왔다.

'아이씨, 왜 벌써 천악이야? 나 수련 더 해야 하는데. 왜 벌써 천악이냐고?'

내적 갈등이 벌어졌으나 하도 황당해서 말로 나오진 않았다. 실명서생이 반대쪽 다리 입구에 있는 국숫집 주인장에게 물었다.

"자네는 누구인가?"

국숫집 주인장이 대답했다.

"오랜만이오. 실명서생, 당신에게 별호 뒤쪽을 빼앗겼던 분의 못난 아들이오."

나는 화들짝 놀라서 국숫집 주인장을 바라봤다.

'이거 무슨 경극이야? 왜 이렇게 척척 진행되는데.'

실명서생이 웃으면서 고개를 끄덕였다.

"나를 도제刀帝라 부를 필요 없네. 자네 아비를 별호 때문에 죽인 것도 아니었으니. 정작 그 별호는 자네 아버지가 더 어울렸지. 가져가게. 이름이 기억나는군. 황보수였지? 맞나?"

국숫집 주인장이 대답했다.

"황보수는 아버님과 함께 돌아가셨던 형님의 성함이고. 나는 황보월이외다."

"아, 그런가?"

이때, 다시 아까 그 목소리가 대답했다.

"그렇습니다."

"황보의 잔당은 다 죽이지 않았나?"

"황보월도 죽은 것으로 기록되어 있는데 조사하겠습니다."

나는 잠시 대화를 정리했다. 그러니까 당대의 강호에는 이미 다른 곳에 멀쩡하게 도제라 불리는 사내가 있다. 내가 알기로 그전에는 황보세가에 도제가 있었다. 그 황보세가는 실명서생 일당에게 무너졌던 모양이다. 중요하면서도 그렇게 중요하지 않은 대화가 오고 갔을 때.

다리 위에 실명서생만큼이나 중요한 인물이 등장해서 우리를 쳐다봤다. 실명서생보다 머리 하나가 더 크고, 긴 머리카락은 불에 그을린 것처럼 잔뜩 꼬여있었다. 한마디로 봉두난발의 사내였는데 복장은 실명서생처럼 점잖았다. 멀리서 봐도 제정신이 아닌 놈처럼 보였는데, 머리카락 틈새로 드러난 눈빛부터가 사람인지 맹수인지 구분하는 것이 어려웠다.

"…"

이런 표현이 어울리는지는 모르겠으나, 대체로 사람을 찢어 죽이고 보는 유형의 미친놈이라는 것을 나는 한눈에 알아봤다.

'염병할 새끼, 이놈이구나.'

그래도 웃을 줄은 아는 모양인지, 오랜 지기를 만난 것처럼 반가운 표정을 지은 사내가 개방 방주에게 말했다.

"거지야, 오랜만이구나."

개방 방주도 콧소리를 내더니 반가운 표정으로 고개를 끄덕였다.

"이렇게 재회하니까 반갑구나."

솔직히 말해서 분위기를 해치긴 싫었으나, 나는 개방 방주를 붙잡은 채로 묻고 싶었다. 대체 저놈이 왜 반가운 것이냐고. 검붉은 머리카락을 가진 봉두난발의 서생이 말했다.

"잘 지냈나? 수련은 진전이 있었고?"

"나름대로 열심히 했는데 자네들 마음에 들지는 모르겠네."

"엄살은…"

방주와 봉두난발의 사내가 동시에 웃었다. 순간, 나는 미친 새끼와 눈을 마주쳤다. 두 다리로 서있는 야수와 눈을 마주친 기분이 들었다. 봉두난발의 서생이 웃으면서 내게 물었다.

"비실비실한 놈, 넌 누군데 허 장로의 목검을 가지고 있느냐?"

내가 대답하기 전에 계속 상황을 설명해 주는 목소리가 대신 대답했다.

"저 사내가 하오문주 이자하입니다."

봉두난발 서생이 대답했다.

"네게 물은 것이 아니다. 입 다물고 있어. 찢어놓기 전에."

"…"

미친 서생 놈이 내게 말했다.

"네가 그 이자하로구나. 백가白家 놈에게 자주 들었다."

나는 교주와는 분위기가 전혀 다른 위압감을 전신에 두르고 있는 미친 서생을 향해 포권을 취했다.

"반갑습니다. 천악天惡 선배께서 무언가 착각을 하신 모양인데, 저는 풍운몽가의 차남인 몽랑이라 합니다. 만나서 영광이에요."

미안하다, 색마야. 상대가 천악이라서 어쩔 수가 없다. 천악이 미간을 좁힌 다음에 고개를 돌리더니 아무것도 없는 곳을 주시했다.

"어떻게 된 일이야? 입을 찢지 않겠다. 말해."

"…말씀드리기 송구하나, 하오문주 이자하가 맞습니다."

"나를 농락했다 이 말이냐?"

"…죄송합니다."

봉두난발 서생, 천악이 황당하기 짝이 없다는 표정으로 나를 주시하자마자 나는 안색을 굳힌 채로 입을 열었다.

"선배님, 황송하지만 하오문주와 저는 외모가 매우 흡사합니다. 백응지에서도 그렇고 어딜 가서도 쌍둥이가 아니냐는 오해를 종종 받습니다. 특히 아셔야 할 것은 하오문주는 예의가 아주 없는 사람입니다. 싸가지가 없는 놈이에요. 하지만 저는 그렇지 않습니다."

이쯤 되자, 노신과 개방 방주도 살짝 넋이 나간 표정으로 나를 바라봤다.

"…"

"…"

어찌 된 노릇인지 나 대신에 노신이 침을 꿀꺽 삼키고 있었다. 이때, 다리 너머에서 "호호호호" 하는 웃음소리가 들리더니 누군가가 걸어왔다. 나는 저 짤막한 웃음을 듣자마자 한숨이 절로 나왔다.

'아, 염병할… 망했어.'

이 상황을 간단하게 줄이자면 산 넘어 산 넘어 산이었다. 백의서생이 뒷짐을 진 채로 등장하고 있었는데 어깨를 떨면서 웃고 있었다. 백의서생이 천악 옆에 나란히 서더니 나를 보면서 웃었다.

"미친 새끼. 적당히 해라, 하오문주."

천악이 백의서생에게 물었다.

"저놈이 이자하냐?"

백의서생이 고개를 끄덕였다.

"말했지 않나? 완전 미친놈이라고."

나는 서로 반말을 하는 두 사람을 보고 나서야 천악의 온전한 별호가 천악서생天惡書生임을 뒤늦게 깨달았다. 그렇다면 왼쪽부터 차례대로 백의서생, 천악서생, 실명서생이다. 글 읽는 서생이 세 명이

나 등장하다니, 기분이 매우 웅장해졌다. 죽기 딱 좋은 날은 아닌 것 같은데 날씨는 왜 이렇게 맑은 것일까. 나는 일단 교섭에 나선 대군사大軍師처럼 화친을 제안했다.

"…친애하고 존경하는 서생 여러분, 오늘은 날이 좋지 않으니 다음에 싸웁시다. 오늘은 좀 바빠서. 배도 좀 부르고. 영 기운이 안 나네."

"…"

씨알이 안 먹힌다는 것은 말하는 도중에 확인할 수 있었다. 내가 저 세 명을 두려워하는 것은 절대 아니다. 우리 쪽엔 개방 방주가 있지… 하여간 저 세 명보다 그 뒤에 있는 수하들이 더 무서웠다. 분명 백의서생의 일제자一弟子부터 사제자四弟子가 끼어있을 터였다. 그래선 안 됐는데, 나는 문득 칠겸이 생각나서 입을 열었다.

"칠겸, 이놈아 왔으면 인사를 해야지."

뒤편에서 칠겸의 대답이 들렸다.

"문주님, 오래간만에 뵙습니다."

나는 고개를 끄덕였다.

"그래. 반갑다."

"제 사형들을 죽이셨다고요?"

"누가 그런 소리를 해? 잘못된 정보야."

"사부님께 들었습니다."

"확인."

아무리 생각해도 우리가 불리하다. 나는 헛소리를 주고받으면서 개방 방주가 호흡을 가다듬을 수 있도록 시간을 벌고 있었다. 방주가 천악과 싸우고, 내가 백의서생과 싸우면 노신이 실명서생을 감당해야 하고. 그 뒤에 있는 서생들의 수하는 국숫집 주인장이 전부 감당해야 한다. 혼신의 힘을 다해서 잔머리를 굴렸지만, 도저히 이길 수가 없는 조합이었다.

결국에 개방 방주만 홀로 살아남았다가 천악 측의 생존자가 전부 모여서 합공을 하게 될 터였다. 몰매에 장사 없는 법이다. 백의서생이 노신을 바라봤다.

"노신, 아직 결정 못 했나?"

나는 백의서생을 노려봤다. 이 새끼가 동굴에서 반성을 덜 했나? 왜 이렇게 안면몰수顔面沒收한 채로 나섰지? 이 시점에서 악제惡帝로 전향하려고 그러나? 오만 가지 생각이 교차했다. 백의서생이 노신을 구슬렸다.

"이봐 노신, 우리가 언제 자네를 힘으로 굴복시키려 했었나? 자네 선택에 달렸네. 서생의 자리는 동등한 것. 자네가 의지를 굳건히 해야 차지할 수 있네. 그런 식으로 기회를 엿보다간 아무것도 되지 못해. 서생 자리도 물 건너가고, 차기 방주 자리도 잃는 것일세. 다 얻든가, 다 잃든가. 둘 중 하나라고 입술이 닳도록 말했건만. 아직도 눈치를 보는 것이냐?"

나는 입을 동그랗게 하고 말했다.

"오… 노신 형."

"…"

"걸인서생乞人書生 자리를 약속받았어? 대단하네. 축하한다. 이 새끼야. 출세했네. 거지새끼가 서생이라니. 선배님?"

개방 방주가 나를 쳐다봤다.

"응?"

"호랑이를 키우셨어요. 그것도 배신하는 호랑이 새끼를. 미리 글공부도 시키지 그러셨습니까. 떡 하나 주면 은혜도 모르고 넘어가는 저 싸가지 없는 새끼."

개방 방주가 껄껄대더니 노신에게 말했다.

"제자야."

노신이 딱딱한 표정으로 대답했다.

"예."

개방 방주가 잔잔한 어조로 말했다.

"나라고 항상 옳은 것은 아니다. 네가 품은 뜻이 서생 일행의 뜻에 부합한다면 저쪽으로 가서 싸우도록 해라. 다 큰 제자에게 강요만 하는 것도 못난 짓이지. 너도 네 인생을 살아라. 대신에 살아남는 쪽이 개방을 보살피도록 하자. 그것은 약속할 수 있겠지?"

나는 개방 방주의 통 큰 제안을 듣자마자 팔뚝에 소름이 돋았다. 당연하게도 못난 제자 놈마저 다소 충격을 받았는지 아무런 대답을 못 하고 있었다. 개방 방주가 국숫집 주인장을 바라봤다.

"그리고 주인장."

"예, 어르신."

"자네 실력은 내가 얼추 알고 있네. 그러나 이 자리에서는 죽을 확률이 높아. 이대로 포위망을 뚫고 가서 임소백에게 내 상황을 알리게. 지금 당장 떠나도록."

국숫집 주인장은 두세 걸음을 뒤로 물러나더니 경공을 펼치면서 사라졌다. 백의서생이 눈썹에 손을 대더니 멀어지는 국숫집 주인장을 바라봤다.

"이야, 좀 빠르네."

이 와중에도 백의서생은 경공을 감상하고 있었다. 백의서생이 슬쩍 웃으면서 말했다.

"그래도 포위망은 뚫기 힘들지."

나는 백의서생에게 동굴에서 말했던 천년 혁명에 관해서 물었다.

"백의서생 동지同志, 우리 혁명의 계획은 물거품이냐?"

백의서생이 나를 바라봤다.

"아니지. 우리 이자하 동지의 그 허망한 계획은 둘 중의 한 명만 살아남아도 진행할 수 있어. 자네가 해도 되고, 내가 해도 충분한 일이지. 살아남은 사람이 진행하자고. 어때?"

백의서생이 손가락 하나를 하늘 위로 올리면서 말했다.

"꿈은 이루어진다."

"어이구, 얄미운 새끼. 찢어 죽이고 싶네."

백의서생이 웃으면서 나를 바라봤다.

"네 실력으로는 아직 무리야."

개방 방주가 다리의 중앙에 서더니 서생 측을 향해 돌아서면서 내게 말했다.

"젊은 문주도 오늘은 몸을 피하도록 해라. 나중에 네가 싸우고 감당해야 할 일이 더 많을 것이다."

나는 개방 방주의 등을 물끄러미 바라봤다. 아니, 등보다는 며칠 감지 않아서 기름기가 잘잘 흐르는 허연 뒷머리가 눈에 들어왔다. 저 흰머리를 보고 있자니, 돌아가신 할아버지가 떠올랐다. 애초에 나는 할아버지의 말을 안 들었던 사내다.

"그럴 수는 없죠."

236.
대군사 이자하

개방 방주가 내 앞을 든든하게 막아주는 사이에 삼만 팔천오백 가지의 다채로운 전략을 떠올려 봤지만 마땅한 게 없었다.

"…"

과장되게 말하면 이 자리에 갑자기 교주가 등장해서 개방 방주를 돕지 않는 이상은 전력이 밀린다. 그럴 가능성은 교주가 깨달음을 얻어서 개방의 거지가 될 확률과 비슷하다. 문득 나는 맑은 하늘을 올려다봤다.

'오늘의 날씨도 맑음.'

개방 방주의 말이 들렸다.

"천악, 오랜만에 만났는데 일대일을 할까. 아니면 다 덤빌 테냐. 무엇이든 상관없다."

천악서생이 웃으면서 대답했다.

"오늘은 그런 자리가 아닐세."

어쩐지 오늘은 낭만이 섞인 싸움을 기대하지 말라는 말처럼 들렸다. 개방 방주가 내게 말했다.

"…문주는 가지 않고 뭐 하는 게냐? 아직 네가 감당할 수 있는 싸움이 아니다."

백의서생이 말했다.

"자하야, 보내준다고 한 적이 없으니 거기 있도록."

나는 개방 방주의 등 뒤에서 조용히 일월광천을 준비하다가 차분하게 말했다.

"잠깐만 비켜보세요."

방주가 몸을 돌리는 틈에 나는 일월광천을 휘감은 채로 돌진해서 세 명의 서생에게 달려들었다. 개방 방주와 백의서생의 외침이 동시에 터졌다.

"자하야!"

"조심!"

파지지지직- 하는 소리와 함께 일월광천이 완성되자마자, 깜짝 놀란 서생 세 명이 동시에 내게 손을 휘둘렀다. 나는 이러다가 죽겠다는 생각이 들어서 계획대로 일월광천을 광막으로 전환하자마자 대大자 형태로 양팔을 크게 뻗었다. 삽시간에 내가 만들어 낸 광막이 일대의 모든 소리를 집어삼켰다.

'도박이야.'

일월광천의 힘을 역천으로 전환한 광막의 빛줄기를 뽑아내서 삼재의 일원인 천악, 전생 악제인 백의서생, 도제를 죽였다는 실명서생의 절기를 온몸으로 받아냈다. 광막의 반투명한 막 너머로 천악의 장력, 백의서생의 지법, 실명서생의 장력이 또렷하게 보였다. 굉음도 들리지 않았는데, 고막이 찢어질 것 같았다.

역천逆天의 광막에 부딪힌 서생들의 절기가 각자의 주인에게 되돌아가는 중이었으나, 내 몸도 폭풍에 떠밀린 것처럼 반대편으로 날아갔다. 순간, 공중에서 개방 방주의 손이 내 팔목을 붙잡고 나는 개방 방주의 팔목을 움켜쥐었다. 나는 개방 방주의 팔을 거칠게 잡아 끌어당긴 다음에 묻지도 않은 채로 방주를 등에 업고서 도망치기 시작했다.

대군사大軍師적인 관점으로 보았을 때. 삼만 팔천오백 가지의 전략 중에서 일단 줄행랑이 가장 효율적이고, 가장 뛰어나고, 가장 지혜로운 전략이라는 판단이 들었다. 물론 여기까지는 의도적인 계획이다. 다음 계획은 달리면서 실행할 생각이었다. 무엇보다 역천의 광막이라는 희대의 절기를 서생들에게 노출한 게 끔찍할 정도로 안타까웠으나 살아남으려면 어쩔 수가 없었다. 나는 등에 업힌 개방 방주에게 주둥아리를 털었다.

"방주님!"

"왜 갑자기 도망치는 게야!"

"방주님은 살아도, 제가 싸우다가 죽어요. 일단 제 이야기 잘 들으세요. 노신 걱정부터 좀 집어치우세요. 제자 때문에 방주님의 마음이 평정심을 잃었습니다. 제 말을 믿으세요. 노신은 일단 안 죽습니다."

"죽지 않겠나?"

역시 걱정하고 있었던 모양이다.

"안 죽어요! 저놈들, 방주님을 죽인 다음에 노신을 압박해서 노예처럼 부릴 겁니다. 그럼 개방이 넝쿨째 굴러옵니다. 왜 죽이겠습니까? 개방을 장악하면 천하를 두고 다툴 때도 마교나 무림맹에 비해서 정보를 습득하는 것부터 안 밀립니다. 노신을 걱정할 때가 아니에요. 절 걱정하세요."

"그건 알았다. 그런데 굳이 이렇게 뛰어야 하느냐? 내가 더 빠른데."

"…잠시 업혀 계세요."

"왜?"

"내공 아끼세요. 싸움은 아직 시작도 안 했습니다."

다행인 것은 앞서 경공을 배울 때와 달리 방주의 무게가 깃털처럼 가벼워진 상태. 내가 지금 제운종을 쓰는 것인지, 기존에 익혔던 경공을 펼치는 것인지, 아니면 모든 것을 뒤섞어서 기존에 없었던 경공으로 달리는 것인지도 모를 정도로 빠르게 질주했다. 일부러 건물 뒤로 달려서 방향을 감추고, 담벼락이 보이면 그 뒤로 넘어갔다. 돌아가서 숨고, 질주하다가 돌아가고, 방향을 계속 뒤바꿔서 최대한 거리를 벌린 다음에 개활지에서는 전속력으로 질주했다. 나는 거의 반 각을 앞서 달리다가, 기분이 싸늘해져서 방주에게 물었다.

"…벌써 따라옵니까?"

개방 방주가 뒤를 쳐다보면서 말했다.

"벌써 오는구나."

당연히 나도 알 수 있었다. 뒤쪽에서 백의서생의 웃음소리가 길게 이어지고 있었는데 귀신이 따라오는 것 같은 속도였다. 대체 어째서 저렇게 빨리 회복했을까? 광막으로 튕겨낸 절기를 어떻게 막아냈는지는 나도 볼 수 없었다. 하지만 내가 괜히 도망을 선택한 게 아니다.

"선배, 어차피 실명서생은 맹인이라서 이탈할 겁니다. 전속력으로 달리면 천악과 백의서생만 따라올 수 있다 이 말입니다. 그렇게 되면…"

방주가 내 말을 끊었다.

"…실명서생도 가마를 타고 등장했다."

"예? 방금 가마라 하셨소? 가마는 반칙인데."

방주의 설명이 이어졌다.

"사인교四人轎를 짊어진 경공의 고수들이 실명서생을 짊어진 채로 따라오는데 속도가 제법 빠르구나."

보통 미친놈들이 아니었다.

"그래도 서생 셋이죠?"

"아직은 그 뒤에 서른 명이 넘는구나. 점점 격차가 벌어진다. 천악과 백의서생이 선두로 나섰다."

나는 전방을 주시하다가 왔던 길을 기억한 다음에 인적이 드문 평야를 향해서 질주했다. 개방 방주가 한결 침착해진 어조로 말했다.

"그렇게 달려서 싸울 수나 있겠어?"

"제가 지치면 백의서생이나 천악도 호흡도 거칠어질 겁니다. 저는 당연히 선배만 믿고 있지요. 이제 저의 사마의 뺨따귀 치는 전략을 아시겠습니까?"

호흡이 거칠어진 천악과 백의서생에게 극진하게 업어서 모셔온 개방 방주를 내려놓을 생각이었다. 거지들의 총대장이 웃음을 터트렸다.

"하하하."

방주가 웃었으니 됐다. 웃으면 복이 오기 때문이다. 다만 나는 호흡 때문에 웃을 수가 없었다.

'아, 이러면 싸해지는데.'

어쨌거나 경공으로 최대한 서생들의 힘을 빼놓은 다음에 호흡과 내공이 멀쩡한 개방 방주를 내려놓아서 승부를 보겠다는 것이 첫 번째 작전. 그 와중에 실명서생을 멀찍이 떨어뜨려 놓겠다는 전략은 실패했다. 사인교가 등장할 줄이야. 개방 방주가 말했다.

"곧 따라잡힌다. 천악과 백의가 엄청 빠르구나. 실명은 계속 뒤처지고 있다."

내가 주저 없이 도망친 것은 정말 냉정하게 판단해서 서생 셋이 아닐 수도 있었기 때문이다. 정체불명의 쾌당주가 등장하거나 혹시 다른 서생도 있다면 필패였다. 왜 이런 의심까지 하느냐? 이것은 본능이자, 직감, 육감이다.

"다른 고수는 없습니까?"

"없는 모양이야. 백의서생이 무어라 지시하더니 뒤처지고 있는 병력 일부가 방향을 틀었다. 아마 임 맹주를 막아서 시간을 벌려는 모양이다. 우리는 어디로 가는 게야? 이쪽으로 가면 평야 너머에 절벽이 나온다."

나는 달리는 와중에 의식의 흐름대로 대답했다.

"당연히 절벽으로 갑니다."

이유는 하나다. 절벽으로 뛰어내려도 천악이나 백의서생의 추적은 뿌리칠 수 없겠지만, 실명서생은 따라오지 못할 터였다. 사인교를 떠받친 놈들이 아무리 고수여도 그것까진 무리다. 개방 방주가 뒤늦게 물었다.

"뛰어내리자는 말이야?"

"절벽을 건너든지 뛰어내려야죠. 눈먼 놈이 감히 올 수 있는 곳이 아닙니다."

"나쁘지 않은 생각이긴 하나, 이제 내려줘야겠다."

나는 등줄기가 서늘했다. 제법 먼 곳에서 "하오문주…"라는 말이 들렸다가 같은 음색으로 순식간에 근처에서 "제법 빨라졌네?"라는 말이 들리자마자 나는 개방 방주를 내려놓았다. 신개가 땅을 밟자마자 장력을 쏟아내고.

콰아아아아아아앙!

굉음이 터지더니, 내가 돌아섰을 때는 이미 개방 방주가 천악과 백의서생에게 장력을 쏟아내면서 이 대 일의 싸움이 순식간에 벌어지고 있었다. 더 멀리 도망쳤어야 서생들이 지쳤을 텐데 하는 아쉬움이 컸다. 그래도 이 정도면 고수들의 싸움에서 호흡 한 번 정도를 이긴 셈이다. 두 서생이 아무리 뛰어나도 편하게 대비하고 있었던 개방 방주를 압도하는 건 쉽지 않은 일이 될 터였다. 나도 잠시 거친 호흡을 고르면서 싸움을 구경했다.

"…"

방주는 쌍장에서 싯누런 빛을 내뿜고 있어서 황룡黃龍이 날뛰는 것처럼 보였고. 몸놀림이 빨라서 잘 보이지 않았지만, 대신에 싯누런 장력은 궤적이 보였기 때문에 용처럼 보일 수밖에 없었다. 천악은 머리를 안 감은 미친 호랑이가 날뛰는 것처럼 싸웠다. 언뜻 얼굴이 보일 때마다 이빨을 드러낸 채로 웃고 있었다. 그 와중에 덤덤한 표정으로 싸우고 있는 백의서생의 움직임은 영약을 잔뜩 처먹은 백학白鶴을 보는 것처럼 경쾌하면서도 얍삽했다.

'저 얍삽한 새끼.'

죽을 것처럼 달렸더니 내 예상대로 천악과 백의서생만 도착한 상태. 저 염치없는 서생 놈들이 다짜고짜 합공을 펼치고 있었지만 내 눈에도 개방 방주가 밀린다는 느낌은 전혀 없었다.

'좋다. 일단 확인.'

순식간에 세 사람이 보법을 펼치는 곳마다 땅이 움푹 파이더니, 귀청이 터질 것 같은 굉음 때문에 정상적인 호흡을 하는 것도 힘들었다. 막상 싸움에 돌입하자, 세 사람은 아예 나를 신경조차 쓰지 않았다. 웬만한 고수들은 끼어들 수도 없는 싸움이었기 때문이다.

내가 개방 방주를 믿지 않으면 대체 누구를 믿으랴? 나는 이 대 일로 싸우는 개방 방주를 잠시 내버려 둔 다음에 경공을 펼쳐서 거리를 벌렸다가 땅이 약간 움푹 파인 장소를 찾아내서 엎드렸다. 사막에서 돌아다니던 정체불명의 작은 동물처럼 고개만 살짝 내민 다음에 정찰을 시작했다.

"후… 자괴감 어서 오고."

곧 있으면 실명서생의 사인교가 도착할 터였다. 황보세가의 도제를 죽인 실력이면 대체 얼마나 강한 것일까? 내가 주저 없이 도주를 택한 이유는 실명서생이 어쨌든 간에 제천맹주보다도 강해 보였기 때문이다. 일대일로는 꺾을 수 없을 것 같아서 자괴감과 분노가 밀려들고 있었다.

삽시간에 대략 일만 이천삼백 가지의 전략을 떠올려 봤다. 병신처럼 내면에서 분노를 끌어내야 자하신공을 원활하게 쓸 수 있는데, 잔머리를 굴리다 보니까 분노라는 감정이 시큰둥해진 병신 같은 상황이었다. 하늘은 스스로 돕는 자를 돕는다고 했지만, 내 안의 광마가 나를 돕지 않는 상황이랄까.

'염병할…'

나는 먼지가 피어오르는 것을 보자마자, 미리 목검을 뽑아서 기습을 준비했다.

'기습대장 차성태입니다.'

아, 제기랄. 이딴 상황에서 쓸데없는 차성태의 말이 떠오르다니. 어쨌든 지금은 기습대장 이자하가 되어야 하는 순간. 이렇게 보니까 사인교도 엄청 빠른 속도였다. 하지만 실로 애처로워 보였다. 대체 전생에 무슨 죄를 지었기에 저놈들은 맹인을 가마에 태운 채로 저렇게 열심히 달리고 있을까.

'미안하지만, 너희는 오늘 죽어줘야겠어.'

나는 사인교가 근처를 지날 때까지 기다렸다가, 일어나면서 낮게 검기를 뿌렸다.

쐐애애애애액!

타점을 낮춘 다음에, 미친놈처럼 검을 휘둘러서 검기를 마구잡이로 쏟아내자 가마 위에 있었던 실명서생이 공중으로 솟구쳤다. 어차피 내가 공격하려던 것은 가마꾼이다. 삽시간에 다리가 잘려나간 가마꾼들이 비명을 지르면서 널브러졌다. 솔직히 이 정도 검기에 쉽게 당할 놈들은 아니었는데, 아마 저놈들은 노예처럼 살아서 가마를 내팽개치는 게 어려웠을 터였다. 그 찰나에 다리를 잘랐다.

나는 그제야 검을 하단으로 내린 채로 실명서생에게 다가갔다. 가마꾼들이 계속 신음을 쏟아내야만 실명서생의 청각을 어지럽힐 수 있다고 생각했는데… 땅에 내려선 실명서생이 가차 없이 칼을 몇 번 휘두르더니, 흐느끼는 가마꾼들의 목숨을 전부 끊어낸 다음에 나를 바라봤다.

"…"

눈먼 놈과 눈싸움을 하는 사람, 그것이 나다. 소름… 시커먼 눈동자가 없는 백안白眼이 나를 주시했다.

"하오문주냐?"

혹시나 해서 옆으로 이동해 봤더니 실명서생의 고개도 내 쪽으로 움직였다. 나는 이리저리 움직이면서 변조한 목소리로 대답했다.

"지나가던 검객인데 무슨 일이신가."

실명서생이 슬쩍 웃으면서 말했다.

"죽을 때도 그런 농담을 할 수 있는지 보자꾸나."

실명서생이 귀신처럼 달려들었다. 나는 목검으로 검풍을 쏟아내면서 뒷걸음질을 쳤다. 일부러 요란하게 땅을 쓸어 담는 듯한 보법을 펼쳐서 흙먼지를 피어오르게 한 다음에 전부 검풍으로 싸잡아서 실명서생을 공격했다. 하지만 실명서생은 칼질 몇 번에 미세먼지를 날리더니 맑은 하늘을 내게 선사했다. 나는 고개를 끄덕인 다음에 진지한 어조로 말했다.

"좋았어. 제대로 붙어보자고. 그전에 통성명부터 합시다."

"닥쳐라."

"개새끼."

실명서생이 달려드는 것을 보자마자, 나는 목검을 우하단으로 내리면서 도망쳤다. 눈이 먼 서생이었지만, 아주 잘 따라왔다. 등 뒤에서 검기가 날아올 때마다 나는 보지도 않은 채로 공중제비를 돌고, 옆으로 돌고, 공중에 뜬 채로 비스듬히 누워서 검기를 피했다. 이리 뛰고, 저리 뛰고, 높이 뛰었더니 이것도 제법 힘들어서 차라리 싸우는 게 낫지 않을까 하는 내적 갈등이 밀려들었다. 하지만 아니다. 상대의 약점을 철저하게 이용해야 하는 법. 그냥 계속 도망쳤다. 두 눈을 잃은 사내한테 경공 싸움에서 패배할 내가 아니다.

"서생, 경공부터 겨뤄볼까?"

"일문의 문주가 이런 식으로 도망을 치다니 부끄럽지 않으냐?"

나는 후다닥 도망치는 와중에도 대화의 끈을 놓지 않았다.

"부끄러움? 나는 살면서 단 한 번도 부끄러움을 느껴본 적이 없다. 그 말은 뭐냐? 뻔뻔하다는 뜻이지."

나는 스스로 칭찬하고, 스스로 용기를 북돋우면서 열심히 도망쳤다. 무림맹에게도 쫓겨보고, 마교한테도 쫓겨보고, 눈이 먼 사내에게도 쫓겨보는 삼대 업적을 이룩한 사람이 고금을 통틀어서 있었는가, 없었는가. 오로지, 나밖에 없었다 이 말이야. 절벽으로 도망치다 보니까, 갑자기 근처에서 서생들의 수하가 등장해서 일대를 잔뜩 포위했다. 어디선가 칠겸의 목소리가 들렸다.

"문주님, 포위당하셨습니다."

나는 칠겸을 찾아낸 다음에 대답했다.

"일부러 갇혔다. 너는 옛정을 봐서 살려줄 테니 이만 뒤로 빠지도록."

제자리에서 한 바퀴를 돌면서 둘러보자… 평소에 만나기 힘든 무명 고수들이 단체로 몰려와서 나를 원숭이 보듯이 구경하고 있었다. 칠겸이 내게 항복을 권했다.

“무릎을 꿇고 포박을 받으시면 살려는 드리겠습니다. 그래도 옛정이 있는데 노예 대우는 해드려야죠.”

칠겸의 말에 포위망을 구축한 자들이 낮게 깔린 웃음소리를 내뱉었다. 나는 안색을 굳힌 다음에 실명서생에게 말했다.

“서생, 수하들에게 예의를 안 가르쳤나? 내가 너희 적이긴 하나 일문의 수장이다. 밑의 놈들이 이게 무슨 말버릇이야?”

실명서생이 칠겸 쪽으로 고개를 돌리면서 대답했다.

“입조심하도록.”

나는 목검을 집어넣은 다음에 양손을 늘어뜨린 채로 숨을 길게 내뱉었다. 마음이 평온해졌다. 어차피 실명서생은 눈이 멀어서 단체전에 불리하다. 수하들에게 맡겨놨다가 원기를 회복하고 있을 터였다. 서생의 수하들은 내 보호막이다. 서서히 오랏줄이 좁혀들듯이 다가오는 적들을 바라보면서 나는 일만一萬, 아니 한 가지 수법만을 떠올렸다.

‘통할까? 통해야 살 수 있다.’

나는 색마의 마음가짐을 떠올렸다. 빙공으로 여인을 꽁꽁 얼린 다음에 대체 뭘 하려고 했을까? 드디어 내 안에서 월영무정공에서 출발한 차갑고 싸늘한 분노가 치밀어 오르기 시작했다. 새롭게 펼칠 절기의 이름이 막상 떠오르지 않아서 의식의 흐름대로 중얼거렸다.

“색마, 개새끼…”

237.
생존자, 없습니까?

서서히 좁혀지는 거리가 내게 남은 인생의 시간처럼 느껴졌다. 너무 집중해서 그런 것일까. 시간이 느릿느릿하게 느껴졌다. 어차피 다수에게 포위되면 이놈들도 절기를 사용하지 못한다. 아군을 죽일 수 있기 때문이다. 지금처럼 거리를 좁혀서 결국에 내 몸에 칼을 박아 넣어야 한다. 이것은 어디까지나 내 목숨을 담보로 한 전략이다. 어차피 천옥의 절반에 해당하는 기운은 극음지기極陰之氣. 월영무정공으로 쌓은 냉기가 부족하다면 극음지기라도 강제로 퍼내서 사방팔방에 얼어붙은 내 피라도 뿌릴 생각이었다.

"죽여!"

누군가의 외침에 나는 공중으로 낮게 솟구쳤다. 전신의 감각이 곧 내 몸에 꽂힐 병장기의 개수를 예상해 줬는데, 그 결과… 고슴도치가 떠올랐다. 나는 온몸에 구멍이 뚫린 상상을 하면서 현월빙공의 모든 극음지기를 일순간에 분출하면서 공중에서 회전했다. 일부러 장력을 내보낼 수 있는 가장 효율적인 매개체인 손바닥을 합장 형태로 틀어막은 후, 전신으로 기파를 내뿜듯이 냉기를 쏟아낸 상황.

쏴아아아아아…

머리카락이 휘날릴 정도의 시원한 기파氣波가 전신에서 뻗어 나갔다. 나는 땅에 착지했다가 다시 튀어 오른 다음에 공중제비를 돌면서 재차 냉기의 기파를 내뿜었다가 조용히 떨어졌다. 뜬금없이 찾아온 정적 속에서 허연 입김이 흘러나왔다.

"하아."

호흡을 잠시 멈춘 다음에 주변을 확인했다. 전부 검과 도를 전방으로 내민 채로 굳어있었다. 절반은 내가 최초에 있었던 자리를 공격하느라 수평으로 병장기를 내밀고 있었고, 외곽에 있던 놈들은 공중을 쳐다보는 자세로 얼어붙어 있었다. 나는 얼어붙은 자들의 틈바구니에 서서 조금 떨어져 있는 실명서생을 주시했다.

"…"

애초에 뒤쪽에서 대기하던 실명서생은 두 차례나 밀려드는 월영무정공의 극음지기를 어렵지 않게 쌍장으로 쳐내면서 거리를 더 벌린 상태였다. 하지만 당연히 보이는 게 없을 테니, 미간을 좁힌 채로 귀를 내밀고 있었다. 실명서생이 입을 뗐다.

"왜 다들 말이 없느냐?"

나는 미간을 좁힌 채로 실명서생을 노려봤다.

"…"

"하오문주가 빙공을 쓴 모양인데 전부 당했을 리가… 말을 해라. 이자하, 너는 왜 가만히 있느냐? 어서 덤비도록 해라."

나는 개소리를 무시한 다음에 살아있는 놈이 없는지 살폈다. 이놈 저놈을 살피다가 손을 뻗어서 앞에 있는 누군가의 팔을 툭 치는 순간, 쐐앵- 하는 소리와 함께 도기刀氣가 날아왔다.

퍼버버벅!

내가 건드렸던 팔이 어디론가 날아가더니 둔탁한 소리가 몇 차례 울린 다음에 다시 고요해졌다. 나는 이미 날아오는 도기를 눈으로 확인하고 몸을 비틀었던 상태. 방금 날아온 도기가 여러 명의 신체를 갈랐으나, 그 어떤 비명도 들리지 않았다. 나는 이런 와중에도 잘린 팔의 단면이 궁금해서 살펴봤다. 제대로 얼어붙은 모양인지 잘린 단면에서 피가 흐르지 않았다.

그렇다면 일단 색마는 개새끼가 맞다는 얘기고… 이 정도면 제법 단단하게 얼어붙어서 멀쩡하게 살아있는 놈이 드물 터였다. 나는 한 빙지옥의 미로에서 생존자를 찾아다녔다. 그래도 외곽에서 동료의 시체 때문에 냉기를 덜 뒤집어쓴 놈은 저항하고 있을 확률이 있었다. 나는 허옇게 얼어붙은 시신을 살펴보다가 입을 열었다.

"어이, 서생…"

이번에도 도기가 날아왔으나, 나는 주저앉아서 어렵지 않게 피했다. 퍼버버벅! 하는 소리와 함께 얼어붙은 놈들의 목이 공중으로 치솟았다가 땅으로 떨어졌다. 나는 쭈그려 앉은 자세에서 내 쪽으로 굴러오다가 멈춘 누군가의 목을 바라봤다. 칠겸이 눈을 뜬 채로 어딘가를 응시하고 있었다. 나는 속으로 혀를 차면서 칠겸에게 작별을 고했다.

'옛정이 있어서 살려주려고 했건만… 성불해라. 병신 같은 놈.'

나는 순간 기분이 불쾌해져서 실명서생에게 거짓을 고했다.

"그나저나 수하들을 다 죽일 셈이냐? 그냥 한랭한 지법에 당했을 뿐이다. 왜 죽여? 잔인한 새끼. 그렇게 열심히 뛰어오던 사인교의 가마꾼도 네 손으로 죽였지. 도대체 이놈들은 무엇을 위해 충성을 바쳤느냐? 이 시황제 같은 새끼. 너희들도 결국에 똑같은 놈이 되었어."

"닥쳐라!"

"약자들의 목숨을 함부로 대하는 것은 시황제나 서생들이나 마찬가지야."

결국에 실명서생이 얼어붙은 수하들이 만들어 놓은 미로에 진입하더니 내 목소리를 들으면서 따라왔다. 하지만 시력을 잃었다는 것이 이렇게 뜬금없이 잔인할 줄이야. 실명서생은 몇 걸음을 걷다가 굳어있는 수하에게 부딪히자마자 칼을 휘둘렀다.

푸악!

그제야 실명서생은 얼어붙은 강도를 확인했는지 인상을 찌푸렸다.

"…!"

곧게 서있던 시체의 상체가 비스듬히 잘린 채로 땅에 떨어졌다.

쿵…

그 소리에 실명서생이 살짝 놀란 표정을 지었다. 나는 실명서생의 표정을 유심히 살피면서 말했다.

"분서갱유 때문에 와신상담의 세월을 보내다가 한빙지옥에 빠지다니. 개방 방주가 무슨 죄를 지었다고 이렇게 몰려와서 괴롭히는 것이냐? 방주의 무공이 그렇게 탐이 나더냐? 탐이 나면 수련을 해. 병신 같은 놈들…"

실명서생은 속도를 높인 채로 따라오다가 수하가 내밀고 있는 얼어붙은 칼에 가슴을 살짝 찔리자마자 멈춰 섰다. 나는 그것을 보고 웃었다.

"어이구, 아깝네. 수하들 손에 죽을 뻔했는데. 내가 있는 곳까지 뛰어와라. 빨리 와. 거기에 있으면 수하들이 깨어나서 네게 복수할 거다."

실명서생은 칼을 전방에 내민 채로 이리저리 휘두르면서 전진했다. 나는 일부러 실명서생이 한빙지옥의 미로에서 나가지 못하도록 방향을 이리저리 틀면서 눈먼 자의 방황을 유도했다.

스릉…

목검을 뽑으면서 말했다.

"서생, 이제 제대로 싸울 생각인데 통성명부터 할까? 이름이 무엇이냐. 너는 빛明을 잃었어도, 이름名을 잃은 것은 아닐 테니."

"이름을 버린 지 오래되었다."

"아, 안타깝구나. 나는 이자하다. 걸레질하던 점소이였지만 이름은 버리지 않았어. 그나저나 너는 그냥 바깥에 서있으면 될 것을… 그놈의 살기 때문에 굳이 한빙지옥에 스스로 들어오다니. 자신이 눈이 멀었다는 것을 까먹은 게야?"

"닥쳐라."

"멍청한 놈이네. 나 같으면 그냥 공중으로 솟구쳐서…"

나는 말이 끝나기도 전에 공중으로 솟구친 실명서생을 향해 검기를 쏟아냈다. 단박에 내가 있는 곳으로 날아오려던 실명서생이 칼을 휘두르면서 대응했다.

콰아아아아아아앙!

한차례 검기를 겨룬 실명서생이 땅에 내려서자마자, 화들짝 놀라더니 제자리를 빙글빙글 돌면서 주변을 향해 칼을 휘둘렀다. 얼어붙은 시체를 염려하는 행동이었는데 실제로 얼어붙은 칼 몇 개를 후려쳐서 날려 보냈다. 나는 실명서생에게 다가가면서 물었다.

"뭔 개지랄이야? 이봐, 서생. 그동안에 네 눈이 되어주고, 다리가 되어주던 수하들이 없으니까 지금 네 병신 같은 꼴을 봐라. 네가 잘나서 강했던 게 아니야. 수하들이 도와줘서 강했던 거지. 이제 주변에 아무것도 없으니까 마음 놓고 덤벼라."

나는 말을 마치자마자 슬쩍 웃었다. 내가 웃을 때, 입술이 벌어지는 아주 작은 소리가 실명서생의 귀에 꽂혔을 터였다. 주변에 얼어붙은 시체가 더 있는지 없는지 실명서생은 애초에 알 수가 없다. 갑자기 눈이 먼 것이 아니라, 이곳에 오기 전부터 눈은 이미 멀어있었기 때문이다. 순간, 실명서생과 나는 동시에 우측을 바라봤다.

"음?"

쩍- 하는 소리가 났는데 이것은 빙공을 풀어내는 소리였다. 나는 성질이 난 사람처럼 성큼성큼 걸어가서 덜 얼어붙은 놈의 팔을 붙잡은 다음에 목검으로 잘랐다. 어쩐지 이놈은 비명까지 내질렀다.

"끄아아아악!"

빙공을 운 좋게 피했으면… 운이 좋은 놈일까, 운이 더 나쁜 놈일까. 나는 잘린 팔을 실명서생에게 던진 다음에 고통에 몸부림치는 놈의 몸을 목검으로 갈랐다.

"…이놈이 계속 비명을 지르면 사실 내가 유리한데 남의 고통을 이용해서 싸울 수는 없지. 죽여줬다. 서생, 보다시피 운 좋게 살아 있는 놈들이 아직 있어. 나한테 이기고 싶으면 네 손으로 여기에 있는 수하들 다 죽여라. 기다려 주마."

실명서생은 호흡을 가다듬으면서 고개를 이리저리 움직이고 있었다. 문득 나는 이런 생각이 들었다. 폐쇄적인 환경에서 무공을 수련해서 그런지 무림맹이나 마교보다는 실전 경험이 부족한 느낌이랄까. 주변에 수하들이 돕고 있을 때는 무력이 온전하겠으나 이처럼 뜻밖의 상황을 맞닥뜨리자 무력의 격이 급격하게 낮아졌다. 옆에서 상황을 설명해 주던 놈이 괜히 있던 게 아니었다.

즉, 실명서생은 어처구니없게도 노예들이 없으면 아무것도 아닌 놈이다. 실명서생이 갈등하는 사이에 나는 얼어붙은 시체 한 구의 목덜미를 붙잡아서 집어던졌다. 실명서생의 칼이 서슬 퍼런 빛을 내뿜더니 공중에서 시체가 쪼개졌다. 이번에는 핏물이 나오지 않았다. 나는 외곽에 얼어붙은 시체를 하나 골라서 다시 실명서생에게 던졌다. 칼이 번뜩이자, 이번에는 시체에서 피가 잔뜩 쏟아져서 실명서생의 얼굴에 쏟아졌다. 나는 실명서생이 피를 뒤집어쓰자마자 낄낄대면서 웃었다.

"놀라기는. 강호인이라는 놈이 피도 안 뒤집어써 봤나?"

나는 피를 뒤집어쓴 서생의 표정을 구경하다가 다른 시체를 발로 차서 날리고, 집어 던지고, 한 놈의 멱살을 붙잡은 채로 들어 올렸다가 방패로 삼아서 실명서생에게 돌진했다.

"야 이, 개새끼야. 덤벼라!"

나는 실명서생의 동작을 꿰뚫어 보다가 얼음 시체를 방패처럼 내밀었다. 실명서생의 칼이 시체에 꽂히는 순간, 나는 이미 얼어있는 시체에 빙공을 더 주입했다. 동시에 오른손으로 목검을 내려치자, 미처 칼을 빼내지 못한 실명서생이 뒤로 급하게 물러나면서 자신의 칼을 포기했다. 동시에 푹- 소리가 들리더니 수하가 내밀고 있는 칼이 실명서생의 등에 박혔다. 실명서생의 얼굴이 일그러지자마자 내가 말했다.

"와… 운이 좋군. 나는 운이 좋아."

실명서생이 인상을 찌푸리면서 장력을 쏟아내자, 주변에 있는 시체들이 박살 나고 있었다.

퍽! 퍽! 퍽! 퍽!

나는 웃음소리를 내면서 구경했다.

"…미친 새끼, 다 죽여라. 잘한다. 잘해. 무릎을 꿇고 포박을 받으면 노예 대우는 해줄 생각인데 어때? 참고로 아까 그 말을 했던 칠겸은 네가 죽였더라. 목이 잘렸다. 발 조심해라. 칠겸이 굴러다니고 있으니."

순간, 실명서생이 무슨 절기를 쓰는 모양인지 미치광이처럼 변해서 손을 휘두르자 닿는 곳마다 얼어붙은 시체가 산산조각이 났다. 나는 소음을 틈타서 뒤로 물러난 다음에 실명서생을 말없이 구경했다. 실명서생이 내가 서있지 않은 곳을 바라보면서 악을 썼다.

"이자하!"

"…"

나는 인생의 무상함을 느끼면서 다리 위에서 개방 방주가 보여줬던 것처럼 존재감을 지워봤다. 다리에서는 잘 안 되었는데, 어쩐지 지금은 실명서생을 괴롭히기 위해서 존재감이 점점 사라지고 있었다. 애초에 나는 개방 방주와 같은 호인이 아니라 점소이가 되기 전부터 못된 놈이었다. 존재감을 지우는 방법조차도 마음가짐의 출발이 개방 방주와는 달랐다. 어쨌든 이것은 '내려놓음'의 미학이었음을 확인…

"서생, 승부를 내자고. 나 바쁜 사람이야."

나는 거리를 벌린 상태에서 천리객잔에서 수련했었던 성한찬란과 유성검을 떠올렸다. 목검에 현월빙공을 주입한 다음에 다시 극양의 기운을 추가로 주입했다. 쩡-! 하는 괴음이 검신劍身에 들러붙었다. 나는 혈야궁주가 움직이는 것처럼 시체의 잔해 사이를 돌아다니면서 마구잡이로 공격하는 서생의 장력을 피한 다음에 붉게 빛나기 시작하는 목검을 실명서생의 몸에 밀어 넣었다.

오른손으로 검을 붙잡은 실명서생이 좌장을 내질러서 내 머리를 노렸다. 그 와중에도 양패구상을 노리고 있었다. 하지만 나는 검이 붙잡힌다는 것을 예상했을 때 이미 공중에 떴었던 상태. 달려가던 속도 그대로 공중에 떠서 양손으로 실명서생의 머리통을 붙잡아서 백전십단공을 주입했다.

파지지지지지지직!

"끄아아아아아아아악!"

그대로 땅에 내려선 다음에 펄떡이는 거대한 물고기의 머리통에 뇌기를 주입하면서 흔들었다.

"야 이, 개새끼야… 노예 부리면서 신나게 쫓아올 때는 내가 병신으로 보였겠지? 응, 아니야. 병신은 너였어!"

웃으면서 내공을 끌어올리자, 어쩐지 뇌기가 더 맹렬하게 쏟아졌다. 순식간에 실명서생의 머리에서 탄내가 나기 시작했다. 백전십단공을 금세 오단까지 쏟아내자, 눈먼 물고기의 발작도 서서히 사그라들었다. 나는 축 늘어진 실명서생에게 말했다.

"귀천하셨습니까? 서생이 이렇게 약할 리가 없는데. 말단 서생이셨나."

그것은 아닌 것 같고. 어쨌든 살짝 불안한 감이 있었기에 손바닥에 목계를 휘감자마자 눈먼 물고기의 머리통을 박살 냈다. 나는 목검을 챙긴 다음에 주변을 둘러봤다.

"…아직 살아있는 사람, 손?"

순간, 푹- 소리가 났다.

"깜짝이야."

실명서생의 등에 이미 검이 꽂혀있었다는 것을 깜박했다. 서생 놈이 땅으로 쓰러지자마자, 등에 꽂혀있던 검이 비스듬하게 빠져나와서 가슴 위로 삐죽하게 튀어나온 상태. 분명히 내가 죽인 것인데도, 서생의 가슴에서 튀어나온 수하의 검이 제법 인상적이었다. 어쩐지 노예들이 반란을 일으켜서 서생을 죽인 느낌이랄까? 나는 오른손을 번쩍 든 다음에 죽은 자들의 대답을 기다렸다.

"인원 확인. 생존자, 없습니까?"

"…"

"없는 것을 확인."

순간, 나는 마른하늘에서 벼락 치는 소리가 들려서 고개를 돌렸다. 아직 근처에서 삼재가 겨루고 있었기 때문에 죽은 놈들과 노닥

거릴 시간이 없었다. 일단 실명서생이 우리 개방 방주, 백도의 최고수를 핍박하는 것은 성공적으로 저지했다. 그런데 생각해 보니까, 그다음도 문제였다. 나는 시체들을 뒤로한 채로 삼재들이 싸우는 곳으로 향했다.

238.
나는 전설이다

나는 삼재가 싸우는 곳에 도착해서 상황을 주시했다. 신개와 천악이 일대일 대결을 벌이고 있었는데, 적당한 거리에서 백의서생이 가부좌를 튼 채로 싸움을 관망하고 있었다. 이탈한 것인지, 다친 것인지는 확인할 수 없는 상황. 신개와 천악은 장소를 꽤 넓게 사용하면서 싸우고 있었는데 멀리서 보니까 여전히 황룡黃龍과 적호赤虎가 맞붙은 것처럼 보였다.

이렇게 보고 있으려니 백의서생이 이탈한 이유를 알 것 같았다. 끼어들 틈이 없었다. 이미 황룡과 적호가 순백의 공간을 꽉 채우고 있는 한 폭의 그림이었기 때문이다. 더할 것도 뺄 것도 없을 정도로 아름다운 광경이었다. 백의서생의 표정은 확인할 수 없었으나, 저놈도 지금은 넋을 놓은 채로 움직이는 그림을 감상하는 중이었다.

누군가가 끼어들면 그림의 예술성을 해치는 것 같은 느낌이 들었다. 그 정도로 신개와 천악의 싸움은 인상적이었다. 나는 백의서생의 감상을 굳이 방해하지 않은 채로 걸어가서 적당한 곳에 가부좌를 틀었다. 그제야 백의서생이 내 쪽을 향해 고개를 돌렸다.

"…"

나는 백의서생의 시선을 무시한 채로 황룡과 적호를 감상했다. 무신의 경지에 오르기 위해서는 이 싸움을 반드시 눈으로 보고, 가슴에 담아야만 했다. 문득 이런 생각이 들었다. 나는 이미 천옥을 보유하고 있다. 세상과 잠시 단절한 채로 천옥의 힘을 끌어다가 내공으로 쌓으면 가장 빠르게 성장할 터였다. 문제는 그 단절의 시간 동안에 내가 알던 자들이 모두 죽을 수도 있었다. 세상을 외면하는 것은 내 방식이 아니다. 실은 그래서 이렇게 고생하는 중이고… 백의서생이 내 감상을 방해했다.

"…이자하, 실명서생은 어찌하고 혼자 왔나?"

나는 팔짱을 낀 채로 구경하다가 백의서생의 말에 대답했다.

"실명서생은 안타깝게도 수하들에게 죽었다."

백의서생이 꾸짖는 어조로 대꾸했다.

"너는 그 거짓말 좀 그만하면 안 되겠나? 어째서 입만 열면 거짓말이냐."

"거짓말이 아니라 그게 진실이야."

나는 백의서생의 시선을 외면한 다음에… 멀리 떨어진 곳에서 싸우고 있는 적호, 아니 천악서생의 표정을 확인했다. 천악은 여전히 미소를 짓고 있었다. 그런데 웃는 것은 천악서생만이 아니었다. 때때로 신개도 호쾌한 웃음을 터트리면서 싸웠다. 천악의 반격이 마음에 들었다는 표정이었다. 어찌 보면 저 두 사람이 진심으로 웃을 수 있는 순간은 삼재들과 겨루고 있을 때가 아닐까. 방주가 웃는 것을 보자마자, 나도 미소가 저절로 지어졌다.

'즐거워하시는군.'

갑자기 옆에서 백의서생이 내게 외쳤다.

"이자하!"

"왜?"

"실명서생 어디 갔느냐고? 그자가 왜 수하들에게 죽나?"

나는 고개를 돌려서 감상을 방해하는 백의서생을 노려봤다.

"이 미친 새끼야. 죽었다니까. 내가 어떻게 살아있겠어? 내가 실명서생보다 강하다는 말이냐?"

백의서생이 대답했다.

"그건 아니지. 그럴 수가 없지."

"내 말이…"

"따라오던 수하들은?"

"다 죽었지."

백의서생이 한숨을 길게 내뱉더니 싸움을 다시 주시했다. 나도 다시 구경했다. 불구경하고 싸움 구경이 세상에서 가장 재미있는 줄 알았는데, 감히 황룡과 적호의 싸움에 비할 바는 아니었다. 감탄이 절로 나왔다.

"대단하네."

한차례 장력을 교환한 두 사람이 빛살처럼 반대 방향으로 날아가더니 동시에 허공에 멈추자마자 땅에 내려섰다. 제법 거리가 있었기 때문에 장력 충돌의 여파가 바람에 실려서 내가 있는 곳까지 도착했다. 순간 내 머리카락이 한차례 휘날렸다. 신개의 목소리가 들렸다.

"천악, 잠시 쉬다가 할까?"

천악의 목소리는 더 잘 들렸다.

"늙은이, 지쳤구나. 잠시 쉬어라."

"지칠 리가 있나. 생각 좀 하세. 서로 무의미한 공격이 많았어."

이내 두 사람이 멀찍이 떨어진 채로 땅에 앉더니 각자 생각에 잠겼다. 천악이 팔짱을 끼면서 고개를 끄덕였다.

"그러게 말이다."

나는 두 사람을 보고 있으려니 어쩐지 마음이 흡족해졌다. 하늘에 닿을 것 같은 무인들이 서로를 인정한 채로 휴식을 취하는 모습이 무척이나 인상적이었다.

'좋구나.'

그제야 나를 발견한 천악이 백의서생에게 물었다.

"실명은 어디 있나?"

백의서생이 대답했다.

"이자하한테 죽은 모양이야."

제법 떨어진 곳에서 천악이 나를 주시했다. 순간, 천악의 두 눈이 붉게 빛나는 것처럼 느껴지더니 호랑이의 얼굴이 갑자기 거대해지는 것처럼 느껴졌다. 하지만 이상하게도 내 마음에는 공포심이랄 게 별로 없었다. 천악은 바로 근처에 있는 것처럼 또렷한 목소리로 내게 말했다.

"네 실력으로 무리였을 텐데. 어찌 된 일이냐?"

나는 천악과 눈을 마주친 채로 대답했다.

"내 실력으로는 무리였소."

"알고 있다."

"수하들에게 죽었소."

"왜 그런 거짓말을 하느냐?"

나는 천악이 당장 일어나서 뛰어오면 호흡 한 번에 이곳에 도착하리라고 예상했다. 하지만 내 성격상 좋게 말할 수가 없었다.

"실명서생이 가마꾼을 죽였다. 내게 다리를 잘려서 비명을 지르고 있었는데, 싸울 때 방해된다고 생각한 모양이야. 그래서 실명서생의 다리도 방향을 잃었다. 그다음에는 본인의 무력이 훨씬 뛰어남에도 다른 수하들을 또 희생시키더군. 수하들에게 조언을 받아서 직접 싸웠다면 내가 졌을 텐데 말이야."

천악은 다음 이야기가 궁금하다는 것처럼 물었다.

"그런데?"

"수하들이 단체로 덤비기에 동시에 전부 얼렸다."

"네가 빙공까지 익혔구나. 그다음은?"

나는 이빨을 드러낸 채로 웃으면서 대답했다.

"실명서생의 눈과 입이 되어주던 수하들이 제 역할을 하지 못했지. 다리도 잃고, 눈도 다시 잃었다. 나는 얼어붙은 놈들과 춤을 추면서 돌아다니고, 그 와중에도 나를 죽이겠다고 쫓아오던 실명서생은 아까부터 기다리고 있었던 수하의 칼에 찔렸다. 왜? 눈이 멀었거든."

"…"

"그다음은 내가 마무리했지. 그렇다면 내 실력이 뛰어나서 죽은 것일까? 아니면 실명서생이 수하를 버려서 죽은 것일까. 아니면, 스스로 죽었나? 나도 모르겠네. 병신 같은 놈이 왜 죽었지. 확실한 건, 내가 사실은 실명서생보다 약했다는 말씀이지. 이미 알고 있겠지만."

나는 다시 팔짱을 끼면서 천악을 노려봤다.

"선배, 이해하셨나?"

먼 곳에서 천악의 허연 이가 드러났다. 아마도 활짝 웃은 모양이다. 천악이 고개를 살짝 끄덕이더니 내게 말했다.

"음, 그래. 네가 이자하로구나. 운이 좋구나."

"운도 실력이야."

문득 천악이 하늘을 바라보면서 웃음을 터트렸다. 백의서생이 내게 말했다.

"처음부터 그리 설명하면 될 것을…"

나는 백의서생을 바라봤다.

"이봐, 서생 동지."

"왜?"

"어차피 너는 진실을 말해줘도 잘 듣지 않아."

"진실이 무엇인데?"

나는 곁눈질로 백의서생을 노려봤다.

"너희가."

"그래. 우리가 뭐? 말해봐라."

"개방 방주를 죽이려는 이유가 무엇인데? 백도라서? 명령이 떨어져서? 아니면 네가 진심으로 죽이고 싶어서? 개방 방주는 누구에게 원한을 살만한 사람이 아니다. 방주는 시황제 같은 사람이 아니다. 지나가는 평범한 행인에게 적선을 받을 수 있는 사람이야. 그 은혜를 잊지 않고 부당한 일을 목격하면 도와주려는 사내고. 무슨 명분으로 너희가 거지들의 총대장을 죽인단 말이냐? 명예, 권력, 돈에도 관심이 없는 사람이다. 그것이 개방 방주야. 너희에겐 무슨 명분이 있나? 무슨 대의가 있어? 너희는 아무것도 없어. 개방 방주 같은 사내는 드물다. 그 누구도 죽여선 안 돼. 그것이 진실이다. 말을 해줘도 처 듣질 않는 새끼."

"…"

"물론 네놈 위에 무서운 놈이 있어서 명령을 내린 것이라면 수행해야지. 암, 그래야지. 노예 새끼가 어떻게 명령을 거부한다는 말이냐? 장래희망이 노예여서 그렇게 열심히 책을 읽었나? 대단한 새끼네."

"말이 과하구나."

나는 손가락으로 내 머리를 툭툭 치면서 백의서생을 노려봤다.

"생각을 좀 해라. 네 생각이 네 것인지. 네 악의가 네 것인지. 너야말로 노예가 아닌지. 글을 좀 읽었다는 서생 놈이 뭐가 옳은지도 몰라. 비밀결사 놀이에 취했어? 그냥 나가 죽어 이 새끼야. 내가 말했지. 천년에 걸쳐서 협객을 키우자고. 또 다른 시황제를 막자고… 그런 협객이 성장해서 온갖 기연을 만나 우여곡절 끝에 정점을 찍은 사람이 바로 개방 방주다. 협객을 키우는 일과 협객을 지키는 일은 결국 같은 일이야."

백의서생이 낄낄대면서 웃었다.

"미친놈, 또 시작이구나."

나는 슬슬 언성을 높이다가 소리를 버럭 내질렀다.

"시황제에게 핍박을 받았던 너희가 무슨 명분으로 협객을 죽이나? 눈앞에 형가와 같은 사내가 있는데도 구분을 못 하겠어? 이 병신 같은 서생 새끼들… 너희는 어디 가서 글 좀 읽었다고 자랑 좀 하지 마라. 글 한 줄 안 읽은 사람들이 너희들보다 나아. 나가 뒤져라."

문득 나를 노려보고 있는 천악과 다시 눈을 마주쳤다. 그래선 안 된다는 것을 알면서도 나는 천악에게 손가락질을 했다.

"선배도 그냥 나가 뒤지는 게 낫겠소."

"…"

천악이 귀를 후비더니 개방 방주에게 말했다.

"뭐 저런 놈이 다 있어? 내가 똑바로 들은 거 맞아? 나더러 나가 뒤지라고 했어, 방금?"

천악이 자리에서 일어나자, 개방 방주도 일어나면서 말했다.

"원래 저런 녀석이니 이해하게."

"그래? 내게 이해를 바라면 안 되지."

순간, 천악의 모습이 사라지더니 순식간에 내 눈앞에 등장했다. 내 머리카락이 휘날리는 동안에 거의 동시에 도착한 개방 방주가 천악에게 말했다.

"까마득한 후배에게 뭐 하는 짓인가?"

천악이 히죽 웃더니 자리에 털썩 앉으면서 나를 노려봤다. 나를 갈구러 온 모양새였다.

"자하야, 적당히 해라."

개방 방주가 내게 자중하라는 눈빛을 보내더니 그 역시 자리에 앉았다. 삽시간에 나, 백의서생, 천악, 개방 방주가 둘러앉아서 서로의 표정을 구경했다. 천악이 내게 말했다.

"하오문주, 더 떠들어 보도록."

나는 허리를 바로 세운 다음에 대답했다.

"그럴까? 천악 선배."

"그래. 우리 얼굴 허연 애송이 후배."

나는 천악이 갑자기 앞발을 휘둘러서 나를 찢어 죽일 것만 같았으나, 하고 싶은 말은 참을 수가 없었다.

"뛰어난 힘을 지닌 사내가 분을 못 이겨서 갑자기 마당으로 뛰쳐나가더니 닭의 모가지를 비틀어서 죽이려는 것 같소."

천악이 놀란 표정으로 자신을 가리켰다.

"내가 말이냐?"

나는 고개를 끄덕였다.

"갑자기 닭을 죽이는 것도 못난 행동인데 그것을 사람에게 하는 자들도 있지. 대의도 없이 저지르는 살육은 필부나 하는 짓. 약자를 가축 취급하는 놈들, 그런 놈들을 죽이겠다고 내가 강호에 나섰지."

"네깟 놈이 뭔데?"

"나는 일하는 자들의 대장."

손으로 개방 방주를 가리켰다.

"우리 신개 선배는 거지들의 대장. 우리는 약자들이 왜 약한지 알고 있어."

천악이 개방 방주를 쳐다보고, 다시 나를 바라봤다.

"약자들이 약한 이유도 있더냐?"

나는 고개를 끄덕였다.

"…먹고사느라 바빠서. 먹여 살릴 식구가 있어서 딱히 우리처럼 무공을 수련할 시간이 없지. 이들도 노예처럼 살기 싫은데 처자식이 있고 보살펴야 할 늙은 부모가 있기에 자처해서 노예처럼 살고 있다. 일하고, 돈을 받고. 새벽에 일어나고, 늦게 잠이 든다. 세상 사람들 대부분이 이러한데, 이런 자들을 아무렇지 않게 닭이나 소처럼 부리는 것도 모자라서 때려죽이는 놈들이 너희 같은 마도다. 약한 사람들이 왜 약한 것인지 모르기 때문이야. 하지만 신개 선배와 나는 알고 있어. 몸이 불편한 거지들을 보호하겠다고 시작된 것이 개방이고. 일하는 자들이 강호인에게 함부로 맞아 죽지 않게끔 하려는 것이 내가 만든 하오문이야."

나는 천악을 바라보고, 옆에 있는 백의서생도 바라봤다.

"나는 애초에 노예가 아니었거든. 나는 명령을 받지 않아. 시황제 시절에 태어났다면 내가 형가다. 가난도 나를 조롱하지 못했고."

나는 천악을 가리켰다.

"선배와 같은 강자도 나를 가볍게 보지 못해. 그것이 나다."

천악이 황당하다는 표정으로 웃었다.

"때리면 바로 죽을 것 같은 놈이 대체 무슨 자신감이냐?"

나는 다소 멍한 눈빛으로 천악, 개방 방주, 백의서생을 둘러봤다.

"이미 내 안에 품은 일월이 순리를 거스르면서 교차하고 있어. 나는 절대 혼자 죽지 않아. 일월이 강제로 충돌해서 내가 터지면, 우리는 함께 소멸하는 거야."

나는 시야가 잠시 뿌옇게 흐려졌다가, 온 세상이 자줏빛으로 물드는 것을 확인했다. 맑은 하늘과 서생들의 얼굴빛, 나를 걱정스럽게 바라보는 개방 방주의 안색도 자줏빛으로 물들었다. 의도하지도 않았는데도 자하신공이 펼쳐진 모양이다. 하지만 이전과 달리 마음도 평온했다. 나는 그저 대화가 하고 싶을 뿐이어서 삼재에 속하는 천악을 협박했다.

"나를 치면 우리는 이 자리에서 전설이 된다. 나도 죽겠지만 삼재도 죽고, 백의서생도 죽는 거야."

이것이 대체 무슨 소리인가 고민하던 천악서생이 의견을 구하는 것처럼 백의서생을 바라봤다. 백의서생이 잠시 고민하더니 천악서생에게 말했다.

"…치지 마. 이 새끼야. 눈빛을 봐라. 미친놈은 건드리는 거 아니야."

순간, 나는 목에 고여있는 침을 꿀꺽하고 넘기면 허세가 바로 들통날 것 같아서 생각나는 대로 헛소리를 내뱉었다.

"나는 전설이다."

말을 마치자마자 목에 고여있는 침을 자연스럽게 넘긴 다음에 표정을 관리했다. 천악이 나를 계속 노려보고 있었지만, 나는 내려놓음의 미학을 발동해서 무표정으로 일관했다.

"…"

이것을 예전에 알았더라면 도박장에서 돈을 잃지 않았을 텐데 하는 생각이 들었다. 이런 와중에도 쓸데없는 생각을 하게 된다니. 인생은 오묘한 것.

239.
나는 물들이는
상상을 해봤다

천악이 내게 말했다.

"내게 협박하는 사람은 무척 오랜만이야. 신선하군."

나는 천악의 표정을 보다가 낌새가 이상하다는 것을 눈치챘다. 천악의 말이 이어졌다.

"그러니까 요약하면 너를 죽이지만 않으면 된다는 뜻이렷다?"

나는 고개를 짤막하게 흔든 다음에 천악을 바라봤다.

'미친놈인가? 해석을 이상하게 하네.'

백의서생이 침을 삼키면서 경고했다.

"천악, 하지 마라."

하지 말라는 말에 천악이 웃었다. 앉은 자세에서 공중에 뜬 채로 다가온 천악이 내게 좌장을 내질렀다. 단순한 경로의 기습이었기 때문에 나는 즉시 우장으로 받아쳤다. 퍼억… 소리가 터진 다음에 천악이 웃었다.

"교주도 내게 하지 못한 협박을 해?"

나는 전신의 공력을 우장에 쏟아내는 와중에 피가 거꾸로 쏠리는 느낌을 받았다. 처음에는 평범한 일장이었는데, 천악이 점점 공력을 끌어올리고 있었다. 나보다 내공이 깊다는 것을 알면서도 막상 장력을 겨루자 속이 부글부글 끓어올랐다.

'오냐, 해보자.'

개방 방주 말했다.

"후배가 어찌 자네의 공력을 감당하겠나?"

천악이 곁눈질로 개방 방주를 바라봤다.

"감당을 못하겠으면 내뱉은 말에 책임을 져야지."

개방 방주가 콧방귀를 뀌었다.

"책임이라."

순간, 또다시 퍽- 소리가 들리더니 이번에는 개방 방주와 천악이 손바닥을 부딪쳤다. 이것은 날 구해주려는 것일까. 아니면 날 터트려서 함께 죽자는 것일까. 혼란스러웠다. 천악이 좌우로 쌍장을 펼치면서 웃었다.

"흐흐흐. 좋아, 이 정도면 하오문주도 버티겠지. 너는 남는 힘으로 상대해 주마."

천악은 신개의 장력을 고스란히 받아내면서도 아무렇지 않게 입을 열었다. 나는 천악의 공력을 감당하다가, 신개가 합류하자마자 호흡을 크게 한번 들이마셨다. 하지만 이내 천악의 공력이 쉴 새 없이 강해지고 있어서 숨이 턱 막혔다.

'이거 남는 힘 맞아?'

백의서생이 곤란한 표정으로 말했다.

"어허, 내가 눈으로 직접 봤다니까. 이놈의 절기 때문에 사천왕을 보호하려는 자들이 소멸되고 사천왕도 동시에 퇴각했다. 허풍이 아니라니까 그러네. 이런 것도 천악 자네의 것으로 만들어야지 않겠나? 물론 내 것으로 만들어도 좋고. 그나저나 이자하가 정말 내부에서 일월광천을 터트리면 도대체 어떻게 막을 셈이냐? 아까운 무공이 사라지게 된다고."

나는 눈빛으로 욕을 했다.

'이 새끼가.'

천악이 웃으면서 대답했다.

"시끄럽다. 백가 놈아, 이자하는 내가 붙잡았으니 방주나 어떻게 해봐라."

백의서생이 주변을 둘러보면서 말했다.

"그럴 수는 없지. 넷이 장력을 겨루다가 갑자기 대단한 고수가 등장하면 누가 감당하려고 그러나? 네 사람이 동시에 양패구상을 당했다는 이야기는 나도 들어본 적이 없어. 누군가 어부지리를 노리면 큰일이야. 나는 냉정하게 심판만 보겠다."

주변을 둘러보던 백의서생이 갑자기 좌장을 내지르더니 신개를 공격했다.

퍽!

나는 눈이 저절로 크게 떠졌다.

'말의 앞뒤가 왜 이렇게 달라?'

순간, 어떤 판단을 냉정하게 하기 전에 나도 좌장을 백의서생에게 내질렀다. 나 살자고, 눈앞에서 개방 방주가 죽는 꼴은 내가 못 보기 때문이다.

퍽!

백의서생이 놀란 표정으로 내 장력을 받아냈다.

"미쳤느냐?"

나는 장력을 내지르고 나서야 내 실수를 깨달았지만 후회하지 않았다. 어차피 이미 위험한 상황이라서 위험을 더 추가한들 의미도 없었다. 대신에 이제부터 나는 천옥이라도 협박할 생각이었다. 이것은 내 목숨을 건 눈치 싸움이다. 개방 방주는 여전히 걱정이 되는지 내 상태를 확인했다.

"괜찮으냐?"

나는 숨을 내뱉으면 힘이 빠질 것 같아서 고개만 끄덕였다. 어쨌든 간에 총 여덟 개의 손이 맞붙어서 동시에 장력을 쏟아냈다.

"..."

신개가 입을 열었다.

"천악, 그만하는 게 어떤가. 이것은 의미 없는 대결이야."

천악이 대답했다.

"천하의 신개도 두려움을 느끼나?"

"그럴 리가."

천악이 이번에는 백의서생을 비웃었다.

"너는?"

백의서생이 미소를 지으면서 대답했다.

"솔직하게 말하자면 나는 문주가 터지는 순간에 도망갈 생각이야.

일월광천이 빠른지 내가 빠른지 확인하겠다."

요약하면, 두렵지 않다는 뜻이었다. 내가 이 세 명을 너무 쉽게 봤다.

"…"

천악이 나를 놀렸다.

"후배, 터져보라고. 누가 죽는지 보자꾸나."

나는 조롱의 말을 듣고 나서야 웃음이 나왔다. 협박하고 나서 표정 관리할 때까지는 좋았는데, 내뱉은 말은 현실이 되었다. 생각해 보니까 쌍장을 좌우로 펼친 상태라서 일월광천을 만들 수가 없었다. 다행히 개방 방주가 엄청난 장력을 쏟아내고 있는지, 내게 밀려드는 서생들의 힘이 점점 줄어들고 있었다. 나를 살리겠다고 이렇게 노력해 주는 사람이 있을 줄이야. 개방 방주의 늙은 얼굴을 보다가 눈앞이 살짝 뿌옇게 흐려졌다. 나는 오랜만에 분노라는 감정이 고맙다는 감정에 밀리는 것을 확인했다.

'이야, 나는 참 신기한 삶을 살고 있다. 내가 뭐라고…'

이대로 신개가 죽는 건 원하지 않았기에 내가 할 수 있는 최선을 다해서 우장으로 금구소요공을 내보내고, 좌장으로는 월영무정공을 내보냈다. 승패는 중요하지 않았다. 어차피 내가 못 버티면 다 죽는다.

'어처구니가 없네.'

반각을 제법 잘 버텼다. 이렇게 노력을 했음에도 천악의 장력이 금구소요공을 밀어내더니 진입을 시도했다. 나는 손바닥을 최후의 성벽으로 지정한 다음에 수성전을 펼치듯이 버텼다. 좌장에서는 백의서생에게 쏟아내는 월영무정공의 냉기가 이상한 느낌으로 흩어지고 있었지만, 이쪽도 포기하지 않았다.

동시에 두 가지의 무공을 사용하고, 눈치를 살피고, 잔머리를 굴리고, 호흡을 유지하느라 정수리가 뜨거웠다. 이런 와중에도 개방 방주는 백의서생과 천악을 공격해서 내게 오는 부담을 줄이려고 애를 쓰고 있었다. 순간, 개방 방주의 배에서 꼬르륵 소리가 터져 나와서 우리 셋은 동시에 개방 방주를 바라봤다.

'와, 진짜 거지로구나.'

개방 방주가 침을 꿀꺽 삼켰다.

"배고프네. 이게 무슨 짓인가? 먹고살자고 익힌 무공인데. 한심한 자들이로고."

천악도 거지의 말이 황당한 모양인지, 고개를 내저었다.

"하…"

백의서생도 코웃음을 쳤다.

"참나."

이렇게 보니까 나만 심각했다. 공력이 부족하면 농담도 못 하게 되는 것이 강호인의 내공 싸움이다. 여덟 개의 손바닥이 달라붙은 와중에 공력을 얼추 가늠해 보니 나, 백의서생, 천악, 개방 방주 순서대로 깊은 것 같았다. 시간이 더 흐르자 오히려 개방 방주가 두 사람을 압박하고, 나는 보조하듯이 백의서생과 천악에게 반격에 나설 수 있었다.

내가 천악에게 공격을 하게 될 줄이야? 물론 개방 방주가 몽둥이로 연신 두 사람의 머리통을 후려패고. 나는 개방 방주를 응원하면서 젓가락으로 두 사람의 머리통을 두들겨 패는 정도의 구도였다. 어쨌든 나도 공세로 전환한 상태. 거지들의 총대장 때문에 내가 이렇게 쓸모 있는 사내로 변했다.

'좋았어.'

슬슬 백의서생의 낯짝에서 땀이 흘러내리다가 칙- 소리와 함께 증발하고, 천악도 정수리에서 김이 모락모락 피어오르고 있었다. 나는 말을 하는 것이 어려웠기 때문에 표정으로 두 사람을 놀렸다. 가끔 눈을 마주칠 때마다 일부러 재수 없는 표정을 지으면서 내공을 쏟아냈다.

이런 내 표정을 요약하면 "히히히히" 정도가 되겠다. 순간, 천악과 백의서생이 눈빛을 교환하더니 갑자기 내 쪽으로 들어오는 공력이 더 거세졌다. 무언가 전략을 바꿨는지 우리 넷은 손바닥을 이어붙인 채로 제자리에서 단체로 회전했다. 무슨 놀이 기구에 올라탄 기분이어서 기분이 좋지만은 않았다.

'염병할, 뭐 하는 거야.'

정신을 차렸을 때는 천악이 온전하게 개방 방주와 장력을 겨루고, 백의서생이 내게 집중하는 구도로 뒤바뀌었다. 내가 넷 중에서는 가장 약자임을 확인하는 순간이었다. 천악은 갑자기 방벽을 세운 것처럼 나한테는 최소한의 수비를 펼치고, 개방 방주를 공격했다. 나도 장력 싸움을 꽤 많이 해봤으나 지금 벌어지는 싸움은 수준이 너무 높았다. 기분이 매우 언짢아서 눈깔이 뒤집힐 것 같았지만 딱히 할 수 있는 게 없었다.

'환장하겠네.'

순간, 이성의 끈이 툭 하고 끊어졌지만 나는 방주를 보자마자 다시 이성의 끈을 바느질하듯이 이어 붙였다. 사실 나는 일월광천을 터트려서 함께 죽을 마음이 없다. 거지들의 총대장이 나를 살리겠다고 저러고 있으니 동귀어진하지 않을 생각이었다.

'모르겠다. 그냥 버티자.'

문득 살벌한 눈빛으로 백의서생을 노려보자, 백의서생이 표정 관리에 실패했는지 살짝 놀라고 있었다.

'음, 어차피 이놈은 최선을 다할 수 없겠구나.'

내 일월광천을 가장 경계하는 놈이라서 그렇다. 문득 나는 내공이 드나드는 통로가 점점 비좁게 느껴져서 천옥을 갈궜다.

'확장 공사가 필요하다. 확장 공사 말이야. 천옥, 이 개새끼야.'

색마와 함께 천옥도 개새끼로 만드는 순간, 입 안에서 빠드득- 소리가 울리고 눈에서는 핏줄이 터지는 느낌을 받았다. 천옥이 말귀를 알아들은 것일까? 문득 체내에서 둑이 와르르 무너지는 느낌이 나더니, 세 사람이 놀란 표정으로 동시에 나를 바라봤다.

"…!"

나는 전신이 답답한 기분을 느끼고 있었는데 색마 개새끼를 펼칠 때와 비슷한 느낌으로 음과 양의 기운을 동시에 기파처럼 배출했다. 순간, 내 눈에도 자색紫色의 기운이 아지랑이처럼 피어오르는 것이 보이더니 전신이 기류에 휩싸였다. 나는 자하기紫霞氣를 전신에서 쏟아냈다. 물론 이 자하기의 출처는 천옥이다. 호흡은 다소 편해졌으나 온몸이 고통스러웠다. 말로 표현하는 것이 어려운 고통이다. 추측하건대, 자하기가 분출되면서 내공의 통로가 강제로 확장되더니 저절로 입에서 신음이 흘러나왔다.

"아으…"

눈에 보이는 것 전부가 점점 자줏빛으로 물들었다. 이 와중에 왜 산딸기가 떠오르는 것일까. 모를 일이다. 너무 고통스럽다 보니까 이상한 생각을 아무렇지 않게 하고 있었다. 일월광천이 문제가 아니라 바지에 무언가를 지릴 것 같은 순간이었다. 나는 내 몸에 가해지는 고통 때문에 주둥아리를 열었다.

"터진다."

백의서생과 천악이 깜짝 놀란 표정으로 나를 바라봤다. 나는 개방 방주에게 말했다.

"선배, 지금이라도 피하시오."

개방 방주가 덤덤하게 웃으면서 대답했다.

"그럴 수는 없지. 죽음과 삶이 크게 다르지 않을 것이야. 어떻게든 막을 테니 버텨보아라. 이렇게 우리가 사라지면 교주를 막을 사람이 없어진다. 포기하지 말도록."

이런 와중에도 나는 개방 방주가 왜 이렇게 강해졌는지 알 것 같았다. 그저 정신의 격이 매우 높은 사람이었다. 죽음 앞에서도 크게 흔들리는 법이 없었다. 마치 불가의 고승을 보는 느낌이랄까. 문득, 천악이 내가 색마에게 했던 것처럼 중얼거렸다.

"교주, 이 개새끼."

백의서생이 천악에게 말했다.

"…네가 먼저 힘을 거둬라. 이 이상은 나도 수습이 안 돼."

천악이 이번에는 별말 없이 고개를 끄덕였다.

"좋다."

순간 나는 오른쪽에서 느껴지는 압박감이 사라지자마자 천악을 바라봤다. 이렇게 황당한 순간이 올 줄이야. 교주가 개새끼라서 위기를 탈출한 모양새였다. 그렇다면 전생에는 교주와 색마, 개새끼들끼리 붙어먹었다는 뜻이겠지? 다들 표정이 조금씩 변했다. 서로 눈치를 보고 표정을 살피던 자들이 개과천선을 한 것처럼 공력을 줄이더니 잠시 후에 우리는 차분하게 손을 거뒀다.

"…"

이렇게 조마조마한 정적은 오랜만이었다.

"후우."

나는 그냥 잠시 입을 닥친 채로 가만히 있었다. 아수라발발타고 나발이고, 지금은 닥치는 게 답이어서 호흡에만 집중했다. 천악이 하늘을 주시했다가 덤덤한 어조로 입을 열었다.

"황당하군. 언행이 일치하는 협박이었음을 내가 인정하마."

나는 갑자기 인정을 받았다. 하도 미친놈들이라서 크게 놀랍지는 않았다. 백의서생이 고개를 끄덕였다.

"천악, 잘 멈췄다."

나는 세 사람에게 말했다.

"모두가 죽음을 두려워하지 않는 사람이라는 것을 확인했으니 나도 이런 협박은 다시 하지 않겠소. 통하지도 않을 것 같군. 그래도 덕분에 죽음의 직전까지 가보고, 무공의 성취도 있었소."

어쩐지 이 사람들에겐 그냥 솔직하게 다 털어놓는 것이 답이었다. 개방 방주가 고개를 끄덕이더니 내게 말했다.

"자하야, 나도 앉은 자리에서 쌀 뻔했다."

"뭘요."

"똥을."

"예."

천악이 개방 방주에게 말했다.

"거지야, 너는 정체가 대체 무엇이냐? 그간 내공이 전보다 더 깊어졌구나. 거지 놈."

천악의 물음에 개방 방주가 대답했다.

"알다시피 나는 그냥 거지다. 정체랄 게 뭐 있겠나. 오늘도 다리 위에서 하오문주와 동냥이나 하고 있었는데. 자네들 때문에 밥 먹고 사는 것도 힘들구나. 자주 만나지는 말았으면 좋겠군. 그리고 천악, 젊은 후배를 너무 가혹하게 대하지 않은 것도 감사하네. 자네가 적당히 했다는 것은 내가 알고 있어."

개방 방주의 말에 희미해지던 천악의 살기마저 산산이 부서지더니 어디론가 날아가는 느낌을 받았다. 나만 그렇게 생각하는 것은 아니었던 모양인지 천악이 처음으로 힘 빠진 표정으로 백의서생에게 물었다.

"이 거지 놈이랑 싸울 때마다 힘이 빠지는구나. 이대로 퇴각이냐?"

백의서생이 품에서 말라붙은 붓 하나를 꺼내더니 가볍게 집어던졌다. 붓이 하늘로 솟구치다가 산산조각이 되어서 사라졌다.

"책을 너무 오래 본 모양이야. 이딴 식으로 실패할 줄이야. 나도 당분간은 수련에 집중하겠다. 방주에겐 사실 아까 패했기 때문에 할 말이 없구나."

백의서생이 나를 바라봤다.

"하지만 실명서생이 살아있고 네가 없었더라면 오늘 개방 방주는 죽었을 것이다. 내 패배와 무관하게 말이다."

나는 덤덤한 어조로 대답했다.

"실명이 있었어도 힘들지 않았을까?"

백의서생이 고개를 저었다.

"아니지. 무공 때문이 아니다. 거지는 제자 때문에 제대로 못 싸웠을 테니까. 심리전까지 설계한 싸움인데 계획이 하나둘씩 어긋나니까 흥미가 떨어지는구나. 천악, 자네도 얻은 게 없지는 않을 테지. 오늘은 여기까지."

천악이 백의서생과 함께 일어나면서 말했다.

"거지, 근래 교주를 본 적 있나?"

"없네."

"어떨 거 같은가?"

"모르겠군. 속을 도통 모르겠으니. 그나저나 자네도 실력이 올라간 것을 확인하니 나도 기분이 마냥 나쁘진 않았네. 자극을 받았네."

"염병할, 거지새끼. 제발 적과 아군은 좀 구분하고 살도록 해라."

천악이 나를 바라봤다.

"미친놈아, 그 나이에 제법이다."

나는 고개를 끄덕였다.

"또 봅시다. 선배도 아주 잘 미쳤소."

나는 천하의 삼재와 잠시 눈싸움을 벌였다. 여전히 적이었지만 옛

장수들이 그랬던 것처럼 싸우기 전에 농담 몇 마디는 주고받을 수 있는 사이가 된 느낌이었다. 문득 천악이 나를 향해서 뜬금없이 이런 말을 내뱉었다.

"그리고 나는 노예가 아니다."

나는 이 새끼가 빨리 사라졌으면 좋겠다는 생각에 대충 대답했다.

"축하합니다."

천악이 묘한 표정으로 웃더니 내가 예상하지 못한 말을 내뱉었다.

"오래전에는 노예였지."

백의서생이 천악의 팔을 붙잡더니 돌려세웠다.

"쓸데없는 말 하지 말고. 가자."

"다음에 술이나 한잔합시다."

나는 천악에게 말했는데, 백의서생이 끊었다.

"닥쳐라."

백의서생은 천악이 내게 물드는 것이 걱정스러운 모양인지 금세 빼돌렸다. 이렇게 되니까 오히려 내가 아쉬웠다. 어쩐지 천악과 술을 마시고 싶다는 생각이 들었기 때문이다. 나는 천악이 예전에 노예였다는 말에서 오만 가지 상상이 휘몰아쳤다.

'대단하네. 노예였단 말이야?'

어쩌면 천악이 자신의 사부를 죽인 것이 아닐까? 어디까지나 내 상상이다. 어쩐지 나는 백도든 마도든 간에 자줏빛으로 물들일 자신감이 있었는데 백의서생이 경계하는 터라 천악을 마저 공략하진 못했다. 그것이 살짝 아쉬웠다.

240.
자줏빛 씨앗

백의서생은 천악과 함께 얼어붙은 자들을 발견하자마자 멈췄다. 두 사람은 잠시 아무 말 없이 죽은 자들을 바라봤다.

"…"

천악이 말했다.

"깔끔하게 다 죽였군."

백의서생은 뒷짐을 진 채로 죽은 자들을 구경하다가 중앙으로 진입하더니 천악을 바라봤다.

"여기서 한 번 냉기를 터트리고."

백의서생이 공중으로 솟구쳤다가 공중제비를 돌면서 내려왔다.

"이쯤에서 한 번 더."

천악이 대답했다.

"빙공을 줬었나?"

"예전에."

"그럼 네가 수하들을 죽였구나."

"말을 꼭 그렇게 해야겠나?"

"그게 사실이다."

천악은 실명서생을 발견하고서 죽은 모습을 물끄러미 내려다보다가 말했다.

"뇌기까지 줬었나?"

"뭐?"

미간을 좁힌 백의서생이 다가오더니 실명서생의 상태를 살폈다.

"…뇌기 맞아?"

"양쪽 관자놀이 상태를 봐라."

백의서생은 눈을 껌벅이다가 한숨을 내쉬었다.

"준 것은 얼마 안 됐는데."

천악이 말했다.

"다 퍼줄 셈이냐? 통제되지도 않을 놈 같던데."

"자네가 있는데 무슨 걱정인가. 불쾌하면 언제든 처리하게."

"너는 대체 요새 무슨 생각을 하는 거냐."

백의서생이 한숨을 내쉬었다.

"…천악, 이자하의 증오는 우리에게 향해있지 않아. 강해지면 교주와 싸울 놈이야. 실명을 잃은 것은 나도 안타깝지만, 적의 적은 아군이라는 말도 있네. 이용하면 될 일 아닌가."

"네가 이용당하는 것은 아니고?"

"자존심이 상하는 말이로군. 내가 언제 당하고만 살던가?"

천악이 손을 내저었다.

"떨어져라. 시체들 처리하게."

백의서생이 혀를 찼다.

"쯧."

순식간에 멀찍이 떨어진 곳에서 등장한 백의서생이 뒷짐을 진 채로 천악을 바라봤다. 천악은 주변을 둘러보다가 왼발로 땅을 밟더니 일대를 움푹 들어가게 했다. 이어서 백의서생 곁에 등장하더니 손을 내밀어서 허공으로 뻗자 희미한 손바닥이 일대를 뒤덮더니 그대로 구덩이를 강타해서 시체들을 먼지로 만들었다. 이후에 천악과 백의서생이 동시에 손을 휘두르자 먼지가 돌풍에 휩싸이면서 허망하게 흩어졌다. 백의서생이 천악을 바라봤다.

"교주의 수법에 제법 익숙해졌군."

"비슷하게 흉내 낸 것이지. 백가야."

"왜."

천악이 잔해를 바라보면서 말했다.

"천하제일이 되는 게 쉽지 않다. 딱 한 계단이 남았을 뿐이라고 내게 말했지 않았느냐?"

"그랬지."

"그 한 계단이 너무 오래 걸리고 있어. 하지만 언젠가 천하제일이 되었다고 치자."

"계속 말해보게. 할 일이 태산인데, 대체 뭐가 문제인가?"

"그다음 우리 목표는 무엇이냐? 수련에만 집중하라고 한 것은 너다. 계획이 있을 테지."

백의서생이 고개를 끄덕였다.

"계획이 있지. 암, 있고말고."

"있다고? 나는 들어본 적이 없는데."

"앉아라. 앉아서 이야기하자. 화내지 말고."

백의서생이 바닥에 털썩 주저앉더니 흩어지는 먼지를 바라봤다. 천악은 여전히 불쾌한 낯빛으로 백의서생을 바라보고 있었다. 백의서생이 말했다.

"그렇게 내가 못마땅하면 내 천령개를 내려쳐라."

"…"

"죽이지 않을 거면 앉아."

천악이 옆에 앉더니 구덩이를 바라봤다. 백의서생이 입을 열었다.

"다음 계획은 있다."

"다른 서옥을 통합하자는 불필요하고 헛된 계획은 아니길 바라마."

"그런 게 아니다."

백의서생은 덤덤한 표정을 유지하다가 차분한 어조로 말했다.

"일단은 자네가 천하제일이 되는 것이 중요해. 이것은 변함이 없다."

"정세 설명 좀 늘어놓지 마라. 나도 이제 다 파악하고 있어."

"수련에만 집중하는 자네가 어찌 변동사항까지 파악한다는 말이냐. 잘 들어. 자네가 무신이 되면 할 일이 무척 많아. 다른 서옥의 관리자들도 인사를 하러 오겠지."

"잘도 오겠다."

"경공 수련도 틈틈이 해두게. 쾌당주 자리도 뺏어야지."

"본론부터 말해."

백의서생이 고개를 끄덕였다.

“내 계획은 말이야… 항상 자네가 중심이네. 집대성한 무학으로 무신이 될 발판을 내가 마련했지 않은가. 천하에서 가장 뛰어난 아이를 자네의 제자로 삼아서 가르치게.”

“이미 제자들이 수두룩한데 뭐 하러?”

백의서생이 미소를 지었다.

“자네가 직접 가르친 제자가 어디 있나? 그리고 알다시피 다 노예들이지. 살인마들, 강간범, 패륜아들을 잡아다가 노예로 부린 것이지 이들도 내 정식 제자는 아니야. 감히 그럴 수는 없지.”

“똑바로 된 놈들도 있지 않았나?”

“내 얘기를 하는 게 아닐세. 자네 제자 이야기를 하고 있잖아.”

“제자를 만들어서 뭐에 쓰라고?”

“또 다른 시황제를 죽이고. 또 다른 교주를 죽이고. 천악의 제자가 군림하는 모습을 지켜보는 것이지. 아직 와닿지 않는 모양이로군. 자네의 제자라고 이 사람아. 누굴 가르쳐 본 적 있나?”

“없어.”

“혹시 가르치기 싫은가? 그것도 내가 해야 해? 그럼 내 제자가 되는 것이지 자네 제자는 아니네.”

“나더러 문파를 만들라는 말이냐?”

백의서생이 웃었다.

“그것은 자네 마음이지. 일인전승을 하든, 자네만의 비밀결사를 만들든, 아니면 대놓고 영산을 하나 차지해서 문파를 만들든 간에 자네에게 달렸네. 천악이 익힌 무학을 집대성해서 제자에게 가르치는 것이지. 이참에 자네가 익힌 무학도 정리해서 새로운 것을 창조해 보게."

"그게 무슨 의미가 있나?"

"의미를 먼저 생각하지 말게. 재미를 먼저 생각해야지. 흥미 말이야. 자네의 제자가 천하를 뒤흔들고, 교주 같은 놈을 지속해서 괴롭히고, 혹시 알아? 의외로 멀쩡하게 키워내면 나중에 무림맹주가 될 수도 있지. 안 될 게 뭐야? 죄는 우리가 지었지. 새로 얻을 제자들에겐 아무런 죄가 없어. 자신 없나? 자네가 키운 제자는 무림맹주에 어울리지 않나?"

천악이 생각하다가 대답했다.

"백가야, 생각을 해봐라. 내가 가르치면 일이 년 안에 힘들어서 죽을 것이다. 애들을 잡아다가 시체로 만들라는 말과 무엇이 다른가."

백의서생이 한 손을 부들부들 떨면서 올리더니 머리를 쓸어 넘겼다.

"이봐, 그래서 내가 있잖아. 잘 들어. 자네의 제자가 될 수 있는 조건을 내가 설명해 주겠네."

"그런 것도 있어?"

"내가 자네를 알지 않나. 자네의 제자가 될 놈은 당연히 신체가 튼튼해야지. 타고난 용력을 갖춰야 하네. 흔한 말로 태생, 뼈대가 장군이 될 만한 놈이어야겠지. 성격은 다소 고지식한 게 좋아. 자네의 수련 방식을 버티려면 말이야. 너무 잔머리를 굴려도 좋지 않아. 자네랑 성격이 안 맞거든. 우직해야지."

"멍청하면 상승의 무공을 익히는 게 어려워."

"나는 그 멍청하다는 기준이 무엇인지 잘 모르겠다."

"무슨 말이냐?"

"나는 예전부터 개방 방주를 보면 항상 멍청하다고 생각했거든. 근데 여전히 나보다 강한 것을 봐라. 멍청한 게 대체 뭘까? 아, 멍청한 게 있네. 제자를 노신처럼 키우면 안 돼. 그것은 멍청한 짓이야. 개방 방주는 멍청한 놈이 맞아. 하지만 자네는 그러면 안 돼. 어쨌든 자네가 가르치는 제자는 노신보다는 낫겠지. 그 정도도 못 한단 말이야?"

"노신 같은 놈이면 가르치다가 때려죽이겠지."

백의서생이 손가락으로 천악을 가리켰다.

"내 말이 그 말이다. 그것이 사부의 역할이지. 때려죽이란 말이야. 대신에 제대로 된 제자를 가르쳐야지. 무신의 제자… 어떤가?"

"나는 아직 무신이 아니다."

백의서생이 자신의 허벅지를 연신 때렸다.

"이 답답한 사람. 무신이 되어서 제자도 받고, 가르치고, 내보내고! 맹주도 시키고! 명절에는 인사하러 오게 만들고. 안 오면 두들겨 패고. 그렇게 하란 말이야."

천악이 불쾌한 낯빛으로 말했다.

"전에 얼핏 들은 거로는 이자하도 비슷한 계획이 있었던 거 같은데. 막 지어낸 말로 나를 농락하는 것은 아니겠지?"

백의서생이 혀를 찼다.

"이봐, 제자 없는 강호 고수는 드물어. 그 말 잘 꺼냈네. 만약 이자하가 제자를 만들고. 자네도 제자를 키웠는데 자네 제자가 이자하

제자에게 맞고 다니면 어쩔 텐가? 세상 부끄러운 일이야. 이자하를 불러서 뺨따귀를 쳐도 모자랄 일이지. 안 그런가?"

천악이 백의서생을 바라봤다.

"그렇다면 너도 제대로 된 제자를 받을 셈이냐?"

"나는 일이 너무 많아. 그럴 여유까지는 없네. 무학은 자네가 파고 있고. 이외의 것은 내가 책임지고 있으니 제자는 자네가 키우는 게 더 어울리네. 천천히 생각해 보라고. 과연 자네의 무학을 이어받을 아이는 어떤 자질을 갖춰야 하는지. 정 귀찮으면 내가 천하를 뒤져서라도 데려오겠네."

갑자기 천악이 백의서생의 머리통을 후려쳤다. 머리를 한 대 맞은 백의서생이 대꾸했다.

"왜 갑자기 때리나?"

천악이 말했다.

"내가 또 속는 거 같아서 한 대 때렸다. 또 속아주마."

"미친놈인가? 머리는 때리지 말라고. 이 머리 때문에 자네와 내가 살았는데 나를 멍청이로 만들 셈이야?"

천악이 대답했다.

"네가 그렇게 똑똑한 거면 실명을 죽이지 말았어야지."

백의서생이 한숨을 푹 내쉬었다.

"나라고 어찌 계획을 다 성사시키겠나. 들어보게. 노신이 방주에게 기습으로 일장을 가한 상태에서 싸움이 벌어졌으면 어떻게 됐겠나? 황망해서 제대로 못 싸웠을 것이네. 노신이 말을 안 들었으면 내가 놈의 목을 잘라서 신개에게 던졌을 것이네. 방주가 과연 온전한 정신으로 싸울 수 있었을까?"

"그렇게 하지 그랬나."

백의서생이 손으로 자신의 이마를 때렸다.

"이자하 미친 새끼가 개방 방주를 업고 뛸 줄은 몰랐지. 업고 뛰다니? 이게 말이 되는 소린가? 천하의 삼재를 업고 도망친 것일세. 그 미친 거지새끼는 왜 업혀서 도망갔지? 내가 예상할 수 있는 일이 아니었다. 그것을 쫓아가다가 실명도 당한 것이네. 눈이 불편해서 원래 추격전에는 투입되지 않는 사내였지 않나. 업고 뛰는 것을 쫓아가느라 계획이 다 어긋났네. 이것까지 예상했다면 나야말로 고금제일의 천재겠지. 어떻게 생각하나. 내 잘못인가? 내 탓이야? 또 나만 죽일 놈이야?"

천악도 한숨을 내쉬었다.

"그것은 나도 예상하지 못했다."

"그게 개방 방주를 살렸다. 방주는 운이 있어. 당분간 내버려 둬. 운도 실력이야. 아니면 인복도 실력이거나."

천악이 불만스러운 어조로 중얼거렸다.

"너는 군사라는 놈이 제대로 하는 일이 없구나."

"모욕적인 말이군."

"한 대 더 맞을 테냐?"

"충고로 받아들이겠네. 그리고 차라리 잘됐네."

"뭐가?"

"삼재는 실력으로 이겨야지. 요행으로 처리했다간 교주에게 당할 수도 있네. 그놈은 계략이 잘 안 통할 테니 말이야. 내 실수니까 한 대 더 때리게."

"멍청한 새끼. 더 멍청해지면 곤란해. 가자."

백의서생이 일어나더니 전방을 가리켰다.

"가자고."

백의서생이 한숨을 내쉬자, 천악이 물었다.

"그건 무슨 의미의 한숨이냐?"

"아무것도 아니다."

백의서생은 천악을 따라가다가 저도 모르게 중얼거렸다.

"…이자하, 개새끼."

* * *

나는 한쪽 귀를 후비면서 걷다가 노신을 생각했다. 도대체 왜 개방 방주처럼 훌륭한 사내에게서 노신 같은 놈이 제자로 등장한 것일까. 아마도 개방 방주가 너무 잘 대해준 것 같다는 생각이 들었다. 노신은 거지에 어울리지 않는 놈이다. 방주 자리, 서생 자리에 욕심을 내고 있었기 때문이다.

나는 신개와 함께 다리로 향하면서 내 제자도 생각했다. 일단 내 성격 때문에 개방 방주처럼 다짜고짜 잘 대해주는 일은 없을 터였다. 이것은 문제 해결. 그렇다면 나는 어떤 인간을 제자로 삼아야 할까. 무공을 빨리 배우는 사람? 착한 사람? 똑똑한 사람? 정리해 보니까 나는 제자 보는 눈이 매우 높다는 것을 새삼스럽게 깨달았다.

일단 약자들에겐 착하고, 강자들에겐 물러서지 않음에도 눈치가 빨라서 살아남을 줄은 알아야 한다. 마냥 착해빠져서 주변 사람을 너무 믿다가 뒤통수를 맞지 않아야 하며, 사람을 의심해 볼 줄도 알아야 한다. 대종사가 되어야 할 테니 무공을 배우는 머리도 뛰어나야 하고. 대종사가 되어서 제자를 키워야 할 테니 말도 잘해야 한다.

스스로 깨닫는 오성과 남을 잘 가르치는 지모를 갖춰야 한다. 외모는 크게 상관없으나 자신의 외모에 대해서 불만은 없는 것이 좋다. 그것은 자격지심으로 이어지기 때문이다. 자격지심이 커지면 뜻하지 않은 곳에서 사고를 치게 된다. 그렇다고 너무 잘생기면 곤란하다. 여인들이 귀찮을 정도로 달라붙기 때문이다.

그러니까 일단 내면에는 자존감, 자부심, 자신감이 있어야 하고. 외부적으로는 잘 싸우고, 말 잘하고, 잘 속지 않고, 잘 의심해야 하고, 음주가무에 시간을 많이 빼앗기지 않아야 하며, 하루걸러 친구들을 만나서 노닥거리지 않아야 하니까 인간관계도 다소 협소한 것이 좋다. 어차피 어딘가에 틀어박혀서 수련해야 하기 때문이다.

추가로 너무 잘생기지는 않았는데, 그렇다고 너무 못생겨서도 안 된다. 이것이 내 제자의 조건이다. 이렇게 정리해 보니까… 일단은 그냥 때려치우는 게 낫겠다는 생각이 들었다. 방주가 내게 물었다.

"왜 그렇게 한숨을 푹푹 내쉬나?"

나는 덤덤한 어조로 대답했다.

"강호에 개새끼들이 너무 많습니다."

개방 방주가 고개를 끄덕였다.

"그건 맞지."

"개 패는 무공 없습니까?"

"하나 만들어 보겠네. 하지만 우리는 날붙이를 사용하지 않아. 개방에 전해지는 봉법棒法을 취합해서 만들어야겠군. 만들면 가르쳐 주겠네."

"아닙니다."

"왜?"

나는 개방 방주를 바라봤다.

"독문 무학이나 절기는 앞으로 방주로 임명할 사람에게만 가르쳐 준다고 하십시오. 아예 개방의 법으로 정하세요. 그래야만 서생 같은 놈들이 쉽게 빼앗지 못할 겁니다. 폐쇄적이긴 하나 어쩔 수 없어요. 노신처럼 헛물켜는 놈도 없을 겁니다."

노신이 했던 말이 기억난 모양인지 개방 방주도 씁쓸한 표정으로 고개를 끄덕였다.

"그래야겠군."

나는 개방의 사태를 직접 보고 나서야 규율이 너무 없는 것도 문제를 크게 만든다는 것을 깨달았다. 다행히 개방 방주도 내 생각에 동의하는 눈치였다.

241.
착하게 살고 있습니다

"이 구도로 흘러가면 백도가 계속 밀릴 것 같다. 서생들과 마교가 먼저 붙어야 숨통이 트일 것 같은데 그런 분위기도 아니고 말이다. 묘하게도 백의서생이 은근히 말리지 않았더라면 오늘 천악과 나 둘 중 하나는 죽었을 것이다."

"음."

생각해 보니까 백의서생과 내가 없었더라면 천악과 개방 방주는 예전처럼 삼 일 밤낮을 싸웠을 터였다. 개방 방주는 백도가 밀린다는 것을 인지하고 있다. 정작 본인이 백도의 최대 전력이라는 점은 까먹은 것일까. 이렇게 위기를 넘겼으니 전생처럼 크게 밀리진 않을 터였다. 서생 쪽이 다시 개방 방주를 없애려는 것은 쉽지 않을 터였다. 나는 개방 방주에게 조언했다.

"임 맹주나 저와 종종 연락하시면 앞으로 큰일은 없을 겁니다."

개방 방주가 고개를 끄덕였다.

“부담을 주기 싫었는데. 그렇게 하마. 그나저나 무공은 천악이 더 뛰어나지만, 백의서생이 군사 역할인 것 같더구나. 속을 알 수가 없는 자야.”

나는 고개를 끄덕였다.

“군사가 맞을 겁니다.”

문득 개방 방주가 아무렇지도 않은 표정으로 내게 말했다.

“자하야, 차라리 내 내공을 네게 모두 줄 터이니 네가 다음 싸움을 감당해 보겠느냐?”

나는 바로 대답했다.

“굳이 그럴 필요가 있을까요. 싫습니다.”

“왜? 내공은 삼재와 겨뤄도 밀리지 않을 것인데.”

“신체도 격이 있습니다. 그릇이 터집니다.”

“너는 참 이것저것 잘 터지는구나.”

“그러게 말입니다. 어쨌든 반복 수련으로 확장 공사부터 해야 합니다. 제가 빨리 강해지면 고수가 늘어나는 것이니 그게 더 이득입니다. 두 명을 한 명으로 줄일 필요가 있겠습니까.”

개방 방주가 진지한 어조로 내게 물었다.

“혹시 그런 생각도 무학과 관련이 있는 것이냐?”

나는 고개를 끄덕였다.

“아무래도 그렇습니다. 저는 바닥에서부터 올라가는 중입니다. 대단한 무공으로 시작하지도 않았어요. 객잔에서, 골목에서, 길거리에서 싸움질부터 했습니다. 기왕 이렇게 시작한 거 중간을 건너뛰는 법 없이 제대로 올라가겠습니다.”

개방 방주가 만족스럽다는 것처럼 웃었다.

"좋다. 좋은 생각이야. 나도 사실은 밑바닥부터 올라갔는데 중간에는 많이 건너뛰었지. 그래서 다음 경지가 힘든 것인가. 모르겠구나."

솔직히 나라고 개방 방주의 내공이 왜 부럽지 않겠는가. 하지만 내 것이 아니다. 방주가 약해지면 개방의 거지들은 어떡하라고? 나는 하오문을 보살피는 것도 못 하고 있다. 우리는 다리로 다시 복귀해서 노신을 찾았다. 여전히 다리에는 사람들이 보이지 않았는데, 누군가가 싸운 흔적은 남아있었다. 핏자국, 떨어진 병장기, 부서진 돌멩이들이 보였다. 다리를 넘어서 살피다가 노신을 발견할 수 있었다. 서생의 잔당과 싸웠던 모양인지 피투성이가 된 채로 거지처럼 앉아있었다.

"..."

노신이 피투성이가 될 정도면 아마 백의서생의 상위권 제자와 맞붙었을 터였다. 가까이서 보니 노신의 피가 아니라 서생 일당을 때려죽이면서 튀었던 피가 얼굴에 잔뜩 묻은 상태였다. 나는 방주에게 물었다.

"선배님, 이야기 좀 하시겠습니까?"

끼어들 때가 있고, 아닐 때가 있는데 지금은 피하는 게 맞다. 개방 방주가 나를 바라봤다.

"가려고?"

"둘러보고 있겠습니다."

신개가 내 등을 두드리더니 고개를 끄덕였다. 나는 방주가 제자에게 걸어가는 것을 잠시 바라봤다. 노신과 눈을 마주쳤으나, 노신에겐 아무 말도 하지 않았다.

* * *

방주와는 어차피 이미 정신적으로 결속되었기 때문에 이대로 헤어져도 별다른 감흥이 없을 터였다. 이제 개방을 공격하는 무리는 나를 공격하는 무리로 간주할 생각이다. 천악이 돌아간 데다가 무림맹이 합류할 수도 있어서 큰 걱정은 이제 하지 않아도 될 터였다. 나는 갑자기 혼자 먹고 싶은 게 떠올라서 정처 없이 걷다가 간판도 없는 반점으로 들어갔다.

밥, 내장 볶음, 술을 시킨 다음에 기다리면서 생각을 정리했다. 개방이 일양현 근처에 지부를 만들었으니 나도 개방 근처에 하오문 지부를 만들 필요가 있었다. 새삼스럽게 개방도 규율이 엉망이지만 내가 만든 하오문도 사실 개판이다. 아마도 내가 개판이라서 그런 것이겠지.

하지만 앞으로도 생업을 가진 자들을 하오문에 포함시킬 생각이라서 문파처럼 빠듯하게 운영할 생각은 없었다. 나는 내 성격을 안다. 꼼꼼함이 없다. 제대로 된 문파는 나중에 제자에게 맡기고. 하오문은 그냥 내 성격대로 개판으로 놔둘 생각이었다. 무엇보다 내가 귀찮아서 할 수 없는 일이다. 내장 볶음을 먹으면서 밥 한 공기를 해치우자. 반점 입구에서 누군가가 등장하더니 나를 바라봤다.

"문주님, 여기 계셨군요."

나는 무림맹원을 보자마자 고개를 끄덕였다.

"식사하셨소?"

무림맹원이 웃으면서 대답했다.

"아직 못 먹었습니다. 식사 마저 하시고 나오십시오. 다리 쪽에 맹주님이 와 계십니다."

나는 고개를 끄덕이면서 마저 내장 볶음을 먹었으나, 무림맹주가 직접 달려왔다는 사실 때문에 소화가 잘 안 되는 느낌을 받았다. 이 정도면 엄청 빠른 속도로 진격해서 신개에게 도착한 셈이었다. 물론 이미 사태는 종결됐지만 여기까지 맹주가 직접 온 것이 대단한 일이었다. 맹주와 재회하기 전에 술을 마저 마셨다.

신개가 제자와 대화하고, 다시 맹주와도 시간을 가지는 게 좋을 것 같아서 일부러 늑장을 부렸다. 슬슬 일어나려는데 바깥에서 웃음소리가 들리더니 임소백 맹주와 신개가 반점으로 들어왔다. 나는 혼자 먹고 있다가 걸린 상태라서 손으로 입을 닦았다. 임소백이 내게 물었다.

"문주, 선배님을 놔두고 밥을 혼자 먹었나?"

개방 방주가 나를 쳐다봤다.

"그거 못 기다려서 혼자 먹었나? 나도 아까 배고프다고 했을 텐데. 다시 앉아라."

나는 임소백을 향해 가볍게 포권을 취한 다음에 도로 앉았다. 이제 보니 임소백의 옆머리에 흰머리가 조금 늘어있었다. 나는 주방을 향해 주문했다.

"밥 세 그릇. 내장 볶음은 대자로. 술도 한 병 더."

"알겠습니다."

주문을 하고 나서 새삼스럽게 돌아보자, 눈앞에 삼재와 무림맹주가 반점에 앉아있었다.

'아이, 깜짝이야.'

순간, 날 잡으러 온 고수들처럼 느껴졌으나 그건 아니다. 전생의 정신적인 여파가 아직 남아있는 모양이다. 무림공적은 옛말이다. 그런데도 이상하게도 무림맹주라는 이름이 주는 본연의 압박감은 여전했다. 아마 많은 책임을 가진 이름이어서 그럴 터였다.

"맹주님, 잘 지냈습니까?"

임소백이 나를 바라봤다.

"자네는?"

"저는 여기저기서 싸우느라 바빴습니다."

임소백이 웃었다.

"나도 놀지는 않았네. 선배님."

"응?"

임소백이 개방 방주에게 물었다.

"어쩌다 인연이 닿았습니까?"

"소식이 많이 들리기에 찾아갔었네."

"선배님이 직접이요?"

"그래."

임소백이 신기하다는 것처럼 나를 바라봤다.

"이런 일은 없었는데?"

"그러게 말입니다."

나는 그제야 점소이처럼 두 사람 앞에 잔을 놓은 다음에 술을 따랐다. 나도 이제 제법 무공이 강해지고, 하오문도 이끌고 있고, 명성도 제법 퍼지는 상황이었는데 하필이면 눈앞에 삼재와 무림맹주가 있어서 또 점소이였다.

'내 팔자야.'

나는 술을 따른 다음에 물었다.

"아, 노신 형은 어떻게 됐습니까?"

신개가 대답했다.

"맹주가 와서 길게 이야기하진 못했는데… 잠시 무림맹으로 보내기로 했네."

"예?"

신개가 덤덤한 표정으로 말했다.

"거지에 어울리지 않아. 죄가 없는 것도 아니고. 그렇다고 실력이 나쁜 것도 아니고. 맹주에게 배울 게 많을 거야. 부담인가?"

이야기를 듣고 있었던 임소백이 고개를 저었다.

"노신이면 환영이죠. 경공도 빠르고, 무공도 강하니까… 제가 살펴보겠습니다. 다만 맹에는 나름대로 법이 있습니다. 그럴 리는 없겠지만 너무 큰 죄를 지으면 선배님에게 알리지 않고 원칙대로 처리하겠습니다. 괜찮겠습니까?"

"그렇게 하게."

"예."

나는 대화를 들으면서 역시 무림맹 근처에는 얼씬거리지 말아야겠다는 생각이 들었다. 나 같은 놈이 들어가면 뻔하다. 상관 폭행죄 같은 것으로 강호에서 활동하는 것보다 뇌옥에서 활약하는 시간이 더 길어질 터였다. 우리는 그제야 나온 내장 볶음을 맞이하면서 젓가락을 다시 붙잡았다.

"제가 살 테니 드세요."

맹주와 개방 방주가 젓가락을 비비더니 내장 볶음을 먹기 시작했다. 두 사람이 눈을 동그랗게 뜨더니 서로를 바라봤다. 맛있다는 표정이었다. 나는 젓가락을 깨작대면서 두 사람이 밥 먹는 것을 구경했다. 내가 만든 음식은 아니지만, 내가 접대하는 기분이 들었다. 두 사람은 밥을 아주 맛있게 잘 먹는 사내들이었다. 개방 방주가 밥을 먹으면서 말했다.

"아까 천악과 잠시 겨뤘네."

무림맹주가 "끅" 소리를 내더니 가슴을 두드렸다. 나는 맹주에게 술을 따라준 다음에 어서 마시라고 손짓했다. 술을 마신 임소백이 당황한 표정으로 말했다.

"아, 그래서 부르신 겁니까?"

"나름 위기였는데 싸우다가 보니까 이상하게 마무리되었네."

"예."

임소백이 갑자기 나를 빤히 바라봤다.

"…또 터트렸나?"

나는 갑자기 웃음이 터져서 사레가 들렸다. 개방 방주가 웃으면서 말했다.

"자네도 알고 있었구나."

"예, 알죠."

나는 무림맹주가 따라주는 술을 마셨다. 이 술맛은 뭐랄까. 내장 볶음이 살짝 섞인 웅장한 맛이랄까. 백도제일고수와 무림맹주가 다녀간 반점이라서 간판을 파격적으로 바꿔도 될 것 같았다. 예를 들면, 무림맹주도 다녀간 내장 볶음 맛집 정도? 나는 미리 일어나서 음식 값을 계산한 다음에 다시 앉았다.

바깥이 약간 소란스러웠으나 어차피 맹원들이 경계를 서고 있을 게 뻔해서 신경 쓰지 않았다. 이렇게 보니까. 개방 방주도 고생을 많이 한 사람이고. 무림맹주도 여기저기 불려 다니면서 고생한 사람이라서 나는 주둥아리를 최대한 닥친 상태에서 술을 따라주고, 물도 따라주고 시중이나 들었다. 잠시 후에 개방 방주가 입을 닦으면서 말했다.

"맛있게 잘 먹었다."

"일어나실까요?"

방주가 맹주의 등을 쓰다듬으면서 말했다.

"바쁠 텐데 여기까지 불러서 미안하네."

임소백이 슬쩍 웃으면서 말했다.

"별일 없었으니 다행입니다. 오랜만에 행군했더니 몸도 풀고 좋군요."

나는 무림맹주도 다녀간 내장 볶음 맛집에서 나와서 선배들과 바깥을 주시했다. 예상대로 멀찍이 떨어진 곳에 맹원들이 대기하고 있었는데 이들과 전혀 어울리지 않는 세 명의 사내가 눈에 확 들어왔다. 침착한 맹원들과는 표정도 달랐다. 딱 봐도 범죄나 저질렀다가 무림맹에 쫓겼을 것 같은 못된 놈들이 나란히 서서 감히 백도제일고수와 무림맹주를 노려보고 있었다. 임소백이 말했다.

"검마, 자네까지 달려오다니 놀랍군."

검마가 가볍게 고개를 끄덕이자 색마와 귀마는 임소백에게 포권을 취했다.

"맹주님."

이렇게 보니까 개방의 고수들도 섞여있었다. 사대악인은 개방의 연락을 받아서 이제 도착한 모양새였다. 그나저나 이 악인들은 개방 방주를 알아볼 것인가. 존재감이 하도 없어서 다들 무림맹주만 쳐다보고 있었다. 개방 방주가 임소백에게 물었다.

"검마라니? 내가 아는 검마인가."

"그럴 겁니다. 마교에서 스스로 나온 검마입니다."

그제야 개방 방주가 놀란 표정으로 검마에게 말했다.

"자네가 옛 좌사인가?"

검마가 세상 심각한 표정으로 개방 방주를 바라봤다.

"누구시오?"

개방 방주가 대답했다.

"나 예전에 그 교주 놈이랑 싸웠던 사람일세."

검마, 귀마, 색마가 화들짝 놀란 표정으로 개방 방주를 바라봤다.

"..."

전혀 못 믿는 눈치여서 내가 나섰다.

"개방의 방주님이시다. 삼재의 일원이시고."

악인들, 어서 오고. 순간 이 세 악인은 꼴에 강호인이랍시고 연신 눈알을 굴리면서 개방 방주의 기도를 살폈다. 알 수 있는 게 없을 터였다. 실력 문제가 아니라 방주는 내려놓음의 미학을 완벽하게 터득한 사내라서 그렇다. 이제 보니까 개방 방주는 일부러 존재감을 지운 상태에서 세 사람의 표정을 구경하고 있었다.

'와, 소름… 시험 중이네?'

내가 먼저 당해봤기 때문에 개방 방주의 의도를 이제야 알 수 있었다. 검마가 침착한 어조로 말했다.

"백도의 삼재셨다니 반갑소."

역시 검마다운 인사가 흘러나왔다. 다음! 귀마가 포권을 취했다.

"방주님, 후배는 육합이라 합니다."

삼재 앞이라서 선생이라는 칭호를 일부러 뺀 모양이다. 다음! 색마가 정중하게 포권을 취했다.

"선배님, 풍운몽가의 차남 몽연이라 합니다. 직접 뵙게 되어 영광입니다."

가식적인 인사말이 아주 자연스럽게 흘러나왔다. 썩을 놈. 그제야 개방 방주가 활짝 웃으면서 달려온 사내들을 둘러봤다.

"분위기를 보아하니 다들 하오문주를 도우러 왔군. 문주와 잘 어울리는 후배들이야. 자네 지인들이지?"

방주의 말에 무림맹원을 포함한 맹주, 개방 방주, 거지들, 사대악인들이 전부 나를 바라봤다.

"예."

방주가 내게 물었다.

"의형제들인가?"

"뭐 의형제까진 아니고요. 그냥 술친구들입니다."

"술친구라고 하기엔 다들 한 성질 하게 생겼는데? 실력도 좋고."

"그렇습니까?"

나는 문득 무림맹주와 눈을 마주쳤다가 쓸데없는 말을 내뱉었다.

"…다들 착하게 살고 있습니다."

무림맹주가 눈을 껌벅이다가 대답했다.

"누가 뭐라고 했나?"

"그러게 말입니다."

누가 내 속을 알까? 사고를 많이 치다 보면 무림맹주 앞에서 위축되는 것은 당연한 일이다. 어쩐지 내가 나중에 맹주보다 강해져도 이런 기분은 없어지지 않을 것 같다는 느낌이 들었다. 그러고 보니까 삼재와 무림맹주가 한자리에 있어서 그런지 오늘따라 사대악인들도 말이 없었다. 나는 이 악인들의 마음을 이해한다. 죄가 많은 자들은 대체로 이렇다. 나처럼 말이다.

242. 밥 먹는 모습이 다르지 않았다

나는 악인들과 나란히 서서 방주를 바라봤다.

"후배들. 헤어지기 전에 내가 한마디 해도 될까?"

임소백이 대표로 대답했다.

"예."

개방 방주가 우리를 둘러보면서 말했다.

"후배들 모아놓고 이야기하는 것은 나도 드문 편이라 대충 이해하게. 이번에 천악 일행이 몰려와서 싸웠는데 다행히 밀리지 않았다. 왜냐하면."

개방 방주가 나를 가리켰다.

"하오문주가 나를 업고 도망치더구나."

"..."

"나도 처음에는 왜 도망을 치는지 몰랐는데 하오문주가 제법 빠른 속도로 열심히 달렸다. 천악 일행도 경공을 펼쳐서 다 쫓아와야만 했지. 천악에게 따라잡히고 나서야 나를 내려주더구나. 제법 먼 거리를 달려온 천악과 편하게 업혀온 내가 맞붙었을 때, 나는 한순간도 밀리지 않았다. 그제야 문주의 의도를 이해하게 되었지. 나는 이제껏 후배들의 도움을 받을 필요가 없다고 생각했는데, 어느 정도 자만이었던 같아. 지금 하오문주는 천악보다 실력이 부족하지만 나는 충분히 도움을 받았다."

임소백이 고개를 끄덕였다. 개방 방주의 말이 이어졌다.

"좋은 경험이었어. 틀어박혀서 무공만 수련하는 것이 능사가 아님을 알게 되었으니 말이야. 앞으로 무림맹은 내가 필요하면 개의치 말고 불러라. 문주, 너도."

나는 고개를 살짝 끄덕였다.

"예."

개방 방주가 웃으면서 말했다.

"다들 나중에 더 강해지더라도 자만하지 말도록. 늙은이 말 오래 듣는 것도 버거울 테니 이 자리서 헤어지자. 다들 바쁜 사람들인데. 살펴 가도록."

그리 길지 않은 신개의 말이 끝나자… 후배들이 동시에 신개를 향해 포권을 취했다.

"선배님, 보중하십시오."

다양한 인사가 흘러나올 때 나는 방주와 눈을 마주치다가 웃었다. 그 와중에 신개는 편한 표정으로 후배들을 둘러보면서 몇 번 고개를 끄덕이더니 손을 내저었다. 그래도 후배들의 인사가 길게 이어지자 갑자기 신개가 먼저 자리를 떴다. 신개의 뒷모습을 물끄러미 바라보는 와중에 어디선가 노신의 목소리가 들렸다.

"사부님."

그제야 신개가 돌아서더니 노신을 물끄러미 바라봤다. 앞으로 나온 노신이 절을 올리면서 말했다.

"다녀오겠습니다."

신개가 짤막하게 말했다.

"맹주에게 배울 게 많을 거다. 개방 망신시키지 말고."

"알겠습니다."

"개방에 있을 때와 맹에 있을 때는 다르다. 깨끗하게 다니고, 앞으로 의복도 신경 써라."

노신의 표정이 갑자기 처참하게 일그러졌다.

"예, 알겠습니다."

신개가 덤덤하게 제자를 바라보더니 고개를 끄덕였다.

"또 보자."

신개가 떠나자, 노신은 마치 개방에서 파문당한 사람처럼 고개를 땅에 처박더니 한참을 일어나지 못했다. 분위기가 너무 무거워진 터라 입을 여는 사람이 아무도 없었다. 생각해 보니까, 거지에게 깨끗하게 다니고 의복을 신경 쓰라는 말은 다른 문파의 파문에 해당하는 말이었다. 아무도 노신을 일으켜 주는 이가 없기에 결국 내가 가서 노신의 팔을 붙잡아서 일으켜 세웠다. 본래도 못생긴 놈인데 눈물까지 흘리고 있어서 더 못생겨 보였다. 나도 노신에게 할 말이 많았지만, 표정을 보고 있으려니 욕을 할 분위기가 아니었다. 그래도 했다.

"왜 울고 지랄이야? 무림맹에서 고생 좀 해. 중간에서 노신 형이 잘 살펴봐야 개방에도 별일이 없을 것이고. 무림맹에도 별일이 없을 것이다. 양쪽을 잘 살펴보라고. 알았어?"

노신이 나를 보더니 고개를 끄덕였다.

"알았다."

개방 방주는 용서를 해주는 사람이지만, 무림맹주는 용서를 해주는 사람이 아니다. 나보다 나이가 많은 사람에게 이런 것까지 조언할 필요는 없는 것 같아서 그냥 어깨를 한 번 붙잡았다.

"또 보자고."

노신은 자신의 꼴이 흉하다고 생각했는지 내 손등을 두드렸다가 맹원들이 있는 곳으로 합류했다. 임소백이 나를 바라봤다.

"문주, 신세 졌네. 선배가 가볍게 말씀하셨으나 싸움은 그렇지 않았겠지."

임소백은 쉽지 않은 싸움이었다는 것을 바로 눈치채고 있었다. 쉬웠다고 말하는 것도 굉장한 허세여서 나는 대충 넘어갔다.

"선배."

"응?"

"아니, 우리 맹주님에게 이야기할 게 아니라…"

나는 맹원들을 둘러보다가 손을 들었다.

"혹시 공적 명단 들고 오신 분 있소?"

한 사내가 걸어 나오면서 말했다.

"용모파기 말씀하십니까?"

사내가 가지고 있는 용모파기를 내보였다. 나는 동호제일검을 보자마자 손가락을 좌측으로 움직였다.

"동호제일검은 세력이 너무 많고, 우리 수는 적소. 동호는 너무 넓어, 다음."

사내가 용모파기를 뒤로 보내자, 이번에는 독행자라는 무림공적이 나왔다. 나는 이번에도 손짓으로 넘겼다.

"은밀하게 활동하는 놈은 잡기가 어렵지. 다음."

그다음에는 비객이라는 별호를 가진 무림공적이 나왔다. 나는 손짓으로 넘겼다.

"비객도 정보가 너무 없네."

다음에는 용모파기도 비교적 상세하고 설명도 잔뜩 들어있는 공적이 나왔다.

"서악西惡 무릉자武陵子."

서악西岳인 화산이 아니라 서악西惡인 것이 다행이었다. 나는 손을 내밀어서 서악 무릉자의 용모파기를 받았다.

"복귀하는 길에 찾아서 처리할 테니 착수금 좀 주시오."

"예?"

맹원이 맹주를 바라보자, 임소백이 누군가를 불렀다.

"공 대주."

"예, 맹주님."

"착수금을 전달하게."

"알겠습니다."

공 대주라는 사내가 걸어오더니 품에서 꺼낸 전낭에서 통용 은자의 개수를 세면서 말했다.

"…착수금은 회수 기간이 일 년입니다. 그때까지 혹시, 회수가 되지 않으면 어디로 집행할까요?"

"우리가 나서는 이상, 그럴 일은 없겠으나 소식이 없으면 풍운몽가에 집행하시오."

"알겠습니다."

옆에서 색마가 깜짝 놀란 표정으로 나를 봤으나, 나는 굳이 시선을 돌리지 않았다. 통용 은자를 받은 다음에 내 전낭에 담았다. 무림맹에게 돈을 뜯어낸 다음에 맹주를 바라봤다. 임소백도 다소 황당했는지 나를 보면서 헛웃음을 지었다.

"잘 뜯어내는군."

"여비가 좀 부족했습니다."

"아까 내장 볶음은 내가 살 걸 그랬군."

"그러게 말입니다."

나는 무림맹주와 눈싸움을 벌이다가 맹원들을 둘러봤다.

"어쨌든 이 무릉도원에서 복숭아 훔쳐 먹었다고 알려진 공적은 우리가 잡아드리겠소. 무림맹 여러분."

농담이 아니라 그런 소문이 퍼져서 생긴 별호라고 적혀있었다. 내가 당당하게 무림공적을 잡겠다고 선포하자, 맹원들이 단체로 우리를 향해 포권을 취했다.

"잘 부탁드립니다."

"그럼."

내가 임소백을 향해 예의를 갖추자, 임소백이 우리를 향해 포권을 취했다.

"문주, 검마, 육합선생, 몽 공자. 또 보세."

임소백은 둘째의 별호까지 정확하게 알고 있었다. 우리는 무림맹과 작별한 다음에서야 서로를 바라봤다. 색마가 나를 보면서 입을 열었다.

"아니, 왜…"

"닥쳐라."

나는 색마의 말을 바로 끊었다.

"공적도 잡고, 무림맹 돈도 뜯어내고, 꿩 먹고 알 먹고 얼마나 좋아? 공적을 잡아다 주면 명성도 쌓고 유명해지고 돈도 벌고 얼마나 좋아?"

색마가 대답했다.

"아니, 왜 그걸 우리 집에 청구하냐고."

귀마가 옆에서 혀를 찼다.

"닥쳐라. 좀. 쪼잔하게…"

"쪼잔?"

색마가 검마를 바라보자, 검마가 진중한 어조로 입을 열었다.

"공적을 잡겠다고 요청한 돈을 반환하라고 그러면 몽가에서도 놀랄 것이다. 도박 빚도 아니고 기루 외상값 회수하는 것도 아니고 차남이 이제야 정신을 차렸구나 하겠지. 부잣집 도련님이 왜 이렇게 예민한 것이냐?"

나는 검마와 귀마의 든든한 지원을 받은 다음에 색마를 향해서 혀를 찼다.

"아이, 쪼잔한 새끼. 갑시다."

귀마가 내게 물었다.

"얼마 받았어?"

"몰라. 많이 주네. 일단 가면서 다 쓰자고. 공적 자금은 다 써야 제 맛이야. 펑펑 쓰자고. 마차나 한 대 살까?"

"그렇게 많이 줬어?"

"내 돈이랑 합쳐야지."

"여비가 다 떨어졌다면서."

나는 오랜만에 귀마를 보면서 한숨을 내쉬었다.

"거짓말이지. 그걸 또 믿고 있네. 답답하게, 갑갑하게, 돌아가시겠네. 말 좀 가려들어. 어디 가서 투자 사기당할 관상이야. 왜 사람 말을 의심도 안 하느냔 말이야. 내 말은."

"지랄이야."

귀마가 그제야 입을 다물었다. 길을 걷는 와중에 검마가 내게 물었다.

"천악은 어땠나?"

"감히 대적할 수 있는 상대가 아니던데. 신개 선배가 있어서 살았지."

검마가 심각한 표정으로 대답했다.

"그 정도인가?"

오늘은 나도 강호 고민남의 고민을 해결해 주지 못할 거 같아서 그냥 겁만 잔뜩 줬다.

"엄청나게 강하더라고."

검마가 깊은 고민에 빠진 사이에 뒤에서 색마가 말했다.

"우리 아직 밥 안 먹었는데. 사부님 배고프시죠?"

"아이씨."

나는 걸음을 멈춘 다음에 색마를 바라봤다가 손을 내저어서 방향을 틀었다.

"밥부터 먹어야지. 갑시다. 내가 또 맛집을 하나 찾아냈지."

딱히 갈 곳이 없어서 다시 무림맹주도 다녀간 내장 볶음 맛집으로 향했다. 세 명의 나름 무시무시한 악인들을 내장 볶음 맛집으로 집어넣은 다음에 나는 주변을 살폈다. 이 악인들이 괜한 떨거지를 달고 오진 않았는지, 서생의 잔당이 나를 살펴보고 있진 않은지 잠시 버릇대로 살펴보다가 반점으로 들어갔다. 내가 다시 등장하자 주인장이 놀란 표정으로 말했다.

"또 오셨군요."

나는 고개를 끄덕인 다음에 말했다.

"앞으로 여기 장사가 아주 잘될 것 같소. 아까 왔던 분은 무림맹주시니까. 소문이 쫙 퍼지겠지. 내장 볶음 대자하고, 술, 밥 세 개만 주시오."

"아, 예."

주인장이 얼떨떨한 표정으로 주방에 다시 들어갔다. 우리는 내장 볶음이 나오기 전에 용모파기를 돌려봤다. 나는 세 사람이 아주 자연스럽게 무림공적의 용모파기를 돌려보고 있어서 속으로 당황했다.

'너무 자연스럽잖아.'

전생 무림공적들이 현생 무림공적의 용모파기를 분석하고 있어서 아주 황당했다. 술부터 가져온 주인장이 용모파기를 슬쩍 보더니 우리에게 말했다.

"아이고, 무림맹에서 나오셨나 봅니다. 수고가 많으십니다."

나는 악인들과 눈빛을 교환했다.

"…"

나는 괜히 손가락으로 용모파기를 툭툭 찌르면서 물었다.

"…흉악한 놈인데 본 적 있소?"

"음, 처음 봅니다. 혹시 보게 되면 바로 무림맹으로 연락을 취하겠습니다."

"그래주시오."

나는 진지한 표정으로 주인장을 바라봤다. 이렇게 엄중한 대화를 나눠보니까 나도 무림맹원이 된 것 같은 기분이 들었다. 잠시 우리 넷은 팔짱을 낀 채로 조용히 내장 볶음을 기다렸다.

"…"

사실 여기까지 와줘서 고맙다는 식의 닭살 돋는 말을 해야 하는 순간이었는데 우리 같은 놈들은 그런 닭살 돋는 말을 용납하지 못하는 편이어서 그냥 생략했다.

"…"

침묵이 길어졌으나 딱히 말을 하기 싫어서 계속 침묵했다. 괜히 용모파기를 한번 쳐다본 다음에 고개만 끄덕거렸다. 그제야 할 말이 떠올라서 검마에게 말했다.

"선배, 검법서를 하나 얻었는데 나중에 가져다주겠소. 지금은 가지고 있지 않아서."

"그러게."

역시 우리 사이에는 딱히 고마울 것도 없다. 얻기 힘든 비급이지만 얻었으니 주고받을 뿐이다. 잠시 후에 내장 볶음이 도착하고 나서야 다들 입이 열렸다.

"오, 왔네."

"이야, 냄새가."

"양이 꽤 많군."

"먹자."

오늘 하루 내장 볶음을 세 번이나 시켰더니 배 속에 내장들이 뒤섞이는 느낌을 받아서 술부터 마셨다. 나는 이미 배가 부른 터라 술을 홀짝거리면서 밥을 먹는 악인들의 표정을 구경했다. 그러고 보니까 오늘 나는… 백도제일고수와 무림맹주가 밥을 먹는 것을 구경하고. 전생의 악인들이 밥을 먹는 것도 구경하는 중이었다. 다들 밥을 맛있게 잘 먹는 사내들이었다. 먹고사는 것이 크게 다르지 않고, 맛있는 음식 앞에서 감탄하는 표정과 추임새는 백도나 악인들이나 다를 바 없었다. 검마가 내게 물었다.

"안 먹나?"

나는 고개를 끄덕였다.

"나는 아까 많이 먹었으니 선배나 많이 드시오. 내장 볶음은 안 먹어봤을 텐데 어떻소?"

검마가 고개를 갸웃하면서 내게 물었다.

"어떻게 알았나? 처음 먹어보네."

나는 덤덤한 표정으로 말했다.

"이런 것을 먹으러 다녔을 만형이 아니지. 촌뜨기 같으니라고."

"하하하하!"

색마가 갑자기 웃음을 터트렸다가 급히 웃음을 멈췄다.

"…죄송합니다."

검마가 제자를 보면서 말했다.

"많이 먹어라."

"예."

내장 볶음을 열심히 먹는 와중에 주방에서 나온 주인장이 밀봉된 두강주를 탁자에 올려놓았다.

"이것은 오늘 제가 대접하겠습니다."

나는 주인장에게 박수를 보내면서 대답했다.

"아, 잘 마시겠소. 귀한 술이군."

주인장이 웃으면서 고개를 살짝 숙였다.

"맛있게 드십시오."

나는 두강주의 밀봉을 뜯어낸 다음에 내 잔에 술을 따랐다. 잠시 고개를 돌려서 주인장이 이곳을 보고 있지 않은 것을 확인한 다음에 귀마와 눈빛을 교환했다. 그러자 귀마가 내장 볶음을 씹으면서 자연스럽게 품에서 은침 하나를 꺼냈다. 나는 귀마에게 받은 은침을 술에 담근 다음에 고개를 끄덕였다.

"확인."

그제야 은침을 돌려준 다음에 악인들에게 두강주를 한 잔씩 따라줬다. 우리 넷은 별 뜻 없이 눈을 마주쳤다가 고개를 한번 끄덕였다. 색마가 젓가락으로 내장 볶음을 가리켰다.

"이야, 잘 볶았네. 밥이 사라진다."

악인들이 마저 식사하는 동안에 나는 두강주의 향을 천천히 맡은 다음에 입에 털어 넣었다. 손에 든 젓가락이 저절로 내장 볶음으로 향했다.

243.
우리는
서쪽으로 향했다

내장 볶음 집에서 나오자마자 귀마가 내게 속삭였다.

"근데 저 대단한 무림맹은 왜 이런 공적을 못 잡는 건가."

너도 전생에 무척 안 잡혔었다고 말해주고 싶었으나 한숨으로 대신했다.

"글쎄. 잡는 게 쉽지는 않지. 공적이 한둘도 아니고, 인피면구를 쓴 채로 숨어있기도 하고. 산속에 처박혀 있기도 하고. 애인이랑 숨어있을 수도 있고. 숨으려면 방법은 많지. 그러니까 용모파기를 뿌리고, 제보를 기다리고, 맹원도 보내기도 하는데 문제는."

귀마가 고개를 끄덕였다.

"막상 찾아도 일반 맹원이 감당할 수 없는 고수들인가?"

"맞아."

색마도 거들었다.

"그렇다고 맹주님이 일일이 찾아다니면서 죽이기도 그렇지. 이 정도면 대주가 나서야 하나? 사부님은 무릉자에 대해서 아십니까?"

검마가 고개를 저었다.

"모르겠다. 근래 거론되는 고수 같구나."

실은 무릉자라는 별호에 대해서는 나도 기억이 나지 않는다. 전생에는 공적 명단에 없었던 놈이 아닐까? 있었더라도 내가 공적 명단에 올랐을 때는 이미 죽었을 터였다. 나는 내가 무림공적이 되고 나서야 무림공적들에게 관심이 생겼었다. 그전에는 잘 모른다. 내 알 바 아니었다.

'음? 잠시만.'

나는 그제야 다시 용모파기를 꺼내서 무릉자의 복장과 외모를 확인했다. 그러니까 살짝 도사 같은 분위기를 풍기고 있었다. 용모파기는 본래 피해자나 목격자에 의해서 그려진 것이라서 정확하지 않다. 나는 기억을 더듬었다가 무릉자라는 도사 놈이 누구에게 죽었는지 알 것 같았다.

'살짝 황당하네. 그때 죽은 놈인가?'

물론 내 손에 죽지는 않았다. 나는 그럴 실력이 없었다. 하지만 나는 광승이 웬 도사 놈을 때려죽이던 광경은 아직 생생하게 기억하고 있다. 만약 이놈이 그 도사 놈이라면 광승과도 꽤 살벌하게 싸웠던 것 같다. 그 말은 즉, 무릉자가 동네 흑도 수준은 아니라는 뜻이다. 당연하게도 동네 흑도 수준이 아니기 때문에 공적 명단에 올랐을 테지만 말이다.

당시에 나는 당연히 광승이 이기겠거니 하고 지켜보고 있었는데. 무릉자도 자신이 질 것이라는 생각은 전혀 하지 않았는지 마지막 낯빛에 당황스러움과 당혹함이 교차했었다. 마치 '내가 여기서 죽다니?'라는 생각이 스치는 표정이랄까. 당시에 광승은 길을 걷거나 밥을 먹다가도 누군가를 보면 다짜고짜 패서 죽이곤 했는데, 그렇게 죽은 놈 일부는 무림공적이 아니었을까?

내 생각에는 상당히 미친 행동이라고 느꼈는데, 이렇게 추측을 해보면 완전히 미친 행동은 아니었던 것 같다. 당연히 용모파기는 방문처럼 곳곳에 붙어있을 때가 많아서 아무나 확인할 수 있다. 광승은 변명을 하지 않고, 설명도 하지 않는 사내여서 당시에는 내가 알 수 있는 게 많이 없었다. 나는 무림공적의 용모파기를 보다가 악인들에게 말했다.

"일단 갑시다."

귀마가 물었다.

"어디로?"

"서쪽으로."

"서쪽으로 가면 무릉자가 나오나?"

"서악이니까 서쪽으로 가야지. 동악이면 동쪽으로 가고."

나는 악인들과 천천히 길을 걸었다. 용모파기 아래에 적힌 정보에는 죽산 일대에 나타난다고 적혀있었는데 내 기억으로도 비슷하다. 그때는 죽산을 지나서 광승과 동쪽으로 향하던 중이었고. 지금은 악인들과 무림맹의 서쪽에 위치한 죽산으로 향했다. 강호인들은 무림맹을 중심으로 별호를 붙이는 경우가 많은데 그래서 서악西惡이라는 별칭이 붙은 모양이다. 백도에서 내 별호가 신남육룡新南六龍인 것처럼 말이다. 나와 함께 육룡에 속하는 색마가 귀마에게 물었다.

"여기서 죽산까지는 먼가?"

"제법 멀지."

"사부님, 마차를 구해서 갈까요?"

검마가 나를 바라봤다.

"마차?"

나는 고개를 저었다.

"걸어갑시다."

색마가 소스라치게 놀라면서 말했다.

"걸어서 대체 언제 도착하게?"

나는 색마를 바라봤다.

"느리면 뛰어, 이 새끼야."

"말이 통해야 말을 하지. 말을 말자."

한숨을 내쉰 색마가 검마에게 물었다.

"근데 자하는 왜 매번 제게 지랄을 하는 걸까요."

검마가 진지한 표정으로 대답했다.

"나도 그러고 싶은데 종종 참는 것이다."

"음… 예."

나는 죽산에 일찍 도착하는 방법을 알고 있어서 주둥아리를 개방했다.

"근데 말이야."

"…"

"경공을 겨루면 서열이 어떻게 되려나?"

"…"

"아무래도 만형과 내가 선두를 다투겠지? 솔직히 경공은 내가 가장 빠를 것 같은데. 내가 일 위 아니야?"

한가로운 어조로 주둥아리를 개방했는데 이상하게도 다들 반응이 없었다. 깜짝 놀라서 돌아보자, 다들 같잖다는 표정을 짓고 있었다. 검마의 입꼬리가 살짝 위로 올라가고. 귀마는 나를 보면서 고개를 절레절레 젓고. 색마는 썩은 미소를 짓고 있었다. 나는 세 사람에게 물었다.

"역시 인정하는 분위기인가?"

"전혀."

색마가 슬쩍 웃으면서 대답했다.

"지랄 좀 하지 마라. 경공은 내가 가장 빠르다. 왜냐? 백응지에서도 패배한 적이 없거든."

귀마가 대답했다.

"백응지에는 멀쩡하게 달릴 수 있는 청년이 한 다섯 명밖에 없었나 보군. 그중에서 가장 빨랐단 말이지?"

검마는 도발이 통하지 않는 편이어서 덤덤한 표정으로 입을 다물고 있었다. 나는 검마를 바라봤다.

"선배는 물론 검법에만 관심이 있어서 경공은 좀 밀리지 않나?"

검마가 내게 물었다.

"문주, 자신 있나?"

나는 세 사람을 제대로 도발했다.

"뭐 길지 않은 시간이긴 했으나 삼재에 속하는 천악을 잠시 따돌렸었지. 감히 내 꽁무니나 확인할 수 있을지 모르겠군."

내가 말하는 사이에 악인들이 걸어오더니 내 옆에 나란히 섰다. 귀마가 전방을 주시하면서 말했다.

"좋아. 솔직히 말해서 내가 일등 할 자신은 없다. 하지만 꼴찌 할 생각도 없어. 장기전을 펼치자고. 꼴찌는 뭐 할래?"

색마가 말했다.

"꼴찌는…"

색마가 대답을 궁리하는 사이에 귀마가 앞으로 치고 나갔다. 검마와 나는 동시에 반응해서 경공을 펼쳤다. 뒤에서 색마가 공중에서 날아오더니 순식간에 우리 셋을 제치고 지나가서 선두를 차지했다. 세 사람의 코웃음 소리가 동시에 겹치더니… 꼴찌고 나발이고 점점 속도가 올라갔다. 이렇게 보니까 의외로 색마가 가장 날렵하고, 그다음이 검마, 꼴찌는 귀마였다.

나는 최후방에서 상황을 살피면서 달렸다. 나는 이렇게 생각한다. 서악 무릉자를 죽이든 말든 간에 사실 내 알 바 아니다. 애초에 이 악인들은 누군가의 목을 하나 더 베는 것에 별다른 감흥도 없는 사내들이다. 나도 이 악인들을 데리고 어딘가에 있을 무릉자를 찾으러 가는 여정이 더 중요하다.

아마도, 나를 절강의 앞바다로 데리고 가던 광승의 마음이 그랬을 것이다. 목적도 중요하지만, 과정이 더 중요하다는 것을 그때는 내가 몰랐을 뿐이다. 마찬가지로 이따위 경공 싸움에서 이기든 지든 내 알 바 아니다. 색마만 꼴찌를 하면 되는 대결이기 때문이다. 다리를 걸든, 어깨를 치든, 뒤에서 빙공으로 기습하든 간에 꼴찌는 색마였다. 그래서 나는 일부러 말미에서 여유롭게 달렸다.

"대로에 진입하다가 한참 달리면 표국들 쉬어가는 역참驛站이 나오니까 거기에서 잠시 쉬자고."

색마와 귀마가 동시에 대답했다.

"확인."

반 각이 흐르자 검마가 선두로 치고 나가고, 그 뒤를 색마가 뒤쫓았다. 예상대로 귀마가 가장 느렸는데, 나는 귀마와 나란히 달리면서 경공에 대한 잔소리를 퍼부었다.

"너무 느리잖아?"

"닥쳐 좀."

"막내 할 거야?"

"아니?"

"꼴찌는 막내 하기로 했는데."

신기할 정도로 귀마의 속도가 조금씩 올라갔다. 나는 개방 방주가 내게 가르쳤던 대로 귀마에게 조언했다.

"내공이 온전하게 경공으로 전환되지 않는 것 같은데?"

귀마가 달리는 와중에 어리둥절한 표정으로 대답했다.

"뭔 소리야?"

"다리에 너무 힘을 줘서 자세가 뜬다고. 조절해 봐. 내공이 부족해서 느린 게 아니야. 잘 달리는 법을 몰라서 느린 것이지. 확실히 똥싸개보다 경공 실력이 부족해."

"제기랄."

나는 이제 내 무공인지 백의서생의 무공인지 분간이 안 가는 제운종으로 전환해서 귀마를 제치고 앞서나갔다. 아무래도 일차 대결은 귀마가 꼴찌를 할 모양이었다. 그러나 상관없다. 꼴찌가 나만 아니면 된다. 나는 순식간에 색마를 따라잡아서 말없이 지나치다가 색마를 향해 세상에서 가장 얄미운 비웃음을 흘려보냈다. 내 표정을 확인한 색마의 눈이 잔뜩 커지고 있었다. 색마가 내게 말했다.

"너 좀 빨라졌다?"

이미 내 경공 분야에는 백의서생과 개방 방주의 무학이 뒤섞인 상태. 감히 똥싸개 놈이 따라올 수준이 아니었다. 나는 색마를 가볍게 제친 다음에 검마를 뒤쫓았다. 뜬금없이 그동안 내 무공 실력이 발전했다는 것은 악인들과 경공 대결을 통해 깨닫게 되었다. 검마와 거리를 좁히는 것도 크게 어렵지 않았다. 하지만 굳이 검마를 제칠 마음은 없어서 적당한 거리를 유지한 채로 역참으로 향했다.

* * *

역참은 본래 지친 말을 바꿔 타는 곳이어서 표사들에겐 가장 중요한 장소다. 당연히 먹을 것도 많고, 말도 많고, 마차를 정비할 수도 있고. 말이나 마차를 구입할 수도 있다. 도착한 순서는 검마, 나, 색마, 귀마의 순서. 귀마는 자존심이 크게 상했는지 주둥아리를 다물고 있어서 놀리는 맛이 없었다. 그렇다면 놀리지 않으면 된다.

나는 세 사람과 간단하게 요기를 한 다음에 중고 마차, 말 두 필, 아무것도 적혀있지 않은 깃발을 하나 구입했다. 내가 그동안에 하도 제멋대로 행동했더니 마차를 사도 아무런 말이 없고, 말을 끌고 와도 다들 그러려니 했다. 나는 마차의 지붕 위에 막대기를 쑤셔 넣은 다음에 펄럭이는 천을 바라봤다.

"…무슨 표국이라고 적을까?"

귀마가 돌아보면서 대답했다.

"왜 갑자기 표국 행세를 하자는 건가?"

"시끄럽고. 너무 대단한 이름을 적어 넣으면 심심할 테니까 적당한 이름을 생각해 보라고."

색마가 대답했다.

"풍운표국風雲鏢局으로 할까?"

나는 손가락으로 색마를 가리켰다.

"이야, 좋다. 깃발 팔던 곳에 가서 풍운표국으로 적어와."

나는 깃발을 색마에게 던졌다. 색마가 검마를 바라보자, 검마가 한마디를 보탰다.

"빨리 다녀와."

"예."

우리는 잠시 객잔 앞에서 불량한 표정으로 앉아서 심부름을 보낸 색마를 기다렸다. 잠시 후에 필묵을 빌려서 풍운표국을 적어 넣은 깃발이 색마와 함께 도착했다.

"사부님, 가시죠."

나는 마차로 향하면서 방금 창설한 풍운표국의 역할을 지정해 줬다.

"맏형이 풍운표국의 표국주를 하고."

"…"

"육합은 총표두가 어울리겠군. 나는 수석 표사를 할 테니까 참고하고."

깃발을 손에 든 색마가 불안한 눈빛으로 나를 바라봤다.

"나는?"

"너는 그냥 마부니까 말이나 똑바로 몰아. 쟁자수도 겸해라. 인심 썼다."

색마가 쌍욕을 퍼부으려는 표정을 지었다가 사부와 눈을 마주치더니 아무 말 없이 마부석에 올랐다. 오늘따라 심기가 불편한 귀마가 색마의 옆자리에 앉으면서 말했다.

"똑바로 몰아라."

색마가 말고삐를 쥔 채로 대답했다.

"자, 출발합니다. 다들 빨리 착석하세요. 무릉자를 치러 가는 서악행, 서악행 풍운표국 마차가 출발합니다."

나는 고개를 끄덕였다.

"좋다. 드디어 실성한 모양이네. 선배가 안에 타시오."

나는 검마를 마차 안으로 들여보냈다. 검마가 물었다.

"자네는?"

"나는 지붕에 있든가 아니면 경공으로 따라가든가 하려고."

"굳이?"

"내가 좀 지치면 그때 선배랑 교대합시다. 경공 수련 좀 해야겠소."

"알았다."

* * *

나는 덜컹거리는 지붕 위에서 균형을 잡은 다음에 말을 험하게 다루고 있는 색마를 향해 혀를 찼다.

"저 고생하는 말한테 화풀이나 하는 못난 새끼."

귀마도 고개를 끄덕였다.

"못난 놈."

못 본 사이에 귀마는 색마 갈구는 재미로 살았던 것일까? 아주 만족스럽게 색마를 대했다. 사람은 이렇게 조금씩 성장하기 마련이다. 그제야 기분이 좀 풀린 모양인지 때때로 귀마가 지루한 노래를 불렀다. 나는 잠시 이상한 기분이 들었다. 그러니까 어느 순간부터 사대악인들은 내가 무언가를 결정하고, 내가 하자고 하는 것에 딱히 반박하지 않고 있었다.

군데군데 칠이 벗겨진 오래된 마차. 그리 튼튼해 보이지 않아서 사기를 당한 것 같은 두 필의 말. 가끔 지루한 옛 노래를 불러대는 귀마. 툴툴거리면서도 말고삐를 흔들고 있는 색마. 마차 안에서 또 깊은 고민에 빠진 강호고민남 검마. 나는 이들을 데리고 서쪽으로 향하다가 종종 지붕에서 내려와서 경공을 펼쳤다.

이때가 아니면 또 언제 경공을 수련하겠는가? 나는 공적을 죽이러 가는 것과 악인들과 여행하는 것과 내 경공의 경지를 끌어올리는 수련을 굳이 구분하지 않았다. 나는 악인들과 서쪽으로 향했다. 광승이 동쪽으로 향했던 것처럼 말이다. 이제 내게 동쪽과 서쪽은 중요하지 않았다.

244.
고요하고 거룩한 밤

풍운표국이라는 깃발을 내건 이유는 시비 거는 놈들을 혼내주기 위함이었는데, 마부석에 귀마가 앉아있는 것을 깜박했다. 대부분 귀마의 얼굴을 보자마자 겁을 먹거나 피해 가는 자들이 많아서 여행하는 동안에 시비는 우리가 걸어야 할 판국이었다. 하지만 모처럼 악인들을 이끌고 백도와 무림맹, 강호의 안녕과 평화를 위해서 직접 나선 상태여서 그럴 수는 없었다.

이것은 무림공적이 되겠다고 나선 여행이 아니라, 무림공적을 잡겠다고 나선 여행이기 때문이다. 나를 비롯한 사대악인들이 지었던 전생과 현생의 죄를 조금이나마 씻으러 가는 장엄한 여정이다. 이들이 구체적으로 무슨 죄를 지었던가? 나도 잘 모른다. 어쨌든 넷 중의 셋은 무림공적이었으니 구체적으로 많은 죄가 있었을 것이다.

그렇다면 검마는 무슨 죄를 지었는가? 그것도 모른다. 분위기만 봐도 죄가 많은 인간 같아서 그냥 함께 다니는 중이었다. 사실 죄가 없더라도 허구한 날, 처소의 앞마당에 나와서 목검이나 휘둘러 대는 인생이 뭐가 그렇게 재미있겠는가. 이렇게 끌려다녀야 바깥 구경도 하고, 한심한 제자의 구시렁대는 소리도 듣고, 귀마의 듣기 힘든 노래도 견뎌내고, 내 헛소리도 분석하고 그러는 것이다.

검마에게 죄가 있다면. 나랑 인연이 닿아버렸다는 죄. 다행히 검마는 그 어떤 상황에서도 불평이나 불만을 입에 담는 유형의 인간이 아니어서 있는 듯 없는 듯 우리와 함께 휩쓸려 다녔다. 여행이란 두근두근 설레는 시간이 찰나처럼 지나면 그다음부터는 심심하고 지루해지기 마련이다. 희한하게도 우리는 지루한 것을 잘 견디는 편이어서 귀마의 이상하고 지루한 노래를 잘 참으면서 들었다. 그러니까 이번 여행은 일종의 극기 훈련이나 다름이 없었다.

* * *

우리는 마차 여행으로 도착한 죽산 근처에서 야영을 준비했다. 오늘은 해가 질 때까지도 쉴만한 객잔을 찾지 못했기 때문이다. 말을 먼저 먹인 다음에 땔감을 모아서 마차 앞에 모닥불을 피우고 둘러앉았다. 타닥타닥 타들어 가는 모닥불에 땔감을 던져 넣으면서 시간도 태웠다. 삽시간에 익숙한 어둠이 주변에 내려앉았다.

어쩐지 우리는 약속이라도 한 것처럼 오랫동안 아무 말도 하지 않았는데 귀마가 먼저 가부좌를 튼 채로 운기조식하는 동안에 세 사람이 보초를 섰다. 그다음에는 색마가 운기조식을 시작하고, 귀마는 모닥불을 바라보는 자세로 누워서 먼저 잠을 잤다. 나는 악인들이 무엇을 하든 간에 신경을 쓰지 않은 채로 모닥불을 바라보다가 드러누워서 밤하늘의 별을 구경했다.

별 무리의 모습은 여전히 다양했다. 흩어진 것과 뭉쳐있는 것이 있고. 물결처럼 흐르는 것과 소용돌이처럼 회전하는 별 무리도 있었다. 마치 세상을 유심히 내려다보던 별들이 우리를 흉내 내는 것처럼 보였다. 나는 무수히 빛나는 별을 바라보면서 비교적 평화로우면서도 쓸데없는 생각을 했다. 잠시 후 근처에서 늑대 울음이 들리더니 쫓는 동물과 쫓기는 동물의 발소리가 뒤섞였다. 귀마가 눈을 뜨더니 귀찮다는 어조로 말했다.

"또 멧돼지 사냥인가? 막내야, 네가 가서 좀 쫓아내라."

귀마는 말을 마치자마자 코를 살짝 골았다. 운기조식을 마치고 이제 막 잠을 자려던 색마가 중얼거렸다.

"…자다가도 지랄이네."

나도 옆으로 돌아누워서 동물들이 쫓고 쫓기고 있는 어둠을 주시했다. 달빛을 안광에 머금은 늑대가 몇 마리 등장해서 모닥불을 경계하는 것이 보였다. 귀마가 다시 중얼거렸다.

"늑대야? 이쪽으로 뭔가 오는데."

선잠이 들었던 모양인지 상황은 다 파악하고 있었다. 검마가 갑자기 광명검을 뽑더니 헝겊으로 날을 닦기 시작했다. 그러자 악기를 다루는 것처럼 잔잔한 귀곡성이 흘러나왔다. 전에 들었던 광명검의 귀곡성은 수십 명이 단체로 비명을 질러대는 것 같았는데, 지금은 자장가를 부를 줄 아는 여자 귀신이 홀로 노래를 부르는 것 같았다. 색마는 늑대 무리를 바라보다가 갑자기 실성했는지, 공중으로 솟구쳤다가 늑대 무리를 향해 달려갔다. 깜짝 놀란 늑대 무리가 흩어지는 중에 색마의 웃음소리가 어둠 속에서 들렸다.

"잡으면 구워 먹을 테다. 저리 안 꺼져?"

귀곡성 때문에 잠을 깬 귀마가 그제야 일어나더니 내게 물었다.

"셋째야, 늑대 고기 먹어봤어?"

"아니? 맛있나?"

"몰라."

잠시 후에 색마는 뜬금없이 늑대들에게 쫓기던 커다란 멧돼지 한 마리를 끌고 오더니 누워있는 내게 말했다.

"칼 좀 줘봐."

"무슨 칼."

"그거 맨날 품속에 넣고 다니는 거."

이 새끼가 어떻게 알았지? 나는 섬광비수를 꺼내서 색마에게 던져줬다. 색마가 한쪽으로 이동하더니 붙잡은 멧돼지를 비수로 해체하면서 귀마에게 말했다.

"둘째는 땔감 좀 더 구해봐. 그만 처자고."

"건방진 새끼."

귀마가 짤막하게 대답하더니 땔감을 구하러 어디론가 이동했다. 나는 검마와 함께 멧돼지를 난도질하는 색마를 물끄러미 구경했다. 잠시 후에 색마가 큼지막한 멧돼지 다리를 모닥불에 구우면서 이유 없이 웃었다.

"으흐흐흐흐."

"…"

금세 복귀한 귀마가 땔감과 돌멩이로 대충 화로까지 만들자, 색마는 나머지 고기를 대충 나뭇가지에 끼워서 화로 위에 올려놓았다. 멧돼지 다리를 뒤집어 가면서 불에 굽던 색마가 검마에게 물었다.

"사부님, 소금 없습니까?"

검마가 품에서 육포를 꺼내더니 제자에게 던졌다. 그러자 색마는 섬광비수로 육포를 가늘게 자르더니 굽고 있는 고기 위에 소금을 뿌리듯이 떨궜다. 고기 타는 소리가 굉장히 평화로웠다. 잠시 후에 색마가 노릇노릇하게 구운 멧돼지 다리 하나를 귀마에게 건네면서 말했다.

"사부님, 드려."

귀마가 두툼한 다리 고기를 들고 가서 내밀자, 건네받은 검마가 한입을 베어 물었다. 색마가 물었다.

"어때요. 사부님?"

검마가 세상 건조한 어조로 대답했다.

"먹을 만해."

"예."

나는 고기로 변한 멧돼지에게 애도를 표했다.

"불쌍한 멧돼지 새끼. 늑대 피하려다가 똥싸개 이리한테 잡혔네."

잠시 후에 귀마가 내게도 멧돼지 고기를 내밀었다. 받아서 고기를 뜯어 먹어보니 육포의 짠맛과 조합되어 그런대로 먹을 만했다. 나는 색마가 큼지막한 멧돼지 뒷다리를 먹는 것을 보고 말했다.

"다리 내놔."

색마가 멧돼지 뒷다리를 야무지게 뜯으면서 대답했다.

"그거나 처먹어. 아무것도 안 하는 놈한테 고기를 구워다 바쳤으면 고마운 줄 알아야지."

귀마가 앞다리를 굽다가 내게 물었다.

"이거라도 먹을 테냐?"

나는 고개를 끄덕였다.

"줘."

귀마는 굽고 있던 앞다리에 침을 퉤퉤퉤- 뱉은 다음에 내게 말했다.

"그거나 처먹어."

"유치하다. 유치해. 그걸 또 침을 뱉네. 침 뱉으면 내가 안 먹을 줄 알았나 보지?"

검마는 무표정한 얼굴로 큼지막한 뒷다리를 뜯어먹다가 나를 바라봤다. 잠시 정적이 흘렀다. 나는 세 사람에게 물었다.

"멧돼지 다리가 네 개였을 텐데 왜 나만 이런 것을 먹고 있는가? 혹시 다리 하나는 늑대한테 뜯겼나?"

"…"

단체로 나를 무시하니까 내 기분도 신선했다.

"놀랍네. 분명히 세 사람과 함께 있는데 혼잣말을 하네."

이때, 제법 떨어진 곳에서 늑대의 울음소리가 길게 이어지다가 뚝 끊겼다. 우리는 고기를 씹다가 동시에 고개를 돌려서 늑대의 울음이 강제적으로 끊긴 어둠을 주시했다. 희미했지만 늑대 머리가 땅에 떨어지는 소리도 들렸다. 잠시 후에 복화술을 사용하는 목소리가 근처에서 들렸다.

"네 사람은 무슨 이유로 죽산 근처를 배회하면서 시끄럽게 구는가?"

내 말을 철저하게 무시하던 세 사람이 동시에 나를 바라봤다.

"..."

나는 손가락을 입에 댄 다음에 귀를 기울였다. 복화술 때문에 위치를 파악할 수 없는 목소리가 다시 이어졌다.

"아무리 살펴도 자네 넷은 사마외도에 가까운데 무슨 일인가? 단순한 행자인가, 아니면 누군가를 찾고 있나. 같은 적을 찾는 것이라면 힘을 합치는 것도 나쁘지 않겠지. 누구를 죽이려는가?"

이번에도 세 사람이 나를 바라봤다. 나는 이번에도 고개를 저었다. 목소리가 다시 이어졌다.

"경고하네만 죽산을 조용히 떠나든지 아니면 목적을 밝히게. 떠나지 않겠다면 벗을 모아서 자네들을 죽일 생각이야. 무림맹에서 보낸 자들이면 당장 죽일 생각이었으나 아무리 봐도 그쪽은 아닌 것 같아서 하는 마지막 제안일세."

나는 고개를 끄덕였다. 우리 넷을 보고도 무림맹에 속하는 고수라고 생각하는 사람이 있다면 그놈은 미친놈이다. 우리 넷은 각자 분위기가 다르긴 하나, 착한 놈처럼 보이지 않는다는 공통점이 있다. 이리 보고 저리 봐도 나쁜 놈이고, 나를 봐도 못된 놈이다. 나는 그제야 적당한 목소리로 대답했다.

"죽산이 너희 집 안방이냐. 왜 꺼지라 말라 지랄인가. 무엄하도다."

나는 말을 던져놓고 반응을 기다렸으나 주변이 잠잠했다. 잠시 후에 같은 목소리가 흘러나왔다.

"대사형이 전하신다. 해가 뜨기 전까지 죽산에서 떠나라. 무림맹의 돈을 타 먹으려는 사마외도 무리라고 너희를 규정하셨다."

진지하게 이야기를 듣고 있는데 색마가 다가와서 멧돼지의 마지막 앞다리를 내밀었다. 나는 멧돼지 고기를 뜯어 먹느라 잠시 대꾸하는 것을 잊었다. 육즙이 기가 막혀서 세 사람에게 말했다.

"아, 다리가 맛있었네."

"그러게."

"잘 구웠어. 똥싸개가 또 이런 재주가 있었다니."

나는 그제야 살짝 놀라서 어둠을 향해 외쳤다.

"…뭐라고! 뭐라고 했나? 방금…? 갔어?"

나는 귀마에게 물었다.

"복화술 갔어?"

귀마가 고개를 저었다.

"복화술인데 내가 어찌 알아. 몰라. 고기나 처먹어."

"마지막에 뭐라고 했지?"

"몰라. 복화술이라서 발음이 안 좋아. 어버버버 해서 모르겠다."

나는 멧돼지 다리를 뜯으면서 중얼거렸다.

"환장하겠네. 이거 완전 둘이 먹다가 한 놈이 암기에 당해도 못 알아차릴 맛이야. 강침 같은 거 있잖아. 휙! 푹! 억! 하고 옆에서 쓰러지는데도 계속 고기를 처먹고 있는 거지. 그런 맛이다, 이 말이야."

색마가 대답했다.

"그러지 말고 아예 시장 쪽에 내려가서 고기랑 땔감이랑 소금이랑 그런 것도 잔뜩 사 와서 먹자고. 채소도 좀 넉넉하게 가져오고. 사부님, 어떻습니까?"

멧돼지 다리뼈에 붙은 살점을 꼼꼼하게 훑고 있었던 검마가 짤막하게 대꾸했다.

"좋지."

귀마가 손가락을 튕겼다.

"술도 사 오고."

색마가 고개를 끄덕였다.

"술을 깜박했네. 와, 여기서 별 보면서 고기 굽고, 술 한잔해야지. 호숫가가 있으면 정말 좋은데 내일 좀 주변을 둘러봐야겠다."

귀마가 내게 말했다.

"셋째야, 돈 좀 줘라."

악인들이라 그런지 다들 경제적으로 무능력했다. 실은 나도 전생에 경제적으로 무능력했기 때문에 이런 점은 이해하는 편이다.

"달라면 드려야지."

이때, 간 줄 알았던 복화술 사내의 목소리가 들렸다.

"…그것이 너희 대답이냐?"

나는 고개를 홱 돌려서 어둠을 주시한 채로 대답했다.

"뭐라고? 안 갔어? 이 새끼 도대체 어디서 어버버대는 거야?"

"…"

나는 어둠을 향해 돌아앉은 다음에 뼈다귀 한 개를 힘차게 집어 던졌다.

"이거 먹고 꺼져라. 좀!"

뼈다귀가 어딘가에 떨어져서 굴러가다가 멈췄다. 나는 숨을 들이마신 후에 말을 길게 내뱉었다.

"…아니, 복화술을 뭐 하러 익혔어? 복화술 익힐 시간에 운기조식을 한 번 더 했겠다. 쳐들어올 거면 지금 오고. 아니면 좀 꺼져. 밤새 복화술로 떠들 거야? 친구들 빨리 데려와. 대사형도 데려오고. 이제 밥 먹고 자야 하는데 왜 오밤중에 계속 복화술로 어버버버 지랄이야? 무공에 자신이 있는 놈이면 복화술을 안 익혔겠지. 무공에 자신이 없으니까 복화술을 익힌 거 아니야? 쥐새끼야? 강호인이면 강호인답게 수련을 열심히 해. 왜 쥐새끼처럼 복화술을 익혀서 어둠 속에서 어버버대느냔 말이야. 내 말이 틀렸어? 대사형이 너는 무공에 재능이 없으니까 복화술부터 익힌 다음에 요긴하게 써먹을 때가 있을 것이다. 이렇게 가르치더냐? 그게 오늘 밤이었어? 아니지. 복화술은 사부가 가르쳤겠네. 아니, 어떤 병신 같은 놈이 제자에게 복화술을 가르쳤지. 사실 우리 문파는 무공으로 대결하는 문파가 아니다. 주둥아리로 끝장을 보는 문파이니라. 어둠 속에서 상대방이 위치를 파악할 수 없게끔 먼저 복화술을 익혀야 한다. 이러더냐? 어둠의 쥐새끼 같은 신비 세력이야? 정체가 뭐야?"

나는 뒷다리의 살점을 뜯어먹으면서 말을 이어나갔다.

"우리가 사마외도든 무림맹이든 너희랑 무슨 상관이야. 너희가 죽산의 주인이야? 나무 심었어? 산적이야? 멧돼지가 사유 재산이야? 너희부터 정체를 밝혀라. 이상한 새끼들이네. 끝까지 숨어서 혼신의 인내력으로 내 말을 참아가면서 듣고 있나? 염병할 새끼들, 정상은 아니네."

색마가 탄식했다.

"귀에서 피 나겠다."

나는 색마를 바라보면서 말했다.

"와, 생각해 보니까. 저놈 사부는 죽산 전체에 목소리를 울리는 복화술을 배운 게 아닐까? 그럼 이제 잠자긴 글렀다. 잠들락 말락 하면 복화술로 다 깨우는 거지. 일어나라, 죽산의 생명체들아. 새 아침이 밝았다."

색마가 손가락으로 자신의 귀를 후벼 팠다.

"아, 그만 좀 해. 내 귀에서 피 나올 것 같아. 내가 미안하다. 내가 대신 사과할게. 복화술 익혀서 미안하다. 그만해. 고기나 좀 처먹어."

먼저 뒷다리를 해치운 검마가 땅에 드러눕자, 색마가 물었다.

"사부님, 주무십니까?"

검마가 비스듬히 누워서 대답했다.

"나 잔다."

"예."

검마가 눈을 감은 채로 내게 말했다.

"셋째도 좀 자라. 듣고 있으니까 나도 어질어질하다."

나는 고기를 먹으면서 대답했다.

"먹고 자야지."

내가 주둥아리를 봉인하자, 죽산 전체가 다시 고요해졌다. 나는 귀마에게 속삭였다.

"복화술, 갔냐?"

귀마도 속삭이는 어조로 대답했다.

"몰라 이 새끼야. 모르긴 몰라도 피를 토하면서 갔을 거야."

"그럼 다행이고."

갑자기 으흠- 소리를 낸 검마가 돌아누웠다. 색마도 지쳤는지 드러누워서 눈을 감았다. 귀마도 갑자기 눈을 감더니 가부좌를 틀면서 중얼거렸다.

"정신이 혼미하다."

나는 이렇게 또 야밤에 홀로 남아서 악인들에게 말했다.

"자라… 좋은 밤."

대화를 나눌 상대들이 사라졌지만, 고요하고 거룩한 밤이었다. 그럼 됐다.

245.
어둠을 바라보면서
빛에 적응했다

검마, 귀마, 색마의 숨소리가 차분하게 이어졌다. 어쩌다 보니 내가 보초였다. 나는 간간이 귀마가 가져온 땔감을 넣으면서 모닥불을 바라봤다. 일렁이는 불꽃을 바라볼 때 반사적으로 생기는 내 마음의 문제를 내려놓음의 미학으로 다스려 봤다. 집도 없고 돈도 없는 거지들의 대장처럼 말이다. 불꽃이 내 광기에 불을 지피기 시작하면 지금 당장 어둠 속을 달려서 복화술로 떠들던 놈을 밤새 찾아다녔을 테지만 오늘은 그러지 않았다.

쉽지 않은 일이었으나 잠을 자는 악인들을 방해하지 말자는 마음이 내려놓음의 마음가짐과 합쳐져서 그럭저럭 나는 잘 버텼다. 최대한 조용하게 땔감을 넣으면서 악인들의 밤을 물끄러미 지켜봤다. 문득 나는 악인들과 내 상태를 점검해 봤다. 여행은 잘하고 있는 것일까?

나쁘지 않다는 말이 흘러나왔다. 무릉자를 잡겠다고 떠난 여행이었지만 그를 만나지 않아도 상관이 없었다. 어딘가에 틀어박혀서 무공만 수련하는 미친 원숭이들의 삶이 아니라 전생과 전혀 다른 생각으로 살아가는 나와 악인들을 격려했다. 이 정도로만 살아도 나쁘지 않다고 말이다.

시간을 잊은 채로 불꽃을 바라보면서 마음을 다스리자 내게도 새벽이 찾아왔다. 새벽이 왔다는 것은 내 마음에 드리웠던 어두움도 점차 걷혔다는 뜻이다. 어스름이 걷히면서 돌멩이와 잡초, 시커먼 나무들이 형체를 갖춰나갈 때쯤 귀마의 목소리가 들렸다.

"문주, 이제 좀 자라. 고생했다."

나는 일어나는 귀마를 바라봤다.

"왜 더 자지 않고."

"많이 잤다. 자기 싫으면 운기조식이라도 해."

나는 귀마와 눈을 마주쳤다가 그대로 가부좌를 튼 채로 백전십단공의 운기조식을 시작했다. 오늘은 별과 불꽃을 오랫동안 쳐다봐서 그런 것일까. 눈을 감아서 생긴 어둠 속에서는 별 무리가 떠다니고 불꽃도 춤을 췄다. 마음을 차분하게 가라앉힌 상태에서 운기조식을 해서 그런지, 잠시 후 내가 만들어 냈던 어둠을 밀어내던 은하수 너머에서 환청이 들렸다.

'백전십단공 육단행, 육단행 마차가 이제 곧 출발하겠습니다.'

'셋째야, 꽉 붙잡아라. 이번엔 좀 빠르다.'

'마차가 왜 이렇게 빨라졌지? 죽산의 공기가 좋아서 그런가?'

'와, 어질어질하다. 꽉 잡아! 마차에서 떨어지면 주화입마야.'

'당연히 빠를 수밖에. 길이 달랐을 뿐이야. 목적지는 늘 같았지. 이미 네가 금구소요공으로 뚫은 것과 비슷한 여정이라서 이번에는 더 빠를 것이다. 가자!'

'좋았어. 가자.'

이 느낌은 뭐랄까. 나는 꿈에서도 사대악인들과 지랄 중이었다. 그래도 주화입마라는 말이 긴장감을 느끼게 했기 때문에 종종 아득해지는 정신을 부여잡은 채로 덜컹거리는 마차를 꽉 붙잡았다. 얼마나 맹렬하게 달려 나갔던 것일까. 어느 순간 내 손에서 뇌기가 퍼져 나가더니 붙잡고 있는 마차가 뇌기에 홀라당 타들어 가고 있었다. 내가 이렇게 때때로 사고를 치는 사람이다. 함께 마차에 탄 채로 육단행을 돌파하던 사대악인들이 언성을 높였다.

'자하가 마차를 뇌기로 태운다. 탈출해라! 피해!'

'어디로?'

'일단 탈출해! 뛰어!'

'확인.'

나는 순간 정신을 차리면서 눈을 번쩍 떴다.

"…!"

모닥불이 꺼져있고, 해는 중천에 떴으며 백전십단공의 경지는 한층 더 깊어졌다. 황당했지만 그것이 사실이었다.

'음, 육단인가? 왜 이렇게 빨리 정복했지.'

어떤 경지나 목적지에 도달하는 방법은 시간이 절대적인 요소가 아님을 경험한 느낌이랄까. 운기조식으로 내공을 쌓는 과정을 여정이라고 가정해 본다면, 평행선을 따라 걷는 것처럼 목적지에 영원히 도착하지 못할 때가 있다. 열심히 수련해도 헤매게 되는 경우가 이렇다. 그 과정에서 목적지가 어디인지 파악하지 못해서 쓰러지는 경우가 있는데 이때도 일종의 주화입마라 할 수 있다.

하지만 내가 간밤에 꿈처럼 경험한 것은 별 무리에 휩쓸려서 다음 목적지에 갑작스럽게 도착하는 상황이었다. 정신을 좀 차린 다음에 주변을 살펴보니 색마, 귀마, 검마가 내 앞에 나란히 앉아서 전방을 주시하고 있었다. 나는 너무 눈이 부셨기 때문에 세 악인의 등이 만들어 낸 어둠을 물끄러미 바라보면서 눈부신 빛에 적응했다.

"..."

어둠이 있어야 빛에 적응할 수 있는 것일까. 그제야 나는 사대악인들의 너머에 있는 늑대 무리를 발견하고 고개를 갸웃했다. 내가 잠이 덜 깼나? 늑대 무리 틈바구니에 짐승의 털옷을 입은 사냥꾼들이 섞여있었다. 딱 봐도 평범한 사냥꾼은 아니었다. 기도가 느껴졌기 때문이다. 희한하게도 저 사냥꾼들과 전혀 어울리지 않는 도사 차림의 검객들이 옆에 모여있고, 그 우측에는 다양한 병장기를 들고 있는 낭인 무리도 뒤섞여 있었다.

한마디로 개판이었다. 가끔 흑도黑道와 사도邪道 무리를 구분할 때가 있는데 지금이 그렇다. 통일된 분위기를 가진 흑도 방파가 아니라 사파로 싸잡아서 불러야 하는 다양한 군상들이 모여서 악인들과 대치하고 있었다. 나는 세 사람에게 물었다.

"복화술 일당인가?"

색마가 전방을 주시한 채로 대답했다.

"그렇지 않을까? 죽산의 사도 연합 같은데. 산적 무리, 엽사, 도사, 낭인, 나무꾼, 괴이한 놈들까지 아주 다양해."

나는 팔짱을 낀 채로 적과 아군에게 물었다.

"덤비지 않고 뭐 하는 거야?"

"저쪽도 누군가를 기다리는 모양이야."

나는 그제야 일어나서 앉아있는 색마에게 다가가서 손을 내밀었다.

"섬광비수."

색마가 아무렇지도 않게 섬광비수를 품에서 꺼내더니 내게 내밀었다. 나는 섬광비수를 내 품에 넣은 다음에 죽산의 무리를 훑어봤다. 내가 눈을 감고 있다가 일어나서 그런지 다들 나를 바라보고 있었다. 상황을 파악해 보니 내가 운기조식을 하고 있어서 세 명의 악인들이 애써 살기를 억누른 채로 대기하고 있었던 모양이다. 난전이 벌어지면 내가 부상을 입을 수도 있었기 때문이다. 나는 새삼스럽게 세 사람을 바라봤다.

'음, 확인.'

그제야 세 사람도 자리에서 일어나더니 전방을 주시했다. 이대로 싸우면 죽산의 떨거지들은 오늘 이곳에서 모조리 다 죽는다. 나는 세 악인을 잠시 말렸다.

"잠시 대기."

죽산의 무리를 죽이게 되어도 내 손으로 다 죽이는 게 낫다. 나는 도사 일행을 바라보면서 말했다.

"너희 사부는 어디 있나?"

"곧 오신다."

나는 사냥꾼과 낭인 무리에게도 말을 걸었다.

"나는 남악녹림맹을 몰살하고, 일위도강 살수집단을 궤멸시키고 마교 병력을 백응지에서 몰살했던 이자하다. 맹주의 부탁을 받아서 무림공적인 서악 무릉자를 찾고 있다. 산 채로 무림맹에 잡혀가면 변호할 기회가 주어지고, 죄를 고하고 용서를 빌면 반드시 죽지만은 않는다. 특히 너희는 무릉자의 명령을 받아서 내게 덤볐다가 이 자리에서 몰살당하는 우를 범하지 말도록. 너희가 마교 병력보다 강하단 말이냐? 그런 착각은 하지 말아야지."

도사 쪽에서 단체로 웃음이 터지더니 내게 말했다.

"신남육룡 이자하가 네놈인가?"

"그렇다면 나머지 떨거지가 하오문이라는 말이냐?"

순간 악인들의 표정을 살폈다. 귀마, 색마는 물론이고 검마까지 방금 말에 살짝 한숨을 내쉬었다. 나는 도사들을 바라봤다.

"방금 누가 웃었어?"

"…"

뒤에서 귀마가 검을 뽑았다. 색마가 늑대를 쫓아갔던 때처럼 이상하게 웃고, 검마는 아무 말이 없었지만, 공력을 끌어올리고 있는지 뒤에서도 기도가 느껴졌다. 나는 속으로 내게 물었다.

'이게 맞아?'

아마 무릉자의 실력은 꽤 높을 것이다. 광승과 거칠게 싸웠으니 확신할 수 있다. 그런 놈과 싸우는 것은 아무런 불만이 없지만 이런 떨거지를 학살하는 것이 사대악인에게 무슨 도움이 될까 싶었다. 그래서 차라리 내 손으로 다 죽이고 싶었다. 세 명의 악인들도 빛에 적응하려면, 내가 대신 어둠을 만들어 주는 게 낫기 때문이다. 우리는 전생에 모두 스스로 어둠이 된 상태에서 갈 길을 잃었던 행자들이었다. 나는 몰려온 군상들에게 말했다.

"…요약하면 무릉자한테 직접 나서라고 해라. 너희까지 휩쓸려서 죽을 필요는 없다. 내 뒤에 마교의 전 좌사인 검마가 있다. 우리 일행은 하오문이 아니야."

이때, 뒤에서 누군가가 내 어깨를 붙잡았다. 검마가 내게 말했다.

"셋째야, 네가 이자들을 살려주고 싶겠지만 쉽지 않은 일이다. 네 뛰어난 언변도 매번 통하는 것은 아니야. 이자들은 죽을 때가 되었다. 네가 우리를 끌고 다니는 이유는 내가 짐작하고 있다만 이런 싸움까지 말로 해결하려 든다면 우리가 강호인이 아니겠지. 설마 우리 넷이 득도라도 할 것 같더냐? 그럴 가능성은 없다."

나는 검마를 바라보다가 씨익 웃었다.

"그런가?"

내가 가만히 서있자 색마와 귀마가 좌우에서 지나치더니 병력을 향해 걸어갔다. 검마가 죽산의 사도 연합을 보면서 말했다.

"오늘, 다 죽어라."

검마가 광명검을 뽑자 귀마와 색마가 전방으로 돌진했다. 잠시 내가 간밤에 도사가 됐던 것일까. 나는 검마의 말에 정신을 차리면서 살짝 깨달음을 얻은 광마로 복귀했다. 인간은 말을 처 듣지 않을 때가 많다는 것을 내가 깜박했다. 이제 검마도 광명검을 어깨에 걸친 채로 죽산의 무리를 향해 다가갔다. 이미 색마가 빙공을 쏟아내면서 도사 무리와 박이 터지도록 싸우고 있었고. 귀마는 늑대 울음소리가 지겨웠는지 검을 휘두르면서 날뛰고 있었다. 악인들이 마음껏 싸우고 있는 모습을 보고 있으려니, 갑자기 나도 속이 시원해졌다.

"으흐흐흐."

여행의 묘미는 동행자들을 내 입맛대로 통제하기 어렵다는 점이었나? 세 사람은 여행의 목적이 애초에 싸움이었던 것처럼 날뛰기 시작했다. 나는 그 광경을 흐뭇하게 지켜보다가 양손에 백전십단공을 휘감았다. 아무도 나를 신경 쓰지 않았기 때문에 백전십단공의 뇌기를 오단까지 끌어올렸다가 간밤에 돌파했던 육단의 뇌기까지 주입했다.

"오호라…"

여기서 일월광천을 사용했다간 사대악인들까지 중상을 입을 터였다. 하지만 백전십단공은 다르다. 이 정도는 막을 수 있을 것이다. 그래도 형제들이 걱정되어서 주둥아리를 개방해서 경고했다.

"다들 조심하라고."

전방에서 싸우던 검마, 색마, 귀마가 나를 힐끔 바라봤다. 나는 양손에 밀어 넣고 있었던 뇌기로 백색의 구체를 만들어서 일월광천을 주조하듯이 양손을 뭉쳤다. 삽시간에 일대에 굉음이 터지면서 내 전신도 백색의 기류에 휩싸였다.

파지지지지지직…

'아, 이래서 꿈속의 마차가 홀라당 탔었구나.'

이것을 예지몽이라고 하는 것일까? 귀마는 일월광천이라고 착각을 한 모양인지 비명을 지르면서 멀어지고. 색마는 내게 쌍욕을 퍼부으면서 경공을 펼치고 있었다. 그 와중에도 심각하게 침착한 검마가 내공을 담아서 말했다.

"일월광천이 아니다."

나는 이미 양손에 백전십단공으로 만들어 낸 뇌전마차雷電馬車를 완성한 상태. 전신에 극양의 내공이 폭발하듯이 뻗쳐 나오고 있었기 때문에 나는 뇌기로 만들어 낸 마차를 양손으로 받친 채로 적들에게 돌격했다. 이상하게도 웃음이 흘러나왔다. 꿈속에서 별 무리를 뚫고 나아가던 모습이 생생했기 때문이었다.

나는 뇌전마차의 효과를 어느 정도 예상한다. 일월광천과 같은 폭발력은 없을 테지만, 꽤 많은 자들이 제대로 못 싸우게 될 터였다. 내가 양손에 거대한 뇌기를 짊어진 채로 달려가자, 사대악인도 나를 피해서 도망가고 늑대와 사냥꾼, 도사와 낭인들도 나를 피해서 도망치기 시작했다.

내 모습이 그렇게 무서운 것일까? 일월광천이 아니라고 말하던 검마마저 나를 피해서 멀찍이 떨어지고 있었다. 나는 뇌전마차를 죽산의 무리가 가장 많이 뭉쳐있는 곳으로 던졌다. 날아가는 와중에도 파지지지지직- 하는 요란한 소리가 음악처럼 들렸다. 상공에서 누군가의 머리에 떨어진 뇌전마차가 폭발하자 사방팔방으로 뇌기가 흩어지면서 수백 갈래의 크고 작은 백색의 빛줄기가 뻗어 나갔다.

도망가던 자가 쓰러지고, 흩어진 줄 알았던 뇌기가 땅에서 솟구치고, 무리 지어 있었던 늑대들은 동시에 뒤집히더니 배를 하늘로 내밀었다. 색마, 귀마, 검마는 각자 방어 절기를 펼친 상태로 공중에 떴다. 삽시간에 뇌전마차가 떨어진 장소가 움푹 파인 채로 주변이 온통 아수라장이었다. 나는 그제야 목검을 뽑은 다음에 사대악인들에게 말했다.

"가자."

분명히 친근한 어조로 말했는데도, 쌍욕으로 돌아오고 있었다. 이 정도에 당하면 사대악인이 아니다. 안 죽었음 됐지. 왜 화를?

246.
어둠에 적응할 시간이 필요해

내가 이상한가? 나는 사람에게 길든 늑대를 죽이는 것이 늑대를 강제로 길들인 사냥꾼을 죽이는 것보다 더 죄책감이 들었다. 이런 생각을 하면 나는 인간의 적이 되는 것일까. 상념에 대한 결론을 내지 못한 채로 잡다한 군상들의 칼을 쳐내고, 사냥꾼의 팔을 자르고, 백전십단공을 휘감은 좌장으로 낭인들의 얼굴을 태웠다. 적의 수가 훨씬 많았기 때문에 수비하는 것도 귀찮아서 나도 모르게 독고중검의 묘리를 떠올리면서 공격 일변도로 움직였다.

물론 내 목검은 가볍다. 하지만 내 공격이 가볍지 않으니 괜찮다. 순간, 옆으로 누군가에게 잘린 팔 하나가 날아가면서 내 얼굴에 핏물을 쏟아냈다. 싸우면 이래서 고생이다. 나는 얼굴에 피를 뒤집어쓴 채로 다시 도사를 죽이고, 칼을 휘두르는 사냥꾼을 쫓아가서 목을 벴다.

순간, 피 냄새가 코를 찔렀다. 무공이 전체적으로 상승하면서 오감도 더 예민해진 것일까. 오랫동안 씻지 않은 사냥꾼의 체취에 섞인 피 냄새가 오늘따라 역했다. 나는 피 냄새가 불편해서 목검을 집어넣은 다음에 양손에 백전십단공을 다시 휘감았다.

탁!

눈앞에 날아온 채찍을 붙잡자마자 백전십단공을 주입하면서 잡아당겼다. 그 와중에도 채찍의 용도를 알 것 같았다. 늑대들을 후려 패던 채찍이겠지? 뇌기에 휩싸여서 비명을 지르던 사내가 내 앞에 도착했을 때는 이미 혼절한 상태. 죽은 놈의 채찍을 빼앗아서 뇌기를 주입한 다음에 닥치는 대로 후려 패면서 돌아다녔다.

이것이 더 효율적이었다. 나는 늑대들은 되도록 발로 차서 날리고, 늑대 조련사들을 채찍으로 때려죽였다. 뇌기가 이래서 좋다. 다리를 때려도 뇌기가 전해지고, 누군가가 칼을 받아쳐도 뇌기는 고스란히 전해지기 때문이다. 스치기만 해도 뇌기 때문에 경련을 일으키는 자들이 있었는데 이들은 종종 귀마의 검에 잘려서 즉사했다. 그제야 상황을 둘러보니 내가 귀마와 조합된 채로 살육을 벌이는 상태였고, 검마는 색마와 함께 날뛰고 있었다.

뇌기와 검객이 조합되고, 빙공과 검객이 조합된 상황. 이 더하기 이는 조합이 죽였다. 색마가 빙공을 펼치면서 깊숙하게 파고들면 어김없이 따라붙은 검마가 광명검을 휘둘러서 목을 쳐냈다. 검마는 애초에 무자비한 사내다. 싸움이 시작되자, 대부분 일검에 즉살시키면서 이동하고 있었는데 어쩐지 이미 독고중검의 묘리를 어느 정도 알고 있는 것처럼 보였다. 나중에 내가 독검중검의 비급을 전달하면 구 할 정도 완성된 검법에 일 할 정도의 확신이 더해질 터였다. 그거면 비급의 역할로는 충분하지 않을까? 그러고 보면 백의서생도 정말 보통 인간은 아닌 셈이다. 귀마가 내게 소리쳤다.

"뭘 구경하고 있어!"

나는 백전십단공을 주입한 뇌기의 채찍을 붙잡은 채로 둘러보다가 내공을 실어서 말했다.

"축산의 생명체들아, 꿇어라."

아무도 내 말을 귀담아듣지 않았다. 순간, 공중으로 솟구친 도사 한 명이 검을 내밀면서 내게 날아왔다. 나는 항복 제안을 무시당한 상태에서 무의식으로 자하기를 발동시켰다. 휘두르고 나서야 채찍을 휘감고 있는 것이 자줏빛임을 알아차렸다. 공중에서 퍽- 하는 둔탁한 소리가 터지더니 자하기가 주입된 채찍에 맞은 도사가 공중에 뜬 상태에서 사방팔방으로 흩어졌다.

푸악!

백전십단공이 주입된 채찍으로 때리는 것과는 결과가 아예 달랐다. 삽시간에 핏덩이와 살점이 폭발하듯이 흩날리자, 주변에 있었던 낭인들이 살점과 피로 된 소나기를 뒤집어쓴 채로 비명을 질러댔다.

"병신 같은 놈들, 당하고 나서야 정신을 차린다니까."

비명은 마치 전쟁터를 잘못 찾아왔다는 후회가 가득 담긴 악다구니처럼 들렸다. 이때부터 도망치는 자들이 하나둘씩 늘기 시작하더니 전형적인 패잔병들처럼 행동했다. 도사가 옆에 있는 사냥꾼을 붙잡아서 앞으로 대신 내보내고, 낭인들은 눈치를 보다가 물러났다. 하지만 도사들은 도망가려는 낭인들의 목을 베더니 끝까지 싸움을 독려하고 있었다.

'이야, 독한 놈들이네.'

어쨌든 도사 놈들은 물러날 생각이 없어 보였다. 이는 사대악인이 보여준 공포감보다 무릉자에 대한 공포와 믿음이 더 크다는 뜻이다. 나는 눈에 묻은 피를 닦아내면서 도사를 바라봤다.

"무릉자는 안 오고 왜 너희가 죽어나가는 것이냐? 괜히 서악西惡이 아닌 모양이네."

나는 순간적으로 도망치려는 놈을 보자마자, 경공으로 거리를 좁힌 다음에 머리통을 붙잡아서 백전십단공을 주입했다. 경지가 높아져서 그런지 비명도 짧았다. 사냥꾼은 가장 먼저 몰살된 상태였고. 얍삽한 부류인 낭인들은 흩어져서 남아있지 않은 상태. 일부 낭인은 아예 도사들과 맞붙었다가 슬금슬금 퇴각하고 있었다. 여전히 도사들만 항전 의지를 가진 채로 우리를 바라보는 상황. 색마는 가만히 있는 내게 물었다.

"뭐 해? 뭐 찾았어?"

나는 대치하고 있는 도사들을 둘러보고 있었다. 도사들이 숨을 헐떡이면서 전부 나를 노려보고 있었는데 어쨌든 이들은 죽산파竹山派라고 싸잡아서 불러도 손색이 없는 실력자들이었다. 나는 도사들을 바라보다가 그제야 거친 숨을 내쉬지 않고 있는 두 사람을 발견했다.

"둘 중에 대사형이 누구냐?"

"…"

나는 유난히 나를 증오의 눈빛으로 바라보는 사내에게 물었다.

"네가 복화술이지? 입 다물고 있으면 모를 줄 알았나? 이 새끼 눈빛부터가 음산한 복화술이네."

이때, 맑은 목소리가 울렸다.

"문주께서 싸움을 멈추신 것은 우두머리끼리 해결하기 위함인가요?"

나는 사대악인들과 어리둥절한 표정으로 주변을 살폈다.

"이건 어디서 터지는 개소리야?"

복화술은 아니다. 처음 듣는 목소리였으나 사마외도의 음색은 아니었고 발음도 이상했다. 나는 주변을 둘러보다가 나무 위를 바라보면서 말했다.

"얼굴 보고 말해."

제법 떨어진 곳의 나무가 흔들거리더니 공중에서 법복을 입은 젊은 승려가 가볍게 착지했다. 사실 나는 매우 놀라는 법이 없는 사내이긴 했으나 눈앞의 승려를 보자마자 할 말을 잃은 상태였다.

"..."

그러니까 광승과 복장이 똑같은 잡부밀교雜部密教의 승려가 눈앞에 있었다. 황색의 법의를 위에 걸치고 안에는 허름한 잿빛의 승복을 입고 있었는데 내가 어찌 이 복장을 알아보지 못하겠는가? 더군다나 나는 젊은 승려를 보자마자, 정체도 추측할 수 있었다. 그러니까 이 사람은 광승보다 먼저 중원을 돌아다녔던 광승의 사제다.

광승의 표현에 의하면 무학의 천재로 무승武僧의 길을 걷는 행각승行脚僧, 즉 잡부밀교에서 나와서 여러 곳을 떠돌아다니는 수행자였다. 다만 직접 보니까 무승의 느낌보다는 학자로 대성할 것 같은 총명함이 느껴졌다. 정리하면 이렇다. 이 무승이 누군가에게 죽었기 때문에 광승이 분노한 채로 중원에 출두하는 것이 전생에 벌어졌던 사건이다. 광승의 사제가 나를 보면서 말했다.

"제가 여러분을 무릉자가 있는 곳으로 데려가면 우두머리끼리 승부를 내고 불필요한 살생을 하지 않으시겠습니까?"

나는 저절로 탄식이 흘러나왔다. 무학의 천재는 맞지만, 엄청나게 고지식하다고 들었다.

'염병할…'

딱 봐도 고지식함이 기도로 느껴질 정도였다. 일단 나는 고개를 끄덕였다.

"안내해."

대사형으로 추측하는 사내가 입을 열었다.

"네가 누군데 남의 일에 끼어드는 것이냐?"

무승이 대답했다.

"싸움이 이어지면 여기 있는 분들이 문주 일행에게 모두 죽기 때문입니다. 그렇지 않겠습니까? 싸워봐서 알겠지만 죽산의 무림인들이 감당할 수 있는 분들이 아닙니다. 사부님의 질책이 두렵다면 잠시 피해 계시고. 네 분은 저를 따라오시지요."

몇 마디 대화를 나누지 않았으나, 다들 정체불명의 젊은 승려가 매우 고지식하다는 것을 알아차렸을 터였다. 이 무승은 인간의 선함에 많은 것을 기대하는 부류였다. 이래서 누군가에게 당했던 것일까. 강호인들은 이 무승처럼 순진한 법이 없기 때문이다. 검마가 무승에게 물었다.

"승려께선 어디서 오셨소. 처음 보는 복장인데."

"서장에서 왔습니다."

"천축? 밀교?"

"평범한 행각승입니다."

색마가 대답했다.

"아니야. 당신은 전혀 평범해 보이지가 않아."

나는 대사형과 복화술 쓰는 놈에게 말했다.

"너희가 살 기회는 지금이 유일하다. 막으면 죽고, 가만히 있으면 살아. 어떻게 할래?"

광승의 사제가 또 끼어들었다.

"문주께선 이 이상 살생하지 마십시오. 이미 많이 죽이셨습니다."

나는 무승에게 곧장 호통을 내질렀다.

"닥쳐라!"

"..."

생각해 보니까 이 무승은 강호에서 죽음을 맞이하는 내 사숙이다. 어쩐지 나는 이 무승이 대충 어떻게 죽었는지 알 것 같다. 사람의 말을 잘 믿는 사내다. 그 믿음의 바탕에는 인간을 계도啓導할 수 있다는 신념이 깔려있기 때문일 터. 하지만 인간은 그렇게 쉽게 바뀌는 종자들이 아니다. 그렇다면 내가 이런 여행을 하고 있지 않았겠지. 계도가 그렇게 쉬운 것이라면 백응지에서 술이나 처먹었어도 됐을 일이다. 무승이 평온한 얼굴로 내게 말했다.

"문주께서 굳이 살생을 위해 움직인다면 무릉자의 위치를 가르쳐 드리지 않겠습니다."

나는 고개를 끄덕였다.

"답답한 승려네. 상관없어. 대신에 여기 있는 놈들이 우리에게 다 죽겠지."

전생에 사숙이었던 사내가 말했다.

"무릉자를 죽이라고 알려드리는 게 아닙니다. 무림맹으로 데려가서 죄를 빌게 하신다면 도와드리겠습니다. 문주님에 대한 소문은 저도 가끔 들었습니다. 그 정도는 가능하시겠지요?"

이야, 전생 사숙께서 이미 내 소문을 들으셨다고? 황당하고 어리둥절한 상황이 이어졌지만 나는 정신을 바짝 차렸다. 광승의 사제는 이 비정한 강호에서 결국에는 죽음을 맞이하는 인물이다. 이 사람에게 끌려가면 전생과 다를 바가 없다. 사제의 죽음을 알자마자 광승이 강호에 등장할 게 뻔했기 때문이다.

사제의 죽음을 전해 듣고 광승이 강호에 도착하는 것과 사제가 멀쩡하게 살아있는 상태에서 광승이 강호에 도착하는 것은 결과가 전혀 다르다. 내 인연과 무관하게 광승의 사제가 죽음을 맞이할 필요는 없다. 나는 무승을 보면서 말했다.

"무림맹으로 압송할 테니 일단 안내해."

답답하신 사숙께서 나를 보더니 슬쩍 웃었다.

"문주님, 거짓말을 너무 자연스럽게 하시는군요."

"들켰나? 하지만 답답한 것은 대머리께서 더 답답하시고요. 답답해서 돌아가시겠네."

"저는 대머리가 아니고 머리를 민 것입니다."

나는 사숙을 물끄러미 바라봤다.

'사숙 새끼가 또 놀려먹는 재미가 있네. 확인.'

이때, 검마가 가라앉은 어조로 말했다.

"굳이 찾아갈 필요 없다."

"…"

우리는 검마의 시선을 따라서 언덕길을 올라오는 늙은이들을 바라봤다. 하필이면 범상치 않은 네 명의 늙은이였는데 분위기가 또 제각각이었다. 심산유곡에서 세월을 보내고 있었던 늙은 사대악인과 젊은 사대악인이 조우하는 느낌마저 들었다. 나는 순간 무승의 기도를 살폈다. 무학의 천재라는 것은 이미 알고 있다. 실력이 나이에 비해 엄청나게 뛰어나 보였는데, 과연 무승이 홀로 이 늙은이들을 감당할 수 있을지는 의문이었다. 그제야 살아남은 도사들의 안색이 밝아지더니 늙은이들에게 합류했다.

"사부님."

중앙에 있는 늙은이가 입을 열었다.

"뜻하지 않게 마교의 전 좌사께서 계시다기에 아군을 좀 모아서 오느라 내가 좀 늦었소. 예상대로 제자들을 많이도 죽이셨군."

이 늙은이가 무릉자인 모양이었다. 나는 무릉자의 나이가 내가 기억하고 있는 것보다 훨씬 늙었다는 것에서 소름이 돋았다.

'이상하네. 복숭아 먹으면서 사술詐術을 익혔나.'

나는 정중한 어조로 무릉자에게 물었다.

"그쪽이 서악이라 불리면서 복숭아를 그렇게 잘 처먹는다는 무릉자이십니까?"

무릉자가 나를 보더니 삐뚤삐뚤한 이빨을 훤히 드러내면서 웃었다.

"그래. 후배가 근래 명성이 자자한 하오문주겠지? 임소백과 붙어먹는다는 소문도 들었네. 아주 가증스러운 맹주로군. 새파랗게 어린 후배 놈을 사지로 보내고 본인은 무림맹에서 호의호식하고 있으니 말이야."

"맹주 모욕죄를 추가하겠소."

"그런 것도 있나?"

"내가 만들었지."

나는 어정쩡하게 서있는 사숙에게 말했다.

"대머리는 이쪽으로 오라고. 저쪽은 말이 안 통하는 사람들이야. 빨리 와. 뭘 멀뚱멀뚱하게 쳐다보고 있어?"

사숙이 당황한 표정으로 다가오더니 근처에 섰다.

"문주님, 나는 대머리가 아닙니다."

"그럼 뭐라고 불러?"

"편하게 동수童壽라고 부르십시오."

나는 혼자 웃음을 참았다. 동童에는 아이라는 뜻도 있지만, 대머리라는 뜻으로 사용할 때도 있기 때문이다. 내 멋대로 의역하면 동수라는 이름에는 '대머리의 목숨壽'이라는 뜻이 담겨있다. 어쨌든, 내 사숙이라서 좀 답답한 것을 참작하더라도 대머리의 목숨은 반드시 살려야 할 판국이었다. 나는 사숙의 어깨를 가볍게 붙잡았다.

"반갑다, 동수야."

대머리 사숙이 나를 물끄러미 바라봤다.

"문주님, 제가 나이가 조금 더 많은 것 같은데…"

"어쩌라고."

"예."

내가 알기로 동수 사숙의 이름은 따로 있다. 이름이 어려운 데다가 한두 번 들어서 까먹은 상태였다. 나는 대머리 사숙을 붙잡아서 내 뒤로 보냈다. 나는 사숙을 보호하는 위치에서 입을 열었다.

"동수야."

"예, 문주님."

"강호에서 미친 자들이 어떻게 싸우는지 지켜보도록."

나는 사대악인들과 나란히 서서 무릉자를 비롯한 늙은이들을 주시했다. 다소 고지식하고 순진한 면모를 가지고 있는 대머리 사숙은 세상의 어둠을 직시할 필요가 있다. 싸움이 벌어지면… 어차피 사대악인은 나처럼 비정한 사내들이다. 나는 전생에 어디선가 죽음을 맞이하게 되는 사숙을 사대악인의 시커먼 그림자로 잠시 보호했다. 우리는 빛에 적응할 시간이 필요하고, 사숙은 어둠에 적응할 시간이 필요하기 때문이다.

247.
강호의 도리

전생 사숙과의 잡담을 참고 기다려 준 무릉자가 앞으로 나서더니 기쁜 표정으로 말했다.

"좌사, 그대와 강호에서 엮일 일은 없을 것 같았는데 이렇게 만나서 기쁘군. 조금 과장되게 말하자면 영광이네. 마교의 고수와 싸울 기회를 얻다니 말이야."

나는 무릉자의 표정을 바라봤다. 제자들이 이렇게 많이 죽었는데 무엇이 저렇게 기쁜 것일까. 표정에는 정말 기쁘다는 감정밖에 보이지 않아서 나도 어리둥절했다. 검마와 싸우게 된 것을 기뻐할 수 있는 고수는 강호에 많지 않다. 이것은 무슨 자신감일까? 검마가 무릉자를 노려보면서 대답했다.

"늙은이, 그렇게 말해주니 나도 영광이네."

무릉자가 실실 웃더니 귀마와 색마를 바라봤다.

"마침 대진도 맞아서 다행이야. 자네 둘은 누구인가? 누구를 죽이게 되고, 누구에게 죽게 되는지는 서로 알고 시작하세.”

귀마가 자신을 소개했다.

“육합문의 마지막 제자로 알면 되겠소.”

무릉자가 고개를 끄덕였다.

“오, 자네가 복수귀로 날뛰던 육합선생이었군. 반갑네.”

귀마는 코웃음을 내뱉었다. 무릉자와 눈을 마주친 색마가 입을 열었다.

“나는 백응지의 색… 뭘 봐?”

좌중의 모든 이들이 색마를 바라봤다. 어떤 정신적인 압박감 속에서 뜻하지 않게 튀어나온 실언을 깨닫자마자 말을 돌린 것처럼 보였다. 하지만 내가 대신 소개해 줬다.

“백응지의 색마다.”

뒤에서 사숙이 중얼거렸다.

“아, 문제가 많으시군요.”

색마가 사숙을 노려봤다.

“문제는 네 머리에 더 많아.”

사숙이 양손으로 머리를 쓰다듬으면서 부정했다.

“아닙니다!”

색마가 웃으면서 대답했다.

“아니긴 뭐가 아니야. 맞아.”

나는 무릉자의 좌우에 있는 늙은이들을 노려봤다. 풍채가 좋은 것을 넘어서 강호인치고는 매우 뚱뚱한 늙은이가 실실 웃으면서 말했다.

"솔직히 말해서 좌사는 두렵군. 좌사와 일대일은 붙이지 말아주게. 나는 평평자平平子라 하네."

전혀 평평하지 않은 놈이 평평자라고 하니 자연스럽게 주둥아리가 열렸다.

"평평자가 아니라 뚱뚱자 같은데."

평평자가 나를 노려봤다.

"하오문주, 닥치게."

뒤에서 이상한 소리가 들려서 돌아보니 동수 사숙이 웃고 있었다. 그래도 이건 웃겼던 모양이다. 웃었으면 됐다. 그 와중에 나머지 떨거지들도 각자 자신을 소개했다. 다른 늙은이보다 머리 하나가 작은 검객이 말했다.

"고산자高山子라 하네."

낯빛이 시커먼 사내가 마지막으로 자신을 소개했다.

"나는 백도자白桃子다."

말장난의 향연이라서 제대로 된 별호가 없었다. 도자桃子는 본래 복숭아라는 뜻이 있어서, 얼굴빛이 시커먼 사내의 별호가 하얀 복숭아인 셈이었다. 줄여서 백도白桃가 되겠다. 나는 고개를 끄덕였다.

"높은 산의 평평한 장소에 백도가 있으니 그곳이 무릉도원이었군. 사자四子들의 별호는 이런 뜻인가?"

무릉자가 웃었다.

"별 뜻 없네."

"하하하하…"

사도자四桃子가 동시에 웃음을 터트렸다. 내 뒤에서 동수 사숙이 순진한 헛소리를 내뱉기 시작했다.

“좋습니다. 여덟 분은 무공을 겨루되 상대가 크게 다치는 법이 없게 하십시오. 무공의 우열을 가리는 것만으로도 기쁘지 않겠습니까?”

“닥쳐라.”

“이래서 내가 스님을 싫어해.”

“대머리는 그 입 다물라.”

“까까머리는 끼지 말도록.”

사도자에게 연달아서 호되게 당한 동수 사숙이 침을 한 번 꿀꺽 삼켰다. 무릉자가 제안했다.

“차륜전을 벌여서 한 명씩 죽어나가는 것을 구경해도 재미있을 것이고. 단체로 싸워도 무방하다. 후배들은 죽을 방식을 택하라.”

나는 무릉자에게 물었다.

“뭘 원하나?”

“일대일이 좋겠지.”

나는 먼저 나섰다. 사실 사마외도를 상대로 멀쩡한 일대일을 할 것 같지가 않아서 먼저 나섰다. 이런 싸움은 첫 번째 대진이 가장 중요하다. 내가 한 명을 죽이고 나면 사 대 삼의 단체전이 이어지기 때문이다. 내가 패배해도 마찬가지다.

“나부터.”

무릉자, 평평자, 고산자, 백도자가 서로의 얼굴을 바라보더니 누가 나갈지를 고민했다. 무릉자는 검마를 신경 쓰고 있을 테니 사도자 중에서 두 번째로 강한 놈이 나올 것이라 예상했다.

평평자가 검을 뽑으면서 나왔다.

"문주, 잘 부탁하네."

애초에 검마와는 겨루기 싫다고 했으니 다른 세 명에겐 자신이 있다는 뜻이다. 무릉자 일행이 뒤로 물러나자, 사대악인들이 동수 사숙을 붙잡더니 멀찍이 떨어졌다. 둘이 남자 평평자가 내게 말했다.

"문주, 서로 죽이지는 말자고."

나는 고개를 끄덕였다.

"팔다리 자르는 선에서 그칠까?"

"그것도 좋지."

"평평자, 복숭아의 정체는 무엇이야?"

"그것은 말해줄 수 없네."

무릉자가 대화에 끼어들었다.

"쓸데없는 소리 하지 마라."

내가 무릉자에게 시선을 보내는 순간, 평평자의 검이 눈앞에 보였다. 순간 뒤로 물러나면서 고갯짓으로 피했으나, 평평자의 검법이 경쾌해서 내 눈을 추격하듯이 따라왔다. 나는 목검을 뽑자마자 상단으로 휘둘러서 평평자의 검을 쳐낸 다음에 좌장을 준비했다. 검을 쳐내는 내 동작에 허점이 크게 보였기 때문이다. 약속한 것처럼 평평자가 좌장을 내밀어서 나는 미리 준비하고 있었던 염계대수인으로 받아쳤다.

불그스름한 장력이 손바닥 모양으로 커지기도 전에 평평자의 장력이 부딪혀서 굉음을 터트리더니 평평자의 후속 공격이 이어졌다. 몸놀림이 뚱뚱하다는 것과는 거리가 멀었다. 오히려 신체의 무게에 내공을 더해서 일반적으로 예상하는 것보다 더 탄력적으로, 그리고 폭발적으로 빠르게 움직였다.

내공은 내가 예상하는 것보다 훨씬 깊은 상태. 나보다 나이가 삼사십 살 정도는 많은 늙은이라서 그런 것일까. 초반 탐색에 가까운 전초전에서는 그 무엇도 내게 밀리지 않았다. 보법, 내공, 검법, 장력까지… 사실 무릉자 일행의 기습이나 암습도 걱정되는 상황이었으나 일단 사대악인들의 대처를 믿었다. 오로지 평평자에게만 집중한 상태에서 목검에 염계의 기를 주입하고, 좌장에는 변수를 차단하기 위해 월영무정공을 휘감은 채로 싸웠다.

순식간에 검을 십여 차례 맞붙고 나서야 검법 수준보다 평평자의 내공이 기이할 정도로 깊다는 것을 알게 되었다. 아니나 다를까. 내가 철저하게 방어를 고수하자 평평자는 내공으로 찍어 누르려는 의도로 공격을 펼쳤다. 이렇게 내공을 소모해도 충분히 나를 상대할 수 있다는 자신감이 엿보였다. 검법의 현묘함이나 속임수는 모조리 대처할 수 있었는데 장력을 내보낼 때마다 파도가 담벼락처럼 솟구쳐 올라서 덮치는 것처럼 밀려들었다.

'대체 왜 이렇게 내공이 높은 거야?'

순간, 무릉자가 말하는 복숭아라는 게 대체 무엇인지 궁금해졌다. 무릉자가 공적이 된 이유는 용모파기 밑에 적혀있었다. 제자를 많이 모아서 명성을 떨쳤는데, 그 제자들이 많이 실종되어서 무림맹으로 투서가 쌓이게 되었고. 직접 와서 해명하라는 무림맹의 호출을 번번이 무릉자가 거부하다가 맹원까지 죽이게 되어서다.

그렇게 따지면, 복숭아는 복숭아가 아니다. 어둡게 생각하면 그렇다. 나는 추리로 생각을 정리한 다음에 평평자의 얼굴을 다시 바라봤다. 팔다리를 잘라서 은퇴시켜야겠다는 마음이 전신을 찢어발겨서 죽여야겠다는 마음으로 뒤바뀐 상태. 무릉자, 고산자, 백도자가 남아있었으나 초장부터 공력을 최대한 끌어올렸다. 나는 평평자의 의도대로 검을 부딪치자마자 손을 교차해서 좌장까지 교환했다.

퍼억!

평평자는 애초에 나를 내공으로 압도할 생각이었는지 이번에 달라붙은 손바닥은 떨어지지 않았다. 검은 검대로, 좌장은 좌장대로 서로의 내공 때문에 달라붙은 상태. 나는 가까이서 평평자의 눈과 표정을 들여다봤다. 평평자의 입 안이 움직이더니 이내 조그만 쇳덩이가 훅- 소리와 함께 튀어나왔다.

내가 고갯짓으로 피하자, 등 뒤에서 쇳덩이가 누군가의 검에 부딪히는 소리가 났다. 나는 평평자를 노려보면서 장력을 계속 쏟아냈다. 평평자가 히죽 웃더니 이번에는 외공으로 나를 끌어당겨서 박치기를 시도했다. 검은 물론이고 좌수까지 들러붙은 상태에서 피하는 게 어려운 공격이었다. 나는 평평자가 입 안을 우물대던 것을 똑같이 따라 해서 박치기를 하는 평평자에게 침을 뱉었다.

박치기를 침으로 막는다? 아니다. 암기로 예상했던 평평자가 깜짝 놀라면서 고개를 젖혔다. 나는 스스로 휘청이는 평평자의 불균형한 자세에 힘을 보태듯이 옆으로 움직여서 오른발로 평평자의 발목을 찼다. 평평자의 무게를 지탱하던 발을 찬 것이었기 때문에 그대로 평평자의 몸이 공중으로 떴다.

평평자의 육중한 몸이 땅에 부딪히는 순간, 양손에 현월빙공과 염계를 휘감아서 교차했던 손을 끌어당겨서 그대로 일월광천을 주조했다. 주조했다는 것은 사실 억지다. 하지만 극양과 극음의 기가 맞닿자 일월광천의 전조 증상이 벌어졌다. 눈앞에서 굉음과 빛이 발생하자 땅에 깔린 평평자가 발악하듯이 움직였다. 나는 평평자의 눈을 바라보면서 외공을 겨루듯이 내 두 손을 모으려고 애를 썼고, 평평자는 내 손이 합쳐지지 않게끔 버티고 있었다.

그 와중에 무릉자 측의 기습이 시작됐으나 나는 굳이 대응하지 않았다. 거의 동시에 색마, 귀마, 검마가 검을 뽑거나 움직이는 소리가 들렸다. 나머지는 사대악인들에게 맡긴 다음에 나는 기어코 현월과 염계를 부딪치게 했다. 검을 쥔 손과 장력을 휘감은 손이 교차하는 상태.

순간, 나는 평평자를 노려보다가 이놈의 얼굴을 늑대처럼 물어뜯었다. 뜯어서 씹을 여력도 없이 화들짝 놀란 평평자가 비명을 내질렀을 때. 그토록 깊었던 평평자의 내공이 일순간에 물길이 끊기듯이 멈췄다. 나는 그 찰나에 검을 포기한 채로 교차했던 양손으로 평평자의 목과 얼굴을 붙잡아서 백전십단공을 주입하기 시작했다. 평평자가 비명을 내지르는데 뜬금없이 웃음이 터졌다.

"…물어뜯는 게 그렇게 무서웠어? 별로 잘생긴 얼굴도 아닌데 기겁을 하네. 기겁을 해."

나는 웃음을 터트리면서 발작을 일으키는 평평자의 머리에 백전십단공의 뇌기를 쏟아냈다. 얼굴이 시커멓게 타들어 가더니 그제야 주먹을 내지르는 따위의 반격이 나왔다. 나는 한 대도 맞을 생각이 없어서 평평자의 얼굴을 붙잡은 상태에서 거꾸로 발만 공중으로 솟구쳤다가 방향을 틀면서 계속 뇌기를 주입했다.

"야, 평평자 늙은이. 복숭아가 뭐야? 알려주면 살려줄게. 살려준…"

평평자는 이미 머리가 홀라당 타버려서 말을 할 수가 없었다. 문득 고개를 들어보니 사대악인이 이미 무릉자 일행과 맞붙은 상태. 그 와중에 동수 사숙은 충혈된 눈으로 나를 노려보다가 소리를 버럭 내질렀다.

"굳이 죽여야 합니까."

나는 전황을 살피면서 동수 사숙에게 말했다.

"대머리, 세상을 너무 아름답게 보는 거 아니야? 무릉자 제자들이 많이 실종되었다. 복숭아라는 게 네가 생각하는 그 복숭아가 아니야. 너도 동자승童子僧부터 시작했지? 너 같은 놈이 복숭아겠지. 세상에 악인이 한둘이면 네게 맡겨서 계도하라고 권했겠으나, 실제로는 이런 놈들이 너무 많아. 이들에게 무고하게 죽는 자들은 어쩌란 말이냐? 죽이는 게 강호의 도리다."

나는 동수 사숙을 바라보다가 다시 발을 들어서 이미 죽은 평평자의 대갈통을 다시 박살 냈다. 땅에 떨어진 목검을 주운 다음에 싸우고 있는 못된 형제들을 살폈다. 검마가 무릉자와 박 터지게 싸우고 있고. 색마와 귀마는 각기 고산자, 백도자와 겨루고 있었다. 그런대로 조합이 잘 맞는 싸움이었기 때문에 당장 끼어들 틈이 없었다. 나는 멀뚱히 서있는 동수 사숙에게 권유했다.

"대머리야, 멀뚱히 서있지 말고 나 좀 도와줘. 내 형제들 좀 도와줘. 우리가 저놈들에게 죽어도 너는 저놈들을 계도할 생각이야?"

전생 사숙이 물끄러미 나를 바라봤다. 나는 사숙에게 말했다.

"우리가 전부 죽으면 너도 죽으니까 잘 생각해 보도록."

사실 광승의 사제인 데다가 광승이 직접 무공의 천재라고 했으니 실력이 대단히 좋을 터였다. 하지만 물렁물렁한 마음가짐 때문에 강호인들에게 당하기 딱 좋은 성격을 지니고 있었다. 나는 일단 사숙을 갈군 다음에 형제들에게 합류했다. 사숙을 살리는 것도 중요하지만, 그것보단 사대악인을 먼저 죽지 않게 하는 것이 내가 생각하는 강호의 도리이기 때문이다.

248.
우리가 다시

싸움도 관전하면서 훈수 두는 사람이 더 자세히 본다. 나는 목검을 든 채로 귀마, 색마, 검마의 싸움을 빠르게 훑은 다음에 귀마에게 다가가면서 물었다.

"누가 나를 기습했어?"

나는 귀마와 싸우고 있는 백도자에게 아주 가까이 다가가면서 검을 내밀었다.

"너야? 너냐고."

순간, 백도자가 뒤로 빠르게 물러나면서 귀마의 검을 쳐냈다. 이 대 일의 싸움을 두려워할 수밖에 없기 때문이다. 나는 대답을 듣지 못했기 때문에 목검을 쥔 채로 고산자에게 성큼성큼 다가갔다.

"어이, 고산자… 너였구나. 나를 기습한 놈이."

색마의 빙공을 연신 검풍으로 막아내던 고산자가 다급한 어조로 말했다.

"난 아니다."

"아니야? 맞아?"

나는 혈야궁주가 선보였던 살수의 보법으로 순식간에 거리를 좁혀서 고산자의 얼굴에 목검을 쑤셔 넣었다. 고산자가 다급하게 검을 휘둘러서 목검을 쳐내는 순간 색마가 쌍장을 퍼부어 대면서 승기를 붙잡았다. 이번에는 무릉자를 노려보다가 일부러 천천히 말했다.

"무릉자, 너였구나. 일대일을 하자더니 강호의 도리가 떨어졌어. 너무 비열하지 않은가 말이야. 너 때문에 싸우다가 죽을 뻔했잖아."

무릉자의 공력은 내가 봐도 깊었다. 하지만 검마를 쉽게 죽일 수 있는 실력자는 아니었다. 심지어 검마는 내가 끼어드는 것도 원하지 않을 사내여서 나도 합류할 생각은 없었다. 하지만 괴롭히는 것은 다르다. 이번에도 성큼성큼 걸어가서 무릉자를 갈궜다.

"이 개새끼… 복숭아 처먹고 하는 짓이 기습이라니."

내가 검을 치켜든 채로 달려들자 무릉자가 연신 뒷걸음질을 쳤다. 기세를 놓치지 않은 검마가 광명검을 창이라고 생각했는지 무릉자를 향해 돌진했다. 나는 두 사람을 버려둔 채로 대기하고 있는 도사들을 노려봤다. 이쪽에는 대사형이라는 놈과 복화술을 쓰는 놈이 있었다.

"…사실은 너희들이었구나. 내가 뚱뚱자와 싸울 때 등을 기습한 것들이."

"…!"

나는 이들에게 돌진하면서 목검에 휘감은 염계의 검기를 마구잡이로 뿌렸다. 삽시간에 도사 몇 놈의 팔이 날아가고 핏물이 사방팔방으로 튀어 오르는 순간에 좌장으로 커다란 염계대수인을 내보냈다. 도중에 담벼락처럼 커진 붉은빛의 장력이 도사들에게 쏟아졌다. 도사들이 일제히 검을 휘둘러서 대응하자 굉음이 터졌다.

콰아아아아앙!

나는 그 충격파와 공중에서 박살이 난 염계대수인을 뚫고 등장해서 도사들의 몸을 목검으로 잘라냈다. 대부분 유성검을 이용해서 손목을 단박에 잘라내면서 압박하자 구경하던 도사 무리가 견디질 못한 채로 흩어졌다. 저절로 웃음이 나왔다. 그렇게 무릉자를 굳건히 믿은 채로 기다리던 놈들이 지금은 무릉자가 검마를 어찌하지 못하는 상황을 목격하고 도주를 선택했다. 나는 떨거지 도사들을 죽이고, 베어서 쫓아낸 다음에 다시 색마와 겨루고 있는 백도자를 바라봤다.

"하하하…"

그냥 이유 없이 웃어봤다. 순간, 주변을 살펴보니 동수 사숙이 그야말로 넋이 나간 표정으로 나를 지켜보고 있었다. 순간적으로 나는 '사숙'이라고 부를 뻔했으나 다행히 실수하진 않았다.

"대머리, 잘 보고 있나? 왜? 치사해? 비열해? 그건 이놈들이 먼저 시작했어."

나는 손목을 움직여서 검을 이리저리 휘두르면서 빙글빙글 돌다가 다시 색마에게 합류했다.

"내가 봤을 때는 백도자가 기습했다. 그것이 내 결론이다. 얼굴부터 시커먼 놈이 별호는 백도자인 것만 봐도 겉과 속이 다른 음흉한 놈이야. 별호가 흑도자黑桃子였으면 내가 너를 의심하지 않았을 텐데. 딱 걸렸군."

나는 목검을 집어넣은 다음에 색마와 똑같이 양손에 빙공을 휘감은 채로 백도자를 공격했다. 색마가 백도자의 상체를 공격하면 나는 현월지법으로 백도자의 하반신을 공격하고, 색마가 지법을 쓰면 나도 지법을 펼쳐서 공격 범위를 더욱 헷갈리게 했다. 눈치 빠른 색마가 내 합류를 보자마자 공력을 아끼지 말아야겠다고 생각했는지 쌍장으로 냉기를 거세게 분출했다.

나는 백도자의 등을 공격하기 위해서 계속 빠르게 움직이면서 색마와 똑같은 빙공의 장법으로 합공했다. 애초에 빙공은 타격 지점이 넓어서 공력 차이가 크지 않으면 막는 것이 까다롭다. 나는 색마와 함께 백도자를 빙공으로 연달아 타격해서 검을 휘두르던 자세 그대로 얼려놓았다.

무어라 더 심문하기도 전에 얼어붙은 백도자의 이마에 색마의 손날이 떨어졌다. 퍽- 소리와 함께 대가리가 박살 난 백도자가 제자리에서 허물어졌다. 나는 색마와 잠시 눈을 마주쳤다가 재수가 없는 것 같아서 동시에 코웃음을 쳤다. 색마가 귀마와 싸우고 있는 고산자를 가리켰다.

"사실은 저놈이 기습했다. 내가 똑똑히 봤지."

나는 고개를 끄덕였다.

"아, 그랬군. 내가 깜박 속았네. 가만히 둘 수 없지. 강호의 도리, 개새끼들아… 일대일을 방해하는 건 정말 몹쓸 짓이야."

나는 색마와 함께 도착해서 일대일을 방해했다. 귀마는 애초에 검법 자체가 철벽 방어를 자랑하기에 공력이 높은 고산자의 공세를 굳건하게 버티기만 하는 중이었다. 더 물어볼 것도 없이 나는 삼 대 일의 싸움을 벌여서 고산자를 압박했다. 색마가 빙공을 사용하고 이번에 나는 양손에 백전십단공을 휘감았다. 빙공은 소리가 없는 편이지만 백전십단공은 요란한 편이다. 기본적인 공방전은 여전히 귀마가 중심이고 색마와 나는 고산자를 압박하고 괴롭히고 기습하는 형태로 힘을 보탰다. 하지만 나는 힘만 보탠 것이 아니라, 말도 보탰다.

"고산자, 왜 나를 기습했지? 인과응보다."

고산자가 입을 열었다.

"내가…"

순간 귀마에게 어깨를 찔리고, 색마에게 일장을 처맞더니 피를 토해내면서 비틀거렸다. 나는 고산자에게 물었다.

"너 아니야?"

고산자가 피를 쏟아내고 있는 입으로 힘겹게 대답했다.

"…아니다."

나는 고개를 끄덕였다.

"미안해. 오해했네."

이미 중상을 입었으니 사과해 주는 것이 인지상정. 하지만 귀마와 색마는 내가 사과를 받아들이든 말든 간에 공격을 이어나갔다. 몇 차례 저항도 하지 못한 채로 발악을 하던 고산자는 귀마의 검에 찔려서 절명했다. 나는 귀마와 색마의 얼굴을 바라본 다음에 두 사람과 돌아서서 한창 싸우고 있는 검마를 주시했다. 귀마가 검에 묻은 피를 털어내면서 내게 고자질했다.

"…아무래도 무릉자가 시켜서 비겁하게 기습을 한 것 같다."

나는 귀마의 의견에 동의했다.

"맞아. 안 봐도 훤해."

색마도 거들었다.

"저놈이 우두머리였군."

우리 셋은 연신 콧방귀를 끼면서 무릉자에게 다가갔다. 신기하게도 무릉자는 이미 피를 잔뜩 흘리고 있었다. 아무리 무림공적이라지만 검마를 압도하는 것은 어려운 일이다. 우리가 다가가는 동안에도 무릉자의 검이 검마의 팔을 한 차례 베었으나 그와 동시에 검마의 광명검도 무릉자의 허벅지를 찌른 상태였다. 더군다나 검마의 옷만 베었다는 것을 이제 확실히 깨달은 모양인지 무릉자의 안색이 백도처럼 창백해진 상태였다. 나는 귀마, 색마와 삼각 구도로 무릉자를 포위한 다음에 말했다.

"…내가 생각하는 복숭아는 사도의 방식으로 추출한 동자 혹은 어린 처자들의 진기 혹은 무언가인 것 같다. 방법은 알 필요 없다. 무릉자는 죽어야 해. 같은 방식으로 평평자, 백도자, 고산자에게 복숭아를 줬을 거야. 놈들은 실력보다 내공이 월등하게 깊었어. 내공 제일주의에 빠졌나? 내공은 싸움의 모든 것이 될 수 없다."

귀마가 고개를 끄덕였다.

"맞아."

색마는 고개를 저었다.

"그래도 내공이 깊은 게 좋지."

나는 색마를 바라봤다.

"깊은 게 좋지만 쌓는 방법에도 선이 있어. 무릉자는 최악이야. 더군다나 그 대상이 모집한 제자들이었을 거야."

색마가 내게 물었다.

"도망간 도사 놈들은?"

"멀쩡한 놈들도 있어야 순진한 자들이 속지. 그리고 강제로 만든 영약 재료에는 적합하지 않은 놈들이었겠지. 복장만 도사지. 속세의 쓰레기들이다."

조금 떨어진 곳에서 동수 사숙이 내게 물었다.

"방금 말씀하신 거 전부 사실입니까?"

나는 동수 사숙을 바라봤다.

"사실이 아니면 무릉자가 무림맹에 가서 자신을 변호했겠지. 이놈은 이 자리에서도 변호하지 못해. 대머리는 죽일 놈과 살려줄 놈을 구분해서 계도해라. 너 같은 놈이 강호에서 가장 빨리 죽어."

나는 동수 사숙의 입을 닥치게 만든 다음에 무릉자를 보다가 검을 뽑았다.

"맏형, 나 합류한다."

검마에겐 양해를 구하는 게 맞다. 색마가 말했다.

"사부님, 저도 합류합니다."

귀마도 짤막하게 말했다.

"나도."

우리는 말을 해놓고 서로의 표정을 구경하다가 낄낄대면서 웃었다. 사실은 합류할 생각이 그다지 많진 않았는데 다들 나랑 같은 생각을 하고 있었다. 무뚝뚝한 표정으로 싸우고 있는 검마의 표정이 서서히 변하더니 허탈하다는 표정으로 웃으면서 말했다.

"그럴 필요 없다."

순간 눈을 부릅뜬 검마가 전방으로 돌진하더니 가슴을 전방으로 내민 채로 광명검을 직선으로 내밀었다. 무릉자의 검이 반사적으로 검마의 가슴을 가격했다가 날아온 광명검에 목이 뚫렸다. 우리는 무릉자의 목을 뚫고 나간 광명검을 눈으로 좇았다. 쐐액- 소리와 함께 뻗어나간 광명검이 공중에서 귀곡성을 토해내더니 방향을 전환해서 검마에게 되돌아오고 있었다. 구경하고 있었던 동수 사숙은 깜짝 놀란 모양인지 엉덩방아를 찧으면서 말했다.

"이기어검?"

이기어검은 아닐 것이다. 딱히 설명해 줄 말이 없어서 가만히 내버려 둔 채로 광명검을 바라봤다. 검마가 되돌아온 광명검을 붙잡고 나서야 무릉자의 몸이 뒤로 넘어갔다.

쿵…!

검마가 광명검에 묻은 피를 털어내면서 나를 바라봤다.

"셋째야."

"음?"

검마가 고개를 갸웃했다.

"이상할 정도로 쉽게 이겼는데? 네 공이다. 이것보단 어렵게 싸울 줄 알았건만."

귀마와 색마도 나를 바라봤다. 다들 검마와 생각이 비슷하다는 표정이었다. 나는 딱히 할 말이 없어서 대충 대답했다.

"뭐 이겼으면 됐어."

우리 넷은 땅바닥에 주저앉아 있는 대머리 동수를 바라봤다. 나는 그제야 동수 사숙의 이름과 성이 불현듯이 떠올랐다.

'아…'

서역 어딘가의 구마鳩摩 가문. 그곳의 가주인 라염羅炎의 아들 라집羅什. 동수의 본래 이름은 구마라집이다. 당연히 생각이 잘 안 나는 이름일 수밖에 없었다. 서역 출신의 이름은 듣고 까먹는 게 당연하다. 나는 잠시 앉아있는 사숙에게 다가가서 눈을 마주쳤다.

"대머리."

사숙이 대답했다.

"예."

"행각승은 때려치워. 그러다 객사하겠다. 그대는 강호에 전혀 어울리지 않는 사람이야. 강호인을 계도하지 말고 그보다 훨씬 많은 평범한 사람들을 계도해. 강호에는 기웃대지 않는 게 좋을 거 같은데 어떻게 생각해. 한 번만 더 나한테 이딴 놈들을 살려주라고 말하면 그 입에 고기를 처넣겠다. 고기 맛 좀 볼래?"

내가 이야기하는 사이에 사대악인들이 다가왔다. 귀마가 친절하게 손을 뻗더니 동수 사숙을 일으켰다. 귀마가 사숙에게 말했다.

"스님, 고기 한 점 하겠소?"

색마가 동수의 어깨를 붙잡았다.

"이것도 인연인데 술 한잔하자고. 대머리."

검마가 점잖은 어조로 말했다.

"너무 그러지 말아라. 실력이 나빠 보이지는 않는데 심성이 강호에 안 어울릴 뿐이야. 죽은 자들이나 땅에 묻자."

나는 시체들을 둘러봤다. 살아서 싸울 때는 적이었지만 죽었으니 명복을 빌어주는 게 강호의 도리다. 나는 왠지 이 대머리가 옆에서 염불만 외워댈 것 같아서 미리 말했다.

"시체 치워봤나?"

사숙이 나를 바라봤다.

"아니요."

나는 협박하는 어조로 말했다.

"치워. 아, 그쪽은 화장火葬을 선호하나?"

"예."

"잘됐네. 한데 모아서 불사르자고."

나는 사대악인들과 흩어져서 시체들을 한곳에 모았다. 사숙도 나서서 시체를 끌어와서 다른 시체 위에 쌓아 올렸다. 사숙이 생각하던 강호와 내가 생각하는 강호는 다르다. 사숙은 비록 서역 출신이긴 하나 명문가의 자제다. 왜 승려가 됐는지는 내 알 바 아니지만, 명문가 출신은 가끔 사숙처럼 세상을 오해하는 것 같다. 현실은 그렇지 않은데 말이다.

나는 시체를 쌓다가 문득 이런 생각이 들었다. 사숙을 멀쩡하게 돌려보내면 광승狂僧도 평범한 무승武僧으로 살아갈 수 있을까? 모를 일이다. 모를 일이지만 나는 속으로 광승이 큰 분노에 사로잡혀서 인생을 허송세월로 보내지 말았으면 좋겠다는 생각을 했다. 사숙을 살려서 돌려보내는 것이… 내게 처음으로 바다 구경을 시켜준 광승에 대한 보답이 아닐까. 설령 우리가 다시 만나지 않더라도 말이다.

249.
누가 천하제일이 되어야 하는가?

내가 말하는 것을 하오문도가 전부 이해할 수는 없다. 어떤 부분은 오히려 백의서생이 나를 더 잘 이해하고 있을 것이다. 또한, 내가 하오문을 생각하는 마음에 관해서는 개방 방주가 나를 더 이해할 터였다. 그러니 하오문에 속한 사람이라고 나를 잘 이해하는 것은 아니다.

같은 의미에서 나는 전생의 광승이 하는 말을 당시에 잘 받아들이지 못했다. 어쩌면 광승은 하루에도 열 번 정도 나를 다른 강호인처럼 때려죽이려다가 꾹 참았던 것이 아닐까. 광승도 나를 끌고 다니면서 평범했던 무승과 복수심에 불타는 파계승의 정체성을 오가면서 고민하고 괴로워했던 것 같다. 그러니 무승도 아니고 파계승도 아닌 광승이 되었겠지.

우리는 시체들이 자신을 태워서 만들어 낸 거센 불길을 오랫동안 바라봤다. 옆에서는 광승의 사제이자 내 사숙인 동수가 염불을 외우면서 죽은 자들의 극락왕생을 빌어주고 있고 우리는 다들 귀가 멀쩡했기 때문에 함께 들었다. 보통 염불을 외울 때는 관세음보살이나 아미타불을 언급할 때가 많은 것으로 아는데 동수는 이상한 발음으로 듣기 어려운 이름을 중얼대고 있었다. 나는 동수의 염불이 끝났을 때 그에게 물었다.

"…대체 아자라낭타가 누구냐?"

동수 사숙이 나를 바라봤다.

"부동명왕不動明王입니다."

"아, 그래?"

나는 부동명왕이라는 말에 광승을 떠올리지 않을 수가 없었다. 마침 시체를 휘감고 있는 저 불꽃도 광승의 무공과 흡사했다. 광승은 금구소요공의 염계와 비슷하게 보이는 무공을 주로 사용했는데 본인 말로는 그것을 맹염猛炎이라고 불렀다. 오래된 사찰에서 드물게 부동명왕의 불상이나 그림을 보게 되면 부동명왕은 주로 불길에 휩싸여 있다. 그것이 아마 맹염일 것이다.

그래서인지 나도 가끔 광승을 생각할 때마다 부동명왕이 떠올랐었다. 본래 부동명왕은 자비심과 거리가 먼 명왕이다. 불가에서 부동명왕이 어떤 인물인지는 자세히 모르겠으나, 묘사된 것만 보고 내 멋대로 판단해 봐도 그는 분노의 화신이다. 검과 채찍으로 다 때려죽이는 형상을 했기 때문이다. 종교에서 언급하는 자들이 실존 인물인지 아닌지는 알 길이 없으나 어쨌든 부동명왕도 화병에 걸린 강호 고수였다는 점은 확실하다. 불가의 명왕도 화병을 피해가지 못하는 것을 보면 화병이 이렇게 무섭다. 나는 동수 사숙에게 물었다.

"부동명왕은 어떤 존재인가? 대머리의 마음가짐과는 먼 사람 같은데. 잘은 모르겠으나 악귀를 다 때려죽인 분 아니야?"

동수 사숙이 대답했다.

"행자行者를 수호하는 왕입니다."

"아, 그대와 같은 행각승을 수호하는 왕?"

"비슷하지만 행자가 말하는 의미가 훨씬 넓습니다."

그렇다면 동수 사숙이 죽고 나서 광승이 부동명왕으로 출행했던 셈이다. 내가 종종 궁금했던 것은 광승이 왜 그 출행을 갑작스럽게 멈추고 다시 서쪽으로 돌아간 것인가 하는 점이다. 부질없다 느꼈던 것일까. 아니면 광승도 어찌하지 못하는 존재와 만났던 것일까. 아니면 스스로 부동명왕이 될 수 없다고 여겼던 것일까.

거듭된 학살에 스스로 지쳤을 수도 있겠다. 아마 광승의 실력이면 초반부에 복수를 끝냈을 테니 말이다. 이런 것까지는 물어볼 수가 없었다. 이번 생애는 달라졌기 때문이다. 가만히 염불 외우는 것을 듣고 있었던 검마가 동수에게 물었다.

"죽은 자들의 명복을 비는데 왜 부동명왕을 읊었나?"

동수가 잔잔한 어조로 대답했다.

"기록이 없던 시절, 그러니까 구전으로만 전해지는 이야기들에 의하면 인간이 살아남으려면 맹수와 자주 겨뤄야 했고. 잡아먹히지 않기 위해 나무를 뾰족하게 만들어 창을 만들고 신체도 단련해야 했죠. 수련하다 보면 경지가 깊어지고, 그것을 어린 자들에게 전수하려면 말을 덧붙여서 설명해야 합니다. 그렇게 무학이 생겨났습니다. 하지만 모든 이가 무학에 매달릴 수는 없습니다. 누군가는 농사를 짓고, 물건을 거래하고, 음식도 준비해야 합니다. 하지만 무학을 수련하는 이들도 계속 공존해야 했습니다. 맹수를 상대하든 타국의 학살자들에게서 몸을 지키든 간에 무학이 필요했죠. 필요했기 때문에 점차 발전했습니다. 저희는 이들을 부동명왕의 후예로 보고 있습니다. 무공을 익힌 자는 무공을 익히지 않은 행자를 보호한다… 이것이 기본입니다. 그런데 중원의 강호인은 계속 발전하면서 세력 다툼을 벌이고. 무학 자체가 깊고 또 다채롭다고 들었습니다. 저는 이들도 부동명왕의 후예라고 생각합니다."

동수가 타오르는 불꽃을 보면서 말했다.

"…물론 잘못된 길을 걷는 자들도 많은 것 같군요."

귀마가 동수에게 물었다.

"이런 강호를 구경하겠다고 그렇게 먼 길을 오셨는가? 구경하다가 죽으려면 어쩌려고. 보아하니 보통 사람의 참견을 넘어서는 성격인데 그대는 강호인들이 가장 싫어하는 유형이네. 단순히 끼어들었다는 이유만으로 죽이려는 자들이 이곳에는 많아."

동수가 대답했다.

"그렇지 않은 사람들도 많다고 들었습니다. 제 사형들도 부질없는 짓이라고 많이 말리셨습니다."

사형이라는 말에 내 속이 뜨끔했다. 검마가 뜻밖의 질문을 던졌다.

"종종 불가에서 엄청난 고수들이 등장하는 이유가 무엇이라고 생각하나? 자네가 말한 부동명왕의 후예들이라서?"

동수가 고개를 저었다.

"아닙니다. 제가 알기로는 아주 단순합니다."

색마가 끼어들었다.

"뭔데?"

"평생 수련만 하다가 타의에 의해서 혹은 우연히 알려졌을 뿐이죠. 정작 그런 불가의 고수들은 자신이 강호의 고수들과 비교해서 얼마나 강한지도 잘 알지 못합니다. 간혹 호승심이 너무 커진 사람들이 그래서 중원으로 건너가 자웅을 겨루곤 했죠."

검마가 대답했다.

"자네가 그런 부류는 아닌가 보군."

"제게 그런 호승심은 없습니다. 호승심보다는 호기심이 더 많습니다."

어쩌다 보니 동수 사숙과 사대악인의 문답 시간이 되어버렸다. 뜬금없이 나는 왜 이 악인들이 동수 사숙과 편하게 대화를 나눌 수 있는지가 궁금했다. 생각해 보니까 대단한 이유는 없는 것 같다. 그냥 말이 통하는 사내였다. 나는 나대로 전해주고 싶은 이야기가 있어서 동수 사숙을 달래보았다.

"동수야."

"예."

"너는 강호에서 죽기 딱 좋은 성격이야. 얼굴도 대머리치고는 반반한 것도 문제다. 사마외도의 심각한 미친놈들에게 잡히면 강제로 고기를 먹고, 머리도 기르게 되고, 여자도 강제로 품게 하거나 더 심각한 일을 당하면 죽을 거야. 이유는 간단해. 네 실력이 상대를 죽이지 않고도 이길 수 있을 정도로 뛰어나야 하는데 네가 그 정도 경지는 아니야. 이 강호에서 그렇게 강해지는 것은 사실 불가능에 가까워. 말 그대로 부동명왕이 되어야 할 거야. 더 수련한 다음에 강호 일에 참견하도록 해."

동수가 대답했다.

"그러니까 이 미친한 실력으로 제가 살아남으려면 상대를 죽여야 한다는 말씀이시죠?"

"요약하면 그렇다. 특히 오늘 죽은 놈들은…"

나는 고개를 끄덕인 다음에 품에 있는 무릉자의 용모파기를 꺼내서 동수에게 던졌다. 동수가 용모파기를 물끄러미 바라봤다. 그림 밑에는 무릉자의 여러 가지 악행이 정리되어 있었다. 동수가 말했다.

"…죽산에서 우연히 만난 게 아니라 일부러 끌어내신 거였군요."

"그 뒤를 봐. 한둘이 아니야."

동수가 용모파기를 돌려서 뒤를 읽는 동안에 내가 말했다.

"무릉자처럼, 연고지라 해야 할까? 출몰하는 곳이 일정한 사마외도는 차라리 잡는 게 수월해. 물론 동호제일검은 예외지. 동호는 너무 넓어. 거기 보면 독행자, 비객 이런 고수들은 출몰하는 지역이 일정하지 않아. 잡는 게 어렵지."

동수가 물었다.

"강호에서 가장 문제가 많은 자들입니까?"

"그런 셈이지. 특히 그 동호제일검은 무림맹주도 어찌하기가 힘들어."

동수가 순진하게 물었다.

"아, 맹주님보다도 더 강합니까?"

나는 고개를 저었다.

"그런 의미가 아니고. 통칭으로 동호 일대를 말하는 것인데 세력이 커. 다른 별호는 사도제일검이야. 수하가 많아. 공적은 공적인데 무림맹과 붙으면 일이 커져. 동호제일검 한 명 죽이겠다고 무림맹과 동호의 사도맹이 붙으면 아마 일천 명은 넘게 죽을 거야. 그렇다고 맹주가 직접 일대일로 만나서 해결하자고 해도 안 통해. 왜냐고? 가만히 있으면 동호의 왕처럼 군림할 수 있는데 뭐 하러 그런 위험을 감수하겠어. 맹주도 강하거든."

동수가 고개를 끄덕였다.

"그렇군요. 그런데도 이런 것을 만들어서 배포하는 이유가 따로 있습니까?"

"많지. 외부 세력이 동호제일검과 결탁하려고 하면 그쪽을 먼저 박살 낼 수도 있고. 일종의 최후통첩이기도 하지. 한계에 다다르면 큰 손실을 감수하고 전쟁을 벌이겠다는 경고일 테니까. 강호에는 미친놈들이 많으니 암살하려는 고수들도 종종 있을 거야. 그렇게 되면 현상금도 타고…"

현상금이라는 말에 동수가 다시 용모파기를 돌리더니 금액을 확인했다.

"금액이 많네요."

"왜? 우리가 무릉자를 돈 때문에 죽인 것 같아?"

"아닙니다."

"솔직하게 말해."

동수가 나, 검마, 색마, 귀마를 바라보더니 다시 대답했다.

"솔직하게 말씀드려도 아닌 것 같습니다."

나는 냉소를 머금었다.

"이상하네. 나는 돈 때문에 죽였는데. 넷이 나눠서 술이나 퍼마실 거야."

동수가 갑자기 웃음을 터트렸다가 손으로 입을 가렸다. 나는 동수를 물끄러미 바라봤다.

"…이 인간은 이상한 데서 터지네. 함부로 웃지 마라. 웃었다고 때리는 놈들이 강호에 일천 명은 넘는다."

"그렇습니까?"

"대머리라고 시비 거는 놈들이 오백 명은 넘어."

"설마요."

동수가 믿지 못하는 것을 보고 나는 검마에게 동의를 구했다.

"만형, 내 말 맞지? 오백 명은 넘잖아."

검마가 진중한 표정으로 대답했다.

"승려라고 시비 거는 놈들이 천 명은 넘을 거다. 대머리는 아니야."

"내 말이 그 말이야. 강호가 이러한데 대머리 놈이 혼자 강호를 돌아다니면서 수행을 하겠다니… 그것도 살생을 저지르지 않으면서 말이야. 본인이 천하제일에 근접해야 가능한 일이다."

동수가 상념에 빠진 사이에 검마가 내게 물었다.

"계속 서쪽으로 여행할 테냐?"

나는 고개를 저었다.

"서쪽이든 동쪽이든 상관없어. 일단 무릉자를 죽였으니 내 고향도 들르자고."

색마가 내게 물었다.

"왜?"

"맏형에게 줘야 할 비급서가 있다."

비급서라는 말에 검마, 귀마, 색마는 곧장 고개를 끄덕였다. 우리의 본질은 강호인이다. 강해지는 일이라면 동서남북을 신경 쓸 이유가 전혀 없었다. 동수가 멍한 표정으로 말했다.

"문주님, 조금이라도 더 나은 천하가 되려면 어찌해야 할까요?"

나는 실실 웃으면서 대답했다.

"각자 잘할 수 있는 것을 하면 되겠지. 그런 의미에서 천하제일은 나 같은 사람이 되어야 해."

색마, 귀마, 검마가 나를 보고, 동수도 놀란 표정으로 바라봤다.

"문주님이어야 하는 이유가 있습니까?"

나는 고개를 끄덕였다.

"네가 천하제일이 되면 무릉자 같은 놈이 개과천선하겠다고 네게 거짓말로 용서를 구한 다음에 먼 곳으로 가서 똑같은 짓을 반복할 거야. 답답해서 죽을 노릇이지. 마교 교주 같은 자가 천하제일이 되면 세상 사람들이 전부 교도가 될 것이다. 불가도 예외는 아니야. 버티다가 맞아 죽겠지."

동수가 내게 물었다.

"맹주님이 천하제일이 되면요?"

"나쁘지 않다. 다만 무림맹의 권력이 너무 강해져서 밑에 놈들도 여우처럼 설치게 될 거야. 너는 모르겠지만 내가 서생 놈들이라 부르는 세력이 있어. 그놈들도 천하제일이 되어서는 안 돼. 사람을 서생과 서생이 아닌 자들로 나눠서 계급 사회가 될 거야. 전국시대의 사농공상士農工商처럼 말이야. 개방 방주가 천하제일이 되는 것도 나는 반대야. 어쨌든 거지를 대표하는 사람이라서 그래. 거지들은 좋겠지만 세상에는 거지만 있는 게 아니니까. 거지가 너무 강제적으로 늘어나는 것도 문제야. 그래서 나다."

동수가 고개를 갸웃했다.

"문주님도 하오문을 대표하지 않습니까."

"하오문은 하오문이고, 나는 나다. 일하는 사람들 모두를 하오문도로 생각한다는 것은 하오문이 아닌 자들도 존중하겠다는 뜻이야. 각자 잘하는 일을 하면 돼. 대머리도 존중하고, 서역의 황량한 곳에 있는 종교도 존중하겠다고. 글 읽는 서생도 존중하고, 농부나 거지를 무시할 생각도 없어. 맹주 일도 도와주고, 무림공적을 만나면 오늘처럼 죽일 거야. 내가 바라는 건 천하제일이 되었을 때의 실제적인 무력이지, 그때 얻게 되는 명성이 아니다. 가끔 선을 미치게 넘는 놈들을 때려죽일 수 있는 실력만 있으면 돼. 그 이상도 그 이하도 필요하지 않다."

동수가 놀란 표정으로 대답했다.

"그게 천하제일이라고요?"

나는 웃으면서 말했다.

"강호에서 선을 과하게 넘고 있는 놈들은 지금 나보다 강하다. 그래서 내가 지금 열심히 하루하루 동분서주하면서 강자들을 뒤쫓는 중이다."

나는 웃음기를 지운 다음에 중얼거렸다.

"강철로 된 거북이처럼 말이야. 물론 나만 이런 생각을 하는 것은 아니겠지."

나는 검마, 귀마, 색마를 손으로 가리켰다.

"여기 형제들도 나와 마찬가지야. 다들 천하제일이 되려고 하겠지."

나는 사숙에게 하고 싶은 말을 전했다.

"그러니 강호를 구경하면서 공부하겠답시고 힘들게 돌아다닐 필요 없다. 내가 방금 말한 것이 강호인의 본질이야."

"..."

"아자라낭타, 부동명왕의 후예. 그것이 우리 네 사람이다. 먼 곳에서 찾지 말도록."

늘 그렇듯이… 나는 일단 우겼다. 우겨야만, 꿈이 이루어지기 때문이다.

250.
네게 맡긴다

나는 사대악인과 함께 전보다 달라진 자하객잔을 바라봤다.

"셋째가 성공한 점소이야. 흑도 괴롭혀서 뜯어낸 돈으로 건물주가 되다니. 악당은 사실 여기에 있는데 임 맹주님이 크게 착각하고 계시지."

자하객잔을 바라보면서 읊은 색마의 말이었다. 사실이기 때문에 딱히 부정할 마음은 없다. 내가 봐도 예전보다 자하객잔의 외관이 훨씬 보기 좋아진 상태였다. 마냥 화려하지도 않고, 그렇다고 멋이 없지도 않았다. 연자성이 군데군데 자줏빛으로 색칠한 것이 전체적인 분위기를 아우르고 있었다. 거의 완성되어 가는 자하객잔을 우리와 함께 구경하던 동수 사숙이 순진한 어조로 물었다.

"정말 문주님 겁니까? 그러고 보니 간판도 자하객잔이로군요."

"원래는 허름하고 아주 작은 객잔이었는데 못된 놈들이 불을 지르더라고."

"그래서요?"

"그놈들 돈으로 더 화려하게 지었지. 또 부수는 놈이 있으면 그쪽도 탈탈 털어서 더 크게 지을 거야. 나중에는 성이 될지도 몰라. 들어가자고."

손님을 접대할 수 있는 장소가 있다는 것이 이렇게 기쁜 일일 줄이야. 나는 사대악인과 동수 사숙을 자하객잔으로 들여보낸 다음에 자주 바라보던 언덕 너머의 하늘을 바라봤다. 허름한 객잔에서 바라보던 하늘과 새롭게 지은 자하객잔에서 바라보는 하늘은 별다른 차이가 없었다.

나는 일부러 무림맹으로 복귀하지 않고 일양현으로 되돌아왔다. 무릉자를 죽였으니 죽산에도 있을 필요가 없었기 때문이다. 사실은 현상금을 타겠다고 무릉자를 죽인 것도 아니다. 어차피 내가 월봉이나 받으면서 생활하는 무림맹주보다 돈이 많기 때문이다. 그냥 임소백의 걱정거리 하나를 덜어준 셈이다. 이 층으로 올라가자 다행히 홍신 사매가 등장해서 놀란 표정으로 내게 인사를 했다.

"대사형, 오셨습니까."

"응. 귀빈 모셔왔다. 득수 형은?"

"주방에 계시죠."

"손님 모셔왔다고 전해주고. 성태는?"

"불러오겠습니다."

"불러올 때 책 가져오라고 해."

"예."

나는 가장 큰 탁자에 사람들을 앉힌 다음에 주방을 구경하러 움직이려다가 주문을 받으러 오는 청년을 바라봤다.

“네가 누구였지?”

눈이 동그랗게 된 사내가 내게 허리를 깊숙이 숙였다.

“문주님, 예전에 살려주셨던 공덕이라고 합니다.”

“공덕이? 모르겠는데.”

“그러니까 저는 조이결의 수하였습니다.”

“그래도 모르겠는데?”

“제가 무덤을 팠습니다.”

“아!”

“그때 계두국수 잘한다고 했었던… 그놈이에요.”

“너였구나. 숙수 지망생.”

공덕이가 밝은 표정으로 웃었다.

“예, 접니다.”

나는 고개를 끄덕인 다음에 말했다.

“알았으니까 가서 물 좀 가져와.”

“아, 예.”

사대악인들이 나를 바라보고 있었다. 나는 내 객잔을 둘러보면서 중얼거렸다.

“살려준 놈들이 많아서 나도 헷갈린다. 동수야, 그 말은 뭐겠어?”

동수가 대답했다.

“죽인 사람도 많다는 뜻이겠죠?”

“맞아. 스님 앞이니까 참회해야지.”

“정말 참회하십니까?”

나는 동수를 노려봤다.

"아직은 아니야. 나중에 할게."

"예."

이때, 아래에서 굵직한 목소리가 울렸다.

"자하, 왔다고?"

득수 형이 계단을 올라오더니 전보다 훨씬 밝아진 표정으로 다가왔다. 놀랍게도 얼굴 살도 좀 빠진 상태였다. 나는 어리둥절한 표정으로 물었다.

"득수 형, 홍 사매한테 맞고 사나? 얼굴이 왜 그렇게 반쪽이 됐어."

득수 형이 웃었다.

"맞고 사는 게 아니라 함께 경공 수련을 하고 있어서. 살이 점점 빠지네."

"와, 인생은 정말 한 치 앞을 모른다. 춘양반점의 장득수가 경공 수련을 하다니."

어쨌든 홍신 사매와 사귀더니 사람이 이렇게 밝아졌다. 하여간 못난 남자 새끼들… 장득수가 내 일행을 향해 고개를 숙였다.

"자하객잔의 장득수입니다. 스님도 계시니 특별히 못 드시는 음식을 말씀해 주시면 제가 알아서 준비하겠습니다. 자하야, 어떻게 할까?"

나는 동수를 바라봤다.

"스님에겐 아무것도 안 들어간 맑은 국수를 준비해 주고."

"응."

나는 고개를 끄덕인 다음에 득수 형을 바라봤다.

"나머지는 그냥 돼지통뼈랑 밥, 술. 안주 몇 가지만 준비해서 주면 될 것 같아."

장득수가 웃으면서 고개를 끄덕였다.

"알았다. 준비할게. 그리고…"

"그리고 뭐?"

장득수가 나를 바라보더니 손가락을 비볐다.

"선불입니다."

"…"

잠시만, 내가 자하객잔 주인장이 아니었나? 나는 고개를 갸웃했다.

"이상한데? 내가 주인장 아니야?"

"그건 맞는데. 돈은 내야지."

"왜?"

"돈을 내야 객잔을 운영하지. 장사 하루 이틀 하셨나."

"그건 맞지."

나는 전낭을 꺼내서 안에 들어있는 여행자금을 확인했다. 그러자 장득수가 전낭을 통째로 뺏어가면서 말했다.

"감사합니다."

"별말씀을. 도둑질도 배웠나? 손목의 움직임이 예사롭지 않네."

장득수가 고개를 끄덕였다.

"시간 날 때마다 틈틈이 배우고 있지. 대신에 나는 요리를 가르쳐 주고. 조금만 기다려."

숙수와 도둑이 서로의 장기를 가르쳐 주고 있었다. 우리는 그제야 내가 살려줬었던 숙수 지망생이 따라주는 물을 마셨다. 나랑 눈을 마주친 공덕이 슬쩍 웃는 것을 보자마자 말했다.

"원하는 대로 요리도 배우고 있나?"

"예, 배우고 있습니다."

그제야 차성태가 계단을 올라왔다.

"문주님…"

차성태가 손님들에게 포권을 취하더니 자신을 소개했다.

"하오문의 총관인 차성태입니다."

가까이 다가온 차성태가 책을 내밀었다.

"여기 있습니다."

나는 빈자리를 턱짓으로 가리켰다.

"차 총관도 앉아."

"예."

나는 백전십단공과 독고중검을 물끄러미 바라보다가, 독고중검을 검마에게 밀었다.

"선물."

검마가 독고중검을 받더니 말없이 표지를 넘겼다. 몇 줄을 읽는가 싶더니 순식간에 몰입했는지 시선을 떼지 않은 채로 독고중검 비급서를 읽어나갔다. 나는 백전십단공을 바라보다가 차성태에게 물었다.

"차 총관, 훔쳐봤나?"

"…"

차성태가 말없이 고개만 끄덕였다.

"어때?"

"너무 어렵네요."

"성과는?"

"독고중검은 아예 이해가 안 되는 무학이어서 포기하고 백전십단공에는 입문을 했는데… 허락도 없이 본 것이니."

"성태야."

"응?"

나는 백전십단공의 표지를 손으로 쓰다듬었다.

"이거 보통 무공이 아니야."

차성태는 진지한 표정을 한 채로 내게 반말을 했다.

"알고 있어."

"알고 있다는 게 내 생각과는 다를 테지. 이건 어려운 무공이야. 백도 최고수인 개방 방주님이 익혀야만 온전한 위력을 다 발휘할 수 있을 거야. 내공이 무척 깊은 고수가 사용해야 하는 무공이지."

차성태가 고개를 끄덕였다.

"그렇군."

"네가 평생을 익혀도 이 무공의 끝을 확인하지 못할 가능성이 크다."

"음."

"그런데 내 허락도 없이 백전십단공을 훔쳐보고 입문을 해? 차라리 안 봤다고 거짓말을 하지 그랬나."

"내가 또 그런 성격은 아니어서."

"그리고 나는 이 무공을, 천하를 돌아다니다가 부자든 가난한 사람이든 어린아이든 청년이든 간에 협의俠義가 있는 사람에게 전해줄 생각이었어. 우리 하오문의 차 총관이 그런 사람인가?"

차성태가 중얼거렸다.

"그런 사람은 아니지."

나는 백전십단공을 다시 차성태의 앞으로 밀었다.

"책임져라."

"음."

"끝까지 익혀. 못하겠으면 최초의 내 의도대로 협의가 있는 사람에게 넘기고 배운 것까지 잘 가르쳐. 그렇다고 총관 일을 내팽개치라는 말도 아니야. 총관 일도 하고 백전십단공도 익히고, 넘겨주고 가르쳐 줄 사람도 찾아. 이렇게 대단한 무공도 사실 끝까지 익혀야겠다는 마음이 없는 상태로 익히면 그리 뛰어난 무공도 아니게 돼. 무공이 대단한 건지 마음가짐이 대단한 건지 사실은 모를 일이지. 어디까지 익힐 거야?"

차성태가 나를 바라봤다.

"나는 끝까지."

"맹세할 수 있겠어?"

차성태가 고개를 끄덕였다. 나는 일부러 차성태에게 사대악인을 제대로 소개했다.

"강호에서 만난 인연들이다. 맏형인 검마, 둘째인 육합선생, 넷째인 풍운몽가의 몽랑. 그리고 이쪽은 서역에서 오신 동수 스님."

반대로 차성태도 다시 이들에게 소개했다.

"이쪽은 하오문에서 총관 일을 맡은 차성태. 내 허락 없이 대단한 무공비급을 몰래 훔쳐보았는데 이것도 인연이라고 생각하고 백전십단공을 넘기겠소. 다만 차성태는 검마 선배, 육합선생, 몽랑, 동수 스님 앞에서 맹세해라. 어떻게 익힐 것인지 실패했을 때는 어떻게 할 것인지 네 입으로 또박또박 말하고 맹세까지 해. 참고로 백전십단공과 독고중검은 어찌 됐든 간에 내가 목숨을 걸어서 얻어낸 비급서야."

차성태가 사대악인과 스님을 물끄러미 바라봤다. 나는 심각해진 차성태에게 말을 보탰다.

"너는 여태 기루와 하오문을 전전하면서 막중한 책임감이라는 것을 느껴본 적이 없을 테지만 백전십단공은 그렇게 가벼운 무공이 아니다. 협객이 대성하면 그가 바로 천하제일협객이 될 수도 있는 무공이 백전십단공이야. 너는 무거운 책임감을 가진 채로 이것을 익혀야 해. 나도 이번에는 그냥 넘어가지 못하겠다."

고개를 몇 번 끄덕이던 차성태가 사대악인과 동수를 보면서 입을 뗐다.

"저 차성태는 백전십단공을 끝까지 익히겠습니다. 만약 제가 대성하지 못하는 일이 발생하면 문주님의 말씀대로 협의를 지닌 사람을 찾아내어 성심성의껏 전수하겠습니다. 검마 선배님, 육합선생, 몽공자, 동수 스님. 그리고 같은 동네에서 함께 자란 이자하, 하오문주 앞에서 저 차성태가 맹세합니다."

이것은 진심 어린 맹세일까? 사람의 맹세는 도무지 쉽게 믿을 수가 없었다. 나는 사대악인과 동수 사숙에게 부탁했다.

"조언 좀 해줘. 차성태에게."

동수가 차성태를 보면서 말했다.

"총관님, 진정한 깨달음이라는 것은 늘 오해와 착각이라는 껍질에 덮여있습니다. 깨달았다고 생각해도 더 들여다보면 일순간의 착각이었음을 알게 되는 경우가 많아요. 백전십단공을 깊이 파고들어서 오료悟了를 얻기 바랍니다."

차성태가 대답했다.

"오료가 무슨 뜻입니까."

"완전하게 깨닫는 것을 말합니다."

"예."

차성태가 색마를 바라봤다. 물론 나도 색마를 바라봤다. 이놈이 대체 무슨 말로 조언을 할 것인지 궁금했기 때문이다. 색마가 물을 한 모금 홀짝대더니 차성태에게 마시고 있었던 물잔을 내밀었다.

"차 총관, 선물이오."

차성태가 어리둥절한 표정으로 물잔을 건네받았을 때는 이미 속과 겉이 딱딱하게 얼어붙은 상태였다. 색마가 물었다.

"맨손으로 그걸 부술 수 있겠소?"

차성태가 대답했다.

"매우 어렵겠습니다."

"대성하면 가루로 만들 수 있을 거요."

"예."

차성태가 육합선생을 바라보자, 둘째가 슬쩍 웃으면서 말했다.

"결심하는 사내는 많지만 결심하던 때의 마음을 잊지 않는 사내는 매우 드물다오. 백전십단공을 완성하는 것보다 어쩌면 그 마음을 잊지 않는 게 더 중요한 일이 될 거요. 종종 차 총관이 어떻게 지내는지 문주에게 물어보리다."

차성태가 고개를 살짝 숙였다.

"예."

이제 다들 시선이 검마에게 향했다. 검마는 여태 듣는 둥 마는 둥 하는 태도로 독고중검 비급서를 보고 있다가 서책을 덮었다. 검마가 그리 호의적이지 않은 시선으로 차성태를 바라보다가 말했다.

"차 총관."

"예, 선배님."

"내가 알기로 이 비급서는 하오문주가 목숨을 걸고 얻어낸 것인데 자네가 이걸 받을 자격이 있나? 심지어 하오문주보다 더 강한 고수에게 빼어낸 것이네. 문주는 그때 이야기를 차 총관에게 짤막하게나마 들려주게."

나는 고개를 끄덕였다.

"절벽을 올랐다가 나보다 강한 기인이사와 말다툼을 벌여서 얻어낸 것이긴 하지. 사실 다시 하라고 해도 힘들어. 무엇이 그놈의 마음을 움직였을까. 바로 어제 있었던 일 같은데 돌이켜보면 꿈을 꾼 것 같기도 하고. 나도 이것을 차성태에게 넘길 줄은 여태 몰랐네. 성태를 믿을 수밖에…"

검마가 고개를 끄덕이더니 내 말을 이어받았다.

"차 총관, 가벼운 책이 아닐세."

"예."

"강호에서 유명해지라고 건네는 책도 아닐 테고. 실력을 가늠해보니 문주의 사매만도 못한 허접한 실력을 갖추고 있군. 내가 자하였다면 이런 비급을 자네에게 주진 않았을 거야. 결말이 뻔히 보이는 허망하고 헛된 일이거든. 무공 수련은 사실 변명이 필요 없는 일이네. 어느 날 굳은 결심을 하고서 묘시卯時에 일어나기로 마음을 먹었다면 아무런 변명도 필요 없이 묘시에 일어나서 무공을 수련해야 해. 백전십단공을 대성하는 날까지 말이야. 그것도 못 하겠다면 이 자리에서 백전십단공을 문주에게 돌려주게. 그것은 시간 낭비야."

이제 우리는 동시에 차성태를 바라봤다. 정적이 잠시 흘렀다가, 차성태가 탁자 위에 놓인 백전십단공을 붙잡더니 자신의 품에 넣으면서 대답했다.

"이것은 제가 책임지겠습니다."

나는 그제야 팔짱을 낀 채로 사대악인과 차성태, 그리고 동수 사숙도 바라봤다. 못난 놈들이 못난 놈에게 조언하는 형국이어서 꽤 우스웠지만 나도 못난 놈이어서 딱히 할 말은 없었다. 그래도 다들 차성태보단 강한 사람들이기 때문에 구구절절 맞는 말일 것이다. 그제야 검마가 다시 독고중검 비급서로 시선을 옮기면서 차성태에게 말했다.

"자네 문주는 강호에 적이 많아. 힘을 보태도록."

차성태는 검마의 말에 겨우 대답했다.

"예, 선배님."

나는 팔짱을 낀 채로 사대악인과 대머리를 구경했다. 데리고 다녔더니 알아서 차성태도 교육해 주고 아주 훈훈한 광경이 벌어진 상태랄까. 사실은 예상했던 바다. 나는 실실 웃다가 주둥아리를 다문 채로 돼지통뼈나 기다렸다.

251.
이제 자하객잔을 불태우려면

나는 돼지통뼈의 향기를 누구보다 빠르게 맡았다.

"…통뼈가 오는군. 대머리는 못 먹는 돼지통뼈가 오고 있어."

우리는 각자 다른 생각을 하면서 탁자에 놓이는 돼지통뼈를 바라봤다. 춘양반점에서 먹던 것보다 향이 강한 것을 보아하니 이것은 변화를 맞이한 자하객잔식 돼지통뼈였다. 어쨌든 내가 할 수 있는 최선의 접대이기도 했다. 나는 대머리를 제외한 악인들과 차성태에게 말했다.

"일단 먹자고."

나는 손을 비빈 다음에 돼지통뼈를 맨손으로 붙잡았다. 의도한 것은 아니지만 어쨌든 동수 사숙과 눈이 마주친 채로 살점을 뜯었다.

"부러우면 한 점 하시고."

동수 사숙이 손사래를 치면서 대답했다.

"저는 괜찮습니다."

"정말 괜찮아?"

"예."

광승은 파계를 선언해서 술과 고기를 마음껏 먹었었다. 그렇다고 동수에게까지 권할 수는 없어서 그냥 가끔 놀릴 생각이었다. 검마가 그제야 책을 덮더니 돼지통뼈를 물끄러미 바라봤다. 사실 돼지통뼈는 일양현에서만 먹을 수 있는 별미인 데다가 맛이 좋다. 사대악인들이 돼지통뼈를 먹기 시작하자, 다소 침울해진 차성태도 함께 밥을 먹었다. 나도 먹을 때는 갈구지 않는다. 돼지통뼈의 살점을 씹을 때마다 집중하는 사대악인의 표정을 확인했다.

'역시 이 맛은 안 통할 수가 없지.'

호들갑을 떠는 성격들이 아니라서 맛있다는 말조차 하지 않고 있었으나 묵묵하게 집중해서 돼지통뼈를 뜯었다. 결국에 귀마가 색마를 바라보더니 한마디를 내뱉었다.

"네가 잡아 온 멧돼지보다 맛있다."

색마가 코웃음을 쳤다.

"그걸 말이라고 해? 양념도 없었잖아. 냄새를 뺄 방도도 없었고."

귀마가 검마에게 물었다.

"맏형은 어때? 뭘 먹어도 맛없다는 표정이었는데."

검마가 헛기침을 하더니 짤막하게 대답했다.

"맛있군."

나는 적잖이 감탄이 흘러나왔다.

"이야, 저 쉬운 말을 이렇게 어렵사리 듣다니."

이것이 바로 검마도 맛있다는 말을 하게 되는 돼지통뼈다. 다소 불쌍한 것은 동수 사숙이었으나 그는 뒤늦게 도착한 국수를 먹고 있었다. 나는 돼지통뼈를 뜯으면서 생각했다. 이곳에서 며칠 쉬어야겠다고 말이다. 밤새 찬바람이 불지 않는 멀쩡한 침구에서 잠을 자고, 입에 들어가면 맛있다는 말이 절로 나오게 되는 식사로 영양을 보충할 필요가 있었다.

악인들에겐 평범한 일상이 필요했다. 무엇보다 누군가에게 쫓기거나 우리를 죽이겠다고 찾아오는 자들이 없는 곳에서 잠시 휴식을 취할 필요가 있었다. 허구한 날 죽고 죽이는 싸움을 하다 보면 인간의 삶을 사는 것이 아니라 맹수의 삶을 사는 것과 같다. 악인들과 나는 조금 특이하고 못된 인간일 뿐이지, 맹수는 아니다.

돼지통뼈가 넉넉하게 나왔기 때문에 우리는 각자 밥을 두세 그릇씩 비우면서 배를 채웠다. 다행히 다른 밑반찬도 먹을 만했기 때문에 동수 사숙도 국수를 먹고 나서는 밥까지 먹었다. 내가 전낭을 통째로 득수 형에게 빼앗겼기 때문일까? 식사가 끝나자 밀봉이 된 두강주와 술안주가 도착해서 탁자에 깔렸다. 그제야 장득수가 다시 나타나서 손님들에게 물었다.

"양념이 과하진 않았습니까?"

장득수는 손님들의 표정을 보면서 음식이 잘못되지 않았는지를 확인하고 있었다. 귀마가 고개를 끄덕이면서 대답했다.

"숙수, 아주 잘 먹었소."

"다행입니다."

내가 할 말을 장득수가 대신했다.

"보셨다시피 문주에게서 돈을 좀 많이 뜯어냈습니다. 며칠 편히 머무르시면 재료를 이것저것 준비해서 음식도 다양하게 만들어 보겠습니다. 편히 드세요."

득수 형이 할 말을 끝내더니 주방으로 다시 돌아갔다. 사람은 각자 잘해야 하는 일을 해야 하는 법인데, 어쨌든 음식을 만들고 손님을 접대하는 일에 관해서는 득수 형이 이곳의 절대 고수라는 생각이 들었다. 아마 방황하던 공덕이를 받아들인 것도 득수 형의 판단일 것이다. 사람을 더 고용하고 월봉을 주려면 득수 형도 여유자금이 더 필요해서 전낭을 통째로 가져간 것 같았다. 흑도를 줘패서 빼앗은 돈이 일하는 자들에게 돌아가고 있었으니 이것은 하오문의 사업이 맞다.

어차피 하오문의 자금은 현재 넘칠 정도로 많다. 혹시 자금이 동나면 한바탕 강호를 순회해서 크고 작은 흑도를 줘패고 다닐 생각이었다. 그전에… 나는 두강주의 밀봉을 뜯어서 동수 사숙을 제외한 사람들에게 술을 따라줬다. 마지막으로 내 잔에도 두강주를 채워 넣은 다음에 술잔을 들었다.

"무림맹에서 현상금을 내걸었던 무림공적 무릉자 일행을 격파한 기념주."

내가 기념주에 과도한 말을 덧붙이자, 결국에 검마도 긴장이 다 풀렸는지 옅은 미소를 지었다.

"마시자."

나는 기름이 잔뜩 뒤덮인 배 속을 술로 씻어냈다. 우리는 서쪽으로 가고 있는가, 아니면 동쪽으로 가고 있는가. 오늘은 움직이지 않은 채로 술을 마시는 날이었다. 나는 두강주 술병을 붙잡은 채로 둘러보다가 공덕이를 불렀다.

“공덕아, 한잔 받아라. 살아서 재회한 기념이다.”

“예, 문주님.”

공덕이가 다가오더니 두 손으로 붙잡은 술잔을 내밀었다. 나는 공덕이의 술잔에도 술을 채워 넣었다. 나는 별말 없이 공덕이와 눈을 마주쳤다가 술을 목구멍에 부었다.

* * *

술에 취한 채로 대충 잠이 들었다가 눈을 떠보니 낯선 천장이 보였다. 자하객잔의 객방客房이어서 별다른 위화감은 없었다. 그러고 보니 무척 오랜만에 내 집에서 잠을 잔 셈이었다. 애초에 자하객잔에 객방을 여러 곳 만들어 놨기 때문에 악인들과 동수 사숙도 근처에서 자고 있을 터였다.

아직 동이 트기 전이었으나 나는 누군가가 받아놓은 세숫물에 얼굴을 씻고 옷을 입은 다음에 바깥으로 나갔다. 워낙 잠이 엉망진창이어서 그런지 새벽에 일어나도 별다른 피곤함이 없었다. 아직 어두컴컴한 객잔 앞에 놓인 탁자에 앉아서 동이 트는 하늘을 구경했다.

하늘의 색이 천천히 변하는 동안에 전생의 사건을 복기했다. 마교가 국지전을 일으키는 사건이 벌어질 때까지는 시간이 좀 남아있었기 때문에 나름대로 준비할 시간은 충분했다. 나는 점점 밝아지는 하늘을 보면서 뜬눈으로 운기조식을 시작해 봤다. 가장 익숙한 금구소요공의 운기조식을 한 차례 마치자 어느새 사방이 환해진 상태.

매화루에서 나온 것으로 보이는 차성태가 무복을 입은 채로 자하객잔 앞을 지나가고 있었다. 수련 중인 것 같아서 일부러 말을 걸지는 않았다. 이어서 객잔 입구에서 검마가 등장하더니 나를 잠깐 바라봤다. 검마는 심호흡을 몇 차례 하더니 넓은 공터로 나가서 팔짱을 낀 채로 잠시 우두커니 서있었다.

간밤에 읽은 독고중검의 묘리를 나름 정리하나 싶어서 그냥 내버려 뒀다. 내가 지켜보고 있다는 것을 알면서도 느닷없이 광명검을 뽑은 검마가 넓은 공터를 움직이면서 검을 휘둘렀다. 나도 독고중검을 읽었기 때문에 저 움직임이 독고중검의 무학이라는 것은 바로 알아차릴 수 있었다.

물론, 완성과는 조금 거리가 있는 움직임이었다. 잠시 후에는 귀마와 색마가 등장해서 내 근처에 앉았다. 우리는 말없이 홀로 공터에서 검을 휘두르는 검마를 구경했다. 독고중검은 공격 일변도의 검. 그러나 공격할 대상이 없었기 때문에 검마의 수련이 쉬워 보이진 않았다. 나는 귀마를 바라봤다.

"육합, 검."

귀마가 허리에 있는 검을 붙잡아서 내게 내밀었다. 나는 검을 뽑자마자 공중으로 솟구친 다음에 검마를 불렀다.

"선배."

검마가 공중에 뜬 나를 보더니 고개를 살짝 끄덕였다. 내가 귀마의 검을 내민 채로 떨어지자… 검마가 광명검으로 튕겨내면서 내게 공격을 퍼부었다. 예상대로 독고중검의 무학이었다. 나는 검마의 눈을 노려본 채로 공격과 수비를 적절하게 섞어서 검을 휘두르다가 백전십단공의 뇌기를 칼날에 주입했다.

검마는 뇌기가 담긴 검을 쳐내자마자 공격으로 빠르게 전환했다. 나는 검마의 공격에서 빈틈이 보일 때마다 아주 얍체처럼 검을 찔러 넣었다. 검마는 잠이 확 달아난 표정으로 반격하다가 어느 순간 반격의 실마리를 찾지 못한 채로 좌장을 내질렀다. 나는 검마의 공력을 가늠해서 받아쳤다. 퍽- 소리가 난 다음에 서로 밀려나자… 색마의 목소리가 들렸다.

"사부님."

내가 뒤로 물러나는 와중에 뛰어든 색마가 장법을 펼치면서 검마에게 달려들었다. 나는 잠시 떨어져서 스승과 제자의 대결을 지켜봤다. 색마가 일부러 주변에 냉기로 만들어 낸 빙공의 잔상 같은 것을 남기고 있어서 검마는 바쁘게 검을 휘두르면서 냉기를 몰아내야만 했다.

두 사람은 여러 차례 겨뤄보았던 모양인지 내가 겨룰 때보다 합이 잘 맞았다. 색마는 사부의 대처를 잘 알고 있는 모양인지 변수를 노리는 지법으로 기습 공격을 자주 펼쳤다. 순간, 빙공이 거슬렸는지 검마가 왼발로 땅을 찍자… 사방팔방에 떠다니던 빙공의 여파가 삽시간에 자잘하게 흩어졌다. 이어서 색마가 쌍장을 교차했다가 전방에 내밀자 나도 처음 보는 백색의 장력이 검마에게 밀려들었다.

하지만 손바닥 모양의 장력이 이내 오× 모양으로 갈라지더니 산산이 조각나고 있었다. 내가 귀마에게 검을 돌려주자, 이번에는 귀마가 공터로 향했다. 앉아서 구경하는 동안에 귀마가 검마와 어우러졌다. 어찌 된 노릇인지 색마와 겨룰 때보다 두 사람의 합이 더 잘 맞았다. 생각해 보니까 귀마의 검법이 수비에 치중되어 있기 때문이었다.

그래서일까. 두 사람은 꽤 오래 맞붙었다. 물론 귀마도 검마에게 독고중검을 수련하라고 일부러 맞춰주는 중이었기 때문에 합이 더 길어진 상태. 어느새 아침이 밝았는데도 두 사람은 쇳소리를 울려대면서 일양현의 아침을 박살 내고 있었다. 이제 당분간 일양현 사람들은 늦잠 자기 그른 것 같다. 아침에 잠을 잘 못 잤다고 시비를 걸러 오면 내가 말려야 할 판국이었다. 저 인간들이 사대악인이라서 그렇다. 한참을 겨루는데 이 층에서 창문이 열리더니 장득수의 목소리가 들렸다.

"…식사하세요."

미리 약속을 했던 것처럼 귀마와 검마가 검을 거두면서 동작을 멈췄다.

"…"

나는 턱을 쓰다듬었다. 밥이 맛있었던 모양이다. 나는 먼저 이 층으로 올라가서 탁자에 앉았다. 아침부터 한판 붙었던 인간들이 차례대로 올라오더니 얌전하게 자리에 앉았다. 딱히 할 말은 없었다. 잠시 후에 동수 사숙까지 합류해서 우리는 득수 형이 준비한 아침밥을 먹었다. 반 그릇 정도 비워냈을 때 전신에서 김이 모락모락 피어나는 차성태가 합류해서 빈자리에 앉았다. 나는 차성태에게 할 일을 알려줬다.

"성태야."

"예."

"당분간 자하객잔에 머무를 테니 무림맹이 배포한 무림공적 명단 확인하고. 그중 무릉자는 우리가 죽였다는 것을 맹에 알려."

"예."

"나머지 공적의 위치를 하오문도들에게 파악하라고 전파하고. 그동안 딱히 거점에서 문제가 있었거나 나랑 할 말이 있는 사람들은 자하객잔으로 찾아오라고 해."

"흑묘방에도 전합니까?"

"다 전해야지. 남명회, 흑선보, 남천련 대머리 놈과 하여간 전부. 문제가 만약 있다면 어느 정도 해결해 줘야지."

"알겠습니다."

"그전까지는 여기서 수련을 하련다."

차성태가 젓가락을 붙잡은 다음에 대답했다.

"알겠습니다. 싹 다 연락해야겠네요."

나는 밥을 먹으면서 말했다.

"내게 할 말도 없고 큰 문제도 없으면 찾아오지 말라고 해. 그냥 살던 대로 사는 게 최고야."

나는 문득 동수 사숙과 눈을 마주쳤다. 동수가 내게 물었다.

"아, 하오문에 절도 있는 모양이로군요."

"뭔 소리야?"

"남천련이 절 아닙니까?"

"그냥 흑도의 대머리야."

"아, 예."

나는 깜박하고 빼먹은 사람이 떠올라서 차성태에게 말했다.

"우리 모용 선생에게도 알려라. 이놈은 뭐 하고 있어?"

차성태가 웃으면서 대답했다.

"요새 종종 문을 닫는답니다."

"왜?"

"들어보니까 먼 곳으로 약초 캐러 다닌다는 말이 있습니다."

나는 혀를 찼다가 밥을 다시 먹었다. 무공비급을 던져줬더니 영약을 구하러 다니는 모양이었다. 어찌 됐든 전생 독마도 중요한 전력이어서 무공 수련을 위해서 돌아다니는 것을 막을 생각은 없었다. 어쨌든 모용백과 차성태까지 내가 생각하는 수준의 무인으로 성장하게 되면… 강호에서 가장 강력한 세력을 가진 객잔은 자하객잔이 될 터였다. 누군가가 새로운 자하객잔을 불태우려면… 솔직히 말해서 맹盟이나 세가 정도는 쳐들어와야 가능할 터였다.

252.
이간질에 성공했다

내가 복귀했다는 소식이 퍼지고 나서 가장 먼저 찾아온 사람은 모용백도 아니고 예상했던 사람도 아니었다. 의외로 내가 까먹고 있었던 인물이었다. 자하객잔 앞의 공터에서 겨루고 있는 검마와 귀마를 슬쩍 바라보던 용두철방의 용개 부방주가 평소보다 어두운 표정으로 내게 다가왔다.

"문주."

"부방주, 오셨소. 금 아저씨는?"

용개 부방주가 고갯짓을 한 다음에 말했다.

"잠시 걸으면서 이야기하세."

둘만 이야기하자는 말이어서 나는 부방주와 산책을 나섰다. 오랜만에 일양현을 둘러보면서 걷자 부방주가 이야기를 꺼냈다.

"큰형님께는 말씀드렸소. 문주 오셨다고. 근데 지금 드러누워 계셔서 함께 올 수는 없었고."

나는 별생각 없이 추측했다.

"화병 걸리셨소?"

용개 부방주가 고개를 갸웃했다.

"화병인가? 아마 화병일 거요."

"들어봅시다. 무슨 화병인지. 이상하네. 용두철방은 하오문에 속해서 근방에서는 건드리는 세력이 없었을 텐데."

"문주, 운향문雲香門 아시오?"

"겨우 운향문이?"

"처음에 병장기 몇 개를 대금을 치르고 사 갔는데 품질이 예상외로 좋다면서 이후에 대량으로 주문했소. 준비해 달라는 시간이 좀 촉박하긴 했는데 대량주문인 데다가 값도 제대로 쳐줘서 다른 일을 멈추고 납품에 집중했지. 혹시나 해서 미안하지만, 문주 이름도 팔았소. 펄쩍 뛰더군. 저희를 무시하는 것이냐고 호되게 혼났소. 일단 물건은 날짜 안에 넘겼는데 갑자기 큰형님과 나를 초대하더니 운향문의 본진에서 우리가 만든 칼을 허접한 병장기와 부딪쳐서 네 차례나 부러뜨렸소."

나는 용개 부방주를 바라봤다.

"그런 허접한 수법으로? 나머지 물건은 회수하지 그랬소."

"그것이 아니고 그놈들도 큰 싸움을 앞두고 준비한 병장기라고 돌려줄 수 없다면서 처음에 약조했던 대금의 절반만 건넸소. 큰형님도 화가 나셨는지 하오문 이름도 언급하고 문주의 이름도 말했는데 운향문도 뒷배가 있더군."

"어디?"

"용문제일검龍門第一劍이 광동의 패자를 자처하고 여러 세력을 병합하는 중이오. 운향문은 이미 용검龍劍의 휘하로 들어갔고."

"아하, 용검이라 하면 그 신남사룡?"

"그렇소."

그리고 나랑 색마를 더하면 신남육룡이다. 이게 이렇게 연결되나? 일부러 내 세력의 끄트머리를 건드린 느낌이 들었다.

"부방주는 강호에서 내가 신남육룡에 속한다는 것을 알고 있소? 실은 나도 몰랐는데 맹주님이 언급한 이후로 포함되었더군."

"몰랐는데 오히려 운향문에서 알려줬소. 하오문주가 신남육룡에 포함되어 있다는 사실을 말이오. 문제가 생겨도 하오문주가 사실은 육룡의 말석이라서 직접 용문제일검을 만나서 해결하더라도 이번 일에 대한 뾰족한 해법을 찾지 못할 것이라고 협박과 조롱의 말을 듣고…"

"어?"

나는 용개 부방주와 눈을 마주쳤다가 질문을 던졌다.

"어떤 놈이 내가 말석이래? 나도 모르는 서열이 있었나?"

흥분했다고 느꼈을 때는 이미 잔뜩 흥분한 상태였다. 부방주의 설명이 이어졌다.

"당연히 뒤늦게 들어왔으니 말석이라고…"

"몽랑은?"

"풍운몽가의 몽 공자를 말하는 것이라면 그가 오 위라고 했소. 그래도 명문세가 취급을 받고 있다면서."

"그것은 용검의 말인가 아니면 대금을 잘 치르지 않은 운향문의 말인가?"

"물론 우리는 운향문만 만나봤기 때문에."

나는 산책을 멈췄다.

"여하튼 알았소. 돌아갑시다."

나는 자하객잔으로 향하면서 용개 부방주를 위로했다.

"어쨌든 나머지 대금은 확실하게 용두철방으로 들어가게 할 테니 금 아저씨한테 빨리 쾌차하라고 전하시오. 화병이란 게 쉽게 나을 수도 있는 병이어서 좋은 소식 전해주겠소."

용개 부방주가 나를 걱정했다.

"문주, 운향문은 그렇다 쳐도 용문제일검은 광동의 패자처럼 군다던데. 괜히 우리 대금 때문에 큰일로 번지는 거 아니오? 실은 돈도 돈이지만 문주에게 민폐를 끼칠까 해서 큰형님이 드러누운 것 같소."

나는 오랜만에 보는 용개 부방주의 얼굴을 바라봤다. 이 철방 사람들은 볼 때마다 얼굴빛에 검붉은 철이 잔뜩 섞이는 것 같았다.

"부방주, 힘들게 일을 해서 좋은 병장기를 납품했으면 적절한 대금을 받아야 하지 않겠소. 더군다나 불량품이라면서 나머지도 되돌려 주질 않는다니. 이런 일엔 따질 게 없소. 돈을 받아내면 그만이야. 나머지는 나도 몰라."

"용검과 문제가 생기면 어쩌려고."

나는 용개 부방주의 어깨를 두드렸다.

"그것은 용검이 걱정해야지. 세상 불공평하게 우리만 맨날 걱정하고 살 수는 없지 않겠소. 광동의 패자? 금시초문이야. 너무 이상한 놈이면 죽이고. 적절하게 말이 통하면 신남육룡의 서열을 다시 정할 테니 크게 걱정하지 마시오."

그제야 용개 부방주가 크게 숨을 내쉬었다.

"이제 좀 속이 시원하군. 그대로 큰형님께 전달하리다. 뭐 사실은 문주가 어떻게든 해결해 줄 것이라 예상하긴 했소."

용개 부방주가 품에서 계약서를 꺼내더니 내게 내밀었다.

"운향문과 계약했던 내용이 적혀있소. 은자 이십오 개 상자로 두 짝이외다. 큰형님과 상의하진 않았으나 상자 하나는 문주가 착복해 주시오. 우리는 자존심만 챙기면 되는 문제라서. 오갈 때 여비라고 생각하시고."

부방주는 그러니까 총관과도 같은 위치여서 계산이 확실했다. 딱히 내게 필요 없는 돈이었으나 어쩐지 받는다고 하는 게 용개 부방주의 마음을 더 편하게 하는 것 같았다.

"그럽시다. 병문안은 은 궤짝 들고 갈 테니 그때. 금 아저씨에겐 그 전에 일어나서 평소처럼 활동하라고 전해주시오. 어디서 꾀병이야?"

그제야 부방주가 웃었다.

"알겠소."

나는 용개 부방주를 돌려보낸 다음에 계약서를 대충 품 안에 쑤셔 넣었다. 객잔으로 돌아와 보니 비무를 마친 다음에 다들 물을 마시면서 쉬고 있었다. 눈치 빠른 색마가 내게 물었다.

"무슨 일이야?"

"하오문에 속한 철방에 대량 납품을 받았는데 잔금을 안 준다는군. 줘패러 갈 사람?"

귀마가 손을 들었다.

"나. 맏형한테 자꾸 처맞으니까 기분이 지금 매우 안 좋다."

색마가 씨익 웃으면서 손을 들었다.

"나."

문득 나는 동수 사숙과 눈을 마주쳤다. 동수 사숙이 손을 들었다.

"저도."

나는 고개를 저었다.

"너는 빠져. 염불이나 외우고 있어. 스님이 왜 자꾸 싸움박질하는 곳에 기웃거려? 부처님이 그렇게 가르치든?"

"그게 아니고요."

나는 이놈이 따라오면 시도 때도 없이 잔소리를 나불댈 것 같아서 미리 차단했다.

"닥치고. 선배는?"

검마가 나를 바라봤다.

"다 갈 필요 있겠나? 나는 여기에 있겠다. 어수선해지면 객잔에도 누군가는 있어야지."

"좋았어. 선배까지 가면 피바람이 불 테니까 그럴 필요는 없지. 심심하면 동수 불러서 참회나 하고 있으라고."

나는 새삼스럽게 동수 사숙에게 검마를 다시 소개했다.

"이분 마교 출신이야."

"아, 예."

"깍듯하게 모셔라. 우리 맏형."

"알겠습니다."

"번뇌, 오욕칠정五慾七情 이런 거 상담도 잘 해주고."

나는 검마가 노려보고 있어서 적절한 순간에 주둥아리를 다물었다. 동수가 순진하게 대답했다.

"알겠습니다."

이번에는 검마가 말없이 동수를 노려보자, 동수가 화들짝 놀란 표정으로 사과했다.

"죄송합니다."

그러고 보니 마교와 불가의 조합이어서 일월광천이 터지기 직전의 상황을 보는 것 같았다. 터지든 말든 내 알 바 아니다. 귀마가 내게 물었다.

"언제 가나?"

"일단 운향문은 그리 안 멀어. 밥이라도 먹고 가자고. 참고로 운향문의 뒷배는 넷째와 내가 속한 신남육룡의 일원인 용검이라더군. 음, 그 정도면 나를 건드릴 만하지. 듣자 하니 육룡의 말석이 너라더라."

내 말을 들은 색마가 단박에 미간을 좁혔다.

"어떤 개새끼가 내가 말석이래? 가뜩이나 여기서도 넷째인데 내가 왜 육룡의 말석이야? 육룡의 수석 자리를 줘도 시원찮을 거지 같은 별호인데. 누가 육룡이 되고 싶다고 했나? 이런 염병할 새끼들이…"

이렇게 나는 금세 이간질에 성공했다. 일단 속으로만 크게 웃었다. 색마가 쾌검을 펼치듯이 욕지거리를 쏟아내자, 동수 사숙이 합장을 하더니 염불을 소환했다.

"나무아미타불."

색마가 눈을 부릅떴다.

"시도 때도 없이 나무아미타령이야. 짜증 나게."

동수가 반박했다.

"…타불입니다."

"안 닥쳐?"

나는 점잖은 어조로 색마의 흥분을 가라앉혔다.

"침착해라."

"너도 닥쳐."

검마가 한숨을 내뱉자, 그제야 색마가 온전한 정신으로 돌아왔다.

"죄송합니다, 사부님."

나는 주방을 향해 외쳤다.

"밥 줘!"

야외 탁자에서 먹을 생각으로 자리에 앉자, 공터에서 웬 약초꾼이 걸어오고 있었다.

"오… 이게 누구야."

모용백이 그 어느 때보다 시커먼 얼굴로 등장했다. 머리에는 흰 띠를 두르고, 신발에는 흙이 잔뜩 묻어있었다. 모용백이 웃으면서 말했다.

"문주님, 검마 형님, 육합선생, 몽 공자. 다들 잘 지내셨지요?"

호칭이 너무 자연스럽게 지나가는 와중에 뭔가 이상한 것이 끼어 있어서 다들 검마를 바라봤다.

검마가 모용백에게 말했다.

"모용 아우, 오랜만이로군."

"예."

헤어졌던 형제들이 상봉하는 것처럼 자연스러웠다. 모용백이 봇짐을 내려놓더니 탁자에 앉아서 숨을 골랐다. 정말 약초를 캐러 다니는 모양이었다. 사실 약초는 물론이고 독초와 영약에 대해서도 해박한 사내가 모용백이다. 너무 갑작스러운 등장이었지만 원래 함께 다녔던 게 아닐까 싶을 정도로 자연스러워서 나도 어리둥절했다. 그제야 동수 사숙을 발견한 모용백이 먼저 인사를 건넸다.

"스님, 처음 뵙습니다. 인질로 잡히셨습니까?"

동수가 대답했다.

"아닙니다. 행각승입니다."

"다행이로군요. 모용백입니다."

"동수라고 편히 부르십시오."

나는 줄 게 없어서 모용백에게 물을 한잔 따라줬다.

"마셔라. 약초 캐느라 고생이 많다."

"예."

물을 시원하게 마신 모용백이 입 주변을 닦으면서 말했다.

"문주님, 복귀를 축하드립니다. 예전보다 마음이 건강해진 것 같아서 보기도 좋습니다."

나는 고개를 끄덕였다.

"밥 먹고 또 나갈 거야."

"바쁘시군요."

우리는 잠시 할 말을 찾지 못해서 눈만 껌벅였다. 사대악인에 독마까지 추가된 조합을 보고 있자니 나 홀로 가슴이 웅장해졌다.

'상당한 전력인데?'

물론 아직은 독마의 수준이 예비 전력에 가깝다. 그래도 이화접목신공을 전달했기 때문에 앞날이 기대되는 고수였다.

"성과는 있었나?"

내 질문을 이해한 모용백이 고개를 끄덕였다.

"훌륭한 무공을 주셨습니다. 다만 제 보잘것없는 내공으로 깊이 익혔다간 금세 주화입마에 빠질 것 같았습니다. 이론적으로는 이 단계까지만 습득하고 약초를 좀 캐고 있습니다."

"훌륭해."

검마가 나를 보면서 말했다.

"셋째가 그러고 보니 쉽사리 얻지 못할 비급 세 개를 얻어서 나, 차 총관, 모용백에게 건넸구나. 왜 세 가지를 전부 다 익히지 않고 우리에게 줬지? 아니구나. 백전십단공은 문주도 익힌 것이로군."

다들 나를 바라봤다. 나는 적절하게 둘러댔다.

"나만 강해지면 재미가 없지. 몸은 하나인데 무공은 여러 개니까. 내가 무림맹을 도와주러 떠나게 되면 모용백이 자하객잔을 보살피고. 내가 임 맹주와 힘을 합쳤는데도 고생하고 있으면 맏형이 도와주러 오겠지."

오늘따라 색마가 자꾸만 엇나갔다.

"나는 왜 비급 안 줘."

귀마도 끼어들었다.

"나도 안 줬어. 널 왜 줘. 빙공이나 수련해."

이번에는 색마가 귀마를 제대로 갈궜다.

"너는 나무 방패나 하나 들고 다녀라. 비급 필요 없어. 방패가 더 좋아 보여."

대화가 급격하게 유치해져서 어디서부터 정리해야 할지 감이 잘 안 왔다. 결국에 자하객잔에서 등장한 공덕이가 분위기를 전환했다.

"식사 준비하겠습니다."

나는 고개를 끄덕이면서 공덕이에게 말했다.

"약초꾼 한 명 늘었으니까 밥 더 가져오고. 밥 같이 먹을 사람도 나오라고 해."

"예, 문주님."

나는 모용백을 바라봤다.

"모용 선생, 밥 먹고 가라."

모용백이 침착한 표정으로 고개를 끄덕였다.

"예. 두 공기 먹고 가겠습니다. 문주님."

"…"

말에 약간 삐쭉한 칼날이 숨어있었지만 모른 척했다. 어쩐지 의원 일을 내팽개치고 약초나 캐러 다니게 된 것을 나 때문이라고 생각하는 것 같았다. 다 모용 선생 잘되라고 배려한 것이라서 후회는 없다. 잠시 후 우리는 정말 아무 말 없이 둘러앉아서 밥을 먹었다. 평소에 각자가 내뱉던 헛소리의 수준을 훨씬 뛰어넘는 개소리가 여러 차례 흘러나왔기 때문에 밥 먹는 시간이 그 어느 때보다 고요했다. 어쨌든 밥맛은 좋았다.

253.
무명을 유지하는 검객

자하객잔에서는 검마가 심각한 표정으로 수련 중이고, 모용백은 한창 약초를 캐고 내공 수련에 매진할 때여서 데려오지 않았다. 그리고 동수 사숙은… 말을 말자. 애초에 나는 스님들이랑 다니기 싫어하는 것을 전생부터 알았다. 툭하면 자비를 베풀라고 하는 스님도 답답하지만 보자마자 때려죽이는 광승도 본질은 스님이었기 때문이다. 아마 그때부터였겠지. 대머리만 보면 괴롭히고 싶다는 생각이 들었던 것이…

미수금을 받으러 가는 인원은 나, 귀마, 색마까지 세 명이면 충분하다. 실은 이 조합이 더 편하다. 항상 고민에 빠져있는 검마의 표정을 보고 있으면 내 호흡이 가끔가다 턱턱 막힐 때가 있기 때문이다. 다만 검마가 동행하지 않았기 때문에 색마의 투덜거림은 막을 수가 없었다. 세상일은 이처럼 얻는 게 있으면 잃는 게 있는 법이다.

"내가 사대악인의 막내라는 것은 참을 수 있어."

색마의 구시렁거림에 나는 고개를 끄덕였다.

"그럼 계속 참는 게 어때?"

"하지만 내가 신남육룡의 막내라는 것은 참을 수가 없지. 이 명단에는 사부님이 없기 때문이다."

이게 무슨 개 같은 논리지? 나는 양쪽 명단에 모두 포함되어 있었는데 색마의 논리에서 제외되었다. 하지만 전략상 맞장구를 쳐줬다.

"그건 맞아. 염치가 없는 일이지. 강호인이라면 만나서 우열을 가린 다음에 서열을 정하는 게 맞지."

귀마도 동의했다.

"맞지."

"하다못해 바둑이라도 한판 둬서 서열을 정하는 게 강호의 도리 아니냐?"

귀마가 진중한 표정으로 고개를 끄덕였다.

"강호의 도리가 땅에 떨어졌다. 근데 바둑 둘 줄 알아?"

"시끄러워. 바둑 얘기하지 마."

"네가 꺼냈잖아."

"비유였어."

나는 진지한 어조로 이번 운향문 방문에 대한 정의를 내렸다.

"바쁜 우리가 겨우 미수금을 받으러 간다. 이렇게 단순하게 생각하지 말도록. 강호의 도리를 바로잡으러 간다고 생각하자고."

색마와 귀마가 동시에 대답했다.

"확인."

전생 무림공적들이 강호의 도리를 바로잡는 순간이 왔다. 그 순간이 왜 왔는지는 모르지만 하여간 왔다.

* * *

우리는 운향문에 도착해서 잠시 대문을 구경했다. 내가 상상하던 것보다는 규모가 컸다. 마치 명문정파에 방문하는 느낌이랄까. 운향문이 명문정파는 아니었던 것 같은데 어쨌든 돈은 많아 보였다. 귀마가 나를 바라봤다.

"운향문은 흑도 아니었나?"

"그럴 리가. 신남사룡이 전부 백도의 고수들인데. 들어가자고."

나는 운향문의 정문을 두드렸다. 금세 정문이 활짝 열리더니 한 사내가 우리를 바라보면서 물었다.

"어디서 오셨습니까?"

"하오문주 이자하. 용두철방 건으로 방문했다."

"들어오시지요."

사내가 우리 셋을 안내했다. 들어가면서 살펴보니 운향문의 제자들이 단체로 똑같은 검법을 펼치고 있었다. 나는 제자들이 쥐고 있는 검의 손잡이를 확인하자마자 용두철방에서 납품한 검이 아니라는 것을 알아봤다. 용머리가 없었기 때문이다. 반면에 우리가 지나갈 때 같은 검법을 펼치고 있었던 제자들의 눈은 우리를 살피고 있었다. 제자들의 수련을 감독하던 사내가 입을 열었다.

"검을 휘두르면서 어딜 쳐다보는 거냐? 장일, 벽춘, 임탁, 고병찬 손발에 모래주머니를 추가하도록. 내가 언급하지 않았는데 눈 돌아갔던 놈도 알아서 차고 와라."

삽시간에 예닐곱 명이 어디론가 뛰어가더니 팔다리에 모래주머니를 휘감았다. 나는 감독하는 사내와 눈을 마주쳤다. 사내가 내게 목례를 가볍게 하면서 말했다.

"문주님, 어서 오십시오."

"반갑소."

내가 오는 것을 이미 알고 있었던 모양이다. 기분이 좋지만은 않았다. 외원과 내원을 지나서 손님을 접대하는 대청까지 일사천리로 진입했다. 안내한 놈이 내게 말했다.

"잠시만 기다려 주십시오. 안에 들어가서 보고하겠습니다."

"문주가 직접 나오시나?"

사내가 딱딱한 표정으로 대답했다.

"갑자기 방문하셔서 그것까진 모르겠습니다."

돈을 받으러 다니면 이상하게 지고 들어가는 느낌이 들어서 불쾌할 때가 있는데 지금이 그렇다. 두 악인의 표정을 보아하니 이놈들도 기분이 언짢아 보였다. 귀마와 색마는 탁자에 앉아서 기다리고, 나는 대청을 잠시 구경했다. 장식 몇 개만 보면 문파에 돈이 많은지 적은지를 알 수 있는데 운향문은 돈이 제법 많은 세력이었다. 또한, 장식이나 벽에 걸린 그림을 보면 대충이나마 문파의 역사도 추측할 수 있는데 그렇게 오래된 문파는 아니었다.

사실 운향문에 대해서는 전생이나 현생에서도 이름만 몇 번 들었을 뿐이어서 자세히 아는 것은 없다. 이런 어중간한 문파들이 사실 마교의 먹잇감이 되기에 딱 좋다. 무림맹과 긴밀한 관계를 맺은 것도 아니라서 용문제일검 같은 고수에게 빌붙어 지내는 것이 실은 가장 좋은 처세술일 터였다.

여러 가지 판단을 보류한 채로 기다리는 동안에 안쪽에서 운향문의 검객들이 걸어 나왔다. 총 다섯 명의 검객이 나와서 태사의 아래에 대기하자, 나이를 가늠하기 어려운 중년의 검객이 마지막으로 등장해서 내게 말했다.

"이 문주, 오느라 고생하셨네. 내가 운향문주 여운벽呂雲壁일세."

여운벽이 먼저 내게 포권을 취해서 나도 함께 손을 올렸다. 굉장히 무뚝뚝한 표정의 사내여서 감정을 읽을 수가 없었다. 여운벽이 태사의에 앉으면서 먼저 나온 검객들을 가리켰다.

"실은 병장기를 구매한 것은 제자들이라서 함께 불렀네. 함께 오신 분들은 누구신가?"

색마가 탁자에서 대답했다.

"몽가의 몽연이라는 사람이오."

여운벽이 색마를 바라봤다.

"백응지의 몽 공자셨군. 그쪽은? 아, 하오문주보다 나이가 조금 더 많은 검객이니 그대가 육합선생이로군. 맞소?"

귀마가 짤막하게 대답했다.

"맞소."

여운벽이 말했다.

"제자들에게 들어보니 본래 병장기 대금의 절반만 지급했다고 들었소. 실은 나도 근래 보고 받은 일이오. 뒤늦게 내가 직접 살펴봤는데 병장기에 큰 문제가 없었소. 오히려 값보다 품질이 더 뛰어난 편이었지. 은자 두 상자라 했느냐?"

한 제자가 사부를 향해 고개를 끄덕였다.

"예, 사부님. 이십오 개 상자로 거래했습니다."

"문제가 없는 거래였는데 문주께서 번거롭게 직접 오셨으니 너희들의 잘못이 크다. 은자 세 상자를 가져와서 하오문주께 드리도록 해라. 가져와라."

"예."

여운벽이 탁자의 빈자리를 가리켰다.

"문주, 그렇게 서있지 말고 좀 앉으시오."

나는 내심 내 속이 불편한 이유를 금세 알게 되었다. 전형적인 백도의 대응이 이렇다. 무슨 의도로 이러는지는 사실 잘 모르겠다. 어쨌든 일부러 잔금을 치르지 않아서 내가 직접 운향문으로 오게 만든 것은 확실했다. 어쩌면 용문제일검이 운향문주에게 나를 살펴보라고 했을 수도 있겠다는 생각이 들었다. 여운벽이 덤덤한 어조로 말했다.

"창고에 가서 은자 상자를 들고 와야 하니 시간이 좀 걸리겠소. 차라도 한잔하시겠소?"

"됐소."

나는 대답을 한 다음에 제자들의 기도를 살폈다. 약하다는 느낌은 없었는데 그렇다고 엄청나게 대단한 고수들은 또 아니었다. 하지만 여운벽의 실력은 당장 파악할 수가 없었다. 그나저나 예의란 대체 무엇일까? 나는 지금 은자 세 상자를 받겠다고 똥개 훈련을 하는 것 같은 기분이 들었다.

그렇다고 딱히 꼬투리를 잡을 만한 것도 없었다. 여운벽이 백도의 방식으로 나를 골탕 먹이고 있었기 때문이다. 예의가 악용되는 순간이랄까. 무턱대고 미친놈처럼 화를 낼 수는 없었기 때문에 나는 한숨을 내쉬었다. 이름 모를 여운벽의 제자 놈이 시큰둥한 어조로 내게 말했다.

"문주님, 왜 그렇게 한숨을 쉬십니까?"

여운벽의 제자라지만 어쨌든 내 또래였다. 문주치고는 내가 젊은 것이라서 어쩔 수 없는 노릇이다. 나는 내 또래로 보이는 여운벽의 제자에게 말했다.

"한숨을 쉬는 이유는… 아마 용두철방의 금 방주가 다 이야기했을 거요. 품질에는 이상이 없을 것이라고. 그때는 그대들이 무공 실력이 대단하지 않은 용두철방의 방주에게 칼을 부러뜨려 가면서 문제를 제기했겠지. 돈도 절반만 주고. 결국에는 내가 직접 찾아오자 나머지 대금이 아주 멀쩡하게, 이렇게 별일 없이 나오다니. 기분이 허망해서 한숨을 내쉬었소. 돈이야 내가 챙겨서 돌아가면 그만이지만, 용두철방의 일꾼들이나 방주도 기분이 좋지만은 않겠군. 나름대로 열심히 일하는 사람들인데… 인정을 받기는커녕."

여운벽의 다른 제자가 갑자기 내 말을 끊었다.

"그래서 저희가 은자 상자를 더 내어드리지 않습니까."

제자의 말이 끝나자마자, 나는 얼굴에 열이 올라오는 것을 느꼈다. 애써 참은 채로 대답했다.

"단순히 돈 이야기를 하는 것이 아니다."

"돈 받으러 오신 거 아니었습니까?"

순간, 나는 헛웃음이 나왔다.

"흐흐."

대청이 무척 덥다는 생각이 들면서 더 참는 것도 어렵다는 결론에 다다랐을 때… 앉아있었던 색마가 먼저 탁자를 내려치면서 호통을 내질렀다.

"…이런 개 염병할 새끼들이 지금 뭐 하자는 거야? 지금 장난해? 운향문이 지금 단체로 우리를 조롱하겠다는 것이냐?"

색마가 쌍욕을 퍼붓자, 여운벽이 입을 열었다.

"몽 공자, 말이 너무 지나치군."

여운벽이 제자들도 꾸짖었다.

"너희들도 말조심해라. 내가 듣기에도 불편한 말이었다."

제자들이 여운벽을 향해 고개를 숙였다.

"죄송합니다. 사부님."

나는 슬금슬금 반말이 기어 나왔다.

"여 문주."

운향문의 스승과 제자들이 동시에 나를 바라봤다.

"…"

"날 이곳으로 부른 이유가 뭔가? 철방에게 일을 맡겼을 때 이미 하오문 소속이라는 것을 알았을 테고. 날 대충이라도 조사하면 내가 이런 일에 좋게 넘어가는 성격이 아니라는 것을 알았을 텐데. 정문에서부터 제자들의 대처를 보니까 내가 오는 줄 알았던 모양인데. 예의를 갖춰서 조롱하지 말고. 바로 속내를 이야기하는 게 나는 편해."

여운벽이 대답했다.

"문주, 내가 사정을 파악하고 돈을 주고, 예의도 갖췄는데 무엇을 더 바라나? 제자들의 실언은 사과하겠네. 또한, 제자 단속을 못 한 내 탓도 있네. 문주의 말투가 본래 예의 없다는 것도 익히 알고 있던 것이라서 문제 삼지 않겠네. 또한, 풍운몽가에 비하면 우리 운향문의 실력이 보잘것없는 편이지. 몽 공자의 폭언도 넘어가겠네."

내가 모든 백도를 싫어하는 것은 아니다. 그러나 이런 백도는 전생이나 지금이나 싫은 게 사실이다. 운향문은 정말 내가 싫어하는 백도의 모습을 두루 갖추고 있었다.

"애초에 용두철방에게 돈을 제대로 지급했으면 됐을 일을."

그제야 창고에 갔던 제자들이 통용 은자가 담긴 중간 크기의 상자를 가져와서 바닥에 내려놓았다. 내가 저 돈을 회수하겠다고 여기에 왔나? 아니다. 제자가 나를 보면서 말했다.

"문주님, 하나씩 들고 가시면 되겠습니다."

나는 여운벽을 바라봤다.

"여 문주, 돈은 필요 없고 용두철방이 납품한 병장기들 전부 이곳에 가져오시오. 미리 받았던 절반의 대금은 내가 대신 돌려줄 테니."

여운벽이 대답했다.

"어째서 그런 억지를 부리는가?"

"억지가 아니고. 용두철방의 병장기가 아까워서 그래. 운향문에게 주는 것이 아깝다는 생각이 들었다. 돈 돌려줄 테니까 전부 가져오도록. 돈은 내가 뱉어내겠다."

나는 색마와 귀마를 바라봤다. 두 사람이 고개를 끄덕였다.

"차라리 그게 낫겠다."

"굳이 대금의 절반만 치르고 사용하려던 허접한 병장기를 제값 주고 쓸 필요는 없겠지. 문주가 돈을 되돌려 주면 될 일이야."

여운벽이 침착하게 말했다.

"이게 하오문주의 방식인가?"

나는 여운벽을 바라봤다.

"여 문주, 나에 대해서 더 빈정거릴 게 남았나? 더 떠들어 보도록. 혹시 내가 여기서 난장판을 벌이길 바라나? 어려운 일은 아니야."

제자들이 동시에 살기를 내뿜으면서 나를 바라봤다. 나는 검을 뽑으려는 여운벽의 제자들을 바라봤다.

"…뽑아라. 내가 원하는 바다. 실은 대화보다 그게 더 낫지. 예의를 악용하는 놈들을 보면 차라리 예의 없는 놈들이 낫다. 겉과 속이 너희처럼 다르진 않거든."

여운벽이 엷은 미소를 지으면서 말했다.

"내 제자들이 어찌 신남육룡에 속하는 문주의 적수가 될 수 있겠나? 우리는 대외적으로 육룡에 속하는 용문제일검에게 협조하고 있네. 갑자기 병장기를 대량으로 구해달라고 해서 제자들이 방법을 찾을 수밖에 없었지. 그러니까 용두철방이 납품한 병장기는 이곳에 없네."

나는 그제야 여운벽의 말투를 복기하고 표정도 자세히 살폈다. 이제 보니까 여운벽은 용문제일검도 싫어하고 나도 싫어하는 모양이다. 종합해 보면 여운벽은 백도를 싫어하는 사내였다. 임소백 맹주와 내 친분이 알려졌기 때문에 나도 백도에 포함되는 모양이었다. 나는 여운벽에게 물었다.

"결론을 내면 돈 가지고 꺼져라. 그 말인가?"

여운벽이 무뚝뚝한 표정으로 대답했다.

"다시 말하지만, 제자들이 예의를 잃은 것은 인정하나 나는 그러지 않았네. 물론 용두철방의 방주에게도 내가 대신 사과해야겠지. 정중하게 사과한다는 서찰이라도 한 장 써서 보내겠네. 오늘은 첫 만남이니 이 정도로 마무리하는 게 어떻겠나?"

순간, 귀마가 일어나더니 상자를 챙겼다. 하나를 색마에게 건네고 자신이 두 개를 들더니 나를 바라봤다.

"문주, 가자."

귀마의 눈빛이 오늘따라 복잡했다. 색마가 여운벽을 잠시 노려보더니 콧방귀를 내뿜으면서 돌아섰다.

"가자."

나는 여운벽에게 말했다.

"여 문주, 또 봅시다."

여운벽이 고개를 끄덕이더니 손을 내밀어서 대청을 가리켰다.

"만나서 반가웠네. 하오문주, 몽 공자, 육합선생."

* * *

우리는 운향문을 빠져나와서 잠시 침묵의 시간을 가졌다. 고민하던 색마가 먼저 입을 열었다.

"…저 새끼, 누구지?"

물론 여운벽의 정체에 대한 물음이었다. 귀마가 일단 결론을 이렇게 내렸다.

"제자들은 평범하나 여 문주의 실력은 우리 밑이 아니다. 아무리 쳐다봐도 가늠하기가 어렵고 빈틈이 없었다. 허리에 찬 검도 수실과 문양이 제자들과 달랐어. 오래된 명검이야. 문주 생각은 어때?"

나는 고민하던 것을 두 사람에게 말했다.

"이름이 일단 가명 같다."

사실 나는 구름雲이 낀 벼랑壁, 운벽이라는 이름에서 뒤늦게 백의서생의 서재가 떠올랐다. 제자들과 실력의 격차가 큰 것도 백의서생과 비슷했다. 결론은 이렇다.

"…정말 몰랐다가 제자들의 보고를 받고 등장한 것 같은 분위기야. 무명無名을 유지하고 있는 검객이라서 특이하군."

특이하다는 것은 위협적인 존재일 가능성이 크다는 뜻이었다.

254.
제자백가 중에서

나는 그대로 복귀할 생각이 없어서 인근 객잔으로 향했다. 도중에 지나치는 강호인들의 실력이 오히려 운향문에서 수련하던 제자들보다 높은 것 같아서 기분이 약간 어리둥절했다. 귀마가 내게 물었다.

"왜?"

나는 멈춰서 지나가는 사내의 등을 물끄러미 바라봤다.

"아니야."

위화감이 살짝 있었으나 무엇 때문인지는 알 수가 없었다. 상인이 상인처럼 보이지 않아서 몇 명의 얼굴을 기억해 뒀다. 객잔 바깥 자리에 앉은 다음에 술을 주문하자, 귀마는 상자를 조심스럽게 열어서 은자를 확인했다.

"멀쩡하게 은자네."

내가 운향문에서 조용히 나온 것은 여운벽 문주가 끝까지 예의를 갖췄기 때문이다. 예의는 물론이고 실력도 있었다. 신남육룡의 밑에 있을 이유가 없는 고수가 용문제일검에게 협조하고 있으니 의심이 들 수밖에 없었다. 나는 서생 세력에 대해 추가적으로 알게 된 것을 종합해서 두 사람에게 설명했다. 이야기를 들은 귀마가 팔짱을 끼면서 말했다.

"…그러니까 적어도 백의서생과 같은 고수가 더 있고. 이들은 서생끼리도 경쟁하거나 대립하는 조직이라는 뜻인가?"

"경쟁이나 대립보다는 독립적이라는 말이 더 어울리겠지."

색마가 물었다.

"무림공적일 가능성은?"

나는 고개를 저었다.

"모르겠다."

우리는 점소이가 등장해서 술과 안주를 내려놓는 동안에 입을 다물었다. 나는 문득 이런 생각을 해봤다. 만약 마교와 서생들이 싸우면 누구 편을 들어야 하지? 방관하는 게 정답일까? 나는 뜬금없이 한 단어가 떠올랐다.

'국지전局地戰.'

백도나 흑도에 정체를 숨긴 서생 세력이 숨어있고. 이들과 마교가 전생에 맞붙었던 것이라면… 그것 또한 국지전일 것이다. 강호에는 여러 사건과 다툼이 있었지만. 만약 국지전의 의미가 교주 대 서생 세력이었다면 전생의 강호는 사실 교주와 서생 세력이 양분해서 싸운 것이 된다. 오히려 개방 방주가 사라지고 나서 힘을 잃은 무림맹과 백도 연합은 딱히 할 수 있는 게 없었을 터였다.

내가 생각하던 것보다 강호의 물밑 싸움이 치열했던 게 아닐까?

말이 물밑 싸움이지 실은 패권을 두고 경쟁한 것이나 다름이 없는 대진표였다. 그 다툼에서 삼재의 일원인 개방 방주까지 쓰러졌다고 보는 것이 옳을 테니 말이다. 나는 귀마가 따라주는 술의 냄새를 맡은 다음에 도로 내려놓았다. 독의 유무를 확인한 귀마가 은침에 묻은 술을 털어내면서 말했다.

"마셔라. 이대로 복귀할까?"

나는 고개를 끄덕였다.

"일단은 이대로 복귀하자고. 수련이 먼저인 듯싶다. 임 맹주와도…"

내가 말을 멈추자 귀마와 색마가 고개를 돌려서 길거리를 주시했다. 이대로 퇴각하기로 결정하자마자 운향문주 여운벽이 홀로 등장한 상태. 우리가 왔던 길로 등장한 상태였는데 행인들이 좌우로 비켜서는 것이 눈에 보였다. 우리 자리로 다가온 여운벽이 뒷짐을 진 채로 말했다.

"근처에 있을 것 같더군. 합석하겠나?"

나는 내 옆자리의 의자를 빼낸 다음에 고개를 끄덕였다.

"그럽시다."

자그마한 탁자에 네 사람이 둘러앉자 상당히 비좁았다. 이것이 얼마나 비좁은 것이냐면 서로 장력을 내지르면 손바닥이 바로 달라붙는 거리였다. 귀마가 술병을 들었다.

"받으시오."

여운벽이 고개를 끄덕이더니 빈 잔을 내밀었다. 한 손으로 술을 받는 와중에 여운벽이 우리를 바라봤다.

"…"

우리는 각자 술잔을 든 다음에 건배사나 만나서 반갑다는 식의 말도 하지 않은 채로 술을 한 잔 비웠다. 술을 마시다가 누군가가 죽을 수도 있는 분위기여서 그렇다. 술잔을 내려놓은 여운벽이 말했다.

"셋 다 눈치가 빠른 사람들 같아서 할 말이 마땅치 않군."

색마가 바로 질문을 던졌다.

"당신 누구요? 운향문을 무시하는 게 아니고 운향문주 자리에만 앉아있을 실력이 아닌데."

여운벽이 색마를 바라봤다.

"몽 공자, 그런 질문은 대화에 별 도움이 안 되네."

귀마가 말했다.

"백도에도 알려지기 싫어하는 고수는 많소. 하지만 그대가 마도의 고수라면 우리와 문제가 좀 있을 것 같은데."

이번에도 여운벽이 대답했다.

"강호를 어찌 백도, 흑도, 마도로만 나누겠나? 그보다 더 다양하겠지."

나도 질문을 던졌다.

"…우리를 따라 나온 이유는?"

여운벽이 대답했다.

"마음이 불편해서 충동적으로 따라와 봤네."

"무엇이 불편했소?"

여운벽이 내게 뜻밖의 소릴 했다.

"자네는 참을성이 없다고 들었는데 그냥 물러나는 것을 보고 당황스럽더군."

"음. 강호 소식에 의하면 내가 흥분남이 되었다 이 말인가?"

귀마와 색마가 내 개소리에 떨떠름한 표정을 지었다. 여운벽이 말했다.

"소문과 실제는 종종 다를 때가 많지."

나는 명확하게 여운벽의 정체를 모르기 때문에 이럴 때는 막 던져 보는 게 정답이라 생각했다.

"여 문주, 천악서생과는 무슨 관계요?"

여문주의 눈빛이 아주 미세하게 변했다. 미간도 순간적으로 좁혀졌다가 제자리로 돌아갔다. 이것은 감정으로 다스릴 수 없는 본능적인 반응이다. 사실 여기서 내 추측은 끝났다. 개소리 다음에 정곡을 찌르자 대비할 마음의 여유도 없었을 터였다. 그러니까 이놈은 일단 서생 세력의 일원이다. 여운벽이 중얼거렸다.

"이거 참 엄청난 기습이로군. 똑똑하다는 소문은 들었는데 솔직히 말해서 똑똑하다기보다는 너무 엉뚱한 사람이야."

"내가 좀 그런 편이지."

나는 여운벽의 실력을 가늠하다가 이런 생각이 들었다. 일단 나는 죽지 않을 자신이 있다. 그러나 삼 대 일로 겨루더라도 귀마나 색마가 다칠 가능성은 있었다. 지금은 귀마나 색마가 나와 여운벽의 밑에 있기 때문이다. 내가 먼저 입을 열었다.

"기왕 걸렸는데 이제부터 터놓고 이야기합시다."

"..."

"백의서생, 천악서생, 실명서생이 개방 방주를 공격했었소. 아는지 모르겠지만 왠지 들려주고 싶은 이야기로군."

여운벽이 나를 바라봤다.

"어떻게 됐나?"

"모르는 소식이오?"

"알지만 전해 들은 소식을 다 믿을 수는 없네. 눈으로 보지 않은 것을 어떻게 다 믿겠나?"

"신중하군. 여 문주가 생각해도 삼 대 일은 좀 너무하지 않소? 삼재들의 싸움인데. 거기에 개방 방주의 제자를 전부터 구슬려서 배신하도록 준비하고 있었더군. 심마心魔를 불러오게 한 다음에 서생 셋이 나서서 확실히 끝장내려 했었던 모양이외다. 개방 방주는 죽었을까, 살았을까. 본인 생각은 어떻소? 서생이 셋이나 뭉쳤는데."

여운벽이 대답했다.

"살아남았더라도 중상을 입었겠지. 대답을 하고 보니 문주의 계략에 넘어갔으나 상관없네."

나는 고개를 끄덕였다.

"나도 상관없소. 내 이야기가 재미없으면 언제든 한판 붙읍시다."

여운벽도 고개를 끄덕였다.

"그러세."

"일단 그대 예상은 틀렸소. 개방 방주는 중상을 입지도 않았고 멀쩡히 살아계시지. 그리고 실명서생은 내 손에 죽었소."

"확실한가?"

"확실하지."

나는 말을 내뱉자마자, 여운벽의 표정을 놓치지 않았다. 여운벽이 고개를 갸웃했다.

"거짓말은 아닌 것 같은데 믿기가 어렵군."

생각해 보니까 백의서생은 무림맹에 들어갔었다. 백도 세력의 자그마한 문파에 서생이 숨어있는 것은 그다지 놀랄 일도 아닌 셈이다. 나는 덤덤하게 대답했다.

"뭐 그렇게 됐소. 친한 사이였다면 사과까지는 그렇고… 유감이오. 그렇다고 내가 죽어줄 수는 없으니."

여운벽이 웃었다.

"맞는 말이네. 소문대로 시건방지군. 어떻게 죽었는지 들려주겠나? 지금 자네의 실력으로는 실명서생에게 무척 고전했을 것 같은데 말이야. 자네를 무시해서 하는 말이 아니네. 수하들이 많기 때문이야."

"비싼 이야기를 공짜로 들려줄 수는 없지."

이렇게 나는 적인지 아군인지 모를 놈에게 궁금한 이야기 하나를 적립했다. 듣기 싫으면 날 가차 없이 공격할 테고, 여전히 궁금하다면 나를 건드릴 수 없을 터였다. 하지만 이야기의 힘은 무섭다. 내 입이 아니고서는 실명서생이 어떻게 죽었는지를 제대로 설명할 사람이 없기 때문이다.

잠시 여운벽은 무언가를 깊이 생각했다. 상상 속에서 실명서생과 나를 등장시킨 다음에 싸움을 붙여놓고 결과를 지켜보는 것 같았다. 이런 와중에도 큰 허점은 없는 것 같아서 그냥 내버려 뒀다. 상상을 마친 여운벽이 나를 보면서 말했다.

"도저히 모르겠군. 수하들이 제법 잘 보필한 것으로 아는데."

"여 문주."
"말하게."
"그 누구도 세상일을 전부 알아낼 수는 없소. 그대도 마찬가지고. 나도 마찬가지야. 여기에 있는 몽랑과 육합선생도 마찬가지고."
"맞는 말이네."
나는 생각을 정리한 다음에 말했다.
"이렇게 합시다. 여 문주가 마교의 적이라면. 오늘은 우리 넷이 서로의 비밀을 깊게 캐지 맙시다. 그저 술이나 한잔하고 헤어지는 게 나을 것 같은데. 나는 서생 세력에 대한 입장을 아직 완벽하게 정리할 수가 없소."
여운벽이 그제야 처음으로 웃었다.
"대단히 건방지군."
색마가 고개를 끄덕이고, 귀마도 여운벽의 말에 동의했다.
"맞아."
"동의."
여운벽이 왼손으로 빈 술잔을 붙잡은 채로 나, 색마, 귀마를 천천히 바라봤다.
"세 사람이 그럼 마교의 적이란 말인가?"
귀마가 대답했다.
"그렇지 않은 강호인이 얼마나 되겠소?"
색마가 한숨을 내쉬었다.
"나는 풍운몽가의 차남이오."
여운벽이 우리 셋을 한참이나 바라보더니 그제야 술잔을 쥐고 있었던 손을 풀어냈다. 동시에 술잔이 아무 소리 없이 먼지처럼 바스러졌다. 나는 먼지로 변한 술잔을 보고 있다가 점소이를 쳐다봤다.

"잔 하나만 더 줘."

"예."

나는 점소이가 멀쩡한 술잔을 가져올 때 손가락으로 여운벽을 가리켰다.

"이 사람이 술잔을 가루로 만들었다."

점소이가 살짝 당황한 표정으로 대답했다.

"아, 예. 괜찮습니다."

"뭐가 괜찮아?"

얼굴이 새빨갛게 변한 점소이가 고개를 꾸벅 숙이더니 급히 도망쳤다. 여운벽이 말했다.

"보다시피 나도 세력이 미약하지만, 백도에 협조하고 있는 운향문의 문주일세. 마교의 적이 아니고 무엇이겠나. 특히 나는 마교의 고수에게 개인적인 원한이 있는 사람이네."

내가 물었다.

"어떤 놈? 교주?"

여운벽이 대답했다.

"혈향우사血香右史."

혈향우사는 광명우사의 다른 별호다. 신기하게도 여운벽의 문파 이름에도 향香이 들어갔다. 나는 여운벽에게 단순하게 물었다.

"우사보다 당신이 약한가?"

"문주가 우사도 직접 봤나?"

"직접 본 적은 없소."

물론 전생에 봤기 때문에 반은 거짓말이다. 현생에서는 본 적이 없다. 여운벽이 가볍게 웃었다.

"다행히 네 사람 모두 마교의 추종자들은 아니군. 그럼 이렇게 하세. 실명서생이 어떻게 죽었는지 알려주면 오늘은 친구처럼 헤어지세. 내 정체가 들통이 났지만 근래 명성이 자자한 하오문주 정도면 여기저기에 떠들고 다니진 않겠지."

나는 여운벽에게 물었다.

"뭐 나쁘지 않소. 그러나 곱게 보내준다는 것은 무슨 자신감이지?"

여운벽이 문득 주변을 둘러보더니 손가락을 두 번 튕겼다. 그러자 객잔은 물론이고 지나가는 사람들과 가판을 내놓고 장사를 하던 수많은 사람들이 일제히 동작을 멈췄다. 객잔에 있었던 손님들도 동작을 멈춘 채로 명령을 기다렸다. 나는 크게 놀라지 않는 성격이지만 수많은 사람들이 갑자기 노려보는 것은 황당할 수밖에 없었다.

그리고 이것이 결국에는 위화감의 정체였다. 한둘이 아니라 거의 모두가 운향문주의 수하들이었기 때문이다. 우리는 주변을 둘러보면서 사람들의 눈빛과 기도를 확인했다. 오히려 운향문 내부에는 실력이 없는 자들이 수련을 하고 있고. 운향문 주변에는 그보다 실력이 높은 자들이 생업을 하고 있는 모양이었다. 이 정도면 제자백가에서도 상위권 일가一家에 속하는 모양이었다. 여운벽이 말했다.

"이 정도면 곱게 보내지 않겠다는 말에 힘이 좀 실리는가?"

나는 고개를 끄덕였다.

"대단하네. 확인."

여운벽이 가볍게 손짓하자, 사람들이 다시 움직였다. 뜬금없지만 본래 제자백가 사람들은 서로 사이가 좋지 않다. 그렇지 않겠는가? 유가와 도가가 전혀 다르고, 묵가와 법가도 품은 뜻이 전혀 다르다. 서생들이 제각각인 것은 어찌 보면 당연한 일이었다. 문제는 내가 이들이 각각 어느 후예인지 알 수 없다는 점이었다. 나는 여운벽에게 물었다.

"실명서생이 죽은 것을 모르고 있었소?"

"알고 있었네."

여운벽의 말이 이어졌다.

"하오문주에게 죽었다고 하더군. 믿지 않았네. 백의서생이 나랑 자네를 맞붙게 하려는 계략이 아닐까 의심했지. 백의서생은 항상 계략을 좋아했거든. 나로서는 쉽게 믿을 수가 없지. 백의서생과 천악이 붙어서 실명을 죽인 게 아닐까 하고 의심하고 있었네."

무언가 분위기가 싸늘해졌다. 여운벽이 덤덤한 어조로 말했다.

"그러니까 요약하면 실명서생은 나랑 더 가까운 사람이라고 할 수 있지. 제 발로 걸어와서 내게 실명서생을 죽였다고 실토하는데도 도저히 믿어지질 않는군. 하오문주."

"와…"

나는 입이 저절로 벌어졌다. 대체 이게 무슨 상황이지? 백의서생이 이놈에게 진실을 고해서 이간질에 성공한 셈인가? 여운벽이 술병을 붙잡았다.

"…내가 한 잔 따라주겠네. 오래 알고 지내던 사람이 죽었는데 그가 어떻게 죽었는지 알아보려는 것은 지극히 당연한 일이네."

나는 술을 받은 다음에 길거리에 있는 사람들을 구경했다. 이제 평범한 행인도 보이고, 평범한 척을 하고 있었던 사람들도 구분이 되었다. 나는 주변을 구경하다가 여운벽에게 말했다.

"당신이 묵가墨家의 거자鉅子였군."

여운벽이 나를 물끄러미 바라봤다. 나는 묵가와 거자에 대해 조금 안다. 거자는 묵가의 우두머리를 말하는데 문파의 장문인과 같다. 내가 묵가를 아는 이유는 간단하다. 묵가의 구성원이 본래 연자성과 같은 부류인 공인工人들이기 때문이다. 즉, 일하는 사람들이면서 동시에 무인들이다. 여운벽이 손가락을 튕기자 주변에 있던 자들이 전부 살기를 머금은 것이 그런 이유다.

제자백가 중에서는 그나마 하오문과 비슷한 세력이다. 유가가 득세해서 이미 망했다는 점에서는 전생의 나와 비슷하다. 이들이 운향문이라는 이름으로 숨어 지내는 것도 이해할 수 있는 일이다. 묵가는 정복 전쟁을 반대하는 비공非攻 세력이기 때문이다. 그러니까 이놈 친구를 죽인 것만 잘 해명하면 적이 될 가능성이 없는 사내였다. 근데 왜 이렇게 해명하기가 싫지?

255.
오늘도 내가 이겼다

묵가는 강대국을 상대로 약소국의 수비를 돕는 제자백가 세력이었다. 정복 전쟁을 반대한다는 것은 그런 의미다. 강호의 논리로 적용하면 마교나 무림맹이 강호 전체를 지배하는 것도 용납하지 않는 자들이 되겠다. 어쨌든 나는 추가로 한 가지를 더 알게 되었다.

이제 서생들이 전부 나를 알고 있는 모양이다. 유명세가 이렇게 무섭다. 더군다나 하오문을 이끄는 처지에서는 서생 전체를 적으로 돌릴 수는 없다는 생각이 들었다. 모두 적으로 돌리는 것은 너무 미련한 짓이다. 애초에 제자백가는 독립적인 자들이니 이들의 다양한 특징을 파악해서 일부는 아군, 일부는 방관, 일부는 때려죽이는 게 더 낫지 않을까? 그런데도 나는 이야기의 방향을 틀었다.

"나한테 실명서생이 어떻게 죽었는지 설명을 듣지 못하면 어쩌시겠소?"

여운벽은 묵가다운 대답을 내놓았다.

"내가 알고 싶은 것은 간단해. 자네가 실명서생을 먼저 공격했을 리는 없지 않은가. 개방 방주를 돕겠다고 합류했다가 실명이 죽었겠지."

"그것은 맞지."

여운벽이 나를 바라봤다.

"거짓말이 아니라면 보이는 게 전부는 아닐 테지. 자네의 계략이 실명의 무공보다 강했나 보군. 개방 방주를 지키려다가 싸운 것이면 우리도 어쩔 수 없네. 다만 백의서생의 말이었기 때문에 그동안은 쉽게 믿을 수가 없었네. 직접 봐야 할 이유가 생겼던 셈이지."

이 정도면 일부러 용두철방의 대금을 치르지 않아서 문제를 일으킨 것처럼 보였다. 오히려 나는 궁금한 것을 물었다.

"서생 세력도 우두머리가 있소?"

여운벽이 우리를 둘러보면서 말했다.

"자네 세 사람은 부하와 대장으로 나뉘어 있나?"

막내인 색마가 대답했다.

"그럴 리가."

여운벽이 고개를 끄덕였다.

"우리도 마찬가지네. 다만 서로 무엇이 뛰어난지는 알고 있지. 무공은 누가 특별히 뛰어나고, 경공은 누가 뛰어난지, 병장기는 누가 잘 만드는지…"

나는 왜 이들이 병장기 의뢰를 맡겼는지 이제야 이해했다.

"…병장기는 당신들이 더 잘 만들겠군."

묵가에 속한 자들은 전부 장인들이다. 그런 의미에서 금 아저씨의 실력이 아직 묵가의 장인들에겐 못 미치는 모양이었다. 여운벽이 고개를 끄덕이면서 인정했다.

"우리도 제법 공들이는 편이지. 서생들도 관심 분야가 각기 다르네. 어떤 이는 여전히 권력에 욕심을 내고 있고. 어떤 자는 옛 도가의 사람들처럼 아무것도 바라지 않는 삶을 살고 있네. 사실은 이것이 제자백가의 모습이겠지. 각자 생각대로 사는 것. 다만 어떤 것이든 세월이 흐르면 변질하는 것도 있기 마련이야."

이 정도면 여운벽이 내게 내부 사정을 많이 이야기한 것이다. 나는 빠르게 여운벽의 말을 정리했다. 무공이 뛰어난 서생은 천악, 혹은 천악과 경쟁할 수 있는 사내까지 포함. 아무것도 바라지 않는 삶을 사는 서생은 도가道家 계열. 경공이 뛰어난 사람은 쾌당주. 여전히 권력에 욕심을 내는 사람은 백의서생으로 추정했다.

세월이 흘러서 변질했다는 것은 서생 세력 일부를 말하는 것 같았다. 그 기준으로 말하면 여운벽은 어느 정도 본래 묵가의 방향을 잃지 않았다는 뜻이기도 하다. 나는 서생들에 관한 정보를 받았기 때문에 그제야 답례를 했다.

"문주는 동의하지 않겠지만 실명서생은 거만한 사내였소."

"그랬나? 어떤 면에서."

"시력을 잃은 것은 큰 약점인데 본인의 거만함 때문에 인지하지 못하더군. 아마 오랫동안 수련으로 극복했다고 생각했겠지. 그 자부심은 마치 나는 시력을 잃었어도 다른 서생과 동등하다, 강하다. 이런 느낌이었달까."

"자네가 그 약점을 파고들었나?"

“약점을 파고드는 것은 싸움의 기본이니까. 처음부터 끝까지 시력 잃은 것을 철저하게 공략했지.”

물론 도망치는 것부터가 시작이었다. 여운벽이 나를 평가했다.

“무섭고 냉정한 사람이군.”

여운벽이 잠시 턱을 쓰다듬더니 무언가를 깨달았다는 어조로 말했다.

“그걸 약점이라 생각했다면… 오히려 실명의 수하들이 실명을 방해했겠군. 차라리 혼자 싸우는 게 더 강력했을 터. 그 상황까지도 자네가 몰아넣은 것이라면 완벽하게 패배했겠군. 무공만이 강하다는 것의 척도는 아닐 테니까.”

여운벽의 말에 색마와 귀마도 고개를 끄덕였다. 이번에는 색마가 술병을 들었다.

“한잔합시다.”

우리는 색마에게서 술을 받았다. 아까와는 분위기가 약간 달라진 술이 또르륵 소리를 내면서 떨어졌다. 술을 받은 여운벽이 내게 말했다.

“듣자 하니 자네는 마교도 주시하고, 서생들도 주시하게 되었네. 앞으로 어떻게 살아남으려고 하는가? 나도 근래 자네처럼 적이 많은 사내는 처음 보네. 아까 운향문에 방문했을 때만 해도 자네는 나까지 적으로 만들 뻔했었지.”

나는 몇 잔 들어가지도 않은 술이 확 깼다.

“아, 그랬나? 하지만 내가 적이 많은 것은 어쩔 수 없소. 나는 제자백가가 아니지만 내가 생각하는 삶의 방향 때문에 인지하고 있는 어려움이오."

여운벽이 술잔을 들었다.

"그것은 내가 술안주로 들을 수 있겠나?"

우리는 서로를 바라보다가 술을 한 잔 더 마셨다. 어느 틈에 점소이가 안주를 놓고 가긴 했으나 아무도 젓가락을 들지 않았다. 서생 중의 한 명에게 내 뜻을 밝혀야 하는 지금 순간은 지난날 제자백가의 우두머리들이 천하를 돌아다니면서 유세遊說하는 것과 같았다. 유세는 사실 쉽지 않은 일이다. 나는 손을 내밀어서 여운벽의 세력에 속하는 상인, 행인, 일꾼들을 대중없이 가리켰다.

"내가 적이 많은 것은 저런 사람들의 편에 있어서겠지. 특별한 일은 아니지만 내가 점소이였기 때문에 그렇소. 먹고사는 게 쉽지 않았지. 일해서 버는 것보다 빼앗기는 게 더 많았어. 무슨 자신감이었을까. 내가 무공을 익히면 나보다 먼저 무공을 익힌 자들을 때려죽일 수 있다고 생각했지. 불특정 다수에 대한 복수는 아니었소. 비슷한 놈들만 때려죽였거든. 예를 들면, 함부로 점소이의 뺨을 후려치는 놈들? 여 문주는 뺨을 맞아봤소?"

여운벽이 고개를 저었다.

"아직 그런 경험은 못 해봤네."

"상상해 보면 어떻소?"

여운벽이 자신의 뺨을 만졌다.

"참을 이유가 없으니 검을 뽑겠지."

"상대가 댁보다 고수라면?"

"겨룰 테지. 승패는 결과일 뿐이니."

"죽어도 후회 없소?"

"후회는 없네."

"늙은 부모가 집에 누워 계시면 어떻게 하겠소? 저녁을 챙겨 드리러 가야 하는데."

여운벽이 당황한 표정으로 대답했다.

"그렇다면 일단 화를 참아보겠네."

나는 고개를 끄덕였다.

"세상 사람들 대부분이 이런 편이어서 많이 당하고 살더군. 내가 적이 많은 이유가 되겠소. 대신 패주는 느낌이랄까."

나는 이야기를 하다가 색마를 바라봤다.

"대신 패주는 느낌 알지?"

색마가 씨익 웃었다.

"알지. 나쁘지 않아."

여운벽도 슬쩍 웃었다.

"그래서 용두철방 일 때문에 여기까지 한걸음에 쳐들어왔나?"

"정확하오. 그 이상도 그 이하도 아닌 일이지."

"그러다가 자네가 감당하지 못하는 고수에게 패배해서 죽으면? 아니지. 같은 질문을 하겠네. 집에 노모가 계시면 지금처럼 행동할 수 있겠나?"

나는 세 사람에게 술을 따라주면서 대답했다.

"미안한 말이지만 나는 지금 가족이 없소. 당분간 만들 생각도 없고. 혼자야. 사실 가끔 내가 막 나가는 이유이기도 하지. 그리고 내가 패배하면? 모르겠군. 그런 일이 발생하면…"

나는 색마와 귀마를 가리켰다.

"두 사람이 내 일을 이어받을 거야."

색마가 나를 노려봤다.

"내가 왜?"

나는 다시 귀마만 가리켰다.

"넷째라서 철이 없군. 육합선생이 맡을 거요."

귀마 놈은 아무 말이 없었다. 그러자 여문벽이 귀마에게 물었다.

"그대가 맡겠나? 하오문주의 뜻을."

귀마가 여운벽을 보다가 고개를 끄덕였다.

"부탁을 받는다면 내가 맡겠소."

"후회 없나?"

귀마가 슬쩍 웃으면서 대답했다.

"미안한 말이지만 나도 가족이 없소. 가족이라 여겼던 사부님과 사형제들도 먼저 떠났기 때문에 나도 뜻을 관철하기 위해서는 막 나갈 수 있다는 뜻이지."

옳다. 그렇게 막 나가다가 탄생한 별호가 전생의 귀마와 광마였다. 물론 이번에는 방향성이 다르다. 여운벽이 내게 물었다.

"지금 들려준 이야기가 하오문이 만들어진 목적인가?"

"그렇소."

여운벽이 술을 마신 다음에 나를 바라봤다.

"…묵자墨子께서 자네와 이야기를 나눴다면 기뻐하셨을 것이네."

"음."

무슨 말인가 했더니 여운벽이 내게 할 수 있는 최선의 칭찬이었다. 묵자는 묵가를 만든 옛사람이기 때문이다. 나를 바라보던 여운벽이 주변을 향해 말했다.

"바쁘지 않은 사람들은 와서 인사하게. 하오문주 이자하. 그의 벗들인 몽연 공자, 육합선생이네."

여기저기서 사람들이 몰려오더니 우리를 향해 두 손을 맞잡았다.

"문주님, 몽 공자, 육합선생. 반갑습니다."

묵가의 일원들과 인사를 나누는 것이라서 우리도 엉거주춤하다가 일어났다. 이 사람들과 검을 휘두르면서 피를 뿌리는 것보다는 손을 맞잡고 인사나 나누는 게 훨씬 쉬운 일이었다. 다소 어색하긴 했으나 주변을 둘러보면서 눈도 마주치고 고개도 끄덕였다. 하나하나 인사하면 끝도 없을 것 같았는데 다행히 단체로 예를 취한 다음에 조용히 물러났다. 우리가 다시 앉자, 여운벽이 말했다.

"…도울 일이 있으면 요청하게. 우리는 본래 수성守城하는 사람들. 지켜야 할 가치에 대해서는 목숨을 아끼지 않는다네. 오래전부터 그랬지."

이것이 본래의 묵가다. 다행히 여운벽은 서생들 중에서도 묵가의 본래 가치를 잃지 않은 사내였다. 만약 내가 서생들은 무조건 적이라고 가정했으면 싸우느라 본래의 가치를 찾아낼 수 없었을 사내이기도 하다. 하지만 나는 나다.

"요청할 일이 있을지 모르겠소. 반대로 나도 제안하리다. 생각이 다른 서생들에게 핍박을 받거나 마교와 싸우게 된다면 하오문에 도움을 요청하시오. 나는 본래 일하는 사람들을 보호하려는 사내. 여문주의 일원은 모두 생업에 종사하고 있으니 하오문의 보호를 받을 가치가 충분하오. 나도 큰 세력의 대장은 아니지만, 나라도 오겠소."

묵가에게 도움을 받느니, 내가 묵가를 돕는 게 낫다. 과거에 대체 어떤 세력이 묵가를 보호했었는지는 잘 모르겠다. 여운벽이 두 손을 맞잡더니 나를 바라봤다.

"그 호의는 마음으로만 받겠네."

빈말은 아닌데 저렇게 대답하니 나도 할 말이 궁색한 상황. 그냥 넘어갈까 생각하다가, 내 성격대로 그냥 넘어가지 않았다.

"여 문주, 도움을 주고 도움도 받아야 세상 밖으로 나올 수 있소. 그것은 변질이 아니외다."

이제 보니까 묵가는 정작 자신들이 공격당할 때 수성의 달인이라는 정체성 때문에 타인에게 도움을 요청하지 않는 사람들처럼 보였다. 이것이 이들의 자존심이기 때문이다. 어떤 면에서는 단체로 검마와 같은 삶을 살아가는 자존심 강한 사내들이었다. 하지만 나한테 걸린 이상 그럴 수는 없다. 고민하던 여운벽이 잠시 후에 대답했다.

"솔직히 말해서 누군가에게 도움을 청할 일이 있을까 모르겠군. 그러나 거절만 하는 것도 예의가 아니로군. 대신에 이번 병장기 건에 대한 사과의 의미로 우리가 먼저 묵가검墨家劍 한 자루를 만들어서 선물하겠네. 이후에 묵가검이 마음에 든다면 우리가 요청할 때 도와주게. 셋 중 누가 사용하겠나?"

나는 살짝 소름이 돋았다. 나는 이미 목검이 있어서 필요 없고, 색마는 빙공을 기반으로 한 장법에 집중하기 때문이다. 하지만 귀마는 애초에 철벽 방어를 펼치는 유형이어서 수성의 달인인 묵가와 수비적인 지론이 맞닿아 있다. 나는 귀마를 바라봤다.

"육합선생은… 육합문의 마지막 생존자. 복수를 마쳤으나 마음의 응어리는 남아있소. 여 문주가 묵가검을 한 자루 선물하겠다면 검명劍名은 육합검으로 해주시오."

귀마는 뜻밖의 제안에 놀란 표정으로 우리를 바라봤다.

"내가? 넷째는?"

색마가 고개를 저었다.

"나는 검을 수련할 시간이 없어. 내 주력이 아니야. 셋째는 이미 검이 있으니 둘째가 받는 게 맞지."

여운벽이 있는 자리에서 형님들에게 반말을 지껄이는 색마 새끼를 보고 있으려니 기분이 참신했다. 여운벽이 귀마에게 물었다.

"육합검이라는 검명을 각인해도 되겠나?"

사회성이 뒤떨어지는 귀마가 당황한 나머지 아무 말도 못 하자, 색마가 귀마의 두 손을 붙잡더니 애새끼 놀리는 것처럼 포권을 취하게 만들었다.

"…그럽시다. 고맙소."

색마가 대신 여운벽에게 말했다.

"동의하는 모양이니 그렇게 해주시오."

그제야 귀마가 스스로 포권을 취하더니 여운벽에게 말했다.

"여 문주, 고맙소. 강호인에게 검이란…"

나는 귀마의 말을 끊었다.

"닥쳐라."

"…"

"그냥 고맙다고 하고 끝내. 강호인에게 검이 소중하지 그럼 안 소중하겠냐. 제일 소중하지. 생명과도 같소, 이런 말 하려고 그랬나?"

귀마가 눈을 감더니 천천히 숨을 들이마셨다.

"…"

다시 숨을 길게 내뱉으면서 호흡을 가다듬은 귀마가 눈을 떴다.

"…셋째 때문에 나날이 정신 수양이 깊어지고 있소. 긍정적으로 생각해야지."

색마가 옆에서 진지한 표정으로 고개를 끄덕였다.

"축하해. 수양이 깊어지면 좋지."

문득 우리 셋은 여운벽을 바라봤다. 이유는 잘 모르겠으나 아까보다 이빨을 조금 강하게 물고 있었다. 나는 속으로 혀를 찼다. 사람이 한심한 광경을 보면 그냥 웃으면 될 일인데 그걸 또 참고 있다니, 안타까운 사내였다. 나는 술병을 붙잡았다.

"술이나 마십시다."

나는 이렇게 생각한다. 어쨌든 명검 한 자루를 얻어냈으니 오늘도 내가 이겼다고. 나는 세 사람에게 축하주를 따라줬다. 여운벽에겐 나를 적으로 삼지 않은 것에 대한 행운의 축하주. 귀마에겐 제자에게 대대로 물려줄 만한 명검을 얻은 것에 대한 축하주. 색마에겐 꼽사리 축하주. 그리고 내 술잔에도 축하주를 직접 따랐다. 무턱대고 때려 부수지 않은 것에 대한 아주 자그만 칭찬을 담아서. 또르륵…

256. 이간질에 당해줬던 이유는

우리는 만취할 때까지 마시지 않는다. 만취한 상태는 적들에게 죽겠다는 뜻이기 때문이다. 그것은 여운벽도 마찬가지라서 우리는 적당히 마시다가 일어났다. 나는 여운벽과 눈을 마주친 채로 말했다.

"여 문주, 이대로 헤어져서 별일 없이 살다가 다시 만나지 못하는 것도 좋겠소."

여운벽이 고개를 끄덕였다.

"그것도 나쁘지 않은 일이네."

"하지만 정말 별일이 없는 시절이 오면 오늘처럼 술이나 한잔합시다."

우리는 눈을 마주치고 고개를 한 번 끄덕이는 것으로 나중을 약속했다. 여운벽이 말했다.

"묵가검은 약속대로 보내겠네. 용두철방으로 보낼 테니 그곳에서 확인하게."

귀마가 고개를 끄덕였다.

"알겠소."

나는 점소이에게 가서 술값을 계산했다. 점소이도 이제 내 얼굴과 이름을 알았는지 아까보다 덜 긴장한 표정으로 작별을 고했다.

"살펴 가십시오. 문주님."

나는 점소이에게 고개를 살짝 끄덕인 다음에 여운벽과 작별하고, 다시 평범한 일상으로 순식간에 되돌아간 묵가의 거리를 악인들과 함께 걸었다. 가끔 눈을 마주친 자들과 목례를 주고받았다. 그 거리를 조금 벗어나서야 귀마가 말했다.

"뜻하지 않게 귀한 검을 얻다니. 인생에 무슨 일이 닥칠지 알 수가 없군. 한바탕 싸울 것이라 기대했는데 말이야."

색마는 감상적인 이야기보다 서생들의 실력이 더 궁금한 모양이었다.

"셋째가 죽였다는 실명서생과 여 문주의 실력을 비교하면 어때?"

정확한 대답을 할 수 있는 질문은 아니었다.

"안 싸워봤으니 모르지. 느낌은 비슷하다. 하지만 싸움이 벌어지면 여 문주가 무척 곤란해졌겠지."

"왜?"

"여 문주는 수성의 달인이지 살수가 아니야. 일대일에는 강하겠지만 난장판이 벌어지면 감당하지 못했을 거다. 물론 그가 묵가의 일원임을 알고 나서 든 생각이지만… 그리고 내가 본 서생 중에서는 어차피 천악이 가장 강했다. 결국엔 우리 셋도 더 치고 올라가야 해. 천악은 맹수 같은 사내였어. 두 사람도 천악을 만나면 머리를 잘 굴리라고. 말 한마디 잘못했다가 손이라도 날아오면 다 찢어질 것 같은 분위기였다."

겁을 줘야, 이놈들이 더 수련에 집중할 터였다. 그렇다고 마냥 틀린 말도 아니다. 천악은 얼굴과 눈빛에 어떤 인생을 살아왔는지가 고스란히 녹아있었다. 생사를 넘나드는 끔찍한 수련을 수도 없이 견뎌낸 단단한 눈빛을 하고 있었다. 그러다 어느 날 자신보다 위에 있는 사부 격의 서생을 찢어 죽였을 터였다.

천악서생과 백의서생의 관계를 나는 이렇게 예상한다. 백의서생이 천악에게 여러 가지 무공과 강해지는 방법을 제공해서 둘이 함께 고난을 이겨낸 게 아니었을까. 두 사람은 무공의 높고 낮음으로 정해진 서열 관계가 아닌 것처럼 보였기 때문이다. 나는 갈림길에서 두 사람에게 물었다.

"…이대로 복귀?"

순간, 색마가 나를 보더니 코웃음을 내뱉었다. 뭔가 불길한 예감이 들었으나 가만히 있어봤다. 색마가 말했다.

"이대로 복귀하려고 내가 여기까지 따라왔을 것 같으냐? 용문제일검의 면상을 구경하고 신남육룡의 서열을 제대로 정리해 주마. 가자. 용검 만나러."

"음."

내가 이간질했었다는 것을 깜박했다. 그나저나 이간질이 왜 이렇게 잘 통했을까 하는 의문이 들었다.

"뭐 하러 가? 그냥 막내 해. 신남육룡에서는 막내지만 어쨌든 젊은 후기지수 중에서는 가장 돋보이는 자리잖아."

색마가 눈을 부릅뜨더니 나를 노려봤다.

"어림없지. 막내는 너나 해라."

"나도 그럴 수는 없지."

귀마가 말했다.

"어차피 맏형도 잠시 혼자 생각하고 수련할 시간이 필요하다. 조용한 일양현에서 정신적인 요양을 하라고 내버려 두자. 장 숙수의 음식과 동수 스님 때문에 맏형도 휴식을 취할 수 있을 거야."

나는 웃음이 절로 나왔다.

"검마 선배가 잘도 휴식을 취하겠다. 동수의 대머리를 볼 때마다 한 대씩 후려치고 싶을걸? 봐서 알잖아. 답답한 소리만 해대는 거. 와, 생각해 보니까 검마 선배 대 동수 스님은 희대의 대결인데? 극과 극의 만남이구나."

대충 떠들다 보니까 우리 셋은 용문제일검을 만나러 가는 길을 걷고 있었다. 색마가 두 사람의 대결을 이렇게 평가했다.

"내가 보기에 사부님은 우리가 돌아갈 때까지 동수에게 한마디도 안 할 가능성이 매우 크지."

나는 일양현에 있는 두 사람을 상상해 봤다. 동수가 목탁을 두드리면서 염불을 외울 때마다 귀가 밝은 검마는 주화입마에 빠지지 않기 위해서 저항할 터였다. 최고의 검객이 되겠다고 수련 중인데 옆에서 누군가가 나무아미타불을 계속 중얼대고 있으면 복장이 터질 수도 있다. 정신적인 싸움에서 누가 이길지는 모르겠으나. 어쨌든 나는 상상만 해도 그 광경이 웃겼다. 문득 이상한 소리가 들려서 두 사람을 바라보니까, 색마와 귀마도 나와 같은 생각이었는지 이상한 표정으로 웃고 있었다. 나는 혀를 찼다.

"…미친놈들. 말 좀 하고 웃어."

색마가 나를 바라봤다.

"네가 제일 병신처럼 웃고 있었어."

귀마가 이번에는 소리 내서 웃더니 자하객잔의 풍경을 입으로 묘사했다.

"탁탁탁탁탁 나무아미타불… 맏형이 동수에게 점잖은 어조로 말하겠지. 좀 다른 데 가서 목탁 두드리면 안 되겠나? 동수가 뭐라고 대답할까?"

내가 대신 대답해 봤다.

"싫습니다."

색마와 귀마가 웃음을 터트렸다.

"하하하하하하…"

"검마 시주께서는 살기가 너무 짙습니다. 나무아미타불."

사실은 이 정도로 크게 웃을만한 이야기는 아니었는데 우리는 과도하게 웃었다. 검마가 곤란해하는 모습이 상상됐기 때문이다. 생각할수록 희대의 조합이었다. 어쨌든 성장하려면 마음의 수양도 필요한 법이어서 검마가 스님 때문에 고난에 빠져도 동정할 마음은 전혀 없었다. 나는 색마에게 말했다.

"네 사부님 이야기하는데 너무 크게 웃는 거 아니냐?"

색마가 정색했다.

"아닌데? 스님 때문에 웃었는데?"

"확인."

사실 용문제일검을 빨리 만나려면 계속 경공을 펼쳐서 가는 것이 정답이었는데 우리는 그냥 걸었다. 걸으면서 생각하고, 쓸데없는 말도 떠들고 세상도 구경했다. 평범한 사람들은 먹고사느라 바빠서 우리처럼 쓸데없는 여행은 하지 못한다. 특히 내가 챙겨온 노잣돈이 많았기 때문에 우리는 비교적 아늑한 곳에서 잠을 자고 좋은 음식을 먹으면서 이동했다.

저 사람들은 왜 일을 하고. 우리처럼 못난 놈들은 왜 일을 하지 않는가. 강호인이라서? 잘 모르겠다. 일단은 내가 돈이 많아서겠지. 그렇기 때문에 일하는 자들이 곤경에 처하면 허구한 날 처놀다가 무공이나 수련하던 우리가 도와주는 게 강호의 도리다. 실은 이것이 내 속마음이었는데 두 사람에겐 구구절절 이야기하지 않았다.

다만 용문제일검을 찾아가는 여정에서 두 사람도 나와 같은 생각을 했으면 좋겠다는 마음을 품었다. 그렇게 되면 굳이 두 사람이 하오문으로 들어오지 않아도, 살아가는 방식은 하오문과 다를 바가 없게 된다. 나는 전생의 두 악인이 이 정도로만 변해도 좋겠다는 희망을 품었다. 어쨌든 대신 패주는 것은 나만큼이나 잘할 테니 말이다.

그렇게 우리는 동쪽으로 가다가 남하했고. 남하하다가 다시 동쪽으로 향했다. 강이 보이면 일부러 뱃사공을 찾아내서 나룻배로 건너고, 넓은 강을 만나면 표사들도 이용하는 큰 배에 올라타서 출렁이는 강물을 구경했다. 출렁이는 강물을 스치고 불어오는 바람이 가슴을 통과하는 것처럼 시원해서 때때로 나는 혼자 웃었다.

* * *

용문제일검, 줄여서 용검이라 불리는 사내의 소문은 굳이 캐지 않아도 여러 차례 들렸다. 남쪽으로 내려갈수록 강호 이야기하는 사람들은 마치 이 지역의 자랑거리처럼 용검을 언급했다. 어려서부터 천재였고. 스무 살 이전에 패배시킨 강호인이 백 명이 넘는다거나. 용검이 나서서 수로채를 몰살했다는 이야기도 여러 차례 흘러나왔다.

그래서 수로채가 안 보였던 것일까? 이대로 십 년 정도를 더 수련해서 천하 무림대회에 참가하면 차기 맹주를 뽑는 자리에 용검도 도전할 수 있을 것이라는 장황한 헛소리도 있었다. 우리는 여러 가지 헛소리를 들으면서 용검을 상상하다가 어느새 용문에 도착했다.

나는 근처에 도착하고 나서야 용검의 소속과 본명이 위씨세가의 위무결韋無缺이라는 것을 알았다. 그것까진 문제가 되지 않는다. 하지만 위무결의 여동생 이름이 위소선韋小仙이라는 것도 알게 되었다. 우리가 왜 위무결의 여동생 이름까지 들어야 하는지는 모르겠으나 위소선이 강호에서 말하는 일봉이선一鳳二仙이라는 것을 알았을 때는 자연스럽게 쌍욕이 나왔다.

"이 새끼가 그런데 처돌았나?"

색마가 갑자기 왜 그러냐는 표정으로 우리를 바라봤다. 설명을 들은 귀마도 색마에게 쌍욕을 퍼부었다.

"이 새끼가 정신이 나갔나? 일부러 왔어?"

색마가 어깨를 으쓱하면서 주둥아리를 열었다.

"왜 그래? 왜 화를 내? 신남육룡의 서열 정리를 하러 왔다니까."

"와…"

색마가 덤덤한 어조로 말했다.

"용검의 동생이 위소선이라는 것은 나도 몰랐지."

백응지에서 술이나 퍼먹으면서 강호 얘기를 했을 놈이 몰랐을 리가 없다. 어쩌다 보니 색마에게 끌려서 일봉이선에 해당하는 여인을 보러 왔다는 느낌을 지울 수가 없었다. 색마가 뻔뻔한 어조로 우리에게 말했다.

"…아, 그래서 돌아갈 거야? 여기까지 왔는데? 아, 그럼 돌아가. 필요 없어. 누굴 무슨 여자 얼굴 못 봐서 환장한 사람으로 아나. 장난하나. 이것도 다 수련의 일부다."

나는 혀를 차면서 대꾸했다.

"뭔 개소리가 이렇게 자연스럽게 이어져?"

한숨이 절로 나왔으나 그냥 돌아가는 것도 병신 같은 일이어서 위씨세가로 향했다. 괜히 또 세가라고 하니까 기분도 떨떠름했다. 문파와는 또 다른 느낌을 주는 곳이 강호세가다. 세가의 발생 과정은 다양한 편인데 본래 돈이 많은 부잣집 공자가 무공을 수련해서 발전한 사례도 있고. 무공이 강한 가주 한 명 때문에 무가武家에서 세가로 커진 사례도 있다. 지역의 토호 세력이 강호 세가로 변한 예도 있는데. 소문을 들어보니 위씨세가는 부잣집, 무가, 토호를 모두 포함하고 있었다. 그래서 우리는 위씨세가의 정문을 잘 찾아왔는데도 잠시 촌놈처럼 멀찍이 떨어져서 부잣집을 구경했다. 귀마가 말했다.

"뭔가 주눅이 드는데? 술이라도 한잔 마시고 방문할까."

색마가 코웃음을 쳤다.

"뭐가 주눅이 들어? 우리 집과 비슷하군."

나는 색마의 어깨를 붙잡았다.

"넷째야 가자. 가서 네가 육룡의 여섯째가 된 불쾌한 원한을 풀어라."

나는 운향문을 쳐들어갔을 때와 달리 색마를 전면에 내세우고 귀마와 함께 좌우광명사자가 된 것처럼 한 발자국 물러나서 보조했다. 색마가 헛기침을 한 번 하더니 뒷짐을 진 채로 걸어가서 대문을 두드렸다.

탕탕탕!

하인이 문을 열고 등장하더니 색마를 바라봤다.

"…무슨 일이십니까?"

"백응지의 풍운몽가에서 찾아온 몽연이라 하네."

하인이 깜짝 놀라더니 문을 활짝 열었다.

"어서 오십시오. 몽 공자님."

색마 새끼가 우리를 바라보더니 수행원들도 들어오라는 것처럼 고갯짓했다. 나는 귀마와 함께 들어가면서 중얼거렸다.

"재수 없게 썩을 놈이."

우리는 하인에게 안내를 받아서 위씨세가에 진입했다. 걷는 곳마다 둥그런 포석鋪石이 깔려있었다. 하지만 얼마 가지 않아서 우리는 걸음을 또 멈췄다. 위사衛士처럼 보이는 사내가 내원의 입구를 또 막아섰기 때문이다.

"누구신가?"

하인이 대답했다.

"정 위사님, 백응지 풍운몽가의 몽연 공자와 일행들이십니다."

"약속은?"

색마 대신에 내가 대답했다.

"…신남육룡의 서열에 불만이 있어서 도전하러 왔네. 약속은 무슨 약속인가. 일단 고하게. 위 공자가 겁이 많으면 바쁘다는 핑계를 대겠지. 몽 공자가 신남육룡의 우두머리 서열이 틀림없다는 뜻이야."

나는 일부러 재수 없게 말했는데 말이 끝나기도 전에 위사의 얼굴이 새빨갛게 변한 상태였다. 위사가 내원의 문을 열었다.

"들어가십시오. 자네가 대청까지 안내하게."

"예."

나도 뒤따라가려는데 위사가 손을 내밀어서 막았다.

"두 분도 소개해 주시오."

귀마가 먼저 정체를 밝혔다.

"육합선생이라 불리네."

나는 까칠한 위사 놈과 눈을 마주쳤다가 대답했다.

"하오문주 이자하."

"아!"

깜짝 놀란 위사가 갑자기 하인에게 손짓하면서 말했다.

"내가 직접 안내하겠네."

"아, 예."

위사가 우리를 안내하면서 말했다.

"육룡 중 두 분이 찾아오셨군요. 대공자께서도 기뻐하실 겁니다."

내가 물었다.

"정말 기뻐할까?"

"대공자와 명성을 나란히 하는 아우분들이 아닙니까? 평소에도 궁금해하셨다고 들었습니다."

나는 고개를 끄덕였다.

"맞아. 우리도 궁금해서 찾아온 것이네."

생각해 보니까 색마가 서열 정리하러 왔다고 했을 때는 위사의 표정이 좋지 않았는데, 내 정체를 밝히니까 갑자기 위사도 반가워했다. 백응지에서 문제 있던 놈과 하오문주의 호감도 차이가 이렇게 클 줄이야?

오늘도 내가 이겼다…는 아니지만 어쨌든 나쁘지 않았다. 우리는 먼지 한 톨을 찾아볼 수 없는 깨끗하고 넓은 대청으로 안내되어서 돼지통뼈를 약 이백 일 넘게 사 먹을 수 있을 것 같은 비싼 의자에서 위씨세가의 대공자를 기다렸다. 나는 색마에게 물었다.

"이길 수 있겠어?"

색마가 싸가지 없어 보이는 냉소를 머금었다. 나는 대답을 하지 않는 색마를 갈궈봤다.

"뭐? 말을 해. 병신 같은 놈. 웃지만 말고."

색마가 팔짱을 낀 채로 대답했다.

"내가 질 요인은 없다."

"용문제일검이라잖아."

색마가 미소를 지으면서 우리에게 말했다.

"어쩌라고…"

나는 토할 것 같아서 손으로 눈을 가렸다.

257.
방심은
배우지 않았다

색마가 대공자도 꺾고 일봉이선에 속하는 처자에게도 잘 보이려는 모양인데 내가 함께 있는 이상은 어림없는 일이다. 나는 언제든 놈의 정체가 똥싸개라는 것을 백도 전체에 알릴 준비가 되어있다. 제대로 마음을 먹는다면 앞으로 풍운몽가 하면 똥부터 생각나게 할 수도 있다. 나는 곁눈질로 색마를 지그시 바라봤다.

'허튼 생각을 하면 풍운똥가로 알려지게 될 것이야.'

잠시 후 사람들이 몰려나오는 잡음이 들리더니 네 명의 선남선녀들이 등장해서 우리를 바라봤다. 중앙에 서있는 사내가 말했다.

"몽 공자, 하오문주, 육합선생. 내가 위무결이외다."

우리도 일어나서 위씨세가의 사람들과 간단하게 예를 갖췄다. 위무결이 태사의로 향하면서 말했다.

"가주님도 기뻐하셨을 텐데 지금은 출타 중이어서 아쉽구려. 너희도 인사해라. 내 아우들이오."

위무결이 태사의에 앉자, 위무결보다 한두 살씩 어려 보이는 자들이 자신을 소개했다. 사내놈들은 차례대로 위중천, 위태산이라는 이름을 가진 위무결의 아우들이었고. 마지막으로 자신을 소개한 처자가 위소선이었다. 대공자 위무결까지 포함해서 삼남 일녀인 모양이었다. 우리도 별다른 수식어 없이 소개했다.

"몽연이외다."

"이자하요."

"육합이라 하오."

위무결이 멋쩍은 표정으로 웃더니 위소선에게서 시선을 떼지 못하고 있는 색마를 바라봤다.

"몽 공자, 신남육룡의 서열을 정하러 오셨다고."

색마가 고개를 끄덕였다.

"위 공자, 솔직하게 얘기하리다. 나는 애초에 육룡에 들어가고 싶다고 한 적이 없소. 타의에 의해 별호에 포함된 모양인데 서열이 갑자기 막내로 알려지는 것은 못마땅한 일이라서. 기왕 포함된 거, 실력에 따른 서열은 확실하게 정하고 넘어갑시다."

위무결이 슬쩍 웃으면서 대답했다.

"그 타의라는 것이 맹주님이신데도 불만이 많으셨군."

"그렇소."

"실은 우리도 몰랐던 일이외다. 그전에는 사룡이었소. 단순히 늦게 들어와서 막내라는 소문이 퍼진 모양인데 그 소문도 정작 우리가 퍼트린 적은 없소. 비무를 하러 오셨다면 환영하는 바이나 혹시 다른 감정적인 문제가 있어서 온 것은 아닌지 확인하리다."

은근히 위소선을 보러 온 게 아니냐는 비꼬는 말로 들렸다. 아니면 내 마음이 비틀려 있어서 그렇게 들리는 것일 수도 있었다. 색마가 대답했다.

"위 공자, 당신에게 별 감정은 없소."

그제야 위무결이 나를 주시했다.

"근래에는 육룡에 속하는 사람들보다 문주의 활약에 관한 이야기를 귀가 따갑도록 들었소. 너무 황당한 소문도 많아서 떠들기 좋아하는 자들이 소문을 부풀린 게 아닐까 생각했는데 이렇게 직접 만나니까 무척 반갑소."

나불나불 말이 많은 놈 같아서 나는 최대한 간략하게 대답했다.

"별말씀을."

위소선이 내게 물었다.

"문주님, 소문이 다 정말인가요?"

"어떤 소문을 들으셨기에."

위소선은 일봉이선이라 불릴 정도의 보기 드문 미인은 확실했다. 애초에 정상적인 미인들은 내게 관심이 없다는 것을 아는지라 나도 별다른 감정은 안 생겼다. 딱 봐도 미친 처자처럼 보이진 않았기 때문이다. 딱히 흠이랄 게 없는 미인이어서 주변의 시선 때문에 피곤한 인생을 살 것 같다는 생각이 들었다. 위소선이 말했다.

"남악녹림맹에게 항복할 기회도 주지 않으셨다죠? 잔인하게 몰살하셔서 겁을 잔뜩 집어먹은 남악녹림맹이 스스로 투항했다고 들었습니다."

"음."

"강호에서 가장 잔인한 젊은 고수라는 소문이 자자해서 녹림에 속한 고수들이 가장 증오하면서 동시에 무서워한다고 하더군요. 흑도를 상대할 때도 무자비하셨다고 들었습니다."

변명하는 게 귀찮아서 다 인정했다.

"뭐 소문이 그렇게 퍼진 모양이군."

내 말이 끝나자 둘째인 위중천이 피식 웃었다. 살짝 대놓고 웃은 것이라서 좌중의 시선이 위중천에게 모였다. 시선을 의식한 위중천이 대공자를 보면서 말했다.

"형님, 육룡의 서열을 정하는 것도 반가운 일입니다만 제가 여기서 한 분을 꺾으면 육룡의 말석을 차지하게 되는 겁니까?"

위무결이 타이르는 어조로 말했다.

"중천아, 육룡은 맹주님의 안목이 더해져서 불리게 된 별호인데 네가 쉽게 그 자리를 차지할 수 있을 것 같으냐? 몇 년 더 수련한 다음에 도전하도록 해라."

위중천이 바로 대답했다.

"생사결이 아닌 비무입니다. 가르침을 청하는 자세로 붙으면 무슨 문제가 있겠습니까?"

가만히 있던 위태산이 끼어들었다.

"둘째 형님…"

위중천이 대답했다.

"너는 나서지 말아라."

"예."

상당히 권위적인 놈이어서 웃음이 절로 나왔으나 굳이 크게 웃진 않았다.

'미친놈인가. 나랑 붙자는 말이네.'

전형적인 백도의 젊은 고수가 둘째인 위중천이었다. 무공을 수련하고 큰 낭패를 보지 않은 부잣집 도련님의 경우가 종종 이렇다. 물론 이런 성격을 가진 사내들도 실력이 좋을 때가 있어서 실력과 인성은 확실히 별개의 문제다. 나는 제안을 받아들였다.

"비무 한 번 하는 게 뭐 어렵겠소. 편할 대로 하시오."

위중천이 나를 위압적인 눈빛으로 바라봤다.

"시원하시군."

"그렇게 시원하진 않소."

"…"

하지만 비무에 관심을 가진 것은 위중천만이 아니었다. 막내인 위소선이 이번에는 귀마에게 물었다.

"육합선생의 소문도 여러 차례 들었습니다. 기왕 함께 방문하셨는데 태산 오라버니 혹은 저와 비무를 하시겠습니까?"

무가의 자식들이라서 그런지 보자마자 싸우자는 말을 아주 신나게 떠들어 댔다. 귀마도 시큰둥한 어조로 대답했다.

"그럽시다."

사실 색마가 대공자인 위무결을 이기면 나머지 싸움은 할 필요가 없다. 위씨세가의 망신살만 뻗치는 일이기 때문이다. 그래서인지 위무결의 표정에는 못마땅함이 가득했다. 위무결이 대청 문을 가리켰다.

"일단 비무대로 갑시다."

우리는 우르르 소리를 내면서 대청 바깥으로 빠져나갔다. 직접 본 느낌으로는 위무결이 색마에게 호락호락하게 당할 것 같은 분위기는 아니었다. 어쨌든 크게 선배와 후배 무리로 강호를 양분했을 때 위무결도 후배 무리에서 두각을 나타내는 고수였으니 말이다. 비무대로 이동하는 와중에 위중천이 이렇게 나불댔다.

"그나저나 몽 공자와 하오문주 두 분 중에서 더 강한 분이 우리 큰 형님과 맞붙는 게 맞지 않겠소? 어쨌든 두 분 모두 육룡에 속하시니."

내가 무어라 하기 전에 색마가 대답했다.

"우리 둘은 예전에 붙었으나 승부를 내지 못했소. 아무나 붙어도 상관없다는 뜻이지."

내가 중얼거렸다.

"그때는 똥을…"

색마가 큰소리로 내 말을 덮었다.

"닥치지 못해?"

"깜짝이야. 귀청 떨어지겠다."

색마가 옆으로 다가와서 속삭이는 어조로 날 갈궜다.

"꼭 여기까지 와서 그런 소리를 해야겠어?"

나는 어리둥절한 표정으로 대답했다.

"아니, 내가 못 할 소리를 했나. 실제 있었던 일을."

색마가 내 어깨를 붙잡았다.

"문주님."

"왜요."

"넘어갑시다. 교양 있게."

색마가 발작할 것 같아서 일단 봐줬다.

"그럽시다."

세가라 그런지 비무 장소가 별도의 공간에 널찍하게 마련되어 있었는데 심지어 비무를 구경할 수 있는 자리에 의자까지 놓여있었다. 한쪽에는 비무 때 사용할 병장기가 종류별로 진열되어 있었는데 창부터 목검까지 다양한 것은 물론이고 가죽으로 만든 보호구까지 놓여있었다. 먼지가 없는 것으로 봐서는 세가 무인끼리 비무를 자주 하는 모양이었다. 위무결이 가죽 보호구가 있는 곳으로 가면서 물었다.

"몽 공자는 검이 안 보이는데, 장법을 사용하시오?"

"그렇소."

위무결이 고개를 돌리더니 색마에게 물었다.

"보호구가 준비되어 있는데 착용하시겠소?"

"필요 없소."

"물론 그러시겠지."

위무결은 가죽 보호구를 팔과 무릎에 둘렀다. 보호구를 착용하는 것이 당연하다는 태도여서 무어라 할 말이 없었다. 그다음에는 병장기가 놓인 곳으로 가서 색마에게 말했다.

"미안하지만 우리는 검가劍家요. 몽 공자도 병장기를 사용하고 싶으면 이쪽에서 고르시오."

위무결이 진열된 병장기 중에서 검 한 자루를 뽑더니 우리에게 말했다.

"이것 좀 보시오. 운향문에 제작을 맡겼는데 운향문은 다시 용두철방이라는 곳에 재의뢰를 해서 우리에게 넘겼더군. 나도 많은 병장기를 봤지만, 손잡이가 이렇게 쓸데없이 화려한 병장기는 처음이외다."

위무결이 용머리 손잡이를 우리에게 보여줬다. 멀리서 봐도 금철용의 솜씨였다. 나는 완성도가 궁금해서 위무결에게 물었다.

"대공자, 검이 마음에 들지 않소?"

위무결이 검을 반쯤 뽑더니 칼날을 자세히 들여다보면서 말했다.

"실력은 나쁘지 않은 것 같으나 철이 싸구려 같소. 아무래도 운향문이 제작비를 아끼기 위해서 촌동네 철방에 의뢰한 느낌이로군. 본래는 하급 무인들이나 신입 위사에게 줄 생각이었는데 그 정도도 못되는 것 같아서 비무장으로 옮겼소."

위무결의 말이 끝나자 색마와 귀마가 나를 물끄러미 바라봤다. 내 앞에서 용두철방의 품질을 조롱한 것이어서 그렇다. 나는 솔직하게 말했다.

"용두철방은 사실 하오문 소속이오. 품질에 문제가 있다면 내가 사과하리다."

위무결이 빠르게 검을 집어넣더니 진열하는 곳에 다시 넣었다.

"아, 그것까진 몰랐군. 언짢았다면 사과하리다."

이상하게도 나는 별다른 감정이 안 들었다. 병장기를 만드는 장인이면 값과 상관없이 좋은 품질로 납품해야 한다. 억지인지 아닌지는 내가 평가할 문제가 아니라서 화가 나진 않았다. 나는 위무결에게 덤덤한 어조로 말했다.

"용두철방의 방주께 의견을 전달하겠소. 노력하는 사내이니 나아지겠지."

위무결이 허리에 차고 있었던 자신의 검을 붙잡으면서 우리를 바라봤다.

"편할 대로 하시고. 하오문주, 몽 공자. 아무나 나오시오. 나는 상관없소."

내 옆에 있던 색마가 튕겨 나가듯이 비무 장소로 걸어가더니 병장기가 꽂힌 곳에 서서 조금 전에 위무결이 꽂아 넣었던 용두철방의 용머리 검을 붙잡은 다음에 돌아섰다. 위무결이 슬쩍 웃으면서 말했다.

"좋은 검도 많은데 굳이 그걸 뽑으셨소."

색마가 무뚝뚝한 표정으로 대답했다.

"능서불택필能書不擇筆이니 상관없소."

글에 능한 사람은 붓을 가리지 않는다는 뜻이니 이는 위무결의 태도를 조롱하는 말이었다. 위무결이 슬쩍 웃으면서 경고했다.

"몽 공자의 말이 맞긴 하나, 검은 붓과 달라서 갑자기 부러지면 크게 다칠 수 있으니 미리 경고하는 바요."

색마가 대답했다.

"내가 붙잡은 검은 쉽게 부러지지 않소."

나는 속으로 탄식이 흘러나왔다.

'아, 염병…'

만약에 위소선이 구경하고 있어서 색마가 갑자기 멋있는 말을 골라서 하는 중이라면 이놈은 중증 환자다. 고칠 수가 없는 불치병인 것이다. 귀마도 색마의 자만심이 보였는지 입을 열었다.

"방심하지 마라."

색마가 귀마를 바라봤다.

"방심 따위는 사부님에게 배우지 않았다."

귀마가 대답했다.

"지랄 좀 그만해."

색마가 위무결에게 말했다.

"준비됐소."

나는 색마가 검을 잘 쓰는지 궁금했다. 그래도 사부가 검마이니 기본적인 것은 배웠을 것이다. 문제는 그 기본이 위무결에게 통하느냐는 것인데… 색마와 위무결이 별다른 말도 없이 금세 맞붙었다. 나는 눈이 커졌다. 시작하자마자 색마가 연달아서 뒤로 물러났기 때문이다. 더군다나 위무결의 공격이 무척 거셌다. 자세히 살펴보니까 색마는 의도가 있어서 물러나는 것처럼 보였다. 위무결은 색마의 공력을 제대로 가늠하지 못한 채로 공세를 퍼부으면서 검을 휘둘렀다.

방심은 누가 하고 있나? 내 눈에는 위무결이 방심하고 있었다. 색마는 손발이 어지러운 것처럼 움직이면서 위무결의 검을 쳐내면서 거리를 벌렸다. 쫓아간 위무결이 왼발로 땅을 쓸어내듯이 움직이면서 후려 차더니 공중에 솟은 색마를 반으로 쪼갤 것처럼 검을 수직으로 내려쳤다.

색마는 수직으로 떨어지는 위무결의 검을 용두철방의 검으로 정직하게 받아냈다. 검이 부딪히기 직전에 용두철방의 검신劍身이 새하얗게 물들더니 금속음과 함께 부러진 칼날이 비무대로 날아갔다. 깜짝 놀란 위무결이 땅을 박차고 물러나더니 자신이 붙잡고 있는 검을 바라봤다. 이미 절반이 날아간 상태였다. 용두철방의 검을 들고 있는 색마가 심드렁한 표정으로 입을 열었다.

"어? 부러졌나? 대공자, 좋은 검 쓰시오. 나도 맨손으로 싸우는 게 편하긴 한데 어떻게… 장법으로 이어서?"

색마가 사악한 표정으로 웃더니 용두철방의 검을 검집에 집어넣었다. 빙공을 검기처럼 주입해서 위무결의 검을 부러뜨린 모양이었다. 안색이 돌변한 위무결이 딱딱한 목소리로 말했다.

"장법으로 하세."

색마가 코웃음을 쳤다.

"오히려 좋아. 그러자고."

위무결이 말했다.

"반말 섞지 마라."

유치한 감정싸움이 섞인 대화에서는 색마도 부족함이 없었다.

"대공자, 분위기 잡는 소리는 날 꺾은 다음에 하도록. 나는 네 가솔이 아니다."

이때, 지켜보던 위소선이 대화에 끼어들었다.

"오라버니, 몽 공자의 무공은 빙공입니다. 마음 가라앉히고 조심하세요."

색마가 위소선을 보면서 웃었다.

"조심한다고 될 일이 아니외다."

위소선도 색마를 갈궜다.

"시끄러워요."

"같이 떠들어 놓고 시끄럽대."

순간, 나 혼자 낄낄대다가 전부 나를 바라보기에 손으로 입을 가렸다. 나는 헛기침을 한 다음에 진중한 표정으로 말했다.

"웃음을 못 참는 병이 있소. 다시 봅시다."

258.
뇌룡승천, 간다

위무결은 검이 부러진 순간부터 정신을 좀 차린 모양인데 둘째 위중천은 종종 우리를 기분 나쁜 눈빛으로 바라봤다. 내가 강호에서 활동해 봐서 아는데… 저런 눈빛은 한 대 맞고 끝날 일을 열일곱 대 정도 더 맞는다. 합이 십팔인 것이다. 나는 위중천과 눈이 마주쳤다가 입꼬리를 위로 올려봤다.

'십팔 놈이 매를 버는 눈빛이야.'

갑자기 쾅- 소리가 들려서 색마와 위무결을 바라봤다. 투덕대는 꼴을 보아하니 동네 파락호들의 싸움처럼 코피 났다고 금세 끝날 싸움은 아니었다. 위씨세가의 장법도 그렇게 허접한 무공은 아니었다. 따라서 색마도 위무결이 장법을 처음부터 끝까지 펼치는 것을 본 다음에 반격에 나설 터였다.

사실 색마가 위무결에게 패배할 가능성은 없다. 하지만 이런 싸움조차도 재산을 축적하듯이 차곡차곡 경험으로 쌓는 것이 옳다. 색마와 위무결은 서로의 장법이 한 차례 끝날 때까지 잘 버텼으나 이제 내 눈에도 반복되는 초식이 점차 보이기 시작했다. 보통 칼이나 창을 한 번 부딪치는 것을 일합一合이라 표현하는데. 이는 설명이 조금 생략된 표현이다.

장수들이 각자 말을 타고 나와서 일대일로 붙으면 여러 차례 공수를 주고받다가 서로 말머리를 돌리거나 지나치기 마련이다. 그러다가 재차 붙으면, 사실은 그게 이합二合이다. 그러니까 입버릇처럼 백합을 붙어보자고 말하는 것은 정말 오래 싸워보자는 말이지 칼을 딱 백 번만 부딪치자는 말은 아닌 셈이다. 문파나 강호인마다 생각이 다를 테지만, 내가 생각하는 관점에서는 이제야 이합이 시작되었다.

나는 색마의 표정을 바라보다가 이번 합에서 비무가 끝날 것이라 예상했다. 온전하게 일합을 겨뤘던 것은 색마가 위무결의 장법을 처음부터 끝까지 구경하기 위함이었던 것. 그러니까 나중에 다시 붙을 가능성이 있는 상대는 수법을 미리 봐두는 게 옳다. 위무결의 장법에 익숙해진 색마의 반격이 점차 빨라졌다.

위무결의 움직임을 예상하고 대응하듯이 반격하더니 일합에서는 펼치지 않았던 보법이 추가되었다. 나도 색마와 겨룬 적이 있지만 저렇게 잔망스러운 움직임은 처음 구경한다. 빙공으로 땅바닥을 허리 다친 뻣뻣한 귀신처럼 미끄러지듯이 움직였기 때문에 빙신氷神처럼 보였다.

"빙신 새끼, 잘 싸우네…"

"쉿."

귀마가 손동작으로 조용히 하라는 시늉을 보냈다. 하여간 색마의 저 빙신 같은 보법은 평탄한 곳에서 사용하기 좋은 보법으로 보였다. 짧은 거리를 순식간에 미끄러지듯이 이동하는 잔재주였기 때문이다. 그러면서도 장법이 부드럽게 이어지는 것은 조금 신기했다. 색마의 장법은 변함이 없는데도 보법이 더해지자, 위무결의 표정이 실연을 당한 것처럼 점차 어두워졌다.

'벽을 느꼈나?'

이래서 인성과 실력은 무관하다. 색마처럼 재수 없는 놈이 자신보다 강한 것을 느끼자마자 허탈함이 밀려들었을 터였다. 색마는 빙신 보법을 매번 사용하지도 않았다. 경쾌하게 움직이다가 예상치 못한 순간에 거리를 좁혀서 기습하는 용도로 활용했다. 순식간에 둔탁한 소리가 한두 번씩 섞이더니 위무결은 팔뚝, 어깨 등을 조금씩 처맞았다.

스치듯이 맞았는데도 위무결의 표정이 일그러지는 상황. 색마의 발차기에 머리카락 끝이 잘려서 흩날리기도 하고, 승부를 뒤집으려는 위무결의 강맹한 공격도 똑같은 수법으로 받아치는 색마를 밀어내진 못했다. 내공도 색마가 더 깊다는 뜻이다. 어느 순간 색마의 장법이 금나수법과 지법으로 전환하더니. 위무결의 장법을 받아내면서 왼손으로는 붙잡거나 할퀴고, 오른손으로는 빙공을 주입한 지법으로 대응했다.

나는 똥 얘기라도 꺼내서 위무결을 응원하고 싶었으나 승부에 끼어드는 것도 예의가 아니라서 가만히 있었다. 하지만 승기를 확실하게 붙잡은 색마가 여러 차례 위무결을 가지고 놀듯이 조롱하려는 것을 보자마자 입을 열었다.

"넷째야, 적당히 해라. 그것은 예의가 아니다."

세상 참 오래 살고 볼 일이다. 내가 언제부터 예의를 따지는 사람이었나? 하지만 아닌 건 아니어서 굳이 간섭했다. 위무결을 조롱하듯이 움직이던 색마가 짤막하게 대답했다.

"확인."

색마가 갑작스럽게 돌진했다가 위무결의 반격에 당할 것처럼 아슬아슬하게 접근하더니 신형을 회전하면서 위무결의 허리에 지법을 적중시키고 빠르게 제자리로 돌아오면서 쌍장으로 위무결의 가슴을 가볍게 밀어냈다. 위무결이 휘청거리면서 물러났다가 땅을 부술 것처럼 박차더니 가만히 서있는 색마에게 주먹을 내밀었다. 색마는 왼손으로 위무결의 주먹을 어렵지 않게 붙잡았다.

"끝났소. 그만합시다."

재차 반대 손으로 주먹을 내지르려던 위무결이 갑자기 제자리에 풀썩 주저앉아서 바르르 떨기 시작했다.

"형님!"

"오라버니!"

위중천, 위태산, 위소선이 동시에 비무대에 올라서 쓰러진 대공자에게 달려갔다. 위무결은 전신을 바르르 떠는 와중에도 아우들을 밀어내더니 오들오들 떠는 동작으로 가부좌를 틀었다.

"…비켜라."

순식간에 백지장이 된 위무결이 운기조식을 시작하자 당황한 아우들이 위무결을 둘러싼 채로 대기했다. 색마는 그 와중에도 위소선의 얼굴을 슬쩍 보더니만 그제야 우리 쪽으로 걸어왔다. 나는 빙신의 표정을 구경했다. 똥싸개를 업어 키운 기분이 이런 심정일까? 물론 전생에도 강자였으나 이번에는 더 젊은 나이에 강해졌다는 느낌을 지울 수가 없었다. 색마가 위씨세가의 공자들에게 말했다.

"같은 심법을 익혔다면 운기조식을 도와주는 게 좋겠소."

이때까지 별말이 없었던 위태산이 가부좌를 틀더니 위무결의 등 뒤에서 운기조식을 도왔다. 이때, 누가 봐도 분노한 것처럼 보이는 위소선이 색마에게 말했다.

"몽 공자, 굳이 이렇게 내상을 입혀야 했습니까?"

색마가 위소선을 주시했다.

"위 소저."

"말씀하세요."

"대공자와 내 실력이면 실수 한 번에 죽을 수도 있소. 비무도 본래 목숨을 걸고 하는 것. 당신 오라버니가 내상 입은 것은 그렇게 분노할 일이고. 내가 앞서 검에 찔리거나 베였다면 그것은 당연히 받아들여야 했을 패배요? 강호에서 실제로 사마외도와 싸우는 건 더 잔혹한 일이오. 다음 기회가 없기 때문이지. 그때를 대비해서 서로 겨룬 것이니 너무 감정적으로 나오지 마시오."

위소선이 할 말을 잃은 표정으로 고개를 돌렸다. 색마가 다가와서 내 옆에 앉았다. 나는 팔짱을 끼면서 말했다.

"보법 좋았다. 보법 이름이 아마 빙신보氷神步였지?"

"아니야."

"빙신공氷神功이었나?"

"그만해."

잠시 후에 눈을 감고 있는 위무결이 입을 열었다.

"…비무는 몽 공자 말이 옳다. 손님에게 예의를 갖추도록. 태산이도 이제 손을 떼라."

"예, 형님."

"네, 오라버니."

이렇게 보고 있자니 서로 티격태격하는 사이여도 형제애가 있는 삼남 일녀인 모양이었다. 좋은 집의 자식들이 우애까지 있으니 참 부럽다는 생각이 들어서 미소가 절로 나왔다. 그제야 위무결이 눈을 뜨더니 숨을 길게 토해냈다. 아우들의 부축을 받아서 일어난 위무결이 색마를 바라봤다.

"몽 공자, 한 수 잘 배웠소. 맹주님이 괜히 육룡에 넣은 것이 아님을 확인했소."

제법 깔끔한 패배 선언이었다. 색마도 자리에서 일어나더니 감정싸움은 금세 잊었다는 태도로 포권을 취했다.

"대공자, 훌륭한 장법이외다. 주력인 검을 썼으면 더 위력적이었을 거요."

위무결이 지법에 맞은 감상을 읊었다.

"빙공이 이렇게 아프고 무서운 것인 줄은 몰랐소. 값진 경험이로군. 몽 공자가 내공을 더 썼더라면 반나절은 누워있었을 거요."

병신 같은 놈들이 싸우고 나서 갑자기 훈훈해지는 모습을 보고 있자니, 우리 동네나 강호나 마찬가지라는 것을 알 수 있다. 위중천이 끼어들었다.

"형님, 제가 육룡에 들어갈 실력은 아직 아닌 것 같습니다. 하지만 기왕 이렇게 방문하셨는데 하오문주와 한번 겨뤄보고 싶습니다. 저도 경험이라 생각하겠습니다."

위무결이 허락했다.

"그렇다면 승패에 연연하지 말고 도전해라. 문주, 괜찮겠소?"

나는 솔직히 싸우기 싫었다. 위씨 형제 네 명이 동시에 덤벼도 내 상대가 아니라서 비무의 의미가 없다. 어찌 내가 이런 애송이들과 투닥투닥 하겠는가? 귀마가 진중한 어조로 말했다.

"이 공자, 괜찮다면 내가 해도 되겠소? 사실 하오문주가 싸우는 모습을 여러 차례 구경했는데 우리처럼 순수한 검객의 길을 걷고 있진 않소. 나는 검을 익히는 보잘것없는 시골 검객이지만 위씨세가의 검법을 경험해 보고 싶소. 대공자의 주력 무공도 본래는 검법이었을 테니 말이오."

귀마가 은근 격려하는 어조로 말하자, 위중천이 고개를 끄덕였다.

"그렇게 하시죠."

귀마가 나를 바라봤다.

"내가 나가겠다."

나는 진중한 어조로 대답했다.

"좋았어. 출동해. 그리고 나도 검객이야."

색마와 달리 든든한 돼지통뼈 같은 사내가 비무대로 향하자 내 마음도 든든했다. 귀마가 비무대에 오르는 사이에 색마가 내게 물었다.

"너도 검객이었어?"

"검을 쓰면 검객이지."

"아니 맨날 그 양손으로 지랄 염병을 떠니까 검객이 아닌 줄 알았지. 겉멋으로 들고 다니는 줄 알았는데 검객이었다니 놀랍네."

"그만해."

비무대에서는 시골 검객 귀마와 위중천이 맞붙었으나 지루해서 눈을 감았다. 귀마가 봐주면서 하는 터라 구경하는 맛이 없었다. 살짝 정신을 잃은 사이에 색마가 나를 흔들어서 눈을 떠봤더니 지루한 비무가 끝나있었다. 귀마가 이긴 모양인데 별다른 감흥이 없었다. 확실히 남궁, 서문, 백리세가와 견줄 수 있는 가문은 아니어서 긴장감이 덜했다. 졸다가 일어나서 그런지 다들 나를 바라봤다. 정신을 조금 차려보니 위소선이 나를 보고 있었다.

"…문주님?"

"말씀하시오."

"도전하겠다고 말씀드렸습니다. 졸고 계셨습니까?"

나는 잠이 달아나는 것을 느끼면서 대답했다.

"위 소저, 왜 어째서 도전하는 거요."

"도전에 이유가 있겠습니까."

"구체적으로 무엇을 배우고 싶은데? 검법? 싸움?"

위소선이 말했다.

"무엇이 됐든 간에 경험이라 생각하고…"

"경험 좋지."

나는 공중으로 솟구쳤다가 단박에 비무대 끝부분에 내려섰다. 이미 위씨세가의 공자들은 비무대 아래로 내려간 상태. 강호에서 살아남기 힘들어 보이는 반반한 처자가 나를 바라보고 있었다. 물론 강호에 실력이 뛰어난 여고수가 없는 것은 아니다. 나도 전력을 다해야 겨우 겨룰 수 있는 여마두도 몇 명이 있고. 명성이 높은 여장부들도 제법 많다. 하지만 이 처자는 아니다. 그냥 미모가 뛰어난 일봉이선의 일원일 뿐이다. 위소선이 내게 물었다.

"검으로 하시겠습니까? 전 준비됐습니다."

"나는 맨손으로 하겠소."

"알겠습니다."

나는 호흡을 깊이 마신 다음에 위소선을 쳐다보다가 양손에 일월광천처럼 보이는 백전십단공을 잔뜩 휘감았다.

파지지지지지지지지직!

"…!"

색마, 귀마, 위무결, 위중천, 위태산이 동시에 자리에서 벌떡 일어났다.

"하오문주!"

"셋째야!"

"문주님!"

"미친놈아 왜 또 지랄이야?"

나는 색마와 귀마를 비롯한 관전자들에게 경고했다.

"오면 다쳐."

나는 백색으로 요동치면서 꿈틀대는 뇌룡雷龍을 손아귀에 만들어낸 다음에 위소선을 바라봤다.

"위 소저, 준비됐나? 뇌룡승천雷龍昇天, 간다."

내 전신에서 백전십단공의 기파가 둥그렇게 퍼져나가더니, 발을 대고 있는 비무대 바닥이 갑자기 쩍- 소리를 내면서 벼락 모양으로 틈이 갈라졌다. 백전십단공을 지켜보다가 영혼이 반쯤 나간 것으로 보이는 위소선이 내게 말했다.

"…문주님, 제가 졌습니다."

"확실해?"

"예."

나는 손 안에서 비틀고 있었던 백전십단공의 공력을 거둔 다음에 이미 외형을 갖춘 뇌기는 공중으로 살짝 띄워서 날려 보냈다. 백색의 뇌룡이 꿈틀대면서 승천하다가 흰 구름으로 변해서 자잘하게 흩어졌다. 나는 위소선을 노려보면서 말했다.

"위 소저, 패배를 깔끔하게 인정하는군. 눈치가 빨라."

"예."

"운이 좋다는 말씀이야. 내 적이었으면 갈기갈기 찢어 죽였을 테니 말이야. 남악녹림맹의 산적, 살수들, 흑도, 동네 파락호부터 마교 놈들까지. 내가 웬만하면 봐준 적이 없어서 말이지."

"그분들하고도 비무를 하셨나요?"

"비무도 실전이다."

나는 돌아서서 위씨세가 공자들을 바라봤다.

"뭐 어쨌든 육룡 서열 정리는 어떻게 좀… 정리가 되셨나? 거듭 말하지만, 개인적인 감정은 없소. 우리 세 사람이 촌놈처럼 사회성이 떨어지긴 하지만 맹주께서 도움을 요청하는 날이 오면 같은 곳에서 사마외도를 죽이게 될 거요. 비무는 비무고, 물은 물이니 결과는 마음에 담아두지 맙시다. 다들 아셨소? 무공은 길게, 오랫동안 바짝 익혀야 하는 법. 이런 패배는 과정일 뿐이오. 대공자."

위무결이 고개를 끄덕였다.

"문주, 말씀하시오."

나는 딱딱한 어조로 말했다.

"철방 건은 내가 다시 사과하겠소. 비슷한 문제가 생기면 언제든지 하오문이나 내게 연락을 주시오. 대신에 무공을 모르는 자들을 불러서 겁박하거나 모욕을 주거나, 약속했던 대금을 절반만 준다거나 이런 대응은 하지 마시오. 나는 이런 것에 화를 참지 못하는 병이 있소. 아셨소?"

위무결이 고개를 끄덕였다.

"그렇게 하리다."

"웃음도 못 참고 화도 못 참아. 이랬다가 저랬다가 하여간. 그리고 위사에게 허접한 병장기를 주겠다는 것도 웃긴 말이야. 내가 위씨세가에 쳐들어왔다면 정문에서 대청까지 돌파하는 데 호흡 서너 번이면 가능해. 가장 먼저 나를 막을 사람이 누구겠소? 그대들을 지키겠다고 밤낮으로 서있는 위사들이겠지. 이들 병장기와 보호구부터 잘 챙기시오. 나보다 강한 고수가 위씨세가에 쳐들어와서 위 소저를 납치한 다음에 육욕을 해소하려 든다면 이 가문에서 누가 막을 수 있을지 걱정이로군. 미친 사마외도의 고수들에겐 육룡이라는 별호는 별 감흥이 없을 거요. 걱정해 주는 말이니 고깝게만 듣지 마시고."

"…"

다들 고까운 모양인지, 분위기가 무거워졌다.

"그건 그렇고 손님으로 왔는데 차 한잔을 대접 못 받았군. 밥이나 내놓으시오. 한 끼 얻어먹고 떠날 테니. 밥 줘. 배고프니까."

밥 달라는 말을 하고 나서야 위무결이 고개를 끄덕였다.

"알겠소. 갑시다."

나는 위소선을 노려보다가 한마디를 보탰다.

"반찬에 고기도 있겠지?"

위소선이 겁먹은 표정으로 대답했다.

"아, 예."

"술은?"

"드리겠습니다."

"그래야지."

밥을 먹겠다고 온 것은 아니지만 무공 수련도 먹고살자고 하는 일이라서 끼니 거를 생각은 없었다. 색마, 귀마와 함께 밥 먹으러 이동했다.

259.
저녁 반찬 같은 사나이

밥이 맛있어서 진지하게 해치웠다. 득수 형의 양념은 근심을 잊을 정도로 강할 때가 있는데, 이곳의 숙수는 양념의 안배가 여유로웠다. 아마 반찬과 요리의 가짓수가 많아서 그럴 것이다. 반 시진에 걸쳐서 새로운 요리가 계속 등장했는데, 음식이 맛있어서 세가로 성장한 게 아닐까 싶을 정도였다.

한편으로는 사람이 맨날 이렇게 맛있는 것을 먹으면 바깥에서 적응하는 게 힘들겠다는 생각도 들었다. 바깥 음식이 항상 이렇게 맛있지는 않기 때문이다. 그렇다면 지금 먹고 있는 것을 맛있게 먹는 사람은 위씨세가의 자식들일까 아니면 우리 세 사람일까. 아마도 우리겠지. 가끔 먹을 수 있는 진수성찬이어서 나는 밥을 과도하게 먹었다.

이름도 모르는 요리들이었지만 재료의 단면이 항상 반듯하고, 실처럼 가늘게 썬 것도 일정했으며. 볶음, 구이, 튀김, 찜, 지짐, 삶은 것이 나오고. 고기는 돼지, 생선, 닭, 오리, 소, 양을 쓰고 처음 보는 과일까지 있었다. 나는 이것이 귀빈에게 접대하는 특별한 식사임을 알았다. 무인에게 잘 대접해야 한다는 가풍이 있는 모양이라 생각했다. 식사가 끝날 때쯤에서야 함께 밥을 먹던 위소선이 내게 물었다.

"문주님, 무공에 대해 여러 가지 궁금한 것을 여쭤도 될까요?"

"그러시오."

뭘 물어볼 것인지는 예상할 수 없었다. 우연인지 아닌지는 모르겠는데 마지막에는 매실차가 나왔다. 나는 매실차를 가져온 시비에게 말했다.

"…숙수에게 잘 먹었다고 전해주시오."

"예."

"하오문주 이자하라고 전해주고."

뜬금없이 내가 소개하자 시비가 놀란 표정으로 대답했다.

"아, 예. 문주님. 주방 분들에게 전달하겠습니다."

나는 그제야 찻잔을 들었다.

"매실차가 나오다니 기가 막히는군."

위소선이 말했다.

"매실차를 좋아하세요?"

"내 의형제 같은 젊은 의원이 있는데 매실차가 화병에 좋다고 하더군."

생각해 보니까 나한테는 그냥 술이나 처먹으라고 했었던 것 같다. 위태산이 질문했다.

"어쩌다 생긴 화병입니까?"

"그러게. 조부께서 물려주신 객잔이 있었는데 이런저런 이유로 불에 탔소. 아마 그때 생겼을 거요. 지금은 새롭게 지은 상태이긴 한데. 사실 불에 타지 않았더라면 그냥 거기서 살았을 거요. 그곳이 내 집이었으니까. 불길에 휩싸이면 돌이킬 수가 없소. 위씨세가도 불 지르는 놈들을 조심하시오."

"예."

나는 색마를 가리켰다.

"이런 놈도 조심하고."

위씨세가의 공자들과 위소선이 색마를 주시했다. 색마가 한숨을 내쉬었다.

"내가 왜? 내가 뭐? 내가 어쨌는데?"

나는 진지한 어조로 고자질했다.

"싸우러 온 게 아니고 실은…"

"거기까지 해라."

"그럴까?"

이 정도면 다 알아들었겠지. 오라버니들이 셋이나 있으니 큰 문제는 없을 터였다. 이렇게 나는 정식으로 색마를 위씨세가에 소개했다. 실은 일봉이선에 속한 미인을 구경하겠다고 온 놈이라는 말씀이다. 위소선이 내게 물었다.

"아까 펼치신 뇌기는 어떤 무공입니까? 서문세가에도 뇌기를 익히는 고수가 있었다고 들었는데 그것과는 다르죠?"

"다르겠지. 무공 이름은 알려줄 수 없소. 비밀이야."

"왜요?"

"내 마음이야."

"…"

이들은 서생 세력과 엮일 필요가 없다. 이름만 안다고 해서 엮일 가능성은 없으나 그렇다고 서생이 건넨 무공을 떠들고 다니는 것은 내가 께름칙했다.

"뇌룡승천이 인상 깊었나?"

"예."

"파훼법이 궁금해?"

위소선이 고개를 끄덕였다.

"그렇습니다."

나는 위씨세가의 자제들을 보다가 말했다.

"뇌기의 경우에는 파훼법이 없소. 몽랑의 빙공도 마찬가지. 쉽게 대처할 수 있는 무공이 아니오. 우리 둘이 익힌 무공은 강호 최상위의 신공인 셈이지."

그러고 보니까 나는 이런 것을 세 가지나 익혔다. 위무결, 위중천, 위태산, 위소선이 놀란 표정으로 나를 바라봤다. 위태산이 질문했다.

"무적이라는 말씀입니까?"

나는 고개를 저었다.

"그렇지는 않소. 내공이 깊으면 얼마든지 대처할 수 있지."

내가 내공 제일주의에 빠진 사람은 아니지만 빙공이나 뇌기에 대처하는 방법은 사실 이것이 유일하다. 사실 압도적인 내공을 보유하면 삼재검법만 수련해도 천하제일을 다툴 수 있다는 게 내 생각이다. 물론 사람 자체도 강했을 때의 이야기다. 위소선이 귀마에게 물었다.

"육합선생께서도 이런 특이한 신공을 익히고 계십니까?"

귀마가 무뚝뚝한 어조로 대답했다.

"내게 그런 신공은 없소. 검법을 익히는 것도 바빠서."

"부럽지 않으세요?"

귀마가 고개를 저었다.

"부럽지 않소."

"어째서요?"

귀마가 위소선에게 정답을 알려줬다.

"위 소저도 나도 검이 있지 않소. 어차피 빙공을 쓰든 뇌기를 다루든 간에 검으로 베면 다 자를 수 있소. 그럴 실력이 있느냐 없느냐의 차이일 뿐이지."

나는 옆에서 맞장구를 쳤다.

"옳은 말씀."

실로 검객다운 대답이었는데, 사실은 이게 정답이다. 귀마의 말에 위씨 형제들도 미소를 지었다. 이들도 검객들이라서 귀마의 말이 가장 마음에 드는 모양이었다. 위소선이 나를 쳐다봤다.

"문주님도 그렇게 생각하세요?"

이제 보니까 위소선이 대표로 질문할 때마다 위씨 형제들도 반짝이는 눈빛으로 나를 주시했다. 오라버니들이 체면 때문에 물어보지 못하는 것을 막내가 대신 질문해 주는 시간이었다. 또래의 청춘들에게 너무 아는 척을 하는 것도 웃긴 일이었으나 위씨세가의 자제들이 너무 진지해서 대답을 피할 수가 없었다.

"무공은 저마다 특색이 있을 뿐이오. 정점에 다다르면 위력은 비슷하지 않을까."

위소선이 색마에게 물었다.

"몽 공자도 그렇게 생각하세요?"

아주 부지런하게 질문을 던지는 처자였다. 색마가 대답했다.

"내 사부님은 검을 수련하는 분이시고. 나는 빙공을 수련 중이오. 사부님이 평하시길 빙공만 제대로 익혀도 천하제일이 될 수 있다고 하셨소. 물론 그렇다고 사부님이 검을 약하다고 생각하는 것도 아니겠지. 그저 걷는 길이 다를 뿐. 목적지는 사부님이나 나나 같소."

판을 깔아주니 색마가 처자를 희롱하지 않고. 귀마는 맛있는 밥을 먹고 나서 일문의 종주처럼 점잖았다. 예의가 담긴 대접을 받으면 두 놈도 손가락질을 받던 마귀가 아니라 인간처럼 살아갈 수 있다는 뜻이 아닐까. 어쨌든 내가 옆에서 지켜보고 있는 동안에는 두 사람도 크게 어긋나진 않을 터였다. 물론 나도 이런 대처가 쉽지만은 않다. 나는 위씨세가의 자제들에게 빙공의 특성을 설명했다.

"위 소저가 검을 뽑기 전에 몽 공자가 지법으로 검집을 치면 빙공 때문에 검이 뽑히지 않을 수도 있소."

"아."

"여러분은 검법이 주력인데 빙공 한 수에 기습을 당하면 검을 뽑지도 못한 채로 허망하게 당할 수도 있다는 뜻이지. 이것이 빙공의 특색이요. 다른 지법을 검집으로 방어한다고 해서 검이 안 뽑히진 않을 테니까. 익힌 무공을 제대로 펼치는 것은 기본이고, 상대의 무공에 어떻게 대처해야 하는지를 수련하고 연습하는 것이 비무의 본래 목적이 되겠소."

위소선이 고개를 끄덕였다.

"이해했습니다."

"또한, 몽 공자의 실력이면 목검에 빙공만 주입해도 웬만한 장검은 막아낼 거요. 그러니까 처음부터 몽 공자는 평범한 장검에 빙공을 주입해서 꽤 괜찮은 진검을 부러뜨릴 요령을 알고 있었겠지. 그래서 용두철방의 검을 선택했을 테고. 여기에는 심리전도 섞였소. 검을 부러뜨리고 나면 대공자의 마음이 흔들릴 것이라 예상했을 테니까…"

대공자를 비롯한 사람들이 일제히 색마를 바라봤다. 색마가 떨떠름한 표정으로 대답했다.

"…아니, 뭘 그렇게 공방전의 비밀을 자세하게 설명해?"

나는 고개를 끄덕였다.

"밥값은 해야지. 강도 같은 놈아."

위소선이 우리에게 물었다.

"그럼 저희도 앞으로 특색 있는 신공을 익히는 게 좋을까요?"

나는 고개를 저었다.

"선택의 문제라서 내가 대답하긴 어렵군. 다만 뇌기나 빙공과 같은 신공은 한 사람이 집중해서 익힐 수밖에 없소. 내공이 뒷받침되지 않으면 주화입마가 자주 찾아올 게 뻔해서 주로 후계자만 익히는 게 보편적인 일이니까. 위씨세가가 보기 드문 영약을 하나 얻어도 네 사람이 쪼개서 먹으면 영약의 효과가 떨어지겠지. 더군다나 그 영약을 가지고 형제끼리 마음을 상하면 내부에서 결속력이 약해질 거요. 쉬운 일이 아니야. 그리고 검이면 충분하지 않나? 임 맹주께서도 엄청나게 강한 검객인데."

위중천이 뜬금없이 이런 말로 대답했다.

"맹주님은 무림맹에서 가장 좋은 영약을 계속 드시지 않겠소?"

"무림맹이 약방藥房도 아니고 그럴 것 같지는 않군."

나는 위씨세가의 자제들에게 말했다.

"검 자체가 애초에 정점의 무학이오. 내가 절기를 펼치기 전에 검으로 공격했어야지. 지법보다 빠르게 검을 뽑아서 손모가지를 자르든가. 무공마다 특색이 있긴 하나 결국엔 실력 문제요. 위 소저만 해도 내가 뇌룡승천 만드는 것을 빤히 바라보고만 있지 않았나?"

"예."

"사마외도와 겨룰 때는 그렇게 예의 차릴 필요가 없겠소."

"문주님도 사마외도세요?"

"그건 아니지만."

이건 좀 신선한데? 사실 나는 그 무엇도 아니다.

"위 소저. 그리고 공자들도 검을 선택한 것을 후회하지 마시오. 괜히 백병지왕이 아니니까."

위태산이 말했다.

"백병지왕은 창이라는 말도 있습니다."

나는 고개를 저었다.

"그것은 군부에서나 통하는 말이고. 강호인은 다르지. 병사가 다수로 싸울 때는 검보다 창이 위력적이겠지만 우리는 무공을 익혔으니까. 어떤 강호인이 그 어떤 명검에도 잘리지 않는 몸통과 창의 날까지 만년한철로 만든다면 얘기가 달라지겠지만. 그런 병장기가 얼마나 되겠소?"

위중천이 말했다.

"신극神戟 선배께서 사용하시는 창이 무척 단단하고 들었소."

"그렇군. 그런데 신극 선배의 실력이면 젓가락 하나 붙잡고도 잘 싸울 것 같은데."

"하긴 그렇소."

위씨세가는 정체성이 흔들리는 중일까? 사실 공자들의 사부나 가주가 이런 것을 붙잡아 줘야 하는데 뜬금없이 내가 대답해 주고 있어서 어리둥절했다.

"그런데 가주께서는 멀리 가셨소?"

위무결이 대답했다.

"실은 다른 가주들과 무림맹을 방문하고 계시오. 도착하셨는지 모르겠군."

"어째서?"

"그게 좀 민감한 문제인데 말씀드리겠소. 무림맹 남쪽의 세가끼리 별도의 맹을 하나 만들자는 이야기가 나와서 맹주님과 논의하러 가셨소."

"아하."

나는 고개를 끄덕였다. 이놈들이 임 맹주를 괴롭히러 간 모양이었다. 사실 세가가 이렇게 빠져나가서 별도의 세력을 만들면 무림맹의 의미가 퇴색해서 거절하는 게 당연하다.

'이것이었나?'

결속력이 약해지면 임 맹주도 세가를 돕는 게 어렵게 된다. 각개격파를 당했던 이유가 이미 있었던 셈이다. 어쩌면 무림맹을 제외한 세력을 하나하나 제거하다가 서생 세력과 부딪혔을 가능성이 크다. 그래서 폐관수련을 선택하고 천옥을 먹을 준비를 했던 게 아닐까. 나는 대공자에게 물었다.

"검에 대한 믿음이 흔들리는 다른 이유가 있소?"

위씨 형제들이 서로를 바라보다가 위무결이 말했다.

"아마 백리, 서문, 남궁에게 밀려서 그런 것 같소."

나는 고개를 끄덕였다.

"그렇군. 당분간 비무를 하지 마시오."

위소선이 내게 물었다.

"그쪽에서 도전을 해도요?"

"거절해야지. 실력을 쌓을 때까지 명성을 포기하는 것도 좋은 전략이오. 정체불명의 고수가 비무를 하겠다고 찾아오면 일단 거절하고. 거절해도 돌아가지 않으면 위씨세가가 전부 나서서 상대하는 게 좋겠소. 위사, 제자들, 공자들, 위 소저, 가주까지 합세해서 불청객을 내쫓아야지. 한 십 년?"

너무 뜬금없는 대답이었던 것일까. 다들 나를 물끄러미 바라봤다. 일반적인 대처가 아니라고 생각하는 모양이었다. 위소선이 내게 물었다.

"굳이 그렇게까지 해야 합니까?"

나는 위소선을 바라봤다.

"굳이 그렇게까지 하지 않을 이유가 있나? 위 소저는 나보다 강한 흑도 고수나 사마외도에 속하는 고수가 없다고 생각하나?"

"그건 아닙니다."

"애초에 가문을 지키겠다고 무공을 익힌 거 아닌가. 자존심 때문에 오늘처럼 비무를 했다가 패배하면 얻을 게 많지 않소. 우리야 뭐 밥이나 얻어먹고 담소나 나누다가 돌아가겠지만."

위무결이 고개를 끄덕였다.

"문주, 그렇게 하겠소."

"알다시피 맹주님도 함부로 외부의 고수에게 도전을 받지 않소. 맹주 역할이라는 게 맹을 보호하고 잘 이끄는 것이라서 그렇겠지. 외부의 고수들이 매일 찾아와서 맹주에게 도전하면 임 맹주께서 정상적으로 맹을 운영할 수 있겠소?"

위소선이 고개를 끄덕였다.

"없겠지요."

"그러니까 애초에 금지하는 거지. 도전하지 말라고. 은퇴하실 때나 아니면 다음 맹주 뽑을 때나 예의상 한 번 정도 실력을 보여주시는 게 맞겠지. 임 맹주와 같은 실력자들도 자신의 몸을 아끼는데 위씨세가도 그래야지."

물론 나중에 강호 곳곳에서 국지전이 벌어지는 것을 알고 있어서 하는 경고의 말이기도 하다. 위태산이 질문을 던졌다.

"굳이 이런 당부를 하시는 이유가 따로 있습니까?"

이제 보니까 위태산이 가장 눈치가 빨랐다. 나는 고개를 끄덕였다.

"마교가 등장해서 무림맹을 치면 여러분은 어떻게 하시겠소?"

"달려가야지요."

"마교가 병력을 나눠서 백리세가와 위씨세가를 치면?"

위씨 형제들이 서로의 얼굴을 바라봤다. 위중천이 대답했다.

"우리끼리 똘똘 뭉쳐서 버티는 수밖에 없소."

"…알고 보니 그것은 성동격서聲東擊西여서 실제로는 무림맹에 교주와 정예 고수들이 도착했다면? 일부 병력은 세가에 남기고 일부는 무림맹을 지원할 거요? 아니면 무림맹의 위기를 외면하시겠소."

곰곰이 생각하던 위무결이 대답했다.

"본가의 문제를 해결한 다음에 무림맹에 합류하는 게 낫겠소."

"이유는?"

"애초에 무림맹이 마도 세력에게 쓰러지면 문파나 세가도 쓰러지기 때문이오."

확실히 대공자는 대공자였다.

"그렇겠지. 그런데도 세가의 가주들은 따로 연합을 만들겠다고 임 맹주를 찾아간 것이로군. 임 맹주는 아마 한숨이 나올 거요. 논의하고 싶은 것은 그런 게 아닐 테니."

그제야 위무결의 표정이 눈에 띄게 변했다. 나는 대공자에게 말했다.

"대공자, 맹을 만들면 명성을 얻고 영향력도 커지고 상단과 연합하면 돈도 뜯어내고 좋은 일이 많겠지만 쉬운 일이 아니외다. 어느 날 내 객잔처럼 불에 홀라당 다 타버릴 수도 있소."

나는 찻잔을 들었다.

"그때는 매실차를 하루에 열 잔씩 목구멍에 퍼부어도 가슴이 답답하겠지."

위무결이 내게 물었다.

"마교가 등장하면 문주께선 어떻게 하실 생각이오?"

"나는 정식으로 맹에 속한 게 아니라서 별도의 부대처럼 움직일 생각이오. 마교가 무림맹을 괴롭히면, 나는 마교를 괴롭힌다는 마음가짐."

위소선이 물었다.

"치고 빠지는 전략으로 마교를 괴롭히겠다는 말씀이시죠?"

"그렇소. 잘 도망 다녀야지."

"마교가 무섭지 않으세요?"

"무섭지. 나는 이미 교도를 많이 죽였소. 그런데도 나를 살려두는 이유가 있는 거 같아서 기분이 안 좋아. 어디선가 지켜보는 느낌이랄까. 아마 마공으로 내공을 흡수하는 방안을 알고 있는 게 아닐까 싶기도 하고. 더군다나 나는 음양지체라서 교주가 저녁 반찬 정도로 생각할 수도 있지. 하하하하."

웃다 보니까, 혼자 웃고 있었다.

"…"

나는 웃음기를 지운 다음에 매실차를 한 잔 더 따라 마셨다. 오랜만에 교주 얼굴이 생생하게 떠올랐다.

'개새끼…'

260.
속지 않는 자하서생

나는 차를 마신 다음에 일어나서 공자들을 바라봤다.

"대공자, 중천 공자, 태산 공자. 그리고 위 소저."

"예."

"예고도 없이 방문하고 험한 비무까지 하게 되었는데도 따뜻한 음식과 차를 대접해 줘서 고맙소. 우리는 이만 가겠소."

위태산이 놀란 표정으로 일어섰다.

"문주님, 며칠 머무르다 가시지요. 할 이야기가 많습니다. 지내시는 데 불편함이 없도록 하겠습니다. 몽 공자와 육합선생과도 아직 많은 이야기를 나누지 못했습니다."

"태산 공자, 호의는 고맙지만 대공자가 몸을 추스르려면 우리가 없는 게 마음 편할 거요."

뜬금없는 생각이긴 하지만 네 사람 중에서는 위태산이 가장 강해질 것 같았다. 왜냐하면, 위무결이 운기조식을 시작했을 때도 가장이고 나서서 큰형의 운기조식을 도왔기 때문이다.

는 부족한 추측이다. 이런 것은 느낌에 의존하는 판단이기 때문이다. 나는 위태산을 보면서 말했다.

"아쉬울 때 헤어져야 재회할 때 반가운 법. 그리고 우리 셋은 평소에도 초조한 사람들이오. 시간이 있으면 운기조식을 하고, 운기조식을 하고 나면 걷거나 뛰어야 하오. 나는 적이 많아서 위씨세가에 오래 머무르면 마음이 불편해질 것 같소."

귀마와 색마가 동시에 일어났다.

"또 봅시다."

색마가 위무결을 바라봤다.

"대공자, 다음에는 검으로 비무해 봅시다."

위무결이 웃으면서 일어났다.

"다시 만나길 기대하리다."

우리는 배웅을 받으면서 위씨세가를 떠났다. 나는 마지막에 한 가지를 더 당부했다. 다른 육룡에게 이번 비무의 결과를 알리지 말라는 제안이었다. 특별한 이유는 없다. 어차피 나, 귀마, 색마는 육룡들보다 훨씬 강해져야 하는 사람들이기 때문이다. 사실 후기지수 서열 따위는 어떻게 되어도 상관없었다. 대충 손짓을 하면서 들어가라 하고 돌아서는데 위소선이 우리를 불렀다.

"…많이 배웠습니다. 살펴가십시오."

위소선이 포권을 취했기 때문에 우리도 어쩔 수 없이 예를 갖췄다. 외모로 유명해진 일봉이선의 별호가 어울린다기보다는 그저 오라버니들과 비슷한 무인 그 자체가 위소선이었다. 미인은 미인이었다. 그러나 나는 어찌 된 노릇인지 아무런 감흥이 없었다. 과거로 돌아와도 그른 것일까? 내 안에는 살아남겠다는 마음가짐이 감정의 대부분을 차지하고 있어서 외모가 뛰어난 미인도 이것을 전혀 밀어낼 수가 없는 상황이었다. 이렇게 살아가는 게 맞을까? 나는 한숨을 내쉬다가 내 뺨을 약하게 한 대 때렸다. 색마가 나를 보면서 말했다.

"뭐야? 왜 그렇게 약하게 때려? 대신 때려줘?"

"한심한 똥싸개 새끼. 뭐라는 거야."

"왜? 위소선의 아름다운 얼굴을 보니까 네 못난 얼굴이 때리고 싶더냐? 불쌍한 놈. 아직 두 명 더 남았다. 가자."

무슨 말인가 했더니 다른 일봉一鳳과 일선一仙을 보러 가자는 말이었다. 귀마가 대답했다.

"미쳤나?"

색마가 고개를 저었다.

"전혀. 어차피 다른 사룡을 만나러 가면 다 볼 수 있어. 겸사겸사 가자고. 이참에 육룡의 첫째 서열을 가져오고. 일봉이선도 보고. 둘째도 명성을 얻고. 꿩 먹고 알 먹고."

귀마가 말했다.

"너는 일봉이선을 애인으로 삼겠다는 목적이 있었나?"

색마가 대답했다.

"목적까지는 아니지만 궁금하지. 사내라면 당연한 거 아니야?"

귀마가 코웃음을 쳤다.

"그런 미인들에겐 애초에 관심을 끊는 게 속이 편할 것이다. 문주는?"

"나 뭐?"

"미인에게 관심 없느냐고. 넷째처럼 말이다."

나는 멈춰 서서 귀마와 색마를 바라봤다.

"이봐."

"…"

"우리는 언제 죽을지 모르는데 왜 여자를 만나려고 하는 거야? 특히 똥싸개."

색마가 나를 노려봤다.

"이상한 놈이네. 언제 죽을지 모르는 인생이면 당연히 미인을 만나야 하는 거 아니냐? 세상에 미인보다 아름다운 것이 어디 있다고. 미인은 인생의 목적 그 자체야. 꽃을 쳐다보는 것과 같다. 보고만 있어도 수명이 늘어나는 느낌이야."

나는 뺨을 긁었다. 그러니까 전생으로 따지면, 나는 언제 죽을지 몰라서 의도적으로 여인을 멀리한 것이고. 색마는 언제 죽을지 몰라서 미인들에게 집착했다는 뜻인가? 어쨌든 간에 추구하는 방향이 정반대였다. 나는 색마에게 물었다.

"너는 적수가 없는 천하제일이 되어도 세상의 미인들에게 계속 찝쩍댈 것이냐?"

"굳이 찝쩍댄다는 저렴한 표현을 써야겠어? 나도 내게 관심 없는 처자에겐 흥미가 없다. 위소선은 무공에 미쳐있어. 눈이라도 자주 마주치고 합이 맞아야 나도 관심이 생기지. 명검을 구경하러 가는 것과 비슷한 일이야. 이것도 다 인생의 공부다 이 말이야."

"안 속아. 미친놈아."

이런 마음가짐으로 무림공적 색마가 됐을 리는 없다. 위소선은 오라버니가 셋이나 있고 나랑 귀마까지 지켜보고 있어서 어떻게 할 수가 없었을 터였다. 위씨세가에서 반 시진 정도를 멀어졌을 때. 우리는 동시에 뒤로 돌았다.

"..."

조금 떨어진 곳에 쭈글쭈글한 주름이 얼굴에 잔뜩 있는 노인장이 우리를 바라보면서 걸어오고 있었다. 오른손에는 지팡이를 쥐고 있었는데 조금 떨어진 곳에서 봐도 지팡이는 병장기로 만들어진 것처럼 단단해 보였다. 제법 등골이 서늘했다. 이렇게 가깝게 다가올 때까지 뒤를 따라 잡히는 것을 알아차리지 못했기 때문이다.

'제법이네.'

강호에서는 노인, 여인, 아이를 조심하고 나머지도 조심해야 하는데 어쨌든 노골적으로 무공을 익힌 노인이 우리를 바라보고 있어서 기분이 불쾌했다. 내가 물었다.

"노인장, 누구야? 성질 고약한 귀신같이 생겼네."

노인장이 대답했다.

"하오문주, 나는 법가法家의 가솔이오. 가주께서 뵙자고 하시는구려."

나는 고개를 끄덕였다.

"당신도 서생인가?"

"그럴 리가 있겠소. 나는 그저 가솔이외다."

"뭔 놈의 가솔이 그렇게 살기가 짙은가?"

노인장이 슬쩍 웃자 듬성듬성 빠진 이가 훤히 드러났다.

"고생을 많이 해서 그렇소."

"혼자 왔어?"

"난폭한 분들을 상대로 어찌 내가 홀로 왔겠소?"

내가 노인장을 주시하는 동안에 색마와 귀마가 주변을 둘러봤다. 색마가 말했다.

"아무도 없는…"

말을 하고 나서 살기를 감지한 모양인지 입을 다물었다. 바람이 불 때마다 끈적한 살기가 섞여서 뜨뜻미지근한 촉감이 느껴졌다. 나도 주변을 확인한 다음에 노인장에게 말했다.

"…따라가면 죽을 것 같은데 순순히 따라가야 할 이유가 있나?"

"문주, 우리는 법가요."

"그런데?"

"법과 절차가 있소. 함부로 죽이지 않소."

나는 큰 기대 없이 귀마에게 물었다.

"육합, 법가의 특징이 어떻게 돼?"

귀마가 대답했다.

"법과 형벌로 통제. 인간은 본래 사악하기 때문이다."

"그게 핵심이야?"

"그렇지."

나는 고개를 끄덕였다.

"우리가 사악한 놈들이니 법에 따라서 형벌을 받겠군. 노인장, 따라가지 않겠다. 이 자리에서 승부를 내자."

노인장이 대답했다.

"판단을 이상하게 하시는군. 죽이려면 가주께서도 합류하시고 기습을 했을 거요. 옛 법가가 너무 엄격해서 우리도 나름대로 융통성을 발휘하고 있소."

나는 손으로 주변을 가리켰다.

"숨어서 대기하는 자들은 뭔데?"

"문주의 성정이 너무 난폭해서 나를 보호하는 자들이오."

"법가의 우두머리가 날 보자고 하는 이유는?"

"문주는 백의서생과 작당하여 실명서생을 죽였다는 의심을 받고 있소. 무공도 백의서생이 전달한 것을 익힌 것으로 추정되고. 백의서생의 숨은 제자가 아닐까 하는데. 우리는 서생이 서생을 해치는 것을 금하고 있소. 그러니 당신을 추궁하려는 것보다는 백의서생이 선을 넘지 않았는가를 살피려 함이외다."

"백의서생이 선을 넘으면 어떻게 되는데. 너희가 감당할 수 있나?"

"법가는 서생들 사이를 법으로 중재하고 있소. 함께 지키기로 한 것을 어겼다면 문제를 살펴보는 것이 당연한 일. 백의서생이 나머지 세력 전체를 감당하긴 어렵소. 다 같이 합의한 것은 지켜야 하는 법이지."

"천악이 있는데도?"

"애초에 천악도 백의서생과 동등한 위치의 사내요. 갈래가 다르오."

듣고 있었던 색마가 말했다.

"가보자. 어차피 우리 셋이 함께 있으면 밀릴 이유가 없다."

나는 주변에 있는 자들의 수와 무력이 가늠되지 않아서 일단 동의했다.

“가자. 안내해.”

“따라오시오.”

나는 법가의 가솔이라는 노인장의 등을 바라보면서 따라갔다. 짙은 살기를 내뿜으면서 우리를 둘러쌌던 포위망이 그제야 풀리더니 우리의 후방으로 이동했다. 나는 뒤쫓으면서 물었다.

“언제부터 따라왔나?”

노인장이 대답했다.

“위씨세가를 방문하시기에 기다리고 있었소. 그쪽에는 볼일이 없어서.”

일단 노인장의 무력이 허접한 수준은 아니었다. 본인을 가솔이라고 소개하고 있으나 말투나 행동거지, 걸음걸이로 판단했을 때는 서생에 근접한 사내였다. 묵가는 어찌 됐든 간에 뜻을 함께할 수 있는 아군으로 만들었는데. 어쩐지 법가는 말이 잘 통하지 않을 것이라는 예감이 들었다.

“어디에 있나?”

“인근의 평범한 객잔에서 기다리고 계시오.”

나는 노인장의 옆에 나란히 서서 질문을 던졌다.

“노인장, 나 궁금한 게 있는데.”

“말씀하시오.”

“쾌당주는 누구인가?”

“그건 어찌 아셨소. 정말 이상하군. 백의서생이 그렇게 떠벌리는 자가 아닌데.”

"그러게 말이야."

"가주께 물어보시오. 내가 대답할 문제는 아닌 것 같소."

나는 궁금한 것을 또 물었다.

"서생들은 전부 마교의 적인가?"

노인장이 이번에는 고개를 끄덕였다.

"불가佛家는 우리도 존중하나 자신들의 종교를 강요하는 자들은 우리와 기질이 맞지 않소. 적이라고 봐야겠지."

"그거 다행이군."

"하지만."

"하지만 뭐?"

노인장이 곁눈질로 나를 바라봤다.

"지금 세상이 마교라 부르는 세력에는 애초에 음양가陰陽家의 인물들이 섞여있소. 오행五行을 연구하던 자들이었지. 제나라의 추연이 대표적인데 애초에 반란이나 혁명에 열성을 다하던 자들이라서 이래저래 박해를 많이 받았던 자들이외다. 많이 희생되고 또한 학살을 당했지. 미움을 많이 받은 자들은 세상을 향해 증오를 선물하기 마련이오. 교教가 그렇게 되어가고 있지."

교에도 제자백가 세력이 섞여있다고 하니 놀라운 일이었다. 생각해 보니까 그렇게 이상한 일이나 비밀도 아니었다. 옛 강호에 대한 이야기를 들었을 때 분명히 음양신교陰陽神教라는 사마외도 세력도 있었기 때문이다. 잠시 후 우리는 한적한 길가에 덩그러니 놓인 이름 없는 객잔 앞에 도착했다. 노인장이 멈춰 서더니 객잔의 입구를 가리켰다.

"들어가시오. 나는 함께할 수 없어서."

노인장이 돌아서더니 뒤따라온 수하들에게 손짓했다. 그러자 아까부터 우리의 퇴로를 막아서던 자들이 넓게 퍼지더니 객잔을 포위했다. 나는 색마, 귀마와 함께 객잔으로 들어갔다. 대체 법가의 우두머리는 어떤 서생일까. 두려움이나 걱정보다는 호기심이 이성을 지배하는 순간이었다. 내가 이래서 문제가 많다. 궁금한 것을 참지 못하기 때문이다. 객잔 내부는 우연인지 아닌지 모르겠는데 예전에 갔었던 천리객잔과 흡사했다. 이 층에서 누군가의 목소리가 들렸다.

"올라오게."

우리는 계단을 올라가서 휑한 곳에 홀로 앉아있는 사내를 바라봤다. 탁자를 이어붙인 곳의 상석에서 한 중년 사내가 우리를 바라보고 있었다.

"문주, 몽 공자, 육합선생 어서 오게."

나는 강호에서 점점 유명해지고 있다는 것을 느끼면서 사내에게 말했다.

"반갑소."

사내는 우리가 앉을 곳을 맞은편에 지정해 줬다.

"앉게. 나는 추명騶明이라 하네. 참고로 실명서생은 내 사제일세."

"저런…"

나는 씁쓸한 기분을 느끼면서 추명의 맞은편에 앉았다. 기분이 좋진 않았으나 궁금한 것부터 물었다.

"그러니까 제자백가의 한 일가一家에 서생이 여러 명인 경우도 있소?"

추명이 고개를 끄덕였다.

"물론이지. 마실 것은 준비하지 않았네. 불편할 것 같아서."

색마와 귀마가 덤덤한 어조로 말했다.

"반갑소."

"내가 육합이오."

추명이 고개를 끄덕였다.

"알고 있어. 용모파기 그대로군. 다들 독특하게 생겨서 못 알아보는 것이 더 힘들지."

나는 추명에게 물었다.

"내게 궁금한 게 있으시다고."

"그전에 자네 궁금증부터 풀어주겠네. 세력마다 서생의 수가 달라. 딱히 수를 제한한 적은 없네. 일종의 시험을 통과하면 보통 서생의 자격을 부여하네."

"무슨 시험이오?"

추명은 머뭇거리는 기색 없이 바로 말했다.

"쾌당주가 시험을 보고 마음에 드시면 뭐 서생이 되는 편이지. 주로 경공으로 시험을 보는 편이네."

나는 황당한 와중에도 질문을 던졌다.

"대체 실명은 어떻게 서생이 되었소?"

"아, 사제는 당연히 눈이 멀기 전에 통과했지. 왜? 자네들도 우리 일에 관심이 있나? 시험을 한번 주선해 줄까?"

이 새끼는 대체 뭐 하는 놈이지? 나는 고개를 갸웃했다가 대답했다.

"나는 제자백가가 아니외다."

추명이 웃었다.

"백가百家는 일백의 수를 뜻하는 말이 아니네. 그저 많다는 뜻이지. 하오문주 정도면 자격이 충분하지."

나는 이미 속으로 거절했다. 어쩐지 서생이 되면 법가의 법을 그르쳐서 사형을 당할 것 같았기 때문이다. 응, 안 속아.

261.
제안을 수락하면 서생이 된다

실명서생을 죽인 게 보통 일은 아닌가 보다. 이러다 서생을 전부 만나서 면담하게 되는 것은 아닐까. 추명서생이 팔짱을 낀 채로 나를 바라봤다.

"…어떻게 된 일인지 설명해 주겠나?"

이것은 심문일까 취조일까 아니면 병신 같은 협박일까. 나는 대답 대신에 한숨이 흘러나왔다. 색마와 귀마를 바라보다가 대답했다.

"백의, 실명, 천악은 개방 방주를 죽이겠다고 등장했었지. 애초에 나는 개방 방주와 함께 있었다. 맞붙었다가 방주가 백의와 천악을 동시에 상대하고 실명은 내게 죽었지."

추명이 대답했다.

"내가 왜 그 이야기를 못 믿는 줄 아나?"

나는 추명을 노려봤다.

"왜 못 믿으실까."

"일단 자네 실력은 실명서생의 아랫줄일세."

"그래?"

"자네가 운 좋게 죽였다고 쳐보세. 대체 천악은 자네를 왜 살려뒀지? 자네는 천악이 어떤 사내인지 아나?"

"삼재."

추명이 피식 웃었다.

"그렇지. 삼재라 불리지. 마교가 서생 한 명을 죽여서 천악이 홀로 마교에 쳐들어간 것은 알고 있나?"

"대단하네. 그때 교주와 붙었나 보군."

추명이 고개를 끄덕였다.

"그런 천악이 자네를 살려둬? 내가 믿지 못하는 이유야. 자네가 죽인 게 아니라 백의서생이 계략을 꾸며서 죽였으리라 의심하는 이유지."

"난감하네. 서생들은 대체로 진실을 말해줘도 믿질 못해. 그냥 믿고 싶은 것만 믿으려는 경향이 있어. 더군다나 그대는 실명서생의 사형이라며? 내 말이 진실이면 법가 전체와 내가 적이 되는 셈이네?"

이때, 추명이 바깥을 바라보자 입구에서 등장한 사내가 우리를 바라봤다. 나이는 서른 초반 정도의 사내였는데 머리부터 발끝까지 짙은 살기에 휩싸인 사내였다. 일단 눈빛이 정상이 아니었고. 사람을 너무 많이 죽여서 대화가 통하지 않을 것 같은 광인이었다. 굳이 비슷한 사람을 꼽자면 내가 예전에 죽인 도살자와 흡사했다. 그러고 보니까 이 객잔은 천리객잔과 비슷하고, 지금 등장한 사내는 도살자와 비슷해서 마치 나는 꿈을 꾸는 것 같은 이상한 기분이 들었다. 추명이 사내에게 말했다.

"…독행獨行, 네 사부를 죽인 하오문주가 이곳에 있다."

독행이라 불린 사내가 추명에게 말했다.

"갑자기 왜 부르셨나 했습니다. 죽입니까?"

"잠시 바깥에 대기해. 자네 사제들은?"

"오고 있습니다."

"알았다."

사내가 바깥으로 나가자, 추명이 나를 바라봤다.

"알다시피 포위했네. 내 제자도 있고 실명의 제자들도 바깥에 대기 중이네."

"그렇군."

귀마가 추명에게 물었다.

"독행이라면 혹시 무림공적 독행자를 말하는 것인가?"

추명이 고개를 끄덕였다.

"알고 있군."

귀마가 한숨을 내쉬면서 말했다.

"어차피 실명서생은 죽어 마땅한 사람이었군. 제자가 무림공적이니 말이야."

색마도 입을 열었다.

"저번에 그 도살자 놈도 백의서생의 제자였지?"

나는 고개를 끄덕였다.

"그랬지."

색마가 냉소를 머금었다.

"그러고 보니까 이 미친 서생들은 제자들이 무림공적 아니면 미친 놈들밖에 없구나. 실로 대단한 세력이야. 혹시 동호제일검도 서생들의 제자일까?"

"설마 그렇겠어? 비객은 제자일 수도 있겠군."

나는 굳이 추명에게 물어보진 않았다. 어차피 말해줄 생각이 없을 터였다. 추명이 우리에게 말했다.

"…백의서생이 죽였든 자네가 죽였든 간에 오늘 이 자리에서 살아남으려면 내 말을 귀담아듣게. 이자하."

"…"

추명이 싸늘한 표정으로 말했다.

"자네 셋이 우리 법가로 합류해서 실명서생의 빈자리를 채워주게. 나는 자네 셋을 살리고 싶네. 세 사람을 정식으로 쾌당주에게 소개하겠네. 물론 소개한다고 해서 세 사람이 전부 서생이 될 수는 없을 거야. 아마 쾌당주의 성격상 자네 셋의 경공을 살핀 다음에 가장 빠른 사내에게만 서생 자리를 허락할 것이네. 이것은 내가 할 수 있는 가장 좋은 제안이네."

실로 황당한 제안이어서 나는 색마, 귀마와 함께 서로의 표정을 구경했다. 내가 먼저 말했다.

"이봐, 추명서생…이라고 부르면 되나?"

추명이 황당한 표정으로 웃더니 고개를 끄덕였다.

"편할 대로 하게."

"나더러 법가에서 일하라니… 인재 등용의 느낌이 아니라 노예로 들어오라는 말처럼 들리는데."

"서생 자리가 어찌 노예들과 같겠나?"

나는 추명에게 물었다.

"법가의 대의는 무엇인가?"

"법가의 대의는 빈치균민貧治均民일세. 부자들이 세금을 많이 내고, 그것을 빈자에게 분배하지. 천하가 쪼개져서 빈자들의 삶이 나날이 더 궁핍해졌네. 하지만 우리는 천하가 쪼개지든 말든 간에 빈치균민을 실행할 생각이야. 자네가 하오문도 비슷하게 운영하는 것으로 아는데, 아닌가?"

"빈치균민을 하겠다는 사람들이 왜 개방 방주를 노렸나? 말이 안 되잖아."

"그것은 천악의 요청에 협조했을 뿐이네. 우리 뜻이 아니야. 지원으로 참전했을 뿐이지."

궤변이었다. 나는 법가에 소속된 무림공적이 무슨 일을 하는지 예상해 봤다. 아마도 독행자는 부자를 죽이는 도살자 역할을 할 터였다. 바깥에는 법가의 정예들이 포위하고 있고 눈앞에는 우리 셋보다 무공 수준이 높아 보이는 법가의 가주가 노려보고 있었지만, 나는 이상하게도 법가가 마음에 들지 않았다. 추명이 나를 노려봤다.

"설마 서생 자리를 제안하는데도 거절할 셈인가?"

"그 서생 자리 말이야. 법가가 주는 독을 먹어야겠지?"

추명이 고개를 끄덕였다.

"솔직하게 말하겠네. 일 년만 지켜보겠네. 그 정도는 할 수 있지 않은가? 어차피 서생이 서생을 죽이는 것은 우리가 금하고 있네. 쾌당주도 반대하는 일이고."

기분이 좀 이상했다. 나는 법가에 들어가는 것보다는 쾌당주를 한 번 보고 싶었다. 그러나 추명의 속마음을 알 수가 없어서 판단을 내릴 수가 없었다. 나는 몇 가지를 곰곰이 생각하다가 대답했다.

"나는 법가에 어울리는 사람이 아니야. 법가에 협조하지 않겠다."

"이유는?"

"굳이 나를 제자백가로 분류하자면 도가道家에 어울려. 도가의 수장을 만나보고 이야기가 통하면 그쪽에는 협조할 마음은 있어."

추명이 코웃음을 쳤다.

"자네가 어딜 봐서 도가에 어울린다고 생각하나? 우리는 예전부터 자네를 흑도로 분류했었는데."

"어쨌든 거절한다."

추명이 말했다.

"왜 목숨을 버리려고 하나."

추명은 손가락을 튕기면서 바깥에 명령했다.

"…해체해라."

나는 추명을 주시하고 있었는데 객잔 바깥에서 채찍 같은 것이 바람을 가르는 소리가 중첩되더니 이내 타닥- 소리와 함께 무언가가 객잔의 벽에 닿았다. 이내 우지끈 소리와 함께 목재로 된 객잔 외부가 뜯겨 나갔다. 곁눈질로 바라보자 추명의 수하들이 채찍 끝에 달린 갈고리를 던져서 객잔을 뜯어내고 있었다.

나는 악인들과 함께 주변을 둘러봤다. 삼사십 명인지 사오십 명인지 가늠할 수가 없었다. 어쨌든 객잔 주변에 법가의 무인들이 가득했다. 아까 우리를 안내했던 노인장도 있고. 무림공적인 독행자와 그와 엇비슷해 보이는 수준의 무인들이 몇 명 더 있었다. 추명서생까지 포함하면 상당히 강력한 전력이었다. 추명이 말했다.

"상황을 인지하게. 호의를 무시하면 어떻게 되겠나?"

나는 추명을 보면서 대답했다.

"법가의 전력을 다 데려왔나?"

"서생 자리를 제안하는데 나도 성의를 보여야지. 내 제안을 수락하면 자네를 서생으로 만들어 주겠네. 거절하면 몽 공자, 육합과 함께 죽게나."

"그건 또 무슨 개소리야? 두 사람은 실명서생의 죽음과 관련이 없다. 책임은 내게 있으니 두 사람은 보내줘야지."

추명이 슬쩍 웃더니 색마를 바라보고 이어서 귀마의 표정을 확인했다.

"맞아. 두 사람은 관련이 없지. 내가 보내주면 두 사람은 이곳을 조용히 떠날 텐가?"

귀마가 대답했다.

"그럴 가능성은 없어."

색마가 말했다.

"나는 도망쳐 본 적이 없는 사람이다."

나는 고개를 끄덕였다.

"설사했을 때 빼고."

색마가 나를 보더니 순순히 인정했다.

"그건 맞지."

똥싸개가 똥싸개임을 인정하는 순간이었다. 사람은 이렇게 성장하기 마련이다. 추명이 웃었다.

"자네들이 이렇게 의리가 있는 줄은 몰랐군."

나는 추명에게 말했다.

"나는 법가를 잘 알지 못해. 실명의 제자가 독행자였다는 것도 몰랐다. 너희가 부자를 잡아 죽여서 재산을 모으는 것 같은데 그것도 내 눈으로 확인하지 못했으니 자세한 실태는 알 수가 없다. 최대한 너희 생각도 일단은 존중하마. 하지만 여기서 우리와 맞붙으면 한 가지는 약속할 수 있어."

"뭔가?"

나는 덤덤한 어조로 말했다.

"그대를 제외하면 이 자리에서 전부 죽을 거야. 법가는 망한 것이나 다름이 없겠지. 그 점을 인지하고 싸우도록. 싸움이 끝날 때쯤에서야 실명이 왜 내게 죽었는지를 깨닫게 되겠지."

추명이 입을 벌렸다.

"이런…"

순간, 눈앞에서 바람이 한차례 불더니 추명의 모습이 사라졌다. 이어서 객잔의 잔해 바깥에서 등장한 추명이 수하들에게 말했다.

"사사롭게는 내 사제였고 법가의 집행관이었던 실명서생이 하오문주에게 죽었음을 확인했다. 애초에 사업과 관련된 충돌에서 패배한 것이기에 사적인 감정을 접어두고 법가에 들어오는 것을 제안했으나 문주가 거절했다. 몽 공자와 육합선생도 생사를 함께할 모양이니 법가는 이 자리에서 세 사람의 목숨을 끊어서 내 사제 곁으로 보내주도록."

객잔을 포위하고 있는 무인들이 동시에 대답했다.

"명을 받듭니다."

나는 일어나서 두 사람에게 말했다.

"그것참 조용히 살기 힘드네."

색마도 한숨을 내쉬었다.

"그러게 말이다."

귀마가 검을 뽑으면서 말했다.

"셋째야, 넷째야. 일단 살아남은 다음에 보자고."

나는 두통이 살짝 밀려와서 눈을 질끈 감았다가 떴다. 눈 밑이 저 혼자 파르르 떨리고 있었다. 이어서 부웅- 하는 소리가 들리더니 여기저기서 갈고리를 매단 채찍이 공중에서 회전하고 있었다. 색마가 먼저 적들을 향해 걸어가면서 말했다.

"밥을 든든하게 먹어서 다행이네."

귀마는 이 층에서 뛰어내리더니 정문으로 향하면서 대꾸했다.

"그러게 말이다. 이따 보자."

나는 양손을 허리에 얹은 채로 추명서생을 바라봤다. 옆에 있는 독행자가 나와 눈을 마주치더니 다짜고짜 공중으로 솟구쳤다. 동시에 사방팔방에서 갈고리가 우리 쪽으로 날아왔다. 문득 나는 시간이 천천히 흘러가는 것 같은 기분을 느꼈다. 위씨세가에 방문해서 정상적인 비무도 벌이고, 진수성찬도 대접받고, 예쁘기로 소문이 난 일봉이선의 미모도 직접 확인했다. 매실차도 마셨다. 무언가 정상적이고 훈훈했던 짤막한 세가 방문이 끝나자마자… 다시 지옥의 문이 열린 기분이었다. 나는 근처까지 온 독행자의 검을 피하면서 중얼거렸다.

"…사는 게 힘들다. 지친다."

피하는 것만으로는 대처가 힘든 검이어서 나도 목검을 뽑았다. 대번에 검과 검이 부딪치면서 불꽃이 튀었다. 차라리 귀마와 색마를 멀쩡히 빼내고, 나 혼자 싸웠더라면 법가의 병력을 끌고 다니면서 도망쳤다가 각종 임기응변으로 대응했을 터였다. 그러나 이미 귀마와 색마가 병력을 향해 먼저 뛰어들어서 마구잡이로 싸우고 있었기 때문에 그럴 수도 없었다.

나는 독행자의 검을 튕겨내면서 이놈의 표정을 구경했다. 나와는 달리 고민이 딱히 없어 보이는 얼굴이었다. 그저 살기만이 보였다. 무섭게 생긴 부류였다. 도대체 사람을 얼마나 죽여야 저런 표정이 나오는 것일까. 숨도 안 쉬는 것처럼 보이는 독행자가 검을 휘두르다가 나를 보면서 웃었다. 나는 목검을 휘두르는 와중에도 저절로 입이 열렸다.

"웃지 마… 냄새나."

독행자의 검이 불그스름한 빛에 휩싸이더니 검기를 휘감아서 수직으로 내려쳤다. 나는 상체를 뒤로 빼면서 몸 전체를 비틀었다. 눈앞에 검기가 지나가자 앞머리가 뭉텅이로 잘려서 흩날렸다. 이어서 독행자의 검기가 법가의 무인 몇 명을 잘라낸 모양인지 서너 명의 비명이 동시에 터졌다. 나는 다시 독행자의 검을 쳐내면서 뒷걸음질을 쳤다.

이제 보니까 독행자가 내게 덤비자 추가로 합류하는 자가 없었다. 혼자 일대일을 하는 놈이라서 독행자일까. 독행자의 악독한 표정을 구경하다가 문득 이런 생각이 들었다. 독행자는 자신이 죽이려는 자를 빼앗기는 것을 발작하듯이 싫어하는 놈이라고 말이다. 물론 근거가 부족한 추측이다. 하지만 항상 그렇듯이 내 추측은 들어맞을 때가 많다. 나는 독행자의 검을 쳐낸 다음에 그 반동을 이용해서 공중에 솟구쳤다가 법가 무인들의 어깨를 밟으면서 이동했다. 뒤에서 독행자의 목소리가 들렸다.

"비켜라. 비켜!"

"오…"

잠시나마 독행자와 나의 일대일 구도라는 것을 깨달았다. 몇 명의 어깨를 밟았다가 내려서자 적들이 우르르 소리를 내면서 물러나더니 둥그런 비무 장소를 만들어 냈다. 그곳에서 다시 독행자가 눈을 부릅뜬 채로 등장해서 검을 휘둘렀다. 독행자의 검법은 도살자와 비슷하게 별다른 방어 초식이 섞여있지 않은 쾌검이었다. 나는 도살자를 죽였을 때와 실력이 전혀 달라진 상태. 우리는 엇비슷한 속도로 검을 부딪쳤다.

나는 마음을 가라앉힌 다음에 분심공으로 내공을 운용했다. 목검에는 목계만 주입해서 휘두르고, 좌장에는 백전십단공을 휘감았다. 독행자의 검을 쳐내는 와중에 왼손이 수전증을 앓는 것처럼 심하게 떨렸다. 나는 백전십단공을 장력으로 펼치지 않고 손가락마다 따로 따로 뇌기를 주입해서 다섯 줄기의 지법을 준비했다.

262.
나는 검객이다

독행자의 얼굴에 뇌기를 뿌렸다. 다섯 손가락을 허공에 긁는 식의 노골적인 공격이었다. 소리까지 요란해서 그런 것일까. 독행자가 어렵지 않게 뇌기를 피하자 다섯 줄기의 뇌기가 뭉쳐있는 추명서생의 수하들에게 쏟아졌다.

"끄아아아아악!"

대여섯 명이 기괴한 몸짓으로 떨면서 비명을 내지를 때. 귀마가 이들의 팔과 목을 쳐내면서 이동했다. 그 사이에 독행자는 동료들의 죽음을 아랑곳하지 않은 채로 나를 공격했다. 집요한 성격의 사내였다. 반면에 나는 시야를 넓게 유지했다. 색마가 간간이 공중에서 냉기를 터트리는 위치도 파악하고, 귀마가 검을 휘두르면서 이동하는 경로도 확인했다. 그 와중에 독행자의 시선은 끈질기게 내게 고정되어 있었다.

순간, 색마가 누군가의 장력에 튕겨 나가다가 자세를 잡고. 귀마가 싸우는 곳에서도 굉음이 터졌다. 우리를 안내했던 노인장이 색마를 공격하고, 지켜보는 추명서생도 병사를 부리듯이 이런저런 명령을 내리는 상황. 그 와중에도 독행자의 검은 내 목과 가슴을 노리면서 빠르게 움직였으나 나는 목검으로 정확하게 쳐냈다. 다만 독행자의 공격이 너무 빨라서 나도 반격은 힘들었다. 일월광천을 사용할까. 뇌룡승천을 펼쳐볼까.

이상하게도 오늘은 검으로 더 싸우고 싶었다. 독행자의 검을 정확하게 쳐내자, 그의 좌장이 날아왔다. 나는 독행자의 좌장을 빙공으로 받아친 다음에 손을 붙잡았다. 빙공 때문에 달라붙은 손바닥이 쉽게 떨어지지 않을 터였다. 순간, 독행자가 동귀어진 초식을 펼쳤다.

"…!"

오른쪽에서 맞붙은 검이 미끄러지더니 방향을 틀어서 내 목을 노렸다. 똑같은 수법으로 나도 검을 내지를 수 있었지만, 이렇게 되면 둘 다 죽는다. 나는 검을 수직으로 세워서 독행자의 검봉劍峰을 겨우 막은 다음에 왼손에 주입하던 빙공을 천옥흡성대법으로 전환했다. 긴박해서 선택지가 없었다.

'에라, 모르겠다.'

그동안 의도적으로 사용하지 않았던 천옥흡성대법을 펼치자, 독행자의 내공이 체내로 밀려들었다. 독행자의 표정이 그제야 잔뜩 일그러졌다.

"이건 뭐냐?"

질문에 대답할 여유가 없어서 우리는 서로의 손을 붙잡은 채로 검을 부딪쳤다. 순식간에 나도 팔뚝을 베이고, 독행자도 팔뚝을 찔린 상태. 우리는 검을 휘두를 때마다 피를 뿌려대면서 눈을 마주쳤다. 독행자의 살기 어린 눈빛을 쳐다볼 때마다 찢어 죽이고 싶다는 생각이 들어서 웃음이 절로 나왔다.

"흐흐."

어쨌든 간에 왼손으로는 계속 독행자의 내공을 흡수했다. 독행자도 장력을 쏟아내고 있어서 내공 흡수가 쉽진 않았으나, 오른쪽에서 살벌하게 부딪치고 있는 검 때문에 독행자의 평정심도 흐트러지는 게 느껴졌다. 길게 싸우면 나도 다치지 않은 채로 독행자를 죽일 자신감이 있었지만, 내가 길게 싸우면 색마와 귀마가 중상을 입을 가능성이 크다. 어쩔 수 없을 때는 과정이 과격해질 수밖에 없었다. 독행자가 쥐어짜는 어조로 말했다.

"놔라."

보통은 놔줄 리 없겠으나… 나는 즉시 손을 빼낸 다음에 흡성대법으로 독행자의 검을 잡아당겼다. 정신적인 기습을 동반한 한 수였다. 독행자가 검을 뺏기지 않으려고 저항하는 찰나에 목검을 내밀어서 독행자의 팔을 찌르고, 서너 차례 검을 부딪쳤다가 좌장으로 빙공을 분사하는 형태로 쏟아냈다. 흩날리는 냉기가 커다란 붓글씨처럼 움직여서 독행자의 시야를 가렸을 때. 나는 독행자의 동작을 확인하자마자 목검을 수직으로 그어서 검기를 분출했다.

푸악!

독행자의 팔이 공중으로 날아갔다. 그 와중에 솟구치는 검을 멀쩡한 왼손으로 붙잡은 독행자가 냉기를 뚫고 등장해서 내게 검을 내밀었다. 이 검은 붙잡아도 될 것이다. 흡성대법 때문에 멀쩡한 손이 아닐 테니 말이다. 나는 빙공을 주입한 왼손으로 검을 붙잡은 다음에 같은 동작으로 목검을 내밀어서 독행자의 목에 박아 넣었다.

푹!

그 와중에 턱을 내린 독행자가 검의 진격을 막았다. 나는 검을 비틀어서 살짝 빼냈다가 독행자의 얼굴, 목, 가슴을 연달아서 찔렀다.

푹! 푹! 푹!

왼손으로 붙잡고 있는 검이 느슨해진 것을 느끼자마자 독행자의 목을 쳐내고 돌아섰다. 등 뒤에서 독행자의 검과 목이 떨어지는 소리가 들리기도 전에 추명서생의 검기가 눈앞에 파도처럼 밀려온 상태였다. 나는 이것을 검과 장력으로 겨우 막아냈다.

콰아아아아아아앙!

굉음이 귀청을 때렸을 때는 이미 내 몸도 공중에 뜬 상태. 이어서 추명서생의 몸이 웅크리듯이 작아지더니 도약과 함께 내 쪽으로 날아왔다. 도중에 검기가 날아와서 나는 목검을 전방에 내밀고, 그 뒤를 좌장으로 보조했다. 이번에는 굉음이 들리지 않았다. 귀가 먹먹해진 상태.

찌잉… 하는 이명현상이 모든 소리를 집어삼켰다. 팔뚝에서 피가 흐르는 모양인지 뜨듯함이 느껴지고, 얼굴도 제법 따가웠다. 멀찍이 떨어져서 땅에 착지하자 내 몸에서 핏물이 떨어졌다. 독행자에게 베였던 상처가 검기를 막아냈을 때 더 찢어진 모양이다.

"…"

추명서생이 내게 다가오면서 말했다.

"예상보다 강하긴 하나 확실히 실명 사제보단 약해. 독행자의 검은 사제의 털끝도 건드리지 못했다."

"어쩌라고 병신 같은 서생 놈."

"내가 주는 독을 먹으면 목숨은 건질 수 있다는 뜻이지."

"너나 처먹어."

색마와 귀마를 살펴보니 이놈들도 제법 고전하고 있었다. 아마 노인장과 추명서생의 직계 제자들을 상대하느라 힘들어하는 것 같았다. 나는 악인들에게 말했다.

"…힘들면 도망쳐라."

귀마와 색마의 침착한 목소리가 동시에 들렸다.

"지랄."

"너나 도망가."

추명서생이 웃으면서 말했다.

"그 실력으로 대체 어떻게 실명을 죽였단 말이냐?"

말이냐? 라는 말이 끝났을 때는 이미 나는 추명서생의 검을 쳐내고 있었다.

카앙!

내공이 깊어서 그런 모양인지 검을 쳐낼 때마다 오른팔 전체가 파르르 떨리고, 손목도 반대 방향으로 꺾일 것 같은 고통이 전해졌다.

'이야, 강하네.'

서생들의 내공은 한결같이 깊다. 다들 나보다는 십수 년이나 먼저 내공을 쌓았기에 억울하진 않다. 하지만 검을 부딪치는 와중에 추명서생의 검법이나 무학이 나를 압도한다는 느낌은 받지 못했다. 그렇다고 수준이 낮은 것은 아니라서 당장 상황을 타개할 묘수가 떠오르지 않았다.

어느새 주변에 약자들은 쓰러지고 강자들만 남아서 악귀처럼 겨루는 상태. 색마와 귀마도 쉽지 않아 보였지만 일단 내가 더 문제였다. 새삼스럽게 실명서생의 사형이 추명서생이다. 두 눈도 멀쩡한 데다가 내공도 나보다 깊어서 약점이랄 게 없다. 이대로 계속 싸우다간 허망하게 패배할 가능성이 컸다. 패배는 물론 죽음이겠지.

이 난관을 어떻게 돌파할까? 나는 추명서생의 검을 튕겨내면서 고민을 거듭했다. 계략을 떠올렸다가 지우고, 꼼수를 떠올렸다가 포기하고, 심리전을 고르다가 시도하지 않았다. 그 무엇도 통하지 않는 상태. 흡성대법으로 승부를 내었다간 내 장심掌心(손바닥의 중심)이 먼저 터질 수도 있었다. 완벽하게, 방법이 없다.

문득 자하신공이 발동되지 않음을 느꼈다. 위씨세가에서 맛있는 음식을 먹고 대접을 받았더니 분노가 사라진 것일까. 행복한 돼지는 자하신공을 쓸 수 없다는 말인가? 내 몸이 자하신공을 펼치지 않는 다면 방법이 남아있다는 뜻이다. 무조건 있어야 한다. 나는 계략을 사백마흔여덟 개 정도를 떠올렸다가 머리가 어질어질해서 백지로 만든 다음에 추명서생을 바라봤다. 나보다 월등하게 뛰어난 검객은 아니다.

새삼스럽게 나도 꽤 괜찮은 검객이라는 생각이 들었다. 이랬다가 저랬다가 주화입마에 빠지기 직전 같아서 나는 숨을 길게 토해낸 다음에 정신을 집중했다. 공격 일변도. 나는 추명서생의 빈틈에 목검을 찔러 넣고, 반격을 예상했을 때 다음 빈틈에 검을 박아 넣었다. 단 두 번의 공격 시도에 성공하자마자 자하객잔 앞에서 읽었던 독고중검의 무학을 복원했다. 상대가 나보다 내공만 깊은 상태였기 때문에 상황을 타개하는 방법은 공격만 펼쳐서 수비를 강제하는 수밖에 없었다.

다행히 그 수법은 천하에서 독고중검이 유일한 상황. 다행히 내가 그것을 읽었다. 수련한 적은 없으나 살아남으려면 실전에서 펼쳐야만 했다. 나는 내가 들어서 알고 있는 대장군들의 이름을 읊으면서 무조건 검을 내밀어서 추명서생의 빈틈을 찔렀다. 심장이 쫄깃하다는 게 이런 느낌일까. 나는 강제로 공격만 퍼붓다가 이 움직임에도 일종의 운율이 있다는 것을 깨달았다. 호흡과 동작, 검을 휘두르는 궤적조차도 이 운율을 따라야 한다.

검법에 무슨 운율 타령을 하는 것일까… 자괴감이 들기도 했지만 나는 운율의 바짓가랑이를 붙잡는 심정으로 독고중검을 펼쳤다. 독고중검은 무턱대고 빠르게만 휘두르는 쾌검이 아니었다. 어느 정도 상대의 반응을 확인하거나 예상해서 내지르는 예상豫想 감각이 필요했다.

나는 이 순간, 왜 중검重劍(무거운 검)이 필요한 것인지를 완벽하게 깨달았다. 상대의 대처를 확인하는 예상 감각의 시간을 조금이라도 늘리려면 중검으로 압박하는 것이 내게 유리했기 때문이다. 그러니까 강하게 후려쳐서 '내가 생각할 찰나의 시간을 번다'라는 것이 독고중검의 묘리였다.

나는 천재인 걸까. 그냥 미친 걸까. 추명서생을 공격하면서 독고중검의 묘리를 깨달았다. 목검이 너무 가볍다는 게 아쉬워서 그 빈자리는 백전십단공으로 채워 넣었다. 순간 목검의 칼날에 뇌기가 차오르면서 파지직- 소리가 나자, 추명서생의 미간이 잔뜩 좁혀졌다. 너무 고도의 집중력을 발휘한 상태에서 백전십단공까지 사용하자 정수리가 뜨거웠다. 마치 두통이 있는 상태에서 검을 휘두르는 느낌이랄까. 그 와중에도 나는 살아남기 위해서 벌써 삼십여 차례나 공격만 퍼부으면서 추명서생을 압박했다.

살다 살다 나 자신에게 뿌듯함을 느끼는 순간이 올 줄이야. 수준 높은 검객을 상대로 독고중검을 연습해서 그런지 칠팔십여 번이나 공격을 퍼붓자 중검의 운율이 몸에 익숙해졌다. 이제 추명서생의 공격을 막다가도 자연스럽게 독고중검으로 전환할 수 있었다.

누군가가 하오문주는 어떤 사람이냐고 묻는다면. 그 사람은 검객이라고 알려다오. 나는 검객이다. 독고중검의 예상 감각이 내가 있어야 할 자리와 자세를 알려줬다. 반드시 그 자리에서 검을 내밀어야만 상대에게 수비를 강요할 수 있었기 때문에 독고중검은 보법이 중요했다. 그렇다면 대장군들의 움직임이나 기마술은 얼마나 뛰어났던 것일까.

생각해 보면 공격을 못 하는 순간에는 아예 말에 박차를 가해서 이동했으리라고 추측했다. 어쨌든 장군들은 선봉에서 적을 쳐내면서 돌진하는 역할을 맡았을 테니 말이다. 나는 내 상상력으로 전쟁터의 검법을 복원한 상황. 전쟁터를 누비던 장군들의 검을 목검에 소환해서 펼쳤다. 이제야 주변의 시야도 다시 넓어지고 있었다. 색마와 귀마는 분명히 떨어진 곳에서 각자 고전하고 있었는데 지금은 거의 등을 맞댄 채로 수비와 공격을 조합해서 적을 상대하고 있었다.

그렇게 안 어울리던 두 놈이 살아남겠다고 등을 맞댄 장면을 보고 있으려니 기분이 묘했다. 빙공과 철벽 방어의 조합이니 쉽게 당할 것 같지가 않았다. 색마와 귀마의 조합이라니? 인생은 이처럼 한 치 앞을 예상할 수가 없다. 나는 변수를 만들기 위해서 장력을 쏟아내려는 추명서생의 움직임을 읽고 미리 검을 내밀어서 그의 손바닥을 뚫었다. 이어서 독고중검을 유지한 채로 공격을 퍼붓자, 추명서생이 땅을 박차면서 멀찍이 물러났다. 추명서생이 다소 넋 빠진 표정으로 말했다.

"퇴각…"

나는 당장 추명서생을 끝장낼 수 없다고 판단하자마자 악인들에게 합류해서 도망가려던 서생들의 제자들을 도륙했다. 확실히 추명서생보다 수준이 낮아서 그런지 서너 번 내지르는 독고중검 공격에 팔다리가 떨어졌다.

"오…"

이 느낌이로구나. 강자를 상대하다가 터득했던 독고중검은 약자들을 마구잡이로 학살하는 수준의 검법이 되어있었다. 전쟁터의 대장군이 된 느낌이 이런 것일까? 나는 유성검의 움직임에 독고중검을 더해서 색마와 귀마를 괴롭히던 제자 놈들을 검으로 학살했다. 조금 떨어진 곳에서 추명서생이 창백한 표정으로 지켜보고 있었으나 이놈은 끝내 다시 합류할 생각이 없어 보였다.

결국에 살아남았던 놈들이 단체로 퇴각해서 물러나자… 추명서생이 패잔병들을 받아들였다. 대략 오륙십 명이 훌쩍 넘었던 법가의 병력이 십여 명으로 줄어든 상태. 나는 그제야 내 몸이 피투성이라는 것을 깨달았다. 색마, 귀마가 내 좌우에 서서 말없이 추명서생을 바라봤다. 추명서생이 우리를 하염없이 노려봤다. 이 자리에서 승부를 낼 수 없다는 것을 알고 있는지 분한 기색이 역력했다. 나는 추명서생에게 말했다.

"이제 실명서생이 왜 죽었는지 이해가 가는가?"

"…"

추명서생이 말했다.

"대체 무슨 검법이었나? 도중에 검법이 변했는데."

나는 덤덤한 표정으로 대답했다.

"그것은 알려줄 수가 없어."

문득 귀마가 내 어깨를 붙잡았다. 무게가 잔뜩 실려있었다. 주저앉기 싫어서 나를 붙잡고 있는 상태였다. 색마의 호흡도 무척 거칠었다. 나는 두 악인과 뻣뻣하게 선 자세로 마음껏 허세를 유지했다.

"끝장을 볼까. 서생, 마음대로 해라."

추명서생이 무서운 말을 입에 담았다.

"물러가겠네. 다음에는 서생들과 함께 재회하게 될 것이네. 문주, 몽 공자, 육합… 또 보세."

귀마가 고개를 끄덕이더니 점잖은 어조로 대답했다.

"서생, 살펴 가시오. 조만간 또 봅시다."

색마도 침착한 어조로 대답했다.

"다음에는 수 좀 맞춰서 싸웁시다. 우리가 너무 불리하잖아."

추명서생이 고개를 끄덕였다.

"그렇게 하겠네."

나도 추명서생에게 작별을 고했다.

"추명, 그대 사제가 나를 먼저 공격한 것이니 사업이었다고 생각하고 앙금은 지워내자고. 죽어줄 수는 없는 노릇이 아닌가."

추명서생이 고개를 끄덕이더니 먼저 돌아서서 살아남은 제자들과 함께 떠났다. 놈들이 돌아서자마자 귀마가 제자리에 주저앉더니 가부좌를 틀었다. 색마가 나와 눈을 마주치자마자 중얼거렸다.

"염병할… 죽을 뻔했어. 서생 제자들 같은데 왜 이렇게 강해?"

나는 딱히 해줄 말이 없어서 색마의 어깨를 두드렸다.

"고생했다."

주변을 둘러보니 우리가 때려죽인 시체가 주변에 잔뜩 널브러져 있었다.

263.
고독해서 만든
절기

소매를 뜯어서 팔뚝을 지혈했다. 천악과 장력을 잠시 겨뤘을 때도 이런 부상은 없었다. 그 말이 무슨 뜻이냐? 말이 안 통한다는 게 이렇게 무섭다는 뜻이다. 귀마의 얼굴도 창백했다. 부상은 없었으나 내공을 과도하게 끌어 썼는지 호흡이 불안해 보였다. 아마 우리를 안내했던 노인장의 실력이 높아서 고전했던 것 같다. 색마는 멀쩡했다. 우리는 잠시 땅바닥에 주저앉아서 귀마의 운기조식을 기다렸다. 색마가 중얼거렸다.

"사부님이 있었으면 이렇게 고전하지 않았을 텐데."

"그러게 말이다."

오늘 추명서생은 운이 좋았다. 검마까지 있었다면 살아서 퇴각하긴 힘들었을 테니까. 색마가 팔짱을 낀 채로 나를 바라봤다.

"새삼스럽게 열 받네. 위씨세가로 돌아가서 네 팔부터 치료하자."

"못난 모습 보여주지 말자. 민폐야."

…

"위 소저 보러 가자는 거 아니야. 법가 놈들이 다시 추격할 수도 있어."

나는 고개를 저었다.

"추명 놈 손바닥이 뚫렸어. 손이 나을 때까지 나타나지 않을 거야. 검객이 손 다치는 것보다 싫은 게 있을까."

색마가 고개를 끄덕이더니 무언가를 생각하다가 입을 열었다.

"그렇군. 그런데 아까 싸울 때 좀 기분이 이상했다."

"뭐가?"

"이놈들 내공이 너무 깊어. 처음에 장력을 교환했다가 너무 놀랐다. 왜 이렇게 내공이 깊지? 하지만 그다음에 더 놀란 게 뭔 줄 알아?"

나는 색마의 말을 어렵지 않게 예상했다.

"정작 싸움 실력은 내공보다 뒤떨어졌겠지."

"맞아."

"무공을 글로 배운 놈들이다."

"뭐?"

"비유하자면 그렇다고. 폐쇄적인 놈들이야. 무림맹이나 흑도의 고수들처럼 자주 싸워보진 못한 것 같다. 어쩌면 법가만의 특징일 수도 있지. 딱 봐도 답답할 정도로 말이 안 통했다. 그나마 독행자는 실전 경험이 많아 보이더군. 공적으로 노출될 때까지 사람을 죽이고 다녀서 그럴 것이다."

색마가 고개를 끄덕였다.

"나만 그렇게 느낀 게 아니로군."

"그나저나 위씨세가에서 너무 처먹은 모양이야. 평소 실력보다 못 싸웠다."

사실은 엄청나게 잘 싸웠으나 부상에 대한 변명이었다. 색마가 말했다.

"그건 나도 마찬가지. 위 소저를 봤더니 평소보다 이 할 정도 못 싸웠다."

"병신 같은 놈."

"촌뜨기 새끼 그러게 평소에 좋은 밥 좀 먹고 살지."

뜬금없이 서로 욕을 주고받은 다음에 입을 다물었다. 눈을 감은 귀마의 입에서 한숨이 흘러나오고 있었다. 이내 귀마의 정수리에서 따끈한 밥공기처럼 김이 모락모락 피어나더니 창백했었던 안색이 어느 정도 정상으로 되돌아왔다. 귀마가 눈을 뜨면서 말했다.

"운기조식 하는데 굳이 옆에서 그렇게 싸워야겠어?"

내가 대답했다.

"우리는 괜찮으니까 안심하고 운기조식 하라는 뜻에서 싸웠지."

"그게 뭔 개소리야."

나는 널브러진 시체들을 바라봤다.

"가자. 시신은 내버려 둬. 법가의 법이 올바르다면 시신 수습하러 올 거다."

"어디로 가자고?"

나는 귀마를 부축해서 일으켰다.

"번화가로 이동해서 숨자고. 생각해 보니까 추명서생 놈이 동료 서생에게 고자질하면 예상하는 것보다 강적이 일찍 도착할 수 있다.

어떤 상황이 됐든 간에 준비는 하고 있어야지."

* * *

남봉객잔이라는 곳에 방을 세 개 구해서 각자 휴식을 취했다. 객잔에 들어오기 전에 산 옷으로 갈아입기 전 검상 부위를 깨끗하게 씻어내서 헝겊으로 둘렀다. 금창약을 발라야 할 정도의 상처였지만 지금은 어쩔 수 없었다. 몸에 묻은 피를 씻어낸 다음에 새 옷으로 갈아입고 나서 목검의 날을 확인했다. 칼날은 멀쩡했으나 새삼스럽게 검이 너무 가볍다는 생각이 들었다. 물론 독고중검에 익숙해지면 목검으로도 얼마든지 고수를 상대할 수 있을 것 같았다. 하지만 지금은 내공이 많이 소모된다. 옆방에서 벽 두드리는 소리가 나더니 귀마의 목소리가 들렸다.

"잘 거야?"

"운기조식하려고."

"밥은."

"조금 늦게 먹자고. 한 시진이면 돼."

"알았다."

"배고프면 먼저 먹어."

"돈 없어."

"확인."

다른 옆방에서 색마의 목소리가 들렸다.

"나는 운기조식 하지 않을 테니 참고해라."

옆방에서라도 보초를 선다는 뜻이었다. 나는 창밖을 확인했다. 오가는 사람들을 물끄러미 구경하다가 침상에 올라가서 가부좌를 틀었다. 지금 짤막하게라도 운기조식을 하지 않으면 잠이 쏟아질 위험이 있었다. 왜 그런지는 모르겠다. 천옥을 건드리면 어떻게든 여파가 생긴다. 그 여파가 끔찍한 고통이 아니라 잠이라면 얼마든지 감당할 수 있는 문제였다. 사실 강호에서 나처럼 빨리 강해진 사내가 있을까? 없다. 그러니 이 정도 부작용은 고맙게 생각해야 한다. 나는 금구소요공을 선택해서 운기조식에 돌입했다. 눈을 감은 채로 집중을 하자마자 시커먼 공간에 불꽃이 일렁이고 있었으나 마음을 차분하게 가라앉혔다.

"…"

가까이 다가가서 확인해 보니 불꽃 주변에 객잔의 잔해가 놓여있었다. 그러니까 내 자하객잔을 홀라당 태운 다음에 남아있는 불꽃이었다. 나는 별다른 고민 없이 발을 들어서 불꽃을 짓밟았다.

"그만 좀 꺼져라."

분명히 서너 차례 밟으면 꺼질 것 같은 불꽃이었다. 그러나 밟고 있었던 발이 불꽃에 휩싸이더니 왼쪽 다리 전체가 불길에 휩싸였다.

"아, 염병… 사과하겠습니다."

불길이 더 거세졌다. 하반신이 모조리 불꽃에 잠기자마자 나는 급하게 가부좌를 틀었다. 그러니까 가부좌를 틀고 눈을 감았는데 꿈속에서 다시 가부좌를 튼 셈이었다. 꿈에서 꿈을 꿀 때가 있는데 지금이 그렇다. 큰일 났다는 생각이 드는 것은 나만의 착각일까.

어느새 밟아서 끄려던 불꽃이 전신에 휩싸였다. 뜨겁다는 감각이 없음에도 불구하고 엿 됐다는 심정이 파도처럼 밀려들었다. 나는 아주 예쁘고 거대한 불꽃 하나에 갇혀서 호흡부터 확인했다. 이제 내 전신이 불꽃에 휩싸인 상태. 운기조식을 하다가 잿더미가 되는 강호인도 있었던가? 그것이 나는 아니기를 바란다.

순식간에 내 주변의 어둠이 온통 불바다로 변하더니 어느새 나는 불지옥의 한가운데에 놓여있었다. 세상에… 내가 그렇게 많은 죄를 지었나? 어떻게 육신과 작별도 나누지 못한 채로 불지옥에 떨어진 것일까. 막다른 곳까지 떠밀리자 저절로 주둥아리가 열렸다.

"…말로 합시다. 원하는 게 있으면 대화부터 하고."

내 안에 갇힌 것이라서 대화를 나눌 상대는 애초에 없었다. 이것은 주화입마에 빠진 것일까. 아니면 천옥을 건드린 일종의 대가를 받는 것일까. 그 무엇이 됐든 간에 나는 탈출한다. 불길에 휩싸여 있었기 때문에 나는 무의식에 휩싸인 채로 진행하던 금구소요공의 운기조식을 멈추고 곧장 월영무정공의 운기조식에 돌입했다. 불에 타고 있으니 빙공을 수련해야겠다는 단순한 마음가짐이었다.

나는 일전에 월영무정공 현월弦月 경지의 끝자락에 도착했었다. 운기조식을 하다가 단전에서 시작된 현월의 냉기를 전신에 휘감았다. 그 순간, 새빨갛게 타오르고 있는 불지옥의 전방에서 새하얀 초승달이 칼날처럼 떠올랐다. 존재 자체가 차갑게 느껴지는 무자비한 달이었다. 나는 무자비한 초승달을 노려보면서 월영무정공의 냉기로 전신을 감싸고 있는 불길을 밀어냈다. 내가 삐뚤어진 사내라서 그런 것일까. 초승달이 이런 나를 비웃고 있었다. 불길에 휩싸인 채로 달이 나를 조롱하는 것을 바라보는 기분은 뭐랄까.

"고독하구만."

나는 냉기로 불지옥을 밀어냈다. 애초에 금구소요공의 경지가 월영무정공보다 높았기에 쉽지 않은 일이었다. 천옥으로 인해 음과 양의 기를 동시에 보유한 대가일까. 불에 타 죽지 않으려면 균형을 맞춰야만 했다. 그렇다면 나는… 균형의 수호자. 일월의 중재자. 주화입마 전문가. 허름한 객잔을 가졌을 때부터 불꽃에게 배신을 당하고. 홀로 새벽녘에 일어나 궁상맞게 쳐다보는 달빛에게 조롱을 당하던 사나이. 그것이 나다.

이 꿈에서 깨어나면 다시 불꽃을 짓밟고 달님의 빰따귀를 후려칠 것이다. 나는 생존 전문가이기 때문이다. 나는 정신을 집중한 채로 월영무정공의 현월 경지를 돌파한 다음에 아찔한 백색의 달빛이 쏟아지는 만월의 경지에 발을 내디뎠다. 노려보고 있었던 초승달의 모양이 점점 부풀어 오르더니 불타오르고 있는 새빨간 대지를 새하얀 냉기로 뒤덮으면서 만월이 되어가고 있었다. 나는 넋을 놓은 채로 공중에서 새하얀 빛을 내뿜고 있는 만월滿月을 하염없이 바라봤다.

그 순간, 전신이 한 차례 냉기로 뒤덮였다. 마치 눈으로 된 옷을 입은 것처럼 차가웠다. 어느새 내 몸을 휘감고 있었던 불꽃이 흩어지면서 보기만 해도 불길한 색으로 뒤덮인 대지도 어느새 설원이 된 상태였다. 나는 으슬으슬하다는 기분을 느끼는 순간 독고중검으로 허점을 찌르듯이 강제로 두 눈을 번쩍 떴다.

"하아…"

주화입마의 경계를 검으로 찌른 다음에 탈출한 기분이랄까. 입에서 새하얀 김이 나오고 있었다.

"염병할…"

두 눈을 뜨자마자 본 것은 색마와 귀마였다. 둘은 내 앞에서 팔짱을 낀 채로 나를 쳐다보고 있었다. 귀마가 황당한 표정으로 말했다.

"셋째야, 괜찮은 거냐?"

색마가 옆에서 대답했다.

"괜찮을 거라고 했잖아. 와, 진짜 운기조식을 정말 지랄 맞게 하네. 대단히 미친놈이야. 네 침상 좀 봐라."

나는 색마의 말을 듣고 시선을 아래로 내렸다. 멀쩡했던 침상이 월영무정공의 여파 때문에 얼어붙은 상태였다. 그럴 리는 없겠으나 노파심에 물어봤다.

"오줌이 얼어붙었나?"

"다행히 그건 아닌 것 같다."

"확인."

아직 내 정신은 꿈과 현실의 경계를 제대로 구분 짓지 않아서 그저 멍했다. 귀마가 물었다.

"괜찮은 거냐?"

나는 내 몸 상태를 살피면서 대답했다.

"괜찮아. 엄청나게 고독했는데 지금은 나쁘지 않아."

귀마가 내 상태를 설명했다.

"밥 먹자고 부르는데도 나오지 않아서 우리가 지켜보고 있었다. 두 시진이 지났다. 막판에는 아예 침상까지 얼어붙더구나."

"그랬구만."

나는 그제야 정신이 좀 들었다. 금구소요공이 반란을 일으켰다가 월영무정공에게 제압당한 형국이었다. 어쨌든 만월의 경지에 진입했기 때문에 빙공의 한기가 더욱 강해진 상태라고 추측했다. 꿈에서 꿈을 꾼 터라 기분이 정말 개판이긴 했으나 강해졌으니 됐다. 나는 침상에서 일어나면서 말했다.

"밥 먹자. 술도 마시고. 쉬자. 도저히 못 버티겠다. 우리는 휴식이 필요해. 오늘은 그만 싸우자."

내가 들어도 미친 소리를 내뱉고 있었다. 귀마가 혀를 차면서 내 등을 두드렸다.

"문주가 고생이 많다. 가자. 술 마시러."

바지가 축축하다는 느낌이 나서 손을 대보니 빙공 때문에 오줌을 지린 것 같았다. 색마가 내 바지를 확인하더니 혀를 찼다.

"이 새끼 맨날 나한테 똥싸개라고 하더니 운기조식 하다가 지렸네."

귀마가 한숨을 내쉬었다.

"똥오줌 같은 아우들이네. 있어라. 아까 샀던 내 바지로 갈아입어라."

나는 색마에게 변명했다.

"축축한 것은 맞지만 지린 것은 아니야."

나는 귀마가 가져온 바지로 갈아입은 다음에 방을 나갔다. 그놈의 저녁 먹기가 이렇게 힘들 줄이야. 나는 평범한 일상이 가장 어렵다는 생각이 들었다. 겨우 객잔 일 층에 도착한 다음에 색마가 점소이에게 음식을 잔뜩 주문했다. 우리는 잠시 멍한 표정으로 길거리를 오가는 사람들을 구경했다.

"..."

평범한 사람들은 우리와 눈을 마주치자마자 고개를 숙이거나 도망치듯이 거리를 벌려서 이동했다. 이제 우리는 얼굴만 봐도 미친놈이 된 것일까? 알 수가 없었다. 나는 무심코 어두워진 밤하늘을 바라봤다. 꿈속에서 봤던 둥그런 만월이 나를 쳐다보고 있었다.

"이야, 오늘 보름달이었네."

"그러네."

"달이 밝다. 이런 날은 밤에 싸워도 좋은데."

"살수들이 싫어하는 날이지."

"맞아."

잠시 후 색마가 점소이가 가져온 술병을 붙잡더니 우리에게 술을 따랐다. 나는 술잔에 떨어지는 술을 보고 나서야 현실 감각이 제대로 돌아왔다. 이래서 강호인들은 술을 끊지 못하는 게 아닐까. 나는 술잔을 붙잡으면서 색마에게 물었다.

"두강주로 시켰어?"

"두강주로 시켰지."

나는 술을 마시기 전에 빙공을 주입해 봤다. 술잔 안에 있는 두강주가 순식간에 얼어붙었다. 내가 술잔을 빤히 바라보자 귀마가 물었다.

"뭐 해? 마시자."

나는 다시 염계로 얼어붙은 술을 녹인 다음에 둘째와 넷째를 바라봤다.

"마시자."

우리는 두강주를 목구멍에 털어 넣었다. 술이 식도를 타고 내려가자 정신이 번쩍 들었다. 색마가 달을 구경하다가 우리에게 말했다.

"크… 위 소저랑 마셨으면 딱 좋았을 텐데. 둘째와 셋째는 사주에 여자가 없는 거 같아. 그렇게 살다가 도사 되려고?"

귀마가 대답했다.

"재수 없는 소리 하지 마라. 도사는 질색이야."

나는 내 심정을 솔직하게 말했다.

"나는 멀쩡한 여인을 만날 자신이 없다."

색마와 귀마가 동의한다는 것처럼 고개를 끄덕였다.

"내가 봐도 그래."

"맞아."

여인이고 나발이고 갑자기 꿈속에서 얻었던 심득이 떠올랐다. 꿈이라는 것은 종종 붙잡지 않으면 허망하게 잊히기 때문에 나는 애써 얻었던 심득을 잊지 않기 위해서 이름을 붙여줬다.

"운기조식을 하다가 절기를 하나 생각해 봤어."

"뭔데?"

"설의雪衣를 입은 채로 느꼈던 고독孤獨이라고. 엄청나게 고독한 절기였지."

"뭔 개소리야?"

"잠이 덜 깬 모양이로군."

나는 두 사람에게 술을 따라주면서 말했다.

"아무튼 그런 게 있어."

나는 두 사람에게 술을 따라준 다음에 홀로 웃었다. 꿈을 잃지 않아서 다행이었다.

264.
나쁜 남자 셋

나는 오늘따라 유난히 맛이 없는 두강주를 한 모금 마신 다음에 말했다.

"이 두강주를 처음 만들었다는 두강 선배 말이야."

색마가 나를 쳐다보면서 대답했다.

"두강이 네 선배냐?"

"선배는 아니지."

"근데 왜 그렇게 친근하게 불러?"

"뵌 적도 없는데 형님이라고 할 수는 없잖아."

귀마가 진중한 표정으로 고개를 끄덕였다.

"그건 맞지. 선배지."

나는 두 사람에게 물었다.

"두 사람은 두강 선배의 두강주가 왜 이렇게 유명해졌는지 알아?"

귀마가 두강주를 한 번 마시더니 인상을 찌푸렸다.

"모르겠다만 이 집은 좀 별로구나."

색마도 인상을 찌푸린 채로 동의했다.

"이건 흉내 낸 두강주다. 두강주라는 이름을 쓰면 안 될 정도로군. 하품下品도 못 돼."

나도 술잔을 내려놓았다.

"두강 선배는 좋은 술을 담그기 위해서 먼저 물을 찾아 돌아다녔다더군."

"누가 그래?"

"우리 할아버지가 그러셨지. 그래서 찾아낸 게 두강하杜康河 근처의 이천이라는 곳이고. 그럼 이천에서 두강주를 처음 만들었느냐? 그것도 아니라더군. 이천 곳곳을 샅샅이 뒤져서 시냇물을 거슬러 올라가다가 샘물을 하나를 발견한 거야. 그냥 마셔도 맛이 좋을 정도로 맑은 샘물 말이야. 거기서 두강주가 시작됐다."

"그런데?"

"두강주를 만드는 양조법은 이제 널리 알려져서 이런 객잔에서도 등장하고 구석진 반점에서도 두강주를 마실 수 있어. 근데 정말 맛있는 경우는 드물어. 비결은 전수됐지만 정작 양조하는 자들이 좋은 물을 찾는 수고를 하지 않기 때문이야. 유통 과정에서 흑도가 중간에 끼었나? 두강주가 맛있는 건 비법 이전에 좋은 물로 술을 담갔기 때문인데 말이야. 슬슬 가자. 술맛 떨어졌다."

귀마가 고개를 끄덕였다.

"주선酒仙이라고 불리던 두강도 좋은 물을 찾아다녔는데 감히 비법만 달랑 배운 자들이 두강주라는 이름을 붙여서 적당히 팔고 있으니 맛이 없을 수밖에."

색마는 그제야 주전자의 냄새를 맡았다.

"그래서 물맛부터 기분이 나빴구나."

나는 고개를 끄덕였다.

"강호도 마찬가지다. 검법이니 장법이니 하는 지식은 다들 알고 있는데 정작 정말 강한 사내는 드물어. 개방 방주님 정도는 돼야 천하에서 가장 강한 사내라고 할 수 있지."

색마가 그제야 관심을 보였다.

"방주님은 그럼 간절하게 영약을 찾아다니셨나?"

이 새끼도 확실히 정상은 아니다. 생각하는 게 나랑 좀 비슷하기 때문이다. 나는 색마를 보면서 대답했다.

"방주께서는 주선이라 불리는 두강처럼 무공을 익히는 최초의 목적을 잊지 않았다는 말을 하고 싶은 거다. 술에는 물이 중요하듯이 말이야."

"그래서 본래 목적이 뭔데?"

나는 맛없는 두강주의 술잔을 들면서 대답했다.

"뭐가 됐든 간에 너처럼 여자 만나려고 익힌 것은 아니겠지."

"하하하."

귀마가 갑자기 낄낄대자, 색마가 귀마를 노려봤다.

"처 웃기는…"

"두 사람은 무공을 익히려고 했었던 본래 목적이 뭐야?"

색마가 대답했다.

"나는 걸음마를 떼면서부터 익혔는데 목적이랄 게 어디 있어?"

"내가 하고 싶은 말이 그거다. 너는 목적이 없어. 하지만 이제 그 나이를 처먹었으면 목적을 생각해야지. 방주님이나 두강 선배처럼."

"두강 선배는 무슨 목적이 있었는데?"

"훌륭한 술 그 자체가 아니었을까. 그래서 물부터 찾은 것이고. 목적이 없으면 여행도 방황이 된다는 말이야. 방황하면 두강주마저도 술맛이 이렇게 된다. 목적이 좋은 술이 아니고 돈이라서 그렇겠지."

색마가 대답했다.

"알았어. 근데 왜 갑자기 그런 개소리를 나한테 하는 거야?"

나는 색마의 얼굴을 빤히 바라봤다.

"술을 마셨으니까 개소리를 하지. 미친놈아."

"뭔 개소리야? 너는 평소에도 개소리에 도가 텄는데. 그런 너는 무공을 익힌 목적이 뭐야?"

나는 귀마와 색마의 시선을 받았다가 어렵지 않게 대답했다.

"나는 당연히 객잔이 불에 타서 무공을 익혔지. 그 불꽃이 항상 나를 노려보고 있는 느낌이야. 눈을 감거나 운기조식을 하고 있으면 그 불꽃이 아직도 보이니까."

나는 손으로 내 가슴 부위를 두드렸다.

"내 화병의 원인이다. 여기가 아직 불에 타고 있는 느낌. 내가 술을 마시는 이유고. 마시자."

우리 셋은 맛없는 두강주를 목구멍에 들이부었다. 내 마음 어딘가에서 치이익- 소리가 들리면서 타오르는 불꽃에 두강주가 떨어지고 있었다. 그 모습을 보고 있자니 웃음이 절로 나왔다. 문득 나는 고개를 돌려서 길거리를 주시했다.

"…"

젓가락을 쥔 채로 안주를 집으려던 색마도 고개를 돌려서 길거리를 바라봤다. 누군가의 욕지거리가 들리고 잔뜩 놀란 표정의 여인이 치마 앞섶을 두 손으로 붙잡은 채로 종종걸음을 걷고 있었는데, 그 뒤에서 허리에 칼을 찬 사내가 금세 쫓아와서 여인의 머리채를 붙잡았다. 참으로 못난 사내였는데 술집이 즐비한 곳에서는 가끔 보이는 광경이기도 했다. 나는 술기운이 오른 상태에서 사내에게 말했다.

"야. 말로 해라."

주변 소음 때문에 내 말을 신경 쓰지 않았다. 나는 젓가락 통에서 젓가락 하나를 뽑았다. 여인에게 손이 날아가면 나도 젓가락을 날릴 생각이었다. 갑자기 눈앞에 사람이 한 명 더 추가되더니, 어느새 등장한 색마가 사내의 팔을 붙잡았다. 귀마가 나를 보면서 말했다.

"막내가 출동했으니 됐다. 그 젓가락 좀 내려놔라. 사람 죽겠다."

나는 젓가락을 다시 통에 넣은 다음에 색마를 노려봤다. 사내의 팔을 붙잡은 색마가 웃으면서 말했다.

"…말로 해야지. 다짜고짜 머리채를 붙잡으면 쓰나?"

"넌 뭐야."

안타깝게도 사내는 여인의 머리채를 붙잡고 있던 손을 빼내자마자 색마의 얼굴에 내질렀다. 당연히 나쁜 남자인 색마는 무표정한 얼굴로 붙잡고 있는 사내의 팔뚝을 으스러뜨렸다. 취객이 비명을 내지르다가…

"끄아아아!"

색마가 사내의 입을 틀어막자, 비명이 뚝 끊겼다. 그러나 표정으로는 여전히 비명을 지르고 있었다. 주둥아리를 빙공으로 때린 모양이다. 사내가 발작하듯이 손을 마구잡이로 휘둘렀다. 어렵지 않게 피한 색마가 사내의 뒷덜미를 붙잡더니 땅바닥에 패대기쳤다. 색마가 발을 치켜들자, 벌떡 일어난 사내가 줄행랑을 쳤다. 나는 그제야 안주를 집어 먹으면서 귀마에게 말했다.

"술이 맛없는 이유가 있었네. 동네부터 개판인 모양이야."

색마는 놀라서 주저앉은 여인을 일으키더니 무슨 일이냐고 묻지 않은 채로 다시 돌아왔다. 색마가 갑자기 성질 뻗친 목소리로 우리에게 말했다.

"다른 술 시켜."

"다른 술이라고 다르겠냐?"

"그럼 다른 데로 가자."

나는 두강주를 마저 잔에 따랐다. 술을 마시려는데 색마의 뒤를 따라온 여인이 바들바들 떨면서 우리를 바라봤다. 짙은 화장 때문에 나이가 좀 있는 것으로 봤는데, 가까이서 보니 예상보다 어린 처자였다.

"쫓기는 거야?"

내 물음에 처자가 손을 내저었다.

"아, 아니요. 감사합니다."

나는 바들바들 떨고 있는 처자의 손을 바라보다가 물었다.

"근데 왜 그렇게 떨고 있나?"

"놀라서요."

처자가 바들바들 떨고 있는 이유는 우리도 곧 알게 되었다. 어느새 고함이 들리더니 길거리에 있었던 사람들이 좌우로 밀려나면서 수십 명이 칼을 꼬나 쥔 채로 등장했다. 그 무리에 색마에게 맞았던 놈이 부러진 팔을 붙잡고 일그러진 표정과 몸짓으로 우리를 지목했다. 여인이 일하던 가게가 근처에 있었던 모양이다. 나는 처자와 눈을 마주쳤다가 빈자리를 고갯짓으로 가리켰다.

"별일 없을 테니 잠시 앉아."

처자는 도망치는 것보다 도와준 우리에게 붙어있는 게 더 안전하다고 여긴 모양이었다. 처자가 빈자리에 앉자, 색마가 귀찮다는 표정으로 칼을 들고 온 무리를 쳐다봤다. 색마가 우리에게 물었다.

"왜 귀찮게 나만 움직여? 계속 가만히 있을 거야?"

귀마가 대답했다.

"도와달라는 말이냐?"

"그건 아니고."

"문주가 나서면 절반 이상은 때려죽일 수도 있으니 네가 좀 수고해."

색마가 무어라 대답하기 전에 한 사내가 칼을 내민 채로 우리에게 말했다.

"그 여자 기선향妓仙香의 예기다. 남의 일에 끼어들지 말고 넘기도록."

나는 처자에게 물었다.

"도망친 이유를 설명해 줘."

처자가 대답했다.

"속아서 일했어요. 악기만 다루면 된다고 했는데. 악기는 못 다뤄도 되는 일이었어요."

나는 처자의 말을 이어받아서 사내에게 말했다.

"…그렇다는군. 꺼지도록 해. 기선향 주인장 머리채 잡고 끌고 오기 전에."

칼을 든 사내가 웃자, 사내의 웃음이 동료들에게도 번졌다.

"흐흐흐흐."

세 명을 상대로 스무 명이 넘으니 웃음이 나올 수밖에 없을 터였다. 누군가가 웃음에 흔히 섞이는 조롱의 말을 내뱉었다.

"어린 것이 벌써 기둥서방이 있는 줄은 몰랐네."

술을 마시던 색마가 술잔을 내던졌다. 날아가던 술잔에서 살짝 튀어 오른 두강주가 얼어붙는 순간에 빽- 하는 소리가 나더니 공중에서 회전한 사내가 바닥에서 기절했다. 나는 처자에게 두강주를 한 잔 따라주면서 말했다.

"그런데 여기 두강주는 왜 이렇게 맛이 없을까?"

처자가 대답했다.

"그래서 저도 안 마셔요."

"그래도 이럴 때는 한잔해야지."

나는 처자, 귀마와 함께 두강주를 마신 다음에 떨거지들에게 걸어가는 색마를 감상했다. 본래 난폭한 사내였기 때문에 싸움 구경하는 재미가 있었다. 뼈 부러지는 소리가 자주 들렸다. 내 뼈가 아니라서 그런지 기분 나쁜 소리는 아니었다. 좌측에서 싸우다가 우측에서 싸우고. 도저히 피할 방도가 없는 단체 공격은 공중으로 솟구쳤다가 어설픈 자들의 어깨와 머리를 쳐내면서 이동했다. 스무 명이 넘는 칼잡이들을 다 때려눕히는 데는 긴 시간이 걸리지 않았다.

사실 빙공을 펼쳤으면 눈 깜짝할 사이에 전부 죽었겠으나 색마는 두강주가 맛이 없어서 그랬는지 일일이 주먹과 발로 패고, 뼈까지 부러뜨리고 있었다. 저러다가 큰 싸움으로 번져서 일이 커질 위험이 있었으나 내가 안 때렸기 때문에 큰 걱정은 안 됐다. 색마가 그나마 멀쩡해 보이는 한 사내에게 말했다.

"더 있어? 빨리 말해. 술 마시다가 일어나게 만들지 말고. 어디야? 기선향으로 가면 되나? 이 개새끼들아?"

저놈은 취객일까, 색마일까, 그 무엇도 아닌 몽연 공자일까. 나는 처자에게 말했다.

"기선향은 저놈들 수습하느라 정신없을 테니 살펴 가도록 해."

처자가 긴장한 표정으로 내게 말했다.

"저 사람들은 기선향의 호위들이에요."

"그런데?"

"기선향은 인근의 흑향黑香에 상납해요."

나는 오랜만에 듣는 흑도 경매 단체의 이름에 어리둥절해서 되물었다.

"흑향?"

"아세요?"

술에 취해서 그런 것일까. 잠시 과거와 현재를 혼동한 모양이다. 금구소요공을 얻고 나서 흑향에 속한 경매 관련자들을 다 때려죽였던 일이 떠올랐다. 그러니까 경매라는 것은 이것저것 다 파는 경매다. 상상할 수 있는 것과 상상하기 싫은 것까지 팔아대는 놈들이 흑향이다. 나는 그제야 두강주를 바라봤다. 술맛이 왜 이렇게 없었는지 자연스럽게 이해가 갔다. 나는 그나마 견문이 넓은 귀마에게 물어봤다.

"흑향을 알아?"

"처음 듣는데. 왜? 유명한 단체인가?"

나는 돌아오고 있는 색마에게도 물었다.

"흑향이라고 들어봤어?"

"몰라. 어디야?"

"기선향이 상납하는 흑도 세력인 모양이야."

"아, 그래?"

두 사람은 흑향이라는 말을 듣고도 별다른 반응이 없었다. 당연한 일이다. 하지만 내가 아는 내용을 말해주면 두 사람도 가만히 있지는 않을 터였다. 나는 잠시 고민했다. 내가 혼자 미친놈처럼 날뛰어서 다 때려죽였던 전생의 흑도 세력이다. 예전에 흑선보의 환도쌍귀를 죽였을 때처럼 기분이 좀 이상해졌다.

그러니까 예전에 내 손으로 죽였던 놈을 또 죽이는 것은 무언가 죄를 더 짓는 기분이 들었다. 사실은 정확하게 알 수 없는 불쾌한 감정이었다. 나는 맛없는 두강주를 한 모금 마신 다음에 차분하게 생각을 정리해 봤다. 전생에 죽였던 놈을 다시 마주하면 기분이 이상해지는 이유를 말이다.

"음."

결론은 이렇다. 당시에는 흑향을 상대할 때 목숨을 걸었었다. 내가 죽지 않으려면 발악하듯이 싸워서 모조리 죽여야만 했다. 하지만 지금은 금구소요공을 처음 익혔던 초반보다 한참은 더 강해진 상태. 애초에 이번에 만나는 흑향은 내 적수가 될 수 없다는 뜻이다. 학살에 대한 본능적인 죄책감인가? 나는 옆에서 안정을 취하고 있는 처자에게 물었다.

"흑향은 어떤 놈들이야?"

처자가 대답했다.

"죽일 놈들이에요."

"왜?"

"아이도 경매에 올려요."

일부러 답을 끌어낸 나는 귀마와 색마의 표정을 구경했다. 귀마가 덤덤한 표정으로 내게 말했다.

"그럼 죽이러 가야지."

내 경우로 따지면, 또 죽이러 가는 셈이 된다. 나는 눈빛으로 색마의 의사도 물었다. 색마가 말했다.

"내가 아무리 망나니라지만 말해 뭐 해? 가자."

나는 두 사람에게 농담을 건넸다.

"그렇게 너무 죽여대면 무림공적이 될 수도 있어."

색마가 어림없다는 표정으로 말했다.

"네가 맹주님하고 친하잖아. 이래서 사회생활 잘해야 한다니까. 나중에 잘 말씀드려. 어쩐지 내 말은 안 믿을 거 같아."

나는 자리에서 일어나면서 말했다.

"가자. 내가 이럴 때 지랄하기 위해서 무공을 익혔다."

생각해 보니까 전생에 죽였던 놈들인지 아닌지는 중요한 문제가 아니었다. 죽일 놈을 죽이는 게 중요한 일이었다. 물론 이번에는 색마와 귀마도 흑향의 사업을 먼저 두 눈으로 보게 될 터였다.

265.
왜 나를 모르지?

기선향을 협박해서 흑향의 경매 장소를 알아낸 다음에 찾아와 보니 기억이 속속 돌아왔다. 어차피 흑도의 고수들에게 경매를 진행하는 곳이라 입장은 어렵지 않다. 이곳의 치안은 경매 참가자들이 단결해서 맡고 있다. 나쁜 짓을 하는 자들끼리 연합하는 분위기랄까. 참가자들이 서로 싸울 때는 입찰 가격을 놓고 겨룰 때다.

참가자들 속에는 흑향이 심어놓은 고수들도 있어서 이들은 경매 가격을 후려치는 데 일조를 한다. 흑향이 병신 같은 이유는 구해올 물건을 의뢰받기 때문이다. 타인의 검劍, 누군가의 반지, 어느 집안의 가보, 소년, 소녀, 처녀, 색목인, 영약, 비단, 영물靈物, 독충, 비급, 술, 독, 암기, 그림, 서책, 음서淫書, 맹수의 새끼, 미인, 곤륜노까지. 그래서 매번 참가자가 다르다.

독을 구하려는 허접한 흑도인이 참여했을 수도 있고, 그림을 구하려는 고수가 참여할 수도 있으며, 강호인은 아니지만 뒤틀린 성욕을 가진 부호가 참여해서 돈 지랄을 할 수도 있었다. 나는 기선향의 소개를 받아서 온 경매 참가자로 꾸민 다음에 흑향의 경매장으로 내려가는 도박장의 입구에서 가지고 있는 전표와 은자의 개수를 확인받았다. 그러니까 이 경매장은 돈이 많아야만 들어갈 수 있는 곳이다.

호위는 참가가 불가능해서 귀마와 색마는 도박장에 대기시켰다. 이 와중에 색마는 오랜만에 하는 도박이라면서 설렌다고 하더니 내게 돈을 빌렸다. 색마에게 돈을 뜯긴 다음에 나 홀로 먼지 냄새가 풀풀 풍기는 도박장의 지하, 경매장으로 내려갔다. 어둡던 계단은 깊이 내려갈수록 다시 밝아졌다. 강호에서 활동하면서 몇 번의 죽을 고비를 넘긴 적이 있었는데 그중 한 번이 흑향과 싸울 때였다. 나는 계단을 내려오자마자 절로 웃음이 났다.

'황당하네.'

* * *

은색 휘장으로 가려진 너머에서 공연하는 소리가 들리고, 천막 안으로 들어가기 전에 착용해야 할 잡다한 가면들이 탁자에 놓여있었다. 이런 곳에서 가면을 쓰는 일은 흔하다. 옳지 못한 물품을 구매하러 왔으니 당연히 얼굴은 가려줘야 한다는 주최 측의 배려랄까. 가면을 고르면서 이런 생각이 들었다.

내가 전에 찾아왔을 때와 시기가 다를 테니 오늘 경매 참가자도 그때와 다를 터였다. 물론 주최 측은 같은 놈들이고 흑향의 주인은 과거의 내가 상대하는 것이 매우 벅찼던 고수였다. 그놈과 싸우다가… 내 옆구리가 뚫리고, 얼굴이 베이고, 내상을 입고. 새끼손가락이 부러지고, 손등이 파이고, 이름 모를 수하 놈에게 어깨를 물어뜯기기도 했으며 소중한 앞니도 반쯤 부러졌다.

그러니까 이 계단을 내려오기 전까지만 해도 제법 봐줄 만했던 내 얼굴은 다시 계단을 올라갔을 때 추남이 되어있었던 상태였다. 아님 말고. 나는 여러 가지 가면을 물끄러미 바라보다가 대나찰이 떠올랐다. 저세상에서 참회하고 있을까? 아니면 내가 알 수 없는 지옥에서 허우적대고 있을까. 어쩌면 지옥의 한 자리를 비워둔 채로 나를 기다리는 중일 수도 있겠다. 나는 붉게 칠해진 싸움닭 가면을 얼굴에 쓴 다음에 휘장 안으로 들어갔다.

'염병할, 사람이 이렇게 많았었나?'

순서는 공연, 경매, 공연, 경매가 반복되는데 지금은 공연 중이었다. 아쉽게도 다들 가면을 쓰고 있어서 누가 참여했는지는 알 수가 없었다. 나는 빈자리에 앉아서 잠시 다음 경매를 기다렸다. 주변에 있는 가면들이 움직이더니 나를 주시했다가 다시 무대로 향했다. 그중 일부는 나를 오랫동안 바라보고 있어서 나도 고개를 움직일 수밖에 없었다.

"…"

어두워서 눈빛도 보이지 않았으나 가면의 둘레로 허연 머리가 보이는 것을 보아하니 노강호였다. 이때, 나는 놀란 마음으로 무대를 바라봤다.

"와."

그러니까 무대 위에서는 변검變脸 공연을 하고 있었다. 당연하게도 대나찰의 말이 바로 어제 있었던 일처럼 떠올랐다.

'내 사부의 사부는 가면극을 하던 분이셨지. 그 가면을 써야만 밥을 먹고 살 수 있었다. 하지만 가면을 순식간에 바꾸는 기예를 끝내 익히지 못해서 쫓겨나야만 했지.'

내 눈에는 마치 변검 공연을 하는 자들이 대나찰의 사조를 쫓아냈던 사람들처럼 보였다. 이들은 변검이 능숙했다. 나는 공연을 보면서 대나찰은 왜 이놈들을 살려뒀을까 하는 생각이 들었다. 실력이 부족했던 것일까. 아니면 제자들을 키워서 나중에 공격하려고 했을까. 어쩌면 그저 대나찰의 사조와는 관련이 없는 자들일 수도 있었다. 변검 공연이 끝나자 삽시간에 주변이 고요해지더니 다시 경매가 시작됐다. 무엇이 나올지 아직 알 수 없는 와중에 누군가의 목소리가 들렸다.

"…오늘은 특별히."

나는 저 말을 작게 따라 해봤다.

"오늘은 특별히."

경매하는 자들의 단골 미사여구인 것일까. 아니면 정말 오늘은 특별한 것일까. 하여간 내가 있어서 좀 특별하긴 할 터였다.

"구씨약문의 일백음양단一百陰陽丹을 준비했습니다. 이것은 마지막에 선보이겠습니다. 구씨약문에서 품질을 보증한 것이니 안심하셔도 됩니다. 지금으로부터 약 백 일 전 형문산의 녹림도를 소탕해서 명성을 떨친 위지산 검객이 안타깝게도 비객에게 패배했습니다. 위지산 검객이 사용하던 검이 준비되어 있습니다."

여기까지는 별다를 게 없는 흑도의 경매 같기도 하고 등장한 이름들을 살펴보자 가벼운 일이 아니라는 생각도 들었다. 일단 구씨약문을 내가 모른다. 위지산도 모르겠다. 비객은 무림공적이라서 이름은 알고 있으나 여기서 등장할 줄은 몰랐다. 경매 사회자의 말이 이어졌다.

"…가장 먼저 소개할 물품은 나이 육 세. 부계는 서역을 오가는 장사치이나 이쪽도 본래 혼혈이고 모계는 알려있지 않으나 물어본 바로는 서장 어디라고 했더라? 들어도 모르는 그런 오지 출신입니다. 일단 보시죠. 오늘 특별히…"

나는 또 중얼거렸다.

"오늘 특별히."

"예, 오늘 특별히 경매가 과열될 것이라 예상하고 참가자 일행에 천살삼호天殺三豪가 함께하고 계십니다. 보셨다시피 이미 몇 개의 소장품을 사셨죠. 일단 문제를 일으킬 분들은 따로 먼저 천살삼호 분들과 면담을 한번 해보시는 게 좋겠습니다."

말을 하는 와중에 가면을 쓴 사내와 눈을 가린 아이가 등장했다. 나는 아이가 등장할 때까지 소년인지 소녀인지 알 수가 없었는데 하필이면 소녀였다. 그냥 한숨이 흘러나왔다. 귀마와 색마도 이곳을 목격했다면. 두 사람이 전생에 어떤 인물이었든 간에 아마 나처럼 화가 났을 터였다. 그 정도의 사람도 아니라면 이미 내 손에 죽었을 터였다.

아이가 더 있는 것일까. 아니면 이 소녀가 끝인 것일까. 나는 순간

초조해지는 마음을 차분하게 가라앉혔다. 아마 전생의 시기에는 저 아이가 여기 있는 경매 참가자에게 팔려갔다는 뜻이겠지? 아마 그럴 것이다. 사회자의 말이 잘 안 들리기 시작하더니 잠시 후에는 여기저기서 금액을 부르는 목소리가 간헐적으로 뒤섞였다. 나는 마지막 금액을 듣고 나서 아무런 생각 없이 손을 든 다음에 그보다 높은 금액을 불렀다.

"…백사십."

물론 통용 은자 기준일 터였다. 가면들이 돌아가더니 나를 주시했다. 잠시 후에 백사십은 백오십이 되고 다시 사람들의 말소리가 잘 들리지 않았다. 나는 귀가 먹먹해진다고 느끼면서 일어났다가 제운종을 펼친 것 같다는 기분을 느꼈을 때 무대 위에서 불빛을 받고 있었다. 웅성거리는 소리와 함께 사회자가 침착한 표정으로 내게 말했다.

"…끌어내라."

"잠시만. 잠시만…"

나는 경황이 없어서 가면부터 벗었다. 나는 얼굴을 드러낸 채로 경매 참여자들에게 물었다.

"혹시 나 아는 사람 있나?"

"…"

"없어? 나도 이제 좀 유명해졌는데."

가면들 속에서 늙은이의 목소리가 들렸다.

"젊은이 대체 누구인가? 모르겠으니 직접 소개하게. 소란 피우지 말고. 무슨 환각제라도 먹은 낯빛이로군. 예의를 갖추지 않으면 이곳을 벗어나는 게 힘들 게야."

나는 주변을 둘러보다가 대답했다.

"왜 나를 모르지? 예전에도 왔었는데."

나는 그제야 호흡 조절이 어렵다는 것을 느끼면서 옆에서 바들바들 떨고 있는 소녀를 바라봤다. 이제 보니까 여태 아무도 눈가리개를 벗겨주지 않은 상태였다. 나는 아이에게 말했다.

"…눈부실 테니까 조심해라."

나는 눈가리개를 벗겨낸 다음에 손으로 눈 주변을 잠시 가려줬다. 손을 슬쩍 치운 다음에 바라보니 귀여운 꼬마가 땡글땡글한 눈으로 나를 올려다보고 있었다. 웃음이 절로 나왔다.

"하하."

나는 주변의 호통에 깜짝 놀라서 아이에게서 시선을 뗐다. 경매 참여자들이 전부 일어난 상태였는데 이들 손에서 반짝이는 게 보였다. 나는 아이를 한 손으로 안아서 내 팔을 작은 의자처럼 만든 다음에 경매자들에게 말했다.

"이 아이는 내가 데려가겠다. 부모가 살아있으면 찾아서 데려다주고. 없으면 득수 형과 홍 사매에게 맡길 거야. 한 사람의 성인으로 어엿하게 성장할 때까지 돌봐주마. 대신에 너희들에게 줄 돈은 한 푼도 없어."

"이런 미친 새끼가…"

이제 무대 주변에도 사람들이 올라오고 있었고. 경매 관계자들도 동굴 같은 곳에서 속속 모습을 드러냈다. 관객석에서는 욕지거리가 들리고, 팔뚝에 앉아있는 아이는 여전히 떨고 있었다. 나는 검을 뽑으려다가 손을 바라봤다. 어디서 난 것인지 모를 눈가리개가 있어서 아이에게 넘겼다.

"잠시 눈 가리고 있어라."

아이가 스스로 눈을 가리는 동안에 나는 검을 뽑았다. 반짝이는 눈동자와 날붙이가 가까워지고 있어서 이들에게 경고했다.

"…나도 예전과 달라졌다. 살려줄 테니까 투항하도록 해."

사실은 살려줄 생각이 없었는데 왼팔에 안고 있는 아이가 부담스러웠다. 외공 수련을 더 열심히 하면 좋았을 텐데 하는 생각이 들었다. 나는 검을 붙잡은 채로 뒤로 물러나다가 주변을 주시했다. 다가오던 자들이 전부 동작을 멈춘 채로 나를 바라보고 있었다.

"…"

나는 고개를 이리저리 움직여서 경매 참여자들에게 물었다.

"뭐야? 왜 가만히 있어. 덤벼라."

물속에서 말을 하는 것처럼 내 목소리가 멀게만 느껴졌다. 누군가가 주변의 휘장을 걷어내자 무대와 관객석이 동시에 밝아졌다. 나는 그제야 모든 사물이 자줏빛으로 물들어 있다는 것을 깨달았다. 추명서생을 상대할 때도 펼치지 못했던 자하신공이 이런 병신 같은 놈들을 상대할 때 등장하다니…

"황당하네?"

나는 목검을 확인했다. 순간 칼날에 피를 묻혔었나 하는 생각이 스쳤다. 아직 싸우지 않았으니 그럴 리는 없었다. 나는 이런 와중에도 어쩔 수가 없어서 내공을 섞어서 말했다.

"색마강림色魔降臨."

"…"

"빨리."

순간 천장에서 굉음이 터지더니 도박장의 탁자와 의자, 도박 도구와 잡다한 철전과 동전들이 폭설처럼 쏟아졌다. 이어서 색마가 수직으로 떨어지자, 가면을 쓴 자들이 일제히 똥싸개를 바라봤다. 색마가 내게 물었다.

"나 부르지 않았어?"

"맞아."

색마가 떨어진 천장에서 이번에는 귀마가 뚝 떨어졌다. 귀마가 나를 뚫어질 것처럼 바라보다가 말했다.

"빨리 끝내야겠다. 발작한 모양인데."

나는 귀마의 말에 아무렇게나 대꾸해 봤다.

"귀마등장鬼魔登場."

잠시 자하신공에 휩싸인 채로 우두커니 서서 색마와 귀마를 바라봤다. 무언가가 자꾸 잘려서 공중으로 치솟고 간간이 비명도 뒤섞였다.

"잘한다. 잘해."

나는 눈을 가리고 있는 아이에게 말했다.

"귀도 좀 막고 있어라."

누군가가 내게 다가오려다가, 고개를 돌리자 가만히 멈췄다. 나는 사내에게 물었다.

"사회자?"

이어서 목검을 쥐고 있는 팔을 한 번 휘둘렀는데 무슨 말을 하려던 사회자의 몸이 사선으로 두 조각이 나면서 핏물이 치솟았다. 나는 떨어지는 핏물을 피해서 옆으로 조금 움직였다. 무대에서 객석을 바라보니 그곳에서도 핏물이 계속 솟구치고 있었다. 새삼스럽게 난폭한 두 사내가 색마와 귀마였다. 우리는 무림공적이니까 어쩌면 당연한 일이 아닐까?

이때, 우당탕 소리와 함께 은색 휘장이 있었던 계단 쪽에서 누군가가 급하게 내려오고 있었다. 아마 경매 관련자일 것이다. 하지만 객석에서 별다른 문제는 없었다. 한랭한 바람이 불어서 누군가가 얼어붙을 때마다 귀마가 검으로 쳐내고 있었다. 나는 문득 양손으로 귀를 막고 있는 아이를 바라봤다가 전황을 읊었다.

"…우리가 더 강하다. 별일 없겠지. 물론 나도 전보다 더 강해졌기 때문에 별일이 없는 게 인지상정. 오늘 이곳은 하오문이 접수하겠다."

나는 아이를 안은 채로 걸어서 전쟁터를 돌파했다. 가끔 걸리적거리는 놈이 보이면 목검으로 잘랐다. 병장기와 동시에 쪼개지는 놈들을 보고 있자니 무공을 익히기 잘했다는 생각이 들었다. 어렵지 않게 계단 밑에 도착해서 위를 올려다보니 계단 중간쯤에 얼굴이 낯익은 사내가 나를 내려다보고 있었다.

흑향의 주인장이었나? 예전에 내 옆구리를 뚫었던 사내다. 그 뒤로도 합류하려던 자들이 대기하고 있었다. 나는 계단 위를 향해 목검을 휘둘렀다. 새빨간 빛줄기가 채찍처럼 날아가더니 닿는 것마다 터져나갔다. 도저히 사람이 지나갈 수 없을 정도로 피와 살점들이 계단에 가득한 상태.

나는 다시 색마와 귀마가 싸우고 있는 중앙으로 걸어가서 공력을 잔뜩 주입한 다음에 공중으로 솟구쳤다. 색마가 등장했던 구멍으로 빠져나오자 도박장이 보였다. 검을 집어넣고, 눈가리개를 풀어준 다음에… 도박장 바깥으로 나와서 호흡을 가다듬었다. 막혔던 숨이 그제야 편해지고 있었다.

호흡이 편해지자 주변의 색도 본래의 색으로 돌아오고 있었다. 온통 핏빛이어서 무엇이 본색인지 구분할 수 없었는데 이제는 정상이었다. 나는 아이를 내려준 다음에. 도박장 앞에 나란히 앉아서 색마와 귀마를 기다렸다. 아이가 나를 올려다보고 있어서 한마디를 해줬다.

"…좀 걸리나 보다. 고수들이 제법 많았어."

"예."

아이가 무슨 할 말이 있는 것처럼 보여서 내가 먼저 말문을 텄다.

"나는 하오문주다."

266.
침묵이 이렇게 반가울 줄이야

"요란妖蘭이에요."

아리따운 난초라는 이름이었는데 아이가 가질법한 이름은 아니었다. 하지만 당장 대신에 부를 이름이 떠오르지 않았다.

"요란."

요란이와 나는 도박장 앞에 앉아서 도망치는 도박꾼들을 바라보기도 하고 지나가다가 싸움 구경을 하겠다고 몰려오는 사람들도 쳐다봤다. 나는 되도록 입을 열지 않았다. 내 상태가 좋지 않았기 때문에 요란이 앞에서 불필요한 살생을 할 가능성이 있기 때문이었다. 주둥아리를 다문 채로 잠시 기다리자, 피투성이가 된 색마와 귀마가 입구에 동시에 등장해서 구경꾼들을 노려봤다. 귀마가 신발에 묻은 피를 바닥에 비벼서 닦는 도중에 색마가 몰려온 사람들에게 말했다.

"…다 쳐 죽이기 전에 꺼져라. 구경났어?"

나는 앉은 자세에서 두 사람을 올려다봤다.

"다쳤나?"

색마가 대답했다.

"그럴 리가. 아무 일도 없었다."

귀마는 대답이 없었다. 두 사람이 내 옆에 털썩 주저앉더니 호흡을 가다듬으면서 흩어지는 구경꾼들을 바라봤다. 피 냄새가 코로 들어왔으나 어쩔 수가 없었다. 색마는 이런저런 공격에 스쳐서 옷이 뜯어진 흔적만 있었는데, 귀마는 여기서 싸우기 전에 내상을 입은 상태라서 조금 힘겨워 보였다. 색마가 고개를 돌리면서 물었다.

"꼬마는 이름이 뭐야?"

내가 대신 대답해 줬다.

"요란이라고 하는군."

갑자기 귀마가 손을 뻗더니 구경꾼들 사이에 있는 처자를 불렀다.

"이쪽으로 오시오."

기선향에서 도망쳤던 예기가 쭈뼛대다가 다가왔다. 나는 원군을 만난 것 같아서 요란이를 처자에게 소개했다.

"여기는 요란이. 요란아, 언니한테 인사해라."

요란이가 일어나더니 처자에게 말했다.

"저는 요란이에요."

"언니는 야율연이라고 해."

이제야 처자의 이름을 알게 되었다. 다행히 야율연은 눈치가 있는 편이라서 아무것도 묻지 않은 채로 요란이 옆에 앉았다. 사실 우리 같은 놈들이 아이를 데리고 복귀하는 것은 쉬운 일이 아니다. 밥도 먹이고 잠도 재워야 하는데 셋 다 못난 새끼들이라서 그런 걸 해봤을 리가 없다. 나는 야율연에게 물었다.

"일단 우리는 고향으로 돌아갈 생각인데 같이…"

내 말이 끝나기도 전에 야율연이 대답했다.

"저도 갈게요."

굳이 이런 순간에 다른 이야기는 꺼내지 않았다.

"알았다. 같이 가자."

본래 도박장과 지하 경매장을 수습하는 것이 정상적인 과정인데 아이가 있어서 포기했다. 경매장과 관련된 흑도 고수들이 더 몰려올 수도 있었기 때문이었다. 말을 아끼고 있는 귀마가 부상을 숨기는 것 같다는 생각이 들어서 이럴 때는 그냥 도망치는 것이 답이었다.

* * *

모용의가 안쪽에서 의녀들과 햇빛에 약재를 말리고 있었던 모용백이 일어나서 우리를 물끄러미 바라봤다.

"…"

내 눈에는 모용백의 표정이 참으로 복잡 미묘해 보였다. 나는 색마, 귀마, 야율연, 요란이와 함께 모용백을 잠시 쳐다보다가 다친 팔을 자랑하듯이 보여줬다.

"부러지진 않았다."

모용백이 고개를 끄덕였다.

"잘하셨습니다."

색마와 귀마는 큰 부상은 없었으나 얼굴 곳곳에 바늘 같은 상처들이 가득했으며, 야율연과 요란이도 부잣집 아이들처럼 보이진 않을 터였다. 사람들이 여행하다 보면, 몰골이 평소보다 못나 보이기 마련이다. 모용백은 대충 헝겊으로 성의 없이 묶은 내 팔을 보기도 하고, 너덜너덜 찢어진 색마의 옷도 감상하고, 귀마의 얼굴도 바라봤다. 꼼꼼하게 살피던 모용백이 드디어 내게 말을 걸었다.

"개방에 들어가셨습니까?"

"놀라운 발상이로군. 일문의 문주가 살림살이를 내팽개치고 개방에 들어갈 수는 없지."

내가 일부러 진지하게 대답하자, 모용백이 고개를 끄덕였다.

"죄송합니다. 들어가시지요."

모용백이 의녀들에게 말했다.

"…문주님은 검상, 육합선생은 내상을 좀 입으신 것 같고, 몽 공자에겐 멀쩡한 옷을 드려라. 옷이 너무 찢어졌다."

"예, 선생님."

"소소, 너희들이 문주님부터 살피고. 수아는 양화탕 준비, 정하는 바깥에서 한 시진만 보초를 서거라. 누가 오면 바로 큰 소리로 알리고. 아이와 소저는 처음 방문하셨으니 내가 먼저 살펴보겠다. 말리던 것도 다 정리해서 들어가."

"알겠습니다."

나는 사람들을 먼저 들여보낸 다음에 모용백을 바라봤다.

"잘 있었나? 수련은."

모용백이 대답했다.

"아주 맹렬하게 하고 있습니다."

"좋았어. 들어가자고."

"예."

* * *

오랜만에 보는 흑소령이 내게 말했다.

"문주님, 누워보세요."

내가 침구에 눕자, 흑소령이 가림막을 쳤다. 이어서 백소아가 각종 도구를 가지고 들어오더니 나를 쳐다봤다.

"문주님, 안녕하세요?"

나는 고개를 끄덕이면서 대답했다.

"안녕하지 못해. 딱 보면 모르겠어?"

백소아가 전과는 달라진 침착한 표정으로 대답했다.

"그러시군요. 문주님, 팔 좀 확인하겠습니다. 아이고, 빨리 오시지. 피딱지 때문에 헝겊이 잔뜩 들러붙었어요. 왜 이렇게 늦게 오셨어요?"

한숨이 절로 나왔다.

"내 말이."

잠시 후에 흑소령도 내 팔에 들러붙은 피 묻은 헝겊을 뜯어내고, 깨끗한 천에 물을 적셔서 팔 전체를 일단 닦았다. 오랜만에 만난 흑백소소는 분위기가 확 변해있었다. 흑소령이 헝겊에 시커먼 약을 묻히자마자 내게 말했다.

"문주님, 살짝 따갑습니다."

"아!"

"소독인데 왜 이렇게 엄살이세요?"

"…"

흑백소소가 상처 부위를 소독하고 마른 수건으로 주변을 닦은 다음에 가장 큰 상처 부위를 들여다봤다. 백소아가 덤덤한 어조로 흑소령에게 말했다.

"꿰매야겠는데?"

"내가 할까?"

"아니, 내가 할게. 문주님 꿰매야겠어요. 기다리세요."

나는 두 사람에게 물었다.

"바느질한다는 말이야? 그 정도야?"

"예."

이래서 사람은 착하게 살아야 하는가 보다. 예전에는 두 사람이 나 때문에 기절했었는데. 잠시 후 백소아가 내 팔에서 바늘을 넣었다 빼고 있었다. 독이라도 묻어있으면 꼼짝없이 당할 수밖에 없는 순간이랄까. 나는 피 묻은 바늘이 공중으로 올라가는 것을 보다가 물었다.

"일부러 아프게 하는 거 아니지?"

"이 정도는 찔러야 해요."

"피가 너무 나는데?"

"바늘로 찌르니까 피가 나죠."

"확인."

잠시 후 나는 촘촘하게 꿰맨 팔을 바라보다가 흑백소소를 칭찬했다.

“자수 솜씨가 뛰어나네.”

“자수는 여기 오기 전부터 잘했어요. 문주님, 요새도 이렇게 맨날 싸우면서 돌아다니세요?”

“보면 몰라?”

백소아가 내게 속삭였다.

“아, 요새 모용 선생님도 무공 수련을 아주 열심히 하세요.”

건너편 어디선가 모용백의 목소리가 들렸다.

“시끄럽다.”

“예.”

흑소아가 내게 경고했다.

“문주님 팔을 과도하게 사용하면 실밥이 뜯어질 거예요. 당분간 조심하세요.”

“당분간이라면?”

“삼십 일 정도면 아물 겁니다.”

“뜯어지면 어떻게 해?”

“또 꿰매야죠. 아, 그리고 다 나을 때까지 금주입니다.”

“아, 제기랄. 알았다.”

“쉬고 계세요. 이따 탕 하나 드릴게요.”

나는 흑백소소에게 말했다.

“아, 그리고 소소야. 자하객잔으로 사람 좀 보내서 차성태 좀 불러줘. 호법을 서야 한다고 말하면 대충 알아들을 거야. 좀 요란 떨면서 말해라. 그래야 효과가 좋다.”

"알겠습니다."

가만히 누워있는데 모용백의 목소리가 잔잔하게 이어졌다. 대부분 문주님이 맛있는 걸 안 사줬느냐? 여기까지 강제로 데려왔느냐 이런 질문들이어서 어리둥절했다.

'미친놈이, 이상한 걸 물어보네.'

어쨌든 야율연과 요란이에겐 특별한 병은 없고 놀란 마음을 좀 진정시킬 수 있는 약을 좀 먹으면 되겠다는 말만 들었다. 모용백이 있었기 때문에 우리에게 별다른 문제는 없을 터였다. 나는 내상에 관한 이야기를 나누는 모용백과 귀마의 목소리를 잠시 듣다가 나도 모르게 잠이 들었다. 여기까지 오는 동안에 대부분 뜬눈으로 밤을 지새웠던 터라 모처럼의 짤막한 단잠이었다.

* * *

나는 잠결에 차성태의 목소리를 듣고 깨났다가 다시 잠이 들었다. 물에 잠기는 것처럼 잠에 빠질 때가 있는데 지금이 그렇다. 그다음에는 낯선 퉁소 소리에 눈을 떴다.

"…뭐야? 누가 퉁소를 부나?"

나는 누군가가 덮어놓은 이불을 발로 찬 다음에 침상에서 내려왔다. 목검을 챙긴 다음에 가림막을 젖히고 나갔다가 거의 동시에 나온 색마, 귀마와 눈을 마주쳤다. 우리 셋은 모용의가 바깥으로 나가서 나란히 서있는 차성태와 모용백을 바라봤다.

"누가 왔어?"

차성태가 돌아보면서 대답했다.
"문주님, 일어나셨습니까. 안 보입니다. 퉁소 소리만 들리네요."
모용백이 이렇게 말했다.
"소리가 꽤 멀리 퍼집니다. 저희더러 들으라는 게 아닌 것 같아요."
"그렇군. 차성태, 수련은?"
차성태가 나를 보면서 대답했다.
"아주 맹렬하게 하고 있습니다. 그런데."
"그런데 뭐?"
"궁금하거나 답답한 게 생겨서 물어보면 동수 스님이 아주 명쾌하게 설명을 해주셔서 큰 도움을 받는 중입니다."
우리는 잡담을 나누면서 모용의가의 정문을 나선 다음에 주변을 둘러보다가 바깥에 놓은 평상에 둘러앉았다. 차성태가 내게 물었다.
"팔은 괜찮으십니까?"
"꿰매서 괜찮다."
"예."
잔잔하게 이어지던 퉁소 소리가 멈추더니 넓은 대로에서 십여 명의 강호인이 모용의가로 다가왔다. 다들 복장이 훌륭하고 훤칠하게 생긴 자들이 섞여있어서 아군인지 적인지 구분할 수가 없었다. 멀쩡한 의복과 얼굴로만 따지면 신남육룡에 속한 고수들이 아닐까 하는 생각이 들 정도였다. 나이는 이십 대에서 사십 대까지 다양하고, 무공 수위도 제각각이었다. 나는 우리를 찾아온 무리 중에서 가장 특이한 장삼을 입고 있는 사내에게 물었다.
"비객飛客?"

무림공적 용모파기에서 봤던 복장이기 때문에 알아보는 것은 크게 어렵지 않았다. 하지만 실제로 보니 느낌이 또 달랐다. 통상적인 장검보다 훨씬 길쭉한 검을 허리에 차고 있고, 같이 찾아온 무리의 대장처럼 보이지도 않았다. 비객이 내게 말했다.

"반갑다. 하오문주."

"여기까지 방문한 이유는?"

색마가 갑자기 평상에 비스듬히 드러눕더니 비객에게 쌍욕을 퍼부었다.

"병신새끼, 뒤지려고 왔겠지."

비객 일행이 가볍게 웃으면서 대답했다.

"몽 공자, 반갑소. 근래 여기저기서 활약이 많으시군."

"흑향은 우리들의 거래처인데 무슨 이유로 그렇게 박살을 내셨는지 묻고 싶군. 덕분에 맡겼던 물건의 대금도 제대로 받지 못했네. 쥐새끼 같은 도박꾼들이 들어가서 이것저것 많이 훔쳤더군. 이 피해액을 다 어떻게 배상하겠는가? 먼저 하오문주의 대답을 들어보고 싶군."

"음, 그러니까 너희가 흑향에 물건을 맡기는 의뢰자들이라 이 말이지?"

너무 뻔뻔하게 나오는 터라 살짝 어리둥절했다.

"너희가 그럼 납치범, 도둑놈, 영약 공급책, 사냥꾼, 독 제조자, 음서 제작자, 노예 상인들이 뒤섞여 있다는 뜻인가? 무슨 생각으로 날 찾아왔지? 날 상대로 살아남을 자신감이 그렇게 넘치나? 내가 지금 팔 병신처럼 보여서 내가 병신 같아?"

비객 일행이 낄낄대면서 웃었다. 색마가 드러누운 자세에서 웃는 자들을 비웃었다.

"염병할 새끼들, 곧 죽을 것도 모르고 신나게 처웃는구나."

비객이 대답했다.

"몽 공자, 자신 있으면 자네부터 상대해 주겠네. 나랑 일대일을 하겠나?"

혈기왕성한 차성태가 대신 대답했다.

"…이봐, 나랑 하자."

비객이 차성태를 바라봤다.

"자네는 누구인가?"

나는 차성태를 말렸다.

"성태야."

"예, 문주님."

"용기 있게 나서주니까 내 마음이 든든하다."

"별말씀을요."

"하지만 상대는 무림공적으로 공표된 사람으로 비객이라는 고수야. 네가 상대하기엔 조금 벅차."

내 설명을 함께 들은 비객이 씨익 웃자, 차성태가 비객을 바라봤다.

"웃지 마. 개새끼야. 무림공적이 자랑이야?"

"…"

차성태의 말에 내 속이 뜨끔한 이유는 무엇일까. 이제 몰려온 자들의 구성을 살펴보니까 이놈들이 자신만만한 이유를 어느 정도 알 것 같았다. 비객과 실력이 비슷한 놈들도 섞여있고, 분명히 독을 다루는 고수도 있을 터였다. 그러니까 무림공적과 어울릴 만한 실력자들이 뒤섞여 있다는 뜻이었다. 귀마는 내상 때문에 입을 굳게 다물고 있는 상태. 그 와중에 색마가 우리를 안심시켰다.

"…다들 구경만 해. 내가 다 죽일 테니."

나는 손을 눈두덩이로 뻗어서 나오지도 않는 눈물을 훔쳤다. 내 살다 살다 색마에게서 이렇게 든든한 말을 듣게 될 줄이야. 비객이 고개를 끄덕이더니 손을 앞으로 내밀었다.

"…나와라, 몽 공자. 빙공 실력 좀 봐야겠으니."

색마가 드러누운 자세에서 낄낄대면서 웃다가 갑자기 소스라치게 놀라더니 평상에서 후다닥 일어났다. 우리는 색마가 바라보는 곳을 주시했다. 색마가 정중하게 고개를 숙이면서 말했다.

"…사부님, 오셨습니까."

반대편 길가에서 뒷짐을 진 채로 다가오는 검마와 동수 사숙이 보였다. 검마는 비객 일행을 쳐다보지도 않은 채로 걸어오더니 평상에 앉았다. 나는 사숙에게 먼저 인사했다.

"대머리, 왔어? 잘 왔어."

"예, 문주님."

검마는 우리에게 한마디도 하지 않은 채로 몰려온 자들을 물끄러미 바라봤다. 어찌 된 노릇인지 비객 일행도 갑자기 조용해진 상태였다. 나는 갑작스럽게 찾아온 이 무거운 침묵이 그렇게 반가울 수가 없었다. 나는 일부러 검마가 입을 열 때까지 아무 말도 하지 않았다. 잠시 후에 적들을 노려보던 검마가 차분한 어조로 입을 열었다.

"…퉁소 소리 제법 좋던데, 더 들려주겠나?"

비객 일행은 아무런 대답이 없었다.

267.
십면매복에 들어가는 마음가짐

믿기지 않겠지만 통소를 잘 부는 놈은 죽지 않을 가능성이 있다. 검마의 성격, 검마의 살벌한 눈빛, 항상 심각한 이 남자의 마음가짐, 맨날 묵직한 분위기로 미뤄봤을 때 통소 소리가 나쁘지 않았다는 말은 비꼬는 말이 아니라 칭찬이었기 때문이다. 나는 무거운 분위기 속에서 비객 일행을 둘러봤으나 누가 통소를 분 것인지는 알 수가 없었다. 동수 사숙의 대머리가 반짝이고 있어서 그런 것일까. 나는 평소에는 찾아볼 수 없는 측은지심을 발휘해서 중얼거렸다.

"호랑이 굴에 끌려가도 통소를 불면 살 수 있다 했거늘."

"…"

눈치 없는 대머리가 내게 물었다.

"그런 말이 있습니까?"

나는 동수를 쳐다봤다.

"없어."

"예."

"없어서 불만이야?"

"아닙니다."

이때, 비객 일행의 뒤쪽에서 한 남자가 천천히 옆으로 빠져나와서 걷자 좌중의 시선이 집중됐다. 십여 걸음을 이동해서 멈춘 사내가 장삼을 젖힌 다음에 바닥에 앉더니 퉁소를 붙잡은 채로 검마에게 물었다.

"광릉지식, 십면매복, 호가명, 십오종군행을 연주할 수 있습니다."

검마가 고개를 끄덕였다.

"십면매복으로 부탁하네."

퉁소를 붙잡은 사내가 말했다.

"비파로 하는 것이 옳으나, 부족하나마 흉내를 내보겠습니다."

이어서 사내가 퉁소로 십면매복을 불기 시작했다. 무슨 곡인지는 당연히 모른다. 그러나 십면매복은 말 그대로 포위망을 뜻한다. 퉁소 연주가 시작되자 음율 위에 검마의 목소리가 깔렸다.

"제자야."

색마가 즉시 대답했다.

"예, 사부님."

"무림공적이라는 말이 들리더구나."

"그렇습니다."

"무림공적이라 함은 본래 무림맹을 이끄는 맹주와 뜻이 맞지 않아서 거칠게 충돌했다가 얻은 칭호일 수도 있고 혹은 아녀자들의 치마를 자주 들쳤다가 도망가는 재주가 좋아서 얻은 칭호일 수도 있지. 같은 무림공적이라도 천지 차이가 있는 법이다. 저자들은 어느 쪽이냐?"

색마가 착잡한 표정으로 대답했다.

"후자입니다."

그제야 검마가 색마를 평소처럼 노려봤다.

"그래? 몽가의 차남과는 다른 무리구나."

"그렇습니다."

나는 혼자 웃음이 터졌다가 급히 입을 틀어막았다. 어쩐지 웃으면 색마가 발작할 것 같아서 가까스로 참은 다음에 손을 내렸다. 비객이 대화에 끼어들었다.

"몽 공자에게 사부가 있는 줄은 몰랐네. 풍운몽가에서 방문하셨소?"

검마는 비객을 쳐다보지도 않은 채로 대답했다.

"제자와 대화 중이니 잠시 닥치게."

나는 비객을 보면서 볼에 바람을 넣은 것처럼 웃음보를 터트리려다가 분위기를 봐서 표정으로만 웃었다. 검마의 말이 이어졌다.

"오면서 보아하니 문주도 다친 상태고 육합의 안색도 좋지 않다. 너와 내가 그간 객잔에서 밥을 잘 얻어먹었으니 밥값을 해야지. 퉁소 연주자가 빠져서 열 명이구나. 솔직한 심정을 말하자면 길쭉한 장검을 들고 있는 사내만 해도 너와 큰 실력 차이는 없는 것 같다. 다른 자들도 허약한 인간들은 아니다. 어찌하겠느냐. 둘이서 열을 상대하면 우리 스스로 십면매복十面埋伏에 들어가는 것과 같을 것이다."

색마가 대답했다.

"알겠습니다."
"못마땅하면 지금 말하거라."
"사부님과 함께 싸우는데 제가 어찌 십면매복을 두려워하겠습니까."
나는 주둥아리가 근지러워서 중얼거려 봤다.
"백면매복은 두렵다 이 말인가."
색마가 나를 노려보더니 입 모양으로 말했다.
"좀 닥쳐."
나는 스승과 제자가 나란히 앞으로 나서는 것을 보다가 물었다.
"나도 끼워줘."
옆에 있던 모용백이 입소리를 내면서 나를 노려봤다.
"쯧."
"..."
비객 무리에 섞여있던 중년인이 직도를 뽑으면서 말했다.
"황당하군."
누구에게 한 말인지 몰라서 내가 대신 대답해 줬다.
"그러게."
나는 팔짱을 낀 채로 싸움을 구경했다. 생각해 보니까 검마는 내가 준 독고중검을 그동안 깊이 연구했을 터였다. 본래 나도 끼어들어서 깡그리 다 죽일 생각이었는데 검마가 직접 내뱉은 말이 있어서 함부로 끼어들 수가 없었다. 그 와중에 퉁소에서는 계속 십면매복이 흘러나오고 있었는데, 퉁소 부는 사내의 이마에서는 이미 땀이 흘러내리고 있었다. 이어서 검마와 색마가 달려들면서 십면매복이 시작되었다. 구경하던 귀마가 중얼거렸다.

"한고조가 해하 전투에서 항우를 십면十面에서 포위한 일을 뜻한다."

"그렇군."

뜻을 알고 나자 곡의 분위기가 뒤바뀐 채로 귀에 들렸다. 뜻을 알고 모르는 차이가 이렇게 크다. 검마가 광명검을 뽑아서 휘두르기 시작하자, 색마는 의도적으로 뒤로 물러나더니 사부를 보조하는 방위에서 움직였다. 삽시간에 열 명이 흩어졌다가 방진을 그리더니 온갖 잡다한 병장기가 등장했다.

검과 도는 본래 흔한 것이고. 단창과 채찍은 종종 볼 수 있는 것이나. 철곤鐵棍, 판관필, 불진拂振, 낭아봉과 철선鐵扇은 흔히 볼 수 없는 병기였다. 나는 이 비객 무리의 움직임을 보자마자, 그동안 합공을 여러 차례 해봤던 놈들임을 알았다. 삽시간에 맨손으로 겨루는 색마가 가장 위태롭게 보였다.

당장 거대한 낭아봉이 날아올 경우… 일대일이면 붙잡아서 냉기를 주입하면 그만이다. 그러나 상대적으로 짧은 병기를 쥐고 있는 판관필, 불진, 철선을 쥐고 있는 고수들의 움직임이 경쾌했다. 이들이 치고 빠지는 식의 움직임을 펼치고, 여백은 채찍과 단창이 채워 넣었다. 색마도 단독으로 빙공을 주입해서 승부를 낼 여유가 없어 보였다. 십면매복이라는 게 어쨌든 이렇게 무섭다.

그나마 가장 돋보이는 것은 광명검의 움직임이어서 철곤과 낭아봉을 휘두르는 사내도 광명검을 튕겨낼 때마다 얼굴이 일그러졌다. 나는 이들의 합격이 너무 자연스럽다는 생각이 들자마자… 본능적으로 퉁소 부는 사내의 표정을 빤히 바라봤다. 아까부터 땀을 계속 흘리고 있었다. 나는 미간을 좁힌 다음에 퉁소 부는 사내에게 말했다.

"십면매복 다음에 광릉지식, 호가명, 십오종군행 순서로 연주해. 다 끝나면 다시 십면매복부터. 퉁소 부는 소리가 끊어지면 다음 연주는 저세상에서 하게 될 거야."

이제 보니까 퉁소에서 암기가 나갈 수도 있었다. 말로는 부족할 것 같아서 나는 퉁소 사내 옆으로 가서 앉았다. 퉁소가 색마나 검마에게 향하면 오늘 연주가 마지막이 될 터였다. 나는 검마의 움직임에서 독고중검과 관련된 움직임과 본래 검마의 움직임을 분리해서 읽었다. 의외로 독고중검이라고 생각되는 움직임이 적었다. 나는 포위망에 갇힌 상태로는 독고중검의 위력이 발휘될 수 없다는 점을 검마를 통해 깨달았다. 공격을 막아야 하는 순간이 계속 이어지기 때문이다.

어느 정도 십면매복의 공격과 수비가 눈에 익자… 서서히 색마의 움직임이 활발해졌다. 마치 양념을 뿌리듯이 빙공을 펼치고 있었다. 내가 이것을 양념이라고 표현한 이유는 간단하다. 색마는 낭아봉을 쥐고 있는 손, 철선이 활짝 펴졌을 때, 판관필의 뾰족한 부분, 불진의 털에 빙공을 적중시켰다.

그 결과… 육중함에도 불구하고 변화무쌍하게 움직이던 낭아봉이 둔해지고. 철선은 펼쳤을 때 칼처럼 활용하고 접었을 때 찌르는 용도로 검마를 공격하고 있었는데 지금은 활짝 펴진 상태에서 얼었기 때문에 찌르는 공격이 사라졌다. 짧은 판관필에는 빙공이 고스란히 전달된 모양인지 학사처럼 보이는 사내의 얼굴이 백지장처럼 창백해지고 있었다.

불진은 말의 꼬리처럼 예측하기 힘든 방향에서 움직이는 특성이 있었는데 빙공 때문에 형상이 굳어서 평범한 단병기가 되어있었다. 그러니까 검마가 전방에서 광명검으로 공격을 받아내는 사이에 색마가 빙공으로 부지런하게 양념을 뿌린 상태. 의미가 달라진 두 번째 합이 시작되자 부상자가 속출했다.

판관필이 어디론가 날아가고, 불진은 아예 두 동강으로 잘렸다. 활짝 편 채로 사용하던 철선에는 구멍이 뚫리고 낭아봉을 사용하던 삼십 대의 사내는 색마에게 일장을 얻어맞자마자 뒷걸음을 치다가 바닥에 피를 쏟아냈다. 색마의 얍삽한 웃음이 적절한 순간에 터졌다.

"호호호."

그나마 멀쩡하게 싸우는 것은 장검을 사용하는 비객과 직도를 사용하는 중년인, 채찍을 휘두르는 고수 정도였다. 이때, 뜬금없이 함께 구경하던 동수 사숙이 입을 열었다.

"…자비를."

나는 동수의 말을 바로 끊었다.

"대머리 새끼, 닥치지 못해? 주둥아리를 나불댈 거면 미리 했어야지. 이런 와중에도 자비를 베풀었다가 선배와 막내가 대신 죽으란 말이냐? 한 번만 더 입을 열면 내가 합류해서 부상자들부터 찢어 죽이겠다."

동수 사숙이 나를 물끄러미 보다가 눈을 감았다. 싸우는 모습을 보지 않은 채로 무어라 염불을 외웠는데 이제 동수 사숙도 퉁소 부는 사내처럼 땀을 흘리고 있었다. 그 순간, 퉁소의 음이 불안정한 것을 알아차리자마자 나는 옆에 놈도 이어서 갈궜다.

"죽고 싶으냐? 왜 연주의 질이 갑자기 떨어져. 이 염병할 새끼, 잘하는 거라곤 퉁소 부는 거밖에 없는데 퉁소를 병신처럼 불고 있네. 이제 나도 귀가 열렸다. 방금 음정 틀렸다. 퉁소를 똑바로 불래? 아니면 나한테 맞아 죽을래. 열 명이나 몰려와서 갈굴 때는 기분 좋았지?"

옆에서 갈구니까 음정이 더 불안해졌다.

"…"

나는 퉁소 사내와 눈을 마주쳤다가 인상을 썼다.

"안 갈굴 테니까 똑바로 연주해."

얼굴에 비가 내리고 있는 퉁소 사내가 고개를 끄덕였다. 나는 그 새 십면매복의 운율이 귀에 익어서 손을 이리저리 흔들면서 박자를 탔다.

"좋았어. 거기서 부드럽게. 그렇지. 이어지다가 격해진다. 머저리 같은 새끼 이제 균형이 맞네."

문득 귀마를 바라보자 내상 입었다는 놈이 뭐가 좋은지 실실 웃다가 나랑 눈을 마주쳤다.

"…"

귀마가 갑자기 무표정으로 돌아가더니 다시 싸움에 집중했다. 이 와중에 누군가의 비명이 십면매복을 뚫고 승천했다. 고음高吟이었다. 노래를 배웠다면 한가락 했을 놈인데 안타깝다는 생각이 들자마자, 검마가 영원히 놈의 숨통을 끊어냈다. 나머지 노래의 꿈은 저 세상에서 펼치게 되었다. 색마의 장력을 정면에서 처맞은 사내가 고개를 처든 채로 뒤로 쓰러지고. 삽시간에 싸움은 십 대 이에서 팔 대이로 되더니 나도 엉덩이가 근질근질했다.

'십팔 놈들…'

이때, 영악한 놈이 싸우는 도중에 동수에게 말을 걸었다.

"스님, 중재 좀 해주십시오. 저희가…"

동수 사숙이 눈을 번쩍 뜨자, 귀마가 손을 뻗더니 동수의 어깨를 붙잡았다.

"스님, 이자들은 인신매매, 아이까지 상품으로 거래하던 놈들이오. 문주와 내가 현장에 있다가 아이를 빼내고 거래에 참여하던 자들을 다 때려죽였소. 이들이 사람이라면 우리를 찾아와서 변상하라는 식의 이야기를 하지 않았을 거요. 스님이 생각해도 그렇지 않겠소?"

동수가 귀마를 바라봤다.

"정말입니까?"

귀마가 대답했다.

"안쪽에 우리가 데려온 아이가 있소. 무엇이 헛된 말인지 가려들으시오. 우리도 선인善人은 아니지만, 이놈들은 살려주기 어렵소. 끼어들면 내가 가만히 있지 않으리다."

동수 사숙이 아무 말도 못 하자, 귀마가 그제야 어깨를 붙잡고 있었던 손을 거뒀다. 귀마가 싸움을 다시 구경하면서 말했다.

"솔직히 말해서 구경하고 있는 것 자체가 괴롭소. 나도 저기에 끼어서 싸우고 싶은 상태요. 사정을 알고 나면 스님도 그렇지 않겠소?"

귀마가 내 마음을 대신 잘 말해줬다. 동수 사숙이 이번에는 눈을 감지 않은 채로 싸움을 구경했다. 뜬금없이 여태 아무 말 없이 구경하던 차성태가 입을 열었다.

"…지금 하신 말씀, 전부 사실이죠?"

차성태가 나를 쳐다보기에 내가 대답해 줬다.

"맞아."

모용백이 나를 쳐다보다가 눈을 마주치자마자 말했다.

"문주님."

"왜?"

"굳이 참아야겠습니까? 검마 선배님에겐 죄송한 일이지만. 굳이…"

나는 차성태와 모용백의 눈빛을 바라보다가 고개를 끄덕였다.

"맞다. 굳이 내가 왜 참아야 해? 잘 지적했다."

내가 일어나서 통소 부는 사내를 내려다보자, 이 새끼가 갑자기 통소를 내팽개치더니 땅바닥에 엎드렸다.

"…살려주십시오, 문주님."

"너는 통소 불고 있으라니까."

"예."

사내가 다시 통소를 붙잡는 사이에 차성태가 직도를 뽑고, 모용백까지 앞으로 나서더니 내 옆으로 다가왔다. 모용백의 분노한 기색을 보아하니 예전의 나를 보는 것 같았다. 나는 아직은 허접한 차성태와 모용백이 사고를 칠 것 같아서 먼저 몸을 공중으로 솟구쳤다가 목검을 뽑았다. 싸우고 있는 검마와 색마에게 일방적으로 통보했다.

"…합류한다."

비객에게 목검을 휘두르는 와중에 십면매복의 통소 소리가 다시 절정에 치닫고 있었다.

268.
퉁소는
빼앗지 않았다

비객과 검을 부딪치자마자 내 팔에서 미세한 소리를 들었다. 이것은 내 팔에게도 미안하고, 흑백소소에게도 미안하고, 모용백에겐 그다지 미안하지 않은 소리였다. 물론 바느질했던 부위가 단박에 다 터지는 소리였다. 검을 올바르게 꽉 쥐려면 이런 상처는 어쩔 수 없다.

내가 비객을 맡자, 삽시간에 각자의 상대가 정해졌다. 직도 든 사내는 검마와 맞붙고, 채찍 휘두르는 놈은 색마와 붙었다. 그러니까 본래 열 명 중에서도 가장 강한 상대를 우리 셋이 감당하는 형세. 결국에 차성태도 알 수 없는 고함을 내지르면서 부상자에게 달려들고.

모용백마저 차성태 옆에서 깐죽댔다. 의원 선생까지 싸우고 있어서 내심 황당했으나 비객의 길쭉한 검객이 나를 바쁘게 만들어서 주변을 살필 여유가 없는 상태였다. 하여간 못난 놈들은 화가 나면 뜯어말릴 수가 없다. 나는 길쭉한 장검을 쳐내다가 비객과 눈을 마주쳤다.

"이야, 이 와중에 침착하네."

비객은 아무 말이 없었다.

"…"

직접 겨뤄보니 비객의 장검이 더 길게 느껴지고 검법도 독특하다. 그 어떤 문파에도 속하지 않은 독자적인 움직임이랄까. 찌른 후 회수가 빠르고, 베는 동작의 반경이 황당할 정도로 넓었다. 비객은 종종 몸을 회전하는 동작에 맞춘 초식을 펼치다가 적절한 순간에 장력까지 쏟아냈다. 직접 손바닥을 부딪쳐서 장력을 교환해 봤더니. 내공 대결을 경계하는 반탄력이 잔뜩 실려있었다.

검법과 내공이 두루 안정적인 꽤 괜찮은 검객이었다. 생각해 보면 이 비객이라는 고수가 전생 광마 시절에도 살아있었던 것 같다. 싸우는 도중에 색마의 웃음이 들렸다. 채찍 날아다니는 소리가 들리지 않는 것을 고려하면 채찍을 붙잡고 빙공을 주입하는 것이라 생각했다. 전황을 살피느라 잡생각에 빠져있을 때 비객의 검이 내 어깨 근처를 아슬아슬하게 지나갔다.

'집중하자…'

기습적으로 내민 좌장의 흡성대법을 거리를 벌려서 피한 비객이 갑작스럽게 땅을 박차더니 몸을 돌린 채로 경공을 펼쳤다.

"어?"

나는 그제야 비객이 왜 오랫동안 살아남았는지 알았다. 아무런 거리낌 없이 동료를 버려둔 채로 도망칠 수 있는 놈이었다. 아마 비객의 눈에도 판세가 불리하다는 것이 보였을 터였다. 달려가고 있음에도 비객이 입은 길쭉한 장삼이 그리 요란하게 펄럭이진 않았다. 장삼 안에 무게가 더해진 모양이었다. 나는 제운종을 펼치면서 비객을 쫓다가 일부러 목검을 집어넣었다. 비객의 움직임에 다급함이 별로 없다는 생각이 드는 순간, 놈의 겨드랑이에서 길쭉한 장검이 불쑥 등장하면서 검기가 터졌다.

쐐애애애애액!

이미 예상한 기습이었기 때문에 공중에 떠서 검기를 피하자, 몸을 돌린 비객이 나를 향해서 장검을 두 번 휘둘렀다. 피하는 게 불가능해 보이는 두 줄기의 검기가 오×의 형태를 갖춘 빛줄기로 쇄도했다. 나는 공중에서 그 어느 때보다 빠르게 일월광막을 펼쳤다. 희한하게도 광막에 무언가가 닿으면 반탄력이 느껴지지 않아서 나조차도 속이 철렁할 때가 있다.

두 줄기의 빛줄기가 고스란히 비객에게 전달되는 와중에도 내 전신은 비객과 거리를 좁히는 상황. 그제야 놀란 표정을 지은 비객이 장검으로 자신의 검기를 부수더니, 곧장 검을 비틀어서 또다시 휘둘렀다. 나는 오른손으로 섬광비수를 꺼내고, 왼손으로는 목검을 역수로 붙잡아서 뽑았다. 역수로 뽑은 목검으로 비객의 장검을 막고, 섬광비수로는 비객의 가슴 부위를 찔렀다. 텅- 하는 금속음이 두 차례 터지자마자… 아무 일이 없었던 것처럼 비객과 대여섯 차례나 불꽃을 튀기면서 검을 부딪쳤다. 튼튼한 갑주를 받쳐 입은 모양인데 크게 놀랍진 않았다.

그러니까 경공도 뛰어나고, 갑주도 받쳐 입고, 도망도 칠 줄 알고, 도망치다가 기습도 할 줄 아는 무림공적이었다. 그렇다면 독이 나와도 이상하지 않은 상황이랄까. 나는 공중에서 두 개의 병장기를 띄웠다가 목검과 섬광비수를 바꿔서 붙잡았다. 목검을 주검으로, 섬광비수는 보조로. 다시 비객과 눈을 마주쳤으나, 이놈은 여전히 표정이 침착했다.

'이거 보통 놈이 아니네.'

보통 놈이었으면 무림공적이 됐을 리가 없겠지. 나는 그간의 행적 때문에 마음 깊숙한 곳에 생긴 자만심을 깡그리 지운 채로 비객을 상대했다. 추격전이 짧았음에도 퉁소 소리가 점점 더 희미해지고 있었다. 유인 당한 것은 아니겠지? 근처에 조력자가 있는 것은 아니겠지? 마음을 가라앉힌 다음에 검을 휘두르자, 비객은 갑작스럽게 폭이 넓은 자신의 장삼을 휘둘렀다.

촤라락!

이미 장삼에서 시작되는 변수를 예상하고 있었기 때문에 뒤로 물러나면서 검풍을 쏟아내자, 공중에서 무언가가 터지더니 짙은 녹무綠霧가 퍼져 나왔다. 호흡을 멈춘 채로 검을 휘둘러서 녹무를 쫓아내자, 비객이 있었던 자리에는 시커먼 장삼만이 놓여있었다.

"…와."

나는 숨을 참은 상태에서 목검과 섬광비수를 집어넣은 다음에 진각을 밟았다.

콰아아앙!

일대의 공기를 흙먼지로 채워 넣고 흡성대법으로 휘감았다가 조금 떨어진 곳으로 날렸다. 들썩이던 장삼은 제자리에 있었으나 주변에서는 발소리, 숨소리, 옷자락 스치는 소리도 들리지 않았다.

'이럴 수가 있나?'

나무에 숨든가 땅 밑으로 꺼지지 않은 이상은 갑자기 사라질 수 없는 환경이었기 때문이다.

'새외塞外 무공인가.'

퉁소 소리가 잠시 끊겼다. 내 귀가 잘못됐거나, 싸움이 끝난 모양이다. 나는 계속 숨을 참았다. 움직일 생각도 없었다. 그저 갑자기 사라진 비객이 어디선가 숨소리를 내거나 움직이거나 어떤 식으로든 나를 공격하기만을 기다렸다. 확신하는 것은 단 한 가지. 근처에 있다.

나는 주저앉은 다음에 섬광비수를 꺼내서 땅바닥에 꽂았다. 숨을 쉬어야 할 시간이 다가오고 있었지만 그냥 참았다. 이것은 환각일까 아니면 내가 이미 독에 당한 것일까. 귀를 기울여 보자 먼 곳에서 퉁소 소리가 희미하게 들렸다. 나는 섬광비수를 붙잡은 다음에 만월의 경지에 진입한 월영무정공의 냉기를 주입했다. 삽시간에 섬광비수 주변이 얼어붙더니 천천히 냉기가 퍼져나갔다.

"..."

과도하게 주입한 것이 아니라 숨을 참은 채로 천천히 밀어 넣듯이 빙공을 주입했다. 이제 차를 서너 모금 마실 정도의 시간도 버티지 못할 만큼 숨이 차오른 상태. 순간, 오른쪽의 나무에서 나무가 튀어나오는 듯한 착각이 들자마자 오른손으로 빛나는 것을 붙잡았다. 검이 너무 빨라서 목 근처까지 온 것을 빙공을 주입한 손으로 붙잡은 상태. 나는 그제야 고개를 돌려서 비객의 얼굴을 쳐다봤다.

검이 빠져나가는 순간에 손이 잘릴 것 같아서 빙공을 쏟아냈다. 비객의 장검이 하얗게 얼어붙고. 검을 놓으려는 비객의 손이 얼어붙더니. 새하얀 냉기가 진격해서 비객의 얼굴과 상반신을 뒤덮었다. 이것은 월영무정공의 최대치를 일순간에 쏟아낸 것이라서 나도 머리가 어질어질했다. 어떤 반격이 나올지 몰라서 비객의 검을 놓자마자 발검으로 목을 쳐낸 다음에 도로 검을 집어넣었다. 공중에 솟았던 비객의 머리가 텅- 소리와 함께 바닥에 떨어졌으나 빙공의 무게 때문에 굴러다니지도 않았다.

"확인."

나는 그제야 섬광비수를 뽑아낸 다음에 비수로 상반신을 확인했다. 용린갑 같은 것을 안에 받쳐 입은 상태. 하지만 감히 누군가가 쓸 수 있는 용린갑은 아니었다. 피부와 엉켜있는 사파의 무학처럼 느껴졌기 때문이다. 제법 끔찍한 모양을 가진 보호구여서 인상을 찌푸렸다.

"이 새끼는 대체 누구 제자지. 살벌하네."

나는 머리를 잃어버린 시체를 풀숲에 밀어 넣은 다음에 퉁소 소리를 들으면서 복귀했다.

* * *

퉁소 부는 사내가 여전히 퉁소를 불고 있고. 시체가 주변에 놓인 상태에서 검마는 퉁소 부는 사내 앞에 앉아서 연주를 듣고 있었다. 색마, 차성태, 모용백, 동수, 귀마까지 근처에 앉아서 음악을 듣는 상황. 그렇다면 채찍 쓰던 사내도 직도 쓰던 사내도 전부 죽었다는 뜻이다. 나는 이 이상한 광경을 쳐다보다가 이들과 함께 앉아서 퉁소 부는 사내를 포위했다. 십오종군행이 끝나자, 검마가 고개를 끄덕였다.

"…잘 들었네."

퉁소 부는 사내가 대답했다.

"예."

검마가 말했다.

"자비를 말하는 스님이 여기에 있지만 자네를 살리기엔 역부족이네. 스님을 제외한 우리는 자비심이 깊지 않은 사람들이야."

"예."

검마가 퉁소 사내에게 물었다.

"자네는 죽기 전에 무엇이 가장 후회스러울 것 같은가. 천천히 대답해도 이해하겠네."

천천히 대답하라는 말에 퉁소 사내는 자신이 곧 검마에게 죽는다는 것을 알게 되었다. 검마의 분위기가 너무 진지했기 때문에 동수 사숙도 나서지 못하고 있었다. 우리는 곧 죽음을 앞둔 사내를 바라봤다. 퉁소 사내가 눈을 질끈 감은 채로 눈물을 쏟아냈다. 이어서 얼굴을 두 손으로 붙잡더니 시뻘개진 안색으로 대답했다.

"음악을, 연주를 더…"

사내가 무어라 얼버무리더니 말을 잇지 못했다. 끝내 동수 사숙이 입을 열었다.

"…살려주시면 제가 데리고 교로 복귀하겠습니다. 이분이 원하시든 원하시지 않든 간에 제가 그렇게 하겠습니다. 무공 실력은 제가 더 나은 것 같으니 믿으셔도 됩니다. 이미 싸울 여력이 없고 마음에 후회가 가득하니 살생으로 해결할 일이 아닙니다."

검마가 동수에게 말했다.

"사람의 목숨을 가지고 흥정할 생각은 없다. 하지만 문주의 이야기도 들어봐야지. 이들의 전후과정은 문주가 파악하고 있으니."

나는 말을 이어받아서 퉁소 사내에게 물었다.

"연주를 뭐? 어쨌다는 말이냐."

퉁소 사내가 넋이 빠진 표정으로 대답했다.

"더 익혔다면 이런 일이."

순간, 무슨 생각인지 모르겠으나 퉁소 사내가 오른손을 펴더니 자신의 눈에 꽂았다. 나는 반사적으로 흡성대법을 펼쳐서 손을 당겼다. 자신의 팔에 얼굴을 얻어맞은 퉁소 사내가 어리둥절한 표정으로 코피를 쏟아내더니 나를 바라봤다. 나는 동수 사숙을 바라봤다.

"대머리, 복귀할 거야?"

"예."

"이 사람이 따라가다가 마음이 변해서 도망치면 어찌하려고?"

사숙이 나를 쳐다봤다.

"제 업보라 생각하겠습니다."

"자고 있을 때 찌르면 어찌하려고."

"저도 무공을 익혔으니 밤낮으로 타이르고 또한 경계하겠습니다."

나는 퉁소 사내를 바라봤다.

"너는 스님을 따라갈 테냐?"

퉁소 사내가 고개를 끄덕였다.

"살려주시면 그렇게 하겠습니다."

나는 퉁소 사내의 눈을 들여다보다가 대답했다.

"그렇다면 퉁소는 빼앗지 않겠다."

나는 동수 사숙에게 섬광비수를 가볍게 던졌다.

"…진행시켜."

동수가 놀란 표정으로 되물었다.

"예?"

"삭발하라고."

"아, 예."

동수가 섬광비수를 붙잡은 채로 다가와서 퉁소 사내의 머리카락을 싹둑싹둑 자르기 시작했다. 나는 그것을 구경하다가 말했다.

"조심해라. 날카롭다."

순간 동수가 흠칫 놀라더니 퉁소 사내의 정수리에서 핏물이 한줄기 흘러내렸다. 동수가 잔뜩 놀란 어조로 말했다.

"죄송합니다."

퉁소 사내가 덤덤한 표정으로 대답했다.

"괜찮습니다."

잠시 후 퉁소 사내는 머리에서 피를 살짝 흘리는 대머리가 되었다. 나는 이 모든 광경을 지켜보다가 한숨이 절로 나왔다.

"죽이는 것도 쉽지 않고 살리는 것도 쉬운 일이 아니구나."

동수가 대답했다.

"그래도 살려주셔서 감사합니다, 문주님."

"네 목숨도 아닌데 뭐가 그렇게 감사해?"

동수가 대머리가 된 사내의 정수리에 묻은 머리카락을 떼어내면서 대답했다.

"그래도 이렇게 살아남아야 퉁소도 더 불 수 있고, 비파도 연주할 수 있고, 밥도 먹을 수 있고, 죄를 뉘우칠 수 있습니다. 다음에 연이 닿으면 이분과 함께 일양현에 와서 퉁소를 다시 들려드리겠습니다. 아마 지금보다 훨씬 듣기 좋은 광릉지식, 십면매복, 호가명, 십오종군행은 물론이고 다른 음악도 들으실 수 있을 겁니다. 분명히 연주의 수준도 높아졌겠지요."

이때, 새롭게 대머리가 된 사내는 사숙의 말에 마음이 허물어졌는지 땅바닥에 엎드려서 흐느꼈다. 나는 오열하는 퉁소 사내를 물끄러미 바라보다가 말했다.

"대머리 운다."

"..."

다들 내 시선을 피하는 것 같아서 한숨을 내쉬었다. 문득 오른팔을 확인해 보니 실밥이 터진 곳에서 피가 흘러나오고 있었다. 어쩔 수 없이 모용백을 쳐다봤다. 모용백이 다가오더니 내 등을 두드렸다.

"또 꿰매면 됩니다. 뭐, 팔이 잘린 것도 아니고. 잘하셨어요."

이것은 칭찬도 아니고 비꼬는 것도 아니고… 어쨌거나 모용백의 마음이 한층 성숙해진 것 같아서 긍정적으로 받아들이는 와중에 퉁소 사내의 오열도 계속 이어졌다. 나는 분위기를 좀 파악했다가 퉁소 사내에게 그리 크지 않은 목소리로 말했다.

"시끄러워."

새삼스럽게 생각해 보니 결국에는 동수가 사람 한 명을 살렸다. 우리도 우리지만, 사숙도 정말 보통 고집은 아니었다.

269.
협박은 처음이라

서쪽으로 향하던 통소 사내가 무언가를 작심한 듯이 말했다.

"스님, 드릴 말씀이 있소."

"예."

"죄송하지만 이제 따라가지 않겠소."

"예?"

"아, 오해하지 마시오. 나는 애초에 그 무림공적 패거리와 어울리던 사람이 아니오. 물론 나쁜 놈들이라는 것은 눈치채고 있었소. 그게 내 죄겠지. 길 안내만 해줘도 보수를 넉넉하게 준다기에 몇 차례 길잡이를 했을 뿐이오. 이대로 돌아가면 다시는 그런 놈들과 어울리지 않고 음악에만 집중할 생각인데… 스님, 내 말 듣고 계시오?"

동수가 황당한 표정으로 대답했다.

"갑자기 어딜… 가겠다는 말씀인지?"

"살던 곳으로 돌아가겠소. 서역까지 가서 스님 생활을 할 이유가 내겐 없으니까."

"그러니까 검마 시주를 비롯해서 문주님, 모용 의원님, 육합선생, 차 총관과 몽 공자에게 했던 말씀은 거짓이었군요?"

퉁소 사내가 시치미를 뗐다.

"저희끼리 나를 살려주겠다고 결론을 내고 스님이 나를 데려가겠다고 했지. 내가 언제 그런 약조를 했소? 머리도 하오문주가 빡빡 밀라고 해서 강제로 밀린 것인데."

잠자코 이야기를 듣고 있었던 동수가 갑자기 해탈한 것처럼 활짝 웃었다. 퉁소 사내가 불쾌한 표정으로 물었다.

"왜 웃소이까? 비웃음이오?"

동수가 웃는 얼굴로 대답했다.

"스님은 웃지 말란 법이 있습니까?"

"그건 아니지만. 어쨌든 우리는 이제 작별합시다. 스님과 조용히 길을 걸으면서 나도 깨닫는 바가 적지 않았소. 진심으로 감사드리는 바요. 그럼."

동수가 말했다.

"시주…"

"시주도 안 했는데 시주라고 하지 마시고."

"제 말이 아직 안 끝났습니다. 잠시만 들어보십시오."

퉁소 사내가 고개를 끄덕였다.

"그럽시다."

동수가 말했다.

"그러니까 이번 일은 문주님을 비롯해… 자비심이 없었던 시주들이 살행을 더 저지르지 않은 뜻깊은 일이었습니다. 이런 식으로 갑자기 돌아가시겠다고 하면 저는 실언을 하게 된 것이고, 여러 시주를 속인 게 됩니다. 그분들이 저를 믿고 시주에게 기회를 준 것인데 이렇게 배신을 하시다니요?"

통소 사내가 눈을 부릅뜬 채로 정색했다.

"배신? 내가 충성을 바칠 상대도 아닌데 어찌 배신이란 말을 하시오?"

"신뢰를 깨뜨리는 것이 배신입니다."

통소 사내가 한숨을 내쉬더니 고개를 끄덕였다.

"뭐 그러면 배신이라 합시다. 알겠소. 살펴 가시오."

갑자기 동수가 허파에 바람이 들어간 사람처럼 소리 내어 웃었다.

"하하하하하하하하… 하."

통소 사내가 한숨을 내쉬더니 고개를 내저었다.

"또 봅시다."

통소 사내는 헛기침을 한 다음에 돌아서서 성큼성큼 도망치듯이 걸었다. 십여 걸음을 도망치는데 순간 기분이 서늘하다는 생각이 들어서 뒤를 돌아보자 동수 스님이 똑같은 간격을 유지한 채로 서있었다. 동수가 평온한 어조로 물었다.

"제 말이 아직 안 끝났는데 시주께서는 어딜 그렇게 바쁘게 가십니까?"

"…"

"참나."

이번에는 통소 사내가 경공을 펼치면서 빠르게 달렸다. 잠시 후에

설마 하는 심정으로 뒤를 돌아보자, 동수가 웃으면서 멈춰 서고 있었다. 퉁소 사내가 말했다.

"도대체 왜 따라오는 거요?"

"잠시 생각을 정리하느라 함께 달려봤습니다."

"정리 다 하셨소?"

"예."

"다행이구려. 그럼 이만."

퉁소 사내가 돌아서서 발걸음을 떼려는데 어깨 부위에 바늘이 박힌 것처럼 따끔하더니 몸이 움직이지 않았다.

"…어?"

고개를 돌리려고 했으나, 고개도 움직이지 않는 상황. 눈앞에 동수 스님이 나타나더니 합장을 하면서 말했다.

"누가 보내준다고 했습니까?"

"뭐요?"

"약속은 약속입니다. 저는 부족함이 많은 사람이지만 약속을 어긴 적은 없습니다. 시주께서는 함께 가주셔야겠습니다."

"아니…"

"어디 한번 말씀해 보시지요."

"뭘 말하라는 거요?"

"어째서 그렇게 약속을 가볍게 여기시는지 말입니다. 사람마다 의견이 다를 수 있으니 제가 진지하게 경청해 보겠습니다."

동수는 옆에 있는 커다란 바위에 가부좌를 틀고 앉았다. 퉁소 사내가 말했다.

“왜 나는 선 채로 있고 스님은 앉아 계신 거요. 일단 혈도부터 풀어주시오.”

“그 이유는 본인에게 물어보는 게 옳지 않겠습니까? 답을 알고 계시면서도 굳이 제게 물어보시는군요.”

“알겠으니까 혈도부터 풀어달라고.”

“혈도를 풀어드리면 제가 또 시주를 쫓아가야 하고. 만에 하나라도 제가 배운 무공을 사용해서 시주를 때리게 되면 죄를 짓는 것이니 그럴 수 없습니다.”

“아하, 이제 나를 때릴 생각까지 하셨다?”

“그런 생각이 들어서 경계하는 중입니다.”

“황당한 스님이로군.”

동수가 깊은 한숨을 내쉬었다.

“문주님과 있을 때는 몰랐는데, 떨어지고 나서야 사람들의 마음을 조금 이해할 것 같군요.”

“이해하든 말든 간에 빨리 풀어주시오. 혈도 때문에 꼼짝 못 하는데도 다리는 아픈 것 같소.”

동수는 또다시 허탈함과 황당함이 뒤섞인 웃음을 지었다.

“시주께서 감정을 숨긴 채로 연기하는 실력이 뛰어났군요. 저는 시주의 눈물과 오열이 진심이라고 믿었습니다. 다른 분들도 속으셨다면 시주야말로 공적 일행 중에서 가장 악독한 악인입니다. 이래서 강호인을 조심하라는 것인데 제가 또 이렇게 오늘 하나를 배우는군요. 문주님이 탐탁지 않아 하던 것도 사람의 본질을 저보다 더 잘 알고 계셔서 그랬을 겁니다.”

"이보시오. 동수 스님."

"예."

"원하지 않는 사람을 강제로 끌고 가서 불가에 입문시키는 것이 부처님의 가르침이오? 그런 것이 불가의 가르침이라는 말은 금시초문인데."

동수가 차분한 어조로 대답했다.

"서쪽으로 가자는 것은 불가에 입문하라는 뜻이 아닙니다. 문주께서 시주의 퉁소를 빼앗지 않겠다 하신 것은 그곳에서도 음악을 하라는 뜻이 담겨있습니다. 스님의 신분으로 어찌 퉁소나 불면서 지낼 수 있겠습니까? 객당에 거주하시면서 절의 일을 돕고, 함께 밥을 지어 나눠 먹고, 가끔 큰스님들과 대사형의 말씀을 들으면 얻는 바가 적지 않으실 겁니다. 음악의 조예에도 좋은 영향을 미칠 겁니다. 애초에 불가에 강제로 귀의시킬 마음은 없었습니다."

"아."

"이제 이해하셨다니 다행입니다."

"스님, 그렇지만 나는 사실 뼛속까지 강호인이오."

"알고 있습니다."

퉁소 사내가 승부수를 띄웠다.

"강호에는 강호의 법이 있소. 혈도를 풀어주시오. 스님과 내가 겨룬 다음에 이긴 자의 뜻에 따르는 것이 강호의 도리가 되겠소."

동수가 웃었다.

"시주께선 애초에 제 적수가 아닙니다."

"뭐요?"

"대사형께서 이르시길 중원의 무학이 아무리 뛰어나도 저보다 뛰어난 고수가 일백 명은 넘지 않을 거라 했습니다. 아무리 생각해도 시주께서 그 일백 명 안에 들어갈 것 같지는 않군요."

통소 사내가 미간을 좁히면서 대답했다.

"스님이 허세도 배우셨소? 백대고수가 무슨 의미인지 알고 있소? 문파만 해도 일백 개가 넘는데 백대고수라면 일문의 종주라는 뜻이오."

"문파에도 실력 차이가 있는 법이라서 틀린 말입니다."

"그럼 공적들을 공격할 때는 왜 가만히 구경만 하셨나?"

"검마 시주께서 새로 얻은 검법을 시험해 보고자 했습니다. 말은 하지 않으셨으나 저는 그렇게 파악했지요. 굳이 제가 끼어들지 않아도 공적 무리가 검마 시주를 당해내긴 어려웠을 겁니다. 몽 공자는 변수에 대비하려고 시종일관 내공을 아낀 채로 싸웠습니다. 또한."

"또한?"

"육합선생은 엄지로 검을 살짝 올린 채로 언제든지 달려 나갈 준비를 하고 있었습니다. 부상이 있긴 했으나 도망치는 자나 변수가 있으면 언제든지 합류할 마음가짐이었지요. 애초에 저까지 끼어들 필요가 없는 싸움이었습니다. 더 말씀드릴까요?"

"..."

"문주님이 돌아와서 합류하면."

"알겠소. 그랬군. 그나저나 중원에 와본 적도 없는 그 대사형이라는 분은 어찌 그렇게 오만하시오? 내가 아는 대단한 고수만 해도 일백 명이 훌쩍 넘는데."

"대사형께서는 견문이 넓고 실력이 저보다 아득하게 뛰어나십니다."

"믿을 수 없소."

"눈으로 봐야 믿으시겠습니까?"

순간, 동수가 옆에 있는 바위를 향해 손을 휘두르자, 굉음과 함께 커다란 바위가 산산조각이 나면서 바스러졌다.

"…!"

퉁소 사내가 뜨악한 표정으로 말했다.

"스님, 바위는 왜 갑자기 박살 냈소?"

"바위는 본디 무생물입니다."

"저런… 나무아미타불. 바위 밑에 지렁이나 달팽이가 있을 수도 있고. 이름 모를 벌레가 꿈틀대면서 이끼를 먹고 있었을 수도 있고. 산산조각이 난 돌멩이 하나가 날아가서 지나가던 착한 개구리가 맞아 죽었을 수도 있소. 스님이 다 확인해 보셨소?"

동수가 그제야 안색을 딱딱하게 굳히더니 퉁소 사내를 바라봤다.

"…"

퉁소 사내는 그제야 승기를 잡았다는 표정으로 슬쩍 웃었다.

"내 말이 틀렸소? 바위 주변에서 목숨을 잃은 생명이 있다면 그 원흉은 내가 아니라 스님이 되겠소. 그렇지 않소?"

"…"

"동수 스님, 돌아가서 더 배우셔야겠소. 나는 나대로 개과천선해서 퉁소나 불면서 남들에게 피해 주지 않고 잘 살아보리다. 나는 솔직히 스님이 무척 고맙소. 내 은인이오. 나중에 절에 있는 분들과 중원에 오시면 내가 성대하게 접대하리다. 물론 고기나 술은 못 드시겠지만. 산나물 비빔밥이라도 해드려야지. 왜 말씀이 없으시오?"

동수가 퉁소 사내를 바라보면서 대답했다.

"…말씀을 잘하시는군요."

"퉁소 부느라 말을 할 기회가 없었을 뿐이지."

"좋습니다."

"뭐가 좋소?"

"더 떠들어 보십시오. 아직은 제 마음이 서쪽으로 향하고 있습니다."

이번에는 퉁소 사내도 웃지 않았다.

"이 대머리 새끼가…"

동수가 고개를 끄덕였다.

"죄송한 말씀이지만 시주도 대머립니다."

퉁소 사내가 한숨을 내쉬었다.

"내가 졌소이다. 혈도나 풀어주시오. 군말 없이 따라갈 테니."

동수가 웃었다.

"시주는 스님들이 다 바보로 보이십니까?"

"대단한 스님이로군. 좋소. 당신을 따라서 서역으로 가느니 이 자리에서 혀를 깨물고 자결하리다."

퉁소 사내가 입을 오물거리더니 인상을 찌푸리면서 혀를 깨물었다.

"끄… 윽."

순간 퉁소 사내의 입 안에서 시뻘건 핏물이 잔뜩 흘러나왔다. 동수가 그제야 놀란 표정으로 퉁소 사내를 바라봤다.

“허허…”

퉁소 사내가 입에서 핏물을 계속 뿜어대자, 동수가 혀를 찼다.

“그 정도로 사람이 죽지는 않습니다. 혀끝을 깨무는 것으로 사람이 죽을 리 있겠습니까.”

한참이나 혀를 이빨로 잘근잘근 씹어대던 퉁소 사내가 지친 표정으로 한숨을 내쉬더니 바닥에 핏물을 뱉었다.

“퉤! 알았으니까 그만하고 풀어줘라. 대머리 새끼야. 네가 일양현에 있는 그 마귀 같은 새끼들하고 다를 바가 뭐야? 검마 시주? 검마가 마교의 전 광명좌사라는 걸 모르는 사람도 있다더냐? 네가 마교 출신 고수의 말을 듣고 나를 겁박해? 납치해? 강제로! 이게 너희가 말하는 자비라는 것이냐? 맞아? 내게 죄가 있다면 내가 직접 무림맹에 가서 벌을 받겠다. 그것이 강호의 도리다.”

동수가 대답했다.

“하오문주나 육합선생께서는 성정이 과격하지만 사리 분별이 안 되는 사람들이 아닙니다. 검마 시주가 이들과 호형호제하고 있다면 검마 시주도 옛일을 뉘우치고 있다는 뜻입니다. 그렇지 않다면, 여전히 마교에서 광명좌사를 맡고 있겠지요. 그리고 제가 며칠 살펴본 바로는 그저 하루하루 무서울 정도로 검에 집중하는 검객이었습니다. 또 궁금한 게 있으십니까?”

“차라리 나를 일양현에 다시 데려다주시오. 나도 거기서 호형호제하는 게 더 낫겠소.”

“과연 그럴까요? 제 예상이지만 이번에야말로 문주님에게 맞아 죽을 것 같군요.”

통소 사내가 소리를 버럭 내질렀다.

"이것도 안 된다. 저것도 안 된다. 무조건 강제로 말을 따르라는 게 어떤 땡중의 가르침이란 말이냐?"

"안 되는 것에 집착하는 것보다 새로 얻은 삶의 기회를 기뻐하고, 긍정적으로 받아들이는 게 어떻겠습니까? 통소도 원 없이 연주할 수 있고. 제가 큰스님들에게 부탁해서 비파도 중고로 하나 사드리겠습니다. 원하시면 대사형께 무공도 배우실 수도 있습니다. 그때는 이것저것 많은 것이 더 금지될 겁니다. 대사형에게 호신공을 배우다 보면 속된 말로 많이 맞게 되실 겁니다. 효과적인 방법이지요. 참고로 저도 많이 맞았습니다. 덕분에 호신공을 익히게 되었지요. 시주께서도 익혔으면 좋겠군요."

"스님, 살려주시오."

"저는 살생을 하지 않습니다."

순간, 통소 사내가 눈을 위로 까집더니 고개를 푹 떨군 채로 기절했다. 그 입에서 거품이 조금 섞인 핏물이 떨어지자 동수가 말했다.

"눈을 감고 잠시 생각을 정리해 보세요. 사람이 실제로 기절할 때는 호흡이 달라지기 마련입니다."

통소 사내가 눈을 뜨더니 고개를 들었다.

"…너무 괴롭소."

"인생은 본래 고해입니다."

"…"

"시주께서 속마음을 진솔하게 말하니 기쁘군요. 다 털어놓으십시오. 이상하게도 많은 사람이 대사형을 만나면 속에 있는 말을 제대로 하지 못하더군요. 아마 시주께서도 그러실 겁니다. 도착하기 전에 미리 제게 속내를 다 털어놓으시지요. 그것이 훨씬 더 마음이 편해지는 방법입니다."

"대사형이라는 자가 폭력적인 모양이로군. 그런데 나를 그곳에 끌고 가겠다고?"

동수가 고개를 저었다.

"매번 폭력적이지는 않습니다. 그래도 확실히 규율에 얽매이는 성격은 아니시죠. 예를 들면…"

"예를 들면 뭐?"

무언가를 곰곰이 생각하던 동수가 퉁소 사내를 쳐다보면서 말했다.

"하오문주님과 성정이 좀 비슷하군요."

퉁소 사내가 고개를 떨궜다.

"그 미친 새끼…"

"저도 이제야 깨달았습니다."

내리쬐고 있는 땡볕 아래에서 반짝이는 대머리들의 대화가 한 시진이나 더 이어졌다.

"다리가 너무 아프구려."

"서 계시니 당연한 일입니다."

태어나서 가장 많은 말을 하게 된 동수 스님은 불어오는 바람에 미소를 짓다가 이렇게 말했다.

"이렇게 하시죠. 한 번만 더 가지 않겠다는 의사를 표현하시면 다시 일양현으로 가겠습니다."

"거긴 어째서?"

동수가 덤덤한 어조로 대답했다.

"문주님에게 있었던 일을 전부 말씀드릴 수밖에 없지요."

"그건 싫소."

동수는 처음으로 타인에게 협박이란 것을 해봤다. 동수가 바위에서 일어난 다음에 퉁소 사내에게 합장했다.

"죄송하지만 함께 가려면 시주의 단전을 폐하는 수밖에 없을 것 같습니다."

"뭐?"

동수가 한숨을 내쉬었다.

"저는 그간 대사형에게도 많이 혼나고. 저보다 나이가 어린 문주에게도 볼 때마다 혼이 났습니다. 처음에는 왜 이렇게 나한테 화를 내나 싶었는데, 이상하게도 시주의 행동을 보고 말을 듣고 있으려니 문제는 우유부단한 제 생각과 행동에 있었습니다. 가르침을 받았으면 변해야 하는 법입니다."

퉁소 사내가 살짝 넋이 나간 표정으로 물었다.

"당신의 문제가 뭐였는데?"

동수가 슬쩍 웃으면서 대답했다.

"글쎄요. 세상을 살아가는데 매번 착할 필요는 없겠다, 이런 생각이 듭니다. 매사에 착한 것이 자비가 아님을 시주를 통해 깨달았습니다."

말을 마친 동수가 움직이더니 퉁소 사내의 단전에 일장을 때려 박았다.

퍽!

통소 사내가 못난 꼴로 땅바닥을 구르다가 그대로 기절했다. 기절한 통소 사내를 물끄러미 바라보던 동수가 숨을 크게 들이마신 다음에 내뱉었다.

"아이고, 속이 다 시원하네."

동수가 씨익 웃다가 중얼거렸다.

"나무아미타령…은 아니고 나무아미타불."

동수는 자신의 마음에 무언가가 묻었음을 인지했으나 그대로 두었다.

270.
돌부리를 조심하도록

오솔길을 오르던 동수는 사람이 한 명 드나들 법한 자그마한 동굴 바깥에 도착해서 밝은 표정으로 말했다.

"대사형, 저 왔습니다. 대사형, 계십니까?"

동굴 안에서 한껏 억누른 목소리가 흘러나왔다.

"막내구나."

동수가 웃으면서 대답했다.

"예, 돌아왔습니다."

"벌을 받는 중이라서 얼굴을 보진 못하겠구나. 건강하게 잘 돌아왔느냐?"

동수가 동굴 앞에 털썩 앉으면서 대답했다.

"저는 무사합니다. 대사형은 어째서 또 면벽 수련을 하고 계십니까?"

"방장의 명령이시다."

"어째서요?"

"얼마 전에 탁 노인장의 아들이 여래산을 통과하다가 짐과 교역품을 다 빼앗기고 발가벗긴 채로 창에 뚫려서 발견되었어."

동수가 안색을 굳힌 채로 대답했다.

"…누구 짓입니까?"

"여래산에 자리 잡은 금모귀金毛鬼 일당이라더구나."

"어떻게… 됐습니까?"

동굴 안에서 덤덤한 목소리가 흘러나왔다.

"나도 마침 근처에 일이 있어 여래산을 지나가는데 무리 지어 나온 놈들이 내 선장부터 요구하더구나."

"아이고…"

"너도 알다시피 하나밖에 없는 물건이라서 주지 않겠다고 하자, 내 목숨을 빼앗으려 하더군. 어찌 불자의 몸을 함부로 내줘서 속인들에게 살생이라는 큰 죄를 짓게 하겠느냐?"

"음."

"이들이 살생을 범하지 않게끔 몇 차례 선장을 휘둘렀다가 정신을 차려보니 주변이 온통 피바다로 변했더구나. 안타깝게도 나를 다그치던 속인들의 행방은 알 수가 없었다."

"예."

"피바다를 보고 있다가 막내가 돌아오면 한바탕 또 잔소리를 듣겠구나… 생각했지."

동굴 안에서 들리는 목소리의 말미에는 낮은 웃음이 깔려있었다.

"방장 어르신께선 무어라 하십니까?"

"방장께서도 평소에 탁 노인과 인연이 깊어서 크게 안타까워하셨다. 평소보다 꾸중이 덜하셨지. 겨우 백 일의 면벽을 명하셨으니 다행이다."

"예."

"그래서 내가 먼저 방장께 말씀드렸지. 백 일은 내가 생각해도 조금 부족하니, 부족한 부분은 네가 돌아왔을 때 혼이 나는 것으로 갈음하겠다고."

동수가 한숨을 내쉰 다음에 대답했다.

"제가 어찌 대사형을… 혼내겠습니까."

"내가 홀로 혼난다고 생각했던 모양이구나."

"대사형, 저는 이번에 복귀하면서 객당에서 지낼 강호인을 한 명 데려왔습니다."

"외부인이 단조로운 생활을 며칠이나 버틸 수 있을까. 데려온 이유가 있을 터."

동수가 고개를 끄덕였다.

"무림공적들의 길 안내를 하던 악인인데 저와 연이 닿았던 강호의 고수들이 공적들과 싸우다가 그 사내만 겨우 살아남았습니다. 퉁소부는 재주가 있더군요. 실은 제가 여기로 데려오지 않았다면 강호의 고수들이 퉁소 사내도 죽일 것 같았습니다."

대사형이 혀를 찼다.

"쓸데없는 참견을 했구나. 공적들의 길 안내를 했다면 악인들의 등불을 밝혀주는 것이나 다름이 없는데 네가 또 괜한 일에 끼어들었어."

“대사형, 그래서 오는 동안에 제가 퉁소 사내의 단전을 폐했습니다. 몸은 회복은 되었지만, 무공을 예전처럼 회복하는 것은 불가능하게 되었습니다.”

“…”

잠시 동굴 안에서는 아무런 대답이 없었다. 동수가 고개를 갸웃하면서 물었다.

“대사형?”

“네가 강호인의 단전을 폐했다고? 때렸단 말이냐?”

“예.”

“이상한 일이로군. 왜 그런 마음을 먹었지?”

동수가 살짝 한숨을 내쉬었다.

“그러게 말입니다. 저는 퉁소 사내의 목숨을 살리고자 나선 일인데, 막상 데려오는 것은 쉬운 일이 아니었습니다. 저를 속이려고도 하고 도망치려고도 했었지요. 이럴 때 대사형이라면 어떻게 하셨을까. 저와 연이 닿았던 하오문주라면 어떻게 했을까. 고민하다가 단전을 폐했습니다.”

“해보니까 어떠하더냐?”

“아주 얌전하게 잘 따라오더군요.”

“얌전하게 따라왔다고 하더라도 마음은 여전히 강호에 있을 것인데.”

“그럴 겁니다.”

“강호는 어떤 곳이더냐?”

동수는 자하객잔의 풍경을 떠올리다가 웃었다.

"모르겠습니다. 다시 가도 모르지 않을까요?"

"모르지만 다시 가보고는 싶은 게로구나."

"예."

동굴에서 웃음이 흘러나왔다.

"구마 가문의 소문난 고집쟁이의 마음도 변하게 만들다니 대단한 곳이야. 미리 답사한 성과는 있었느냐?"

"본래는 장안 근처의 산에 터를 잡아 경전을 번역하여 전파하려고 했는데."

"했는데."

"단순한 번역으로는 사람들의 마음을 움직일 수 없을 것 같습니다."

"그래서?"

"아무래도 제가 직접 사람들의 삶을 경험하고 이들의 생각을 살피면서 번역 작업을 해야 한다는 결론을 얻었습니다. 현실과 동떨어진 스님의 말이 불자가 아닌 자들에게 얼마나 설득력이 있겠습니까?"

"그렇다고 경전의 내용이 바뀌진 않을 텐데."

"경전이 바뀌지는 않지만 제가 바뀌는 것 같습니다. 제가 바뀌면 번역에 불어넣는 숨결도 달라지겠지요. 경전을 다시 깊이 공부하고 빠짐없이 외운 다음에 강호에 다시 가보고 싶습니다."

"힘든 일이야."

"대사형, 그럴 가치가 있는 일입니다."

"네 생각은 항상 겸손하고 측은지심이 넘치니 좋을 대로 해라. 우리와 함께하는 것도 네 공부의 일부일 뿐. 전부는 아니다. 준비를 마치면 언제든지 떠나도록 해."

"예, 대사형."

"중원에는 악독한 마귀들이 많다고 들어서 네가 무사히 복귀할 수 있을까 걱정의 마음이 사라지지 않았다. 이는 나뿐만이 아니라 네 어머님의 부탁을 받아 너를 보살피기로 했던 방장께서도 마찬가지. 우리는 종종 비슷한 꿈을 꾸면서 네가 무사히 돌아오기를 기원했지. 이미 악인들이 넘쳐나는 세상에 네 깨끗한 마음이 통할 거라는 기대는 하지 않았다. 하지만 예지몽이라는 게 사람의 걱정에 지나지 않는구나."

"맞습니다, 대사형."

"그나저나 비무도 아닌데 속인에게 손을 댄 이유가 달리 있느냐? 예전이면 상상도 못 했을 일이다."

"그러니까… 정말 너무 답답했습니다."

동굴 안에서 웃음이 터지더니 대사형의 말이 흘러나왔다.

"나도 너를 보면 자주 답답했다."

"대사형, 제가 머물던 자하객잔의 주인장이자 하오문이라는 단체를 이끄는 문주와 인연을 맺었습니다. 저보다 나이가 어리면서도 제가 그렇게 답답했던 모양인지 별것도 아닌 일에 수시로 고함을 내지르고 인상도 찌푸리고 며칠 더 친하게 지냈다간 머리를 몇 대 맞았을 것 같습니다."

"하하하하하하…"

"대사형, 좀 작게 웃으세요. 동굴이 무너질 것 같습니다. 반야공般若功은 아직 진전이 없으십니까?"

"편히 생각하고 있다. 아무도 대성하지 못했다면 이유가 있는 것이겠지. 억지로 집착해서 도달할 수 있는 경지가 아니다."

동수가 슬쩍 웃으면서 말했다.

"백 일이면 짧으면서도 긴 시간입니다. 오랜만에 제가 마을에 가서 술을 좀 사다가 드릴까요?"

"…네가 갑자기 변했구나. 시키지도 않은 일을 먼저 하겠다니. 괜찮다."

"예."

동굴 안에서 짤막한 한숨이 흘러나왔다.

"나는 이렇게 벽이나 바라보고 있는데 막내의 마음은 대하의 물줄기가 스며든 것처럼 그릇이 커졌구나. 부러운 일이고 축하할 일이야. 다른 사제들은 보았느냐?"

"예, 바로 어제 봤었던 것처럼 변함없이 수련하고 계시더군요. 날이 갈수록 둘째 사형과 셋째 사형의 눈빛에서 호승심이 깊어지는 것 같아서 걱정입니다. 무승의 대표 자리가 그렇게 집착할 만한 것일까요? 절 밖으로 한 걸음을 내디디면 아무것도 아닌데 말입니다. 대사형만 해도 대표 자리와 호승심에는 관심이 없지 않으십니까?"

"내버려 둬. 아직은 호승심에 기대어서 발전해야 하는 시기야. 편협하게 감정 다툼을 하다가도 큰일이 생기면 뜻을 모을 사내들이니 미워할 필요 없다."

"예."

"또한, 두 사제가 나를 못마땅하게 생각해도 결국에는 실력으로 꺾어야 할 테니 걱정할 필요 없다. 막내 사제, 사람들은 모두 네가 너무 고지식하다고 하는데 이곳에서 나를 이해해 주는 사람은 오직 너뿐이로구나. 저들은 모두 생각이 비슷하고 너는 다르기 때문이야. 나도 네가 자주 답답했다만 네가 마음이 약한 사람이라고 생각해 본 적은 없어. 강호에 물들더라도 네 마음가짐을 이 이상 크게 바꿀 필요는 없다."

"명심하겠습니다."

"무승의 본질이 선조들의 무학을 잇고 발전하는 것이라면 나는 죄가 없다. 사제들의 실력도 날이 갈수록 고강해지고 있으니 내가 언젠가 사라져도 큰 문제가 없을 것이야. 내 고민은 다른 것이다."

"무엇입니까?"

"우리가 익힌 반야공은 최고의 진리 중 하나라고 배웠다."

"예."

"무엇에 견줘서 최고인가? 나는 반야공이 최고의 진리가 될 수 없음을 알고 있다."

"어째서 그렇습니까?"

"무공은 본래 익히는 사람의 역량에 따라 다르기 때문이야. 얼마 전에 구단에 도달했으나 이 실력으로도 중원의 최고수들을 상대하긴 부족하겠지."

"설마 그렇겠습니까?"

"이유가 있다. 반야공은 결국에 그것을 창시한 선조의 무공인데 우리의 역량이 선조에 미치지 못하기 때문이야. 여러 가지를 살펴보고 내 무공을 만들어야 할 시기다. 강호에는 무인으로서 무결한 자가 존재할까? 네가 들은 것은 없느냐?"

"있습니다. 검마 시주라는 분에게 들었는데 만나는 것은 어렵다고 합니다."

"어째서."

"만나면 한쪽이 죽음을 맞이할 테니 준비를 단단히 하고 만나야 한다 했습니다. 하지만 이미 마음에서는 죽음을 각오한 채로 살아가는 무인이었습니다."

"검객이구나."

"예."

동수가 곰곰이 생각하다가 말했다.

"대사형, 언젠가 강호를 돌아보고 오실 생각이시면 제가 알려드리는 일양현의 자하객잔을 먼저 찾아가 보시지요. 제가 앞서 말씀드렸던 강호의 고수들이 있는 곳입니다."

"그 공적들을 상대했다던 무리 말이냐?"

"예."

"이곳에서도 내 성정을 감당하지 못하는데 속세의 강호인들이 어찌 나를 편히 생각할까. 아무도 만나지 않는 것이 서로 편할 것이다."

"대사형, 그곳에 있는 사람들 말입니다."

"…"

"평범한 자들이 감당하기 어려워하는 사람들이었습니다. 특히 네 사람은 뻔뻔하게도 본인들을 사대악인이라 칭하고 있습니다."

"멍청한 바보 놈들이구나."

"첫째가 검마, 둘째가 육합선생, 셋째가 하오문주, 넷째가 외람된 표현이나 색마입니다."

"온갖 마귀 잡종들이 객잔에 다 모여있구나."

"하나같이 전부 마음의 병이 있었습니다. 검마는 검에 미쳐있고, 육합선생은 개과천선한 부류입니다. 하오문주는 광증에 시달리고 색마는 색증에 사로잡힌 인물입니다."

"그런데?"

"또한, 정이 가더군요."

"어째서 그런 마귀들에게 물들었느냐?"

"선을 지키는 자들이어서 정이 들 만했습니다. 넷을 따로따로 떼어놓으면 운수가 제각각이고 분명히 단명하거나 객사할 인과因果가 엿보일 정도로 융통성이란 게 없는 자들이었습니다. 저처럼요."

"그렇다면 넷 중의 한 사람이 마귀들을 불러 모아서 객잔에 묶어둔 모양이야. 운명이 다른 곳으로 흘러가지 않게끔 말이다."

"맞습니다. 대사형."

"그것이 네 생각에는 하오문주라는 사람이고?"

"어떻게 아셨습니까?"

"네가 먼저 별호를 언급했으니 사고의 많은 부분을 차지했다는 뜻이겠지. 그 사람 때문에 강호인의 단전도 폐할 수 있었던 것이고. 네가 무사히 복귀한 것을 보면 하오문주와 전생의 인연이 있었던 모양이야."

동수가 활짝 웃으면서 말했다.

"그러게 말입니다."

"언제가 됐든 문주를 보게 되면 막내 사제를 잠깐이나마 돌봐줘서 고마웠다는 말을 전하마. 그것이 우리 인연의 도리겠지."

"저는 오히려 문주를 보면서 대사형 생각이 많이 났습니다."

"사고를 많이 치는 놈이로구나."

"예."

"나는 고작 절간 근방에서 사고를 치고. 문주는 강호를 상대로 사고를 치고 있으니 그릇이 나보다 크다. 기억할 테니, 이제 내려가서 사제들과도 시간을 보내고 저녁도 먹거라. 곧 해가 떨어질 테니."

동수가 일어나서 동굴을 향해 합장했다.

"대사형, 저만 내려가서 따뜻한 밥을 먹어야 한다니 죄송합니다. 남은 면벽 기간도 건강하게 보내십시오. 눈치를 안 볼 수 있을 때 종종 올라오겠습니다."

"내려갈 때 반갑게 얼굴 보자꾸나."

"예, 대사형. 그럼, 물러가겠습니다."

돌아선 동수를 향해 대사형의 목소리가 이어졌다.

"사제."

"예."

"너는 경전을 전해서 사람들의 마음을 바꾸고. 나는 무공을 전해서 불자들이 사람들을 지키게 할 것이다. 다만 이 무공을 네 경전을 깊이 읽은 자들만 배울 수 있도록 하면 될 일이다."

"대사형이 떠나시면 방장께서 무척 노하실 겁니다."

"지금은 뜻이 달라도 나중에는 생각이 바뀌실 터. 상관없다. 하는 일도 없이 공양을 받아서 생활한다는 것은 남의 불행을 빌어먹고 사는 것과 같다. 남의 불행을 알고도 산속에서 목탁이나 두드리고 있으면 외면하는 것과 같다. 이런 것이 쓰레기 같은 종교의 본질이 되어선 안 돼. 내 마음은 이미 파계한 지 오래되었다. 어두워지고 있으니 돌부리를 조심하도록."

"예…"

동수가 사라지고 나서야 대사형이 동굴 입구에서 모습을 드러냈다. 어두워지는 밤하늘을 무심한 표정으로 구경하던 대사형이 호리병에 든 술을 한 모금 마신 다음에 미소를 지었다.

"…한바탕 나쁜 꿈이었구나."

사제가 무사히 복귀했으니 이제 악몽에 시달리지 않을 터였다.

271.
사대악인의 제자

"대사부님, 잘 주무셨어요?"

"그래."

나는 객잔 앞에 나와서 차례대로 아침 문안 인사를 하는 요란이를 바라봤다.

"둘째 사부님, 간밤에 나쁜 꿈을 꾸진 않으셨어요?"

"그래. 잘 잤다."

검마와 귀마는 여전히 어색한지 별다른 대답을 못 하는 와중에 요란이가 내 앞에 와서 고개를 꾸벅 숙였다.

"셋째 사부님."

"응."

요란이가 나를 쳐다보다가 말했다.

"잠은 좀 주무셨어요? 밤새셨어요?"

나는 고개를 저었다.

"아니야. 나도 잘 잤다."
"예."
요란이가 옆으로 이동하더니 색마에게 고개를 숙였다.
"…대사형, 잘 주무셨어요?"
색마가 한숨을 내쉰 다음에 고개를 끄덕였다.
"요란아, 막내 사부님이라고 불러야지. 왜 또 하루아침에 대사형으로 바뀌었어? 어제는 막내 사부님이라고 했잖아."
요란이가 내 눈치를 슬쩍 보더니 색마에게 말했다.
"그렇게 되면 대사부님에게 조사님이라고 해야 해서요. 대사형이 옳다고 하셨어요."
"누가 그래?"
"셋째 사부님이요."
내가 옆에서 요란이를 응원했다.
"똑똑하구나."
요란이는 아침 인사가 많아서 그런지 이내 옆으로 걸어가서 차성태에게 고개를 숙였다.
"총관님도 잘 주무셨죠?"
차성태가 고개를 저었다.
"아니, 나는 간밤에 악몽을 꿨어."
"어떤 악몽이에요?"
"네 셋째 사부님한테 객잔에서 맞는 꿈을 꿨어. 술안주 심부름도 밤새도록 하고 말이야."
요란이가 양손으로 배를 붙잡더니 웃음을 터트렸다. 차성태가 황당한 표정으로 말했다.

"웃어?"

"죄송해요."

나는 차성태에게 말했다.

"어떤 놈이 우리 제자의 웃음을 지적하는가?"

차성태가 콧방귀를 뀌더니 요란이를 바라봤다.

"요란아, 남의 악몽 소식을 듣고 그렇게 웃으면 안 돼."

"예, 총관님."

"들어가서 밥 먹을 준비해라."

"알겠습니다."

요란이가 객잔으로 들어가고 나서야 우리는 평범한 아침을 맞이했다.

"후."

"하아… 거참."

"쩝."

다들 무슨 생각에 빠졌는지는 모르겠으나 여러 차례 한숨이 뒤섞였다. 물론 요란이의 양부모는 장득수와 홍 사매가 맡아주기로 했다. 하지만 요란이는 강호에서 본 것이 제법 있는지 어느 날부터 대뜸 우리를 사부님이라고 불렀다. 딱히 누군가가 시켜서 한 것 같지도 않다. 아침이면 이렇게 우리보다 약간 늦게 등장해서 아침 문안 인사를 드리는데 하지 말라고 할 명분도 딱히 없었다.

물론 검마, 귀마, 나는 요란이에게 아직 무공을 가르칠 마음이 없다. 그저 사부님이라 부르면서 따르니 말 상대를 해주는 느낌이랄까. 다들 요란이의 사연을 알고 있는 데다가 나이가 어려서 무어라 하는 것이 어려웠다. 떠오르는 햇살이 퍼지고 있는 아침 풍경을 심각한 표정으로 구경하던 검마가 중얼거렸다.

"대사부라고 부르니까 들을 때마다 부담스럽구나."

귀마도 탄식했다.

"그러게 말이오. 무공 배울 생각으로 저러는 것 같은데. 차라리 모용의가에 맡기는 것은 어때?"

나는 고개를 저었다.

"본인이 싫다는데 어쩌겠어. 다행히 야율연은 잘 적응하고 있다더군."

그나마 모용백이 있어서 예기로 있었던 야율연은 의녀 일을 배우고 있었다. 색마가 무어라 말을 하려는데 또다시 우당탕 소리가 나더니 요란이가 등장해서 우리 넷은 동시에 급히 입을 다물었다. 요란이가 내 앞으로 와서 나를 올려다봤다.

"셋째 사부님."

"응?"

"사부님들하고 대사형까지 포함해서 사대악인이라면서요?"

나는 놀란 표정으로 대답했다.

"아니, 그런 건 누가 알려준 거야? 옛날 일이야. 예전에는 그랬지."

"지금은 아니에요?"

"지금은 아니지. 사대악인이라니 말도 안 되는 소리로군. 왜 갑자기."

나는 요란이를 쳐다봤다. 총명한 것은 알고 있었지만, 주워들은 것을 곧잘 아무렇지도 않게 이야기해서 놀랄 때가 있었는데 지금이 그렇다. 그러니까 이게 무슨 느낌이냐면… 최연소 강호인과 대화하는 느낌이랄까? 요란이가 좌우를 훑어보다가 진지한 어조로 대답했다.

"저는 지난밤에 오대악인이 되는 꿈을 꿨어요."

"오대악인이라… 그건 좀 논란이 있겠는데? 우리가 사대악인이 아닌데 어떻게 오대악인이 되는 꿈을 꾸었을까. 이상한 꿈이네."

"은퇴하신 거예요?"

"아직은 아니야. 아, 강호에서 은퇴하지 않았다는 말이다. 사대악인은 아니야. 악인이 멋있는 말이 아닌데 착각하면 안 돼."

이때, 객잔에서 홍신이 나오더니 요란이를 번쩍 안으면서 말했다.

"요란아, 사부님들 괴롭히지 말고 들어가자."

"안 괴롭혔는데요?"

"사부님들이 곤란해하시잖아."

"알았어요."

나는 두 번째로 요란이가 사라지자마자 한숨을 내쉬었다.

"큰일이네. 미성년자가 오대악인이라니."

"그러게 말이다."

나는 세 사람과 차성태의 수행에 방해가 될 것 같아서 넌지시 권유했다.

"선배도 그렇고 다들 답답하면 수련 여행이나 다녀와."

색마가 내게 물었다.

"너는?"

"나는 팔이 다 아물 때까지만이라도 얌전하게 지내야지. 꿰매는 것도 지겹군. 그동안 너무 설쳤어."

"그건 맞지. 적당히 설쳐댔어야지."

색마와 눈싸움을 하는 와중에 검마가 조용한 어조로 입을 열었다.

"…문주의 적이 너무 늘어났다. 번거롭긴 하다만 멀리 떠나도 마음이 불편할 것 같으니 적응해야지. 서생들이 와도 걱정이고 서생이 아닌 놈들이 와도 걱정이로군."

그러니까 이자들이 자하객잔에 달라붙어 있는 이유는 어쨌든 나 때문이었다. 이런 생각이 들었다. 거점을 옮겨야 하나? 내 집이 멀쩡하게 복구되었으나 집에 있는 것도 불편한 상황이었다. 일단 내게 손바닥이 뚫린 추명서생도 어디엔가 멀쩡하게 살아있을 테니 말이다. 우리의 전력을 대략 파악하고 있어서 분명히 혼자 등장할 놈은 아니었다. 적어도 본인과 실력이 비슷한 서생들과 나타날 놈이다. 나는 평화롭게 보이지 않는 일상의 풍경을 바라보면서 말했다.

"강호에서 살아남을 수 있다는 확신이 들었을 때. 천하를 돌아다니면서 뛰어난 아이를 찾아서 제자로 삼을까 했었는데 이건 뭐 고르지도 않고 제자가 생겨버렸네."

색마가 중얼거렸다.

"몇 번 부르다가 말겠지. 너무 어려서 그래. 팔자에도 없는 대사형이라니. 사부님, 요란이처럼 여러 명을 사부로 모시는 예도 있습니까?"

검마가 대답했다.

"드물지만 없지는 않다. 그리고 우리가 예의범절을 따지는 족속은 아니지."

"예."

"언제가 될지는 모르겠지만 각자 절기 하나쯤은 전수해도 나쁘지 않을 것 같다."

나는 놀란 표정으로 검마를 바라봤다. 검마의 말이 이어졌다.

"어린 나이에 부모를 잃었는데 제 한 몸 지킬만한 무공을 가르치는 게 맞겠다. 다만 내 무공은 전수하기 어려워. 검은 육합에게 배우는 게 더 적당해 보이는군. 문주는 무엇을 가르칠래?"

"나는 경공을 가르쳐야지. 살아남으려면 경공이 가장 낫지."

색마가 대답했다.

"제가 나중에 옥화빙공을 가르치겠습니다. 어쨌든, 여인에게 더 적합한 무공입니다. 여인들만 있었던 옥화궁에서 발전시킨 것이니까요."

대사형이 어린 사매에게 무공을 가르친다고 해도 그다지 이상하지 않았다. 본래 우리부터가 이상한 놈들이기 때문이다. 검마가 귀마에게 물었다.

"자네가 검을 가르칠 수 있겠나?"

"어려운 일은 아니오. 하지만 적어도 십 년은 넘게 수련해야 한 명의 무인으로 성장할 수 있을 텐데. 우리 넷이 강호에서 십 년을 버틸 수 있을지 모르겠군."

갑자기 나란히 이어진 의자에서 말석에 앉아있었던 차성태가 일어났다.

"저는 미리 아침을 먹어서 수련 좀 하고 오겠습니다."

"다녀와."

차성태가 우리를 둘러보면서 포권을 취하더니 돌아서서 어디론가 향했다. 나는 이상하게도 오늘따라 한숨이 절로 나왔다. 이런 것이 아마도 부모들이나 사부들이 가지고 있는 부담감이 아닐까. 내가 연신 한숨을 쉬어대는 와중에 객잔에서 장득수가 나오더니 할 말이 있는 사람처럼 우리를 둘러봤다. 내가 물었다.

"왜?"

장득수가 앞치마에 손을 닦으면서 말했다.

"오늘은 식사를 다들 모여서 함께 하시죠. 따로 드시지 마시고. 이층으로 올라오세요."

장득수의 명령에 사대악인이 별말 없이 일어났다. 밥 주는 사람의 명령은 들어주는 것이 인지상정이기 때문이다.

"숙수가 올라오라면 올라가야지."

이 층에 가보니 가장 큰 원형 탁자에 평소에 보기 힘든 진수성찬이 준비되어 있었다.

"…"

그간 내가 득수 형에게 얻어먹지 못했었던 반찬은 물론이고 돼지통뼈를 비롯해서 자주 먹던 음식들도 깔려있었다. 정말 아침에 먹기엔 과한 상차림이었다. 젓가락을 내려놓던 홍신이 말했다.

"앉으세요. 문주님, 사부님들. 요란아, 밥 먹으러 와라."

우리가 자리를 잡고 앉자 앞치마를 벗은 장득수도 자리에 앉았다. 장득수와 홍신의 사이에는 요란이가 얼굴만 내밀고 있었다. 나는 물을 마신 다음에 득수 형에게 물었다.

"상차림이 왜 이렇게 요란해?"

요란이가 대답했다.

"저요?"

"너 말고."

장득수가 웃으면서 손을 내밀었다.

"먹으면서 이야기하시죠."

우리는 일단 젓가락을 들고서 밥을 먹었다. 손이 빠른 장득수라도 새벽에 일찍 일어나서 준비한 티가 역력한 반찬들이었다. 이렇게 보고 있으려니 홍 사매가 멀리 있는 반찬을 집어서 요란이의 밥 위에 올려놓고 있었다. 장득수가 밥을 먹으면서 말했다.

"…요란이의 성과 이름은 이제 장요란입니다."

양부모가 성을 주는 것은 있을 법한 일이라서 우리는 고개를 끄덕였다. 분위기가 이상했지만 우리는 꾸역꾸역 밥을 먹으면서 장 숙수를 바라봤다. 장득수가 말했다.

"저한테 요리를 배우면 요란이도 숙수가 되겠지만 요리하는 것에는 흥미가 없다고 하네요."

장득수가 우리를 둘러본 다음에 말했다.

"우리 딸이 사부님들에게 무공을 배우고 싶은 모양입니다. 격식도 안 차리고 예의도 없이 먼저 사부님이라고 불러서 죄송합니다. 저도 강호의 일에는 아는 것이 적어서 일단 식사부터 준비했습니다."

"…"

요란이가 땡글땡글한 눈으로 우리를 감시하고 있어서 무어라 말을 해야 할지 곤란했다. 부담감이라는 것이 두 배로 늘어나더니 밥

알이 목구멍에 걸린 것 같아서 물을 마셨다. 이제 보니까 우리 넷은 동시에 물을 마시고 있었다. 장득수의 말이 이어졌다.

"바쁘시고 부담이 되는 것도 알고 있습니다. 아직 나이가 어리니까 문파의 제자처럼 가르치실 필요는…"

장득수는 홍신의 표정을 확인했다가 말을 얼버무렸다.

"제가 무공을 배웠다면 직접 가르쳤을 텐데 그게 아쉬울 따름이네요."

다들 아무런 말이 없어서 내가 대신 대답했다.

"천천히 가르쳐야지."

그러고 보면 장득수와 홍신에게 양부모를 해달라고 부탁한 것은 나다. 부담은 내가 먼저 두 사람에게 줬다는 뜻이다. 그렇다면 세 사람이 사부를 포기해도 나는 그럴 수 없는 처지였다. 나는 현실을 받아들인 다음에 요란이를 바라봤다.

"…사부가 많으니 뭐라도 되겠지."

딱히 반응이 좋은 말은 아니었다. 본래라면 요란이에게 무공을 왜 배우려고 하는지를 물어봐야 하는데, 막상 물어볼 수가 없었다. 상처를 들춰내는 일이었기 때문이다. 그래서 단순하게 물어봤다.

"요란아, 사부들에게 무공을 배울 거야?"

"예."

"힘들 텐데? 쉽지 않은 일이야. 원망스러울 때도 많을 거다."

요란이가 간결하게 대답했다.

"할 수 있어요."

나는 색마, 귀마, 검마의 표정을 차례대로 바라봤다. 우리는 잠시 밥을 다 먹을 때까지 대화를 나누지 않았다. 요란이까지 밥을 다 먹고 나서야 득수가 홍신에게 요란이를 맡겼다. 결국에는 사내들이 남은 식사 자리에서… 장득수가 다시 입을 열었다.

"요란이가 부담스럽습니까?"

나는 고개를 끄덕였다.

"부담이지."

장득수가 검마, 색마, 귀마에게도 다시 물었다.

"세 분도 그렇습니까?"

"그런 편이네."

"부담스럽군."

색마는 고개만 끄덕였다. 장득수가 말했다.

"저도 부담스럽습니다. 팔자에는 없었던 아비 노릇입니다. 자하가 부탁해서 알겠다고는 했는데 하루하루 부담스럽습니다."

"…"

장득수가 우리를 둘러보다가 말을 이어나갔다.

"저만 그렇겠습니까? 평범한 가정의 아비들이 다 비슷한 마음이겠지요. 요란이에게 무공 좀 가르쳐 주세요."

가만히 있던 검마가 장득수에게 물었다.

"다른 이유도 있나?"

"있지만 굳이 말씀드려야 할까요?"

"들어보고 싶네."

장득수는 자신이 새벽부터 차려놓은 음식을 물끄러미 바라보다가 우리에게 말했다.

"네 분을 보고 있으면 하루하루 죽음을 각오한 채로 살아가는 게 눈에 보입니다. 강호에 몸을 담고 계시니 이해 못 할 일은 아닙니다. 하지만 사람이 어찌 죽음만 생각하면서 살아갈 수 있습니까. 굳이 그럴 필요는 없는데 말이죠. 싸우다가 패배하거나 죽는 것은 결과라서 어쩔 수 없지만 평범한 일상 속에서도 매번 죽음을 떠올리는 삶을 살 필요는 없습니다. 제 말이 너무 주제넘었나요?"

나는 고개만 저었다. 장득수가 말했다.

"요란이 좀 잘 보살펴 주세요. 어린 녀석이 너무 일찍 죽음을 떠올리는 것 같습니다. 괜히 사부님들이라 부르면서 따르겠습니까? 무모하게 싸우다가 일찍 죽는 생각들 좀 그만하시고. 제자 생각하면서 도망도 치고, 가늘고 길게 사는 삶도 생각해 보시길… 제가 바랍니다."

장득수가 식탁을 가리키더니 말이 없는 우리에게 말했다.

"제가 치울 테니 사부님들은 쉬러 가시지요."

우리는 동시에 엉거주춤 일어나서 한마디씩 남겼다.

"잘 먹었네."

"잘 먹었소."

"만드느라 고생하셨소."

장득수가 그릇을 치우면서 대답했다.

"별말씀을… 맛있게 드셨다니 다행입니다."

나는 딱히 할 말이 안 떠올라서 계단을 내려갔다. 우리 넷은 장득수에게 동시에 혼난 사람들처럼 계단을 내려가는데, 위에서 또다시 우당탕 소리가 들리면서 요란이의 목소리가 들렸다.

"저도 도울게요. 제가 치울게요."

나는 부담감이라는 게 두 배에서 세 배로 성장하는 것을 실시간으로 확인했다. 우리는 다시 객잔 앞에 나란히 앉아서 서로의 한숨을 들었다. 잠시 후에 색마가 작은 목소리로 중얼거렸다.

"그래도 나는 대사형이라서 다행이네."

"멍청한 새끼."

"좋겠다, 이놈아."

"못난 놈."

우리는 멍한 표정으로 전방을 주시하다가 동시에 한숨을 내쉬었다. 나는 세 사람을 응원하는 차원에서 이렇게 말했다.

"모용백한테 말이야."

"…"

"어린아이가 먹어도 좋으면서 내공 수련에도 도움이 잘 되면서 효과가 빠른데 부작용은 덜한 보기 드문 영약 좀 하나 구해오라고 해야겠다. 내공은 뭐 많을수록 좋지. 그래야 무공 성취도 빠르고."

옆에서 귀마가 고개를 끄덕였다.

"그거 좋은 생각이야."

색마도 인정했다.

"맞아. 우리만 고생할 수는 없지."

이상하게도 그제야 마음이 조금 편해지고 있었다. 왜 그런지는 사실 내 알 바 아니다.

272. 내 별호가 한때 광마였다는 것이

"몽랑아."

"예, 사부님."

"정말 옥화빙공을 가르칠 셈이냐?"

내 옆에 있는 색마가 대답했다.

"예. 딱히 못 가르칠 이유도 없습니다. 어차피 여자 제자에게 가르칠 생각은 하고 있었습니다. 너무 이른 감은 있네요."

"옥화빙공이 사라질 위험이 있어서?"

색마가 고개를 끄덕였다.

"사라지긴 아까운 무공입니다."

검마의 말이 이어졌다.

"벌써 요란이에게 본격적으로 무공을 가르칠 필요는 없다. 하지만 우리가 어떻게 될지 모르니 우리가 강호에서 사라졌을 때 함께 사라질 위험이 있는 무공은 요란이가 외우고 있는 것이 낫겠다."

"예."

스승과 제자의 이야기를 들어보니 장득수의 말이 맞았다. 우리는 전부 죽음을 생각하는 사람들이었다. 검마는 그렇다 쳐도 색마까지 자신의 최후를 떠올린 채로 살아가는 셈이었으니 말이다. 그러니까 검마의 의견은 서생들이 제자백가의 무공을 모아둔 것처럼 요란이에게 우리들의 무공을 기억하게 하자는 것이었다. 귀마가 동의했다.

"나쁘지 않소."

검마가 전방을 주시하면서 말했다.

"적어도 우리 넷의 무공은 요란이를 통해서 전해지겠지. 지켜본 바로는 충분히 총명해. 일단은 무조건 외우게 한 다음에 훗날을 기약해야지. 우리가 정말 적들을 모조리 죽인 다음에도 살아있다면 얼마든지 마음 편히 가르칠 수 있도록 말이야. 강요하진 않을 테니 생각들 해보게."

나도 의견을 냈다.

"일단 심법은 옥화빙공만 익히는 게 좋겠다. 경공은 내가 가르치겠지만 다른 무공은 애매해. 나조차도 지금 정리를 못 했거나 완성하지 못했기 때문이라서."

요란이가 금구소요공이나 자하신공을 배운다면 주화입마에 빠질 확률이 매우 높다. 가르치는 나도 주화입마에 빠지는 무공이라서 그렇다. 무공은 인연이 닿아야 전수할 수 있다는 게 평소의 생각이다. 나는 어쩐지 요란이가 자하신공까지 물려받을 제자라는 생각은 들지 않았다. 색마가 상황을 정리했다.

"일단 그렇게 하시죠. 제가 시간이 날 때마다 옥화빙공부터 천천히 가르쳐 보겠습니다."

"그래."

나는 자하객잔으로 걸어오는 사내를 보자마자 말했다.

"이제야 좀 반가운 소식이 오는군. 육갑, 축하해."

"응?"

오랜만에 등장한 금철용과 곽용개가 두 개의 상자를 하나씩 옆구리에 낀 채로 다가오고 있었다. 금철용이 활짝 웃었다.

"문주, 오랜만이네."

"금 아저씨, 어서 오세요. 부방주도 어서 오시고."

금철용은 도착하자마자 길쭉한 상자를 바닥에 내려놓더니 검마에게 예를 갖췄다.

"오랜만에 뵙습니다."

"방주, 어서 오시오."

금철용이 헛기침을 하더니 상자에서 장검 한 자루를 꺼내면서 말했다.

"갑자기 낯선 사람이 방문해서 이것을 전해달라고 하더군. 약속했던 묵가의 장검이라고. 그러니까 육합선생에게 전달할 육합검이 되겠소."

귀마가 자리에서 일어나더니 금철용에게 다가갔다. 나는 함께 일어났다.

"이야, 묵가의 검이라니."

금철용에게 검을 건네받은 귀마는 기쁜 표정을 감추지 못하고 있었다. 마치 세상에서 가장 좋은 것을 선물 받은 표정이었다. 귀마가 말했다.

"금 방주, 이렇게 직접 가져다줘서 고맙소."

"별말씀을… 어렵지 않은 일입니다."

검 전체에 한껏 억눌린 먹빛이 감돌았는데 보기만 해도 보통 장검이 아님을 알 수 있었다. 검에 관심이 많은 검마까지 다가와서 구경하자, 귀마가 육합검을 만지다가 검마에게 내밀었다.

"맏형, 살펴보시오."

검마가 고개를 끄덕이더니 육합검을 천천히 구경하다가 검집에서 뽑았다. 겉은 먹빛이었지만 칼날은 눈부신 은색 광채를 머금고 있었다. 검마는 자신의 검을 얻은 것처럼 보기 드문 미소를 짓더니 고개를 끄덕였다.

"훌륭하다."

검을 집어넣은 검마가 귀마에게 다시 건넸다. 귀마는 정말 보기 드물 정도로 함박웃음을 짓고 있었는데 그것을 말로 잘 표현하지 못하고 있었다. 애인과 재회한 것 같은 귀마를 잠시 내버려 둔 다음에 용개 부방주에게 물었다.

"부방주, 그 상자는 뭐요?"

"이것도 묵가의 선물이오."

"음?"

용개 부방주가 상자를 열자, 길쭉한 상자에 같은 모양의 비수가 나란히 놓여있었다. 부방주가 말했다.

"검 한 자루만 달랑 선물하기가 그렇다고 묵가에서 사용하는 비수를 전달한다 했소. 총 다섯 자루요."

구경하는 것만으로도 감탄이 나왔다.

"값으로 환산할 수 없는 것들이네."

"왜 다섯 자루나 보냈을까."

상자 안을 살피던 색마가 대답했다.

"요란이까지 오대악인이니까 다섯 자루를 보냈겠지."

색마의 말에는 아무도 웃어주지 않았다. 커다란 상자에 왜 비수 다섯 자루만 들어있나 했더니 그 옆에 비수를 넣을 수 있는 가죽 띠가 나란히 놓여있었다. 상반신에 두르는 가죽 띠로 보였다. 나는 비수와 가죽 띠를 검마, 귀마, 색마에게 나눠주고 내 것과 한 쌍은 따로 챙겼다.

"금 아저씨, 부방주. 식사하고 가십시오."

"음, 그럴까? 오랜만에 득수의 밥을 먹어야지."

우리 넷은 모두 손님 접대에 어색한 인간들이었는데 객잔으로 들여보내면 득수 형에게 괜찮은 식사를 대접받을 수 있어서 좋았다. 우리의 부족한 점을 득수 형이 채워주는 느낌이랄까. 상황이 이렇게 흘러가자 득수 형의 말이 더 가슴에 남았다. 인생을 가늘고 길게 사는 삶도 생각해 보라는 말… 사실 생각해 본 적이 없었던 삶의 방식이다. 개방 방주 같은 사내도 죽을 고비를 넘겨야 하는 것이 강호였기 때문이다. 나는 선물 받은 것을 다시 선물하기 위해서 일어났다.

"오대악인 후보한테 좀 다녀올게."

색마가 뒤에서 물었다.

"누구?"

"모용백."

"아하."

나는 잠시 멈춰서 사대악인을 바라봤다. 모용백을 오대악인이라고 했는데 다들 별 반응이 없었다. 색마가 다시 중얼거렸다.

"후보가 있었다니 요란이가 좀 섭섭해하겠는데?"

이 미친 새끼는 이제 보니까 요란이가 빠지면 종일 말을 안 할 놈이었다. 어쩌다 저렇게 됐을까. 나도 모르겠다. 생각해 보니까 요란이가 대사형이라고 부르곤 있으나 정작 가장 중요한 무공을 가르치는 사람은 색마가 될 터였다. 그렇다면 대사형이자 사부인가? 아, 악인들의 족보는 왜 이렇게 개판일까. 요란이가 다시 검마 선배를 조사님이라고 불러야 할 분위기였다.

* * *

"문주님."

"응."

"그건 뭡니까?"

나는 모용백의 책상에 묵가의 비수와 가죽 띠를 내려놓았다.

"묵가의 일원에게 받은 것인데 설명하면 길고 일단 받아. 훌륭한 비수다. 강호에 엮이고 있으면 가슴에 비수 한 자루는 품고 있어야지."

"문주님, 그러니까 묵가라면… 제자백가 묵가. 즉 서생이 주는 선물이라는 말이네요?"

"맞아."

"제가 지금 익히는 무공도 백의서생에게 받았고. 비수도 서생에게 받았군요."
"그러네?"
모용백이 잠시 한숨을 내쉬더니 내게 말했다.
"앞으로 저를 모용서생이라고 부르십시오. 팔 좀 보겠습니다."
나는 붕대를 풀어낸 다음에 팔을 내밀었다.
"다 나았을 거야. 간질간질하던 느낌도 없어 이제."
매번 바르던 소독약을 가져온 모용백이 의료용 붓에 소독약을 담근 다음에 상처 부위에 칠했다. 나도 전생에 이런저런 의원을 다녀봤지만, 모용백의 의학과 소품은 독자적인 편이어서 볼 때마다 신기했다.
"붕대는 이제 안 감아도 되겠습니다."
나는 고개를 끄덕였다.
"야율연은 잘 적응하고 있나?"
"적응이 빨라요. 흑백소소와 특히 친하게 지내고 있습니다. 요란이는 어떻습니까?"
"어쩔 수 없어서 모두의 제자로 삼았다. 득수 형이 은근히 압박하더군."
모용백이 내 표정과 눈을 들여다보더니 이렇게 말했다.
"부담스러우시군요."
"맞아."
"세상에서 가장 행복한 부담감이죠."
"어째서?"
"사부가 검마, 육합선생, 문주님, 몽 공자인데 보통 여인으로 자라겠습니까? 잘 가르치면 네 분의 말년은 요란이 때문에 편할 겁니다. 그 정도 부담은 느끼셔야죠."

이놈이 아주 자연스럽게 부담감을 떠넘기고 있었는데 나는 그렇게 호락호락한 사내가 아니다.

"몽랑이 빙공의 후계자로 점찍은 모양이야. 본래 여인이 익혀야 적합한 무공이라고 하더군."

"그렇습니까?"

"나는 경공을 가르치고 육갑은 검을 가르치고."

"검마 선배는요?"

"글쎄. 존재 자체가 가르침 아닐까? 세상의 어두움을 배우겠지. 사는 것이 이렇게 심각한 일이다. 검마 선배의 표정만 봐도 배우는 게 많을 거야."

모용백은 웃음을 터트렸다가 급히 헛기침으로 전환했다.

"아유, 갑자기 웃음이."

나는 탄식을 한 다음에 말을 이어나갔다.

"…그나저나."

"예."

"요란이가 버틸 수 있을지 모르겠네. 빙공, 경공, 검법… 내가 주화입마를 겪어봐서 아는데 뭐 천천히 가르치면 별일 없겠지."

모용백이 지나가는 어조로 말했다.

"제가 적당한 영약이라도 하나 구하면 요란이에게 주겠습니다."

나는 바로 대꾸하면서 반격에 나섰다.

"그래주겠나? 고맙네."

모용백이 갑자기 나를 바라봤다.

"…"

"왜?"

"아, 아닙니다."

"기왕 그렇게 마음을 먹었다면 빙공에 도움이 되는 영약으로 부탁해. 나중에 내가 혈야궁 근처에 방문해서 월단화도 먹어야겠다. 이러다가 우리 제자가 천하제일이 되는 거 아니야? 생각해 보니까 서생들도 제자가 있을 테지. 그 미친놈들의 제자들에게 밀릴 수는 없지."

모용백이 책상을 물끄러미 바라보다가 내게 물었다.

"그… 문주님."

"응?"

"제가 영약을 구하러 언제 출발하면 될까요?"

"지금 가라는 소리는 아니야. 바쁘지 않을 때 다녀오라고."

"저는 매일 바쁩니다."

"그렇군."

"기왕 영약 이야기가 나와서 드리는 말씀인데 문주님은 영약이 보통 어디에 있는지 아십니까?"

"나는 잘 모르지."

모용백이 종이를 한 장 꺼내서 바닥에 펼치고 붓에 먹을 적시면서 말했다.

"보통은… 사람의 발길이 닿지 않는 곳에 있습니다."

"그렇겠지."

모용백이 종이에 일직선의 선을 그었다.

"이런 황야도 사람의 발길이 닿지 않는 곳이죠. 그러나 황야에는 영약이 드물어요. 말 그대로 황량해서 영약이 먹어야 할 영양분이 부족하기 때문입니다. 그렇다면 사람의 발길이 닿지 않고 영양분은 풍부한 장소는 어디일까요?"

나는 모용백의 풍수지리학을 진지하게 경청했다.

"계곡? 깊은 산속 옹달샘이나."

"웬만한 계곡은 강호인에게 전부 털렸다고 보시면 됩니다."

"산등성이?"

"좀 아시는군요. 터가 좋은 산등성이는 낮에는 햇빛, 밤에는 달빛을 쬘 수 있고 산길이 나있지 않으면 사람의 발길도 드물죠. 그러나 이런 곳에서 얻을 수 있는 것은 영지靈芝나 산삼 정도입니다. 영약이라고 하기엔 급이 낮아요."

"어디가 있으려나?"

"저는 그간 지도를 입수해서 살핀 다음에 영약이 있을 법한 장소를 다녀왔습니다. 하지만 몇몇 장소는 아예 시도조차 할 수 없었죠. 분명히 사람의 발길이 없고 영약이 있을 만한 환경은 갖춘 것 같은데 말이죠."

"어딘데?"

"뭐 여러 곳이 있지만, 일단은 만장애가 가장 유력합니다."

"음."

"사시사철 눈으로 뒤덮인 설산도 여러 곳이 있는데 일단은 너무 멀어요. 하지만 만장애는 다녀올 만합니다. 다만 제 경공 실력으로는 어림도 없습니다. 일단 내려가는 것도 문제지만, 다시 올라올 수도 없습니다."

"그렇지."

나도 만장애에 몸을 던져봐서 안다. 일단 떨어지는 것은 문제가 없었으나 다시 올라가려면 보통 고수들의 경공 실력으로는 어림도 없었다. 그나저나 만장애라는 이름이 나오자 기분이 묘했다. 바로 어제 만장애를 뛰어내렸던 것처럼 기억이 생생했기 때문이다. 나는 그곳에서 벌어진 일을 차례대로 생각하다가 중얼거렸다.

"…만장애가 있었구나."

"문주님 경공 실력이면 가능합니까? 다른 분들은 어떨까요."

이렇게 나는 모용백의 역공에 당했다.

"검마 선배와 나는 충분히 가능하고. 몽랑은 모르겠군. 육갑도 좀 무리야. 근데 확실해?"

모용백이 붓으로 만장애를 그리기 시작했다.

"멀리서 봤을 때는 이런 모양입니다. 완전하게 폐쇄적인 협곡이지요. 깊이는 눈대중으로 가늠할 수가 없고 북쪽과 남쪽은 막혀있습니다. 아래로 내려갈수록 넓고요. 이렇다면 분명히 물이 고여서 만든 호수가 있을 테고… 무슨 생각을 그렇게 깊이 하십니까?"

모용백이 나를 바라봤다. 나는 상념에서 빠져나온 다음에 패배를 인정했다.

"내가 직접 가야겠군. 길을 아니까 자네가 갈 필요는 없겠어."

"영약을 찾는 몇 가지 자잘한 정보를 알려드리겠습니다. 언제 가시겠습니까?"

생각해 보니까 영약 찾는 일을 내가 떠맡게 되었다.

"준비 좀 하고 가야지. 비수에 바를 독 좀 제조해 줘."

"독이요?"

"너무 독한 거 말고. 마비 효과가 있는 독으로. 묵가에서 비수 다섯 자루를 보냈다. 나, 검마, 육합, 색마 그리고 네가 나눠 가졌지. 여기에 바를만한 독."

"왜 갑자기 독을 사용하신다는 겁니까? 소문이 퍼지면 악명만 더해집니다."

"괜찮아. 이미 악독하다고 소문이 난 편인데 악명이 더해져도 상관없어. 가늘고 길게 살려면 무슨 짓이든지 할 거야. 요새 들어 느끼는 건데 나는 일양현만 벗어나면 싸우고 있더라고. 아주 신기해. 만장애로 가다 보면 떨거지들이 또 달라붙겠지. 마음의 준비를 하고 떠나야겠어."

또한, 모용백도 독을 만드는 연습을 미리 해둘 필요가 있었다. 나는 나만 가늘고 길게 살 생각이 없다. 기왕이면 나중에 전생의 오대악인들이 늙은 모습으로 자하객잔에 모여서 득수 형의 돼지통뼈를 뜯었으면 하는 바람이다. 그 옆에서 요란이에게 잔소리를 들을 수 있다면 더할 나위 없이 좋을 테고. 모용백이 대답했다.

"알겠습니다. 시간이 좀 걸릴 겁니다. 재료부터 구해야 해서."

"그전까지는 나도 운기조식도 하고 준비를 해야지."

"그런데 엄청나게 좋은 영약을 구해도 미련 없이 요란이에게 주실 생각입니까? 강호인들에게 영약이란 얻기 힘든 명검과도 같지 않나요."

"맞아. 하지만 줘야지."

"어째서요?"

"나는 이미 강해. 내 위에 있는 고수들과의 격차를 영약 하나로 메꿀 수는 없다. 이것은 내 방식이야. 그런 거 일일이 다 내가 욕심을 냈으면 저 마귀 같은 악인들이 객잔에 모이지 않았을 거야. 지금보다 더 위로 올라가려면 그저 그럴 만한 사연이 더 필요할 뿐이다. 누가 정말 옳은지는 살아봐야 알겠지만."

나는 모용백을 바라봤다.

"이렇게 살아야 후회가 없지 않을까? 영약 따위는 제자에게 주고 나는 운기조식을 더 해야지."

사실 나는 천옥이 있어서 영약이 필요 없다. 그냥 모용백의 마음을 움직이기 위해서 미리 깔아놓은 반격의 포석일 뿐이었다. 나는 모용백에게 물었다.

"수련은 잘되어 가나?"

"저도 영약이 필요합니다. 늦바람에 무공을 익히기 시작했더니 너무 힘들어요. 환자 치료하랴, 수련하랴, 운기조식 하랴, 새로 들어온 의녀도 가르쳐야 해서 잠도 짧게 쪼개서 잡니다."

"…"

나는 속으로 나무아미타불을 부르듯이 '가늘고 길게'를 읊조렸다. 나는 모용백의 어깨를 툭 친 다음에 말했다.

"좋았어. 요란이 영약도 구하고. 더 있으면 자네 영약도 챙겨야지."

"감사합니다."

강호 고민남은 검마인데, 생각해 보니까 내가 강호 호구남이다. 호구 새끼… 문득 이런 생각이 든다. 내 별호가 한때는 광마였다는 사실이 먼 옛일처럼 느껴졌다. 이런 것이 인생의 분기점이라는 것일까? 나를 지그시 바라보던 모용백이 걱정스러운 어조로 말했다.

"문주님, 너무 무리하진 마세요. 사람이 갑자기 변하면 좋지 않습니다."

"그건 맞아."

새삼스럽게 모용백을 바라보니 전생에 익숙했던 독마의 눈빛이 살짝 스쳐 지나가는 느낌을 받았다. 확실히 아직은 요란이가 감히 넘볼 수 없는 악인의 품격, 악인의 기본 자질이 엿보이는 사내가 눈앞에 있었다.

273.
만장애보다 위험한 셋째 사부

나는 팔이 깨끗하게 낫자마자 이십 일이 넘게 운기조식에만 매달렸다. 어쩐지 이렇게 조용하게 시간을 확보할 기회는 드물 것 같아서다. 천옥의 힘을 내공으로 전환하면 종종 졸음이 쏟아지는 증상이 있기에 잠도 여한 없이 퍼질러 잤다. 내공을 쌓는 속도가 비현실적으로 빨라서 신체가 강제로 휴식을 취하는 느낌이랄까. 그러니까 내공을 쌓는다는 것은 신체의 격을 올리는 과정이라고 스스로 이해했다. 정신없이 잠에 취해서 누워있는 동안에도 가끔 요란이의 목소리가 바깥에서 들렸다.

셋째 사부님, 아직 주무세요?

사부님, 식사 안 하실 거예요?

사부님 너무 오래 주무시면 안 돼요.

사부님, 어제 또 밤새셨어요?

…

무어라 대답했는지는 기억이 나질 않는데도 요란이의 질문은 머리에서 계속 맴돌았다. 어느 날 이러다가 운기조식에 취해서 못 일어나는 것은 아닐까 하는 의구심이 들었을 때 나는 미련 없이 운기조식을 멈췄다. 요란이의 어조에 걱정이 점점 더 커지고 있었기 때문에 상황을 조금 심각하게 받아들였다. 내심 천옥의 부작용을 경계하는 내 마음과 요란이의 경고를 받아들여서 나는 오랜만에 정신을 못 차릴 정도로 집중했었던 운기조식에서 가까스로 탈출했다.

이 기분은 뭐랄까? 침대라는 무덤에서 일어난 다음에 자하객잔에 도착한 기분이다. 운기조식을 하는 내내 깊은 물에 잠겨있었던 것 같기도 하고, 꿈과 현실의 경계가 흐릿해서 정신을 차리는 데만 한 시진이 더 걸렸다. 성과는 당연히 있었다. 어느새 금구소요공의 경지가 초계超鷄에 진입했던 것.

이것은 정말 현실적이지 않은 성장 속도였다. 나는 대체 무엇과 바꿔서 내공을 쌓은 것일까. 강호인이 아니더라도 사람이 일만 하면 주화입마에 빠지게 된다. 아무리 강호인이라도 수련만 하다 보면 부정적으로 미치기 때문에 나는 적당히 다시 할 일 없는 일양현의 사내로 귀환했다. 객잔에 있는 면경을 들여다보니 개방의 고수나 다름이 없는 몰골이 눈을 껌벅이고 있었다.

'수련도 좀 적당히 하자.'

오랜만에 일 층에 내려와서 찬 공기를 마시고 있자, 사대악인들이 어슬렁대면서 몰려오더니 내 근처에 자리를 잡았다. 색마가 나를 보면서 말했다.

"동네 폐인 등장하셨네. 며칠 전에 모용 의원이 마비 독이라면서 주고 갔다. 촌뜨기, 내 말 듣고 있어?"

새삼스럽게 촌뜨기라니… 나는 색마를 보면서 대답했다.

"듣고 있지."

"수염 좀 어떻게 해봐라. 메기는 메기인데 촌뜨기 메기 같다."

색마한테 갈굼을 당하자 잠이 점점 달아났다. 나는 별생각 없이 섬광비수를 꺼내서 면도를 시작했다. 턱과 뺨, 구레나룻에 자란 수염을 비수로 깎은 다음에 머리카락도 뒤로 묶어서 끝부분을 싹둑 잘라냈다. 별생각 없이 바닥에 떨어진 터럭을 천옥흡성대법으로 끌어올려서 손바닥에 붙였다가 금구소요공으로 태워서 날려 보냈다. 지켜보던 색마가 말없이 고개를 절레절레 저었다. 잠시 멍하니 앉아있으려니 객잔에서 요란이가 주전자를 들고 와서 내게 물을 한 잔 따라줬다.

"셋째 사부님, 피부가 아주 거칠어요. 물 드세요."

나는 잠에서 깬 다음에 처음으로 웃었다.

"요란이 피부는 옥을 보는 것 같네. 물을 많이 마셔서 그런가?"

"그러니까요. 빨리 드세요."

나는 물을 연거푸 세 잔이나 마신 다음에 숨을 크게 내쉬었다.

"와, 살 것 같다."

요란이가 안으로 들어가자, 검마가 물었다.

"문주, 성과가 좀 있었나? 기도가 달라진 듯한데."

"아마 조금 강해졌을 거야. 아주 조금, 약간, 소금 친 양념 정도?"

"축하할 일이로군."

나는 고개를 끄덕였다.

"마음 편하게 운기조식에 집중한 것 같긴 한데 그냥 잠만 잔 것 같기도 하고 애매하네."

색마가 고개를 끄덕였다.

"우리도 네가 이렇게 쥐 죽는 듯이 지내는 것을 처음 봤다."

나는 주변의 풍경이 다소 변한 것을 그제야 확인했다.

"곧 첫눈이 내리려나?"

귀마가 하늘을 구경하면서 말했다.

"일양현에도 눈이 내리나?"

나는 고개를 끄덕였다.

"보기 드물긴 하지. 누워있을 때 종종 검 부딪치는 소리가 들리던데 당연히 맏형과 육갑이 맞붙은 거겠지?"

검마와 귀마가 동시에 고개를 끄덕였다.

"내가 둘째를 만난 게 기연이다. 둘째가 버텨주는 검법으로만 상대해서 나름 독고중검에 더 익숙해졌으니 말이야."

귀마가 고개를 끄덕였다.

"아무리 비무였다지만, 가끔 맏형의 검에 맞아 죽을 수도 있겠다는 생각을 하다 보니까 나도 수련에 큰 도움이 되었다."

검객들이라서 그런지 겨루면서 서로 도움이 되었던 모양이다. 그렇다면 소금 친 양념 정도로 강해진 사람은 나뿐만이 아니었을 터였다. 우리 넷이 어떻게든 휩쓸려 다니면서 더 강해질 수만 있다면 더할 나위 없이 좋은 일이다.

"좋은 소식이로군."

나는 운기조식을 하다가 여러 차례 생각했던 바를 밝혔다.

"오늘은 좀 쉬고 나 혼자 만장애 좀 다녀올게."

색마가 물었다.

"만장애는 왜? 절벽에 애인 있어?"

"애인이 어디 있어 미친놈아. 그리고 있다 하더라도 만장애에 왜 있겠냐."

그러고 보니 나는 저놈 때문에 만장애 밑으로 떨어졌었다.

"우리 모용 선생 말로는 영약을 품고 있을 지형이라더군. 뛰어난 약초꾼이 하는 말이니 하수오나 영지라도 캘 수 있겠지. 지형이 꽤 험한 곳이라서 허접한 모용백을 보낼 수는 없고. 내가 다녀와야지."

"누가 먹을 건데?"

"모르지. 영약도 인연이 닿아야 먹는 것이니 웬만하면 요란이나 모용백을 줄 생각이야."

색마가 감탄했다.

"제자 영약을 구하러 거기까지 간단 말이야? 대단한 셋째 사부네."

나는 색마를 바라봤다.

"빙공에는 입문시켰나?"

"심법부터 외우는 중이다."

색마도 대사형에서 막내 사부로 승급한 것이니 놀고만 있진 않은 모양이었다. 귀마가 나를 걱정했다.

"문주, 굳이 혼자 갈 필요가 있나? 나랑 같이 가자고."

나는 귀마의 호의에 갈구는 것으로 보답했다.

"육갑의 경공으로 날 따라오려면 반나절은 더 걸릴 거야."

"음."

"어림없지. 육갑도 경공 수련 좀 해. 검법만 가지고는 살아남을 수 없어. 육갑이 우리 넷 중에 가장 느리지 않아?"

검마가 고개를 끄덕였다.

"맞다."

"좋지 않아. 경공은 보법의 확장 개념이야. 집중해서 익힐수록 검법에도 도움이 될 거야. 쾌검은 검만으로 안 돼. 보법이 뒷받침되어야 해. 철벽 수비도 좋지만 적을 농락할 때는 피하는 게 더 좋아."

귀마가 짤막하게 대답했다.

"알았다. 따로 수련 좀 해야겠군."

나는 구체적인 수련 방법도 알려줬다.

"경공은 사실 막내가 꽤 빨라. 차성태처럼 혼자 끙끙대면서 수련하지 말고. 막내 뒤쫓는 연습을 하면 깨닫는 바가 있을 거야. 막내 성격이 또 병신 같으니까 허겁지겁 쫓아가다 보면 상당히 열이 받겠지. 사람은 본래 열이 받으면 더 빨리 달릴 수 있는 법이야. 내가 해봐서 알아."

색마가 한숨을 내쉬었다.

"좀 하나만 해라. 칭찬할 거면 칭찬만 하고. 병신이라고 할 거면 병신이라고만 하고."

나는 색마를 보면서 대답했다.

"병신아."

"…"

"하여간 나도 내공이 깊어졌기 때문에 몸에 적응할 시간이 필요해. 전속력으로 다녀올 생각이야. 영약 구하는 것은 목적이지만 과정은 경공 수련이야."

귀마가 내게 물었다.

"혼자 움직였다가 서생 세력이 따라붙으면 어쩌려고? 추명이 벼르고 있을 텐데."

나는 그제야 세 사람을 둘러보면서 심경의 변화를 전달했다.

"다른 서생까지 있으면 미련 없이 도망쳐야지. 득수 형 말대로 가늘고 길게 살 테다. 뭐 사실 원래부터 나는 잘 도망치는 편이었어. 새삼스러울 것도 없지."

내가 슬며시 웃자, 세 사람도 콧바람을 내면서 웃었다. 내가 잠시 일양현을 비워도 든든한 전력들이 대기 중이라서 딱히 걱정도 되지 않았다. 어디까지나 나만 걱정하면 되는 시점이랄까.

* * *

나는 등에 멘 봇짐의 매듭을 가슴 부위에서 다시 한번 조였다. 갈아입을 옷과 간식, 모용백이 챙겨준 독과 내가 챙겨 넣은 돈, 빈 상자와 조그만 병이 들어있는 단출한 봇짐이었다. 나는 자하객잔 앞에 나란히 서있는 검마, 귀마, 색마, 득수 형, 홍 사매의 얼굴을 차례대로 보다가 한쪽 무릎을 꿇은 다음에 제자를 불렀다.

"요란아."

"예, 사부님."

요란이가 다가와서 눈높이를 맞췄다. 내가 갑자기 여행을 다녀온다고 하자, 요란이의 커다란 눈에 걱정과 놀라는 마음이 뒤섞여 있었다. 아이의 눈빛에 무슨 감정이 이렇게 많이 섞여있을까? 아마 어른들이 전부 나와서 나를 배웅하는 것에 조금 놀란 모양이었다. 그러니까 이런 쓸데없는 걱정을 눈빛에서 지워내려면 최대한 내가 밝게 웃는 수밖에 없었다.

“셋째 사부는 여행 간다. 다른 사부님들 말 잘 듣고 있어라.”

“예.”

“대사형의 말도?”

“그럼요.”

“심심한 차 총관하고도 잘 놀아주고.”

“그런데 만장애라는 곳에 가신다면서요?”

“누가 그래?”

“사실 엿들었어요. 위험한 곳 아니에요?”

나는 요란이를 보면서 웃었다.

“만장애보다 더 위험한 사람이 셋째 사부다. 내가 가면 만장애가 위험해지는 거야.”

“알겠습니다.”

“심법 외우는 거 어렵지?”

“예.”

“머리가 복잡해지면 둘째 사부한테 검법 가르쳐 달라고 해.”

“예, 알겠습니다.”

나는 요란이와 나눌 작별의 인사가 딱히 없어서 주먹을 내밀었다. 주먹을 맞대자는 뜻이었는데 요란이는 작은 두 손으로 내 주먹을 붙잡았다.

"셋째 사부님."

"응?"

"무사히 잘 다녀오세요. 응원하고 있을게요."

"알았다."

나는 잠시 요란이와 눈빛을 교환했다. 생각해 보니까 이렇게 순수한 응원을 받은 적은 태어나서 나도 처음이었다. 나는 일어나서 사람들을 둘러본 다음에 짤막하게 작별을 고했다.

"금방 다녀올 테니… 다녀와서 보자고."

악인들의 작별 인사란 매우 단순했다. 눈 한번 마주치고, 고개 끄덕이는 게 전부였다. 득수 형과 홍 사매도 요란이 때문인지 괜한 걱정의 말은 꺼내지 않았다. 나는 터벅터벅 걷다가 자하객잔을 돌아봤다. 악인들과 절대로 악인이 될 수 없는 자들이 자하객잔 앞에서 나를 쳐다보고 있었는데 그 모습 자체가 한 폭의 그림처럼 보였다.

예전부터 생각하던 것인데 이렇게 함께 있어도 득수 형은 전혀 약해 보이지가 않았다. 그저 삶의 방식이 달라서 우리처럼 무공을 익히지 않았을 뿐이지, 득수 형도 사대악인처럼 강한 사내라는 게 그림에서 잘 드러나고 있었다. 요란이가 밝은 표정으로 양손을 흔들었다. 나는 우두커니 서서 잠시 동네 바보처럼 웃었다. 굳이 요란이를 사대악인 모두의 제자로 삼은 게 좋다고 생각한 이유는 저 마귀 같은 놈들도 언젠가 나처럼 바보처럼 웃을 수 있길 바라기 때문이다.

"간다."

나는 자하객잔의 풍경을 기억한 다음에 경공을 펼쳐서 일양현을 금세 벗어났다. 내공의 경지가 깊어져서 그런지 멀어지고 있는 와중에도 요란이와 악인들의 목소리가 제법 잘 들렸다.

"와… 셋째 사부님 엄청 빨라요."

"경공은 셋째 사부가 가장 빠르다."

"정말이에요?"

"만형, 그렇지 않소?"

"글쎄. 그건 셋째와 달려봐야 알겠는데."

"첫째 사부님과 셋째가 아직은 공동 일등이라는구나."

"알겠습니다. 그럼 둘째 사부님이 가장 느려요?"

"음…"

"요란이가 눈치가 빠르네. 맞아. 경공만큼은 내가 막내가 아니지."

* * *

사실 처음에는 요란이가 불쌍해서 제자로 삼았다. 무학의 재능이나 성격, 근골, 오성 같은 조건은 따지지 않았다. 하지만 곰곰이 생각해 보면, 정작 불쌍한 놈들은 사대악인이다. 어떤 조건에 처하든 간에 밝게 사는 것은 행복한 일이고, 어둡게 사는 것은 불행한 일이기 때문이다. 나를 비롯한 사대악인은 모두 어둡고 답답한 면모가 있는 놈들이기 때문에 요란이에 비해서 나은 점이 별로 없다. 이런 놈들의 시커먼 마음에 제자를 생각하는 마음이 커진다면. 그 마음 자체가 어둠을 밝히는 빛이 되지 않을까.

내가 일부러 요란이 영약을 구해오겠다고 달리고 있는 이유가 그렇다. 사실 구하면 좋고, 못 구해도 상관없는 일이다. 지금은 혼자 달리고 있으나 나머지 셋도 어떤 식으로든 변화를 맞이하길 바라는 마음으로 달리는 중이라서 그렇다. 만약에 저 세 명의 사부가 요란이와 같은 어린 제자를 돌봐서 어엿한 고수로 만들어 낼 수 있게 된다면…

내가 백의서생에게 제안했던 혁명에는 세 사람의 악인이 더 추가된 것이나 다름이 없다. 따라서 내가 지금 미친놈처럼 달리고 있는 이유는. 요란이와 모용백은 물론이고 검마, 귀마, 색마를 위해서다. 강호가 어떻게 돌아가든 간에 나는 혁명을 잊은 적이 없다.

274. 요란아, 미안해

나는 본래 영약을 자주 먹어서 광마가 되었던 사람은 아니다. 내공은 늘 부족했다. 처음부터 부족했기 때문에 결핍에 대한 불만도 없었다. 태어날 때부터 가난하면, 가난에 대해서 별 감흥이 없는 것과 같다. 그래서 나는 항상 상대보다 내공이 부족해도 나름대로 잘 싸우는 편이었다. 강호 진출 초반에는 주로 흑도의 고수들과 싸우면서 실력을 쌓았고, 백도의 고수들과 싸울 때는 그때 배운 흑도의 방식을 사용했다.

내공이 부족했기 때문에 어쩔 수가 없었다. 도살자와 싸울 때도 도망을 치고, 개방 방주를 업고서 일단 도망을 쳤던 이유도 일종의 버릇이다. 내가 항상 도망치는 쪽이었기 때문에 선택한 방식이랄까. 그런 내가 만약 나중에 내공으로 상대를 압도하게 되면 어떻게 될까? 모르겠다. 그랬던 적이 없으니까. 아마도 무적이겠지?

단전에는 이미 천옥이 있지만 그렇다고 내가 하루아침에 무적이 될 수는 없었다. 인생에는 본래 요행이랄 게 별로 없기 때문이다. 다만, 만장애에서 월단화 같은 영약을 발견한다면 그것은 내 복이다. 월단화는 운반이 어려워서 내가 먹는 게 낫기 때문이다. 물론 삼蔘이나 유油 종류의 영약은 당연히 보관해서 운반할 수 있어서 모용백이나 요란이가 먹게 될 터였다.

목적지가 꽤 멀었기 때문에 달리는 와중에도 상념이 길어졌다. 다섯 시진을 쉬지 않고 달렸던 나는 지친 기색으로 번화가를 살폈다. 애초에 돈도 마음껏 투자할 생각이었기 때문에 쌀쌀한 날씨에 껴입을 꽃무늬 백의장삼을 하나 사고, 허름한 신발도 새로 갈아 신고 화섭자도 샀다.

그나저나 요새 다시 꽃무늬 장삼이 유행인가? 유행은 돌고 도는 것이고 나도 돌아버린 편이라서 유행에 잘 적응했다. 잠시 허름한 객잔에 들어갈 것인지 규모가 큰 객잔에 들어갈 것인지 고민했다. 식사를 하루에 한 번만 할 생각이었기 때문에 다소 비싸 보이는 숙소를 골랐다.

황학객잔. 특이하게 입구에 경고 문구가 붙어있었다. 황학객잔은 만상문萬象門과 계약된 객잔으로 문제를 일으키면 만상문과 분쟁이 벌어진다는 점을 짤막한 글로 경고하고 있었다. 내가 괜한 사고를 치지 않아도 되는 분위기랄까.

"오히려 좋아."

문파가 보호하고 있는 주루에서 흑도 놈들이 설칠 일은 없을 터였다. 황학객잔에 입장한 다음에 동종업계 객잔 주인장으로서 여러 가지를 살폈다. 가장 작은 방을 잡은 다음에 촌놈처럼 봇짐을 멘 채로 밥을 먹으러 나왔다. 비록 영약이 들어있지 않은 봇짐이었으나 이런 비싼 객잔에서도 일 년은 놀고먹을 만한 돈이 들어있었기 때문에 빈 방에 둘 수가 없었다. 탁자만 서른 개가 넘었지만 밥을 먹는 사람은 열 명이 넘지 않았다. 나는 한적한 창가에 자리를 잡아서 점소이에게 요리를 세 가지 주문했다.

"술도 드십니까?"

점소이의 물음에 고개를 저었다. 술에 취하면 출발도 느려지고 경공도 느려진다. 배만 채우고 잠깐 쪽잠을 잔 다음에 일어나서 밤중이든 새벽이든 간에 다시 달릴 생각이었다. 점소이가 확인하듯이 물었다.

"계산은 머물고 나가실 때 하십니까?"

나는 점소이의 표정을 구경하다가 고개를 끄덕였다.

"알겠습니다."

요리를 기다리면서 객잔 바깥을 구경했다. 평범한 사람들은 일하느라 바빠서 객잔 이 층을 바라보는 법이 없었는데 가끔 지나가는 강호인들은 종종 내가 있는 곳을 바라봤다. 강호인과 괜한 눈싸움을 하면 좋지 않았기 때문에 나는 눈을 마주칠 때마다 먼저 고개를 살짝 끄덕여 줬다. 속으로 나는 내 정체가 약초꾼이라는 것을 계속 주입했다. 비교적 평화로운 동네였다.

요리가 좀 늦게 나온다고 생각했을 때 탕초리척, 봉봉계棒棒鷄, 초반炒飯(볶음밥)이 나왔다. 봉봉계는 당연히 닭 요리인데 어떻게 만드는지는 모른다. 술을 먹인 수탉을 잡아서 요리하는 것이라고만 아는데 고기가 탕초리척보다 훨씬 부드러웠다. 요리 이름에 병장기로도 쓰는 봉棒이 들어간 이유는 아마도 술에 취한 닭을 봉으로 때려잡아서 그런 게 아닐까.

초반과 봉봉계를 먹을 때까지는 술 생각이 없었는데 탕초리척이 들어가자 한숨이 절로 나왔다. 하지만 자하객잔에 있을 요란이를 떠올리자 술을 마실 수가 없었다. 되도록 객잔에 있는 사람을 쳐다보지 않은 채로 밥을 먹는데 근처에 있는 사람이 나를 향해 물었다.

"여행 중인가?"

나는 초반을 씹다가 고개를 저었다. 닭고기의 살점을 초반 위에 올려놓은 다음에 야무지게 한 입을 또 먹는데 질문이 이어졌다.

"그럼?"

"약초꾼이오."

"아… 어느 산으로 가나? 약초꾼이 꽃무늬 장삼이라니. 보기 드문 일이야."

나는 그제야 사내를 위아래로 살폈다. 도객刀客이었다. 굳이 목적지를 말해줄 이유가 없어서 대충 대답했다.

"이곳저곳. 이 산 저 산."

사내가 나를 물끄러미 바라보기에 밥을 먹으면서 쳐다봤다. 내가 그렇게 촌놈처럼 보이는 걸까? 아니면 무전취식을 할 사람으로 보이나? 아니면 그저 강호인처럼 보여서 관심이 생긴 것일까. 나랑은 수준이 아득하게 차이 나는 강호인이어서 내 실력을 제대로 가늠할 눈썰미도 없어 보이는 평범한 무인이었다. 음식 맛이 나쁘지 않아서 그릇을 깨끗하게 비워내다가 창밖을 바라봤다. 바깥을 구경하고 있으려니 이 사내가 살짝 선을 넘었다.

"바깥에 뭐 재미있는 거 있나?"

나는 찻물로 입 안을 헹구다가 사내를 바라봤다.

"바깥에 뭐 재미있는 게 있어서 쳐다보는 건 아니고. 그냥 쳐다봤소. 지나가는 사람들. 뭐가 그렇게 궁금한지 모르겠는데 이리 와서 다 물어보시오. 말 상대해 드릴 테니."

"그럴까?"

사내가 술병을 들고 오더니 내 맞은편에 앉았다. 사내가 술병을 내밀어서 나는 고개를 저었다.

"됐소."

"술도 입에 안 대고 아주 바른 청년이로군. 자네는 약초꾼이 아니라 시골 무관의 제자 같은데 어디 출신인가?"

"백응지."

"시골 출신이 아니었군. 그쪽에는 무관이 많지 않나?"

"오료무관."

"검을 배운 지는?"

"일 년은 넘었소."

대충 대답하자, 사내가 웃었다.

"오료무관에서 검을 일 년 배운 청년이 황학객잔에서 요리를 세 개나 시켜 먹고, 집이 부자인가 보군. 아니면 약초로 한몫 챙겼든가."

"아직은 못 챙겼소."

나는 지나가는 점소이를 부른 다음에 내 앞에 있는 사람을 가리켰다.

"아는 사람인가?"

점소이가 눈치를 보다가 대답했다.

"만상문의 양해조 무인입니다. 저희가 만상문과 협력하고 있어서 손님으로도 자주 오십니다. 뭐 불편한 점 있으신지요?"

"없네."

앞에 있는 사내가 말했다.

"양해조라고 하네. 자네는?"

"차성태. 더 물어볼 거 있소?"

"거참, 까칠하군. 불편하게 했으면 미안하네."

삽시간에 기분이 좀 불편해지긴 했으나 얌전히 방으로 돌아와서 드러누웠다. 고작 강호인 한 명과 짧막한 대화를 했는데도 잠을 자는 것이 불편했다.

"아, 염병할."

만상문에 대해서는 들은 바가 없다. 천하가 너무 넓은 데다가 방파 이름만 읊어도 반나절은 더 걸리기 때문이다. 선잠을 잤다. 두 시진을 짧막하게 쉰 다음에 결국 오밤중에 일어나서 짐을 챙긴 다음에 아래로 내려와서 계산하기 위해 점소이를 불렀다. 점소이가 적어놨던 것을 읽다가 내게 말했다.

"…바로 떠나십니까? 요리와 숙박까지 해서 통용 은자 두 개입니다."

나는 전낭을 꺼내려다가 멈췄다.

"뭐?"

"들어오실 때 가격을 확인 안 하셨습니까?"

점소이가 손을 내미는 곳을 보자, 확인하지 못했던 요금표가 탁자에 달라붙어 있었다.

"엄청난 바가지네."

한숨이 절로 나왔으나 문제를 일으키지 말자는 심정으로 통용 은자 두 개를 내밀었다.

"또 찾아주십시오."

"비싸서 다신 못 올 거 같은데."

"예."

바깥으로 나오는데 뒤편의 계단에서 다급하게 내려오는 발소리가 들렸다. 뒤를 돌아보자, 다시 조용해진 상태였다. 나는 봇짐의 매듭을 단단하게 묶은 다음에 서너 걸음을 걷다가 멈췄다. 순간, 돌아서서 황학객잔을 바라봤다. 전생의 광마가 황학객잔으로 다시 들어가더니 이곳저곳을 때려 부순 다음에 귀찮게 말을 걸었던 사내를 찾아내서 빰따귀를 후려치는 모습을 상상했다.

'정말 미친놈이 따로 없네.'

전생에는 하여간 못된 짓을 너무 많이 하고 다녔던 것 같다. 실은 지금도 못된 짓을 하고 싶었으나, 이것도 다 경험이라고 생각하면서 참아봤다. 자꾸 내 주먹을 감싸던 자그만 손이 떠올랐기 때문이다. 번화가의 불야성을 구경하다가 벗어나려는데 골목에서 나온 자들이 아주 자연스럽게 따라붙었다. 종종걸음으로 속도를 높이자, 뒤에서도 종종걸음으로 따라왔다. 삽시간에 십여 명으로 불어나더니 익숙한 목소리가 내 걸음을 멈춰 세웠다.

"멈추게."

객잔의 그놈이었다. 나는 귀찮은 말로 괴롭히고 여기까지 따라온 놈에게 씨알도 안 먹히는 말을 내뱉었다.

"너, 두고 보자."

두고 보자는 놈치고 무서운 놈이 없다지만, 나는 다르다.

"이봐!"

나는 즉시 요란이를 떠올린 다음에 이곳을 벗어났다. 경공을 펼치자 떨거지들이 점점 멀어졌다. 병신들이라서 나를 쫓아오는 게 불가능했다. 아마 봇짐에 돈이 많이 들었다고 생각한 모양이다. 그렇다면 만상문은 흑도다. 일단 기억해 놨기 때문에 언젠가 다시 발 도장을 찍을 생각이었다.

* * *

전생 광마의 유혹을 여러 차례 뿌리친 나는… 겨우 착한 약초꾼으로 전직했다. 결국, 아무런 사건과 사고, 폭행과 난장판, 야단법석과 지랄염병 없이 만장애에 도착해서 마교에게 포위되었던 장소부터 둘러봤다. 새삼스럽게 웃음이 흘러나왔다. 추격조의 우두머리는 자하객잔에 있기 때문이다. 지금은 색마 놈이 색마 짓을 하지 못하게 막고, 마교에 투신하는 운명도 비틀어 놨으니 어쨌든 절벽에서 맞붙었던 싸움의 결말은 내 승리다. 혼자 만장애의 벼랑 끝에 서서 낄낄대고 있으려니 정말 미친놈이 따로 없었다.

"어떻게 내려간다."

방법이 딱히 없었다. 바닥이 안 보일 정도로 까마득한 벼랑을 보고 있자니, 올라올 때도 걱정이었다. 하지만 밧줄 같은 것으로 해결할 수 있는 깊이도 아니라서 나는 일단 만장애 아래로 뛰어내렸다. 공중에 뜨고 나서야… 물이 보이는 곳으로 뛰어내릴걸 하는 후회가 밀려들었다.

"염병할…"

하지만 이미 내공의 힘이 내 몸의 무게를 아득하게 뛰어넘는 수준이어서 별다른 걱정은 들지 않았다. 대체 언제까지 떨어지는 것일까? 나는 바닥이 보이자마자 대수인의 장력을 쏟아냈다가 그 여파로 몸을 둥그렇게 회전했다. 몸을 비틀어서 서너 차례를 빠르게 돌다가 장력으로 방향을 바꾼 다음에 근처에 있는 벽을 박차고 다시 요란하게 튕겨 나와서 바닥에 착지했다. 십 점 만점에 팔 점. 문득 상공을 올려다봤다.

"…"

점이 되어서 떨어지던 교도들이 생각났다. 도대체 교주가 얼마나 무서웠으면 명령 한마디에 절벽에서 몸을 날렸을까. 아니면 색마 놈이 일부러 수하들을 죽이기 위해서 명령했던 것일까. 나는 혹시나 하는 마음에 상공에서 등장했던 정체불명의 사내를 기다려 봤으나 같은 일은 발생하지 않았다. 잠시 주변을 살피면서 어디로 등반하면 좋을지를 생각했다.

이렇게 올려다보고 있으려니 사대악인과 함께 오지 않은 것이 다행이라는 생각이 들었다. 그러니까 이 정도 절벽은 검마도 쉽게 올라가지 못할 높이였다. 그 말은 무엇이냐? 사대악인 중에서도 경공은 내가 일등이라는 소리다. 이 정도로 험한 절벽은 제운종이 아니면 편하게 오를 수가 없을 테니 말이다. 아직 환한 대낮이었는데도 만장애 아래는 공기가 제법 서늘했다. 목검을 뽑아서 걸리적대는 나뭇가지들을 쳐내면서 주변을 확인했다.

모용백이 말하길… 햇볕이 궁색한 장소에서는 당연히 음기를 머금은 영약이 있을 확률이 높다고 했다. 그렇다고 이런 곳에서 만년설삼 같은 영약이 등장할 리는 없고. 이렇게 깊은 장소에서 얻을 만한 영약은… 공청석유空青石乳나 천연주과天然酒果다. 나는 한 시진에 걸쳐서 만장애의 남쪽 바닥을 샅샅이 뒤졌으나 영약은커녕 독초도 발견하지 못했다. 하수오 한 뿌리도 구경할 수 없다는 것은 조금 의아한 일이었다. 마치 누군가가 먼저 다녀간 것이 아닐까 하는 느낌이 들었던 것.

다시 착지했던 곳으로 돌아와서 만장애의 북쪽을 살피다가 문득 떠오르는 바가 있어서 하늘을 쳐다봤다. 검명교劍鳴橋가 보이지 않았다. 만장애를 건널 수 있는 유일한 다리가 검명교인데, 사실 나도 멀쩡한 검명교를 본 적은 없다. 백도와 마도가 위태로운 검명교 위에서 일대일 대결을 벌이다가 다리를 끊어냈다는 것이 내가 들은 소문의 전부다.

나는 북상하다가 허름한 밧줄 같은 것이 절벽에 축 늘어져 있는 걸 발견했다. 반대편에도 똑같은 밧줄 일부가 끊어진 채로 절벽에 닿아있었다. 한참을 풀숲을 헤집고 다녀서 검명교의 아래 지점에 도착하자 뜻밖에 너른 공터가 나왔다. 공터의 분위기가 이상했다. 자연 그대로의 모습이 아니라 사람의 손길이 닿은 공터랄까. 그러니까 누군가가 일부러 너른 공터를 만들어 낸 것 같은 분위기였다.

나는 상공을 올려다보고, 절벽의 면을 확인하고, 다시 너른 공터를 물끄러미 지켜보다가 이런 결론을 내렸다. 다리에서 싸우던 자들이 이곳에 추락한 다음에… 또 싸운 것이 아닐까. 그렇다면 정말 미친놈들이 따로 없었다. 소문대로라면 이 공터에서도 마도 고수와 백도 고수가 싸웠다는 뜻이 된다. 영약은 크게 기대할 수 없는 상황이었지만 옛 고수의 백골은 어딘가에 있을 것 같은 예감이 들었다. 솔직히 말해서 여기까지 내려왔는데 뭐라도 하나 챙겨서 올라가고 싶다는 욕망이 치밀어 오른 상태.

만약에 아무것도 얻지 못하면… 일월광천으로 절벽을 때려서 만장애를 없앨 생각이었다. 북쪽을 살피자 드디어 하수오가 등장했다. 캐낸 다음에 뿌리를 확인해 보자, 적어도 일백 년은 넘는 하수오였다. 만장애 밑이라서 백 년이라는 시간도 그리 길게 느껴지지 않았다. 봇짐에서 꺼낸 상자에 하수오를 넣은 다음에 계속 북상했다. 잠시 후에 상자에서 하수오를 꺼낸 다음에 흙을 털어서 내가 먹었다. 북상할수록 더 오래된 하수오를 캘 수 있었기 때문이다. 그러니까 봇짐으로 전부 가져갈 수 없는 양이어서 어쩔 수가 없었다. 가장 나이를 많이 먹은 상품 하수오만 챙겨야 할 판국이었다.

모용백이 제대로 짚은 셈이다. 섬광비수로 빽빽한 잡초와 나뭇가지를 쳐내면서 북상하자 자그마한 호소湖沼가 보였다. 호수라고 하기엔 좀 작고, 연못보다는 훨씬 컸는데 멀리서 봐도 돌아다니는 물고기가 보일 정도로 물이 투명한 데다가 사람의 발길이 전혀 보이지 않는 평평한 늪지가 주변에 깔려있었다. 물고기한테는 미안한 말이지만 웬만한 영약보다 더 가치가 높아 보였다. 나는 팔짱을 낀 채로 잠시 주변 풍광을 감상했다. 이래서 사람들이 종종 은퇴하면 심산유

곡에 틀어박혀서 나오지 않는 것일까. 은거하기 딱 좋은 장소였다.

조용히 풍광을 감상하는데 늪지에서 무언가가 꿈틀대서 바라보니 민물게가 움직이고 있었다. 민물게의 움직임을 따라서 늪지대 너머를 살펴보자 진흙이 잔뜩 깔린 장소에 덩그러니 놓여있는 바위의 틈바구니에 피어있는 월단화의 고운 자태가 보였다. 만장애가 월단화를 품고 있었다니? 만장애를 없애겠다는 마음은 버릴 수밖에 없었다.

그렇다면 나는 만물의 수호자, 자연보호의 선두 주자, 산천초목의 최대 수혜자, 절벽기연의 혁명가, 낭떠러지의 사나이, 혼자 영약을 처먹겠다고 열심히 달려온 이기적인 사내, 제자를 생각한다더니만 혼자 처먹게 된 사부, 모용 선생을 위하는 척했지만 결국에는 나만 영약을 먹게 된 환자가 되었다. 나는 팔짱을 낀 채로 월단화를 바라보다가 어쩔 수 없는 이 상황을 덤덤하게 받아들였다.

"…오히려 좋아."

275.
제가 죄를 지었나요?

월단화를 품은 바위에서 주변을 둘러봤다. 아무리 인적이 없는 만장애라지만 주변을 경계하는 것은 당연한 일이다. 가부좌를 틀고 팔짱을 낀 다음에 월단화를 잠시 바라봤다. 무서운 눈빛으로 오래 노려보면 꽃이 시들 수도 있었기 때문에 섬광비수를 꺼내서 월단화를 자르자마자, 칼날을 타고 내려오는 월단화를 삼켰다. 대적산의 적야고봉에서 발견한 월단화보다 컸다.

한 송이라는 점이 아쉽긴 했으나 어차피 시간이 지나면 월단화는 같은 장소에서 피어난다. 요란이에게 장소를 알려주면 나중에 와서 확인해 볼 가치가 있다는 뜻이다. 중요한 것은 요란이가 최소한 스스로 만장애를 내려왔다가 올라갈 수 있는 실력을 갖췄을 때 신체의 격이 월단화와 수준이 맞을 터였다. 수준이 낮은데도 불구하고 아무거나 배 속에 때려 박으면 탈이 날 가능성이 크기 때문이다.

씹을수록 체내에 서늘한 한기가 퍼져 나갔다. 바로 설사를 지려도 이상하지 않을 차가운 기운이랄까. 금구소요공과 같은 극양의 내공을 보유하지 않은 자가 먹었다면 당장 내상을 입어도 이상하지 않을 한기였다. 그렇다면 나는 강해질 준비가 된 남자가 되겠다. 심후한 내공이 없었다면 이 월단화를 먹자마자 만장애 밑에서 얼어붙은 시체가 됐을 것이다. 이때 나는 살짝 놀란 마음으로 늪지대를 바라봤다.

어쩐지 욕심을 내서 월단화를 취한 강호인이 얼어붙었다가 늪지대로 빠지는 상상을 했기 때문이다. 나는 한기 때문에 어쩔 수 없이 운기조식을 시작했다. 순식간에 손발이 차가워지면서 전신이 떨렸으나 월단화의 기운을 고스란히 월영무정공의 내공으로 빠르게 전환했다. 새삼스럽게 월단화도 두강주처럼 급이 나뉜다는 점을 확인했다. 이것은 상품上品이었다.

운기조식이 끝났을 때는 어느새 무자비한 달이 뜬 상태. 체내에 극음지기가 극양지기 못지않게 두껍게 쌓인 것을 확인했다. 이 정도면 달빛과 무정함을 겨뤄도 될 것 같은 서늘함이다. 그렇게 나는 달그림자가 무정한 밤에 등장하는 무자비한 사내가 되었다.

* * *

땔감을 모아서 야영을 준비했다. 이미 쌀쌀한 날씨인 데다가 차가운 칼바람이 만장애에 불어닥치고 있어서 하룻밤을 보내는 것도 만만하게 볼 일이 아니었다. 아무리 내공이 깊어도 잠이 들면 체온이 떨어지기 때문이다. 땔감을 뒷산처럼 쌓은 다음에 화섭자로 불을 붙였다. 나는 타오르는 불꽃을 보면서 적당한 크기의 나뭇가지를 비수로 손질해서 작살로 만들었다. 배 속에 차가운 것이 들어갔기 때문에 본능적으로 불을 넣어야겠다는 생각이 들었다.

이것은 경험과 판단, 본능이 뒤섞인 결정이었다. 호수에 떨어지는 달빛을 벗 삼아서 투명한 물속을 작살로 찔러대다가 커다란 물고기를 잡았다. 한 마리만 먹으면 충분할 것 같았기 때문에 작살은 그대로 꼬챙이가 되었다. 꼬챙이에 끼운 물고기를 모닥불에 바싹 구웠다. 그러니까 이것은 오장육부의 내상 방지를 위한 식사였다.

일부러 바짝 구운 이름 모를 커다란 물고기를 천천히 뜯어먹었다. 살점이 두툼해서 씹는 맛이 있었다. 생각보다 너무 맛있어서 당황스러웠다. 그렇다면 만장애의 투명한 호수에서 잡은 물고기 맛은 나밖에 모르는 맛이다. 뜨끈한 것이 배 속에 들어가자 으슬으슬했던 체내의 한기가 씻은 것처럼 사라지고 있었다.

'안 먹었으면 큰일 날 뻔했네.'

나는 내 팔뚝보다 더 큰 물고기의 뼈를 모닥불에 던진 다음에 옆에 드러누워서 봇짐을 베개 삼았다. 자하객잔에서는 소금 친 양념만큼 강해졌었는데. 지금은 월단화와 물고기를 동시에 취해서 조화롭게 더 강해졌다. 일품 생선 요리, 월단화, 그리고 소금… 끝장나는 맛이다. 나는 눈을 감은 다음에 타닥타닥 소리를 내면서 타오르고 있는 모닥불의 음색을 들으면서 서생들을 신나게 줘패는 상상을 했다.

'개새끼들…'

나도 이제 천하에서 적수가 없을 만큼 많은 기연을 얻었는데도 서생들에게 밀리는 이유는 이들이 평균적으로 나보다 십 년에서 이십 년 이상은 먼저 무공을 수련했기 때문이다. 세월의 힘을 단박에 뛰어넘는 것은 무척 힘든 일이었으나 이번에는 꽤 많이 따라붙은 느낌이 들었다.

나는 얼핏 잠이 들었다가 자주 깼다. 만장애의 바람 소리는 귀신이 된 음공의 고수가 취미로 퉁소를 불어대는 것처럼 끔찍했다. 만장애의 바람 소리에도 사연이 있는 것일까. 물고기를 내주고 월단화까지 선물해 줬으니 더 깝죽대지 말라는 경고처럼 들렸다. 하지만 나는 이런 협박에 굴복할 사람이 아니다. 해가 뜨면 만장애의 북쪽을 다시 살펴볼 생각이었다.

* * *

결국에 나는 해가 뜰 때까지 버텨서 얼어 죽지 않았다. 아침으로는 백년하수오를 호수 물에 씻어서 먹은 다음에 물도 충분히 마셨다. 여기서 하루만 더 머물렀다간 힘들게 캔 상품의 하수오를 내가 전부 처먹을 가능성이 있어서 다시 성실한 약초꾼으로 전직했다.

품질이 좋은 하수오는 봇짐에 담고, 괴이하게 생긴 꽃이나 약초는 상자에 담았다. 나는 본래 실력이 부족한 약초꾼이라서 정체불명의 물건은 모용백에게 전달할 수밖에 없었다. 북상하다 살펴보니 우측 절벽에 넝쿨이 달라붙어 있었는데 군데군데 붉은 꽃이 피어있었다. 모용백이 말한 능소화일 수도 있었는데 이는 내상 치료할 때 종종 쓰는 약재였다. 모용백에게 줄 것이 마땅치 않았기 때문에 나는 절벽에 붙어있는 능소화를 줄기째로 뜯어서 상자에 담았다.

북쪽 끝을 살피고 돌아오면서 좌측 절벽까지 확인했으나 기대했던 동굴이나 다른 영약은 찾을 수가 없었다. 오전부터 배 속이 점점 뜨거워지는 것을 보아하니 전날 잡아먹은 물고기가 영약이라는 생각이 들었다. 어떻게 물고기의 하얀 살점이 월단화의 냉기를 싹 지워낸 것일까. 독이 있는 곳 근처에 해독제가 있다는 말이 있는데 월단화의 한랭한 독성을 물고기로 몰아낸 것도 내 복이었다.

복은 어디에서 오는가? 요란이를 생각하는 마음에서 왔으니 복이라는 놈도 자하객잔에서 출발했던 모양이다. 이미 체내의 균형이 조화롭게 맞춰진 상태였기 때문에 나는 즉시 욕심을 내려놓고 늪지대로 돌아와서 바위, 호수 물, 민물게, 잡초와 귀신 멱따는 소리 같았던 계곡의 칼바람과 능소화에게 작별을 고했다.

"신세 졌다. 다음에 제자가 내려오면 그때 또 부탁해."

뜬금없이 만장애를 향해 포권을 취하면 미친놈처럼 보이겠지만 어차피 혼자 있었기 때문에 나는 눈치 보지 않고 포권을 취했다. 만장애와 내가 평화협정을 맺은 상태. 나는 무거워진 봇짐을 강하게 조인 다음에 절벽 위를 바라봤다. 이곳에 은거하면 마음의 상처를 입지 않은 채로 살아갈 수 있다. 하지만 마음의 상처를 입더라도 올라가서 할 일이 많았기 때문에 나는 넓은 공터로 돌아왔다.

옛 고수의 백골은 찾을 수가 없었다. 어쩌면 나처럼 다시 세상 밖으로 나갔을 수도 있었다. 나는 넓은 공터를 서너 차례 돈 다음에 몸이 풀렸다고 생각하자마자 공중으로 솟구쳐서 절벽에 달라붙었다. 새삼스럽게 미친 짓이었다. 너무 높아서 백의서생의 서고를 오를 때처럼 절벽을 발로 쳐가면서 제운종을 펼치면 내공이 바닥날 위험이 있었다. 만약 내공이 바닥이 난 채로 만장애 위에 도착했다가 적을 마주하게 되면 나는 다시 만장애 바닥으로 몸을 날려야 한다. 그럴 수는 없었기 때문에 예전에 색마가 그랬던 것처럼 석룡자의 몸짓을 흉내 냈다.

두 손 두 발을 모두 이용해서 오르다가 돌덩이가 튀어나온 곳에서는 제운종의 도약으로 솟구쳤다. 도중에 튀어나온 나뭇가지에 걸려서 꽃무늬 장삼이 찢어졌다. 뒤를 돌아보니 뜯겨나간 장삼의 밑자락이 펄럭이면서 만장애로 떨어졌다. 허공에 꽃잎이 둥둥 떠다니다가 여유롭게 하강하고 있었다.

"…선물이다."

만장애와 나는 꽃을 주고받은 사이가 되었다. 힘겹게 정상에 도착해 보니 그제야 평범한 사람들이 오가는 산의 풍경이 눈에 들어왔다. 평범하게 사는 것이 이토록 힘들다. 손가락은 굳건한 석검石劍의 초식에 당해서 살점이 뜯어진 채로 피투성이가 되었으나 내공은 최대한 아낀 상태. 나는 산전수전을 겪은 약초꾼의 행색으로 다시 출발했다. 이제 당분간 산과 절벽은 지긋지긋하다는 생각이 들었다. 혹시 쉬는 날 등산하자고 하는 놈이 있으면 일단 뺨따귀부터 후려칠 생각이었다.

공청석유나 천연주과를 찾지 못한 채로 돌아가는 것이 미안하긴 했으나 요란이에겐 내가 무사히 돌아가는 것이 선물이 아닐까? 내가 셋째 사부이기 때문이다. 혼자 월단화를 처먹었기 때문에 계속 변명거리를 생각하면서 나를 응원하다가 성질이 뻗쳐서 일단 황학객잔으로 달렸다.

* * *

나는 일부러 황학객잔 맞은편 객잔에 자리를 잡아서 닭요리와 두강주, 국수라는 이상한 조합으로 주문했다. 국수를 먹은 다음에 닭요리를 곁들여서 술을 마시자 그제야 마음의 묵은 때가 씻겨나갔다. 꽃무늬 백의장삼은 너덜너덜 찢어진 상태에다가 머리카락이 산발이고. 손도 피투성이라서 그런지 점소이가 걱정스러운 표정으로 자주 쳐다봤다. 내가 바깥 자리에서 밥을 먹고 있었기 때문에 돈을 내지 않고 도망가면 어쩌나 하는 표정이었다. 이렇게 강해졌는데도… 점소이의 마음은 점소이가 안다고 나는 미리 전낭을 꺼내서 계산했다. 돈을 받는 점소이의 얼굴에 그제야 안도감이 퍼지고 있었다.

"입맛에는 잘 맞으십니까?"

나는 손가락으로 앞을 가리켰다.

"황학객잔보다 십팔 배는 맛있군."

"하하, 과찬입니다."

사람은 돈이 들어가야 여유가 생기는 법인지 점소이가 그제야 웃었다. 한결 태도가 부드러워진 점소이가 근처에 앉더니 내 상처를 걱정했다.

"손은 어쩌다 그렇게 되셨어요?"

"아, 약초를 캐다가 절벽에서 떨어졌소. 올라오는 데만 반나절이 걸렸지."

"아이고, 저런."

내가 점소이에게 두강주를 내밀자, 점소이는 탁자에 있는 술잔을 자연스럽게 붙잡아서 내밀었다. 우리는 두강주를 나눠 마신 다음에 황학객잔 입구를 바라봤다. 누군가가 웃으면서 나오자 옆에서 술을 마시던 점소이가 헛기침하더니 안으로 들어갔다. 그 와중에 나를 발견한 만상문의 양해조가 놀란 표정으로 다가왔다.

"아니, 이게 누구야? 두고 보자던 약초꾼이네?"

양해조는 이게 어떻게 된 일이냐는 것처럼 동료 떨거지들을 바라봤다.

"그러게요. 그 도망가던 약초꾼입니다."

양해조가 입을 반쯤 벌린 채로 다가와서 내 맞은편에 앉았다.

"황당하네. 손은 왜 이러나?"

이때, 안으로 도망친 줄 알았던 점소이가 웃으면서 나오더니 이렇게 말했다.

"아이고, 양 대협. 오랜만입니다. 무슨 일 있으세요?"

나는 웃음이 터져서 중얼거렸다.

"양 대협…"

손짓으로 점소이를 안으로 들여보낸 다음에 두강주를 한 잔 따랐다. 양해조도 웃으면서 나를 바라봤다.

"약초꾼, 내가 우스운가? 너는 내 앞에서, 그것도 여기서, 웃으면 안 될 것 같은데 말이야."

"…"

"오, 봇짐이 두터워졌네. 뭐가 들었나?"

"백년하수오? 한 삼사백년 하수오도 있고. 독초, 꽃, 약재, 돈."

"오, 일단 꺼내보아라."

나는 양해조가 데리고 다니는 떨거지들을 둘러봤다. 손을 쓰면 이 자리에 시체가 생길 것 같아서 본론부터 이야기했다.

"내가."

"너 뭐?"

나는 양해조에게 나를 소개했다.

"하오문주 이자하다. 평범한 약초꾼으로 봤을 테지만 아니야. 너희 문주에게 안내해."

"…누구라고?"

양해조가 고개를 갸웃하자, 뒤에 있는 수하들이 대답했다.

"하오문주라고 합니다."

양해조가 뒤를 보면서 물었다.

"하오문주가 누구냐?"

"무림맹주와 남악녹림맹을 몰살했던 문파의 문주입니다."

양해조의 고개가 천천히 돌아오더니 나를 물끄러미 바라봤다. 나도 양해조를 아련한 눈빛으로 바라봤다.

"…"

양해조가 내게 물었다.

"저희 문주님은 왜…"

"양 무인."

"예."

"팔다리 병신이 된 다음에 수하들에게 업혀서 안내하는 방법이 있고. 그냥 지금 안내하는 방법이 있어. 뭐가 좋아? 너 좋을 대로 해. 나는 다 괜찮아."

양해조가 어리둥절한 표정으로 내게 물었다.
"제가 죄를 지었나요?"
"여러 가지 짓지 않았어?"
"기억이 잘."
나는 안에서 구경하고 있는 점소이를 불렀다.
"…달포마다 바치는 상납금이 얼마야?"
점소이가 웃으면서 대답했다.
"아, 상납금. 그런 거 없습니다."
"보호비는 얼마야?"
"팔십 냥인데요. 그 정도면."
"들어가."
"예."
나는 양해조에게 말했다.
"양 무인은 운이 좀 좋아. 내가 심경의 변화를 겪는 중이거든. 만상문이 갑자기 땅으로 꺼지진 않았을 거 아니냐. 내가 찾아가도 돼. 안내를 해주든, 하지 않든 만상문으로 가겠다."
나는 허름한 객잔을 둘러보다가 점소이에게 물었다.
"하오문으로 들어오면 상납금이나 보호비 없이 보호해 줄 텐데 생각 있나?"
입구에서 고개를 내민 점소이가 놀란 표정으로 나를 바라봤다.
"그렇게 되면 저희 당숙께서 아주 좋아하시겠는데요?"
"그럼 들어오는 거야?"
"받아주시면요."

"영광이로군. 주변 주인장들에게도 이 내용을 공유해 줄 수 있나?"

"어렵지 않죠."

나는 점소이와 눈을 마주친 다음에 고개를 끄덕였다.

"좋았어. 그럼 내가 만상문주와 잘 논의해 볼게. 긍정적인 방향으로."

"감사합니다, 문주님."

나는 일어나서 앉아있는 양해조의 무릎을 발로 툭 찼다.

"양 무인, 가자."

"아, 저기 문주님…"

양해조가 내 팔을 붙잡으려는 것을 보자마자, 나는 반사적으로 손을 휘둘러서 양해조의 뺨을 후려쳤다. 퍽- 소리와 함께 의자에서 날아간 양해조가 바닥을 떼굴떼굴 굴러가다가 기절했는지 움직이지 않았다. 얼굴에 사색이 깃든 수하들에게 말했다.

"업어라."

"예."

"안내해."

"알겠습니다."

나는 두강주를 나눠 먹은 점소이에게도 작별을 고했다.

"국수 맛 좋았다. 나보다 낫네."

점소이가 웃으면서 대답했다.

"또 오세요, 하오문주님."

나는 손을 흔든 다음에 양해조를 둘러업은 만상문도들을 따라갔다.

276.
내가 소문낼 거야

나는 양해조를 업은 놈에게 물었다.

"살아있나?"

"숨은 쉽니다."

"그래? 빰 한 대 맞고 죽은 놈이 될 뻔했네."

"..."

나는 궁금한 것을 물어봤다.

"문파 이름이 왜 만상문인가? 삼라만상의 그 만상인가."

"그건 잘 모르겠습니다."

나는 주변을 둘러보면서 말했다.

"너희는 제대로 아는 게 뭐냐. 싸움을 잘하는 것도 아니고 일해서 벌어먹는 양심이 있는 것도 아니고. 나이는 전부 나랑 비슷한 것 같은데. 병신 같은 동네 흑도에 속해서 일하는 사람들의 돈이나 뜯고."

"..."

"너희는 만상문이라서 사고 쳐도 별걱정 없지?"

걸으면서 흑도에 속한 놈들을 갈구니까 다들 조용히 내 이야기만 들었다. 몇 명이 길을 걷다가 찢어진 눈으로 나를 힐끔 바라봤다.

"왜? 그래도 남자라고 병신 같은 소리 들으니까 속이 부글부글 끓어? 못 참겠으면 한바탕하든가. 없어? 흑도가 왜 이래? 여긴 경쟁 흑도 세력도 없나?"

"있습니다."

"어딘데."

"북문 쪽에 벽력문霹靂門이 있고 동문에는 천응방天鷹幇이 있습니다."

"안 싸워?"

"요새는 안 싸웁니다. 구역이 나뉘어 있어서."

"평화로운 흑도네. 사이좋게 지내면서 각자의 지역에서 상인들 쥐어짜는 것으로 만족하다니. 상권이 발달한 모양이야. 나름대로 보호도 해주고. 대체 무엇으로부터 보호해 주겠다는 건지는 모르겠다만."

떠들다 보니 만상문에 도착했다. 양해조를 업은 놈이 내게 물었다.

"들어갑니까?"

"열어."

담벼락 너머에서 한가로운 음악과 웃음이 뒤섞이고 있었다. 딱히 문을 지키는 놈도 없어서 수하들과 함께 만상문에 진입했다. 불을 여기저기 훤히 밝혀놓았는데 정면의 건물 이 층에서 춤을 추고 있는 그림자가 바깥에서 보였다. 술과 무희, 음악이 있는 저녁이었다.

너무 팔자가 좋아 보여서 보는 나도 당황스러웠다. 나는 양해조의 수하들을 따라 걷다가 공중으로 솟구쳐서 이 층의 창호지 부분을 박살 낸 다음에 입장했다. 무희 두 명이 짤막한 비명을 지르면서 춤을 멈추고, 좌우에 둘러앉아 있었던 사내들이 일어섰다. 정중앙에 있는 사내가 손을 들자, 그제야 음악이 멈췄다. 나는 만상문주로 추정되는 사내를 주시했다.

"만상문주?"

좌우에 나뉘어서 대기하던 사내들이 검을 뽑자, 만상문주가 다시 손을 내저으면서 말했다.

"다들 앉아라. 누구신데 갑자기 이렇게 등장했나?"

여기까지 올 때는 살짝 졸린 상태였는데 만상문주의 분위기를 보자마자 잠이 확 달아났다. 동네 흑도의 우두머리가 앉아있을 줄 알았는데 산전수전을 다 겪은 흑도 사내가 나를 쳐다보고 있었다. 나는 짤막하게 소개했다.

"하오문주."

"하오문주셨군. 소문 자주 들었소. 자리 내어드리고 무희들은 들어가."

만상문주를 정면에서 바라볼 수 있는 자리에 자그마한 다탁이 놓이고, 무희들이 종종걸음으로 사라졌다. 만상문주가 말했다.

"아무리 생각해도 내가 문주에게 잘못한 것은 없는데 어찌하여 이렇게 문을 박살 내면서 등장하셨소."

나는 저절로 눈이 커졌다.

'뭐야? 신선한데?'

나이는 많지 않은 상대였지만, 오랜만에 보는 흑도여서 다탁 앞에 앉았다. 아래에서 누군가가 급히 올라오더니 말석에 있는 간부에게 고했다. 전해 들은 간부가 다시 만상문주에게 말을 전했다.

"문주님, 양해조 조장이 하오문주에게 따귀를 맞아서 기절했는데 아직 못 일어나고 있답니다."

만상문주가 고개를 끄덕였다.

"알았다. 양 조장이 실수했나 보군."

만상문주가 나를 보면서 자신부터 소개했다.

"순우진淳于振이라 하오. 양 조장이 명성이 자자한 하오문주에게 무슨 일로 따귀를 맞았소?"

질문에 딱히 빈틈이 안 보였다.

"약초꾼이라고 소개했더니 봇짐을 탐내더군."

나는 대충 대답한 뒤에 벽에 걸린 장검과 벽에 걸린 그림, 다탁과 의자의 모양, 전체적인 색감과 수하들의 얼굴, 분위기를 둘러본 다음에 질문했다.

"문주는 군부 출신인가?"

간부 일부의 생김새가 다소 이질적이었는데 그것은 만상문주도 마찬가지였다. 보기 드문 순우 씨가 제법 있는 모양이었다. 그렇다면 씨족에서 출발한 흑도 세력이었다. 만상문주가 고개를 끄덕였다.

"선조께서 잠시 나라에서 녹을 받은 적이 있소."

"장군가 출신이 왜 이런 흑도 문파를?"

"그 선조라는 분이 패장이었는데 코와 귀, 손가락을 잘린 다음에 조리돌림을 당하다가 돌아가셨기 때문에 이후에는 출세가 막혔고. 딱히 역적 가문은 아니었으나 역적 가문에 버금가는 비난과 조롱을 받다 보니 이렇게 흘러왔소. 대답이 되었소?"

"그렇군."

"문주께서 무림맹주와도 친하시고 제천맹주 앞에서도 주눅이 들지 않는 사내라 들었소. 무공도 분명 뛰어나시겠지. 수하가 잘못한 것은 내가 대신 사과하리다. 원하는 게 있으시오?"

흑도의 수장이라서 그런지 대화의 전개가 시원했다.

"몇 곳에서 상납을 받나?"

만상문주가 대화의 핵심을 알겠다는 것처럼 고개를 끄덕였다.

"다 합치면 백여 개가 넘소."

"그 돈은 어디에 쓰고."

"성벽은 사라졌으나, 이곳은 본래 막성이라 불렸소. 막성 전체는 천응방에게 상납하는 구조였고. 내가 천응방 세력을 조금 밀어내고 내 쪽에 있는 상인들에겐 천응방에게 바치던 돈의 절반만 받고 있소. 본래 이곳에는 놀고먹는 사내들이 많았는데 거둬서 밥을 먹이다 보니까 가문의 돈만으로는 유지할 수가 없소."

"받지 않으면?"

"받지 않으면 꽤 많은 자를 만상문에서 내보내고 우리끼리 벽력문과 천응방을 상대해야 하는데 거기까진 아직 결정하지 못했소."

"벽력문과 천응방의 평판은?"

"우리와 비슷하오. 말씀하셨다시피 흑도라서."

"선을 넘은 사업은?"

"우리는 없소."

나는 만상문주 순우진을 위아래로 살폈다. 똑똑한 사내라서 짧은 질문도 대부분 정확하게 이해한 것처럼 대답했다. 당장 내게 덤빌 정도로 무모하지도 않고, 기본적으로는 대화로 풀어나가려는 기조를 가지고 있었다. 그렇다고 허접하게 싸움질을 하는 사내처럼 보이지도 않았다. 일단 벽에 걸린 장검만 해도 평범한 사람은 휘두를 수가 없는 무게였다.

물론 사람은 오래 지켜봐야 알 수 있다. 하지만 인근의 상인들을 하오문도로 받아들이려는 내 결정이 아예 만상문을 하오문으로 영입하는 것도 고려해 봐야 할 문제가 되었다. 내가 뜬금없이 막성 지역에 정착할 수는 없기 때문이다. 굳이 효율을 따지자면 만상문주가 내 뜻을 따르는 게 가장 낫다. 지금까지 만상문주의 수하들은 입 한 번 뻥긋하지도 않은 상태. 만상문주가 물었다.

"술이나 차를 드려도 괜찮겠소? 참고로 나는 적에게도 독은 쓰지 않소. 가풍이오."

"그렇다면 두강주로."

"두강주로."

만상문주의 말 한마디에 바깥 복도에서 발소리가 들렸다. 독이 있으면 두강주를 얼린 다음에 만상문주에게 던지면 그만이다. 수하들이 끝까지 입을 닥치고 있을 줄 알았는데 만상문주 좌측에 있는 사내가 말했다.

"하오문주께서 마교와도 싸웠답니다. 들으셨습니까?"

만상문주가 고개를 끄덕였다.

"알고 있다."

이때, 계단 아래에서 누가 올라오더니 만상문주에게 보고했다.

"양 조장이 깨어났는데 사과를 드리겠다고 합니다. 어떻게 할까요?"

"오라고 해."

"예."

곧장 얼굴 한쪽이 부어오른 양해조가 들어오더니 조금 떨어진 곳에서 무릎을 꿇었다.

"문주님, 죄송합니다."

만상문주가 물었다.

"하오문주께 무슨 잘못을 했나? 얼굴이 많이 부었군. 나중에 다른 사람들에게도 물어볼 테니 변명으로 빠져나가지 말게."

양해조가 대답했다.

"…그게 그러니까 황학객잔에서 제가 약초꾼으로 오인하고 불렀다가."

"불렀다가."

"봇짐을 좀 보려고 했습니다."

갑자기 만상문주의 얼굴이 시뻘겋게 돌변하더니 양해조에게 말했다.

"하오문주에게 사과하고 나가서 대기해."

"예."

양해조가 나를 보더니 고개를 숙였다.

"죄송합니다, 문주님."

나는 고개를 든 양해조를 바라봤다.

"양 무인."

"예."

"황학객잔의 가격표는 그대가 손을 댔나?"

양해조가 놀란 표정으로 말을 이어나가지 못하자, 간부 한 명이 일어나더니 양해조의 뒷덜미를 붙잡은 채로 질질 끌고 나갔다. 계단 쪽에서 우당탕 소리가 나더니, 간부가 다시 헛기침하면서 자리로 돌아왔다. 계단 밑으로 집어 던진 모양이었다. 만상문주가 말했다.

"나는 이곳에서도 굴러들어 온 돌이라 상인들 상대는 이곳 출신에게 일부러 맡겼는데 이것도 내 불찰이오."

그 와중에 작은 다탁에 두강주와 술잔이 놓였다. 중간쯤에 있는 사내가 갑자기 만상문주에게 사과했다.

"죄송합니다, 문주님."

"시끄럽다."

양해조의 직속상관인 모양이었다. 나는 만상문주에게 물었다.

"만상문, 벽력문, 천응방이 모여서 협의한 다음에 세 곳 다 상납을 받지 않으면 세 문파가 굶어 죽나?"

"그렇지 않소."

"그럼 그렇게 하자고."

"일단 의사라도 전달하려면 막성 중앙에 있는 수월정水月亭에서 모여야 하고. 지금까지 수월정에서 모였을 때 싸우지 않은 적이 없었소. 사마외도 고수를 불러와서 나를 공격한 적도 있소. 그러니까 기본은 대놓고 한쪽의 수장을 죽이고자 했을 때. 알면서도 그것을 받아칠 준비가 되었을 때 셋이 모였소."

나는 고개를 끄덕였다.

"만상문주."

"말씀하시오."

"내가 근래 무림공적들을 때려죽여서 받아야 할 현상금이 아주 많아."

"음."

"그 액수면 막성에 무림맹 지부를 자그맣게 하나 만들어도 부족하지 않을 돈이야. 연락해서 하오문주가 보잔다고 전해. 무림맹 지부를 이곳에 만들 것인지. 하오문 지부를 만들 것인지 선택들 하라고."

간부들이 일제히 나를 바라봤다.

"참고로 나는 무림맹에 여러 차례 도움을 줬지만, 지금까지 대가를 받은 적이 없어서 맹주께서 진지하게 고려하겠지. 맹과 제법 멀어서 운영하는 게 부담스럽겠지만 내가 도와주겠다고 하면 분명히 이곳에 지부가 생길 거야."

나는 만상문주를 바라봤다.

"임 맹주 성격이면 일단 세 문파의 수장들을 잡아다가 가둬둔 다음에 일을 진행하겠지. 수월정에 모이라고 해. 강호에서 내 근래 평판이 어떠한가? 내가 이렇게 평화로운 해결 방법을 제안하는 것은 보기 드문 일이야. 남악녹림맹이나 이런 동네의 흑도나 나한테는 비슷비슷하다고. 말로 할 수 있을 때 말로 하자고. 문주 생각은 어떠신가?"

순우진이 나를 물끄러미 쳐다보다가 물었다.

"두 수장이 앞에서는 알겠다고 하고 문주가 떠나시면 전과 다를 바 없이 행동할 수도 있소."

나는 순우진의 말에 웃었다.

"그것참 이상하네. 그 돈을 조금 더 벌겠다고 목숨을 포기한다는 뜻인가? 상인들이 일해서 버는 돈이 애초에 자기 것이라고 착각하는 거 아니야? 음식을 만들어서 팔고, 봇짐에 든 물건을 팔아서 챙긴 돈이 어찌 너희들의 것이냐? 흑도가 천하 곳곳에 너무 많아서 나도 일일이 죽여댈 수가 없다. 하지만 가끔은 나 같은 놈도 있어야지. 남의 돈 뺏어가면서 사는 게 당연한 일이 아니라는 건 내가 차차 알려줄게. 하지만 그거 알았을 때는 곧 뒤질 때야."

"..."

"나 바쁜 사람이야. 지금 연락해서 수월정으로 오라고 해. 안 오면 쳐들어간다. 흑도 새끼들 다 밤에 늦게 자잖아? 아니야? 밤에 늦게 자서 흑도라고 알고 있는데 아님 말고."

나는 그제야 두강주를 술잔에 따랐다. 두강주가 또르륵- 소리를 내면서 술잔에 떨어지다가 그대로 얼어붙었다. 나는 두강주로 된 뾰족한 빙주氷酒를 뜯어낸 다음에 말석에 있는 간부에게 내밀었다. 간부가 어리둥절한 표정으로 빙주를 받았다. 나는 간부에게 말했다.

"빨아. 독이 있는지 없는지 내가 어떻게 알아?"

간부가 작게 한숨을 내쉬더니 빙주를 빙당처럼 빨아먹었다. 나름대로 맛이 있는지 눈을 크게 뜬 채로 빙주를 쪽쪽 빨다가 내게 말했다.

"독이 없네요. 문주님, 편히 드십시오."

내가 얼어붙은 두강주의 술병을 염계로 녹이자, 술이 다시 쏟아졌다. 이 광경을 지켜보던 순우진이 간부에게 말했다.

"서찰 좀 준비해라."

"예."

"한 시진 후, 수월정에서 긴급하게 모이라고 전달하고. 모이지 않는 문파는 하오문과 만상문이 연합해서 공격하겠다고 전해. 하오문주께서 직접 와있다고 적어. 이 밖의 전달 사항은 전령이 말로 경고해라. 무림맹 지부가 설립될 수 있다는 것도 반드시 전달하고."

"알겠습니다."

내가 무공이 아무리 강해져도 이런 일은 짚고 넘어가야 한다. 애초에 무공을 익힌 목적이 이런 행태를 보고 지랄하기 위해서 익힌 것이기 때문이다. 내 객잔은 불에 탔지만, 그때 당한 게 너무 억울했기 때문에 다른 사람도 비슷하게 당하는 것은 눈 뜨고 넘어가지 못할 일이었다. 나는 시종일관 침착하게 응대하는 순우진에게 궁금한 것을 물었다.

"그런데 문주는 내 실력이 대충 보이나?"

"정확하게는 모르겠소."

"그런데 협조적으로 나온 까닭은?"

"본래 무림맹의 남쪽 흑도에서는 제천맹주에게 대든 사람과는 부딪치지 않으려는 경향이 있소. 대표적으로는 문주가 그렇소."

나는 고개를 내저었다.

"제천맹주에게 대들었다니 그건 좀 논란이 있겠는데? 나를 너무 낮춰 보는 발언이야. 내가 제천맹주 아랫사람도 아니고."

"정정하리다."

"어떻게 정정할 건데?"

"가르침을 주시오."

"만나는 흑도마다 전해. 제천맹에는 내가 혼자 쳐들어갔어. 제천맹주와 겨루는 와중에 개방 방주가 등장하셔서 중재하셨기 때문에 싸움이 도중에 멈췄지. 대들었다니? 기분 나쁘게."

나는 뒤끝이 있는 남자라서 앞서 만상문주가 했던 말도 정정했다.

"그리고 나랑 연합하겠다고 올려치지 마. 나 혼자 가도 벽력문하고 천응방은 몰살할 수 있어. 그놈들이 뭐 맹주급의 고수야? 아니잖아."

"아니외다."

나는 그제야 경계하는 눈빛으로 두강주를 살피다가 결국에 입은 대지 않았다. 대신에 생각나는 대로 흑도를 한 번 더 협박했다.

"하여간 가장 병신 같은 놈들은 앞으로 하오문주와 의형제라고 내가 소문낼 거야. 그럼 어떻게 되겠어?"

만상문주와 간부들은 무슨 말인지 이해를 못 했는지 나를 물끄러미 바라봤다. 나는 정답을 알려줬다.

"마교한테 암살당하겠지."

나는 웃지 못하는 놈들을 보면서 홀로 웃었다.

"앞으로 친하게 지내자고."

대답하는 놈이 아무도 없었다.

277.
개소리는
무림맹 가서 합시다

마교를 언급했더니 분위기가 무거워졌다. 아무튼, 나 때문은 아니다. 만상문주는 일단 간부 한 명을 내보냈다.

"서찰 준비해서 전령 보내."

"예, 문주님."

만상문주가 내게 말했다.

"거리가 그리 멀진 않으나 답신을 기다려야겠소."

"그래야지."

"아마 벽력문이 더 가까워서 그쪽 답신부터 올 거요."

만상문주가 두강주를 가리켰다.

"다시 말씀드리지만, 독은 사용하지 않소. 그나마 막성의 싸움이 막장으로 치닫지 않은 것은 서로 독을 쓰지 않기로 했기 때문이오. 한쪽이 선을 넘으면 두 문파가 연합해서 치기로 했는데 언제 이 균형이 깨질지는 모를 일이었소. 사실 우리는 독에 대해 잘 알지도 못

하고. 배운 것이 전쟁뿐이라."

확실히 군부 세력의 분위기가 묻어있었다. 나는 만상문주와 간부들을 둘러봤다.

"만상문이 막성의 흑도를 규합해서 차지한 다음에 상납을 받지 않고도 잘 살아남을 방안을 알고 있나?"

계획이 없는 놈들이 흑도여서 딱히 대답을 기대하진 않았다. 간부들이 서로를 바라봤다가 일제히 만상문주를 쳐다봤다. 만상문주가 대답했다.

"모르겠소."

나는 간단하게 답을 알려줬다.

"일해야지."

"음."

"그런데 일하기는 또 싫겠지? 뭐 나라에서 녹을 받던 장군의 후예라고 하니 이해 못 할 일은 아니야. 밤늦게까지 술이나 처마시다가 새벽에 일어나는 게 쉬운 일은 아니지. 산에서 약초를 캐다가 시장에 팔아야 하는 사람이라면 동이 트기 전에 일어나서 잠든 자식이나 아내 얼굴 한 번 쳐다본 다음에 서둘러서 산에 올라갈 텐데. 감히 흑도가 새벽에 일어나서 일을 한다? 아, 불가능한 일이지."

"…"

"본인들은 일하는 것 자체를 끔찍하게 생각하겠지만 누군 좋아서 일을 하나? 만상문주, 무공을 익히지 않은 자들이 바보는 아니다. 다들 사정이 있어서 새벽에 일어난다. 그대들이 일하기 싫어하는 사정과 비슷해. 너희가 상납을 거둬서 호의호식하고 있다면 대체 그 돈이 어떻게 벌리는 것인지는 한 번쯤 살펴봐야 하지 않나? 나이를 그만치 처먹었으면 말이야."

만상문주는 미동도 하지 않은 채로 나를 바라봤다.

"흑도에도 나름 도道라는 말이 붙는데 그저 남의 돈이나 뺏고 사는 자들의 정체성에 어떻게 도를 붙이는지 모르겠군. 이것은 흑도의 본질이 아니다. 기본적으로 놀고먹는 것은 상관없어. 만상문이 막성에서 일어나는 불합리한 일을 해결하거나 상인들이 큰 어려움 없이 일할 수 있도록 도와준다는 기조로 바꾸면… 도움을 받은 자들이 만상문이 굶어 죽도록 버려둘까? 다시 말하지만, 사람들은 바보가 아니다. 무공을 모른다고 인정까지 모르는 사람들이 아니야."

나는 두강주의 술잔을 들었다.

"…마셨다가 독이 있으면 체내에 독이 퍼지기 전에 너희를 전부 죽일 작정이니까 내가 술 마시는 것을 기뻐하지 말라고. 말릴 사람? 없나?"

나는 두강주를 목구멍으로 넘겼다. 물론 독은 없었다. 사실 이 자리에 있는 간부들은 물론이고 만상문주도 나보다 나이가 많다. 그러나 사실 나이 따위는 중요하지 않다. 우리는 서로 목숨을 건 채로 살아가고 있기 때문이다. 승천하는 데는 순서가 없다. 무거운 분위기 속에서 한 간부가 내게 물었다.

"마교와 싸우셨다는 소식은 꽤 예전에 들었는데 지금은 어떻게 진행 중입니까?"

"뭘 어떻게 진행돼? 왜 아직도 멀쩡하게 살아있냐는 질문인가?"

"뭐 그런 질문은 아닙니다. 아무래도 교주가 삼재이다 보니까…"

"교주가 삼재라서 내가 살아있겠지. 맞수가 두 명이나 더 있다 보니까 말이야. 그가 단 한 명의 재해였다면 나는 예전에 죽었어. 다른 삼재를 압도할 방안이 무엇인지 모색하고 있겠지. 그렇다고 좀 싸운다는 수하들 보내봤자 내가 안 죽는다는 것도 알고 있어. 내가 그럴 수준은 좀 넘었거든. 나는 누구에게나 좀 귀찮은 존재야. 그나저나 만상문주."

"말씀하시오."

"나는 어떻게 하면 나중에 교주와 잘 싸울지를 고민하고 있는데 그대는 상인들 호주머니나 털어먹고 있네. 대단한 흑도야. 선조가 지하에서 부끄러워하실 테지. 순우진이라는 무인의 역량이나 그릇이 그 정도인가? 너희 선조는 전쟁에서 패해서 패장이 되었다지만 이따위로 살면 전쟁도 못 해보고 패장처럼 사는 것이 아닌가 싶은데."

내 말에 간부들이 땅을 바라봤다. 자신들의 수장이 모욕을 받고 있으니 저희가 열 받는 모양이었다. 그러나 순우진이 가만히 있자, 아무도 입을 열지 않았다. 만상문주가 고개를 끄덕였다.

"부족함이 많소."

"부족함은 나도 많아. 나는 돈 뜯기는 게 싫어서 강호로 들어왔어. 재산도 없었고 명문가 출신도 아니지. 하지만 나는 내가 바보가 아니라는 것을 알고 있었어. 점소이를 할 때도 말이야. 이 병신 같은 새끼들 두고 보자는 심정으로 하루하루를 버텼지. 그래서 내가 지금 여기에 있다."

만상문을 연신 갈구고 있으려니 잠시 후에 벽력문에 갔었던 전령이 돌아왔다. 바깥에서도 달리는 소리가 들리고, 계단이 삐걱대더니 전신에서 허연 김을 모락모락 내뿜고 있는 전령이 도착했다. 하지만 입을 열기도 전에 전령의 안색이 좋지 않아서 무슨 내용인지는 빤히 예상되었다.

"문주님, 다녀왔습니다."

"뭐라더냐?"

전령이 헛기침을 내뱉은 다음에 대답했다.

"전해드리기 죄송하나."

"…"

"서찰도 전하고 주의할 점도 전달했는데 벽력문주가…"

"침착하게 전해라. 어차피 예의 없는 것은 모두가 알고 있다."

"예. 그러니까 하오문주님이 있다는 말도 믿지 않을뿐더러 야밤의 개소리는 무림맹에나 가서 하라는 말을 했습니다. 죄송합니다."

"네가 죄송할 건 없다. 알았다. 쉬도록."

"예."

감정을 제법 잘 절제하던 만상문주의 얼굴이 일그러졌다. 나는 코웃음이 절로 나왔다.

"개소리는 무림맹에 가서 하라니… 맹주님이 동네 촌장도 아니고. 나는 동맹 세력의 문주이자 함께 남악녹림맹을 쳤던 전우다. 맹주 모욕죄를 추가하겠어."

바깥에서 고삐를 강하게 붙잡았는지 말 울음소리가 들렸다. 이어서 전쟁터의 전령만큼이나 허겁지겁 달려오는 소리가 들리더니 천응방에 갔었던 전령도 계단을 뛰어서 올라왔다. 이번에도 비슷했다. 전령의 뺨에 시뻘건 손바닥 자국이 찍혀있었던 것. 하지만 전령은 꽤 덤덤한 어조로 보고했다.
“문주님, 천응방주가.”
“그래. 뭐라더냐?”
“취하셨으면 일찍 주무시랍니다. 할 말 있으면 본인이 수월정으로 부를 테니 그때 나오라고 하셨습니다.”
순간, 만상문주의 눈 밑이 파르르 떨렸다.
“그렇군. 뺨은 왜 맞았나?”
전령이 씩씩한 어조로 대답했다.
“이리 좀 와보라고 하더니 그냥 때렸습니다.”
만상문주가 고개를 끄덕였다.
“…잘 참았다. 가서 쉬어라.”
“예.”
만상문주가 나를 바라봤다.
“오해하지 않으셨으면 좋겠소. 사이가 본래 안 좋소. 하오문주가 있다는 말도 수월정으로 헛걸음하라는 말로 들었을 거요. 아니면 문주께서 이곳에 올 이유가 없다고 생각했겠지. 무림맹주와 친분이 있는 문주께서 우리와 어울리지 않는다고 판단해서 개소리로 치부한 모양이오.”
나는 고개를 끄덕였다.
“자꾸 개소리, 개소리 하니까 개가 된 기분이야. 진짜 개 같은 게 뭔지 보여줘야겠군. 이 개새끼들…”
간부 한 명의 표정이 이상해서 내가 물었다.
“웃어?”

"아닙니다."

나는 간부들을 둘러봤다.

"오히려 좋아. 오늘부로 벽력문주와 천응문주를 은퇴시키겠다. 이래서 수장이 중요하단 말이야. 조심성이나 예의. 둘 중에 하나만 제대로 갖췄어도 문파가 온전해지는데 말이야."

반면에 만상문주는 조심성도 있고 예의도 있는 편이었다. 나는 일어나서 너덜너덜 찢어진 꽃무늬 장삼을 벗은 다음에 간부들이 입고 있는 흑의장삼을 바라봤다. 어깨 부위에 만상萬象이 적혀 있는 장삼이었다.

"만상문의 의복으로 하나 줘. 옷이 거지꼴이라."

나는 간부 한 명이 가져온 만상문의 간부 옷을 위에 걸친 다음에 말했다.

"어디가 가까워?"

"벽력문이 더 가깝습니다."

"이렇게 하자고. 간부들과 문주, 그리고 나. 이렇게만 쳐들어가는 것으로."

만상문주가 놀란 표정으로 말했다.

"벽력문은 백 명이 넘소."

"그런 거는 관심 없어. 이따위 흑도 놀이는 압도적인 무력 앞에서 무용지물이다."

나에 대한 불신의 눈빛이 넘쳐흘렀다. 간부 한 명이 그 불신을 이렇게 표현했다.

"문주님, 손도 다치셨는데 괜찮겠습니까?"

"약초 캐다가 다친 거니까 개소리 그만하고 가장 단단하고 살벌한 몽둥이 하나만 가져오도록. 붕대도 좀 주고. 손바닥이 까져서 따갑네."

"아, 알겠습니다."

* * *

간부까지 해도 겨우 열두 명이었다. 일부 만상문의 수하들이 자신도 합류하겠다고 나섰으나 간부들이 나서지 말라면서 제지했다. 나는 붕대를 한 차례 손에 감은 다음에 몽둥이를 손에 쥔 채로 다시 붕대를 휘감았다. 이로써 몽둥이와 나는 한 몸이 되었다. 만상문의 간부들을 둘러본 다음에 짤막하게 말했다.

"가자."

나는 흑도와 뒤섞여서 벽력문으로 출발했다. 야습하기 좋은 달빛이 흑도를 응원하고 있었다. 나는 빠르게 걸으면서 간부에게 물었다.

"벽력문주 어떻게 생겼나?"

"수염이 입술 양쪽 끝에서 밑으로 떨어집니다. 얼굴빛이 누렇고 대도大刀를 사용합니다."

"그 정도면 못 알아보는 게 더 힘들겠는데?"

"그렇습니다."

"보통 문주의 무력이 수하들과 큰 격차가 날 정도로 강한 문파가 있고. 고만고만하게 비슷한 고수들이 많이 포진한 문파가 있는데 벽력문은 어느 쪽이야?"

"벽력문주가 수하들보다는 훨씬 강합니다."

"나쁘지 않아. 한 놈만 줘패면 된다는 뜻이네. 나머지는 알아서 해. 아무리 하나의 문파라지만 그 속에 있는 놈들도 천지 차이야. 평소에 행실이 유난히 병신 같았던 놈은 이번에 쳐들어가서 때려죽여. 그나마 평소 행실이나 소문에 비춰서 살려줄 만하다 싶은 자들은 팔다리만 분질러 놔."

"알겠습니다."

뒤에 있는 간부 한 명이 내게 물었다.

"그런데 뛰어가는 게 낫지 않겠습니까? 대비 중일 수도 있는데."

"걸어야지. 싸우기 전에 힘들 수는 없으니. 그리고 그런 대비를 할 줄 아는 놈이면 진작 정중하게 나왔겠지. 벽력문주 이름이 뭐야?"

"전인평입니다."

"인평이는 이 시간에 보통 뭐 해?"

"십중팔구 술 마시는 중일 겁니다."

"그놈의 술…"

나도 술을 좋아하는 편이라 다음에 올 욕은 하지 않았다. 걷다 보니까 만상문과는 비교할 수 없는 고관대작의 저택이 등장했다.

"설마 저기야?"

"예."

"와. 부자였네."

대저택 중앙에 작은 성이 솟은 것처럼 보일 정도의 집이라서 둘레의 담벼락이 오히려 매우 낮아 보였다. 나는 만상문주를 바라봤다.

"문주, 수하들 살피면서 쳐들어오도록."

"알겠소."

나는 갑작스럽게 전방으로 달려가다가 솟구쳐서 담벼락에 도착했다. 담벼락을 달려서 다시 공중에 뜬 다음에 작은 성처럼 보이는 으리으리한 집의 이 층 지붕에 도착했다가 다시 삼 층의 지붕으로 솟구쳤다. 대문 박살 나는 소리가 들리면서 만상문주가 진입했을 때 나는 창문을 몽둥이로 부수면서 입장했다. 삼 층에 아무도 보이지 않아서 친구의 이름을 불러봤다.

"…인평아! 이 개새끼야. 어디 있어?"

벽력문주의 방을 나가자 복도에서 벽력문주의 호위들이 달려왔다. 나는 좌장으로 좁은 복도 전체에 잔월빙공을 머금은 장력을 쏟아냈다. 삽시간에 달려오던 자들이 엉거주춤한 자세로 굳었다. 나는 반쯤 얼어붙은 자들을 노려본 다음에 복도를 지나서 계단을 내려갔다.

"벽력문주, 내가 왔다니까 왜 안 믿어. 서찰까지 보냈는데. 개소리를 무림맹에 가서 하라니… 면상 좀 구경하자."

이 층에 도착해 보니 호위들에게 둘러싸인 벽력문주가 황당한 표정으로 나를 바라봤다.

"너 누구야?"

벽력문주의 얼굴을 확인하니까 수염을 기른 멧돼지가 떠올랐다. 길쭉한 식탁에 술과 안주가 널브러져 있었다. 나는 탁자에 올라가서 술안주를 짓밟으면서 걸어갔다.

"은퇴하는 날이야."

나는 달려오는 호위들을 단조로운 내려치기 동작으로만 상대했다. 대신에 몽둥이에는 빙공을 살짝 주입한 상태. 무엇으로 막든 간에 몽둥이는 상대의 몸에 닿았다. 삽시간에 뼈 부러지는 소리와 비명이 뒤섞이는 와중에 커다란 칼이 공중에서 떨어졌다. 호위들의 팔이나 다리를 부러뜨리자, 여태 수법을 지켜보던 벽력문주가 뒤늦게 칼을 휘두르면서 나섰다. 빙공을 주입한 몽둥이로 막았음에도 대도가 반 푼 정도 박히더니 벽력문주의 발차기가 날아왔다. 내공이 잔뜩 실린 공격이라서 좌장의 대수인으로 받아쳤다.

콰아아아앙!

눈앞에서 터진 내 장력 때문에 나조차 뒤로 밀려났다. 큰북이 열 개쯤 동시에 터지는 듯한 굉음 덕분에 귀청이 얼얼해진 상태에서 서늘한 도풍刀風이 연달아 쏟아졌다. 싸우는 수준과 공력의 깊이만 보더라도 만상문주가 쉽게 상대할 수 있는 사내는 아니었다. 나는 솟구쳤다가 공중에서 엎드린 자세로 좌장을 내밀었다. 도풍이 내 아래를 지나갈 때 이미 벽력문주와 좌장을 부딪친 상황.

콰아아아아앙!

벽력문주가 휘청이는 걸음으로 벽에 부딪혔다가 튕겨 나오더니, 그 와중에도 도법을 펼치면서 대도를 휘둘렀다. 동네 흑도 한번 제대로 독하다는 생각이 들었다. 나는 몽둥이로 일일이 대도를 막아내다가, 악력으로 손에 둘둘 말아놓았던 헝겊을 단박에 찢어낸 다음에 근거리에서 몽둥이를 던졌다.

쐐액!

벽력문주가 대도로 몽둥이를 쳐내는 사이에 발검으로 목검을 꺼내서 검기를 대각선 위로 분출했다. 이번에는 벽력문주의 어깨에 핏물이 솟구쳤다. 나는 제자리에 서서 목검을 적당한 속도로 휘둘렀다. 빙공으로 십+자를 분출하고. 염계로 오× 형태의 검기를 내보내고. 다음에는 목계의 기만 주입한 검풍을 단조로운 동작으로 반복해서 쏟아냈다. 삽시간에 피투성이가 된 채로 대도를 휘두르던 벽력문주가 소리를 버럭 내질렀다.

"…그만! 정말 오신 줄 몰랐소. 하오문주! 말로 합시다."

나는 계속 제자리에서 검풍을 쏟아냈다. 검풍을 막다가 점점 밀려나던 벽력문주가 대도를 휘두르다가 벽에 등을 붙인 채로 주저앉았다. 전신이 피투성이가 된 상태에서 얼굴이 창백해지더니 시커먼 피를 쏟아냈다. 나는 목검을 집어넣은 다음에 다가가서 앉아있는 벽력문주와 눈높이를 맞췄다.

"말로 하자고 전령을 보냈더니 이게 무슨 태도야? 벽력문주."

"…"

나는 벽력문주의 멱살을 붙잡은 다음에 밖으로 던졌다. 제법 큰 덩치의 벽력문주가 창을 부수면서 바깥에 떨어졌다. 나는 벽력문주가 몸으로 만들어 낸 둥그런 구멍 근처에 서서 아래를 내려다봤다. 맞붙고 있었던 벽력문과 만상문의 흑도가 벽력문주를 발견하자마자 싸움을 멈추더니 일제히 나를 올려다봤다.

"…벽력문주 전인평이 나한테 할 말이 있는 모양이니까 다들 주둥아리 다물고 있도록."

벽력문주는 벌레처럼 꿈틀대다가 겨우 일어나서 앉았다. 이미 머리카락은 산발이고 전신이 피투성이였기 때문에 이곳에서는 가장 비참한 꼬락서니를 하고 있었다. 벽력문주가 나를 원망스러운 눈빛으로 올려다보고 있었으나, 당장 입을 열진 않고 있었다. 아마 할 말이 별로 없을 터였다. 하지만 나는 해줄 말이 있다.

“병신 같은 놈, 뭘 그렇게 쳐다봐? 이게 흑도의 방식 아니냐? 내가 잘못 찾아왔나? 너희가 백도면 오늘의 무례는 내가 사과할게.”

“…”

“대답이 없는 거 보니까 흑도는 흑도였네.”

벽력문주가 지친 기색으로 입을 열었다.

“하오문주… 도대체.”

나는 벽력문주의 말을 바로 끊었다.

“닥치고 개소리는 무림맹 가서 하도록.”

갑자기 벽력문주가 양손으로 땅을 짚더니 울음을 터트렸다. 저 정도로 나이를 처먹은 흑도의 수장이 울음을 터트린다? 믿을 수가 없는 일이었다.

“안 통하지. 병신 새끼.”

나는 만상문주에게 명령했다.

“포박해라.”

만상문주가 나를 쳐다보더니 고개를 살짝 끄덕였다.

“예.”

278. 이야기를 멈추지 않았다

나는 흐느끼는 벽력문주를 바라봤다. 저 미친놈은 왜 저렇게 울까. 내가 알기로 흑도는 울지 않는다. 어처구니가 없어서 뛰어내린 다음에 벽력문주에게 다가갔다. 쪼그려 앉아서 벽력문주를 바라보니 수염이 난 멧돼지가 노려보고 있어서 뺨따귀를 한 대 후려쳤다.

"왜 울어? 미친놈이야?"

나는 만상문주에게 도움을 요청했다.

"이 멧돼지 새끼는 왜 우는가?"

"저도 모르겠습니다."

벽력문에서 누군가가 대답했다.

"문주께서 득남했습니다. 얼마 전에."

"아, 그래?"

나는 벽력문주의 어깨를 붙잡았다.

"축하해. 벽력문주, 득남했다니 좋은 소식이네."

"…"

내가 웃어주는데도 불구하고, 벽력문주는 눈을 부릅뜬 채로 노려봤다. 나는 벽력문주를 지그시 바라보면서 말했다.

"돈 없는 사람들에게 상납을 받는 병신 같은 놈이라도 자식은 눈에 넣어도 안 아픈 법이지. 축하할 일이야. 눈을 왜 그렇게 떠?"

벽력문주가 대답했다.

"싸움에서 져서 패배한 것까지는 받아들이겠으나 자식 얘기까지 들먹이면서 모욕해야겠소?"

"모욕? 네가 언제 남의 집 자식 생각이나 해주면서 상납을 받았나? 나는 흑도가 이렇게 부자로 지내는 건 또 처음 보네. 잘 사는 꼬락서니를 보니까 막성에서 남의 사정 봐주면서 쌓아 올린 부가 아니다. 그나저나 전쟁 중인데 패장의 눈깔 꼬락서니가…"

이번에는 벽력문주의 얼굴을 감정적으로 후려쳤다. 퍽- 소리와 함께 쓰러진 벽력문주가 기절한 모양인지 일어나지 않았다.

"자식은 자식이고 본인은 본인의 삶을 살아야지."

일어나서 만상문주에게 말했다.

"나중에 무림맹으로 압송할 테니 포박해. 죄가 없으면 경고, 있으면 뇌옥, 심각하면 뒤지겠지?"

"예."

"무림맹에서 사찰 나온 다음에 나름대로 형평성 있게 처리할 거야. 내가 판단하지 않는다. 그전까지는 가둬야지."

"알겠습니다."

나는 주변을 둘러보면서 말했다.

"벽력문은 만상문이 흡수하는 거로 결정하고. 더 맞아 죽을 사람 있으면 지금 말해. 나는 이제 천응방을 치러 가야 해서 바쁘다. 여기서 혹시 대나찰의 명성을 들어본 사람?"

만상문의 간부들이 전부 손을 들었다.

"들어봤습니다."

"뭐 대나찰 얘기를 하려는 게 아니라 대나찰한테 제자들이 있었다. 누구는 나한테 맞아 죽었고, 누구는 살아남아서 곧 혼인도 올리게 생겼어. 너희도 삶과 죽음의 경계에서 춤추지 마라. 내가 여기에 왔으니 막성의 흑도는 이제 새판을 짜야 해."

이때, 벽력문에서 삼십 대의 사내가 칼을 쥔 채로 걸어 나오더니 내게 자신을 소개했다.

"문주님, 벽력문의 부문주 설경덕입니다."

관상을 보아하니 나서기 좋아하는 놈이 나서고 있는 터라 내심 당황스러웠다.

"부문주 경덕이, 무슨 일인가?"

"천응방을 치실 거면 제가 병력을 데리고 합류하겠습니다."

"무슨 의도로 돕겠다는 거야? 아니면 다른 이유가 있나. 나 혼자 가도 천응방은 몰살할 수 있는데 왜 끼어들어. 내가 병신으로 보여?"

"아닙니다."

"그럼? 이때다 싶어서 한자리 차지하게?"

"아닙니다. 문주님을 무림맹으로 압송하면 운이 좋아야 뇌옥에 갇히는 것일 텐데 얼마 전에 득남하신 터라 사정을 봐주십사…"

"사정? 너희가 그간 상인들 사정 봐주면서 상납금을 걷었다면 고려해 볼게. 나는 모르지만 만상문주는 대충 알겠지. 어때?"

만상문주는 표정이 잔뜩 굳어진 채로 대답했다.

"무자비했습니다."

"무자비… 그렇다는군. 남에게는 무자비한 놈의 사정을 봐달라니. 봐줄 수 없다. 실은 때려죽이지 않은 게 이미 사정을 충분히 봐준 거야. 안 죽인 게 어디야. 내가 머리 기른 스님으로 보여?"

부문주가 결심한 것처럼 말했다.

"문주님, 그래도 상관없습니다. 봐달라는 말이 아닙니다. 언젠가 싸웠을 상대입니다."

"부문주."

"예."

"나는 그 결정이 조금 안타깝네. 천응방에 가서 잔머리를 굴리면 너는 그 자리에서 죽는다. 다음이 없어."

부문주가 대답했다.

"문주님의 실력을 이미 봤기 때문에 제가 바보가 아닌 이상 잔머리 굴릴 일은 없습니다."

"만상문주는 어떻게 생각해?"

잠시 고민하던 만상문주가 대답했다.

"그렇게 하시죠. 막성의 흑도가 그렇게 막장은 아닙니다. 부문주는 예전부터 강단이 있는 사내였습니다."

나는 부문주를 위아래로 살폈다.

"…좋을 대로 해라. 병력 끌고 가서 다 함께 가서 구경하도록. 동이 트기 전에는 누가 죽게 될지 결판이 나겠지."

부문주 설경덕이 내게 포권을 취했다.

"그렇게 하겠습니다."

만상문주가 물었다.

"벽력문주는 도주 위험이 있는데 끌고 갈까요?"

"아, 귀찮게 하네. 그냥 발모가지 하나 잘라."

"예?"

나는 놀라는 만상문주의 어깨를 친 다음에 바깥으로 나갔다.

"농담… 끌고 가자. 벽력문이 데리고 와."

만상문의 간부, 벽력문의 병력과 뒤섞여서 천응방을 향해 이동했다. 이상한 조합이었다. 수는 우리가 여전히 불리했기 때문에 벽력문에게 끌려서 천응방에 가는 것 같은 분위기가 흘렀다.

* * *

천응방의 문이 활짝 열려있었다. 나는 저절로 입이 벌어졌다.

"와, 뭐야? 준비하고 있었네."

곳곳에 야전을 준비한 것처럼 불이 밝혀져 있고. 천응방 내부에서도 이미 살기가 모닥불처럼 피어오르는 것처럼 느껴졌다. 담벼락 위에 병장기를 쥔 무인들이 올라서고 있는 와중에 누군가의 목소리가 들렸다.

"…어서 오시게."

내 눈에는 사마의를 상대로 성문을 열어놓은 제갈량의 허세처럼 보였다. 문을 열든 말든 아무런 상관이 없기 때문이다. 간부로 보이는 한 사내가 담벼락에 등장해서 말했다.

"설마 했더니 진짜였군. 하오문주 계신가?"

"나다."

간부가 나를 보면서 말했다.

"갑자기 막성의 흑도 싸움에는 왜 끼어들었는가?"

"개소리는 무림맹 가서 하고. 전령의 따귀를 친 너희 방주부터 나오라고 해. 전령은 내 이종사촌 고모님의 옆집 손자다."

내 옆에 다가온 설경덕이 말했다.

"문주님, 제가 선봉으로 뚫겠습니다."

"나서지 마. 그나저나 내 명성이 이 정도인가?"

교주나 천악서생이 왔다면 막성 흑도 전체가 무릎을 꿇고 따귀나 맞을 준비나 했을 텐데 내가 이렇게 부족한 사람이다. 지랄이 부족했다는 생각에 오른손에 지랄, 왼손에 염병을 휘감았다.

"…"

삽시간에 내 손에서 이상한 굉음이 발생하자 벽력문은 물론이고 만상문주까지 기겁하면서 뒤로 물러났다. 괴상한 빛이 퍼져나가는 것을 확인하고 나서는 내 주변에 아무도 없었다. 만월의 냉기를 압축하고, 그 위에 백전십단공의 뇌기를 휘감았다. 일월광천을 쓰지 않는 것은 내 자비다. 월영무정공과 백전십단공이 합쳐진 정체불명의 조합을 만들었으나 아직 이름도 정하지 않은 절기였다.

순백純白이라고 하기엔 어울리지 않는 불온한 백색이었다. 백색의 구체에 백색의 미꾸라지가 달라붙어 있는 징그러운 모양새랄까. 일단 떨군 다음에 효과를 확인하고 나서 이름을 붙여줄 생각이었다. 빙공과 뇌기의 조합이라니? 세상에 없었던 절기다.

내가 보유한 내공의 삼분의 일을 단박에 때려 박은 것처럼 막대한 공력이 소모되었다. 사람에게 던지면 먼지로 소멸할 것 같아서 나는 일단 천응방의 본진으로 멀리 내던졌다. 백색으로 맹렬하게 회전하던 요란한 구체가 별빛처럼 밤하늘을 밝히면서 날아갔다가 천응방의 본진에서 터졌다.

콰아아아아아아아아아앙!

그래도 일월광천에 비해서는 굉음이 약했다. 하지만 볼거리는 일월광천에 못지않았다. 굉음과 함께 백색의 빛줄기가 조각난 벼락처럼 밤하늘 여기저기로 솟구치더니 사람들의 비명이 아주 작게 뒤섞였다가 이내 잠잠해졌다. 나는 만상문주에게 덤덤한 어조로 말했다.

"진입해."

"예."

이미 담벼락 위에 있던 자들은 기파에 맞아서 사방팔방으로 날아간 상태. 정확하게 어떻게 된 일인지 몰랐기 때문에 나도 흑도를 뒤따라서 정문에 입성했다. 나는 천응방의 꼬락서니를 보자마자 흠칫 놀랐다. 이것을 어떻게 표현할까. 백색의 벼락이 사방팔방에 달라붙은 형국이었는데 눈에 보이는 것이 전부 얼어붙어 있었다.

지랄염병의 재해랄까. 일단 먼저 진입했던 만상문의 간부들과 벽력문도들도 내부를 살피지 않고 뒤늦게 들어오는 나를 주시했다. 이들의 표정은 아까와 전혀 달랐다. 내가 했던 말이 허세가 아니었음을 확인하는 순간이랄까. 나는 만상문주와 설경덕 부문주에게 말했다.

"천응방주 잡아와."

"예."

내 말이 끝나자마자 간부들과 벽력문도들이 박살이 난 건물 본진으로 돌진했다. 나는 뒷짐을 진 채로 내가 만든 절기의 피해 상황을 점검했다. 그러니까 이 광경은 한 폭의 그림 같았다. 멀쩡한 봄날에 갑자기 불어닥친 엄동설한을 표현한 추상적인 그림이었다. 내가 구경하는 사이에도 뒤늦게 들어온 벽력문도들이 칼을 쥔 채로 나를 지나갔다.

내부에서 살아있는 놈들이 있었는지 흑도가 흑도를 죽이는 비명과 병장기 부딪치는 소리가 이어졌다. 나도 이들을 전부 살릴 마음이 없다. 나는 자선사업가가 아니다. 죽을 놈들은 죽고, 살아남은 자들은 만상문주에게 거두게 할 생각이었다. 입구에서 마지막에 벽력문주를 부축한 자들이 들어왔다. 벽력문주는 깨어나자마자 천응방의 참상을 확인했는지 낯빛이 귀신을 본 사람처럼 바뀌어 있었다. 나는 정신을 못 차리고 있는 벽력문주를 맞이했다.

"어서 와라, 벽력문주. 이렇게 될 줄 몰랐지?"

"..."

"천응방주가 전령의 따귀를 쳤다는군. 이것은 따귀 값이다. 아무리 적이라도 전령에게 손을 대는 것은 전쟁터의 예의가 아니지. 안 그래?"

벽력문주는 아무런 말을 못 하고 있었다. 건물 이 층의 벽이 박살 나면서 누군가가 핏물을 뿜어대면서 날아오더니 내 옆을 굴러다녔다. 아직 힘이 좀 남아있는 것 같아서 나는 가벼운 발차기로 놈의 얼굴을 걷어찼다. 벽력문주는 충격을 받았는지 이제 도망갈 생각도 못 하는 사람처럼 보였다. 넋이 나간 사람이었다. 뒤를 돌아보자 뚫린 벽에서 웬 중년인이 맹렬하게 검을 휘두르다가 발차기에 맞아서 떨어졌다. 공중에서 몸을 비틀면서 겨우 제대로 착지한 중년인이 돌아서자마자 내 쪽으로 달려왔다.

"…"

벽 뚫린 곳에서 만상문주가 등장하자마자 외쳤다.

"천응방주입니다!"

처음 보는 천응방주가 내게 다가오면서 검을 들었다. 나는 그것을 보자마자 인사를 건넸다.

"방주, 내가 하오문주야. 전령 따귀는 왜 때렸어?"

"…"

천응방주는 나를 베려는 자세를 잡았다가 다른 생각에 깊이 빠졌는지 움직이지 않았다. 다른 생각이 무엇인지는 쉽게 알 수 있었다.

"그거 휘두르면 죽겠지?"

천응방주가 검을 내 앞으로 내밀었다. 검 끝이 파르르 떨리고 있었다. 나는 떨리는 검을 엄지와 검지로 가볍게 붙잡았다. 백색의 냉기가 칼날을 타고 천응방주를 향해 전진했다. 천응방주가 눈을 치켜뜨더니 공력을 주입해서 월영무정공에 저항했다. 그대로 항복을 선언해도 될 텐데 혹도 사내다운 대처였다.

뜬금없이 나는 천응방주와 아주 정석적인 내공 대결을 벌이다가 얼어붙어서 휘어지는 탄력이 사라진 검에 끊어치듯이 내공을 주입해서 손목을 튕겼다. 검은 두 동강이 났다. 그제야 부러진 검을 바닥에 떨군 천응방주가 한숨을 내쉬더니 주변을 둘러보면서 말했다.

"…그만해라. 졌다."

나는 벽력문주를 보고, 이 층에서 내려온 만상문주도 바라봤다.

"수장들, 나 좀 보자."

나는 손짓으로 벽력문주, 만상문주를 부른 다음에 바닥에 앉았다. 포박된 벽력문주가 좌측에 앉고, 만상문주는 우측에 앉았다. 나를 바라보던 천응방주가 아무 말 없이 다가와서 털썩 주저앉았다. 잠시 할 말을 고르는 와중에 벽력문의 부문주인 설경덕이 자연스럽게 합류해서 근처에 앉았다. 나는 설경덕에게 말했다.

"너는 빠져."

"예."

설경덕이 일어나더니 쩝 소리를 내면서 수하들에게 다가갔다. 나는 문주 두 명과 방주를 모아놓고 말했다.

"…세 사람, 살려주는 게 어디야?"

만상문주만 대답했다.

"그렇습니다."

"수월정에서 모이자고 했을 때 모였으면 좋았는데 야밤에 이게 무슨 지랄이야? 이 병신 같은 벽력문주, 천응방주. 혹시 나는 뒤를 봐주는 상위 세력이 있다, 지금 말해. 나중에 밝혀져서 지랄하게 만들지 말고."

천응방주가 대답했다.

"없소."

벽력문주도 고개를 저었다.

"나도 없소."

나는 세 사람을 둘러봤다가 수월정에서 나눴어야 할 이야기를 꺼냈다.

"막성의 흑도는 만상문주 순우진이 이끄는 것으로."

"예."

두 사람은 대답이 없었다. 나는 할 말을 이어나갔다.

"만상문주는 수습하는 기간 내에 상납을 걷지 말고. 주변에도 공표해. 전령을 무림맹에 보내서 이번 일을 알린 다음에 감찰관을 보내달라고 해."

"알겠습니다."

"벽력문주, 천응방주. 내 결정이 못마땅하면 여기서 자결해. 나도 수습하기 귀찮다. 살아남은 사람끼리 어떻게 수습해 볼 테니까. 걱정 말고 승천하도록. 사내가 자존심이 있지. 이렇게 몰락해서 앞으로 어떻게 살아가려고. 다들 나이도 나보다는 열 살은 더 처먹은 것 같은데. 이렇게 패배하면 부끄러워서 흑도 생활 못 하지. 나 같으면 담벼락에 돌진해서 죽었다."

"…"

갈구다가 갑자기 성질이 뻗치는 사람이 있기 마련인데, 내가 그렇다. 나는 세 사람을 앉혀놓고 팔짱을 낀 채로 염불을 외우듯이 했던 말을 또 하고, 반복했던 말을 다시 반복했다.

"전령 따귀는 왜 때렸어?"

"…그게."

나는 천응방주의 뺨따귀를 후려친 다음에 말을 이어나갔다.

"설명해 보도록."

나는 세 사람의 이야기를 듣고, 막성 흑도의 창설 비화, 벽력문의 개파조사, 천응방의 초대 방주 이야기도 듣고, 세 사람의 고향 이야기도 들었다. 어느덧 동이 터오면서 주변에 있던 수하들이 여기저기 널브러져서 졸고 있었으나 내 이야기는 아직 끝나지 않았다. 그 사이에 천응방주와 벽력문주는 종종 내게 따귀를 맞았다. 나는 세 사람과 동이 트는 새벽을 뜬눈으로 구경하다가 계속 말을 이어나갔다.

"…그래서 계속해 봐. 상납을 그렇게 과하게 거둬서 뭐 했는데?"

날이 훤해지자 벽력문주가 조심스럽게 내게 물었다.

"문주님, 그런데 포박을 좀…"

나는 섬광비수를 꺼낸 다음에 포박을 잘랐다. 슬슬 세 사람도 긴장이 풀리면서 눈꺼풀이 무거워지는 모양이었다. 나는 섬광비수를 바닥에 꽂으면서 말했다.

"미친놈들인가. 죽고 싶으면 눈을 감아라. 계속 이야기해."

세 사람은 무슨 생각인지 모르겠으나 나는 세상 진지한 태도로 세 사람의 이야기를 듣고, 갈구고, 때리면서 해가 중천에 뜨는 것을 맞이했다. 나는 흑도 사내들의 이야기에 귀를 기울였다. 내가 이들을 죽이지 않기 위해서 밤새 노력하고 있다는 점을 이 세 사람이 아직은 모르는 것 같아서 나는 이야기를 멈추지 않았다.

279.
여기 얼마요?

세 남자의 일생을 들었다. 어두운 밤에 시작된 이야기는 다시 어두운 밤에 끝났다. 귀에서 피가 나도 이상하지 않을 긴 이야기를 나는 한마디도 놓치지 않았다. 사연을 알아야 세 사람의 본성을 알 수 있기 때문이다. 세 사람의 본성을 알아야 내가 떠나도 문제가 없을 터였다. 그렇게 나는 셋의 사연을 들었다.

만상문주의 선조가 패장이었던 데다가 군부 진출이 막혀서 흑도로 들어오게 된 대서사시. 한때는 고작 열 명의 문파였는데 흑도와 싸우다가 어느새 흑도 세력이 된 벽력문의 장엄했던 사연. 그리고 본래는 막성 전체를 아우르는 흑도에서 내부의 권력 다툼 때문에 점점 세력이 약해진 천응방의 지질한 사연까지… 나는 이 지루한 이야기를 끝내 다 들어줬다. 그 와중에 세 사람도 서로의 사연을 알게 되었고 무슨 생각을 하고 사는지도 알게 되었다. 이 이상 내가 이들에게 무엇을 해줄 수 있을까. 나는 결론을 말했다.

"…만상문주의 선조가 비록 패장이었으나 순우진 문주는 흑도에 머무는 와중에도 본인이 나라에 녹을 받던 무인의 후예임을 자각해서 상대에게 독을 쓰거나 비열하게 암습을 가하는 행동은 자제했고 최대한 선을 지킨 것 같은데 벽력문주와 천응방주도 이에 동의하나?"

"지난 행적과 오늘 이야기를 듣고 보니 그렇소."

"동의합니다. 비겁함은 없었습니다."

나는 고개를 끄덕였다.

"그렇다면 하오문에서 실력이 가장 좋은 내 직속 수하가 막성 흑도를 이끄는 것을 원해? 아니면 만상문주가 세 세력을 규합해서 이끄는 것을 원하나."

벽력문주와 천응방주가 서로를 한 번 쳐다보더니 예상한 대답을 내놓았다.

"하오문주 뜻에 따르겠소. 선택할 처지가 아님을 알고 있으니."

"저도 같은 생각입니다."

"내뱉은 말이 거짓일 경우, 무슨 일이 벌어질 것인지는 밤새도록 내 성격을 확인해서 눈치챘겠지?"

"예."

나는 세 명의 흑도 사나이들에게 말했다.

"내가 밤새도록 살기를 억누른 채로 셋의 이야기를 들었는데 사실 재미도 없고, 감동도 없고, 흥미도 없고, 감흥도 없었어. 사람이 이렇게 자신의 이야기를 변명으로만 채울 수 있다는 점에 나는 아주 놀랐어. 변명의 고수들이야. 하지만 만상문주."

"예."

"나는 약조를 남기고 간다. 그대가 막성 흑도를 전부 규합하고, 그간 있었던 일을 정리해서 무림맹에 보고해. 또한, 살길을 모색해 달라고 요청해."

"어떻게 요청을 할까요."

"그럴 때는 그냥 솔직하게. 우리는 흑도인데 앞으로 어떻게 살아야 하느냐고 물어봐. 사람들은 바보가 아니고, 무림맹에는 똑똑한 사람이 많아. 그대들 세력이 상납을 받지 않고도 살아남을 방법을 물어보도록. 우리 넷은 목숨을 건 채로 강호에서 부대끼고 있으니 무림맹에 그 정도는 물어봐도 돼. 우리 넷보다 훨씬 유능하고, 책임감이 있는 사람들이 무림맹에 있겠지. 군사라는 자들이 그렇게 멍청할까. 내 말대로 할 거야?"

만상문주가 고개를 끄덕였다.

"그렇게 하겠습니다."

"이것은 사내들의 약조라서 다른 것은 바라지 않아. 약조가 지켜지지 않았다는 것을 내가 알았을 때. 그때는 미련 없이 세 사람을 죽이러 오겠다고 나도 맹세한다. 나는 이미 공적인 무릉자, 비객, 독행자 같은 놈들을 죽이고 마교의 병력을 몰살했다. 그 말은 무슨 뜻이냐?"

나는 주변에 있는 세 사람의 수하들도 바라봤다.

"…너희들을 다 죽이러 오는 것은 일도 아니야. 세 사람이 만약 재산을 챙겨서 도주한다면 온갖 강호 정보단체에 돈을 줘서 일단 내 의형제들을 찾아달라고 부탁할 거야. 이게 무슨 의미인지는 만상문주가 말해주도록."

만상문주가 대답했다.

"그렇게 되면 마교가 저희를 먼저 찾을 겁니다."

벽력문주와 천응방주의 눈빛이 요동쳤다.

"…!"

"이미 나는 마교의 표적이라서 그대들도 시한부 인생이 될 거다. 그러지 말길 바란다. 그대들 때문에 이틀이나 허비했네. 다만, 나중에 막성이 달라졌다는 이야기를 듣게 된다면 밤새도록 대화를 나눴던 시간이 헛되지 않았다는 것을 알게 되겠지."

나는 일어나서 다시 봇짐의 매듭을 조였다.

"장삼은 선물로 가져갈 테니… 그리 알고."

만상문의 흑의장삼은 꽤 마음에 들었다. 만상문주는 벌떡 일어났는데 다른 두 사람은 부상이 있는 데다가 너무 오래 앉아있었던 터라 당장 일어나지 못했다. 만상문주가 당황한 어조로 내게 물었다.

"이렇게 가십니까? 식사라도 하고 가시지."

"흑도가 주는 밥을 불편해서 어떻게 먹나?"

"일양현으로 가면 문주님을 볼 수 있나요?"

"바빠서 없을 가능성이 커. 부르기 전에 찾아오지 말도록."

나는 벽력문주를 바라봤다.

"벽력문주."

"예."

"따귀 때린 게 그다지 미안하진 않다. 이유는 알고 있겠지."

"애초에 죽일 생각이셨으니 당연한 말입니다."

천응방주를 바라보자, 그도 고개를 살짝 숙였다.

"…문주님, 살려주셔서 감사합니다. 진작 수월정으로 나갈 걸 그랬습니다."

천응방주의 말투도 존대로 바뀌어 있었으나 크게 상관하진 않았다. 나는 세 사람에게 말했다.

"밤새 이야기를 나눴더니 어제 본 사람들처럼 낯설지는 않군. 살아남아서 연이 닿으면 그때 또 보자고. 흑도 사나이들… 나는 간다. 아, 잠깐만."

나는 멈춰 섰다가 돌아봤다. 세 사람의 수장은 물론이고 흑도의 사내들이 전부 나를 주시하고 있었다. 나는 세 사람에게 굳이 이런 제안을 했다.

"무림맹에 보고하기로 했잖아."

"그렇습니다."

"미리 막성의 사람들에게 그대들이 상납받은 재산을 충분히 나눠줘서 베푸는 게 어때. 생색이라고 해도 상관없어. 맹도 사람 사는 곳이야. 조사 나올 때 도움이 될 터이니 그렇게 하도록 해. 내가 다음에 막성을 지나가게 되면 누군가를 때려죽이는 게 아니라 그냥 평범한 객잔에 들어가서 국수 한 그릇 먹고 이동할 거야. 결과는 그때 모조리 확인할 테니 나중에 보자고. 그때는 약초꾼이 아니라 봇짐 상인 같은 거 하고 있을 테니 나를 건드리지 마라."

나는 아무 말을 않는 사람들을 천천히 둘러본 다음에 내 길을 떠났다. 멀리서 만상문주의 목소리가 들렸다.

"살펴 가십시오."

굳이 대답하진 않았다. 이런 흑도 새끼들에게 이틀이나 허비한 나도 참 한심하다는 생각이 들었다. 잘한 짓인지. 쓸데없는 오지랖이었는지. 죽일 놈들을 쓸데없이 살려준 것인지. 아니면 이렇게 하는 것이 본래 사람의 도리인 것인지. 광마였던 내 삶과는 다른 대처였기 때문에 나도 이번 행동에 대한 뚜렷한 정답은 알지 못한다.

사실 막성이 갑자기 변할 것이라는 기대도 없다. 저 세 사람이 개과천선해서 협객이 될 것 같지도 않다. 사람은 쉽게 변하지 않기 때문이다. 그런데도 굳이 이렇게 대처한 이유는 사람 일은 모르기 때문이다. 나처럼 말이다. 다시 혼자가 되어서 길을 떠나는데 병신 같은 세 사람의 사연이 종종 떠올랐다. 생각해 보면 내 이야기는 별로 들려주지 않았다.

내 이야기를 숨겼기 때문에 아마도 나를 대단한 젊은 고수라고 생각하겠지? 사실 그게 낫다. 어떤 때는 그냥 멀쩡한 신비 고수 행세를 해야 상대의 마음이 더 편해질 터였다. 문득 나는 졸음이 쏟아지는 데다가 배까지 고파서 걸음이 점점 느려지는 것을 느꼈다. 어쩔 수 없이 봇짐에서 백년하수오를 하나 꺼내서 씹었다. 배가 고픈데도 맛이 더럽게 없었다. 약초를 구하러 간 것까지는 좋았는데 이런 식으로 복귀하다간 결국 내가 약초를 다 처먹게 생겼다.

이것은 결국 내 영약 식도락 여행이었던가? 다행히 백년하수오를 잘근잘근 씹어 먹자 허기도 싹 사라지고, 잠도 달아났으며, 걸음도 빨라졌다. 그렇다면 봇짐에서 꺼내 먹은 것이 백년하수오가 아니라 삼백년하수오였다는 뜻인가? 염병할… 아랫배가 간질간질한 것이 어디에 틀어박혀서 운기조식을 하라는 신호처럼 느껴졌으나 나는 무시하고 걸었다. 어차피 단박에 복귀할 수는 없다. 어디가 됐든 간에 잠을 자야 했기 때문이다.

문득 이런 생각이 들었다. 약초를 구하러 갔던 게 아니라 며칠 혼자 지내고 싶어서 떠나왔던 게 아닐까 하는 생각. 나는 혼자가 되고 나서야 빙공과 뇌기의 조합인 지랄염병에 정식 명칭을 붙이지 않았다는 게 떠올랐다. 일월의 조합은 일월광천. 양손으로 백전십단공을 조합했던 것은 뇌전마차. 달과 벼락은 무언가 간단한 이름을 붙여주고 싶었다. 달빛이 벼락 치듯이 뻗어나가 백색의 기운이 떨쳤으니 월광백진月光白震이라고 이름을 붙였다. 내가 만든 절기이긴 하나 입에 착착 감기는 맛이 없어서 이내 까먹을 것 같은 이름이기도 했다.

'이상하네. 진짜 까먹을 것 같은데.'

어쩐지 백진보다는 백야白夜가 외우기 쉬울 것 같아서 월광백야月光白夜라는 이름으로 정정했다. 이러면 달빛이 비쳐서 하얗게 된 밤을 뜻하므로 잊지 않을 것 같았다. 일월광천, 뇌전마차, 월광백야, 일월광막. 네 가지 절기를 자유자재로 구사하기 충분한 내공을 보유했는가? 아직은 무리라는 생각이 들었다. 나는 걷고 달리는 와중에도 무공 생각에 몰입되어서 낯선 길을 걷고 있다는 것을 깨달았다.

"…"

방향치는 아닌데 밤길을 걷다 보면 종종 이렇게 된다. 나도 사람이라서 인적이 드문 곳을 벗어나 사람 사는 세상으로 방향을 조금씩 틀었다. 이래서 불나방들이 빛을 향해 돌진하는 것일까. 나는 한 마리 외로운 불나방이 되어 객잔의 불빛을 찾아다녔다. 그러고 보면 나는 영원히 속세에서 살아야 하는 사람 같다. 혼자 있다가도 속세가 그립고, 부대끼면서 살다가도 홀로 여행을 다녀야 하는 사람. 나도 내 속을 모르겠다.

나는 이틀을 밤샌 상태에서 한적한 길가에 놓인 허름한 객잔에 들어가서 안을 살펴봤다. 손님이 없을 시간이었지만 새벽부터 일하는 자들이 밥을 먹을 수 있는 객잔이 종종 있다. 맞이하러 나오는 사람이 없으면 도로 나가려는데 주방에서 목소리가 들렸다.

"식사하십니까?"

나이가 제법 많은 목소리였다.

"시간이 제법 이른데 괜찮소?"

"예. 국수랑 만두가 되고 술도 한 가지밖에 없습니다."

"셋 다 주시오."

"예."

나는 자리에 앉아서 작은 객잔을 구경했다. 탁자와 의자의 나이가 스무 살은 넘어 보였다. 잠시 졸고 있으려니 사십 대의 주인장이 커다란 그릇에 담긴 국수와 만두, 반찬 두 가지와 술을 탁자에 올려놓았다. 음식을 내려놓으면서 주인장이 내게 말했다.

"…피곤하신 모양이에요."

"며칠 못 잤소."

나는 버릇대로 주인장의 얼굴을 바라봤다가 눈을 마주쳤다. 주인장이 과하게 웃고 있었는데 눈이 작은 편이라서 눈빛이 보이지 않았다.

"맛있게 드십시오."

주인장이 주방을 향하면서 쓸데없는 말을 내뱉었다.

"이른 새벽부터 약초를 캐러 가시나 봅니다."

객잔 주인장이 쓸데없이 개코라는 생각을 하면서 젓가락을 붙잡았다. 국수, 만두, 밑반찬 모두가 맛이 없어 보였다. 음식에도 때깔이라는 게 있는데 전부 칙칙했다. 나는 주방을 한번 바라봤다가 젓가락으로 만두의 중앙을 찍어서 갈라보았다. 예상대로 칙칙한 만두 속이 보였다. 젓가락으로 다시 국수를 휘저어서 국물과 면발을 확인한 다음에 빼냈다.

술은 또 어떠한가? 술잔에 따라보니 정체불명의 탁주濁酒였다. 먹을 수 있는 게 없었다. 나는 지친 약초꾼의 행색으로 식탁 위에 있는 쓰레기들을 바라봤다. 사실 이것을 먹고 탁자에 엎드려서 한 시진이라도 잔 다음에 출발할 생각이었다. 사람 일은 뜻대로 되지 않을 때가 많다는 것을 확인했을 뿐이다. 나는 주방에 대고 물었다.

"…여기 얼마요?"

주방에서 어리둥절함이 느껴지는 목소리가 들렸다.

"예?"

"얼마냐고. 계산."

주방에서 나온 주인장이 탁자를 물끄러미 바라보더니 그제야 나와 눈을 마주쳤다. 작은 눈에 뻔한 감정들이 담겨있었다. 표정을 굳힌 주인장이 내게 말했다.

"그냥 가세요."

"그냥 가라고?"

"예."

나는 주인장과 눈싸움을 하다가 품에 손을 넣었다. 전낭 대신에 섬광비수를 꺼낸 다음에 탁자에 찔러 넣었다. 나는 주인장을 노려보다가 고개를 살짝 끄덕였다.

"그럴 수는 없지. 이리 나와."

주인장이 헛웃음을 치더니 앞치마에 손을 닦으면서 걸어 나왔다. 맞은편에 앉으면서 내게 물었다.

"왜 그러십니까?"

나는 주인장을 바라보다가 말했다.

"계산은 내가 할 테니까 국수, 만두, 술. 한 젓가락, 한입, 한잔해."

"왜요."

"왜요?"

"예."

나는 이 셋 중 하나에 독이 들었다고 판단했기 때문이다. 강제로 처먹이려는데 입구에서 칼을 찬 사내들이 들어오면서 주인장에게 인사했다.

"오늘 일찍 여셨네?"

"국수 한 그릇 합시다."

세 사람이 탁자를 차지하더니 대치하고 있는 나와 주인장을 바라보면서 웃었다. 며칠 씻지도 않은 놈들이 들어온 모양인지 객잔에 비린내가 진동했다. 주인장이 세 사람에게 도움을 요청했다.

"음식을 시키더니 먹지도 않고 갑자기 나더러 먹으라는군요."

"그래요? 젊은이, 무슨 일이신가?"

나는 새로 온 손님들을 둘러보다가 대답했다.

"…너희도 국수 나눠 먹으러 왔어?"

"…"

나는 어깨를 움직이면서 웃었다.

"이 새끼들, 오늘 운이 없네."

280.
저처럼 살지 마세요

나는 주인장도 쳐다보고, 실실대면서 웃고 있는 세 사람도 바라봤다. 두 사람이 갑자기 칼에 손을 뻗고, 한 놈은 품 안에서 무언가를 꺼냈을 때. 나는 이미 좌장으로 냉기를 내보낸 상태. 변수를 차단하기 위해서 제대로 된 만월 장력을 내보냈다. 순식간에, 칼을 붙잡은 놈들과 품 안에서 약병을 꺼낸 놈은 그대로 얼어붙었다. 새삼스럽게 월영무정공의 경지가 깊어졌다는 것은 얼어붙은 놈들의 상태로 확인할 수 있었다.

나는 고개를 돌려서 주인장과 눈을 마주쳤다. 주인장은 오른손을 치켜든 상태였는데 눈을 마주치자 멈춰있었다. 이런 와중에도 눈빛이 매우 살벌했다. 사람을 많이 죽여본 자의 눈빛이랄까. 나는 잠시 쓰레기 같은 음식을 바라봤다가 주인장의 말을 기다려 봤다.

"살려줄 테니 이 쓰레기는 네가 먹어라."

"..."

"싫어?"

목계지법으로 젓가락 끝을 때려서 주인장의 이마에 박아 넣었다. 푹- 소리에 이어서 주인장이 뒤로 넘어가자, 그제야 자그마한 객잔에 평화가 깃들었다.

"…"

검으로 죽이자니 검이 오염될 것 같아서 싫었다. 실력과 무관하게 정말 악한 놈들이 이런 자들이다. 섬광비수를 뽑아서 사내가 던지려고 했었던 약병을 두드려 보니 빙공 때문에 깨지지 않았다. 섬광비수에 염계를 주입해서 약병을 달궜다가 깨뜨리자, 시커먼 액체가 떨어지더니 얼어붙은 사내의 발을 녹였다.

악취가 흘러나와서 숨을 참았다. 이미 빙공의 한기에 얼어 죽은 모양인지 비명은 없었다. 그나저나 이런 지독한 화골산을 약병째로 들고 다니는 놈은 나도 처음 봤다. 돈이 없어 보이는 놈들이 비싼 물건을 들고 다니고 있으니 조화롭지 않은 일이랄까. 섬광비수를 쥔 채로 주방에 들어갔다가 뒷문으로 나가보니 소각장에 누군가의 의복이 잡다하게 쌓여있었다. 본래 객잔 주인장의 의복이거나 밥을 먹으러 들어왔다가 당한 자들의 의복일 가능성이 컸다.

문득 새소리가 들려서 바라보니 객잔 우측 지붕 아래에 새장이 매달려 있었다. 객잔과 주방의 난잡한 상태와는 달리 매우 멀쩡한 새 두 마리가 갇혀있었는데 훈련을 받은 전서구였다. 비수로 새장의 자물쇠를 끊어내서 문을 열어주자, 전서구가 고개를 내밀더니 좌우를 살폈다. 아마 먹이를 주거나 발에 서찰을 묶어놓아야 출발하는 모양이었다. 전서구가 이런 객잔에 왜 있는지는 모르겠으나 나는 건넬 서찰이 없어서 섬광비수로 새장을 두드렸다.

"해방이다. 아무 곳이나 가라."

대체 얼마나 훈련을 받았던 것일까. 새장을 흔들어도 전서구가 떠나지 않아서 이번에는 탕- 소리가 나도록 새장을 때렸다. 그제야 화들짝 놀란 전서구 두 마리가 하늘로 솟구쳤다. 자유를 주려고 풀어준 것인데 두 마리는 같은 방향으로 날아갔다. 먹이를 안 줬는데도 훈련받은 경로로 날아가는 것처럼 보였다.

그렇다면 저것은 노예 전서구다. 인간이 병신이면 동물도 노예가 된다. 전서구가 어딘가에 도착했을 때 이 병신 같은 객잔에 문제가 생겼다는 점을 노예 부리는 병신 놈이 알게 될 터였다. 이곳은 갑자기 점거한 중간 연락소라는 생각이 들었다. 불길이 주변으로 옮겨가지 않을 독립적인 공간이었기 때문에 잠시 후 나는 객잔을 통째로 불에 태웠다.

생각해 보니까 얼어붙은 시체는 흔적이 다르게 남겠다는 생각이 들었으나 그대로 뒀다. 제법 똑똑한 사람이 와서 잔해를 살펴보다가 빙공의 고수에게 당했다는 사실을 알아낼 것이다. 강호에서 빙공을 사용하는 고수는 많지 않다. 꼽아봤자 나, 색마, 어쩌면 마교의 일부 고수. 혹시 모르지만 백의서생과 다른 서재의 관련자도 빙공을 익혔을 가능성이 있으나 강호인을 전부 합쳐도 채 열 명이 넘지 않을 터였다.

사실 빙공은 배우는 게 문제가 아니라 깊이 있게 수련하는 것이 어렵다. 영약 자체가 드문 편인데 빙공에 도움을 주는 영약은 더 희귀하기 때문이다. 나는 불에 휩싸인 객잔을 구경하다가 눈이 뻣뻣해진 것을 느끼면서 다시 길을 떠났다. 해가 밝았으나 잠을 자야 할 때라서 눈꺼풀이 무거웠다. 결국에 나는 일양현보다 가까운 거점으로 방향을 틀어서 복귀했다.

* * *

왜 이렇게 오랜만에 돌아온 느낌이 나는 것일까. 나는 뻣뻣해진 눈으로 등장해서 수련하는 자들을 둘러봤다. 아는 놈도 있었고 모르는 얼굴도 있었다. 여기저기서 나를 발견하자마자 큰 소리로 외쳤다.

"방주님!"

순간, 누구를 부르는 말인지 고민했다가 나라는 것을 깨달았다. 흑묘방의 방주로 돌아온 상태. 나는 수련 중인 원숭이들을 둘러보면서 흑묘방에 진입했다.

"다들 잘 있었나?"

내가 아직도 방주였다니… 신선한 기분을 느끼면서 내원에 도착하자, 대청에서 소군평과 벽 총관은 물론이고 호연청과 손 부인도 마중을 나왔다. 다들 밝게 웃고 있어서 기분이 더 묘했다. 벽 총관이 가장 먼저 호들갑을 떨었다.

"아이고, 방주님. 어째서 이렇게 오랜만에 복귀하십니까."

소군평도 웃으면서 다가왔다.

"오셨습니까."

"그렇게 됐어."

나는 오랜만에 보는 사람들과 눈을 마주쳤다가 매화나무와도 인사를 나눴다. 문득 나는 호연청과 손 부인이 나란히 서있는 것을 발견하고 두 사람을 물끄러미 바라봤다. 이제 보니까 두 사람의 나이가 비슷했다. 나는 두 사람의 분위기가 달라진 것을 확인하자마자 물었다.

"…사귀나?"

벽 총관이 눈을 크게 뜨더니 먼저 대답했다.

"아니, 어떻게 아셨습니까?"

"몰라. 보자마자 알았어. 설마 벌써 혼인한 것은 아니겠지?"

호연청이 당황한 표정으로 대답했다.

"아, 그것은 아닙니다."

"일단 들어가자고."

이상하게도 오랜만에 만날 때마다 연인이 한 쌍씩 늘어나는 기분이 들었다. 내가 혼자였기 때문에 연인의 분위기를 쉽게 알아차리는 것일까. 모를 일이었다. 나는 오랜만에 흑묘방의 대청으로 들어가서 맨날 앉았던 상석에 자리를 잡았다. 도착하자마자 잠을 잘 수는 없었다. 한가롭게 호연청과 손 부인이 사귀고 있었다면 흑묘방에는 별일이 없었을 것 같아서 딱히 물어볼 것도 없었다. 오랜만에 보는 소군평이 내게 말했다.

"방주님, 분위기가 몰라볼 정도로 달라지셨습니다."

"그래? 어디가 어떻게?"

소군평이 고개를 갸웃하다가 대답했다.

"전보다 훨씬 강해지신 거 아닙니까?"

"그렇긴 하지. 별일 없었나?"

"예."

"나도 별일 없었다. 공적 몇 명 죽이고, 미친놈들도 좀 죽이고, 객잔에서 독 타는 놈들도 좀 죽이고. 제자도 한 명 생기고 영약 좀 먹고. 무공도 좀 늘었는데 별일은 없었어. 또 누굴 죽였더라 이젠 기억도 잘 안 나네."

벽 총관이 고개를 끄덕였다.

"그러셨군요."

"아, 삼재의 일원인 천악과 개방 방주님도 만났었는데 별일은 없었다."

벽 총관이 당황한 표정으로 대답했다.

"아, 예. 굉장하게 별일이 없으셨군요."

"그러게 말이야. 천악의 동료라고 해야 하나? 추명서생이라는 놈과 분쟁 중인데 그것은 아직 해결하지 못했다. 나를 노리는 중이니까 참고들 하고."

"예."

"추명서생을 비롯한 통칭 서생들… 제자백가의 생존자 세력이 있는데 매우 강해. 그중에서 묵가와는 동맹을 맺었고, 법가와는 원수가 됐으니 참고하도록."

"명심하겠습니다."

나는 벽 총관, 소군평, 손 부인, 호연청을 둘러보다가 말했다.

"세세한 이야기를 듣고 싶긴 한데 내가 지금 약 사흘째 잠을 자지 못한 상태야."

"저런…"

"좀 자고 나올 테니 나머지 이야기는 그때."

"알겠습니다."

"혹시 날 추적하는 놈들이 등장한 것 같으면 바로 깨우도록. 특히 서생 차림의 강호인이 나타나면 예의를 갖춰야 해. 워낙 미친놈들이라서."

소군평이 고개를 끄덕였다.

"유념하겠습니다. 편히 주무시고 계십시오. 저희가 주변을 넓게 경계하고 있겠습니다."

"세상천지에 편하게 잘 곳이 그렇게 많지는 않네. 흑묘방으로 오길 잘했어. 그럼 나는 일단 잔다."

일어나서 내 방으로 향하는데 처음 보는 시비들과 마주쳤다. 시비들이 깜짝 놀란 얼굴로 쳐다보기에 이들을 안심시켰다.

"놀라지 마라. 내가 흑묘방주다."

"아, 예. 방주님, 방은 항상 깨끗하게 치워놨습니다."

나는 잠시 멈춰서 시비들을 위아래로 살폈다.

"무공 익힌 사람?"

시비들이 서로를 바라봤다가 고개를 저었다. 시비 중에 유난히 미모가 뛰어난 처자가 있어서 대놓고 물어봤다.

"넌 어디서 왔어?"

"저요? 전 일하는 사람 구한대서 들어왔는데요."

"누가 구했는데."

"손 총관을 통해 들어왔습니다."

"손 부인?"

나는 예쁘장하게 생긴 처자를 노려봤다.
"알았다. 이상한 사람 접근하면 미리 소군평에게 말해. 나중에 일 커지게 만들지 말고."
"알겠습니다."
나는 방에 도착하자마자 봇짐을 푼 다음에 누워서 눈을 감았다. 눈을 감으니 시커먼 하늘이 빙글빙글 돌았다. 흑묘방에 그간 별일이 없었다면 흑묘방주 자리를 소군평에게 넘겨야겠다는 생각도 하고, 오늘은 서생 세력이나 흑도가 귀찮게 하지 말았으면 하는 생각을 했다. 단순히 졸려서 자는 게 아니다. 천옥에 영약의 기운이 스며들고 있었기 때문에 익숙한 잔병치레를 하듯이 나는 잠에 빠져들었다.

* * *

낮에 잠이 든 것 같았는데 눈을 떠보니 여전히 날이 훤했다. 살짝 정신이 없었기 때문에 이곳이 자하객잔인지 흑묘방인지도 구분이 되질 않았다. 잠을 자면서도 운기조식을 할 수 있으면 얼마나 좋을까. 나는 겨우 일어났다가 씻으면서 잠이 깼다. 방에 있는 깨끗한 옷으로 갈아입고 만상문의 흑의장삼을 걸친 다음에 대청으로 나가서 소군평을 불렀다. 소군평이 오는 동안에 깜박한 게 있어서 다시 방에 갔다가 봇짐을 가지고 돌아왔다. 나는 기다리고 있는 소군평에게 말했다.
"소 각주."
"예."

“나 없을 때는 흑묘방주 대행이라고 생각하고 지내라.”
“알겠습니다.”
“사신장 근황은?”
“지난번에 백응지 근처에서 헤어진 이후로는 보지 못했습니다. 이미 전서구로 연락망을 구축해 놔서 부르는 데는 별 어려움이 없습니다. 오랜만에 오셨는데 부를까요?”
“아니.”
나는 봇짐에서 가장 작은 백년하수오를 꺼낸 다음에 소균평에게 내밀었다.
“먹어.”
“이게 뭡니까?”
“영약이야. 백년하수오. 뭐 백 년인지 아닌지는 잘 모르겠다만.”
소균평이 백년하수오를 받아서 물끄러미 바라보더니 내게 물었다.
“왠지 제가 먹으면 안 될 것 같은 영약인데요?”
“그럼 누가 먹어?”
“문주님이 드셔야죠.”
“나는 하수오를 많이 먹었더니 좀 질리네. 그냥 네가 먹어.”
“어떻게 먹습니까?”
“그냥 씹어 먹어. 이 자리에서.”
“알겠습니다.”
나는 소균평이 백년하수오를 전부 씹어 먹을 때까지 기다린 다음에 말했다.
“오늘은 휴식해. 들어가서 종일 운기조식하든가. 벽 총관 좀 부른 다음에 들어가라."

"알겠습니다."

나는 소군평이 사라지자마자 봇짐을 확인했다. 이제 하수오는 큼지막한 것이 세 개, 그보다 조금 작은 것이 네 개 정도 남아있었다. 잠시 후에 벽 총관이 서책 몇 권을 옆구리에 낀 채로 등장하더니 내 옆에 앉았다.

"부르셨습니까."

내가 고개를 끄덕이자, 벽 총관이 서책을 하나씩 내려놓으면서 말했다.

"이것은 금전출납부, 이것은 땅을 좀 사놔서 지도를 첨부했습니다. 이것은 새로 들어온 사람들의 인적사항이 적힌 명부입니다."

"땅을 샀어?"

"정확하게는 장사가 어려워진 곳을 몇 곳 인수했습니다. 아시다시피 흑묘방에 자금이 너무 많이 묶여있습니다. 사람을 보내서 당장 운영하지는 않았습니다만 연자성에게 연락해서 몇 곳은 손을 좀 보고 있습니다. 그래서 연자성 문주에게 들어간 비용도 상세히 적어놨습니다. 대부분 자재 구입비와 식사비 같은 것이라서 일반적인 공사비용보다는 저렴하게 진행했습니다. 아, 그리고 몇 군데는 사마비 군사가 추천해서 매입하게 되었습니다."

나는 헛기침을 한 다음에 벽 총관을 바라봤다.

"그것참 훌륭하구만."

"감사합니다."

이제 보니까 하오문은 벽 총관이 운영하고 있었다. 나로서도 아주 놀라운 소식이었다. 사실 소군평에게만 주려고 했는데 나는 어쩔 수 없이 봇짐에서 작은 백년하수오를 꺼내서 벽 총관에게 내밀었다.

"벽 총관, 백년하수오 맛 좀 보라고."

벽 총관의 눈이 커졌다.

"아이고, 뭘 또 이런 걸 다. 저는 무공을 딱히…"

"영약을 어디 무공 익히는 사람만 먹으라는 법이 있나. 건강하라고 먹는 거지."

"정말 먹어도 되겠습니까?"

내가 손짓을 하자, 벽 총관이 입맛을 다시더니 하수오를 씹어 먹기 시작했다. 새삼스럽게 하오문에는 약초꾼이 필요하다는 생각이 들었다.

'…황당하네.'

벽 총관은 나이가 있어서 그런지 하수오를 씹다가 가슴을 급히 두드렸다.

"참나…"

나는 일어나서 주전자를 가져온 다음에 물을 한잔 따라줬다. 꺽- 소리를 내던 벽 총관이 급히 물을 마시더니 입 주변을 닦으면서 말했다.

"감사합니다, 방주님."

"별말씀을… 영약 먹다가 죽진 말아야지."

"예."

나는 활짝 열어놓은 대청 바깥을 바라보다가 바람에 흩날리면서 떨어지는 매화 꽃잎을 바라봤다. 제자 영약 구하겠다고 떠났으나,

남아나질 않게 생겼다. 내가 없을 때도 고생한 사람들에게 줄 것이 딱히 없어서 어쩔 수가 없었다. 백년하수오를 다 씹어 먹은 벽 총관이 물을 연신 마시더니 트림까지 시원하게 내뱉었다.

“꺼억… 아이고, 죄송합니다.”

“거 벽 총관. 일일이 돌아다니지 말고 전령 두세 명을 내부에서 뽑아서 맡겨.”

“예.”

“새로 들어온 시비들은 어때?”

“일할 사람들 구한다고 방을 붙이긴 했는데 근처에 규모가 컸던 다루 한 곳이 망하면서 잔뜩 몰려왔습니다. 가장 어린 처자들만 손 부인이 대화를 나눠보고 뽑았습니다. 원래 이 지역에 살던 처자들입니다. 연고지는 제가 확인했습니다.”

“꼼꼼하구만.”

벽 총관이 없었더라면 하오문이 또 망했을 것 같다는 생각이 들었다. 아마도 강태공을 얻은 문왕의 심정이 나와 비슷했을 것이다. 딱히 할 말이 없어서 쓸데없는 것도 물어봤다.

“호연청과 손 부인은 어쩐 일로 눈이 맞았나?”

벽 총관이 갑자기 한숨을 내쉬면서 대답했다.

“…그게 실은 제가 먼저 고백했는데 저는 차이고. 알고 보니 손 부인이 먼저 호연 사부를 좋아한 모양이에요. 어쨌든 그렇게 됐습니다.”

나는 물을 한잔 마신 다음에 대답했다.

“아, 벽 총관은 부인이 없었나?”

벽 총관이 시무룩한 표정으로 대답했다.

"십 년 전에 사별했습니다."

나는 잠시 벽 총관과 눈을 마주쳤다가 다른 곳으로 시선을 돌렸다. 벽 총관이 중얼거렸다.

"그림이 낙이지요."

"그렇구만. 나보다 낫네. 나는 취미도 없는데."

"그림 좀 배우시렵니까?"

"관심 없어."

"예."

"어쨌든 벽 총관이 수고가 많아. 오늘은 소군평이 운기조식을 해야 해서 내가 대신에 경계를 설 테니까. 말을 안 듣거나 면담이 필요한 놈이 있으면 나한테 보내. 쉬도록."

"알겠습니다, 문주님."

벽 총관이 대청 문 앞으로 걸어가더니 떨어지는 매화 꽃잎을 물끄러미 바라봤다. 갑자기 벽 총관이 나를 돌아보더니 쓸데없는 말을 내뱉었다.

"문주님은 저처럼 살지 마세요. 고독해집니다."

욕을 하기도 그렇고 해서 대충 대답했다.

"알았어."

281.
언행일치처럼
무서운 게 없다

흑묘방도 중요한 거점이라서 매몰차게 떠날 수가 없었다. 일단 소군평이 운기조식을 마칠 때까지는 머무를 생각으로 대청 바깥에 나가서 수련하는 원숭이들을 구경했다. 구경하던 도중에 나는 본래 귀마의 하인들이었던 칠충七蟲을 발견하고 깜짝 놀랐다.

"야, 벌레 놈."

금은칠충의 막내인 칠충이 나를 돌아봤다.

"예?"

"이리 와봐."

칠충이 걸어와서 내 앞에 섰다. 나는 칠충의 표정과 기도를 살핀 다음에 물었다.

"너 왜 여기에 있어."

칠충이 어리둥절한 표정으로 대답했다.

"원래 여기에 쭉 있었는데요."

...

"그랬어?"

"예."

"왜 안 떠나고."

"갈 곳이 없는데요. 그리고 육합선생께서 얌전히 안 지내면 때려 죽이겠다고 하셔서 그냥 얌전히 있는 중입니다."

"다른 금은칠충은?"

칠충이 돌아보자, 수련 중인 원숭이들 사이에서 금은칠충이 슬쩍 등장했다. 금은칠충은 본래 귀마를 가장 두려워하고, 그런 귀마는 내가 줘패서 중상을 입혔었다. 그러므로 금은칠충이 가장 두려워하는 사내는 나다.

"그동안 어떻게 지냈나?"

칠충이 대답을 고민하다가 이렇게 말했다.

"소 각주한테 자주 혼났습니다."

"요령 피우다가?"

"어떻게 아셨어요?"

"얼굴에 써있어. 금은칠충 전부 와봐."

칠충이 전부 모이더니 나란히 섰다. 이 기분을 뭐라고 해야 할까. 이 일곱 명은 전생에 나한테 전부 맞아 죽은 놈들이다. 특히 이충二蟲과 사충四蟲을 보자, 내가 왜 마음이 불편한 것인지 알아차렸다. 저 두 놈은 흑묘방에 처음 등장했을 때 노골적으로 시비를 찾던 놈들이다. 어느 정도 여인을 밝히는 놈들이라는 뜻이다. 다행히 일곱 명이 전부 힘을 합쳐도 소군평과 흑묘방의 간부들을 상대할 수 없는 실력을 지니고 있었다.

"너희는 여기에 계속 있을래. 아니면 일양현에 있는 육합선생에게 갈래."

가만히 있던 일충이 물었다.

"혹시 선생께서 수련 중이십니까?"

"맞다."

"그럼 가지 않겠습니다. 저희가 있어봤자 도움이 안 될 겁니다."

"그러면 너희는 흑묘방에 계속 머무는 것으로 하고."

"예."

"벽 총관에게 부탁해서 너희 이름을 제대로 지어달라고 해라."

"이름이요?"

"내가 계속 너희를 벌레라고 부를 수는 없잖아. 너희가 벌레야?"

"아닙니다."

"일충, 네가 맏형이지?"

"예."

"네가 아우들 잘 단속해. 시비가 늘었는데 사고 쳤다는 소식이 들리면 네 아우들 맞아 죽을 거다. 나한테 죽든가, 소군평에게 죽든가. 알았어?"

무슨 말인지 이해한 일충이 아우들을 바라봤다가 고개를 끄덕였다.

"알겠습니다."

나는 전생에 때려죽였던 놈들을 한 차례 둘러봤다. 이렇게 살아남다니, 이들이야말로 운명이 바뀐 놈들이었다. 나는 맏형인 일충에게 물었다.

"흑묘방에 있으니 어때?"

일충은 내가 예상하지 못했던 대답을 내놨다.

"너무 좋습니다. 밥도 맛있고."

"밥이 맛있어서 좋은 거야?"

"예. 손 부인의 음식 솜씨가 정말 뛰어나세요. 다들 잘 챙겨주십니다."

그러고 보니 손 부인을 희롱하면 호연청 사부에게 또 맞아 죽을 터였다. 다방면으로 이들을 억제할 수 있는 사내들이 흑묘방에 있는 셈이었다.

"좋았어. 뜻하지 않게 너희가 잘 지낸다니 나도 기분이 묘하네. 지금은 아니지만 흑묘방은 흑도 세력이었어. 어느 날 느닷없이 칼싸움이 벌어질 수도 있으니까 그때는 너희가 소군평을 잘 돕도록 해. 너희는 육합선생을 따라서 싸움을 많이 겪어봤잖아."

"알겠습니다."

나는 일곱 명을 둘러본 다음에 말했다.

"이제 본명이 있으면 본명을 쓰고. 만약 없다면 벽 총관에게 부탁해서 이름도 사람답게 지어라. 돌이켜 보면 너희도 그렇고 육합선생도 죽일 생각이었는데 운명이 바뀌었는지 전부 살아남게 되었다. 운명이 바뀐 이유는 각자 찾도록 해."

일충이 궁금하다는 표정으로 물었다.

"물어볼 게 있습니다."

"뭐."

"앞으로 방주님이라고 불러야 하나요? 아니면 문주님이라고 해야 하나요."

나는 고개를 끄덕였다.

"나한테는 앞으로 문주라고 불러. 소군평한테는 방주라 부르고."

"알겠습니다. 신경 써주셔서 감사합니다. 문주님."

"아, 그리고 너희 일곱 명에게 특별히 바라는 게 있다."

"말씀하세요."

나는 금은칠충을 둘러보면서 말했다.

"너희는 앞으로 벽 총관을 육합선생 모실 때처럼 직속상관으로 대해. 전령 일을 맡기면 전령 일을 하고, 아침마다 문안 인사도 드리고, 너희보다 무공은 약하지만 배울 점이 많은 사람이다. 흑묘방의 총관이자 하오문의 군사를 보필한다고 생각해. 이것은 특별 임무다. 할 수 있겠어?"

일충이 나를 쳐다보면서 대답했다.

"그렇게 하겠습니다."

"너희가 크고 작은 임무를 완수할 때마다 벽 총관에게 월봉이든 금일봉이든 챙겨주라고 하겠다. 너희는 각자 일해서 번 돈으로 하고 싶은 게 무엇인지 찾으면서 살다가 꿈을 찾게 되면 언제든지 아무것도 구애받지 않는 한 사람으로 독립해도 좋다."

일충이 눈을 크게 뜬 채로 되물었다.

"독립이요?"

나는 고개를 끄덕였다.

"독립해야지. 벽 총관에게 그림을 배울 수도 있고. 벽 총관이 너희 중 한 명에게 객잔을 맡길 수도 있다. 여전히 무공 수련이 좋으면 계속 발전해도 좋은 일이고. 어떻게 살고 싶은지는 각자 고민하면서 살도록 해."

금은칠충이 서로의 얼굴을 바라보다가 대답했다.

"예."

"알겠습니다."

예전에는 사람이 아닌 벌레 새끼들이었는데 어쨌든 나는 이들을 사람으로 대했다. 여기저기서 외공 수련을 하고 있었는데 나도 장삼을 벗은 다음에 한 마리의 원숭이가 되어서 수하 원숭이들과 뒤섞여서 턱걸이를 시작했다. 오늘은 수하들과 함께 수련하고, 밥도 먹고, 갈구고, 헛소리나 하면서 시간을 보낼 생각이었다.

* * *

나는 저녁을 먹은 다음에 새로 들어온 시비들을 대청에서 마주했다.

"부른 것은 다름이 아니고."

"예, 방주님."

"이제 문주님이라고 부르도록. 흑묘방주는 소군평이 맡을 거야."

"알겠습니다."

"그게 중요한 게 아니고."

나는 세 사람의 어린 시비를 바라보다가 물었다.

"이 중에서 의녀가 되고 싶은 사람 있나?"

"의녀는 하는 일이 뭐예요?"

"기본적으로는 환자를 돌보는 일이지. 의원을 보조하기도 하고,

직접 치료할 때도 있고. 공부도 하고, 배울 것도 많아. 무엇보다 동료들은 대부분 여인이 많아. 이곳과는 반대지."

"손 부인께서 저희를 뽑았는데 저희가 마음대로 의녀로 가도 되나요?"

"너희가 하고 싶고, 내가 허락하면 되는 일이지. 내가 시키면 손 부인도 의녀로 가야 해."

시비 셋 중에 한 처자의 미모가 보기 드물게 뛰어나고, 흑묘방에는 사내들이 너무 많다. 궁합이 좋지 않았기 때문에 빼낼 생각이었다.

"궁금한 게 있으면 물어봐라."

"의원은 어떤 분이세요?"

"또."

"저희가 빠지면 일손이 부족하지 않을까요?"

"또."

"의원님이 무섭지만 않으면 좋겠어요."

나는 세 사람의 질문에 연달아서 대답했다.

"모용백, 뛰어난 의원이야. 배울 게 많을 거다. 착한 사람이고. 가끔 갈 때마다 의녀들 실력이 발전한 것을 보면 가르치는 것도 능하다. 여기 일손이 부족하면 또 뽑으면 된다. 대신에 사내놈으로 뽑아야겠어. 모용백은 무서운 사람이 아니야. 바쁜 사람이지."

"저는 가고 싶어요."

점찍어 뒀던 미모의 처자가 손을 들었다.

"또?"

"저도 가고 싶어요."

"저는 여기가 좋아요. 집이 너무 가까워서 일을 보고 집에 오갈 수 있어서 편해요. 손 언니도 잘 챙겨주시고."

"두 사람은 의녀로, 한 사람은 남고?"

"예."

나는 고개를 끄덕였다.

"알았다. 좋을 대로 해. 두 사람은 내가 출발할 때 부를 테니 동행하자. 쉬고 있어."

"알겠습니다."

나는 시비들을 내보낸 다음에 탁자에 발을 올린 채로 잠시 졸았다. 원숭이들과 반나절 가까이 외공 수련을 했더니 잠이 솔솔 쏟아졌다. 잠시 후에 소군평이 걸어 나오더니 나를 불렀다.

"문주님."

"응."

"운기조식 마치고 나왔습니다."

나는 눈만 뜬 다음에 옆자리에 앉는 소군평을 바라봤다.

"아이, 깜짝이야. 너 누구야?"

소군평은 목욕재계라도 했는지 신수가 평소보다 훨씬 밝아 보였다. 소군평이 말했다.

"땀구멍에서 노폐물이 나와서 좀 씻고 왔습니다. 문주님, 이거 백년하수오 맞아요?"

"왜?"

소군평이 자신의 손을 바라보더니 이렇게 말했다.

"내공이 엄청나게 늘었습니다."

"음… 실은 잘 몰라. 내가 백 년이나 지켜본 것도 아니고. 효능이 좋으면 나이를 더 먹었나 보지."

그런데 내가 봐도 소군평의 기도가 확 달라져 있었다.

"군평, 매일 수련한 신체라서 강해진 것이지. 아무리 좋은 영약을 먹어도 평소의 몸 상태가 나빴다면 그렇게 큰 효과는 보지 못했을 거야."

"그건 맞습니다."

"…앞으로 흑묘방주를 맡아. 따로 선물 줄 것은 없다."

"알겠습니다."

책임을 건네받은 것이라서 그렇게 기뻐하는 내색도 없었다.

"금은칠충 눈여겨봐라. 이충과 사충은 본래 여자를 밝히는 유형이다. 그래서 일부 시비는 모용의가로 데려갈게. 부족한 인원은 사내로 뽑아."

"알겠습니다. 문주님, 마교는 소식 없습니까?"

"아직 없다."

"음…"

"왜?"

"운산과 청원 중간 지점에 자리 잡은 태청상단太青商團이라는 거상이 있는데 하는 짓이 흑도나 다름이 없습니다. 사신장과 몇 번 논의했었는데 저희끼리 태청상단을 박살 내도 좋을지 해서 여쭙니다."

소군평도 태생이 흑도 사나이라서 생각하는 해답이라는 게 박살 같은 것밖에 없었다.

"무슨 짓을 하기에?"

"연자성 문주가 건축 자재를 많이 구매했는데 전부 벽 총관이 추천했던 상가 보수공사에 쓰일 자재였습니다. 그런데 절반의 분량을 납품하고 나서는 값이 바뀌었다면서 자재비가 두 배로 올랐습니다. 주변에 수소문을 해보니 매번 그렇게 해서 뒤통수를 치기도 하고. 항의하면 뒤를 봐주는 세력이나 고수가 있는가를 살펴서 대응하기도 하고. 상단 내부에도 고수들이 좀 있는 것 같습니다."

"연자성의 뒤에는 내가 있는데 태청상단이 왜 그렇게 나왔지?"

"문주님 이야기를 했는데 꿈쩍도 안 했다고 합니다."

"왜?"

소군평이 나를 바라봤다.

"아마 문주님의 명성이 부족해서 그런 것이겠지요."

"농담이지? 여기서 더 어떻게 명성을 끌어올려."

"절반 정도 농담입니다. 태청상단 뒤를 백리세가가 봐주고 있습니다."

"아, 흑도가 아니었네?"

"예."

"돈에 미친 백도는 흑도에 못지않은 미친놈들이긴 하다. 아, 백리세가에는 그 신남사룡이 있구나. 나랑 명성을 나란히 한다고 생각하거나 내가 뒤늦게 들어온 육룡이라서 낮춰 보는 모양이야."

소군평이 눈을 껌벅이다가 물었다.

"그게 뭡니까?"

"아, 그런 게 있어."

"사룡이니 육룡이니 아주 유치합니다."

"왜 나한테 지랄이야? 맹주께서 붙인 별호인데."

"그럼 넘어가야죠."

"그런데 백리세가가 뒤에 있는데 사신장하고 태청상단을 치려고 했어?"

"예, 연자성 아우가 봉변을 당했으니 저희가 지랄 한번 해줄 생각이었죠."

"허허…"

이제 수하들이 지랄하는 시기를 맞이했구나, 하는 생각이 들었다.

"이런 지랄은 오히려 좋아."

"그렇습니다."

"하지만 일단은 서찰로 승부를 내자. 약조했던 대금으로 자재를 전부 내놓으라고 해. 그리고 내 이름으로 태청상단주한테 일양현으로 튀어오라고 해. 안 와도 상관없다. 일단 통보는 해야 하니까. 그리고 백리세가 믿고 깝죽대지 말라는 말도 꼭 적어 넣어."

"선전포고 서찰입니까?"

"하여간 약 올리고, 갈구고, 조롱까지 해서 서찰 한 통 보내라. 다음에 대처 보고 결정할 테니. 돈 많은 놈이 사업을 더 이상하게 한다니까."

"알겠습니다."

"그러고 보니까 요새 나가는 돈만 있고 들어오는 돈은 없는 이유가 이런 것 때문이었나?"

"예, 지금은 아직 자금이 넉넉한데 이러다가 개방에 투신할 수도 있습니다. 곳곳에 점찍어 둔 객잔이나 다루 등이 원활하게 돌아가야 돈이 들어올 것 같습니다."

"이게 다 내 지랄염병이 부족해서 일어난 일이다."

"그렇습니다."

"이상한 일이야. 살아남으려면 앞으로 계속 흑도를 치는 수밖에 없구나. 민생을 안정시키는 일이 내 전낭 주머니와도 관련이 있는 일이었다니 새삼 깨달았네."

소군평이 말했다.

"나중에 점조직이 돌아가면 수입에 대한 문제는 없을 겁니다."

강호로 나가면 강호의 사건에 엮이게 되고, 하오문으로 돌아오면 내부 사건에 엮이게 된다. 바깥으로 나가든, 나가지 않든 간에 내 주변에서는 강호의 사건과 사고가 휘몰아치고 있었다.

"어쨌든 본론으로 돌아와서."

"예."

나는 소군평을 바라봤다.

"내가 준 영약 때문이긴 하지만 어쨌든 강해졌군. 축하할 일이야."

"문주님 덕분입니다. 그나저나 문주님은 볼 때마다 더 강해진 것 같아서 참 의아합니다. 바쁘게 돌아다니는 것 같은데 계속 강해지는 이유가 있습니까?"

"나처럼 강해지는 방식은 그다지 추천하지 못하겠다."

"어째서요."

나는 한숨을 길게 내쉬었다.

"목숨을 걸고 있잖아. 죽을 뻔한 게 내 기억으로는 두세 번 정도. 특히 천악 선배와는 꼼짝없이 양패구상을 할 줄 알았는데 뭐 그런 일은 벌어지지 않았지."

"천악을 상대로 어떻게 살아남으셨는데요."

나는 소군평에게 당부하듯이 말했다.

"말을 잘해야 해. 너도 잊지 마라. 무공이 밀릴 때는 항상 말로 싸워야 한다. 너도 당해봐서 알잖아."

"알죠. 그건 어떻게 수련합니까?"

나는 소군평의 어깨를 붙잡았다.

"갈구는 게 기초야. 말 안 듣는 놈부터 시험해 보도록. 귀에서 피가 날 때까지 갈군다는 마음가짐. 그 다음에는 상대의 심리를 살피면서 변초를 가해야지. 허점이 있나 살핀 다음에 절기를 쓰고. 무공의 공방전과 같다. 흑묘방에도 수하들이 많으니까 너도 갈고닦아라."

"알겠습니다."

"말로 제압할 수 있으면 무공 실력도 늘어난다."

"금시초문입니다."

"사실이야. 교주, 천악, 개방 방주 모두 특색 있게 말을 잘했다. 천악은 달변가가 아니었지만 말투는 그 누구보다 무서웠지. 왜 그런 줄 알아?"

"모르겠습니다."

"내뱉은 말은 반드시 지키는 사람이라서 그렇다. 언행일치만큼 무서운 게 없지. 너도 너만의 언행일치를 가지도록 해. 이제 흑묘방을 이끌어야 하니까."

나는 소군평과 눈을 마주쳤다가 씨익 웃었다.

"이제 흑묘방주 소군평이네."

소군평도 피식 웃었다.

"그렇게 됐네요."

나는 춘양반점 앞에서 소군평을 갈구던 게 생각이 나서 웃음이 흘러나왔다.

"그 반점 앞에서 싸우던 생각 하고 계십니까?"

"맞아."

소군평도 마침 그 생각을 하고 있었는지 어깨를 움직이면서 웃었다.

282.
아직은 생각 없다

나는 흑묘방의 배웅을 받았다. 시비들과 잠시 우두커니 서서 정문에 몰려나온 흑묘방의 수하들을 한 차례 둘러봤다. 이상하게도 자하객잔에서 나를 바라보던 사람들의 표정과 흡사했다. 내가 흑묘방을 걱정하는 것보다 더 나를 걱정하는 표정들이랄까. 내 기준에서는 한참 약한 자들이 나를 걱정하는 것이라서 기분이 신선했다. 어쩐지 나도 요새는 작별할 때마다 매 순간이 마지막 같다는 생각이 종종 든다. 어째서인지는 모르겠다. 아마도 내가 어두운 생각을 많이 하기 때문일 터였다. 나는 수하들을 눈에 담으면서 말했다.

"소 방주, 벽 총관, 손 부인, 호연 사부."

"예."

"잘 이끌어 주고. 나머지도 잘 따라라."

"알겠습니다, 문주님."

금은칠충에게도 다시 한번 강조했다.

...

"벽 총관을 잘 보필하도록."

"예."

아마 내 불안감의 원인은 지금 당장 내가 꺾을 수 없는 고수들에 대한 심리에서 출발한 것 같다. 소군평이 내게 작별의 인사를 이렇게 건넸다.

"…문주님, 잘 도망 다니세요."

"알았다."

"부르시면 언제든 달려가겠습니다."

"뭐 그럴 일이 없도록 해야지."

나는 소군평과 눈을 마주쳤다가 동시에 고개를 끄덕였다.

"간다."

나는 시비들을 데리고 모용의가로 출발했다.

* * *

모용의가에 흑묘방의 시비를 데리고 등장하자, 마당에서 약재를 말리고 있던 모용백이 놀란 표정으로 나를 쳐다봤다.

"…"

마치 귀신을 본 것 같은 표정이어서 나도 어리둥절했다.

"모용 선생, 나다."

"알고 있습니다."

"왜 그렇게 놀라?"

모용백이 내 옆에 있는 시비들을 바라보면서 말했다.

"늘 갑자기 새로운 사람들과 오시니까 놀랄 수밖에요. 들어오세요."
"새로운 사람과 오긴 했지."
안으로 들어가자 의녀들이 내게 단체로 인사했다. 나는 고개를 끄덕이면서 의녀들을 둘러보다가 야율연을 찾아냈다.
"적응 잘하고 있어?"
야율연이 웃으면서 대답했다.
"예, 문주님."
"흑백소소가 괴롭히진 않고?"
"전혀요."
백소아와 흑소령도 놀란 표정으로 나를 바라봤다.
"모용백이 막 부려먹는 것은 아니겠지?"
"그럴 리가요."
나는 데리고 온 흑묘방의 어린 처자들을 소개했다.
"야율연, 네 후배를 극진하게 모셔왔다. 잘 챙겨줘."
"와아…"
의녀들이 단체로 박수를 보내더니 내가 데리고 온 시비를 맞이했다. 내가 계속 동료들을 데리고 왔더니 의녀들도 익숙하게 반기는 분위기였다. 이렇게 보니까 모용백은 여인들로 이뤄진 문파를 만들어도 이상하지 않을 인재, 훌륭한 처자, 의원 지망생들을 다수 보유하고 있었다. 모용백이 중얼거렸다.
"…아니, 제가 아직 받지도 않았는데."
나는 모용백의 말을 무시한 다음에 흑묘방의 시비들에게 말했다.
"의녀 선배들하고 잠시 있어라."

"네, 문주님."

나는 모용백의 어깨를 친 다음에 말했다.

"만장애에 다녀왔다."

"벌써 다녀오셨어요?"

"들어가자."

나는 모용백의 집무실 의자에 먼저 앉아서 환자처럼 들어오는 모용백을 바라보다가 탁자에 짐을 풀었다. 모용백이 말했다.

"문주님, 거기 제 자립니다."

"네 자리 내 자리가 어디 있어. 앉으면 내 자리야. 거기 앉아."

"예."

모용백이 환자 자리에 앉았다. 그러고 보니까 봇짐 안에 있는 상자는 대부분 모용백의 물건이었다. 다만 백년하수오까지 다 줄 수는 없었기 때문에 가장 큼지막한 것을 꺼내면서 물었다.

"모용 선생, 어디 아픈 곳은 없으시고?"

"예."

"화병은? 안색이 좋지 않아. 끼니를 잘 챙겨 먹어야지."

모용백이 가슴을 쓸어내린 다음에 대답했다.

"이제 막 생길 것 같습니다."

"화병은 초기에 잡아야 해. 잠은 잘 자고 있나?"

"예."

"미지근한 물 자주 마시고 올해는 술부터 끊으라고."

"알겠습니다. 술은 원래 안 마셔요."

"무공은?"

"이화접목신공의 이론은 이제 완벽하게 파악했습니다. 차근차근 단계를 오르고 있는데 이제 삼 단계에 진입했습니다."

"막히면 혼자 끙끙대지 말고 자하객잔으로 오도록 해. 지도해 줄 사람 많으니까."

"알겠습니다."

"혼자 고민하다간 주화입마에 빠지기 딱 좋지. 자, 이건 만장애 밑에서 캔 백년하수오, 이것은 능소화, 이것들은 이름 모를 독초… 이건 뭐야?"

모용백이 상자 안에 들어있는 풀때기를 바라봤다.

"금사초군요. 독초가 맞아요."

"이건? 이것도 약초 같은데 이름을 모르겠네."

"그것도 여한초라는 독초입니다."

"와, 귀신같이 독초만 골라서 캤네. 내 눈썰미도 대단하지. 독 같은 것만 캐오다니. 오면서 배고프다고 안 먹은 게 다행이다."

갑자기 눈이 엄청나게 커진 모용백이 말했다.

"문주님, 그런데 이것은 백년하수오가 맞습니까?"

"맞다."

"하수오가 어째서 산삼처럼 생겼습니까. 그리고 백 년 수준이 아닌데요?"

"혼종인가? 그거보다 좀 작은 것을 소군평이 먹었는데 신수가 훤해지더라고. 자네가 복용해. 나머지는 주인이 있어."

모용백이 나를 바라봤다.

"문주님은요?"

"나는 만장애 밑에서 먹었다."

"감사합니다, 문주님. 독초도 잘 쓰겠습니다."

나는 다시 봇짐을 여민 다음에 말했다.

"아, 두 처자는 흑묘방에서 가장 뛰어난 인재들인데 특별히 내가 모셔왔다."

"문주님."

"왜?"

"싫다는 게 아니라 한 명의 미모가 너무 특출납니다."

"아, 그래서 놀랬나?"

"예. 저런 미모로 환자를 돌보면 저도 힘들어요. 특히 강호인을 치료하는 게 어렵습니다. 몸이 아프지 않은데도 계속 방문하게 될 겁니다. 특히 몽 공자 같은 사람이 오면 제 실력으로 감당이 안 됩니다. 그렇지 않겠습니까?"

맞는 말이었다.

"음. 그럼 약초나 독초 관리자로 키워. 공부도 많이 시키고. 굳이 의녀로 데리고 있을 필요는 없어. 그리고 의녀들이 면사를 착용하면 될 일이야. 약간 반투명한 면사인데 쓰고 있으면 왠지 신비로워 보이는 거 있잖아. 뭔 말인지 알지?"

"알죠. 그나저나 객잔에는 일손이 부족하지 않습니까?"

"거긴 색마가 있어서 안 돼. 중증 환자에게 감히 미인이라는 독을 처방할 수는 없지. 색마가 괜히 깝죽댔다가 검마 선배에게 맞아 죽을 수도 있어. 거기서 그냥 처맞아 죽으면 다행이지. 분명히 맞다가 도망갈 놈이야."

"어디로요?"

"뭐 어디든 가겠지. 아직은 아니야. 그쪽은 조금 더 두고 보자고. 이 환자 새끼들을 자극하면 안 돼."

"알겠습니다."

모용백이 문득 내 손을 보더니 바깥을 향해 말했다.

"소령아."

"예, 선생님."

흑소령이 들어오자, 모용백이 말했다.

"문주님, 손 다치셨다. 간단하게 소독하고 평원고를 발라라."

"알겠습니다."

흑소령이 들어와서 내 손에 평원고를 바르는 도중에 내가 말했다.

"무공은 본래 성장이 느리니까 초조해하지 말고 강호인과 시비가 붙었을 때 사용할 독을 다양하게 준비해 놔."

"예를 들면요?"

"뭐 좀 말이 통하는 놈에겐 마비산 정도만 쓰고. 색마 같은 놈에겐 극독을 써야지. 부채에도 독 좀 발라놓고. 연자성이나 용두철방에 부탁해서 독을 발사할 수 있는 암기를 만들어 달라고 해. 그런 거 있잖아."

"어떤 거요?"

"석궁이라고 해야 할까. 아니면 강침을 발사할 수 있는 작은 기관 장치?"

"극독 바른 강침을 발사하면 상대가 죽을 텐데요?"

"뒤지라고 쓰는 거지. 건강 침도 아니고 뭐 어때. 몽 공자도 못 막을 정도로 강력한 기관장치로 만들면 웬만한 강호인들에겐 다 통할 거야. 안 그래, 소령아?"

흑소령이 고개를 끄덕였다.

"맞습니다. 상처가 많이 아물었네요."

나는 내 손을 주물럭대는 흑소령을 바라봤다.

"그만 좀 주물럭대라."

"예."

"여하튼 하수오를 복용한 다음에는 며칠 쉬도록. 불안하면 객잔 와서 먹어도 좋고."

모용백이 고개를 끄덕였다.

"예. 생각해 보겠습니다."

나는 한결 가벼워진 봇짐을 붙잡은 다음에 말했다.

"두 인재를 부탁해. 소령이도 새로 온 후배들 잘해주고."

"예, 문주님."

내가 금세 가려고 하자, 모용백이 물었다.

"화병은 좀 어떠십니까?"

"좀 오락가락하긴 하는데 나름 긍정적으로 오락가락 중이다. 그리고…"

"예."

"화병이 어떤 심리적인 것을 건드리면 아직 통제가 안 되는 무공이 발현되고 있다. 일단은 자하신공이라고 이름을 붙였는데 이것 때문이라도 화병은 당분간 치료하지 말아야 할 것 같아."

"화병이 치료됩니까?"

"불치병이었어?"

"심리적인 병이니까 문주님의 주변 환경이 바뀌지 않는 이상은 불치병이 맞죠."

"내 주변 환경?"

"강호를 뜻하는 것이기도 합니다."

나는 모용백과 눈을 마주쳤다가 대답했다.

"오히려 좋아. 강호를 실력으로 일통一統하면 불치병이 나을까?"

모용백이 고개를 저으면서 대답했다.

"그냥 그 전에 장가를 가시는 건 어때요?"

"어림없지."

나는 문 앞에서 멈췄다가 모용백을 바라봤다. 모용백이 나를 위아래로 살피더니 이렇게 말했다.

"그래도 안색이 전보다는 좀 좋아지신 거 같은데요?"

나는 고개를 끄덕였다.

"전보다 강해졌더니 모든 게 좀 나아지고 있다. 하여간 강한 게 최고야. 선생, 무슨 말인지 알지? 백년하수오로 이화접목신공의 중간 단계까지는 정복할 수 있을 거다. 하지만 그것으로 부족해. 대성할 때까지는 항상 몸가짐을 조심히 하고 독에 관한 연구도 게을리하지 말도록."

"알겠습니다."

모용백이 따라 나오면서 나를 배웅했다.

"문주님, 그나저나 먼 길 다녀오시느라 고생하셨습니다."

의원 놈이 내 등을 쓰다듬더니 한숨을 내쉬었다. 흑묘방이든 모용의가든 간에 내 관점에는 하오문에 속한 자들인데, 어쩐지 둘 다 나를 물가에 내놓은 아이처럼 바라보고 있었다. 내가 워낙 사고를 많이 치고 다니기 때문에 이해 못 할 일은 아니었다. 나는 다시 자하객잔으로 출발했다.

약초꾼의 삶이 이렇게 바쁘고 고단할 줄은 나도 몰랐다. 하지만 효과는 확실했다. 소군평과 모용백을 고수로 육성하면 어쨌든 하오문에 도움이 되는 자들이기 때문이다. 물론 본인들의 인생에도 좋은 일이다. 그것은 내가 확인했다. 강해지면 만사가 수월하다. 나중에 편해지려면 지금 뛰어다니면서 고생하는 수밖에 없다는 생각이 들었다.

* * *

내가 흑의장삼을 입은 채로 자하객잔에 불쑥 등장하자, 비무 중인 검마와 귀마가 검을 거두고, 평상에서 비무를 구경하던 색마가 나를 쳐다봤다.

"왔어?"

문득 색마가 코를 벌렁대더니 내게 물었다.

"약초 냄새가 나는데?"

"하수오밖에 없더라."

"몇 개?"

"몇 개가 아니라 득수 형한테 줘서 요리로 만들어야겠다. 백년하수오 무침 요리라고 들어봤나?"

"아니."

"양이 좀 많으니까 이따가 밥이랑 먹으면 된다."

아무래도 어린 요란이가 이 큼지막한 백년하수오를 씹어 먹긴 어려웠다. 무엇보다 평범한 하수오가 아니라서 영약의 힘을 감당하지 못할 수도 있었다. 예로부터 영약을 잘못 먹거나 몸과 성질이 맞지 않은 약을 먹으면 머리가 하얗게 되는 사례가 종종 있는데 요란이의 머리를 벌써 백발로 만들 수는 없었다. 나는 봇짐을 평상에 내려놓은 다음에 앉아서 모처럼의 멀쩡한 휴식을 취했다.

"후우, 약초꾼도 못 할 짓이야."

검마와 귀마가 다가오더니 한마디씩 내뱉었다.

"고생했다."

문득 귀마를 바라보니 의복이 여기저기 찢어진 상태였다. 나는 찢어진 귀마의 의복을 손으로 붙잡아서 살피다가 말했다.

"대단한데?"

귀마가 내게 물었다.

"맏형에게 맞아 죽을 뻔했는데 뭐가 대단해?"

"두 사람의 합合이 대단하다는 뜻이지. 공격적인 검객과 방어적인 검객이 밥 먹고 딱히 하는 일 없이 허구한 날 맞붙고 있으니 검법에 도움이 되겠지."

귀마가 고개를 갸웃했다.

"칭찬인 것 같기도 하고 놀리는 것 같기도 하고. 문주가 돌아오긴 했구나."

그제야 사대악인 세 명이 동시에 웃었다. 나는 자하객잔을 바라보다가 장득수에게 말했다.

"득수 형, 밥 줘!"

이 층의 작은 창문이 벌컥 소리와 함께 열리더니 장득수가 얼굴을 내밀었다.

"왔어?"

"응."

"고생했다."

탕- 소리와 함께 다시 창문이 닫히자, 어디선가 발걸음 소리가 요란하게 이어졌다. 이어서 자하객잔에서 장요란이 밝은 얼굴로 튀어나오더니 내 앞에 도착해서 고개를 꾸벅 숙였다.

"셋째 사부님, 오셨어요?"

"그래."

나는 오랜만에 보는 요란이를 위아래로 살폈다. 그렇게 오랜만에 보는 것은 아니었으나 키가 좀 자란 것처럼 느껴졌다.

"사부님들과 잘 지냈나?"

"그럼요."

"차 총관은?"

"요새는 아침만 드시고 저녁까지 수련만 하세요. 가끔 여기 와서 막내 사부님한테 엄청나게 맞기도 하시고. 비무라고 하죠?"

"응, 싸우는 게 아니고 비무다."

"비무인데 어쩐지 계속 맞으면서 바닥을 굴러다니시더라고요."

"그것은 일부러 막내 사부가 도움을 주려고 그러는 것이야. 실제로 싸우면 더 가혹해서 그래."

"아무튼, 총관께서도 씩씩하게 잘 계십니다."

순간 나는 팔뚝에 소름이 돋았다. 어쩐지 요란이가 처음에 왔을 때보다 말을 너무 잘하기 때문이었다. 태생적으로 밝은 아이 같은데 어쩌다 그런 봉변을 겪었는지는 모를 일이었다. 나는 봇짐을 요란이에게 건넨 다음에 심부름을 시켰다.

"장 숙수에게 전해. 백년하수오라는 재료라고 하고. 무침이나 찜 요리로 나눠 먹으면 좋겠다고 전달하고. 그리고 특히 작은 것은 따로 빼놔서 네가 먹을 것이라고 하면 무슨 말인지 알 거야."

"알겠습니다."

요란이가 봇짐을 받더니 쏜살같이 뛰어갔다. 저 쪼그만 것이 달리는데도 자하객잔에 앞에 먼지가 살짝 피어올랐다. 나는 손으로 먼지를 걷어내면서 말했다.

"참…"

색마가 옆에서 물었다.

"왜? 뭐가 참이야. 말을 해라. 애늙은이처럼 말하려다가 끊지 말고. 똥 끊는 것도 아니고 안 좋은 버릇이야."

"똥 얘기 좀 그만해. 그것도 안 좋은 버릇이야."

나는 오랜만에 사대악인과 나란히 평상에 앉아서 평범한 하늘을 바라봤다. 심심하고 고요한 풍경을 바라보면서 내가 말했다.

"이래서 세상의 아비들이 딸바보가 되는가 보군."

"…"

나는 사대악인들을 흘낏 바라봤다.

"우리 넷은 혼인할 생각이 없어서 이런 감정은 못 느낄 줄 알았더니 말이야."

색마가 고개를 홱 돌리더니 나를 쳐다봤다.

"돌았어? 나는 혼인할 건데. 갑자기 내 인생을 네가 왜 정해. 미친 새끼. 적어도 내 배필은 일봉이선급은 되어야지."

"꿈도 야무지다."

귀마가 나를 쳐다봤다.

"좋은 사람 생기면 장가가야지."

나는 손가락으로 나를 가리켰다.

"나?"

귀마가 고개를 저었다.

"아니, 나."

"헛된 꿈을 꾸고 있네. 맏형은?"

우리 셋이 검마를 바라보자, 팔짱을 낀 검마가 진중한 어조로 대답했다.

"아직은 생각 없다."

색마가 물었다.

"나중에는요?"

검마가 헛기침을 한 다음에 대답했다.

"가봐야 알지."

나는 고개를 돌린 다음에 전방을 노려봤다.

'와… 씨, 나만 웃긴가?'

아무도 웃지 않아서 나도 웃을 수가 없었다. 다들 미친놈들이라서 혼인 같은 것을 하게 되진 않을 것 같았다. 사람 일은 모르는 거라지만, 어쨌든 지금은 그렇다.

283.
나는 쉬운 남자가 아니다

큼지막한 백년하수오를 요리해서 먹었다. 무침으로 먹고, 양념장에 찍어 먹고, 국물로 우려내서 보양식으로 섭취했다. 어린 요란이에게 감당하지 못할 영약을 통째로 주는 것은 내 성미에 맞지 않아서 사대악인, 차성태, 홍 사매, 득수 형의 배 속에도 백년하수오가 들어간 셈이다. 양이 많아서 사흘에 걸친 끼니마다 만장애 밑에서 건진 백년하수오를 반찬으로 소비했다.

나흘째 되던 날. 검마, 귀마, 색마는 아침부터 방에 틀어박혀서 움직이지 않았다. 아마 운기조식을 하고 있을 터였다. 결국에 심심해하던 요란이는 오후 내내 나랑 놀다가 홍 사매에게 붙잡혀서 끌려갔다. 아이와 놀아주는 게 이렇게 힘들 줄이야. 요란이가 계속 강호에서 쓰이는 용어와 무공과 관련된 질문을 해대서 나는 딱히 쉴 틈이 없었다. 흑도를 쥐패는 것보다 더 힘든 일이었다. 겨우 자하객잔 앞에 홀로 앉아서 모처럼의 휴식을 취하고 있을 때 전방에서 낯선 사내가 걸어오면서 말했다.

"하오문주님을 찾아왔습니다."

"나요."

"문주님, 저는 남양표국의 염이건 표사입니다."

염이건이라는 이름은 처음 듣지만 남양표국의 명성은 들어봤다.

"염 표사, 오느라 고생하셨소."

염이건이 품에서 서찰 한 통을 꺼낸 다음에 말했다.

"서찰을 하오문주께 전달하라는 표행을 받았습니다. 이렇게 무사히 전달하게 되어서 다행입니다. 전달해도 되겠습니까?"

"그대가 직접 개봉해서 읽어주면 좋겠소."

염이건이 서찰을 든 채로 곤란한 표정을 지었다.

"문주님, 문제없이 서찰을 전달받은 것으로 해주시면 개봉해서 제가 읽겠습니다."

"문제없이 당사자인 내가 받았소."

염이건이 서찰을 조심스럽게 개봉하면서 내게 말했다.

"참고로 서찰의 내용과 남양표국의 입장은 무관합니다."

"알고 있소."

염이건이 서찰을 물끄러미 바라보더니 짤막하게 한숨을 내쉰 다음에 읽었다.

"하오문주, 손해배상 청구서. 귀하는 흑향에서 거래하는 물품을 아무런 관련도 없이 훼손, 강탈 등의 죄를 저질렀다. 피해 상황은 다음과 같다. 구씨약문의 일백음양단, 검객 위지산의 검, 천살삼호의 목숨, 혼혈 소녀, 기타 잡다한 경매 물품, 경매 참여자들의 목숨, 경매 장소의 물질적인 피해까지. 귀하가 강호에서 활동했던 그간의 행적을 고려하여 흑향의 피해 상황에 대한 손해배상 청구를 통용 은자 일천 개로 갈음한다. 청구 금액에 비객의 목숨값은 더하지 않았다. 내게 무공을 배웠음에도 패배한 비객의 잘못이기 때문이다. 하지만 흑향의 피해액에 대해서는 정확하게 변상해야 한다. 청구를 거절할 경우 일천 은자는 하오문주의 현상금으로 배정할 생각이고, 이는 살수 단체들이 거절하기 힘든 의뢰 비용이 될 것이다. 동호에서, 사도제일인邪道第一人."

염이건이 서찰을 다시 넣은 다음에 나를 바라봤다.

"다 읽었습니다. 서찰에 독은 없었습니다. 이제 전달해 드려도 되겠습니까?"

"혼혈 소녀라… 이리 주시오."

염이건이 그제야 가까이 다가오더니 공손히 서찰을 내밀었다. 목계를 주입한 손으로 서찰을 붙잡은 다음에 탁자에 올려놓았다.

"바쁘지 않다면 잠시 앉으시오. 물?"

"예."

나는 마시고 있던 주전자의 물을 한 잔 따라줬다. 맞은편에 앉은 염이건이 물을 단박에 들이켜더니 잔을 내려놓았다.

"사도제일인이면 동호제일검인가?"

"예."

"다른 전달 사항은 없소?"

"의뢰했던 자가 몇 가지 떠들기는 했습니다."

"들어봅시다."

"행적으로 봤을 때 문주님이 거절할 확률이 크다고 예상했습니다."

"그렇군."

"…거절할 경우 사도제일인이 무림공적 명단에 공공연하게 있으면서도 임소백 맹주가 나서지 못하는 이유를 알게 될 것이라고 합니다."

"자신감을 멍청하게 표출하는군. 숨어있으니 임 맹주께서도 어쩔 수 없는 것인데. 그나저나 왜 수하를 보내지 않고 남양표국을 이용한 거요?"

염이건이 이렇게 대꾸했다.

"아마 문주님에게 전령이 죽지 않을까… 이렇게 생각한 모양입니다. 제 예상입니다."

"은자 일천 냥이면 살수 단체가 얼마나 움직이겠소?"

"동호 측에서 고용한 단체는 모두 움직일 겁니다. 어차피 성공한 사람에게만 지급한다고 하더라도 말입니다. 즉 사도제일인의 수하들도 올 가능성이 큽니다."

"남양표국도 사도제일인의 영향 아래에 놓여있소?"

"그렇지 않습니다. 본래 공적의 표행은 금지되어 있는데 이번에는 저희도 협박을 받아서 어쩔 수가 없었습니다. 일단은 표행을 완수한 다음에 무림맹에 보고할 생각입니다."

"잘 대처하셨소."

"헤아려 주시니 감사합니다."

"염 표사는 무림맹이 동호제일검이라는 공적을 그간 잡지 못했던 이유를 아시오?"

염이건이 고개를 끄덕였다.

"예. 일단 사도제일인의 거처를 모릅니다. 육지와 달리 강과 섬을 샅샅이 수색해야 하는데 웬만한 병력으로는 어렵습니다. 또한, 그간 고수들이 현상금을 타겠다고 사도제일인의 암살을 시도했었지만 이후 소식이 없습니다. 무림맹이 나설 경우에도 막대한 비용이 지출되는 터라 쉽지 않은 일이고 사도제일인이 동호 전체에 군림하고 있어서 배를 조달하는 것부터가 문제입니다. 더군다나 사도제일인 본인의 무력도 임 맹주님을 두려워하지 않는 수준이라고 알려져서 이러지도 저러지도 못하는 상황으로 알고 있습니다."

"십대검호十大劍豪?"

"그렇습니다. 검으로 순위를 따져도 그 안에는 꼭 들어가는 사내입니다. 엄청난 부자이기도 하죠."

"경매장 하나 털었다가 내가 곤란해졌군. 염 표사."

"예."

"그 흑향에서 아이까지 거래하고 있었소. 거기 있던 자들은 일단 다 죽일 수밖에 없었지."

"그러셨군요."

"동호제일검이 동호 바깥에서도 사업을 하는지는 몰랐네."

"예상으로는 아마 제자나 간부들이 자금을 조달하기 위해… 그러지 않았나 싶기도 하고 정확한 사정은 모르겠습니다."

"염 표사는 내 대답을 가지고 가야만 표행이 완수되는 거요?"

"그렇습니다."

"물론 그 의뢰자와 만나는 것이겠지?"

"어차피 저는 남양표국으로 돌아가고. 그쪽에서 사람을 또 보낼 겁니다.”

나는 염이건을 물끄러미 바라보다가 물었다.

“염 표사는 내가 일천 냥을 건네는 게 좋겠소?”

“제 개인적인 생각이 궁금하십니까? 문주님의 답은 이미 알고 있습니다.”

“뭐겠소?”

“당연히 줄 마음이 없으시겠지요.”

“맞소. 하지만 이유가 명확해.”

“뭡니까?”

“어차피 내가 일천 냥을 주면 그 돈으로 다시 살수 단체에 의뢰비로 줄 거요. 이미 찍혔으니 줄 필요가 없소. 아마 본보기로 삼으려는 거 같군. 무림맹이든 무림세가든 문파든 간에 앞으로 동호에는 일절 발길을 끊으라고 말이야.”

“그럴 수도 있겠습니다.”

나는 고개를 끄덕였다.

“…알다시피 거절이오. 염 표사는 식사라도 하고 가시오.”

“그것참. 직접 문주님의 대답을 듣고 보니 마음이 무겁습니다. 밥 생각도 나지 않는군요.”

염이건이 일어나더니 손으로 이마의 땀을 닦았다.

“문주님, 저는 이만 복귀하겠습니다. 혹시 돈이 부족하신 것이라면 저희 표국과 상의해 보시는 건 어떻습니까? 아니면 무림맹과 논의를 해보셔도 되고요.”

“말했지 않소? 그 돈을 주면 어차피 살수 단체로 흘러간다고. 그

수적 놈은 내 돈으로 내가 죽게 되는 그림을 그리고 싶겠지.”

염이건이 나를 바라봤다.

“도움이 되지 못하는 것 자체가 기분이 매우 불쾌하군요. 어쨌든 저도 표국에 돌아가서 이번 일을 상의하겠습니다.”

“염 표사, 부탁 하나만 해도 되겠소? 조금 어려운 일인데.”

“예. 도울 수 있으면 마음이 좀 편해질 것 같습니다.”

“쉬운 일이 아니라서.”

“그래도 말씀하십시오.”

시종일관 진지한 염이건이 결의에 찬 눈빛으로 나를 바라봤다. 나는 잠시 고민했다가 염이건에게 어려운 일을 하나 맡겼다.

“…동호의 전령이 찾아오면 내 말을 꼭 전해주시오.”

“예, 뭐라고 할까요?”

“병신 같은 놈.”

“예?”

“하오문주가 사도제일인에게 전하는 말로 해주시오. 간략하게, 병신 같은 놈이라고 했다고만 꼭 전해주시오. 어려운 부탁이라서 내가 좀 미안하군.”

염이건이 입을 살짝 벌린 채로 나를 바라봤다가 대답했다.

“아, 알겠습니다. 그렇게만 전하면 될까요?”

“그래주면 나는 고맙지.”

“예, 전달하겠습니다. 병신 같은 놈이라 적절한 표현입니다.”

염이건이 내게 포권을 취했다.

“그럼, 문주님. 무운을 빕니다.”

"염 표사도 무사히 복귀하시오."

염이건이 돌아서더니 몇 걸음을 걷다가 경공을 펼치면서 이내 사라졌다. 염이건이 떠나자 자하객잔의 객방 창문이 차례대로 열렸다. 돌아보자, 방에서 이야기를 듣고 있었던 귀마와 색마가 얼굴을 내밀고 있었다. 나는 두 사람을 바라보다가 색마에게 말했다.

"뭘 봐? 병신 같은 놈."

색마가 한숨을 내쉬는 와중에 귀마가 물었다.

"그래서 언제 출발할 거야?"

"뭘 언제 출발해. 운기조식이나 해. 어떻게 할지 고민 좀 해보고."

"의도는 어디까지 파악했어?"

"사도제일검은 동호 바깥으로 나올 놈이 아닌 거 같아. 떨거지 보내봤자 날 귀찮게 할 뿐이고. 계속 귀찮게 해서 날 끌어낼 생각인 것 같군. 살수로 나를 죽인다는 것도 어림없지. 결국에는 날 동호에 빠뜨릴 생각 같은데…"

색마가 말했다.

"무림맹과 연합해야 하는 거 아니야?"

"글쎄다."

동호제일검은 전생이든 현생이든 간에 잡힌 적이 없었던 공적이다. 마교가 날뛰는 와중에도 마치 동오 지역에 틀어박혀서 수성하던 오나라처럼 멀쩡하게 잘 살았던 놈이다. 벌집을 건드리는 것과 같아서 아무도 쉽게 공격하지 못했던 사내인 셈이다.

"한 명을 죽였더니 끝이 없네."

하지만 이것이 강호다. 귀마가 말했다.

"고민 끝나면 알려줘."

"알았어."

나는 자하객잔 앞에서 해가 질 때까지 하늘을 노려봤다. 서찰 내용의 대부분은 이해하는 편이다. 강호에서는 이렇게 돈을 요구하는 경우가 흔하기 때문이다. 그러나 혼혈 소녀의 값이 포함되어 있다는 게 머리에서 맴돌았고, 그 짧은 문구를 생각할 때마다 분노를 억누르는 게 쉽지 않았다. 서서히 자줏빛으로 물들어 가는 하늘을 하염없이 바라보고 있을 때 차성태가 천천히 걸어오더니 내게 말을 걸었다.

"문주님, 왜 그렇게 화난 얼굴입니까? 뭔 일 있어요?"

"성태야."

"예."

"매화루에 자금 얼마나 남았어?"

"엄청나게 많이 남았죠. 자하객잔 공사 대금 이외에는 딱히 지출한 게 없습니다."

"돈을 좀 써서."

"예."

"날짜를 명시할 필요는 없고 다음 내용으로 강호 곳곳에 방을 붙이도록 해."

"말씀하세요."

"동호제일검, 사도제일인이 어린 소녀까지 경매장에서 거래하는 사람이고 흑향의 후원자임을 알게 되었다고."

"예."

"이에 하오문주가 동호로 가서 동호제일검과 일대일 대결을 벌일 것이라고.”

“일시는요?”

“그건 나도 몰라. 일부러 적을 필요는 없다. 그저 조만간… 하오문주가 직접 동호에 방문해서 사도제일인과 일대일 승부를 내겠다. 이유는 앞서 말한 게 전부야. 이해했어?”

“예. 이해했습니다. 그런데 음, 이렇게 하면 문주님과 동호제일검이 일대일로 맞붙게 될까요? 이것이 대체 어떤 의도이신지 궁금해서. 그 사람은 전면에 등장한 적이 없는 신비인 행세를 하고 있지 않습니까.”

나는 차성태를 바라봤다.

“의도는 딱히 없어. 일대일로 맞붙지 않아도 돼. 하지만 세상 사람들에게 우리가 왜 싸우는지는 알려야지. 병신 같은 놈이 병신 짓을 하다가 내게 혼나는 것으로 사건을 격하시키려는 게 전체적인 계획이다. 강호 전체에 서찰을 보낸다고 생각하고 진행해. 먼저 나를 아는 자들에게 알리고, 나를 아는 자들이 나를 모르는 사람들에게 전달하는 식으로 퍼트려. 읽어봐라.”

내가 턱짓으로 서찰을 가리키자, 차성태가 서찰을 금세 읽었다. 이제 차성태의 표정도 험악해졌다.

“이 병신 같은 놈이 요란이를 언급했다 이 말이로군요.”

“…”

“죄를 뉘우치기는커녕. 알겠습니다. 일단 흑묘방, 흑선보, 남명회 같은 거점에 전부 알리고 그곳의 수장들에게도 널리 알리라고 전달하겠습니다. 문주님 명령이니 제가 혼자 진행하는 것보다 훨씬 빠를 겁니다."

나는 고개를 끄덕였다.

"끝까지 가면 누가 죽게 되는지 보자고. 그 와중에 날 죽이려는 놈들도 죄다 몰려왔으면 좋겠다. 전부 동호에 빠뜨려서 수장시키게."

차성태가 고개를 끄덕이더니 살짝 한숨을 내쉬었다.

"알겠습니다. 화 좀 가라앉히세요. 화병 도집니다. 낯빛이 노을빛이네."

"내 얼굴 지금 노을빛이야?"

"예."

나는 하늘을 바라봤다.

"노을이 퍼지고 있어서 그렇겠지. 사람 얼굴이 어째서 노을빛이냐."

차성태도 고개를 돌리더니 하늘을 물끄러미 쳐다봤다.

"그런가?"

이때, 창문 하나가 다시 열리더니 검마가 얼굴을 내밀었다.

"문주, 언제 출발인가?"

나는 검마를 쳐다보면서 물었다.

"맏형은 운기조식이 언제 끝나나?"

검마가 대답했다.

"기왕 준비할 거면 사흘 정도."

나는 고개를 끄덕였다.

"그럼 그때 갑시다."

"알았다."

검마가 무표정한 얼굴로 창문을 다시 닫았다. 안쪽에서 장득수의 목소리가 들렸다.

"다들 저녁 드시지요. 차 총관도 들어오고."

차성태가 나 대신에 대답했다.

"…들어갑니다."

나는 오늘따라 유난히 아름다운 노을이 무사히 사라질 때까지 지켜봤다. 쉽지 않겠다는 생각이 들긴 했으나 어차피 우리도 쉬운 남자들이 아니라서 상관없었다. 서찰을 챙긴 차성태가 내게 말했다.

"일단 밥부터 먹고 화를 냅시다. 표정 좀 푸시고. 요란이가 밥 먹다가 체하겠네."

나는 고개를 끄덕였다.

"…밥 먹자."

284. 너는 내 속을 잘 알잖아

"내가 화가 나는 지점은 영약이나 검, 경매 물품과 요란이가 같은 취급을 받았다는 거야."

"예."

"나는 사업을 하다가 방해를 받은 사람의 마음은 충분히 이해해. 나 때문에 영약이 사라지고, 돈을 잃게 되고, 검의 행방을 알 수 없게 되면 화가 나겠지. 나한테 따질 수 있다고 봐. 하지만 혼혈 소녀를 언급하면서 내게 돈을 요구하다니. 이것은 마치 죄를 지은 새끼가 나를 갈구는 꼴이야. 그리고 시종일관 나를 위에서 내려다보고 있더라고. 내가 그렇게 만만한가? 내가 그렇게 병신이야? 동호에서 그렇게 꼭꼭 숨어있나? 돈이 그렇게 많아? 이 개새끼는 내 손으로 죽일 테니까 소식을 기다리고 있어라."

모용백이 말했다.

"알겠습니다. 그런데 문주님, 화를 내다가 내원하셨으면 좀 얌전히 계세요."

모용백 옆으로 다가온 백소아가 차가운 물수건을 내 이마에 올려놓았다. 나를 내려다보던 백소아가 말했다.

"문주님."

"왜?"

"심호흡 좀 해보세요."

내가 심호흡을 하는 사이에 모용백이 백소아에게 말했다.

"잠시 나가 있어라. 문주님, 화 부추기지 말고."

"예."

백소아가 나가자마자 나는 말을 이어나갔다.

"이게 얌전히 있을 문제야?"

"그건 아니죠."

모용백이 침구 옆에 앉더니 내게 말했다.

"화병이 도졌으니 하는 말입니다."

"그러게."

"여기서 더 진행되면 주화입마에 빠질 위험이 커요."

"그럴 것 같군."

"주화입마에 빠지면 동호제일검이 좋아하겠죠. 제가 좋아하겠습니까?"

"맞는 말이야. 조심해야지."

"동호에 도착하기도 전에 쓰러지면 어쩌려고 그러십니까?"

나는 천장을 바라보면서 대답했다.

"그럴 수는 없지."

"어떻게 잡으실 생각입니까?"

"뭐? 전략?"

"예."

"없어. 동호제일검을 잡는 것은 전략의 문제가 아니다. 무림맹도 어찌하지 못한 놈이라서 다들 겁을 집어먹는 모양인데 이것은 사실 돈 문제도 아니야."

"그럼 무슨 문제입니까?"

"나 같은 놈이 그동안에 없었다는 게 문제야."

"아하."

"그러니까 나는 그 병신 놈을 찾아낼 때까지 동호에서 여생을 보낼 생각이다. 잡지 못하면 일양현으로 다시는 돌아오지 않는다는 마음가짐. 죽일 때까지 동호를 샅샅이 뒤질 생각이다. 그러니까 끝내 찾지 못해서 늙어가더라도 내가 더 젊을 것이 확실하니까 나보다 동호제일검이 먼저 뒤지겠지?"

"그렇겠죠?"

"뒤졌다는 소식을 듣고 확인한 다음에 귀환할 생각이다. 십 년이 걸리든 이십 년이 걸리든 상관없어. 그놈이 뒤질 때까지 동호가 내 두 번째 고향이다. 그러니 자네도 그동안에 별일 없이 잘 지내도록. 작별 인사도 할 겸해서 일부러 들렀다."

모용백이 허탈한 웃음을 짓더니 내게 물었다.

"그 방을 붙였다는 이야기는 뭡니까?"

"읽어보면 알 거다."

"예."

"선생…"

"예, 문주님."

"내가 돌아오지 않으면 이대 하오문주는 차성태. 만약 차성태가 너무 일찍 쓰러지는 일이 발생하면 삼대는 자네가 맡아. 두 사람이 하오문을 이끄는 도중에 요란이에게 무공을 전수하고 영약을 잔뜩 먹여서 다음 하오문주로 만들어. 두 번째 내 고향으로 떠나기 전에 당부하는 부탁이다."

모용백이 나를 물끄러미 바라봤다.

"차 총관은 이해가 갑니다만 왜 저까지 하오문주를 해야 합니까?"

나도 모용백을 바라봤다.

"너는 내 속을 잘 알잖아."

"…"

"내가 무슨 생각을 하고 사는지. 내 마음은 네가 요란이에게 전해줘야지. 요란이가 지금은 너무 어려서 내 속을 이해할 수가 없을 거다. 나중에 말해줘야 해. 하오문주는 대단한 자리가 아니야. 그냥 지금처럼 의원 일을 하면서 맡아도 되는 자리야. 엄청난 고수가 맡을 필요도 없어. 그냥 평소 내 뜻을 이해해 주는 사람이 맡아주면 되는 자리야. 어렵나?"

모용백이 한숨을 내쉬었다.

"문주님이 쉽게 당할 사람이 아닌데 왜 이렇게 겁을 주십니까?"

"대비는 해야지. 나는 쉽게 당하는 사람이 아니야. 하지만 날 죽이려는 놈들도 동호로 올 거고. 날 살리려는 자들도 동호로 올 거다. 양측이 맞붙어서 재수가 없거나 내 쪽이 밀리면 죽는 거지. 싸움은 냉정한 것이라서 네 편 내 편이 없다. 그냥 강한 쪽이 이기는 거지."

모용백이 물었다.

"그럼 이번 동호행은 사도제일인만 죽이려는 여정이 아니군요?"

"일단 계획은 그런 셈이지. 깨끗하게 물청소를 할 생각이다. 사람을 돈으로 거래하려는 놈들과 그것은 병신 같은 짓이라고 말하는 자들이 맞붙는 싸움이야. 휘말려서 죽든가, 죽이든가 둘 중 하나야."

"저도 갈까요? 중요한 싸움인데."

"내가 가라고 할까?"

"음."

"남아서 수습해. 차성태 혼자서는 버거운 일이야. 모용 선생, 너는 내 비밀 병기다. 비장의 한 수야."

"제가요?"

"당연하지. 앞으로 지금보다 훨씬 강해질 거야. 약을 연구하고 신체를 공부하고 의술에 매진했던 시간과 노력이 무학에서 빛을 발하게 될 거야. 내 말을 믿고 정진하도록."

"알겠습니다."

나는 이마에 올려진 물수건을 만져봤다.

"열이 금세 내려갔다."

모용백이 물었다.

"검마 선배, 육합선생, 몽 공자는 동행합니까?"

"그래야지."

"위험한 일이 닥치면 함께하시는군요."

"요란이의 사부들이니까 함께해야지."

잠시 말이 없던 모용백이 조심스러운 어조로 물었다.

"…일부러 요란이의 사부로 삼으셨죠? 그 세 사람."

"득수 형의 부탁이지."

"문주님이 그렇게 몰아간 거 아닙니까?"

"맞다. 하지만 내가 일부러 요란이의 사부로 삼은 것은 그 세 사람도 알고 있어. 예전 같았으면 하지 않았을 일인데 나랑 휩쓸리다 보니까 다들 대충 살고 있지. 그 대충이라는 게 나쁜 짓은 아니다 보니까 전에는 느끼지 못했던 감정들을 새로 경험하고 있겠지. 무공은 우리가 가르치겠지만 멀쩡한 삶에 관해서는 요란이가 우리 넷의 사부야."

모용백이 덤덤한 어조로 중얼거렸다.

"요란이가 사부였군요."

"아무도 우리 넷에게 일상의 행복에 관해서는 요란이만큼 명확하게 가르쳐 주지 않았다. 선생도 우리처럼 혼자 지낼 생각 말고 마음에 맞는 의녀와 혼인해서 요란이 같은 딸을 만나도록 해."

모용백이 웃었다.

"왜 하필 의녀죠?"

"말이 그렇다는 거지."

"언제 출발하십니까?"

"내일."

모용백이 말했다.

"그럼 내일까지 잠이나 주무십시오. 며칠 화내느라 수면도 충분하지 않은 것 같은데."

나는 눈을 감았다.

"알았다. 나 잔다."

눈을 감자마자 어지러움이 느껴지는 와중에 집무실 바깥으로 나간 모용백의 작은 목소리가 들렸다.

"…일찍 닫아라. 문주님, 주무신다. 조용히 돌아다니고."

"예."

어느새 주변이 온통 고요해졌다.

* * *

나는 다음 날 자하객잔에서 출발한 사대악인과 합류해서 동호로 향했다. 요란이와 따로 작별 인사는 나누지 않았다. 색마는 영약을 구해오겠다고 거짓말을 한 모양인데, 내 생각엔 요란이의 눈치가 빨라서 그 말을 안 믿었을 터였다.

"이렇게 천천히 가도 되는 건가?"

귀마의 물음에 내가 대답했다.

"천천히 가자고. 강철로 된 거북이처럼."

"왜? 화가 많이 나서 강행군으로 달려갈 줄 알았더니."

나는 고개를 저었다.

"아니지. 거북이처럼 느릿느릿 가야 해. 동호로 가기만 하면 돼. 끼니마다 맛있는 음식을 먹고, 좋은 곳에서 자고, 가끔 낚시도 하고, 사냥도 하고, 술도 마시고, 잠도 늘어지게 자면서 계속 동쪽으로."

이번에는 색마가 물었다.

"그게 무슨 의미인데?"

나는 색마를 바라봤다.

"그냥 행복하게 전진하자는 거지. 선전포고가 퍼질 시간도 필요하다. 나 죽이려는 놈들도 동호에 오고, 나 살리고 싶은 사람들도 동호에 와서 한바탕 어우러지려면 우리가 느릿느릿하게 이동해야 해."

색마가 중얼거렸다.

"사도제일인을 죽이자는 거야. 말자는 거야. 그러면 적이 더 늘어나잖아."

"아군도 늘어날 테니 상관없어."

색마가 검마에게 말했다.

"사부님, 이거 예상보다 싸움이 커지겠는데요?"

검마가 대답했다.

"더 커졌으면 하는 바람이다."

"왜요?"

"그래야 조용히 살 수 있을 것 같아서."

"음."

귀마가 다시 내게 물었다.

"동호에 도착해서는 어떻게 할 셈이야? 사도제일인은 등장한 적도 없고. 쉽게 찾을 수도 없을 텐데."

"사도제일인 죽일 때까지 동호에 눌러앉을 생각이야."

색마가 화들짝 놀랐다.

"뭐?"

"왜 놀라. 죽일 때까지 동호에서 살아야지. 배 만드는 것도 구경하고, 객잔 하나 인수해서 점소이도 고용하고. 장사도 하고. 살수도 죽이고. 사도 놈이 자객을 보내면 잡도 설치고. 그 밑에서 수족처럼 활동하던 놈들도 때려죽이고. 일 년이 걸리든 십 년이 걸리든 간에 눌러앉아야지."

색마가 당황한 표정으로 말했다.

"십 년? 그 사이에 요란이는 어쩌고."

"말이 그렇다는 거지. 그리고 십 년이 걸려봤자 요란이 나이가 열여섯 살이야. 무공을 본격적으로 가르쳐도 될 나이지."

색마가 떨떠름한 표정으로 말했다.

"요란이한테 금방 다녀온다고 하지 않았어?"

나는 색마를 쳐다봤다.

"나는 그런 말 한 적이 없는데. 그건 네 말이겠지."

"아, 맞네."

색마가 검마에게 말했다.

"사부님, 재수가 없으면 동호에서 십 년이나 살게 되었어요."

검마가 고개를 끄덕였다.

"아침저녁으로 호수를 바라보면서 사는 것도 나름대로 운치가 있지."

"맞습니다."

색마는 갑자기 해탈이라도 했는지 너털웃음을 지었다. 세상 어둡게 사는 검마가 갑자기 내게 이렇게 물었다.

"뒷일은 모용백과 차성태에게 부탁했나?"

나는 고개를 끄덕였다.

"부탁했소."

미친놈처럼 웃던 색마가 진지한 어조로 검마에게 물었다.

"사부님, 저희 혹시 죽으러 가는 겁니까?"

검마가 대답했다.

"그건 아니다만 문주는 하오문의 우두머리라서 뒷일을 명확하게 정해놓는 게 당연하다."

"예."

색마가 우리 셋을 바라보다가 궁금함을 이기지 못한 표정으로 물었다.

"모용백은 무공도 약한데 왜 부탁을…"

이번에도 검마가 대답했다.

"네 눈에는 모용백이 약해 보이더냐?"

"예."

"멍청한 사내가 의원 일을 할 수는 없지. 혈도에 관해서는 너보다 해박할 것이다."

"그건 그렇겠죠."

"집중해서 깊이 있게 파고드는 역량이 있다면 늦게 배워도 성취가 빠를 것이니 내 눈에도 약한 사내로 보이지는 않았다."

"그렇군요. 저만 모르고 있었습니다. 아, 표정을 보니까 둘째도 몰랐던 모양이에요."

귀마가 색마를 바라봤다.

"지랄 좀 하지 마. 알고 있었어."

색마가 웃음을 터트리면서 대답했다.

"둘째가 농담이 늘었네. 하하하하…"

아무도 웃어주지 않자, 색마도 무표정한 얼굴로 돌아왔다. 갑자기 색마가 어두운 생각을 했는지 이렇게 말했다.

"저희가 없는 와중에 누가 요란이를 괴롭히면 어떡하죠? 하오문을 공격한다거나."

나는 색마를 바라봤다.

"하오문이 어디 있는데?"

색마가 뭔 개소리를 하느냐는 표정으로 나를 바라봤다.

"자하객잔이 하오문 아니야?"

"거긴 그냥 자하객잔이야. 내가 곧 하오문이고, 하오문이 나다. 하오문을 치려면 나를 쳐야지."

색마가 내게 물었다.

"아, 그렇구나. 근데 멋있는 말을 왜 그렇게 재수 없게 해?"

나는 색마를 바라보면서 대답했다.

"너는 그냥 재수 없어. 이 새끼야."

이번에는 귀마가 웃음이 터졌는지 혼자 웃었다. 아무도 함께 웃어주지 않자 귀마도 이내 무표정한 얼굴로 돌아왔다.

"…"

잠시 후에 색마가 검마에게 정중한 어조로 물었다.

"사부님, 오랜만에 외출인데 점심은 뭐로 할까요? 뭐 드시고 싶으신 거 없습니까? 차 총관이 여비를 넉넉하게 챙겨줬으니 점심은 제가 내겠습니다."

제자의 말을 들은 검마가 내게 말했다.

"…차 총관이 우리 셋에게도 여비를 챙겨줬다. 괜찮다고 하는데도 군자금이라 하더구나."

나는 고개를 끄덕였다.

"흑도한테 빼앗아서 쌓아둔 자금이야. 넉넉하게 챙겼다니 다행이군. 혹시 돈 떨어지면 수소문해서 도중에 있는 흑도나 괴롭히면서 이동합시다. 군자금도 충당할 겸."

내 말을 들은 색마, 귀마, 검마의 입가에 희미한 미소가 걸렸다. 나는 갑자기 세 미친놈이 동시에 웃자, 팔뚝에 소름이 돋았다. 기분이 좋아진 모양이다.

'소름…'

검마가 이내 진중한 표정으로 돌아가더니 고개를 끄덕였다.

"나쁘지 않아."

귀마도 진지한 표정으로 중얼거렸다.

"좋은 생각."

색마도 동의한다는 것처럼 고개를 끄덕였다.

"흑도 좋아."

다들 진지했기 때문에 나도 진지하게 말했다.

"좋아. 산적도 만났으면 좋겠군. 마적도 나쁘지 않아. 살수는 긴장감을 유지하기 위해서 오히려 좋아. 좋은 일이 가득하네."

왜 이렇게 갑자기 좋은 일이 많아진 것일까. 하필이면 오늘따라 날씨도 좋았다.

285.
도와줄 사람이 많은가?

"맹주님, 들어가도 되겠습니까?"

임소백이 대답했다.

"들어오게."

공손월이 들어와서 예를 갖춘 다음에 말했다.

"…곳곳에 방이 붙었는데 맹주님도 보셔야 할 것 같아서 가져왔습니다."

공손월이 방문榜文을 내밀었다. 임소백은 건네받은 방문을 읽는 도중에 얼굴이 화끈거렸다. 공손월은 맹주의 낯빛이 한 차례 변하는 것을 확인하자마자 속으로 놀란 상태였다. 어느새 다시 평정심을 되찾은 임소백이 공손월을 바라봤다.

"이자하가 동호로 가네?"

"예."

"알았다."

…

임소백이 아무런 감흥 없이 간단하게 대꾸하자, 공손월이 되물었다.

"예?"

"왜 그러나?"

공손월은 무표정한 맹주를 바라보다가 대답했다.

"아, 뭔가 저희도 도움이 될 만한 게 있지 않을까 해서 여쭙니다. 그래서 일부러 가져왔습니다."

"도움이라… 과연 어떤 도움인지 공손 군사가 말해보게."

공손월은 헛기침을 내뱉은 다음에 말했다.

"일단은 병력을…"

"병력을 보내주자는 말이로군. 좋은 생각이야. 공손 군사, 얼마나 보낼까."

"음."

"검대 하나를 통째로 보낼까. 아니면 그것으로는 부족할까."

공손월이 미간을 좁히더니 쉽사리 입을 열지 못했다.

"음."

임소백이 손가락으로 방문을 찍더니 다시 공손월에게 밀었다.

"다시 천천히 읽어보도록."

"예."

공손월이 다시 방문을 읽었다.

"…하오문주가 직접 동호에 방문해서 누구의 방해도 받지 않은 채로 사도제일인과 승부를 내겠다. 사도제일인이 어린 소녀까지 경매장에서 거래하는 흑향의 후원자임을 알게 되었기 때문이다."

공손월이 일부러 소리 내면서 읽자, 임소백이 질문을 던졌다.

"이자하는 적이 많아. 이제는 나만큼이나 많을 거다. 그런데도 일부러 누구의 방해도 받지 않은 채로 승부를 내겠다는 말은 대체 무슨 뜻인가?"

공손월이 대답했다.

"방해받을 것을 알고 있는 겁니다."

"그런데도 널리 방을 붙여서 자신의 행적을 밝힌 이유는?"

"아군도 오라는 뜻이 아닐까요? 아, 방문을 붙이면 아군이 아니라 적들도 몰려오겠군요."

"굳이 방문을 선택한 이유는?"

공손월이 임소백을 바라보다가 대답했다.

"이것을 읽는 자들에게 너희는 뭘 하고 있느냐는 질문 같습니다."

임소백이 덤덤한 표정으로 대답했다.

"그렇게 생각하나? 그럼 그동안에 군사회는 뭘 하고 있었나. 동호제일검을 잡기 위한 예산이 얼마나 들어가는지부터 여러 차례 계산한 것으로 아는데."

"예, 계산은 여러 차례 했습니다."

"이자하는 계산하지 않는군. 셈을 할 줄 모르는 모양이야."

"그렇군요."

"더불어서 나한테 하는 말이기도 하고, 백도 전체에 하는 말이기도 하고. 이자하의 적들에게 전하는 선전포고이기도 하다. 부끄럽기 짝이 없군."

임소백이 방문을 손가락으로 툭툭 찍었다.

"이 성질머리를 봐라. 조직에 어울리는 놈이 아니다. 그렇기에 조직이 쉽게 할 수 없는 일을 사고 치듯이 하는 것이겠지. 우리가 동호를 치겠다고 하면 군사회에서는 돈, 예산, 물자부터 떠올리고 있으니 말이야."

공손월이 대답했다.

"예, 저희는 고려할 게 많으니까요."

"고려할 게 많아서 사도제일인이라는 자가 이런 짓을 벌이고 있다면 내 책임이다."

이번에는 공손월도 대답하지 못했다. 맹주가 입을 다물자, 공손월은 잠시 기다렸다. 임소백이 짤막하게 한숨을 내쉰 다음에 말했다.

"하지만 우리가 많은 짐을 짊어진 단체임을 부인할 수는 없다."

"예."

"동호로 지원을 보내겠다. 하지만 평소 임무와는 다르다. 맹원에게 방문을 널리 읽힌 다음에 지원자를 받아. 임무는 하오문주 호위다. 호위의 범위는 제한하지 않겠다. 지원자의 자격 조건은 오로지 무력이고 인원은 제한하겠다. 인원을 제한하는 이유는 이 대결이 언제 벌어질 것인지 하오문주도 모르기 때문이야. 대충 무슨 말인지 이해했나?"

공손월이 고개를 끄덕였다.

"이해했습니다."

"또 군사회 내부에서 예산 문제로 논란이 있을 것 같은가?"

"아닙니다. 제가 반대 의견을 누르겠습니다."

"호위 전담 특작대로 구성해. 큰 틀에서는 호위지만 이자하의 의도를 이해하는 사람이 특작대주를 맡게 하고, 맹과 특작대가 빠르게 연락을 취할 수 있도록 신경 써라. 공손 군사, 이자하가 무슨 사고를 치든 간에 동호에서 살아 나올 수 있도록 준비해."

"예."

"내가 특작대를 보냈는데도 이자하가 동호에서 쓰러지면 무림맹 망신이야. 내 명예도 땅에 떨어진다. 알겠나?"

공손월이 포권을 취했다.

"빠르게 준비하겠습니다."

임소백이 방문을 손가락으로 찍어서 밀어냈다.

"가져가. 내용은 마음에 새겼다."

"예."

임소백은 공손월이 사라진 다음에 혀를 차더니 책상에 놓여있었던 장검을 뽑아서 헝겊으로 칼날을 닦았다. 잠시 후 임소백이 중얼거렸다.

"…건방진 놈, 차라리 욕을 하지. 쯧."

맹주께서는 방문을 읽고 나서 기분이 언짢아진 상태였다.

* * *

대청에서 허름한 의복을 입은 사내와 독대하고 있던 추명서생은 수하의 발소리를 듣자마자 고개를 돌렸다. 문밖에서 수하의 목소리가 들렸다.

"가주님, 이자하가 동호로 이동하고 있습니다. 곳곳에 방문을 붙여 행적을 알렸는데 그곳에서 사도제일인과 일대일 승부를 낸다고 합니다. 방문을 가져왔는데 읽어보시겠습니까?"

"가져와라."

수하는 방문을 전달한 다음에 다시 뒤로 물러났다. 방문을 읽은 추명서생이 말했다.

"혼자라더냐?"

"행적만 조사해서 알아낸 바로는 검마, 육합선생, 몽가의 차남과 있습니다. 매우 한가롭게 이동 중이라고 합니다."

"한가롭게?"

"남천강에서 반나절 넘게 낚시를 하고, 돌멩이를 강에 던지고, 술을 마시는 모습을 인근 어부와 뱃사람들이 봤다고 합니다."

추명서생이 어리둥절한 표정으로 물었다.

"돌멩이를 강에 던진다는 것은 무슨 의미인가?"

"그것은 어린아이들이 자주 하는 놀이로 납작한 돌을 수면에 튕겨 멀리 보내는 사람이 승리하는 일종의 내기입니다."

추명서생이 노려보자, 수하가 고개를 아래로 숙이더니 침을 삼켰다. 추명서생이 붕대를 감고 있는 손으로 방문을 가볍게 날리자 수평으로 날아간 방문이 수하의 두 손에 도착했다.

"고의든 아니든 간에 지난 십 년간 백가百家의 제자를 함부로 죽인 자는 이자하와 개방 방주뿐이다. 서생들에게 방문의 내용을 알리고 이자하를 죽이려는 자들은 모두 동호에 모이라고 해. 일부가 바쁘다거나 이런저런 핑계로 동참하지 않으려나 본데, 서생 회의 때 그 이유를 구체적으로 묻겠다고 전하도록."

“예. 그렇다면 교류가 끊긴 곳까지 전부 전달할까요?”

추명서생이 잠시 고민하다가 대답했다.

“전부 알려라. 살아있는 자들은 은퇴한 게 아니다. 세상이 어떻게 돌아가는지는 알아야지. 어느 정도 법가의 개인적인 원한이 들어간 일이므로 돕는 자들에겐 사례할 것이다. 멀리했던 궁핍한 놈들에게도 연락을 취하고 서생과 뜻이 맞지 않는 제자들이 있는지 살펴서 그들도 끌어들여라. 특히 각 세력의 식객食客들에겐 실력에 걸맞은 보수를 챙기겠다고 해라.”

“명을 받듭니다.”

“소군小君을 보내서 이자하에게 피해를 입었던 흑도 세력의 생존자나 원한을 가진 자들에게도 연락을 취하고, 동호의 수적 놈에게도 미리 연락을 넣어라.”

“그 수적 놈은 연락이 닿지 않는 자입니다. 연합하지 않고, 협력도 하지 않으며 연락도 불가한 사람입니다.”

“알았다. 일차로 회신이 오면 그때 출발할 것이다.”

수하가 나가자 추명서생은 손에 두른 헝겊을 풀어낸 다음에 손을 쥐었다 폈다. 손바닥의 상처를 바라보던 추명서생의 표정이 일그러지자, 가만히 있었던 허름한 의복의 사내가 물었다.

“괜찮나?”

“검을 쥐는 것은 문제없네. 그나저나 도와줄 텐가?”

“황당하군. 무엇을?”

“이자하 말이야.”

“그 사람은 내 적이 아니야. 우리가 알아본 바로는 그래.”

"검마도 결국 마교의 종자야. 비슷한 놈들끼리 어울리는 거 아니겠나. 그리고 자네가 마교에 집어넣었던 간자들도 죄다 잡혀서 죽은 마당에 딱히 할 일도 없지 않은가?"

"죽었으면 또 교육해서 다시 보내야지. 어째서 할 일이 없겠는가. 잡아낸 교주가 신기할 뿐이야. 도대체 어떻게 알아냈을까. 교에서 섭혼술 같은 것도 익히나?"

추명서생이 대답했다.

"내가 어찌 알겠나. 그나저나 실명과도 잘 지낸 자네가 어찌 이렇게 매몰차게 거절하는가?"

"개인적인 복수에 무공을 쓰지 말라고 배웠으니 따를 뿐이야. 백가는 모두 생각이 다른 자들이니 자네도 이사李斯처럼 굴지 말게. 그래서 나도 자네의 행보에 간섭하지 않는 것이네."

추명서생이 사내를 노려봤다.

"대의가 있으면 뜻을 모으기로 했을 터. 농가農家가 벌써 내 제안을 두 번이나 거절하는군."

"자네가 오늘 아침에 처먹은 밥도 우리가 땀 흘려서 일궈낸 것이니 너무 미워하지 말게. 오히려 일단은 이자하와 함께 그 수적 놈의 목을 베는 것이 백가의 대의에 어울리는 일이 아닌가? 자네는 강호의 은원에 너무 깊이 빠져있네. 우리가 가끔 경공 대결을 벌인 것은 여러 가지 의미가 있었네. 서생을 모두 모아서 병력처럼 부릴 생각이라면 먼저 당주 자리를 차지하는 게 어떻겠나?"

"당주에게 그런 권한은 없네."

"당주에게도 그런 권한이 없는데 지금 자네가 하는 짓은 당주보다

더한 게 아닌가. 나야말로 도움을 청하러 왔는데 황당하군. 만약 교주가 간자를 죽이지 않고 고문하고 이것저것을 알아내게 되었다면… 나도 조만간 이 세상 사람이 아닐 것이네. 자네도 나도 살아있어야 다음에 또 다툴 수가 있겠지. 서로 바쁜 사람들이었군. 또 보세.”

농가의 가주가 일어나자, 추명서생이 말했다.

“미안하네. 일단은 아우의 복수가 먼저야. 마친 다음에 자네를 돕겠네.”

“그러시게. 일단은 나도 급해서 다른 놈들을 찾아가야겠어. 무운을 빌겠네.”

“다들 바쁠 텐데 누가 자네를 돕겠나?”

“아쉬운 놈이 먼저 미친놈들에게 고개를 숙여야지. 방심하다 당할 수는 없지 않은가. 그래도 걱정하지 말게. 내가 고문을 당하다가 죽는 한이 있어도 다른 서생의 존재 자체도 모르게 할 터이니.”

농가의 가주는 대청 앞에서 추명서생에게 고개를 숙였다.

“그럼 가주님, 멀리했던 궁핍한 놈은 이만 물러가겠습니다. 다음 쌀 배달은 저도 가솔을 보낼 터이니 그리 알고 계십시오.”

농가의 가주는 돌아서서 콧방귀를 뀌더니 다른 서생을 찾아서 발걸음을 옮겼다. 대청에 홀로 남은 추명서생은 험악한 표정으로 농가의 가주를 바라봤다.

* * *

“요란아, 왜 그러고 있어?”

차성태가 다가와서 객잔 앞에 앉아있는 요란이를 바라봤다. 객잔 앞에 홀로 앉아있으니 이상하게 보일 수밖에 없었다. 차성태를 보자마자 요란이가 웃으면서 대답했다.

"그냥 있는데요."

차성태가 옆에 앉자, 요란이가 물었다.

"식사하셨어요?"

"이따 먹어야지."

가만히 있던 요란이가 다짜고짜 이렇게 말했다.

"사부님들 말이에요."

"응."

"강호에 나가면 사부님들 도와주는 사람들이 많이 없죠?"

"뭐?"

"도와주는 사람들요."

차성태가 당황한 표정으로 대답했다.

"있어. 많아. 문주님 수하도 많고."

"그래요?"

"그럼."

"그렇구나. 있으면 다행이에요."

차성태가 헛웃음을 지으면서 말했다.

"별걸 다 물어보는구나."

"없을 줄 알고 물어봤죠."

"왜 없다고 생각했어?"

요란이가 웃으면서 대답했다.

"다들 무뚝뚝하고 성격이 안 좋잖아요. 저한테만 잘해주는 거 같고 밖에 나가면 싸움질이나 하시는 거 같아서."

"하하하하."

차성태가 웃음을 터트렸다.

"아니, 그런데 사부님들 성격 안 좋은 건 어떻게 알았지? 요란이한테는 다들 잘해주잖아."

"제가 또 본 게 많죠. 셋째 사부님하고 막내 사부님하고 싸우다가도 제가 등장하면 딴소리를 하시더라고요. 아무 일 없었다는 것처럼."

차성태가 고개를 끄덕였다.

"그렇지. 두 사람이 자주 싸우지. 유치하게 싸우지. 아주 유치해. 맨날 똥 얘기나 하고 아주 더러운 사람들이야."

"맞아요."

"둘째 사부도 무서운 사람 같아?"

요란이가 고개를 끄덕였다.

"처음에는 얼굴만 봐도 무서웠는데 지금은 안 무섭죠. 다른 사람들에겐 무섭지 않을까요?"

"다가가기 힘든 면이 좀 있지. 나도 말을 잘 안 걸게 돼. 얼굴만 봐도 싸우자는 건지 대화를 하자는 건지 알 수가 없어."

"맞아요."

차성태는 궁금증이 커져서 또 물어봤다.

"첫째 사부는 어때?"

"뭐 그거야 셋째 사부님의 말을 빌리자면 세상 심각한 만형이라고 하시던데 그 말이 맞는 거 같아요."

"무서운 사람이지. 막내 사부가 맨날 쩔쩔매는 거 봐라. 나는 네 첫째 사부가 환하게 웃는 것을 본 적이 없다."

"아, 그러셨구나."

차성태가 놀란 표정으로 물었다.

"어? 너는 봤어?"

"저도 못 봤는데요."

"그렇지?"

"예, 그런데 아주 가끔 웃음 참으시는 건 봤어요."

"아, 그래? 웃을 줄은 아나 보네. 세상 심각하게 웃음을 참나 보다."

"웃음을 왜 참을까요?"

"나야 모르지. 나중에 네가 물어봐. 사부님은 왜 웃음을 참으시냐고."

"저도 못 물어볼 거 같아요. 그런데 총관 아저씨, 이 성격 안 좋은 사부님들은 어떻게 친해졌어요? 무공도 다르다면서요. 그럼 사부가 다르다는 뜻인데."

차성태가 고개를 갸웃하다가 대답했다.

"아… 그러게 말이다. 나도 잘 몰라. 그냥 셋째 사부가 여기저기 돌아다니다가 한 명씩 데리고 온 것 같은데."

요란이는 그제야 뭘 좀 알겠다는 것처럼 고개를 끄덕였다.

"제 예상이 맞았네요."

"뭐야. 그런 것도 예상해?"

"예. 그런데 사부님들 언제 돌아와요?"

차성태가 손가락으로 이마를 긁다가 대답했다.

"좀 걸리지 않을까? 예전에 문주님이 영약 구해왔을 때 정도?"

요란이가 고개를 끄덕였다.

"그렇군요."

"걱정이야?"

"셋째 사부님이 떠나기 전에 화가 많이 나신 거 같아서 걱정이죠."

차성태가 요란이를 달래듯이 말했다.

"걱정할 것 없다. 네 사람이 보통 고수들이 아니야. 적어도 일천 명은 상대할 사람들이야."

차성태는 어느 순간 요란이처럼 자하객잔 바깥 풍경을 물끄러미 바라봤다. 평범한 풍경 속에서 이런 생각이 들었다.

'그나저나 이 인간들이 진짜 언제 돌아오려나.'

무언가를 생각하던 차성태가 요란이에게 말했다.

"며칠 지켜보다가 나도 사부들 따라가야겠다."

요란이가 이렇게 대답했다.

"…네 분만 싸우시면 좀 외로울 것 같아요."

차성태는 이제 요란이의 눈치가 나이에 비해서 훨씬 빠르다는 것을 인정한 채로 대답했다.

"누구랑 싸우는지는 알고 있어?"

"예, 사도제일인. 그리고 그의 수하들."

차성태는 속으로 한숨을 삼켰다. 악인들의 제자가 너무 일찍 강호에 들어온 것이 아닌가 하는 생각이 들었기 때문이다.

6권에서 계속됩니다.

광마회귀 5

초판 1쇄 발행 2024년 8월 9일
초판 2쇄 발행 2024년 8월 20일

지은이 | 유진성
발행인 | 강봉자, 김은경

펴낸곳 | (주)문학수첩
주소 | 경기도 파주시 회동길 503-1(문발동633-4) 출판문화단지
전화 | 031-955-9088(대표번호), 9530(편집부)
팩스 | 031-955-9066
등록 | 1991년 11월 27일 제16-482호

ISBN 979-11-93790-28-1 04810
(세트) 979-11-93790-32-8